U0559416

李 樯 /著

恋爱
大师

上海文化出版社

·目 录·
CONTENTS

上部　亲爱联盟

中部　卫视恋曲

下部 我只爱你

上部
亲爱联盟

1 这叫隐婚，你不准告诉任何人

01

纯色 T 恤配牛仔短裙，一头秀亮长发，王小迅看上去还像个女大学生，和一身名牌西装的沈鱼水走在一起，多少有些不搭，唯一相称的是她肩上的名牌包包。包包是去年沈鱼水到法国参加国际书展时为她买的生日礼物，说是为纪念二人恋爱七周年。

"七周年？纪念？"当时王小迅就不无警觉地问沈鱼水，"七年之痒啊！那你这到底是生日礼物，还是纪念品？"

沈鱼水尬笑："一样，一样，都是我对你的一片深情！"

此刻，王小迅挎着小包在前，沈鱼水紧随其后，两人双双走下民政局大楼的台阶。沈鱼水手里捧着新领的结婚证，喜不自禁，翻开，合上，合上，翻开。王小迅白了他一眼，扯了扯他的衣袖："赶紧收起来，别人看你那样儿，还以为要饭的捡到金元宝了呢！"

"人逢喜事精神爽啊！"沈鱼水并不不在乎王小迅的揶揄，大嗓门笑道，"这可比金元宝值钱！我要让全世界的人都知道，沈鱼水我今天领证了！哈哈哈……"

王小迅四下望望，低声说："有病啊你，大街上这么大喊大叫的。"

沈鱼也向四周张望了下说："小迅，哦不，老婆，今后我得改口……"

王小迅停下，转身指着沈鱼水道："不许改口，以前怎么叫，今后还怎么叫。跟你说多少遍了，怎么就不长记性呢你！"

沈鱼水讪笑："老婆，哦不，小迅，我……我这不太兴奋、太幸福了嘛！你也是的，这前两年吧，鱼水哭着喊着求你把证领了，你就是不答应。今儿个把我拖出来，也不打个预防针，说领就领了，你说这，这洪水猛兽般的幸福，谁扛得住啊！"

"切，不就领个证嘛。领证是领证，结婚是结婚，早告诉过你，我再强调一遍，我的计划是……"

"得得得，又是你的三五规划。"沈鱼水丧气地耷拉下脑袋。

王小迅的"三五规划"就像一根粗大的鱼骨，始终鲠在沈鱼水的喉咙里。他不明白，为什么王小迅就那么一根筋——大学毕业后用五年时间为事业打基础，到28岁领结婚证，28岁到33岁争取事业有成，33岁以后相夫教子。

这什么破规划，想是这么想的，沈鱼水从来不敢说出口。

王小迅看出沈鱼水的郁闷，安慰道："鱼水，到我33岁，咱们就举办一场轰轰烈烈的婚礼，然后我便退隐江湖，相夫教子。"

"小迅，这，这战线拉得是不是太长了点？"

"有什么问题吗？有问题你去找个愿意跟你短线作战的，我没意见。"

"别介，鱼水这颗深爱你的小心脏，哪经得起这冰火两重天的折腾。"

"算你识相。我再强调一遍哈，结婚证虽然领了，但咱俩的婚姻关系不公开，这叫隐婚，你不准告诉任何人，包括你那个狗腿子哥们儿马丰。我也不告诉于静。"

沈鱼水瞪眼："小迅，这就你的不对了。马丰和我什么关系？十几年的铁杆儿，亲如兄弟，这么大事怎么可以不告诉他？还有于静，她和你更是二十多年的闺密。别人不知道可以，他们俩总得告知一声吧？不行不行，我受不了啦，这就给他们打电话。"

沈鱼水掏出手机。王小迅冷冷地看着他，也不吱声，沈鱼水见状，只好放下手机。两人走了几步，沈鱼水摇了摇头。

"我还是觉得不得劲儿，老婆，哦不，小迅，你能不能满足一下我这颗幸福又兴奋的小心脏，我想请马丰、于静一起聚聚，让于静把超超也带来，大家一起 Happy Happy，你放心，鱼水绝口不提结婚证的事，这总行了吧？”

王小迅白了一眼沈鱼水说：“我看你是没事找抽。要请可以，但是得马丰、于静分开请。他们离了婚，于静一个人带超超，本来就一肚子怨气，把他俩弄一块儿，真难为你想得出来！”

02

沈鱼水约马丰在夜南国酒楼吃饭，他和王小迅提前赶到，马丰迟迟未来，沈鱼水正嘀咕着，这小子，请他吃饭还端架子，就不能提前点过来，马丰到了。沈鱼水起身，咋咋呼呼地嚷道：“来来来，深都卫视一哥，大主持，大知识分子，快坐快坐！”

这马丰何许人？他当然不是沈鱼水嘴里的深都卫视一哥，充其量只能算个破落户儿，主持一档半死不活的读书节目。这年头，虽说读书渐成潮流，光深都一个城市，读书会就有七八百家，可对于电视节目，在流量时代到底还是非主流的，市面上那些热门时尚类、鸡汤类书籍，又入不了马丰的眼。这哥们好读书，对经史子集、天文地理、文学艺术、民间传说，甚至神魔鬼怪都不放过。读归读，可你要说他是知识分子，他还真跟你急，用他自己的话说，“咱就一俗人，没那能耐充知识分子。”所以沈鱼水一喊他知识分子，他就不乐意了。

“怎么又拿知识这么没知识的知识糟践人呢，哥们儿顶多也就一知识虫子，哪像你老沈，大儒商，生意做得风生水起，小日子过得如鱼得水。”

马丰边说边将目光转向王小迅：“小迅，好久不见，今天格外漂亮嘛！”

王小迅一撇嘴：“行了吧你们，一个天马行空，一个鱼翔浅底，就互相吹吧！”

沈鱼水哈哈一笑：“哥们儿，你就是我心目中的一哥嘛，也是我们家小迅心目中……啊我们家小迅在光灿传媒，一直没担当过像样的节目，不定哪天得寻求你的帮助，到时你可不准推三阻四。小迅，你去招呼服务员上菜。”

王小迅起身，到了门边又转身说："鱼水，你说话把点门儿，别什么事都瞎掰。"

两人闲聊几句，马丰看了看沈鱼水："你们搞什么名堂？神神叨叨的。"

"也没什么事，就是叫你聚聚。本来我想把于静、超超都喊来的，可小迅不让，说你们……唉！我到现在都还没整明白，你们当初好好的，大胖儿子都上幼儿园了，怎么说离就离了呢？搞得跟地震似的，一点征兆都没有。你看我跟小迅多好，从大学毕业到现在，一直相安无事，今儿个不就悄无声息地……"

王小迅推门而入："悄无声息地过了五年，不也挺好的嘛，老沈你说是不是？"

见王小迅进来，沈鱼水慌忙改口："是是是，一晃毕业五年，一晃还需要五年。"

王小迅瞪了沈鱼水一眼，他装作没看见，却也不敢再说什么。三人开吃，沈鱼水和马丰推杯换盏，很快桌上杯盘狼藉，两人面前都摆了好几个空啤酒瓶，有了些酒意。

沈鱼水端起杯子，对马丰道："来，我再敬你一杯，我要感谢兄弟大学期间的不杀之恩。"

马丰放下酒杯："这话从何说起？搞得咱俩有深仇大恨似的。"

"要说没有，那的确是没有，但要说有，你马丰对鱼水，的确可以有深仇大恨啊。明人面前不说暗话，大学时你也喜欢小迅是不是？就冲这一点，你就完全可以往鱼水的茶杯里投点啥！所以我得谢你，谢兄弟的不杀之恩。"

"姓沈的，看来你对我一直都耿耿于怀，还是放心不下啊！那你小子当初干脆把我结果了不就得了？"马丰哈哈大笑，"老沈啊，你小子快跟小迅把婚结了吧，也好彻底让我断了念想。"说着，马丰把酒杯往沈鱼水的酒杯上一碰，仰头喝干。沈鱼水看了看马丰，也端起酒杯一饮而尽。马丰拎起酒瓶要给沈鱼水倒酒，被王小迅一把夺过去。

"别瞎掰了，我看你哥儿俩喝得也差不多了，行了行了，该散了。"

马丰从王小迅手里抢回酒瓶："我，我没事，反正回去也是独守空房……"

沈鱼水笑了："别扯淡了，你会独守空房？谁信？不过告你一好消息，从今往后，哥儿们我终于不用独守空房了，咱，咱今天跟小迅……"

王小迅再次从马丰手里夺过酒瓶，往桌上一顿，瞪着沈鱼水："沈鱼水，你喝多了吧？你跟我怎么了？咱俩咋的了？"

沈鱼水咽了口唾沫："没，没怎么，我，我这不就是想告诉马丰咱俩……"

"咱俩还有很长的路要走，你就好好想想接下来该怎么走吧！"说完，王小迅挎起小包，拉起沈鱼水就往外走。马丰在后边喊起来："哎哎哎，怎么说走就走，今儿到底谁请客？"

03

两人回到王小迅一人租住的单身公寓，沈鱼水仍然醉意未消，摇摇晃晃地在客厅里边走边说："小迅你今天有点过分了，说走就走，一点面子不给我留。你今天必须跟我道歉。"

"你只想着在哥们面前显摆，尊重我的意愿了吗？"王小迅坐在沙发上，气呼呼地说。

"你什么意愿？我们结婚，有什么见不得人的？哦我明白了，你是怕毁了自己在马丰心目中的玉女形象，是不是？"

"说什么呢！"王小迅腾地从沙发上站起来，将一只靠垫砸向沈鱼水。

"你不要不承认。这么多年了，我也压抑够了，一直不敢说，也不愿说，可种种迹象表明，当初你的确是喜欢过马丰的，难不成你现在……"沈鱼水摇头晃脑地叨叨着。

"沈鱼水，你是不是个男人！"王小迅脸涨得通红，眼泪不禁在眼眶里打转，"要不是考虑到你小心眼，成天疑神疑鬼的，我今天就不该跟你去领证。"

"我疑神疑鬼？是你心里有神有鬼吧？你说，你是不是喜欢过马丰？是不是一领了证，你就后悔了？"沈鱼水越说越起劲。

王小迅的眼泪掉下来，上前推搡沈鱼水："你滚，你给我滚！"

"不走，你今天必须跟我说清楚。"

"你不走是吧，好，有种你就别走。"王小迅抓起手机，拨了几下号码，对着手机说，"是110吗，我家闯进来一个喝醉酒的男人……"

"你疯了你……"沈鱼水一把抢过王小迅的手机说，"喂，你好，没事没事，小两口吵架拌嘴，对不起，对不起……喂！喂！"

沈鱼水看了眼手机："原来你没拨，酒都让你吓醒了。"

第二天早上醒来，沈鱼水在床上晃晃脑袋，想起昨晚的事，赶紧抓起手机打给王小迅说："小迅，对不起对不起，我昨天喝醉了，你别生气呵！"

"姓沈的，为这种事，你已经不止一次地道歉了吧？有意思吗？"

"都是我不好，我浑蛋，我犯贱。亲爱的，你不会真生气了吧，咱们结婚证都领了啊！"

"不就一张纸吗，撕起来又不费什么力气。"

沈鱼水支起身子坐起来，咧嘴笑道："瞧你说的，我还不了解你吗，我们家小迅，对鱼水从来都是刀子嘴豆腐心。亲爱的，你等着，我这就去接你，送你上班去。"

"不劳你大驾，今天单位没事，我想一个人呆家里。"

"那我过来陪你，正好规划规划我们今后的生活。"沈鱼水理了理头发。

"今后，今后你还住你的豪宅，我还住我的单身公寓，我还没单够呢！"

"这成何体统？鱼水现在已经升级成为人夫，将来还要升级为人父，我得对你负责、对家庭负责不是？"沈鱼水边说边起身下床。

王小迅有些不耐烦："你少烦我，就是对我最大的负责了。算了，不跟你啰唆，我先挂了。"

王小迅挂断电话。沈鱼水对着手机"喂喂"了几声，又看了看手机显示屏，没好气地把手机往床上一扔，转身去了卫生间。

04

　　晚高峰，城市热闹起来，但湖滨马路上人流稀疏，夕阳映照着水波，柳条儿低拂水面。马丰开着一辆哈雷摩托，后座上一位未戴头盔的长发女郎紧紧搂着他的腰。

　　马丰将摩托开得飞快，女郎的长发高高飘起。

　　马丰略微转了下头问："飘起来了没？"

　　"什么？我听不见。"女郎大声说。

　　马丰大声问："我问你，头发飘起来了没有？"

　　"哦！飘起来了。"

　　马丰坏笑了一下。

　　"正点！抓紧了！"说着，马丰再次加速，长发女郎的头发向后飘成了一条直线。

　　"慢一点，马哥你慢一点！"

　　马丰大声道："慢了就没有效果啦！"

　　女孩紧紧搂住马丰的后腰，大声说："求你啦！慢点，飘得太厉害啦！"

　　马丰没再说话，摩托车风驰电掣，向前猛冲……

　　二人来到湖边一家西餐厅，缠绵悱恻的爵士乐若有若无地传来，马丰和长发女郎相对而坐，桌上摆放着牛排、沙拉和饮料等。

　　长发女郎把一块牛排放进抹得鲜红的嘴里，娇声娇气地问："你真是深都卫视的主持人？"

　　马丰边吃边翻看着手机，"你不信？当然当然，警惕性高对美女来说是好事，"说着伸手一指女郎，"你肯定被网友骗过。"

　　"我老喜欢看电视了，怎么没见过你？"

　　"没见过就对了，见过就奇了怪了。我主持的那节目不时尚，也不够娱乐，是一档读书节目。"

　　"告你啊马哥，我可老喜欢读书了。"长发女郎嘟起鲜红的小嘴。

　　马丰微微一笑："呵呵，都读些什么书？"

"嗯……"女郎想了好一会儿，"现在读得少了，我上高中那会儿可喜欢《瑞丽》《米娜》，还有《读者》《知音》什么的了，每个月我都买，花掉我不少零花钱呢！"女郎边说边掰着手指。

"呵，那不是书，是杂志。"

"书我也读呀，像琼瑶阿姨、东野圭吾……还有……总之人家可喜欢阅读了。"

马丰晃了晃手中的叉子，说道："这些……我还真没读过。"

两人有一搭没一搭地聊着，这时，一个身材匀称、面容姣好的少妇领着一个四五岁的小男孩走进西餐厅，四处张望了会儿，牵着小男孩径直走向马丰的座位。小男孩看见马丰，开心地扑了过去。

"爸爸！爸爸！"

马丰回头看见小男孩，开心地抱起来，"啊，宇宙无敌小超人，你怎么来了？"说着在小男孩脸上连亲几下。

少妇走到桌边，冰冷地看着马丰道："就知道你在这儿！今天什么日子，有你这么当爹的吗？儿子差点没让人贩子拐跑！"

马丰一拍脑门："啊呀，怪我怪我，今天是国庆长假调休，我把日子记错了，对不起对不起。你也是的，怎么不打个电话提醒我？"

"你倒有理了，"少妇说着，看了看长发女郎和桌上的阵势，又道，"这就是你忙活的事？"

长发女郎站起来，拿起椅背上的外套："马哥，我就不打搅你们一家了。"

马丰欲言又止，少妇看了长发女孩一眼，没吱声。女孩挎起坤包，一扭一扭地出了餐厅。

小男孩抓起桌上的东西大口吃起来，一边吃一边赞好吃。少妇也坐下来，重新点了一份菲力牛排，边吃边对小男孩说："超超，你放开了吃，这都是咱自个的钱，可不能浪费，更不能让那些个狐狸精给白吃白喝了。"

马丰没言语，不时往马超的盘子里放食物。吃了一会儿，马超跑离座位，去观赏鱼缸里的鱼儿去了。少妇用手里的刀叉轻轻敲打着餐盘道："口味变了哈！"接着便学起长发女郎哆哆的声音："我可喜欢读《知音》了，肉麻！"

马丰一拧脖子："那又怎么了，天涯何处觅知音，说明人家简单，透明。"

"真没想到，你的品位堕落成这个样子。"

"咱这叫广种薄收，广撒网才能捞到美人鱼！"

少妇噎住，顿了顿，一甩头发道："是不是没滚成床单，满肚子火气呀？奉劝一句，她不是你的菜。"

"是不是我的菜只有亲自尝了才知道，没你什么事，你还真当自个儿是女主啊。我告你于静，咱们现在是离婚状态，你不可以干涉我的私生活，也没理由对我交往的对象品头论足。"马丰声音高起来。

于静立起柳眉，指着马丰说道："马丰你别忘了，你是马超他爸，我是他妈，你的一切，都关乎儿子的健康成长，我作为他妈，当然有权干涉所有可能影响儿子成长的不良因素。"

"你能不能别老拿儿子说事儿，非要在所有跟我交往的女孩面前把我搞臭吗？什么居心啊你？"

于静的眼睛里已经湿润，声音也有些哽咽："我是何居心，你不明白吗？"

"不明白！"马丰答得干脆，并起身来到马超旁边说："儿子，爸爸带你骑摩托车回家好不好？"

"好啊好啊，老爸，我最喜欢坐你的摩托车，酷毙了。"

于静道："不行，小孩子不许坐摩托车，违反交通法规。"

马超闹起来。于静对马丰说："你也是的，多大人了，成天骑个摩托炫什么炫啊，以为自己还是个小青年啊？早就让你换台车，接送儿子也方便。"

"我虽然不是小青年，但还是个年轻人，我要一辈子年轻……"

"不跟你废话，我去开车了。"

于静驾车，马超被安全带绑在后排座位上。车灯照射下，马丰骑着摩托在前面开路，并不时回过头来，逆着车灯向马超做鬼脸、挥手。

"老爸好酷哦！"马超兴奋地嚷嚷着。

到了马丰家所在的小区，于静打开车门，让马超下车，她蹲下身来，帮马超整了整衣服说："妈妈告诉你的都记住了？"

马超捧着于静的脸亲了一口："记住了，让爸爸多陪我玩，不要缠着奶奶，睡觉以前给你打电话……"

"不要随便吃奶奶乱买的东西，吃了不长个儿。"

马丰道："瞧你说的，就像我妈要毒死自个儿亲孙子似的。"

"外面买的食品不安全，你妈就知道哄小孩开心。对了，你待会儿把我上次落下的外套送下来。"

"一块儿上去不就得了。"

"不想跟你妈照面，上回要不是她加班做手术不在家，我也不会进那个门，才落下了外套。"

"行行，那你等会儿。"马丰让马超跟妈妈说再见，然后牵着儿子上楼。进了屋，马母正坐在沙发上看电视，另一头连着饭厅。

马超从门边跑向马母，马母抱住马超："小坏蛋，怎么才到家啊？你爸带你去哪里玩了？"

马超说："他才没有带我去玩呢！爸爸去泡妞了，被我和妈妈抓住了。"

"小孩儿不许乱说话，乖，我们超超能干，自己去洗手，洗好了吃水果。"

马超答应着去卫生间洗手。马母问于静是否走了，马丰应诺。

马母说："不是我说你，儿子都这么大了，也该正正经经地找一个了，成天泡，能泡出什么名堂来？这于静也是，三天两头晃啊晃的，这不成心搅局吗？"

马丰不耐烦道："妈，您就别操心啦，谁让人家是你孙子的亲妈呢。"

马母搂着马超坐在沙发上，摊开一本图画书："来，超超，奶奶给你讲个大灰狼的故事。"

马超道："妈妈说了，奶奶的故事是封建迷信，让我不要听，她说爸爸的故事好，爸爸博览群书。"

马母有点不高兴，嗔怪起于静。马丰笑问马超："你妈又夸我了？"

"嗯，妈妈还说，爸爸自命不凡，从小被宠坏了。"

马母对马丰道："哼！她夸你就是损你，损你还是为了损我。"

05

　　"叮咚……叮咚……"王小迅正穿着睡衣躺在床上翻看微信，听见门铃声，起身走进客厅，从猫眼里往外看了看，只见沈鱼水正站在门口，手里捧着一束鲜花。她打开防盗门，沈鱼水奉承地笑着。王小迅看见沈鱼水身后跟着几个工人模样的人。

　　"这是要干什么？"王小迅问。

　　"搬家呀！"

　　"搬家？谁要搬家？搬哪儿去？"

　　"把你的东西搬咱自个儿家去呀。小迅，我那边都收拾利落了，我还找保洁公司里里外外收拾了一通，就等你这个女主人入住了！嘿嘿，我没通知你，就是想给你个惊喜。"说着，沈鱼水递上鲜花，"乔迁礼物，喜欢吗？"

　　王小迅接过鲜花，一把扔出门外："出去，你们都给我出去。"

　　王小迅往外推搡沈鱼水，几个工人不知道怎么回事，一起退了出去。王小迅试图关上防盗门，被沈鱼水用力挡住。

　　"王小迅我告诉你，今天你是搬也得搬，不搬也得搬，这次我得做回主。"

　　王小迅返回客厅，抓起自己的包，拿出一沓钞票，走到门口递给一位工人说："大哥实在对不住，让你们白跑一趟，你们也看到了，我这什么都没收拾呢，今天搬不了，不过钱我照付，您拿着。"

　　工人接过钱，有点摸不着头脑，犹豫了一下，返身走了。沈鱼水赶忙叫："哎！哎！别走呀！"

　　沈鱼水捡起鲜花，气恼地摔到茶几上说："这算什么事嘛！俩人明明结婚了，你不让我说，好，我忍了，咱不说。可搬到一起住是起码的吧？人未婚的都纷纷同居了，咱这倒好，自个儿把自个儿打成牛郎织女。"

　　"领证是领证，同居是同居，不一码事。"

　　"怎么就不一码事了，咱们领的可是结婚证，住在一起那是天经地义的事儿，分开住才不正常。王小迅，你，你到底想怎样？"

"我不跟你吵，总之你不可以打乱我的规划。"

沈鱼水无奈离开后，王小迅回到卧室，打开笔记本电脑，心烦意乱地浏览着网页，无意中点开了一个旅游网站，专注地看了起来。看一会儿，王小迅眼睛一亮，打开订票网站，订了一张飞往敦煌的机票，这时手机又响了，是沈鱼水来的电话，王小迅撇了撇嘴，接起电话。

"鱼水，你不要总那么心急火燎的好不好！咱们可能都还不适应领证这件事，干脆各自冷静几天，好不好？"

"嗯！小迅，我是想跟你商量件事。你看，这国庆长假马上到了，我带你回趟浙江老家吧，一来见见我父母；二来咱们顺道散散心。"

"不行，我已经订了去敦煌的机票和旅店，我想去那边的红柳峡走一走。"

"红柳峡？没听说过啊，那是个什么地方？"

"一片还没开发的丹霞景观。"

"没开发？那不就一片荒山野岭吗，有什么好看的。"

"跟你说不明白，我打小就喜欢丹霞地貌，想去看看不行啊。"

"那，那也很好啊！小迅还是你想得周到，咱就当是旅行结婚，不但去敦煌、新疆、青海，咱们也走一圈。早就听说西部的秋天可美了，万山锦绣，层峦叠翠，到处都是一幅幅的油画，一定很迷人。"

王小迅略一沉吟："我，我只订了一个人的机票。"

"什么？你说什么？"

王小迅吸了口气，努力让自己的声音平静："鱼水，我不是说了吗，我们都需要冷静冷静，我就想一个人待几天，你也别老打我电话，好不好？我告你啊，你再这么烦我，我就把手机关掉，让你再也找不到我。"

"王小迅，你，你这是唱的哪一出？这新婚燕尔的，我咋感觉自己就像王宝钏独守寒窑似的呢！你……你太过分了。"沈鱼水愤怒地挂断电话。

静静坐了一会儿，王小迅似乎觉察到自己做得欠妥，想再订一张机票，却发现同一航班的机票已经卖光了。

此时，沈鱼水正在自己宽大的办公室里打着电话。他手里拿着笔，一面通话，一面记录着："哥们儿，规矩我知道，但你也知道我跟小迅的关系，所以才找你帮忙查询的嘛……找到了？太好了太好了，"沈鱼水嘴里重复着对方的话，手里不停记着，"深航 ZH9244，十三点四十五起飞……嗨，我这不是要给她一惊喜嘛，女人嘛，就喜欢这些假惺惺的小惊喜……什么？机票没有了？你确定？那，那往后一点的航班是什么时候……好好好，就订这个，没错，就我一人……"

06

夏末秋初，机场高速公路两旁的田野一片葱绿，出租车上，王小迅戴着墨镜，若有所思地看着窗外。

手机响了，是马丰打来的。

"马丰，找我什么事？……我正赶往机场的路上呢……什么？掉头？那不可能……你能有什么重要的事儿呀，一切等我从敦煌回来再说……得了吧你，对我特重要？哦……我知道了，肯定是鱼水让你打给我的，这个沈鱼水，还没完没了啦。"

王小迅挂断电话，看了看腕表，想了一下，干脆关了手机。

马丰正在办公室里，见王小迅挂了电话，只好再次拨打，却打不通了。"真行！"马丰一拍脑门，起身一溜小跑下到楼下停车场，骑上自己的哈雷摩托，一踩油门，摩托车"轰"的一声冲上大街。

上了机场高速连接线，摩托车一路向前飞奔着，只见前方一个交通指示牌，提示摩托车不能上高速。马丰一拧把手，摩托车拐下高速连接线，上了另一条公路。

这是一条和机场高速几乎平行的一级公路，机场高速未建之前，从深都市区前往机场的车辆走的都是这条路，高速建成后，这条公路便成了市政道路。机场高速几乎全程高架，而这条公路则在地面穿行，公路两边的绿化树木郁郁葱葱。马丰的摩托快速行驶在公路上，两边的树木和田野从眼前急速后退……

此时的机场高速上，一辆崭新的奔驰 S300 也向着机场方向急驰，驾车的正是要赶往敦煌的沈鱼水。沈鱼水无意瞥见下面公路上的哈雷摩托，不禁一愣，自言自语道："咦，那不是马丰吗，看着挺像。"

沈鱼水提速，揿下车窗，对着马路上的摩托大喊："马丰……马丰……"

马丰当然听不见，一溜烟冲得更远了。沈鱼水一拍方向盘，自言自语道："这小子，火急火燎的又是去哪泡妞啊……"

王小迅走进机场大厅，找到航班对应的窗口，排队办理登机手续。机场大厅里人来人往，队伍也排得很长，眼看快要排到了，王小迅突然感到行李箱被人拉了一下，回头一看是马丰。

马丰不容分说，把手里的头盔往行李箱上一搁，一手拉着行李箱，一手拉起王小迅的手，扭头就走。王小迅被他拖着走了好几步才缓过神来，"马丰你干吗呀！这光天化日的，你这是要劫财还是劫色？"

"既不劫财，也不劫色，我劫人。"

"那还不是劫色。人家的飞机快要起飞了，你别闹了好不好。"

马丰站定，正色道："这事特急，我还没来得及跟鱼水通气，先打电话给你，没想到你要去敦煌。没想别的，先把你截下来，回头我再跟鱼水说。"

"什么事啊，于静出事了？还是超超怎么的了？"

"都不是。我们深都卫视已经正式委托你们单位做一档大型相亲节目，这次是双方合作，投入很大，对你绝对是个机会。天黑之前，你肯定会接到公司通知你们一帮制片人、编导开会的电话，所以你不能飞，飞机一起飞，这次机会也飞了。"马丰连说带比划。

"啊！有这事，你怎么不早说，早说我就不订机票了。"王小迅笑了起来。

"我这不也才知道嘛，你现在赶紧把机票给退了，还来得及。回到市里我先帮你策划策划，开会的时候你心里好有底。"

王小迅美美地一笑，跟着马丰走向退票窗口。

办完退票手续，马丰拉着王小迅的行李箱，两人一前一后走出候机大厅。这时，沈鱼水正拉着行李箱从大厅的另一道门走进候机大厅，双方隔着人流，交错而过。

07

王小迅打车回到城里，直奔半坡酒吧，马丰已经在等他了。两人聊了半天，时间已至傍晚，落地窗外的光线暗淡下来。王小迅看了看笔记本电脑，抿了口茶，瞟了马丰一眼。

马丰伸了个懒腰说："哎哟，这半天折腾的，好久没这么紧张了。"

王小迅眉飞色舞地说："明天开会，我把咱这策划一亮，保准艳惊四座。"

"你先别高兴太早，光灿传媒还是有些个能人的，保不齐别人的想法更胜一筹。"

"那不可能，对别人没信心，我对你还是很有信心的，总之吧……"王小迅盯着马丰，悠悠道，"马丰，谢谢你！"

马丰避开王小迅的目光："嗨，谢我干吗，要谢就谢谢你们家老沈，谁让我们是铁杆儿……哎呀坏了坏了，光顾着说事，我都忘了告诉老沈这事儿了，回头你跟他说一声，免得哥们儿误会。"

"关他什么事儿。我的一举一动，甚至连工作的事儿，也要向他汇报啊？神经！"王小迅没好气地说。

"好好好，我神经，我神经，不过咱这不是防微杜渐吗。老沈什么都好，就是在你的问题上，太过敏感……"

"别说他好不好，烦都烦死了。"

马丰放下茶杯："怎么，吵架了？对了，我还没来得及问你呢，你咋一人去敦煌啊？难道你们真的吵架了？那这事更要告诉他。"

"你放心，我回头会告诉他的。瞧你紧张成那样儿，难不成你还担心我欺负你哥们儿？"王小迅撇了撇嘴。

"保不齐。老沈最在乎你，还不得事事依你。"

夜色降临，沈鱼水已身处敦煌。他来到预订的酒店前台，向前台小姐打听王小迅入住的信息。前台查询一番，对沈鱼水说，客人的确预订了房间，但是还没入住。

沈鱼水挠了挠头："奇怪，她应该比我先到的呀。不管了，你先把我预订的房间手续办了。"

趁着服务员办手续的工夫，沈鱼水拨打王小迅的电话，听筒里传来关机提示。沈鱼水皱起眉头，接过服务员办好的房卡，拉起行李箱走向电梯，再次拨打王小迅的手机。一路拨打到酒店房间，手机里传来的一直是关机提示，直至睡着，也没接通王小迅的电话，手机因电池耗尽，自动关机了。

与此同时，王小迅正在浴室洗澡，一边淋浴，一边哼着流行歌曲。隔着磨砂玻璃，依稀可见她曼妙的身影。洗好澡，王小迅身上裹着浴巾，拿干毛巾擦着头发坐到沙发上，忽然想起什么，忙打开手机。马丰带来的好消息让王小迅兴奋不已，早忘了手机一直处于关机状态，直到这会儿，她才想起应该给沈鱼水打个电话，不想对方却是关机状态。王小迅看了看手机，想想觉得滑稽，嘴角仍忍不住漾起笑意，随手把手机往沙发上一扔，哼着小曲儿，拿吹风机风干着头发。

08

第二天一早，王小迅匆匆赶到单位会议室。不一会儿，公司执行副总经理赵怀远、节目中心主任黄肃之和其他三四个领导陆续进来。参加会议的还有公司的同事何珺以及其他几位制片人、编导，总共有十四五个。

会议由赵怀远主持。公司一把手袁董事长很少参与公司的日常管理，工作都由赵怀远主持。这会儿，赵怀远坐在会议桌正中，抬手看了看腕表说："事出紧急，所以不得不牺牲各位的休息时间，咱们要开一天的会。会议很重要，时间又特别紧，所以不能被任何情况打扰，大家都把手机关了。都听清了，我说的是关机，不是调静音。"

众人纷纷关上手机。王小迅也关了手机，打开笔记本电脑。

赵怀远继续道："光灿传媒和深都卫视的关系大家是知道的，所以卫视方面才会委托我们做这么一档相亲节目。双方高层对这件事都高度重视，势在必得。但是，困难也不小，我们一定要有全新的创意……大家各抒己见，谈谈自己的想法。这是一次机会，也是一次挑战，放开了谈，这次公司将采取竞争立项能者上的办法，普通编导也一样也有机会。"

大家议论纷纷，有的面露兴奋之色，也有的摇头咧嘴。

何珺抢先站起来："我的想法是，咱们干脆做一档直播而非录播形式的节目，这样说不定就能出奇制胜。"

会场响起一片大笑，何珺脸上顿时一阵红一阵白。

赵怀远凝目蹙眉道："严肃点，让你们提方案提不出来，别人提出来一个，你们却不以为然。至少何珺的想法很大胆嘛，冲这一点，就值得表扬。"

一位领导说："大胆可以，可也不能傻大胆呀。对于相亲类节目，直播压根就没有可行性。直播不好控制镜头，对摄像、编导和导播的压力都特别大，主持人就更不用说了。试问，你翻遍全中国全世界，找得出一个能胜任直播的主持人吗？就是能胜任，你请得来吗？请得起吗？"

一位制片人接着说："即使能找到主持人，可是直播中没法控制舆论导向呀。别说直播，就是录播，也不一定能一次成功，中间需要 NG 若干次，就像拍戏一样，直播根本就不能保证这一点。"

三四个人纷纷发表意见，弄得何珺面红耳赤，气呼呼地说："人家只是提个想法，瞧你们一个个，劈头盖脸，不带这样的。"

黄肃之扬了扬手，打断何珺道："我倒是觉得小何的想法值得好好揣摩揣摩。我们就是需要这种化腐朽为神奇的魄力，出奇制胜……"

众人又是一番七嘴八舌。轮到王小迅发言，她把自己跟马丰商量的结果复述了一遍，最后说道："我们不难发现，目前的相亲类节目都是以婚姻为目标的，切题倒是切题，但问题也就出在这里。婚姻固然重要，可是一桩没有爱情的婚姻，还有什么意思呢？尽管一切不以婚姻为目标的恋爱都是要流氓，可我仍然要说，应该先有恋爱，后有婚姻。没有爱，行尸走肉；有了爱，无怨无悔。基于这一想法，我的创意是，制作一档为年轻人、为大龄未婚男女寻找真正爱情而不是结婚对象的节目，栏目名称我都想好了，就叫'非爱不可'，口号可以是'只要爱情开花，自然会有结果，真爱至上，非爱不可'。"

王小迅说完，赵怀远和两边的领导分别点头认可。大部分与会人员也交头接耳，频频点头，只有何珺撇了撇嘴，一副不甘示弱的样子。黄肃之则把玩着手里的签字笔，默不作声。

赵怀远最后总结说："大家谈了很多，有奇招，有亮点，也有的新意盎然，令人怦然心动，比如何珺、王小迅，你们的想法都很好嘛。既然是竞争上马，我建议你们回去抓紧拿出具体、全面的策划案，三天之内，所有的方案统一交到黄主任那里，紧接着我们就召开论证会，并最终敲定结果。时不我待，希望大家能牺牲小我，顾全大局……"

2 你那么漂亮，到底是人是妖

01

沈鱼水起床已经九点多了，想起昨晚一直没打通王小迅的电话，再次拨打，居然仍是关机。

沈鱼水来到宾馆外，叫了辆出租车，直奔红柳峡而去。

敦煌郊外，天高云淡，艳阳高照。出租车已经远离市区，本来就稀疏的房屋也被远远抛在身后，地面逐渐荒凉起来。一个刹车，卷着尘土的出租车停下来。车轮前方，有几道模糊的车辙继续向东延展。

沈鱼水下了车，很不情愿地问出租司机："师傅，你再考虑考虑，多少钱都成，只要把我送到红柳峡。"

出租司机头摇得像拨浪鼓："跟你说八百遍了，不行，多少钱都不行，再往前就是戈壁滩了，没有路了。"

"师傅，没那么夸张吧，你看这地下不是还有车辙吗，说明还是有车进出的。"

"那是越野车，我这车进戈壁可不行"。

"师傅，你再想想，我出一千块……两千块两千块！"

出租司机没再搭腔，掉转车头，在沈鱼水身边停下来说："幸运的话，你能搭上顺风车"。说着，一踩油门，绝尘而去。

沈鱼水摇了摇头，再次拨打王小迅的手机，却无法拨打出去，一看手机，居然没信号了，气得他往地上连啐了几口唾沫。停顿片刻，沈鱼水顺着车辙的痕迹迈开脚步。

在周围荒无人烟的背景映衬下，沈鱼水的身影越发显得渺小、孤单。走了一段，他站在两行车辙印旁，模仿起公路电影里搭车女郎的姿势，摆弄着各种招手拦车的姿势。正搔首弄姿，一个人玩得带劲，猛听见身后"扑哧"一声笑，一回头，只见身后不远的岩石上坐着一个人，吓得他一屁股坐在地上。

沈鱼水定神，看清是个戴着一副大墨镜、身上背着个登山包的姑娘。姑娘站起身，走到沈鱼水身边，大方地伸手去拉沈鱼水，惊魂未定的沈鱼水下意识地把手往后一缩。

"你没事吧？大白天的，我又不是鬼，这点胆量都没有，也敢一个人走这荒山野地啊？起来吧。"姑娘笑盈盈地说。

沈鱼水尴尬地笑了笑说："那可说不准，这荒山野岭的，你又那么漂亮，谁知道是人是妖。"

姑娘面若桃花，笑道："看不出来，你还挺会夸人。"

荒凉广袤的戈壁滩上，只有一马平川的碎石子荒滩，偶尔看见几株瘦弱的骆驼草倔强地生长着。沈鱼水和姑娘已经走了一段路，交谈中，沈鱼水知道姑娘叫肖真真，也是从深都来的，是深都一所职业学院的老师，同时还兼着一家风光摄影杂志的特约撰稿人。

"这世界说大也大，说小也小，没想到能在这茫茫戈壁滩碰到老乡，要不是遇到你，我还真不知道该怎么办呢。红柳峡在哪儿我都弄不清。"沈鱼水有些兴奋。

"当然了，戈壁滩可不是公园，迷路失踪都是可能的。"

"啊！那……那咱们还是等等顺风车吧！"

肖真真莞尔一笑："瞧把你吓得。边走边等吧。要不是我车坏了，又急着赶写一篇稿子，你倒可以搭我的顺风车，现在我们只能等别人的顺风车了……你女朋友也是，怎么不等你一块儿走，一个人先奔红柳峡了。"

"嗨，她跟你一样，喜欢到处瞎转悠，哦不，你不是瞎转悠，你是专业旅行家，跟她不是一个重量级的。"

"但她有一点跟我肯定是一样的，傻大胆！"说着，肖真真咯咯笑起来。

沈鱼水显然被肖真真的笑声感染到了，忍不住多看她两眼。

"如果遇上大雨，这一路非常危险的。你也够冒失的，看来你也是傻大胆。"肖真真又笑起来。

"嗨，我这不是着急吗，担心我那口子，才匆匆上路的，只要她没事，我是不怕任何危险的。"这话说出来，令肖真真也不禁悄悄多看了两眼这位俊朗的男士。

沈鱼水举起手机，前后左右地拍着戈壁的景物。

"来来来，我们自拍一张，留个纪念。"沈鱼水举着手机，蹭到肖真真边上。肖真真停下来，配合做了个"V"的手势。

两人边走边聊，已经走了一个多小时。戈壁滩坑洼不平，他们行走的速度快不起来，而沈鱼水一直期待的顺风车始终没有出现。

"讲讲你和你女朋友的故事吧！"肖真真边走边说，"我长年在路上，其实挺寂寞的，听听驴友的故事，对我来说就也算是一大乐趣，很多还成了我为杂志写稿的素材呢。"

"啊，我们的故事里没有悲伤，只有浪漫，浪漫甜蜜的爱情。不过你要是写进文章里，我还真得考虑考虑。"

"快讲快讲，我喜欢浪漫而又真实的爱情故事。"

"这……"沈鱼水支吾了一声，显出为难的样子。

肖真真抓住沈鱼水的胳膊说："沈大哥你就讲讲嘛，我保证不写出来还不行吗？"

"那……好吧，我讲……"

02

开完会，王小迅回到办公区，打开手机，见有十多个未接来电，都是沈鱼水打来的，王小迅显得很不高兴，把手机撂到桌子上。

"神经病！"王小迅边自言自语，边打开笔记本电脑，打开题为"大型婚恋服务类节目《非爱不可》策划案"的文档，在电脑上噼里啪啦地输入着。

转念间，王小迅看了眼手机，停下手里的活，回拨沈鱼水的号码。语音提示沈鱼水的手机无法接通。王小迅放下电话，继续在电脑上打字。

王小迅约了罗书、黄争光、卓乐等几个人来到一间小会议室。王小迅边拨打沈鱼水电话边自言自语："神经病，跑哪儿去了？"又对众人道："亲们，等我下，我去打个电话。"

她来到走廊上，拨通马丰的电话。

马丰说："什么？你联系不上鱼水，都两天了？"

"可不是嘛，人家跟我玩躲猫猫呢，我都忙疯了，哪有这闲工夫啊……要不你帮我去他那儿看看。"

"没问题，我正好要跟鱼水汇报你那个策划的事……"

王小迅撇了撇嘴："干吗要向他汇报这事儿？有他什么事儿呀？"

"这事儿不是因我而起的吗，是我鼓动你的……"

"行行行，你快去吧，找到鱼水让他给我个电话，别成天装神弄鬼的。"

马丰挂断电话，看到于静端着一盘洗好的葡萄走出厨房喊马超，马超答应一声，从地上爬起，钻进卫生间洗手。马丰亦从地上站起："我得去鱼水那一趟，你带会儿超超吧。"

于静翻了个白眼："刚才是不是小迅的电话？"马丰回答说是，于静又道，"你倒是随时听候调遣……这小迅也是的，什么事儿都找你，难得有这么个长假，我让你多陪陪儿子……"

"好了好了，我去一下就回。"

于静说："赶紧的，我可不想和你妈照面，她去菜场有一会儿了吧。"

"我说于静，你就留下来吃个饭，也就加双筷子的事，何必呢。"

"我可没那心情……赶紧的，在你妈回来之前赶回来，超超这儿不能脱人。"

03

望着茫茫戈壁，沈鱼水的思绪飞回到几年前他的住处。

那时他刚参加工作两年，王小迅还没大学毕业。他的住处陈设简陋，一看就知道是个单身汉的住所。王小迅生日那天，沈鱼水约她来到这处房子，"这房子是租的，但我不会永远住在这里。"沈鱼水郑重其事地说。

"那以后你会住在哪里？"

"我带你去看。"沈鱼水打开房间里的一扇门，按下一个开关，房顶上两盏射灯亮起，两道明亮的光线聚拢过来，照着地板上的一栋别墅模型。除了这栋别墅模型，房间里没有别的摆设。灯光投射下的别墅模型美轮美奂。

"哇！"王小迅惊叹起来。

"这就是我三十岁以后要住的地方。"说着，沈鱼水拿起一根木杆，在模型上指点着，"这是花园，这是露台，这是健身房，这是主卧，这两间是工人房。"

"工人房，还两间？"王小迅瞪大了眼睛。

"就是保姆住的。"说着，沈鱼水关掉射灯，按下另一个开关。房间里暗下来，模型的窗户里亮起红红绿绿的小灯。房间顶上同时垂下一只球形吊灯，光线乳白，如同满月。

"这是我请人按我的构思专门制作的，喜欢吗？"沈鱼水深情款款地说。

"哇，真的好美。"

"这房子什么都不缺，就缺一女主人了。"

"谁能做这房子的主人，不要太幸福哦。"王小迅说。

两人四目相对。

沈鱼水问："你愿意吗？"

"没有人会拒绝，包括我。"王小迅轻声回答。

两人拥抱在一起……

沈鱼水陷在回忆里，肖真真听得入神了，不禁喃喃道："沈大哥，你对女朋友真的太好了。跟你在一起，她一定每天都笑靥如花。"

"她就是不爱笑，不过喜欢花，最喜欢玫瑰花，有一年她过生日的时候，我买了九十九朵玫瑰。"

沈鱼水又陷入回忆……

王小迅住处，她被蒙着眼罩，沈鱼水推着她走进卧室，"不准睁眼哦。"沈鱼水边说边用手在王小迅眼前晃了几晃。

"你今天要我的钥匙，在家捣鼓什么了？"王小迅伸着手臂，小心地迈步。

"别急，答案马上揭晓！"沈鱼水扶着王小迅走进卧室，解开她的眼罩。

王小迅睁开眼睛，只见温馨的壁灯照耀下，床上堆满了玫瑰。喜形于色的王小迅尖叫一声扑上去，没滚几下便大叫起来，"刺，刺……"说着从床上迅速弹起。

零零散散的玫瑰花很快被清理出卧室，床上残留着一两片花瓣。

王小迅伏在被子上，撩起裙子，露出大腿，沈鱼水拿着镊子、手电筒，在拔除王小迅身上的玫瑰花刺。

"哎哟，哎哟……姓沈的，你怎么这么蠢啊，呜……"王小迅痛得流下眼泪。

戈壁滩上，肖真真笑弯了腰，摘下墨镜擦拭眼泪。沈鱼水动容地看着她，她的眼睛更加让人着迷。

肖真真停下来，喃喃道："就是被扎成刺猬，也心甘情愿呢！"两人四目对接，情不自禁地对望在一起。

这时，天突然暗下来，空中乌云涌动，地面刮起了风沙。

"不好，要下雨了。"肖真真花容失色。

"这……这上哪儿避雨啊。"沈鱼水看看四周。

肖真真四下观望，往左手方向一指："那边有个坡，快往那儿跑。"说完，便快速跑向坡地。

"哎，真真，那儿能躲雨？"沈鱼水还在磨蹭。

"别问了，快跑。"肖真真边跑边说。

两人跑到坡顶上的一块空地，雨点已经"啪啦啪啦"地落下来。肖真真迅速拉开背包，抽出帐篷，"快，帮我搭一下帐篷。"

"我……我不会。"

"跟着我做就行。"肖真真嘴里说着，手却没有停下。沈鱼水跟在肖真真身后，按着她的指令帮着一起搭帐篷。

帐篷搭好，两人迅速钻了进去，肖真真从里面拉上拉链。顷刻间，帐篷外已是大雨如注，广袤天地间，小小的帐篷掩映在雨幕中。

"她可能到红柳峡了，那里肯定也下大雨，不会有什么危险吧？"沈鱼水着急地问。

"我查阅过红柳峡的资料，那里是丹霞地貌，山体坚固，应该可以找到避险的地方。"

"唉！都怪我，都怪我不好。"沈鱼水对着帐篷外喃喃自语，"亲爱的，你可千万不能出事儿呀！"

看着沈鱼水真切又无助的样子，肖真真突然笑了，拍了拍他肩膀说："现在是国庆大假，相信那里会有不少驴友，他们会互相照顾。现在雨太大，看不清方向，等雨小点，我们就继续赶路，不出意外的话，天黑前我们应该能赶到那里。"

04

王小迅召集众人开会，黄争光首先表态："姐，为了这《非爱不可》，我黄争光愿意赴汤蹈火，咱们赢定了……你们几个也表个忠心吧。"

卓乐道："有什么好表的，咱这组里帅哥多，我乐意……"

黄争光道："我看你就是一花痴……壮骡你呢？表个态呀……我都忘了，何珺怎么没召你去呀？"说着，他瞅了眼低头不语的罗书。

罗书有点儿失望地说："我，我怎么知道？"

"呵，要是何珺找你，你还真的就去她那边了？"黄争光问。

"我会考虑的，何姐的创意也不差。"

黄争光敲着桌子说："壮骡，作为同居关系的患难兄弟，我不得不提醒你呀，何珺何许人也？人家是红过一阵的主持人，虽说现在成了昨日黄花……特别是人男朋友，可是冯氏企业的公子，你一有勇无谋的莽夫，比不了的……"

"我，我……他们又没有结婚。"

"不能跟你急了，你还真是咬住就不放了。"

王小迅敲敲桌子说："争光，别开玩笑了。罗书，咱们有言在先，一旦何珺需要你，你随时可以过去，我不会有意见的。"

罗书笑了："小迅姐，有你这句话，我跟定你了。但如果何姐真的找我，我就……"

众人哑口失笑。这时，马丰的电话打过来，王小迅接听。

马丰说："我去过了，鱼水不在家，车也不在楼下。"

王小迅有些烦躁："我知道了。"

"小迅，你们是不是真吵架了？"

"没有，怎么会呢。"

"有什么事儿你可别瞒着我。"

王小迅说："你快回家吧，趁放假多陪陪超超，也好让于静省省心，她一个人带孩子不容易。"

05

戈壁的雨来得急，去得也快，很快就停了。沈鱼水和肖真真钻出帐篷，只见一轮彩虹挂在天地间，把单调的戈壁滩映照得五彩斑斓。

"啊，太漂亮了！"沈鱼水大叫。

肖真真没有回应，她紧走几步，来到坡顶，四下张望着，脸色渐渐凝重。

"我们可能迷路了。"肖真真的语气有些紧张。

"那……那怎么办？"

肖真真没答话，钻进帐篷，把背包里的东西统统倒在地上，翻找着。

"真真，你找什么？"沈鱼水把头探进帐篷问。

肖真真没回答，停了一下，又把倒在地上的东西一件件放回背包里。

"糟糕，指南针和定位仪都放在车上了。"肖真真抬起头，把披散下来的头发向后拢了拢。

"这……这可怎么办？"沈鱼水一脸沮丧。

"天快黑了，如果幸运有路过的车辆，把我们带出去最好，否则只能徒步走出去了。"

光线越来越暗，广袤无垠的戈壁滩上，那种彻骨的空旷感，伴着黑暗到来所附带的一种从未有过恐惧，压得沈鱼水有点透不过气来。

肖真真拿出手电筒、地图，又走到坡顶上四下张望了一会儿，在地图上比照了一番，从高坡上下来，钻进帐篷。沈鱼水也跟着肖真真钻进钻出。

"如果我没估错的话，离这里最近的公路至少有四五十公里，要走也是一个人走一个人留下，今天太晚了，明天一大早我就出发。"肖真真说道。

"那怎么行，你留下，我去找人，我女朋友还不知道什么情况呢，我都快要急疯了。"沈鱼水焦虑地说。

"急也没用，这里是戈壁滩，你又没有野外生存经验，我都没把握能不能走出这里，就凭你？"

"我是没有野外生存经验，但我首先是一个男人，总不能让你涉险吧。"

肖真真幽幽地看了一眼沈鱼水："戈壁滩上可能会有野狼，你不怕？"

沈鱼水一哆嗦，下意识地扭头向帐篷外张望，随即故作镇定地说："瞧……瞧你说的，这年头，到处是人迹，野狼野狗什么的，早跑到荒山野岭去了。"

肖真真笑了笑："这里和荒山野岭有区别吗？"

夜色笼罩过来，戈壁滩上天空，星光清晰可见，星河流转，璀璨夺目，而整个大地则黑乎乎的一片，什么都看不见。

气温也快速降下来，慢慢地感到了寒冷，衣衫单薄的沈鱼水刚刚入睡就被冻醒了，他搓着膀子，回头望了下，看到蜷缩在帐篷另一边的肖真真。

肖真真也醒了，听到沈鱼水的动静，"沈大哥，你到我这边来。"

"这……这边也一样。"

"让你过来你就过来。"

沈鱼水摸索到肖真真身边，和肖真真并排坐到一起。

肖真真拉开沈鱼水的胳膊，钻进他怀里，两人贴到一起。沈鱼水局促地把手搭在肖真真肩上。

"你别误会，我在野外惯了，和驴友靠在一起取暖是常有的事。"肖真真小声说。

"我没、没误会……不过你一个女孩儿家，长年在外，怪不容易的。"

"习惯了，在一个地儿反倒待不住。"

"你没成家？没有男朋友？"

"没。"

"不可能呀，你这么漂亮，喜欢你的男孩子肯定海了去了。"

"碰到过不少，天南地北的，国内海外的，可是……"

"可是你都不喜欢？"

"对，也不全对。我还有一桩未了的心愿，了却了它，我才会考虑自己的事情。"

沉默片刻，沈鱼水挪了挪身子，使两人都更舒服些。

"你为旅游杂志写稿，收入挺高的吧？"

"还过得去，你问这干吗？"

"我就随便问问，咱俩这么靠在一起，我也没了睡意，总得聊点什么吧。"

肖真真抬头看了一眼沈鱼水："别光说我，说说你吧。你对女朋友做过的最浪漫的事是什么？除了别墅模型和九十九朵玫瑰。"

"求婚，我向她求婚的那一幕。她后来告诉我，当时幸福得差点儿昏过去。"

"是什么，快说，快说。"肖真真抬了一下头。

沈鱼水挪了挪胳膊，轻声地说起来……

肖真真躺在沈鱼水怀里，异常安静，两行眼泪从她腮边肆无忌惮地流淌下来。

"真真，你怎么哭了，对不起，我……"沈鱼水发现肖真真的身体微微抖动，赶紧停住。

肖真真抹了把眼泪，破涕为笑："我是太感动了。沈大哥，你对她真是太好了，我都嫉妒她了。"

沈鱼水低头闻着肖真真头发的香味，无限陶醉。

"沈大哥，再抱紧点，我冷。"肖真真喃喃道。

沈鱼水用双臂箍住肖真真，肖真真也挪动了一下，熊抱着沈鱼水的腰，靠在他怀里，沉沉睡去。

06

天边依稀发亮。肖真真睁开眼睛，发现自己躺在沈鱼水的怀里。她没有立刻起身，又闭上眼，继续躺了一会儿。

已是黎明时分，茫茫无边的戈壁滩上，孤零零地支着一顶帐篷。拉开帐篷门，肖真真轻手轻脚地从里面出来，转身拉上拉链。她回头看了一眼帐篷，向一望无际的旷野深处走去，身影越来越小，最后消失在逐渐亮起来的地平线上。

沈鱼水醒来时，天色已大亮。他伸了伸胳膊和双腿，发现肖真真不在帐篷里，便钻出帐篷，四下张望，仍然没有肖真真的踪影。沈鱼水有些慌，又返身钻进帐篷，只见帐篷一角放着两瓶矿泉水和一袋压缩饼干，是肖真真留给他的，旁边还有一串胡桃木的手串，一瓶矿泉水下压着一张纸条：

> 沈大哥，我去寻找救援，希望还能回来和你相聚——一定！
> 这手串留给你做个纪念。祝我们好运！真真。

落款后面，肖真真还画了一个调皮可爱的笑脸。

沈鱼水冲出帐篷，绝望地打量着四周的旷野，有些害怕也有些自责地对着戈壁空喊起来："真真！真真！……小迅！小迅！你们在哪里啊！"

旷野里只有沈鱼水叫喊的声音，甚至连回音都没有。

无垠的戈壁滩深处，肖真真正艰难地跋涉着，额头上布满汗水。她不时地用衣袖擦拭汗水。

到了下午，肖真真已经走了大半天，毒辣的太阳照在无遮无挡的戈壁滩上。肖真真跌跌撞撞地走着，前方终于出现一条蜿蜒的公路。

另一片天空下的小坡顶上，沈鱼水高举手机，还是没有信号。他不断对着旷野大喊："哎……有人没有？听见了就答应一声啊……"

渐渐的，沈鱼水没了力气，委顿地倒在地上睡着了。

隐约中，沈鱼水听到一阵汽车发动机的声音，他猛然惊醒，睁开眼睛，看到一辆破旧的卡车驶来。沈鱼水一骨碌爬起来，兴奋地蹿到坡顶。汽车渐渐驶近，沈鱼水看到肖真真坐在副驾驶座位上，于是拼命挥动双臂。

"我在这儿！这儿有人！人在这儿！"

救援卡车开到帐篷附近，沈鱼水赶紧拆卸帐篷，肖真真却站在坡下的车旁没动。

"咱们赶紧去红柳峡吧，耽误了一天一夜，我女朋友恐怕已经走了。"沈鱼水说。

"天黑了，我们还是先出去，找个过夜的地方。"肖真真的声音疲惫。

"那，那行吧，可是我们家那口子……"

"等咱们先脱了险再说吧，我打听了，红柳峡那边雨水不大，应该没有危险的。"

沈鱼水收拾好帐篷，递给已经上车的肖真真，自己也爬上车斗。汽车发动起来，肖真真拉过帐篷，盖在沈鱼水和自己的身上。两人只露出胳膊和脑袋。

"给我。"肖真真向沈鱼水伸出手。

"什么？"

"手串呀，本来担心见不到面了，给你做个纪念，现在咱回来了。"

"那可不行，哪有送人东西又要回去的道理，这可是我的护身符，今儿大难不死全靠它了，我要好好珍藏。"沈鱼水手伸进衣袋按了按。

"切，有那么严重吗？回去就不怕你女朋友看见？"

"我就说是从地摊上买的……"

肖真真掩嘴而笑。

雪亮的车灯照射着前方。沈鱼水不安地看着四周，肖真真靠在车上睡着了，她的面容十分憔悴。

07

在单位忙了一天，王小迅回到家已经很晚，想起还没跟沈鱼水联系上，再次拨打电话，终于接通了。

"晕啊，你为什么压根就没来敦煌？为了找你，我的小命差点就报销啦！"沈鱼水又喜又怨地说。

"我说打你电话怎么就打不通呢……"王小迅紧张起来。

"我和一哥们儿搭伴去红柳峡，结果迷路了，手机又没信号，这戈壁荒滩的几百里没有人烟。"

"没伤着吧？"

"没有没有，我沈鱼水是什么人。也就碰到几头野狼，被我通通打跑了。"

沈鱼水旁边的肖真真不禁笑出声来，沈鱼水赶紧捂住手机，回头看了她一眼。

"行了行了，你就吹吧，赶紧给我回来反省，竟然敢跟踪我！"王小迅说。

"我这不是担心你嘛，既然你没来敦煌，那我也没有必要去了，明儿就回深都，小别胜新婚……"

"少废话，赶紧给我回来，有好些事要跟你讲呢。"

沈鱼水关上手机，词不达意地对肖真真说："手机有信号了。"

第二天一早，沈鱼水和肖真真一起从路边的一家餐馆出来，肖真真说："前面都是大路，你搭个车就能去敦煌了，当天就能飞深都。"

"那你呢？"

"我要在镇上待两天，写稿的任务还没完成，还得去红柳峡。"

"互留个联系方式吧。"沈鱼水说。

"这就免了，太俗，如果有缘咱们自会见面。祝你一路平安！"肖真真笑着向沈鱼水伸出手。

沈鱼水站着没动。

"你走啊。"肖真真催道。

"别说，这分别之际还真有点伤感。"

"你不走我走，我回旅社歇着了。"

说着，肖真真转身离去，走了几步，身体居然晃了两下，似乎要摔倒。沈鱼水一愣，急忙上前扶住她。

肖真真试图推开沈鱼水，但身体已经不能平衡，伸出去的手一把抓住沈鱼水的衣袖。

沈鱼水摸了摸肖真真的额头，"啊，你发烧了？"

扶肖真真在路边一块石头上坐下，肖真真无力地低着头，沈鱼水扶着她的肩膀说："我送你去医院。"

肖真真抬起头，有气无力地说："没事儿，受了点寒，休息两天就没事了。"

沈鱼水眼眶湿润："都是为了我，我说你昨天怎么在车上睡着了呢！"

"我真的没事，你赶紧走吧，别耽误时间。"肖真真轻轻推开沈鱼水，脸上挤出一丝笑容。

"不行，我得留下来照顾你，等你的病好了我再走。"

肖真真安静地看了一会儿沈鱼水，缓缓说："要不你把我送回旅社，然后你就走，我实在走不动了。"

沈鱼水背着肖真真向旅社走去，边走边说："真真，我不想走了，你都病成这样……"

"这点小病，对我们这种人来说太小菜了。"

"你们是什么人？"沈鱼水停顿了一下。

"旅行家，探险家呀，哈哈哈。"肖真真笑得有气无力。

"反正我不走了，现在我走了成什么人啦，那就真不是个玩意儿了。"

"那不行，否则我就不让你背了！"见沈鱼水不搭腔，肖真真使劲摇了摇他的肩膀，"哎，你听见没有？不答应我就往下跳了！"

"好好，我答应你。"沈鱼水的声音哽咽着。

08

一回到深都，沈鱼水便赶到王小迅住处，张罗着两人的晚餐。很快，餐桌上摆了好几道菜，他从厨房又端出一盘刚做好的炒菜，见王小迅正坐在客厅的沙发里，脚跷在茶几上接听电话。

"老大，这是真的？"王小迅突然站起来，兴奋地说。

听筒里传来赵怀远的声音："这还假得了，我和深都卫视的范总刚碰过头，他们的主持人随咱点，点谁是谁，我把这个权力下放给你。"

"我知道了，老大，小迅绝不会辜负你的希望，一定会挑个合适的。"说着，王小迅握紧拳头使劲往下一顿。

"论证会还是要认真对待，虽然只是走过场。"赵怀远吩咐道。

"是，是……"王小迅连连应诺，一放下电话，就抱着沈鱼水脖子亲了一下，"我要成功了，成功了！噢！"

沈鱼水伸手在围裙上擦了擦："你要是成功，我离失败也就不远了。"

"什么，你说什么？"

"吃饭吃饭，我特地做了你最爱吃的萝卜烧肉。"沈鱼水连忙打住话头。

"我得打个电话给马丰，约他马上谈……"

"谈什么？"沈鱼水一激灵。

"请他担任《非爱不可》的主持人呀，这可是天赐良机……"

"就他？"沈鱼水摇了摇头，撇嘴道，"主持一档破读书节目，一副混吃等死的样儿，他哪儿有主持这种节目的经验呀。"

王小迅白了一眼沈鱼水说："这你就不用操心了！马丰的能力你又不是

不知道……你先吃，我约马丰去半坡，在那儿吃点快餐。"

沈鱼水把脱下的围裙往桌上一扔，气呼呼地说："小迅，有你这样的吗？我为找你差点丢了小命，这刚回来就给你当牛做马、忙吃忙喝……"

"好了好了，我吃我吃……"

"你也忒不待见我了！"沈鱼水继续嘀咕着。

两人坐下吃饭，王小迅问："说说，这敦煌怎么样啊，红柳峡怎么样啊？"

沈鱼水用筷子轻敲菜盘："红柳峡根本没去成，为了找你我差点儿就光荣牺牲了，想想都害怕……"

"大难不死必有后福，说点高兴的吧，这一路风景不错吧？"

"那是，荒无人烟，天高地阔，那永恒的地平线啊……"沈鱼水悠悠地说着，目光中有些迷离。

"一时你也说不清楚，还是看照片吧。"王小迅拿过沈鱼水的手机。

"也，也没什么好看的……"沈鱼水忽然想起什么似的，想夺回手机。

王小迅一侧身，继续翻看照片，便看到那张沈鱼水与肖真真在戈壁滩上的合影，两人勾肩搭背颇为亲热。

"这是谁？"王小迅眉毛挑了一下。

"就，就是我说的那哥们儿呀，旅行家，我跟她一块儿迷路了……"沈鱼水故作镇静地说。

"哥们儿？长得挺娘的嘛！"王小迅手指点着屏幕。

"小迅，你可别误会，要不是人家我可就给狼吃了，也不能回来给你做这一桌好吃的不是……"

"少跟我花言巧语！有长这样的哥们儿吗，说，她是谁？"王小迅把手机一攥，问道。

"嗨，我不就少说了一个字，少说了个'女'字，女哥们儿嘛。哈哈哈，误会误会，纯属误会，哈哈哈……"沈鱼水夸张地笑着，整个人都哆嗦着。

王小迅冷冷地看着沈鱼水，直看得对方心里发毛。她看到沈鱼水手腕上的手串，"那是什么？"

"啊……"沈鱼水本能地伸出右手护住左腕上的手串。

"是不是你那哥们儿送的定情信物呀？"王小迅一面说，一面向沈鱼水伸出手，"好你个沈鱼水，拿来。"

"哪能呢，是……是我在敦煌的路边摊买的，特……特地给你买的。"沈鱼水说着，装作满不在乎地退下手串，递给王小迅，"你闻闻，一股奇香！"

王小迅将手串凑近鼻子，皱起眉头，"汗味儿，臭死了……要买你怎么不买一对儿？"

"不就只剩下这一串了嘛，物以稀为贵。"沈鱼水喉结滚动着。

王小迅狐疑地看了沈鱼水一眼，将手串套到手腕上，站起身，挎上包准备出门。

"这么着急干吗，饭还没有吃完呢。"

王小迅故意瞪大眼睛："我去找我的男哥们儿谈点事，可以吗？"

"可以可以。是去半坡找马丰吧？我跟你一起去。"说着，沈鱼水站起身。

"免了。我和我哥们儿可是谈工作上的事，不像你和你哥们儿生死与共，男女不分……"王小迅说着，转身出门。

"马丰也是我哥们儿！"沈鱼水对着门喊道。王小迅没回应，沈鱼水哭丧着脸收拾碗筷，端进厨房。他戴上塑胶手套洗碗，洗到半截，脱下手套一扔，转身走出厨房。

09

赶到半坡村酒吧，马丰已经先到，还为王小迅点好了一杯她喜欢的柠檬汁。王小迅单刀直入："赵总刚透露给我消息，这个节目你们频道出主持人，让我们点将……怎么样，你不会推辞吧？"

马丰使劲摇头："还真没想过。"

"那可不行，我弄这事不就是你鼓噪的吗？现在你把我推到前台，不会撒手不管吧？对你来说，这也是一个机会。"

马丰呵呵一笑："小迅，你是干事的人，不像我胸无大志……"

王小迅轻啐了一口："少跟我唱高调，给个痛快话，干还是不干，你不干我也不干。也不是我不干，是根本就干不了。"

"我们台比我强的主持人多了去了，你非要选我干吗？"

"别人再强也没用，不可能有我们这样知根知底，配合起来才默契，你说是不是？"

"要是你们公司点了别人呢？"马丰反问。

王小迅诡秘地一笑，"很不幸，我们老大已经授权给我，我点谁就是谁。马丰，你已退无可退。"

正说着，马丰的手机响起来，是于静打来的。

"是不是儿子给你打电话了，我还真没和美眉约会，临时有点工作上的事。"

听筒里传来于静的声音："你就编吧，没见过你这么丧心病狂的，天天泡妞，我马上去你家把超超接走！"

"别别别，真是工作上的事，骗你是孙子，是小迅找我。"马丰赌咒发誓。

"你去她那儿了？"于静警觉地问。

"没有，在半坡。"

"你们在酒吧？就你和小迅俩人？"

马丰烦了，"嗨，我跟你说不清楚，还是让小迅跟你说。"说着把手机交给王小迅。

王小迅笑着接过手机，"亲，是我约马丰出来的……嗯嗯……这不我们公司和深都卫视合作，要做一档相亲节目吗，他帮我弄了个策划案，领导很重视，让我搭班子。我想让马丰担任主持人，这哥儿们居然扭捏起来了……嗯，你也帮我劝劝他，也老大不小了，成天这个样子，也不是个事儿呀，不为自己也得为咱们超超想想是不是……"

他们交谈的时候，沈鱼水的车也正在酒吧外不远处的树荫下停着。这哥儿们知道王小迅要来见马丰，心里总觉得不放心，王小迅出门不久，他就开车跟了过来，到了酒吧门口他又犹豫了，于是把车开到树荫下，自己在车上等。可这几天沈鱼水旅途劳顿，实在累得不行，等着等着，便睡着了。

马丰、王小迅谈完事走出酒吧，马丰推着摩托车，要送王小迅回家，王小迅说不用，自己打车回去，又叮嘱马丰："回去别忘了给于静打个电话，她也是关心你。"

马丰快快地说："你也一样，给鱼水打个电话，他一个人在外地肯定很孤单。"王小迅应诺着，刚好来了一辆出租车，王小迅上车离去。

马丰推着摩托走了几步，突然发现了沈鱼水的车，于是好奇地走过去，扒着车窗往里看。马丰敲了敲车窗，沈鱼水惊醒了，随即揿下车窗。

"鱼水，你怎么在这里？"

沈鱼水醒过神来，揉了揉眼睛，"小迅呢？我们家小迅呢？"

"呵呵，她已经回去了，难道你还担心我把你们家小迅卖了？对了，你小子不是去敦煌了吗？"

"什么，你知道我在敦煌？"沈鱼水面带惊愕地问。

"是啊，小迅联系不上你，还让我去你那儿找过，后来她告诉我你跑红柳峡去了，差点儿出事。小迅没说你回来了啊，是不是你回来她还不知道？"

"好啊哥们儿，知道我不在家还单约小迅，瞅准机会了是不是？"沈鱼水斜眼看着马丰。

马丰正色道："你这叫什么话，我和小迅是谈工作……"

"哈哈，哥们儿跟你开玩笑呢。"沈鱼水拍着车窗弦。

"狗改不了吃屎，不过我正想跟你说这事，小迅他们公司和我们频道准备合作……"

"打住，打住，咱先不说这个，虽然本人身在外地，但一切都在我的监控之中。这样吧，咱们略去所有烦琐的过程，直奔最后的主题，看在十多年交情的份儿上，你得答应我一件事。"

"什么事？"

"甭管什么事，你先答应我再说，这对你对我对小迅都有好处，错不了的。"沈鱼水说得很坚决，不容拒绝。

♥ 3 结婚证其实就是 一张挺容易撕碎的纸

01

深都市是座著名的旅游城市，山水秀美，风光旖旎。一些景区内星星点点地散落着休闲场所，著名的紫峰景区里就有一座茶吧，唤作"听风小筑"，这里的外地客人并不多，倒是本地一些文人雅士经常出没。

此刻，听风小筑包间内，聚集着光灿传媒公司节目中心主任黄肃之、编导何珺、一个胖女编导、长脸女编导王玲玲和其他几个公司员工。服务员为他们沏好茶，关门离去。

何珺从文件袋里拿出一沓材料，在桌上跺整齐，双手递给黄肃之。

"黄总，明天就要开论证会了，我把策划案又全面梳理了一遍，请您过目。"

黄肃之接过材料，随手往旁边一放。

"文字我就不用看了，你是咱们公司的才女，这是谁也比不了的。加上冯氏企业这个强援，战胜王小迅还是大有希望的。"

何珺咬了一下嘴唇说："您能别提冯家吗，我和冯氏公司是两回事。"

"怎么两回事了，你是冯家未过门的儿媳妇，冯氏企业又是咱们光灿传媒极为重要的客户，你先把这节目的冠名权搞定，那不就胜券在握了嘛。"黄肃之双手撑在胸前的桌子上，大剌剌地说。

"那也不是一回事，况且我联系不上冯大吉了。"何珺的语气不无失落。

黄肃之挥了挥手说："那就直接去找冯董事长呀，这事还得大吉他老子点头不是。"

"黄总，我觉得我最大的优势还是在于创意。"何珺转移话题。

"那是那是。《非爱不可》虽然比较稳妥，但骨子里还是老一套，不像你的直播方案，可谓空前绝后，富贵还得险中求嘛！"

一中层干部接过话茬："要说对公司的感情，没人能比得了黄总，当初您就跟着董事长下海。公司能有今天，哪一步没留下黄总的脚印？没想到半路杀出个赵怀远……"

黄肃之摆摆手道："老张，你扯远了。赵总以前和我在电视台是同事，你们不了解他，他的确比我优秀。我离开电视台的时候，赵总去了市文化产业集团，业绩做得相当突出。此人整个就是一经济动物，加上官场有人脉，公司是花重金把他挖过来的。"

黄肃之端起茶杯，慢慢吹开浮在上面的几片茶叶，轻轻嘬了一口，对何珺继续说道："关键不在于策划案有多完善，重要的是找出竞争对手的破绽，就是再稳妥完善的策划也不可能是十全十美的。"

"对呀黄总，我怎么就没有想到呢！您的提议太好了，姜还是老的辣。"何珺兴奋地拍手，众人也跟着啧啧称颂。

黄肃之摆手道："先别拍马屁，我可什么也没说，泛泛而论，泛泛而论。"

02

王小迅这边也在积极筹划着，与黄争光、罗书等几个同事正在公司的小会议室里就明天的答辩再次沟通，虽然说不上胸有成竹，但心里也有底了。开完会，王小迅刚回办公室，沈鱼水的电话就打来了。

"老婆，你怎么还没找我？"沈鱼水的声音显得很欢快。

"跟你说过多少遍，别这么叫！咋就不长记性呢你……什么我怎么还没找你，我要找你做什么？"

"有困难找鱼水，鱼水是你老公啊！"

"你又来了，我不跟你废话了，忙着呢。"

"你真不需要找我，工作上真没有困难？"

"我能有什么困难？是你巴不得我有困难吧？"

"没困难就好。我是这么想的，得全力支持你弄这个相亲节目呀，要不我帮你去找个主持人，鱼水书业斥资，花多少钱都没有关系，全中国范围随便你点，你理想的人选是孟非还是谁，我去帮你搞定。一台成功的相亲节目主持人是关键，要是孟非往那儿一站，你的节目想不红都难！"沈鱼水越说越起劲。

"你说完了没有？痛快了没有？……那就这样吧，我还有事。"王小迅不想再说了。

"小迅，我可是认真的，这笔钱咱们出得起，为了你的事业……"

"别乱扯了，鱼水，别说我们已经有了主持人，就是没有，聘请主持人也是公司的事，你跟着瞎掺和什么，钱多烧得慌怎么着？"

"有主持人了？你是说马丰吧？马丰是不会担任你那节目主持人的。"

王小迅没好气地说："这你不用操心，他已经同意了。"

"嗨！他这人你还不知道，事到临头保管退缩。这哥们儿也就是嘴巴上狠，几斤几两他自己还是清楚的……"

"我再说一遍，他已经同意了。"王小迅已经不耐烦了。

"马丰肯定会反悔，到时候你连哭都来不及，不信，咱们就打个赌。"

"你可真无聊，我挂了。"说着，王小迅果断地挂断电话。

放下电话，王小迅托腮沉思，眼珠转动间，突然想到了什么，抓起手机拨通马丰的电话。

沈鱼水正在家里哼着小调做体操，听见门铃响，起身开门，见王小迅笑盈盈地站在门外，立马装出惊喜的样子："小迅？哎哟，你怎么来了？"

"我就不能来看看你吗？"王小迅说着，走进客厅坐到沙发上。

沈鱼水也往沙发上一坐，身体向王小迅身边靠了靠说："能能，当然能！

小迅，你找我肯定有什么事，这光天化日的……你还是告诉我吧，否则我心里不踏实。"

"行，我说。你不是要和我打赌吗，赌马丰愿不愿意担任《非爱不可》的主持人？"

"啊，开个玩笑嘛，不过是有这么回事。"

"那你说，赌什么？"

沈鱼水略一停顿："嗯……如果你输了，就搬过来跟我一起住。"

"那如果你输了呢？"

"我怎么可能输……如果我输了，我就搬你那儿去，跟你一起住！"

"呵呵，怎么的你都不吃亏。"王小迅冷笑道。

沈鱼水往王小迅身边挤了挤，伸手搂住王小迅的肩膀。王小迅腾地从沙发上站起来，从包里拿出和沈鱼水的结婚证，双手各捏一角，举到沈鱼水眼前，道："这是什么？"

"咱俩的结婚证呀。"

"没错，是咱俩的结婚证，但同时它也是一张纸，一张很容易就能撕碎的纸……"

"小迅你，你什么意思？"

王小迅柳眉倒竖，"我没疯，是你疯了！竟然在背后拆我的台。我自己辛辛苦苦地忙着节目的事，你不帮忙也就罢了，还搞阴谋诡计策反马丰，真是用心良苦啊。"王小迅说着，眼圈红了。

沈鱼水两眼紧盯着小迅手里的结婚证，好像那是一捆炸药似的，举着双手上下摆动着说："小迅，你，你先放下，有话慢慢说，咱慢慢说好不好？"

"我不放！别以为我不知道你那点鸡肠狗肚，不就是怕我和马丰在一起共事吗？"王小迅哽咽着说道，"我告诉你沈鱼水，我们都是光明正大的人！马丰还是你的铁哥们儿、好兄弟，我也和你领了证，你……你这不是侮辱我的人格吗？既然互相之间没有最起码的信任，这婚不结也罢……"

王小迅有做出欲撕结婚证的样子，吓得沈鱼水赶忙去抢："别别别，咱们已经结了。"

"结了可以离！你信不信，我马上就把这结婚证给撕了……"

"哎哎哎，好说好说，一切都好说，只要你把它放下。"沈鱼水打躬作揖。

"我不放，除非你把马丰给我请回来！"

"我请我请，什么我都答应你！"沈鱼水举起双手投降。

03

没办法，沈鱼水约马丰来家里。他在厨房里忙活，王小迅在客厅踱步，看手机上的时间。

王小迅问："你确定马丰肯定来吗？"

"肯定来肯定来，我沈鱼水专门设家宴，这面子大了去了。"

"你肯定能说服他吗？"

"肯定肯定，既然我能让他不干，就能让他干！这人嘴两块皮，咋说咋成呵，何况是我沈鱼水的嘴。"

王小迅抢白道："你脸皮可真够厚的！"

"咋办呢，谁让我这么爱我们小迅呢……哎，小迅，我能不能求你一件事？"

"你又要耍什么花招？"

"不要不要，我是说，以后甭管碰上什么事，你能不能别提离婚？……我们领证这才几天呀，多不吉利。"

"那是你自找的……而且，今天的事咱们还没有完，如果你说服不了马丰，咱们还得离！"

正说着，马丰到了，沈鱼水做的菜也摆了满满一桌，有桂花鱼、红烧鳝段、盐水河虾、芥蓝炒香肠和几道下酒菜。三人落座，沈鱼水开了一瓶法国红酒，向马丰举起杯子。

"我说哥们儿，这世上最了解你的人就是我沈鱼水，咱们认识快十年了吧？"

马丰"噗"的一笑："昨天你也是这么开始的，能不能来点新鲜的。"

"嗨！我对你的了解是不会变的，对你的理解也不会变，但得出的结论却今非昔比。"

"比如呢？"

"比如你手不释卷，坐马桶都带着一本书，这太难得了。"沈鱼水放下酒杯。

"你不是说我就一书呆子吗？曲高和寡，和这个时代严重脱节，根本做不了相亲节目。"

"那是因为你档次高，不容易降下来，但要是降下来，那可不得了，能量巨大，所谓厚积薄发，谁能比得了？"沈鱼水连说带比画。

马丰"嗯啊"地点头："再比如……"

"再比如我说你生性散淡，吊儿郎当，绝对习惯不了激烈的竞争。后来我也想通了，这也是优势，所谓无为而无不为呀，夫唯不争，故天下莫能与之争……"沈鱼水拧着脖子，言之凿凿。

"好了好了，双手互搏，也真够难为你的。"

"还有还有，我说你嘴上没闸，一向信口开河，现在一想……"

马丰左手掌向下，右手食指顶在左手心道："打住打住，我只问你一句，这回让我做节目是小迅的主意，还是你们两人共同的主意？"

"什么话嘛，小迅的主意就是我的主意，我的主意就是小迅的主意，是吧小迅？"沈鱼水转头向着王小迅。王小迅哼了一声，白了沈鱼水一眼。

"哥们儿你必须得答应，你要是不答应，我和小迅的关系那就悬了……"沈鱼水对马丰继续唠叨着。

"昨天你不是说，如果我担任主持人，你们的关系就悬了吗？"

"昨天是昨天，今天是今天，反正哥们儿你肯定得干，这对我对小迅都有好处，错不了的。鱼水这厢求你了！"说最后一句时，沈鱼水起身离座，学着不知是京剧还是越剧的腔调，抱拳对马丰深深鞠躬。

马丰、王小迅相视而笑。

04

　　答辩的日子到了。王小迅和马丰、黄争光、罗书一行四人乘坐电梯，来到会议室所在的楼层。电梯门开了，王小迅一行人走出电梯，顺着走廊走向会议室。迎面过来了何珺为首的一行，也是四人，何珺为首，后面跟着胖女编导、王玲玲和另外一个男生。王小迅、何珺都抱着笔记本电脑，都穿着高跟鞋，鞋跟有节奏地敲打着水泥地面，发出"嗒嗒"的声响，像是大战前的鼓点。

　　两拨人在会议室门前碰面，王小迅冲何珺点头微笑，何珺一抬下巴，哼了一声。罗书挤到前门殷勤地对何珺说："何姐，你今天这身打扮可真精神。"

　　何珺斜了一眼罗书："你少来。"

　　罗书拉开会议室的门，向何珺做了个请的姿势，何珺昂然而入，跟着她的几个人也鱼贯而入。

　　黄争光拉罗书，小声道："哥们儿，可真够贱的啊你。"

　　罗书一举拳头："你……"

　　答辩会由赵怀远主持，他的两边分做着六七位光灿传媒的领导和中层，黄肃之坐在赵怀远边上。王小迅、何珺两组人马对面而坐，一副两军对垒的架势。

　　墙上的投影屏上是王小迅策划案PPT的首页，文字为"非爱不可——大型生活服务类栏目 策划人：王小迅"。

　　轮到王小迅发言，王小迅讲道："作为一档新锐相亲节目，《非爱不可》最大的特点就是突出爱情，没有爱情就谈不上幸福美满的婚姻，我们的策划是从根子上做文章，从心灵、真心的层面上争取观众。说句不过分的话，《非爱不可》采用的就是爱情攻心术，必然会得到向往爱情的广大人群的呼应，同时，对当下金钱至上以及实用主义的婚恋观也是一个有力的反驳……"

　　此时，沈鱼水正约了于静在茶楼见面。

于静疑惑沈鱼水干吗要请自己喝茶，坐下后便问："老沈，你怎么想起来请我喝茶了？"

沈鱼水呵呵一笑："这有什么奇怪的，你不是小迅打小的朋友、最铁的闺密吗？"

"还用你说，你找我聊小迅的事？"于静以为有什么八卦，来了精神。

"嗯，你说对了一半。"

"那另一半呢？"

"另一半是聊你们家马丰。"

于静愣了一下："老沈，你可不能开这种玩笑，我和马丰现在已经不是一家人了，你不是不知道。"

"是吗？哦，对对对，你们已经离婚了，我差点给忘了。"

"我和马丰已经离了两年了，你装什么装呀。"见沈鱼水云里雾里地不入正题，于静有点儿不悦。

"唉！"沈鱼水叹口气道，"可在我的心目中，你和马丰永远是一对儿。认识马丰那会儿，你还是个姑娘吧……"

"你……"于静显然有些恼怒。

沈鱼水摆摆手道："即便现在，你于静也没有爱过第二个男人，对不对？"

于静没搭话，但眼圈有点红了。

"于静呀，沈鱼水难得佩服一个人，你是一个，我就佩服你的从一而终，在这年头，绝对是稀有动物啊。我知道你还深深地爱着我的兄弟、你的前夫马丰，抱着和他复合的希望，可现在这希望就要破灭了。"沈鱼水脸上一副伤心而又无奈的表情。

"你……你什么意思啊？"于静警惕地看着沈鱼水。

"你想啊，马丰和小迅这一共事，两人成天缠在一起，难免日久生情，况且当年他俩就互有好感。"

"老沈，你是为自个儿担心吧，小迅不是你女朋友吗？"

"所以呀，咱现在是一个战壕里的战友，面对共同的危机，有必要结成战略同盟。"

"我才不要和你结成什么同盟，你管好你们家那位不就完了？快点把婚给结了，不就天下太平了？"

"嗨，这小迅你又不是不知道，人能听我的？为了不让她和马丰整一起，我可以说是机关算尽，可现在只能靠你了。"

"靠我？你都不行，我就更不行了。"

"不对，你手上有超超。超超谁啊？马丰的亲儿子，绝对可以牵制住这哥们儿……我估摸着这会儿光灿传媒正在开论证会，应该还来得及。"

"这……"于静沉默了一会儿，叹了口气说，"你说吧，要我做什么？"

"其实也没什么，你现在就给马丰打电话，你这么说……"沈鱼水压低声音，对于静交代着。

光灿公司的答辩会还在进行中，马丰的手机振动，一看是于静的电话，他拿着手机走出会议室。

"什么？超超病了？"马丰焦急地问

"是啊，病得厉害，烧得像个小火球似的，你赶紧过来送他去医院。"

"我出门还好好的，怎么说病就病了？"

"我哪知道，你到底是来还是不来？"

"好，好，我来，我马上来。"

于静搁下电话，沈鱼水催她赶快回去。于静收拾东西准备离开，突然一拍脑门儿，"哎呀"一声叫起来。沈鱼水忙问怎么了，于静说忘了这几天超超在马丰家，马丰只要打电话回去一问岂不就穿帮了？

沈鱼水一拍脑门："哎哟，你怎么不早说。"

"嗨，这不放长假吗，超超过去已经好几天了，可我这心里，总觉得儿子是跟我在一起的。"于静六神无主。

"稍安勿躁，稍安勿躁，让我想想。"沈鱼水抬手制止于静唠叨，低头想了一会儿，眼珠转了几转，笑起来，"这就叫坏事变好事，真是天助我也……你就说是马丰听错了，你告诉他的是你生病了！"

于静没好气地说："你什么意思啊老沈，先让我儿子生病，现在又让我生病，我们娘儿俩咋得罪你了。"

"别急呀，让我慢慢道来。你最大的目的不就是再进马家吗？怎么个进法？现在你们已经离婚了，让儿子先进呀，儿子进了马家，你是儿子他妈，不就顺理成章地跟着进去了吗……"沈鱼水嘿嘿笑着说，"我怎么就没想到呢，真是人算不如天算，太好了，太好了！这招出奇制胜，肯定有效！"

"我不明白。"于静一脸茫然。

"你不用明白，照我说的做就行，保证你再进马家，和马丰复婚，只是于静你得受点委屈。但为了重获马丰的芳心，取得最终胜利，就是再委屈也是值得的，你于静也是愿意的，对不对。"沈鱼水胸有成竹地说。

于静眨巴着眼睛，看着沈鱼水。

06

马丰果然打电话回家了，是母亲接的电话，一问之下，儿子果然无恙。马丰挂了电话，嘟囔了一句"神经病"，也没工夫细想，回到会议室。

答辩会还在继续，何珺正站在桌前慷慨陈词。

投影屏已经换上了何珺策划案的PPT首页，文字为"爱你好商量——大型生活服务类栏目 策划人：何珺"。

何珺结束发言，刚刚坐下，黄肃之带头鼓掌，跟随者寥寥。

黄肃之开口道："作为节目中心主任同时也是光灿传媒的创始人之一，我就说两句吧。首先，对年轻人勇挑重担、敢作敢为的精神，我表示欣赏，可以这么说，何珺、王小迅的策划都很优秀，都同样的令人振奋，它们的区别，一个是录播，一个是直播。录播固然比较保险，但从创新的角度上说，从节目的新颖性上讲，何珺的方案显然是更胜一筹的……"

赵怀远道："老黄，你可以说得具体点。"

胖女编导抢先发言："光听'非爱不可'这个名字就让人很不舒服，存在着明显的道德问题以及强迫倾向。我们打个比方，比如A喜欢B，但B并不喜欢A，我们有什么理由要让A非爱不可呢？这样坚持下去除了收获痛苦，还能有什么样的结果？多少人单相思、爱所非爱都是因为一根筋造成的。更可怕的是 A 爱 B，B 爱的是 C，而 C 爱的是 D，D 爱的是 G……"

王玲玲跟着附和："姐你说远了，关键是，不管是主动去爱的一方，还是被动接受爱的一方，都没有理由非爱不可，让他们这样做是不道德的，也是不负责任的。《非爱不可》从立意上说就站不住脚。"

马丰仔细听了一会儿，何珺他们一伙不谈自己的创意，却一直在拐弯抹角地指责《非爱不可》的出发点、价值观问题。

又听了一会儿，看他们还没有结束的意思，马丰便笑着鼓起掌来："何老师不愧是情感专家，善于联想，咱们明明说的是爱情，却让她想起了一夜情、小三，我看还得加上丫鬟啦、格格啦，还有皇上的三宫六院妻妾成群，那才能配得成一部三流的电视剧。"

众人大笑起来。

马丰继续道："当然了，我们还得感谢何老师和她的策划小组，我发现他们准备的竟然是《非爱不可》的策划案，想得那细致、周到、深入，连所有的不利因素都想到了，真的比我们几个强太多了。如果《非爱不可》真能上马，我建议干脆由何老师出任制片人，何老师的《爱你好商量》那个策划实在不具备可操作性，连他们自个儿都不怎么关心，这不都在讨论我们的策划嘛。"

众人再次大笑不已。

"你……你……你不是我们公司的！"何珺的脸都绿了，瞪着马丰。

"我有一种预感，用不了多久我们就会一起共事……"马丰微笑看着何珺。

辩论的结果，王小迅的方案毫无悬念地胜出。

走出会议室，马丰和罗书、黄争光击掌相庆，王小迅也加入进来，相互击掌。初战告捷，王小迅有点喜形于色。马丰知道王小迅天生就是做事的料，不把她放在火上烤她反而难受，便提醒她先别得意，以后有她受的。王小迅处在兴奋中，马丰这些话她并没听进去。

马丰觉得有必要让王小迅重视起来，一同下楼的时候，便再次提醒她："我很欣赏你的乐观，但干成一件事真不是那么容易的……我估计，如果《非爱不可》和《爱你好商量》一上一下，何珺他们几个人得并到咱们节目组来，你要有个思想准备。"

"凭什么呀！"王小迅显然没想到这层。

"你们公司的人才库我初步探测过，这次为上这节目肯定得倾其所有，否则也不会让何珺他们也弄一个策划案的。"

"那倒也是……只有既来之则安之了，既然成了同一条船上的人，那就以诚相待呗。"

两人边说边聊，一起走出光灿大厦。刚到马路边，沈鱼水的车便滑行过来，在他们身边停下。

沈鱼水撅下车窗，怪声怪气道："人逢喜事精神爽，看二位的架势，这论证会开得不错嘛！"

"那是，有马丰出马，什么事儿办不成啊。"王小迅说道。

"王总过奖了。"马丰诡笑着，双手交叉向王小迅一欠身。

"王总？"沈鱼水转不过神来。

《非爱不可》上马在即，到时候小迅出任制片人，可不就成了王总。鱼水你还真知趣，开大奔来接人了。"马丰调侃起来。

"那可不是，我可是天底下最模范的丈夫，自打……"见王小迅面有愠色，沈鱼水赶紧改口，"错了错了，错一个字。我是天下最模范的车夫，王总以后日理万机，沈车夫保证随叫随到，风雨无阻。"随即下车，转到一边帮王小迅打开车门，摆了个 POSE 道："王总请。"

07

马丰刚回到家里，马母便喜笑颜开地告诉他，于静打电话来说自己病了，要把马超放在这儿一个月。马丰觉得奇怪，掏出手机准备问问于静怎么回事，就在这当口，于静的电话打了过来。两人话不投机，没说几句话就呛了起来，马丰还没问明白，于静却要和马母通话，马丰只好把手机给了老太太。

"妈，您辛苦了，妈我跟您说，超超要是不乖，您尽管教训他。"于静语气亲和。

猛听得于静叫自己"妈"，马母不禁觉得别扭。

"于静，你这么叫，我还挺不习惯的呢！"

"妈，我不就是想讨好您老人家嘛！超超在您那儿一个月，还得仰仗您照顾他，您腰腿又不大好，太辛苦了。"

马丰从母亲手中抢过电话问："你住哪家医院？我过来看看你。"

"我没有住院，在家养养就好了。"

"那成，我待会儿过来，有病得赶快去医院，可不能耽误了。"马丰说完便挂了电话。

马母一边收拾桌子一边唠叨："我说什么来着，于静果然是想找男人了吧，生病住院就是个借口罢了。想找男人就去找呗！犯不着对我的态度一百八十度大转弯呀！又不是我闺女。"

"妈，瞧您说的，好歹给你生了个大胖孙子，就冲这一点，您把人家当半个闺女待，也不为过。"马丰已经习惯了两头说好话来调解着婆媳矛盾，这会儿调解的惯性还在。

马母一边抹桌子一边说："理是这个理……于静不会是巴望着我将来给她置办一套嫁妆吧？那我可不干，咱又没亏待她！她那套房子钱，还不都是你挣的。"

"妈，您想哪儿去了。"马丰觉得母亲的担忧好笑，也不想再做什么解释，便说去于静那儿看看，离了家门。

来到于静的住处，马丰按响门铃。

这会儿于静刚洗了澡，已经打扮一新，进入最后喷香水的程序，她在化妆台前翻来翻去，最后找到一瓶香水，打开闻了闻，皱了皱眉头，又放下了。听见门铃，于静答应着"来了，来了"，但没去开门，而是来到桌子前，打开抽屉，只见抽屉里整齐码放着诸多胸花。看了一眼，没有满意的，她又打开下一层，再下一层，仍然是胸花，都是平时收藏的小物件。最后，她终于选定一枚，在胸前比画了几下，才算满意。

门铃又响，于静在镜子里看了眼自己，才赶紧去开门。

门一打开，看见于静面若桃花、光彩照人的样子，马丰吓了一跳，"嚯！你这哪像是生病发烧，倒像是发骚！"

"好看吗！"于静转了一圈。

"怪不得我妈说你想找男人了，还是女人更懂女人的心思。"

于静没搭马丰的话，又转一圈："怎么样，好不好看吗？"

"我还是走了，你快去约会吧。"马丰懒得看于静，顺嘴说道。

于静拉住马丰："我是想约会来着，马丰，你不会反对吧？"

"好事啊，你不提这事，我也想不起来，你这一提，我倒觉得自己这个前夫做得不到位。趁现在还年轻，我早该劝你找一个了。"马丰瞄了一眼于静，继续道，"嗯！这一打扮，还是相当拿得出手的，九十分！"

"为什么是九十分？"

"本来是八十分的，看在马超的面子上，这不得给你加点分嘛！"

"吝啬鬼，给一百分能抠死你啊！"于静佯装恼怒地说。

马丰看了看手表："既然你没什么事，我回去了。"

于静头一歪，问道："你都不问我去跟谁约会？"

"我可不像你，每次约会都来搅局。不过你要是没把握，可以带给我看看，我替你把把关。"

来到小区门口，马丰跨上摩托准备离开，于静突然侧身坐到摩托后面，搂住马丰的后腰，紧紧贴着他说："我还没坐过你的摩托车呢，带我也兜兜风！"

"我还得回去照看儿子呢！"

"有奶奶在家，用得着你吗，就会找借口。"于静依旧坐在摩托上。

"你平时总是嘟囔我不陪儿子，今儿个怎么了？下来下来，这摩托不适合你坐。"马丰脚撑在地上，扭了几下被于静抱着的腰。

"这可是咱夫妻关系存续期间的共同财产，还有我一半儿呢，我怎么就不能坐！"于静不依不饶。

"我是说你这身衣服……"

"没事儿，我屁股压着呢，你只管开！"于静笑了。

马丰摇了摇头，叹息一声，道："说好了，只此一次！去哪儿？"

"深都大学，我们就是在那里认识的。"于静笑着。

马丰驾车驶上马路，慢慢地开着。

于静说："你开快点呀，没有兜风的感觉。"

马丰只好提速。于静在背后直嚷嚷："再快点再快点，让我的头发飘起来。"

马丰没说话，突然加速，于静长发飘飘，同时尖叫不已，放肆的笑声和街头逶迤的车灯、城市夜景交融在一起。

08

按照节目中心的要求，《非爱不可》栏目组总算组成了。果不出马丰所料，何珺和她原来的班底全部加入《非爱不可》栏目组。

此时，王小迅正在会议室主持栏目组会议，马丰坐在她右边，左边的何珺面无表情。全组一共有十五六人，其中有罗书、黄争光、卓乐、海涛、胖女编导、王玲玲等，算是公司最大的一个栏目组了。

"大家都明白自己的任务了吧？下去后抓紧准备，一定要确保样片的效果。双方单位的领导对我们期望都很大，抽调到咱们组的，都是以一当十的精兵强将，咱们没有不赢的道理！"王小迅最后总结道。

马丰打着哈欠道："可以散会了吗？"

"还有一件事，为了样片好看，咱们得张罗一些俊男美女。"说着，王小迅看了看何珺，"何姐，你交际广泛，认识的人多，手头还有什么合适的人选吗？"

"王总，已经答应来参演的男女嘉宾，有一半都是我贡献的，还要我怎么样啊！"何珺抱怨着。

王小迅笑道："姐，你以前怎么叫我的，今后还怎么……"

"那怎么行，你现在可是我们的顶头上司，我也就负责一个小组，干的多少、好坏，还不都你一人说了算，咱们得敬你三分不是。"何珺言语中有了点酸味。

马丰接过何珺的话头："那必须的，一个团队，必须有个主心骨，有只领头雁。今后王小迅就是我们的头儿，我第一个表态要完全接受她的领导，服从她的指挥！"

黄争光、卓乐、罗书等纷纷附和。

罗书说："我跟何姐是一组的，除了听王总的，我还要服从何姐的指挥。"

何珺白了罗书一眼，罗书不吱声了。

"说正事儿，我看这样吧，卓乐你上，凑个数，这里就数你最年轻漂亮。"王小迅看着卓乐。

卓乐看了一圈女同事说："姐，你眼光好毒，我怎么就没发现，我是这里最漂亮的？"

何珺恶狠狠地白了卓乐一眼，胖女编导、王玲玲也直翻白眼。

"光年轻漂亮有什么用，到了台上像个二傻子，还不是白搭。"说着，何珺转脸又对着王小迅说，"王总，你要是不嫌弃，我也上去充个数？"

王小迅开心地说："太好了何姐，我怕你不乐意，都没敢点你的将呢，你舞台经验丰富，能上再好不过了！"

何珺没好气地说："得了吧你，还不是嫌我老了！我也就说说罢了，我有大吉了，怎么可能上台，切！"

王小迅有些尴尬，马丰赶紧打圆场："何姐也就是带头表个态，不过，我们还是要为何姐的献身精神鼓掌。"马丰鼓掌，大伙跟也跟着鼓起掌来。

何珺脸一沉："谁要献身了，想得美！"

"我还是做个幕后美女吧，站到前台，人家怪不好意思的呢！"卓乐忸怩着说。

"不怪你，你才工作，没见过大场面，上去也撑不起台面。对了争光，你得上，充当男嘉宾。"王小迅对黄争光说。

黄争光连连摆手："本帅哥也是甘当幕后英雄。"说着他看了看卓乐，又模仿卓乐的忸怩状说，"站到前台，人家怪不好意思的呢。"

大家一起笑起来。

卓乐瞪了一眼黄争光："拾人家的口水吃，没创意。"

"说什么呢，你口水那么臭，谁爱吃谁吃，反正我不爱吃。"黄争光又转向王小迅说，"姐，我上了，为了节目，争光决定献一把身。"

卓乐白了黄争光一眼，转头对王小迅说："姐，谁说卓乐撑不起台面了，我还非露一小手给你看看不可。黄争光不是上了吗，那我也上，我也要献身。"

"切，你就是献身，哥都不一定乐意牵你呢！哥只喜欢短发女生。在哥眼里，长发飘飘就是矫揉造作，不来电。"

话音刚落，何珺、王玲玲等一众长发女生纷纷拿手里的本子、签字笔砸向黄争光："谁造作了，谁造作了，找死啊你！"

"我错了我错了！我错了还不行吗？"黄争光左躲右闪，连连作揖告饶。

卓乐一拍桌子，指着黄争光说："这是你说的，到时可别反悔。"

黄争光脖子一梗："大丈夫一言既出，驷马难追。"

"到时不管谁对你表示好感，你也得给我牵喽，"马丰添油加醋，对着大伙儿说，"否则大家伙儿就把他五马分尸。"

4 咱俩要是睡一块儿，那最多算是一夜情

01

下班后，卓乐到楼下的理发店预约了15号上午九点到十一点之间的时间，并预订了最好的发型师，手艺好，还要速度快。美发店老板和光灿公司一干人早就混熟了，当即应承。交代完，卓乐来到大厦底层车库，开车出了大厦。刚出大门，正好看见骑在摩托上的马丰，卓乐揿下车窗。

"马哥，一个人准备去哪儿？"

"不去哪儿，回家！"

"切，早听说你周围一大帮美女呢，什么时候也泡泡我嘛！"

马丰呵呵一笑："你中意的又不是我，谁泡谁啊！"

马丰说着，摩托开了出去。

马丰一进家门，看到客厅里堆着几只大纸箱子、塑料袋，都是不同的淘宝卖家寄来的东西。母亲正坐在餐桌边看着马超吃饭。

马丰笑道："妈，行啊您，也学会赶时髦网购了，你原先不是特反对我在网上买东西的吗？"

"老爸，都是妈妈买的，给奶奶还有你买的，还有我的玩具呢！"马超插嘴说，"你快拆开，我要玩儿。"

马丰打量着一堆包裹，心里直犯嘀咕。这时于静的电话打了过来，问马

丰："我给你买的鞋子试穿了吗？不合脚的话，我就退回去再换一双。"

"于静，你到底想干啥？"马丰反问道。

于静没再接茬，让马丰把电话给马母，马母也不大愿意接听，道："我不接，都是些讨好邀功的话，我听着瘆得慌。"

马丰对着手机喊："我妈不愿意接，不过你买给她的衣服已经试穿了，效果不错，回头我把钱给你。"

马母气得跺脚，责怪马丰不会说话："你让我在于静面前怎么做人？真是的。"

马丰故意大声道："妈，我看您是神经过度敏感了，于静她就是发神经，不用管她。"

02

到了试录节目时间，光灿公司能坐百十来号人的演播大厅挤得满满当当。舞台已经搭好，台下的观众有许多是公司员工的亲朋好友，公司内部也有不少人被拉来凑数。放眼望去，摄像的三个机位、大摇臂、灯光、导播等都已就位。

王玲玲正在指挥女嘉宾们走台，何珺、卓乐也在这些女嘉宾当中。黄争光拿着麦克风在 T 台上组织着观众说："坐密点儿，坐密点儿，靓女往前面坐，这样画面更漂亮，大伙儿配合一下，配合一下。"

很多人站起来，反倒往后面挪，T 台附近空出一大片。

"咋回事啊，怎么都那么低调？没听人说低调才是最狂妄的炫耀吗？人活着靠的就是感觉，大家自信点，你觉得自己长得不丑，谁敢怀疑啊？看来这世上像我这么自信的人的确不多。"黄争光咋咋呼呼着，观众哄笑一片。黄争光走下 T 台，挤到观众群里，专挑年轻漂亮的女孩子，让她们坐到前面去，被指到的女观众三三两两地向前坐去。黄争光点中一对小情侣的女生，女生满脸粉刺的男友拉着她，也想跟着坐到前面，黄争光掰开他们，对男生说："没你什么事，你坐后面就行了。要是真在电视上看见自个儿，你会后悔的！"说完又回到 T 台，继续道："主持人出场，嘉宾出场，大家都要拼命鼓掌，还要叫，嗷、嗷、嗷！"

观众模仿黄争光，发出"嗷嗷嗷"的叫喊声。

黄争光提示说："喊得要有节奏感，一浪高过一浪，特别是主持人、男嘉宾出场时，请你们铆足了劲地叫。你们想啊，你们一兴奋，他们也会跟着兴奋，他们一兴奋，就会发挥得好，那咱就有乐子看了。说白了，他们都是供咱们取乐的，但是咱首先得哄好他们，大家伙儿说是不是？"

观众们齐声高喊是，喊完了又一阵哄笑。

黄争光又转向女嘉宾席道："待会儿本人要作为男嘉宾出场，看在我没有功劳也有苦劳的份儿上，各位小姐姐不要急着灭灯啊，当然最好是不灭，让我来灭你们的。"

何珺一仰脖子："凭什么啊！"

"你可以灭我的灯，你是前辈，让我去灭你的灯，那你多没面子。"黄争光嘿嘿笑着。

"切，臭美。"何珺又对两边的一众女嘉宾说，"到时候都灭了他，灭了他我请客！"

演播室外，马丰来回踱着步，口中念念有词，手上拿着一个小本子，不时看上一眼。王小迅走过来，拍了拍他的肩膀："马丰，全看你的了。"

"放心吧！"

"超超要在你家待一个月？"

"你怎么知道的？"

王小迅说："不废话嘛，我跟于静什么关系？超超是我什么人？"

"于静还跟你说了什么？她，她现在整个就……"

"她很好啊！"

马丰反问："好几天没看见鱼水了，他怎么样？"

"还那样，我们现在都很忙，聚少离多。"

录播正式开始了，马丰乘电梯来到 T 台上。黄争光站在角落里，带头鼓掌，做手势示意观众叫起来，观众席里掌声、喝彩声此起彼伏。

"只要爱情开花，自然会有结果，真爱至上，非爱不可。观众朋友们好，这里是深都卫视大型生活服务类节目，尚未冠名的《非爱不可》，我是主持人马丰，我对面站着的是二十位美丽的女嘉宾，让我们欢迎这些勇敢的单身终结者！"

马丰的开场白引来一片掌声、叫声。

节目有条不紊地录制，罗书戴着耳机坐在监视器前，王小迅走过来，专注地看着画面。罗书回过头，向王小迅挑了挑大拇指，王小迅脸上挤出一丝笑容。这会儿，王小迅的心扑通扑通跳得厉害，她知道，没到节目结束，一切都有可能发生，表面上她泰然自若，其实神经却是紧绷着的，连她自己都没察觉到，她紧攥着的手心里全是汗。

王小迅从罗书这儿又转到后台查看了一番，等她再次察看监视器时，黄争光已经以男嘉宾的身份站到 T 台上有一会儿了，他的 VCR 已经放完，女嘉宾们的灯也几乎全部灭掉，只有卓乐的灯还留着。

"你们真不给面子啊，咱们不是说好的吗，我是打了招呼的，女人真是无情。"黄争光调侃道。

"14 号女嘉宾给你留了灯，照我的理解，其他女嘉宾那是让贤，4 号男嘉宾也不要悲观失望，如果你愿意，可以上去牵她的手，如果不愿意，感谢之后自己离开。"马丰掌控着节奏。

"我说过了，我不喜欢长头发……"黄争光辩解道。

"不好意思，等我一下，不好意思，不好意思……"卓乐打断黄争光，边摆手边离开了嘉宾席，向后台走去。

马丰立刻反应过来："请游动摄像跟拍一下，看看女嘉宾这是要干什么？"

一名摄像扛着机器上台，小跑着向后台而去。

"小伙子，如果女嘉宾去的是女厕所，你就别跟进去拍了！"马丰冲摄像背影说，观众们哄笑起来。

"现在唯一给你留灯的女嘉宾突然离席，并且让你等着。征求一下你的意见，你愿不愿意等？"马丰问黄争光。

"等就等呗，我倒要看看她能玩出什么花儿来。"

"那好，你先靠边站，咱们还要继续录节目，等女嘉宾回来，再说你这茬。下面有请5号男嘉宾。"马丰继续主持。

黄争光退到一边，5号男嘉宾上台。观众席再次响起掌声，喝彩声。

<h2 style="text-align:center">03</h2>

5号男嘉宾正在和一个女嘉宾对话，后台突然一阵骚动——卓乐回来了。

只见卓乐的头发剪短了，像男孩儿一样。走进演播厅，迎着观众们惊诧的目光，卓乐有些不好意思了。

"啊，原来14号女嘉宾去剪头发了，欢迎归队！短短的十几分钟，14号女嘉宾给我们来了个大变活人。人生无常，为的不过是一个圆满的结果，这个结果到底圆不圆满，那就得看4号男嘉宾的决定了。"马丰提高了嗓门，又转向5号男嘉宾，"您稍等一下，咱们先解决眼前这档子事。"

"没问题没问题。"5号男嘉宾忙道。

"那就好，都等这么些年了，也不急这一时半会儿。"马丰说着，转向黄争光，"怎么样，现在看你的了，是上去牵手，还是一个人离开？"

"我……我……"黄争光慌了神，支支吾吾不知说什么了。

"你不是喜欢短头发吗？看清楚了，那可不是一般的短头发，是为了爱情，为有牺牲多壮志的短发，美啊！"马丰说道。

观众齐声地喊："牵手！牵手！牵手！"

黄争光稍一犹豫，虽然有点无奈，也只好走上前去，和卓乐牵手。观众席里掌声、喝彩声、起哄声响成一片。罗书转过头再次向王小迅挑了挑大拇指，王小迅会心一笑，轻轻地吐了口气。

这样一台节目在电视台播放也就两小时左右，但录制却要耗费数倍的时间。节目录制完成，已经到了晚上。

马丰疲惫不堪地回到家里，一开门，只见戴着围裙的于静从厨房跑出来，蹲到马丰脚下，麻利地帮他脱鞋，换拖鞋。

"我自己来自己来。你不是不舒服吗？怎么跑这儿当起保姆来了？"马丰惊诧地问道。

"我就是心病，没别的什么。"

"什么心病？"

"心脏病呀，有一阵没一阵的，难受着呢！"

"那得去医院呀，改天我带你去，有病治病，没病就当体检也是好的。"马丰换好拖鞋往屋里走。

"用不着，我这心脏病没哪个医生治得了。"

这时马母从阳台上走进来，笑盈盈地说："于静现在可真能干，做了一桌子菜，还帮我洗了好多衣服、床单，这几年，于静这个妈没白当。"

"妈，以前我做得不好，您别放在心上，以后您就瞧好吧！"于静笑盈盈地说。

"等等，等等，你什么意思？"马丰糊涂了。

"我能有什么意思，儿子在这儿，我来帮妈做点儿事情，搭搭手，有什么好大惊小怪的。您说是吧，妈！"

"就是就是！"马母应和着于静。

"妈，她这一口一个妈叫着，我看您还挺受用呵？"马丰冲母亲道。

"不是你要我把于静当半个闺女待的吗？真是！"马母拿着碗筷张罗着吃晚饭。

"妈，给我吧。"于静抢过马母手中的碗筷，一边在餐桌上摆放，一边对马超说，"乖儿子，不要看动画片了，快去洗手吃饭。"

"脸皮什么时候变厚了！"马丰小声嘀咕着，也走进洗手间。

吃罢晚饭，于静把马超哄睡后来到书房。马丰正在看书，于静上前帮马丰捏肩膀，马丰一下弹跳开来。

"你，你这是干什么？儿子睡着了？"

于静脸上闪过一丝不悦，随即面带微笑着说："嗯，睡了。我走了，你送送我吧！"

"马丰，你送送于静，你看她累的！"马母正在客厅里看电视，听见他们的对话插嘴说道。马丰无奈，只好放下书随着于静下楼。

"我没开车，你骑摩托送我吧？"

"还坐上瘾了你，我也挺累，你打车回吧。"马丰不耐烦地说。

"那咱们一块儿打车，去看场电影吧，你以前觉得累了，不都是我陪你去看电影的吗，看完你总说轻松多了。"

"以前是以前，于静我提醒你啊，咱们现在是离婚状态，不是两口子了，你以后来我家，最好先通知我一声，我也好有点儿准备。"

于静把脑袋撇向一边，泪水盈满眼眶："你妈想跟孙子待一起，我满足了她，但儿子也是我的，我想什么时候来就什么时候来，你管不着！"说完，于静抹了抹泪水转身走了。

马丰叉着腰，看着于静离去的背影，无奈地叹了口气。

04

《非爱不可》试播的样片剪辑完成后，赵怀远和光灿公司一干人带着样片找电视台领导审读。不出所料，样片获得一致好评，对马丰的主持也给予充分肯定。同时，电视台方面建议再找一个老成持重的搭档跟马丰组合，认为这样整体的台风和感觉方面，会更稳重些。

会后，赵怀远、王小迅、马丰等人一商量，觉得马丰、王小迅他们大学时代的老师，深都大学的美学教授刘子清，是个合适的人选。主意已定，第二天天一早，马丰、王小迅便相约去到深都大学拜请刘子清。

这天恰好是学校教职工体检的日子，刘子清从自家卫生间出来，一身正装，手里捏着一个封闭的小塑料管，依稀可辨那是一根医院化验用的试管。

刘子清拿着塑料管，冲着里屋喊道："找着了吗？"

"来了来了。"刘子清老伴拎着一只有"周大福金饰"标志的拎袋从里间走出来。刘子清接过拎袋，麻利地掏出里面的大盒子，又打开里面的一个小首饰盒，把小塑料管放进去，重新复原，在手里拎了拎。

老伴嘀咕着："又不是去送什么礼，不就验个大便吗，看把你折腾的！"

"你懂什么，这样拎着又方便又体面，多好！你总不能让我举着它晃悠到医院吧！那成何体统！"刘子清说着，又换上老婆刚擦过的皮鞋，拎着首饰袋出了门，哼着戏文一路优哉游哉地走上马路。

路的另一头，马丰正骑摩托载着王小迅相向而来。

刘子清往前走着，一辆摩托车从他身后慢慢开过来。摩托上坐着两个年轻人，经过刘子清身边的一瞬间，后座上的那个人劈手抢过刘子清手里的拎袋，险些将刘子清拉了个跟头。摩托车"轰"的一声加速开走。

刘子清跟在摩托后面大叫："抢、抢劫啦！救命啊……"

马路上过路的人不明白发生了什么事，一起侧目向这边看过来。

这时，马丰载着王小迅迎面而来，刚好和抢劫者互相错过。马丰一个急刹车，以腿支地，让王小迅下车，自己掉转车头追了过去。王小迅高喊："马丰！马丰！"马丰没回应，向着前面的摩托车急驰而去。

王小迅站在马路旁不知如何是好，一路追来的刘子清也跑到跟前，一眼认出了王小迅，有些尴尬地说："不用追，不用追的。"

"刘老师，要不咱报警吧？"

"不用不用，哎，那见义勇为的小伙子又是谁啊？"刘子清叉着腰，气还没顺过来。

"马丰，也是您的学生，您还记得吗？今天我们是来专门拜访您的。"

刘子清指了指前方："快给他打电话，别让他追了，不值当。"

"让他追去呗，他的车技好，摩托快。"

"唉！太不值当，那袋子里的东西，咱有的是。"

"什么东西？"

"没，没什么，就一空盒子。"

马丰很快赶上了抢劫的摩托，但他并没有追上去，而是与抢劫者保持着一段距离，看上去不像追击，倒像是跟随，抢劫者似乎也没注意到他。

拐上一段废弃的路面，马丰远远看见两个抢劫者已经下了摩托，正在争抢。争抢过程中，小首饰盒飞向半空。马丰一踩油门，正好赶到点上，一伸手抓住首饰盒，车头一转，飞驶而去。

一个抢劫者喊起来："打劫啦，打……"

还没喊完，嘴巴就被另一个抢劫者捂住了："瞎嚷嚷什么？你个傻子，昏头了你！"

马丰找到刘子清和王小迅，他们正坐在一个早点摊旁，桌上放着两笼小笼包子。马丰把抢回来的盒子交给刘子清，刘子清赶紧塞到裤兜里，然后夹起一只小笼包往嘴里塞。

"刘老师，宝贝您看看还在不在，这万一要是空的，咱还得报警不是？"马丰指了指刘子清的衣兜说道。

"不用看不用看，又不是什么值钱的东西。"刘子清嘴里塞着小笼包，话说得含混不清。

三人聊着，马丰听出王小迅已经跟刘子清说明了来意。

刘子清吃完最后一个包子，掏出一块手帕，抹了抹嘴说："这事好啊，今天你们看见了，我很能吃，廉颇老矣尚能饭否？能啊！当然啦，我可不是在故意表演，这点和廉颇同志是不同的。"

"刘老师愿意出山，我心里也更有底了。"马丰说道。

刘子清看了看马丰，又看了眼王小迅，问道："你们俩现在是一对儿吧？"

王小迅连忙摆手："不是不是，怎么会呢，我们只是搭档，一起搭班子做节目。"

"那可惜了，当年我就很看好你们啊，男才女貌，天作之合啊！"说着，刘子清把手帕放进衣兜。

"刘老师，小迅的男朋友也是我们学校的，和我同班，人家那才是正宗的'男才'。"马丰引开刘子清的话题。

王小迅制止马丰："你得了吧，他又不在这儿，你用不着吹捧他，当年鱼水也就一个农村孩子，特土！"

"到底谁啊？"刘子清问。

"沈鱼水，您还记得吗？"马丰道。

"啊，我记得我记得，也是一个很不错的小伙子，当年我曾经请他喝过一杯咖啡呢。"

马丰笑了："都多少年了，刘老师您还记得这事？"

"记得记得。不是我小气，是这小伙子朴实，后来他向我抱怨，说喝了咖啡一夜没睡着觉，原来他从来没喝过，不知道那东西特提神，哈哈哈！"

"刘老师，这段子还有后半截，您就不知道了吧？鱼水说一个有身份的人请他喝咖啡，一夜没睡着觉，我们就问他，那你不能不喝吗？您猜这哥们儿怎么说？他说，不喝我就更睡不着了，那咖啡得多少钱一杯啊。"马丰笑着说。

刘子清大笑："哈哈哈，我说的没错吧，那小伙子特朴实。"

王小迅也笑了："鱼水还说，他以后如果有钱了，要天天请哥们儿姐们儿喝咖啡。"

"哈哈哈……那就先这么定了，我还得去开会，改天见。"刘子清站起身，摸了摸裤兜里的小盒子，跟马丰、王小迅摆摆手，走了。

05

告别刘子清，马丰骑上摩托，载着王小迅沿着深都大学校园围墙外的马路慢慢开着。路过一幢五层小楼前，王小迅让马丰停下，看着小楼发呆。

两人又溜达进校园，来到校园内的大草坪旁。马丰支好摩托，跑到草坪上一阵儿撒欢，又跑又叫，最后趴到草坪上，陶醉地闻着青草的气息。

王小迅站在草坪外围，看着马丰，无动于衷。马丰向王小迅招手："来坐会儿，这草坪可一点儿没变。"

王小迅抬头看看已经升起来的太阳说："草还是嫩草，人却老了一截子了！走吧走吧，这大太阳天的，坐那儿不嫌晒呀！"

两人各拎一个摩托头盔，在校园的林荫道上走着。

"马丰，你知道当年我为什么会选择沈鱼水吗？"王小迅悠悠地问道。

马丰沉默了片刻，问："为什么？"

"就因为那杯咖啡！你们嘲笑他，我却从一杯咖啡里看出了鱼水的节俭、珍惜、志向和……和吃苦耐劳的精神！"

"是是是……小迅，我们也不是嘲笑他，至少我不是。当然了，不管怎么说当年我们还是太轻浮了。我马丰始终一贯地认为，你的选择是对的。"

"这是两回事。"

"是是是。"说这话的时候，马丰觉得喉咙里有些干燥，像无端飘进了一缕棉絮。

此时，沈鱼水再次请于静去茶楼。于静心里憋着一肚子委屈，也正想找沈鱼水抱怨，一见面，于静就埋怨开了。

"老沈，都是你出的馊主意，我现在整个儿就一死乞白赖，成天热脸贴人家冷屁股，连声谢谢都没有。我，我没他活不下去了怎么的？"

"话不能这么说，所谓'精诚所至，金石为开'，那微波炉化冻肉，还得用低温慢慢化不是，你这忙活才几天？浮躁乃是大忌，大忌啊！"沈鱼水转着手里的茶杯，语重心长地说着。

"说得轻松，又不是你靦着个脸去卑躬屈膝、做牛做马。"

沈鱼水把茶杯一放："于静，你要是这种心态，那我也无话可说了，你干脆撤退得了。"

"你什么意思？我那么多力气都白费了？"于静没好气地看着沈鱼水。

"可不是嘛！"

"那，那不行！"

"这就对了嘛！世界上怕就怕'热情'二字……"

"是认真。"于静更正道。

"对对对，我就变了一下，其实是一个意思，认真、热情、真诚，归纳为一句话，那就是你得有个积极向上的心态。你忙也忙了，累也累了，结果却到处喊冤抱屈，那不是白忙一场吗？再说了，你吃苦受累，那是为了谁？还不是为了超超？为了你一直深深爱着的马丰？啊于静，我都快要被你母性的光辉和伟大的爱情感化了。"沈鱼水越说越抒情，险些把自己也陶醉了。

"爱情？切！我都不知道自己这是为了爱情还是为了什么。"

"你现在的状态，就像进入了一般轨道的飞船，非得再往前推一把，才能进入同步轨道自由翱翔。看来，我还得再给你加点助推剂，我看你呀，你就干脆搬进马丰家得了。"

"你说什么？"

"这一次的助推，咱还得分两个步骤，不能用力过猛了……"沈鱼水说着，探身向前，小声地向于静说着。

06

这天，马丰和王小迅、刘子清正在讨论节目的事情，马丰的手机响了，他走到一边接电话。电话里，马母显得异常焦急，已经带着哭腔了。

"儿子你快点回来，家里出大事了。"

马丰问怎回事，马母说都乱了，电话里说不清，让马丰快点回去。马丰只好撇下王小迅回家。

一路赶回家，马丰急急忙忙地掏出钥匙开门，拧了两下门锁，却再也转不动了，推了推门，也推不动。

原来，马母已经反锁了大门，自己靠在门后顶住大门。于静耷拉着脸，搂着马超坐在客厅沙发里，马超正在哭。

马丰打不开门锁，只好敲门，马母拧开锁，见马丰到了，像是多了主心骨似的，一下轻松起来。

"于静要把超超带走了，被我拦住了。本来说让我带一个月的，这才二十天，怎么能说带走就带走呢？儿子你得给我做主。"马母急切地对马丰说。

"妈，我现在身体好了，不能老麻烦您呀！再说了，自打超超住这儿，您也够辛苦的，而且超超补习班的课全都停了，我得带他回去把缺的课全都补上才行啊！"于静说得入情入理。

"我要回家，我要妈妈，我要跟妈妈，呜……"马超不明白大人们怎么回事，吓得哭了起来。

马丰走过去给马超擦了擦眼泪，抱着他来到书房，打开电脑，点开游戏："儿子乖，你先玩会儿游戏，爸爸有话跟妈妈、奶奶说。"

马丰回到客厅，坐在餐桌主位，马母、于静分坐两侧，有点儿像公堂审讯的架势。

"都说清官难断家务事，今天我还非得试试，咱把这事断清楚了。"说着，马丰顿了下手里的茶杯。

"行，你现在就是咱家的县太爷！"马母胸有成竹地说。

于静"切"了一声："县太爷怎么也得是个处级，你不过是个中级职称，充其量也就算个科级。"

"科级怎么了？没有七品至少也得九品，也有九品的县太爷。"马母争辩。

"打住打住，我这还没开审，怎么先被你们审起来了？"说着，马丰转向于静，"人而无信，不知其可也。你是一个母亲，怎么可以在孩子面前言而无信呢！"

"对，君子一言，驷马难追。"马母帮腔。

"那，那是对男人说的，我是女人，女人不讲究这个。"于静反问道，"当初离婚时，儿子是不是判给我的？既然判给我的，我就有权随时带回到自己身边。虽然我说过住一个月，但也只是权宜之计，算不上什么承诺，别拿那一套侮辱我的人格。"

"既然你不承认，我也无话可说了。"马丰转脸对母亲道，"妈，不管是从亲情上讲，还是从法律上将，马超都是于静的，这点没错吧？"

"没……没错是没错，那还不是你当初主动让步，超超才判给她的。"马母据理力争。

"当初归当初，现在是现在，现在人家要行使法定权利，咱要是不答应，那可就是违法呀！"

"法理也得尊重人情呀，我是超超的亲奶奶，怎么就不能跟孙子生活在一起？"

"妈，话是这么说，可于静毕竟是超超的法定监护人，这要在国外，于静是可以请警察帮忙，强行带走超超的。"

马母一时语塞。

于静白了马丰一眼："你巴不得我赶紧带走儿子呢！哼！"

马母突然站起来，指着马丰说："哎！你个臭小子，断来断去，你原来是要赶超超走啊，你……你个没良心的东西。你……你成心气死我啊你！"

话没说完，马母手捂胸口，身体慢慢往下出溜。

马丰赶紧扶住母亲："妈您别生气，您心脏不好，千万不能生气，快快快，我扶您到床上躺一会儿去。"

马丰扶着母亲走进卧室。

过了一会儿，马丰从马母的卧室出来，轻轻带上卧室门，回到客厅坐到于静旁边。

"老太太没事吧？要不要去医院看看？"于静问。

"没事，她也就争口气，过去也就过去了，你赶紧收拾收拾，带儿子走，我回头多劝劝她，想通了也就没事了。"

"那可不行，事儿是我引起的，我得给老太太赔个不是。"

马丰笑了："这就对了嘛，有话好好说，我妈气一顺，不定就答应你了呢。我还有事，得去单位一趟，你们女人之间的事儿，我就不掺和了。"

"不是你嚷嚷着要断清楚的吗，这还没个结果，你却要开溜！"

马丰笑道："我现在算是明白了，'清官难断家务事'真是一句至理名言。况且一方是我妈，一方是我儿子的妈，怎么断？最后有罪的还不都是我？咱干脆退堂得了。"

马丰打开门，嘴里哼哼着，快步离去。

看着马丰离去的背影，于静自言自语着笑了："这沈鱼水还真有两下子。"

07

直到傍晚，忙完工作的马丰才回到家里。一进门，马超就跑出来，抱着马丰的腿嚷嚷："老爸，我不走了，妈妈也不走了。噢……噢……我能和爸爸妈妈一起玩儿喽！"

"说什么呢？什么妈妈不走了？"

于静、马母分别端着菜，拿着碗筷从厨房出来。

于静一边摆放碗筷，一边对马丰说："我跟妈商量好了，我搬过来住十来天，超超也就住满了一个月，到时候我们娘儿俩再搬走。这样我既兑现了承诺，也能多照顾照顾儿子和老妈，您说是吧？妈！"

马丰傻了："这怎么可以，妈，你们商量来商量去，就整这么一出啊！"

"这一出怎么了？我看这一出挺好，一家四口人，凭什么让你一人心里舒坦，我们娘儿仨整日以泪洗面。"马母面带喜色地说。

"瞧您说的，您儿子还没那么招人嫌吧！"马丰恨恨地对于静挑了下大拇指，于静朝马丰扬了扬下巴，得意而不服气。

吃完饭，于静收拾碗筷，马丰起身准备进书房，被于静叫住："你去楼下车里帮我把行李扛上来，太重，我搬不动。"

马丰一头恼火，没搭理于静，径自走进书房，还没坐下，听到母亲的声音："他不去我去。"马丰赶忙跑出书房："得得得，您还是歇着吧，我去还不行吗，唉！"

夜晚，洗完澡，马丰走进卧室，只见于静在化妆台上摆放着带来的化妆品。"你……你要干什么？"马丰问道。

于静慢条斯理地说："总不能拿餐桌当化妆台吧，你睡你的，我摆我的。"

"你不是要睡客厅的吗，放茶几上就是了。"

"要你管，这化妆台还是我的嫁妆呢！"

马丰没好气地躺到床上，蒙头睡觉。于静坐在化妆前，怔怔地看着马丰。坐了一会儿，于静熄了灯，轻手轻脚走出卧室，带上房门。

客厅里，阳台的窗户没有完全关闭，微风吹起，窗帘边缘向两旁撩开，月光透过缝隙一闪一闪地泄进室内。于静躺在沙发上，脑袋枕着双手，睁着双眼，瞅着马丰卧室的房门，无法入睡。

马丰卧室的门突然开了，于静赶紧闭上眼睛，侧耳听着动静。只听马丰轻脚走到她旁边，小声地问："睡着了？"

于静仍然闭着眼，面部表情又紧张又兴奋。马丰看见这些，不屑地"切"了一声说："别装了，你去屋里睡大床，我睡沙发。"

于静微笑着坐起来，下到地上。马丰躺进沙发，翻身向里而睡。

于静坐到沙发沿上，轻声道："反正也睡不着，聊聊天吧！"

马丰不吱声，又往里挤了挤。

于静坐在沙发沿上发呆，透过窗帘开合，于静看到屋外圆月当空，月光清冷。

08

第二天的午饭时分，节目组其他人都外出就餐了，马丰却仰靠在椅子上睡着了，王小迅走过来把他推醒

"真好奇，你也会失眠啊？怎么回事？"

"读书啊！读到一本好书会失眠，读到坏书也会失眠。"马丰坐直了，揉揉眼睛。

"看来是读到坏书了，否则怎么会无精打采的。我记得你读到坏书都是一撕两半，扔进纸篓里的。"

马丰不接话茬，转问王小迅，刘子清那边的情况怎么样，王小迅点头道："他有股人来疯，给我们上课时不也是学生多的时候更来劲儿吗？再说了，他也不是头一回上电视，好几家电视台请过他讲古代中国婚姻史，算是国内研究婚恋问题的著名专家了。"

"这我都知道，要不怎么会请他来呢。"

"你们这一老一少、一紧一慢的搭配，绝对风生水起一台戏。怎么，怕抢你的风头了吧？"

"求之不得！他老人家要是能顶缸，不用我上台才好呢，免得那么多人寝食难安。"马丰似笑非笑地说道。

"说什么呢你，谁寝食难安了？说到底他是给你配戏的，好了就多给几个镜头，关键还得靠你呀！看你这几天总有什么心事似的，你可不要闷着不说，你跟鱼水还有我可都不是外人。"

晚上回家，马丰开门进屋，一眼看到的是自己从没见过的空间布局，吃了一惊，以为走错了家门，赶紧退到门口，抬头看了看门牌。

"咦！没错呀！"

正念叨着，马超突然举着玩具手枪从门后跳出来喊："站住，缴枪不杀！"

马丰边举起双手，边做投降状，边走换鞋走进客厅："爸爸投降，爸爸投降，你个坏小子！"

于静满面春风地从卧室出来，热情地招呼马丰和儿子去洗手，准备开饭。

马丰环顾客厅，只见餐桌、沙发、衣帽架等家具的位置都做了调整，沙发套也换了新的。

马丰推门走进自己卧室，窗帘、床单、被罩全都换了新的，其他部分也擦拭一新，收拾得整洁有序。他又来到书房，见房内也被收拾一新，书架下面还支了张行军床，铺设齐备。

"都是你弄的？"马丰返回客厅，有点气恼地问于静。

"是啊，怎么样？经我一拾掇，家里亮堂多了吧？"于静微笑着说。

"嗨我说你，你身体好了干脆上班去呀，谁让你在这儿瞎折腾了？这是你家还是我家？我是主人还是你是主人？"

"这是超超家，超超是未来的主人。"于静毫不示弱。

这时马母从厨房出来，笑盈盈地说："这个家，还得我说了算，是我允许于静折腾的，怎么了？"

马丰愣在原地，无奈地摇摇头，无话可说了。

晚饭后，马丰躲进书房看书，于静端着一杯饮料进来，放到马丰旁边，自己一屁股坐到行军床上说："以后你就睡这儿。"

"我睡这儿？！那你睡哪儿？"

"你妈夜里带孩子，又要叫孩子起夜，又是要给孩子盖被子的，我怕她身体吃不消，以后还是我带儿子睡大床，你就将就一下吧！"

"这小破床，睡得着吗，我！"

"那你说怎么办？"于静紧盯着马丰，看得马丰汗毛直竖。

"于静我求你，你还是搬回去吧，这，这算怎么回事儿呀！"

"那不成，我就是想搬回去，你妈也不干呀。要不这样吧，你也去睡大床，咱们一家三口挤一挤？"

马丰刚喝进一口水，听于静这话，呛得一串咳嗽。于静伸手要给他拍背，马丰伸手挡开："于静，你这玩笑开大了吧？你说咱俩这要是睡一张床，那算怎么回事儿？"

"你是超超的亲爸，我是他亲妈，怎……怎么了？"于静有点尴尬。

"你别忘了，咱们现在可是离异夫妻！"

"我管它离异夫妻、露水夫妻还是老夫少妻，反正都是夫妻，既然是夫妻，就该有名有实。"

"这一不小心，还真能被你绕进去。问题就在于，离异夫妻的性质，就是有名无实了，咱俩要是睡一块儿，那最多算是一夜情，懂吗？"

于静扑到马丰背上，抱住他的脖子，佯装撒娇道："说什么呢你，坏死了，谁要跟你一夜情啊！"

马丰掰开于静的胳膊，躲闪到一边，双手挡在胸前："于静同志，请注意保持距离，马丰从来不干不明不白、不清不楚的事情，再说了，好马还不吃回头草呢。"

"我是根草，你以为自个儿真是个宝啊，没劲！"

于静生气地离开书房。马丰赶紧关上房门。

夜深时分，马丰睡在书房里的行军床上，不停地翻身，忽然，感觉到房门有轻微响动，睁眼一看，只见地上一双雪白的光脚丫，再往上看，只见一个女子穿着宽松的睡衣，披头散发地站在自己床前。马丰腾地坐起身，这才回过神来，明白是于静。

马丰赶忙裹紧被子，问："你……你要干什么？"

"看把你吓得，我能吃了你啊！我就是进来看看你蹬被子没有，别着凉了。"黑暗中，传来于静悠悠的声音。

"行了行了，你快去睡吧，被你这一吓，我这一夜又玩儿完了。"

马丰用被子蒙住头，气得直蹬被子，过了一会儿，听见没动静了，悄悄从被子里探出头来看，于静果然已经走了。马丰光脚下地，想把门反锁上，发现锁芯坏了。无奈，他坐回到床沿上，疲惫地用双手抱着头……

♥ 5 你非让我对你感到愧疚是不是

01

　　赵苹果，赵怀远的女儿，深都十中初二年级学生。苹果的妈妈是个军医，前两年在抗震救灾中不幸牺牲。赵怀远原本工作就忙，平时一直是妻子在管着苹果，妻子牺牲后，赵怀远既有对妻子的愧疚，也心疼这个没妈的孩子，多少对孩子有些溺爱，加上工作依旧很忙，也就疏于对苹果的管教，时间一长，现在已经没法跟孩子好好沟通了。

　　自从在赵怀远办公室见到两次王小迅，两人很快就亲近上了。王小迅觉得苹果虽然淘气，但也是个率性、可爱的孩子，女人天生的母性让王小迅对这个失去母亲的孩子多了几分关怀，这更让赵苹果对她喜爱有加，时不时地就缠着王小迅陪她玩儿。

　　这天下午，王小迅打车赶到深都十中校门口，还没下车，赵苹果就冲了过来："姐你怎么那么慢啊，家长会都开半小时了！"

　　王小迅匆匆下车说："我都忙晕了，快快，咱们赶紧过去。"

　　赵苹果拉着王小迅，两人快步走进校园。苹果边走便叮嘱王小迅："姐你听我说，我们吕老师肯定要点名批评我，到时候你一定要为我出气呀！"

　　"无缘无故的，他凭什么？"

　　"唉，你是不知道，这家长会的性质呢，就跟小三一样，都是破坏家庭和谐的。"

王小迅扑哧笑了："懂的还真多。"

"反正姐你得为我出气，不能便宜了姓吕的。"

"你让我来帮你打架啊？早知道我就不来了。"

"我不管，谁让你是我喜欢的姐儿们呢！"

"切，我应该是你小姨吧？来开家长会的，怎么着也得是个长辈，改口改口，叫小姨。"

"好啊好啊，小姨，亲小姨！"

说话间，苹果引领王小迅来到自己的教室。家长会已经开了一会儿了，班主任吕老师正在发言，王小迅赶到时，吕老师正在请优秀学生范忆彤的爸爸范建平作为家长代表，和大家交流分享教育孩子的经验。

家长们鼓掌，范建平拿着一沓厚厚的讲稿走上讲台，自豪地介绍说："家庭是教育孩子的第一场所，为教育孩子，三年前我辞去了一份收入不菲的工作，专心研究和辅导孩子的奥数，结果，孩子只用了半年时间，就拿到了五星学员证书，顺利进入咱们十中。现在我正在专心研究和辅导孩子英语……"

范建平唾沫横飞地说着，其他家长议论开了。有人啧啧称赞："厉害厉害，下这么大本儿，孩子成绩想不好都难！"也有的家长不同意："有毛病啊，就为辅导个孩子，至于吗！"

一位家长站起来，大声说："我们家孩子成绩一直中不溜的，不也考到这儿来了吗？你肯定没看过《做个快乐的中等生》这篇文章，我们家孩子到现在还是个中等生，可是他很轻松，很快乐。我就不信了，那些将来成为龙中龙凤中凤的孩子，他人生的幸福指数能比我们家孩子高哪儿去？！"

其他一些家长随声附和："就是就是，至于把孩子整得那么苦吗？"

范建平一脸尴尬，辩驳道："可能咱……咱们对孩子的期望值不一样。再说了，这个社会是很残酷的，对孩子来说，不是在刻苦中崛起，就是在麻木中被踩死……"

刚才发言的家长腾地站起来："你说谁麻木呢，到底是你麻木还是我麻木？整个就一功利社会的牺牲品，跟你说幸福，简直侮辱我的品位……"说完便愤然离座，大步走出教室。

家长会乱成一锅粥，相互间七嘴八舌地争论起来。范建平面红耳赤地看看吕老师，吕老师则点头鼓励他继续。

范建平说："那……那我还是交流交流家庭教育的方法吧……"

王小迅见大家各说各的，便掏出手机藏在课桌抽屉里用微信安排着工作。吕老师瞄了王小迅一眼，脸上现出不悦。范建平的讲稿已念到一半，突然停下来，看着下面。教室里的家长已寥寥无几，很多座位都空了。最后一排课桌上，王小迅枕着胳膊睡着了，旁边的手机开成振动，正"嗡嗡"地叫着。等到手机停止振动，又传来王小迅起伏的鼾声。家长们都在朝这边看着。

吕老师走到王小迅桌前，用力敲了敲桌面："哎哎哎，赵苹果的家长！"

王小迅猛然惊醒，面容十分疲倦。

"别的家长可以不听，你可不能不听呀！"吕老师声色俱厉地说道。

"对不起……我太困了，加了好几个夜班。"

"哪个家长不要上班，就你特殊？每次开家长会都缺席，不是大姑就是小姨，都真的假的啊！"

"真的真的，如假包换！"王小迅赶忙申辩。

"我不管真假，但你是来参加家长会的，竟然睡起大觉，也太不尊重人了！难怪赵苹果一身的毛病，我算是知道原因了，上梁不正下梁歪……"吕老师越说越气。

"对不起，对不起，我对自己的失态道歉……"王小迅依然谦和。

吕老师好像还不解气："既然你们不懂尊重别人，我也就没什么好客气的了。这赵苹果平时就只知道穿衣打扮，结交狐朋狗友，公然违反学校纪律，简直是无法无天。论起学习来，她要是敢称倒数第二，都没人敢称倒数第一的，且不说拖了全班后腿，这将来怎么办啊？是不是要靠脸蛋儿吃饭？就是混娱乐圈也得有起码的素质……"

家长们哄笑起来。

"吕老师，您可以批评我，但不能羞辱您的学生。"王小迅站起身来，一字一句地对吕老师说道。

"我羞辱她？是她自己不自爱！"

王小迅冷笑了下，尖刻地说："吕老师，您关心孩子的未来，我们很感激。不过我觉得吧，如果按照您的这套来，苹果将来最多也就混成您这样。哦，我不是说您不够优秀，听苹果说，您到现在还没有女朋友，我建议您不妨到我们的节目上来——我自我介绍一下，本人是咱们深都卫视相亲节目《非爱不可》的制片人，这节目刚刚开播，我顺便做个广告哈……我说到哪儿了？对了对了，我可以给您开个后门，来当男嘉宾……"

"你……"吕老师被呛得说不出话来。

王小迅继续："我话还没有说完。苹果的将来，您也不用那么焦虑。我觉得吧，让苹果按照她的天性自由发展下去，没准以后真的能成为大明星呢！去好莱坞，拿奥斯卡，那都是有可能的，孩子的前途谁能预料，大家说是不是？"

家长一片赞同，吕老师词穷，无言以对。几个家长笑成一团，窗户外面，几个学生正扒着窗台朝里看。

家长会不欢而散，王小迅走出教学楼，赵苹果跑过来猴跳到她背上，闹了一番才下地。

"小姨，你太给力了！"

"我怎么觉得我特愣呢？冒充你小姨，跑过来和你们班主任干架，嚯嚯！"

"什么冒充啊，你现在就是我亲小姨，嘻嘻嘻！"

"现在可以喊姐了，我可不愿被你喊老了。"

"不嘛，还是喊小姨好，小姨小姨！"

这时几个女生跑过来，追上赵苹果、王小迅。

"苹果苹果，你小姨是不是演员啊？"

"切，演员都归她管，她是制片人。"苹果得意地答道。

"制片人？"

"这你都不懂！小姨，这些小破孩儿啥都不懂，连好朋友是什么都不知道！"赵苹果一脸不屑。

"谁不知道啊，不就是拆开来念吗？女子月月友（有）！"

王小迅、赵苹果和一众女生一起哈哈大笑……

02

由于缺觉，马丰上班时显得没精打采，哈欠连天。王小迅递给他一杯咖啡，"我说马丰，你是不是夜夜笙歌啊？这样子可不行！你以前怎么过夜生活我管不着，现在既然到了《非爱不可》栏目组，咱得收敛点儿，注意点儿形象。"

马丰不停地打哈欠："我……呵啊……我倒想夜夜笙歌呢，呵啊……哪有啊！呵啊……"

"那你为什么哈欠连天的？又没睡好？"

"你倒提醒我了，少了个插销。对，有插销就能睡个安稳觉了。"

"什么插销、插座的？哦，这是不是你们男人的暗语呀？"

"你想哪儿去了。不跟你说了，我得去买插销。"

马丰说着要往外走，王小迅拦住他问："你昨儿个要跟我说于静什么来着，于静怎么了？"

"没什么。"说着马丰已走出办公区。

此时的家里，马母坐在沙发上有一会儿了，坐累了，老太太撂下手里的报纸，从沙发上站起来，觉得后腰酸得不行，便用拳头抵着按压。

正在拖地板的于静放下拖把说："妈，您躺沙发上，我给您按摩按摩。"

"不用，不用。"马母摆摆手。

于静拉住马母胳膊说："妈您只管躺下，我以前自己带超超，觉得累了，就经常去盲人推拿店按摩按摩，俗话说久病成医，也学了不少手法呢，妈您试试，保管舒服。"

"不用，真的不用，再怎么说，你住这儿也是客，已经帮了我不少了，怎么能让你干这个。"马母一边说，一边躲闪着。

于静要拉马母，马母躲开，于静又去抓，马母围着餐桌转圈躲闪，于静就追赶，还喊儿子帮忙："超超快来帮忙，帮我逮住奶奶。"

超超嗷嗷叫着跑过来，抱住奶奶的大腿。

"抓住了，我抓住奶奶了，嘎嘎嘎……"

于静和马超连拖带拉，终于把马母摁到沙发上。

"妈，您不试怎么知道按摩的好处。"

于静一只膝盖压在马母屁股上，用拇指用力按压马母的脖子。马母"哎哟哎哟"直叫唤，让于静轻点。

于静忙道："我轻点，我轻点。妈，这咯吱咯吱响，说明您有劳损，只有采取类似这样的物理疗法，才能缓解劳损。"

晚上，马丰回到家里，就发现客厅里多出一张按摩床，跟整个房间的摆设很不搭调。马丰看了觉得不舒服，想抱怨几句，话到嘴边又咽下去了。于静看出马丰的不满，解释说这是专门买了给马母按摩用的，老太太挺受用呢。马丰没搭理于静，钻进书房，关上房门，蹲在门后安装起刚买的插销。

于静端一杯饮料，推开书房门，把蹲在地上的马丰推了个屁股着地，四蹄朝天。于静扑哧笑了："你猴在门后面干吗呀！想偷窥我呀！"

马丰白了于静一眼："我偷窥你？我这是要防止性骚扰好不好！"说着继续蹲到地上装插销。

于静看了看，明白马丰在干吗了，气恼地说："马丰你什么意思，防贼啊？你把我当成什么人了？"

马丰仍然没搭理于静，埋头继续安装，费了老大工夫，终于装好插销，来回试了几次，颇为满意地拍了拍手。

于静挑了挑眉毛，"手艺还不错。不过这东西，卸起来也很简单。"

马丰边收拾着工具边说："装插销不是为了防贼，而是要向某些人表明我的态度，这都看不明白？"

于静把饮料往马丰书桌上一顿，说了句"你浑蛋"，一脸怒气地离开书房。

回到客厅，于静戴上橡胶手套擦鞋子，过了一会儿，已经擦好了几双，马丰的皮鞋也被擦得锃亮。马母从卧室出来，站在按摩床边，到处摸摸看看。

"你说你，花千把块买这东西，板凳不能当板凳，睡觉都不敢翻个身……"马母唠叨着。

"妈，这就是专门给您按摩时用的，好着呢。您趴上去，我擦好这双鞋再给您按摩。"

马母很自觉地趴到按摩床上："白天给你按几下，还挺受用。我这腰疼的毛病，吃了好多药都不管用，你还别说，这两天被你按得舒服多了。再说，这东西买来不用怪可惜的。"

于静还在擦鞋，马母趴在那儿，等了一会儿。

"哎，你快点啊！我这老趴着也不舒服呢！"

于静赶紧脱下橡胶手套，说着"来了来了"，跑到按摩床边，在马母身上按摩起来。

03

墙上的挂钟已经指向晚间八点半，马丰还没回家，于静显得不安起来，拿起手机正要打给马丰，听见开门声，赶紧放下手机，给开门进屋的马丰摆放好拖鞋。

"怎么这么晚才回来？"

"早回晚回不都一样吗，你着的哪门子急？"马丰没好气地说。

"我不是担心你还没吃饭，饿坏了胃嘛！饭菜我都给你留着呢，你先去洗手，我给你盛饭。"

马丰摆手道："不用不用，吃过了！"

"啊，吃了什么？跟谁一起吃的？……这年头，你怎么敢轻易在外边吃东西，不是地沟油，就是添加剂的，你也真是！"

马丰没搭腔，拖着疲倦的步子走进书房，往小床上一躺，嘀咕道："还不是为了躲你。"

马母也走进书房，关心地问马丰是不是太累，马丰睁开眼，说歇会儿就好。马母道："光躺着没用，歇不过来。于静，马丰累了，你也给他按摩按摩。"

于静答应着走进书房："好啊，马丰你起来，躺到按摩床上去，在那上面按更舒服。"

"不用不用不用。"马丰缩成一团，连连摆手。

"这几天于静帮我按摩，腰疼的老毛病感觉轻松多了，她的手法还真不赖。"马母说道。

于静拉马丰胳膊，马丰甩开。于静又拉，马丰又甩开。马母拍了一下马丰的屁股："让你按你就按，还扭捏起来了，起来起来！"马母、于静两人一起拉着马丰的胳膊，拖他下床。马丰咋呼着，被连拖带拽地弄到了客厅里的按摩床上。马丰挣扎着欲下床，被马母、于静合力按住。于静用力捏马丰的脖子，马母也在一旁按着马丰的双腿。马丰"哎哟哎哟"叫唤，让于静轻点。

马母又拍了一下马丰的屁股："瞧你咋呼的，就得重点儿，轻了没效果。"

马母也在马丰的腿上揉捏起来。

马超觉得好玩，也凑过来，举起小拳头，在马丰的屁股上一边捶打，一边哈哈笑。马丰笑了："我们超超真能干，都知道给爸爸捶背了，将来一定也是个孝顺儿子。"

于静对马母说："妈，您歇着吧，您力气不够大！"

马丰叫起来："哎哟，哎哟……哈哈哈……妈，您，您别挠我胳肢窝呀。"

马母对于静说："我得跟你学两手，等你走了，我就能给儿子按摩了，你看他这累的，得经常按摩才行。"

一听这话，于静不禁停下来，怔在那里，有些失神。

"怎么停了？就刚才捏的那儿，再捏捏，多捏会儿。"马丰嚷嚷着。

于静"嗯"了一声，再次用力揉捏。

马丰龇牙咧嘴："哎哟，哎哟，嘶……哎……哟喂……"

于静一会儿揉捏，一会儿拳捶，一会儿掌砍，一会儿肘压，也没什么章法，但很卖力，额头已沁出汗珠。

折腾完，马丰回到书房，没一会儿就跑出来，朝正在客厅里看电视的于静大叫："我早上出门放书桌上的文件呢？"

于静吓了一跳，赶忙站起，冲进书房，从书橱里翻出一份文件递给马丰。

"是不是这个？超超要在那上面画画玩儿，我替你收拾了一下。"

马丰接过文件扫了一眼，气呼呼地说："以后不准动我的东西，超超也不准进来，晚上不准进，白天也不许进。"

于静被吓着了似的，惊惧地看着马丰。

"一个家里，就这么点清净的地儿了，明天我就再买把锁去……"马丰越说越气。

于静受不了了，也提高嗓门说："有没有良心啊你，刚给你按摩了个把小时，人家累得腰酸背疼，就是不付费，总得有句好听的话儿吧！"

马丰不答话，从裤兜里掏出皮夹子，把里面的整钱、零钱，还有两枚硬币都掏了出来，塞到于静手里，说道："拿着，这算是给你的服务费，连我妈那份也算上，够不？不够我这就去取。"

于静的眼泪滚了下来，气得把钱砸到马丰身上。

"马丰你不是人！"于静边说边哭着离开书房。

卧室里，马超已经睡着了，于静坐在梳妆台前默默流泪。马丰坐在书房的行军床沿上，后悔地扇了自己一巴掌。

04

第二天中午，马丰正在办公区里工作着，只见于静拎着一只大塑料箱，径直走向马丰他们的办公区。来到马丰的办公桌前，于静一言不发，在办公桌上铺满报纸，把大塑料箱里的饭盒一一打开：八菜一汤，有荤有素。

马丰小声道："你咋跑这儿来了，别弄了别弄了，赶快拿回去，我吃过了。"

于静笑道："我都问过前台了，说你没出去吃饭呢。以后我都给你做好了送过来，自己做的干净，放心。"

坐在座位上的王小迅看见于静来了，愣了愣神，笑着走过来，"于静，你怎么来了？"

"给他送饭呀，他一个外人在你们这儿办公，还不知道遭多少排挤呢！"

"瞧你说的，他可是代表深都卫视，不对我们颐指气使吆五喝六，我们就烧高香了，我们能欺负到他？你看他是让人欺负的主儿吗？……呀！那么多菜，都你做的？"王小迅说着捏起一撮木须肉放进嘴里，点头赞叹，"嗯！好吃好吃，好久没尝过你手艺了，这一尝，把我肚子里的馋虫全钩出来了。"

王小迅说着又伸手向另一份菜，被于静打了一下，她拿出一个方形分格的塑料饭盒，递给王小迅，"脏不脏呀！想着你呢，给，饭菜都在里面了。"

王小迅接过饭盒，掂了掂道："于静，这，这待遇差别也太大了点儿吧？我跟你的关系，难道比你跟他……唉，嫁出去的闺女泼出去的水，真是打小白疼你了。"王小迅嘴上逞强，心里还是美美的，拿着饭盒回了座位。

黄争光、卓乐、海涛等七八个编导，像饿绿了眼的豺狗围到马丰桌边。黄争光探着鼻子闻了一圈，表情陶醉，"真香啊！"说着捏起一块肉塞进嘴里，嘴里叽里咕噜地说，"马哥，你怎么还跟嫂子客气起来了呀，没吃过就是没吃过，来来来，这么丰盛的菜饭，反正你也吃不完，我们帮你吃。"

说着话，这一众编导一拥而上，一时勺子、叉子、筷子纷飞。

"嗯嗯！嫂子好手艺！"

"啊好吃好吃，啊这个是我的，都别跟我抢！"

"马哥好福气，天天吃着满汉全席，不要太拽！"

"嫂子人长得美，菜烧得也好，我将来娶媳妇，一定要找个您这款的。"黄争光一边嚼着菜，嘴角滴着油，一边咕噜着。

众人连挤带抢，把马丰、于静都挤到了一边。王小迅边吃边看着这边，偷着笑。

何珺也向这边白了一眼，小声嘀咕道："没出息。"

罗书本来也想凑过去，听见何珺的嘀咕，又缩回座位。很快，八菜一汤空空如也。

"好吃吗？"马丰对众人道。

"好吃好吃！"众人齐声回道。

"拿人手短吃人嘴软，都给我牢牢记住一件事儿，"马丰说着指了指于静，"她是我前妻，不是你们嫂子，以后不准乱叫哈。"

众人诧异地看看于静，又看看马丰。于静本来被夸得还有点美，马丰这么一说，脸色大变。

"哈哈哈，马哥真会开玩笑。"黄争光急忙打圆场。

马丰正色道："不信你们可以问王总。王总你告诉他们，我们是不是两年前就离婚了？"

王小迅看了看于静，尴尬得不知道怎么回答，只好不置可否地笑一下。马丰甩手而去，大伙不明就里，面面相觑。于静强忍着眼泪，空手离去。

05

当晚，王小迅和于静相约在半坡村酒吧见面。两人坐在吧台前，各要了一杯黑啤.

王小迅举杯碰了一下于静的杯子问："还在为中午的事儿生气呢！"

"……搁你，你能一笑而过？"于静面无表情。

"搁我，我直接拿饭盒拍他脑袋上。不过，我感觉马丰这几天状态不大好，老是打哈欠，今天上午录节目时，好几个地方忘了词。"

"观察还挺仔细啊。"于静酸溜溜地说了一句。

王小迅打了于静一下："说什么呢你！他这种状态可不行，下午找我聊了会儿，说……"

"说我影响了他的正常生活……你是来当马丰说客的吧，我说呢，怎么想起约我出来！"

"我是不忍心看你活得那么憋屈。超超跟奶奶过一个月，你就好好享受病假是了，撒欢儿地玩儿，多好啊！你倒好，偏把自个儿扔到那个不尴不尬的家里，想想都别扭！"王小迅喝了口啤酒。

"唉！这以前是伺候一个，现在得伺候仨，两个大的比小的还难伺候。我真是自作自受！"于静叹了口气。

"那你还不赶快搬回去，没了你，他们还不照样过得好好的。"

"还不承认自己是说客！"于静端起杯子，喝了一大口啤酒，眼圈开始泛红，"马丰赶我走，你也帮他赶我走？"

"你这么作践自己，咱总得图点儿什么吧，你图个啥？"

"我图啥你心里不清楚？亏得你还是我最好的姐妹！"

"哎呀，你非让我对你感到愧疚是不是？痛快点，你到底想怎么样？只要你搬回去，其他能帮得上的，我舍了命也会帮你的。"

"王小迅你，你就装吧你！"于静生气地说。

王小迅奇怪地看着于静。

"我搬到他们家，当骡子当马，被使来唤去的，你说我图个啥？我还不是想跟马丰复合吗！我做了那么多努力，你不帮我劝他也就算了，反倒帮他赶我走！"

王小迅短暂地愣了一下神才反应过来："啊！原来你……于静，你怎么不早说呀！这事儿你居然不跟我商量，你还是人嘛你。"说着狠狠掐了于静一下！

"哎哟，"于静叫了一声，"死丫头，你掐疼我了。我说了，你会帮我劝他吗？"

"什么也别说了，这事儿我得管！"

"你会那么大方？"

"你这叫什么话？我凭什么不大方？马丰又不是我的……"王小迅说着，又要掐于静，于静闪躲，两个女人你掐我闪地嬉闹起来。

06

光灿大厦的天台上种着各种植物，喧嚣嘈杂的都市中满眼都是林立的楼宇，这片绿荫覆盖着天台，多少给人一丝安静。王小迅抱着膀子，站在天台边上，俯瞰深都市景。

马丰推开天台的小门，兴冲冲地边走边说："小迅，大功告成了吧？"

王小迅笑了笑："那当然了，有我王小迅办不成的事儿？"

"太好了，太好了，我就说嘛，这事只要你出马，肯定马到成功。"

"成不成，还得看你配不配合呀！"

"配合，绝对配合，说吧，让我干什么都成！"

"这可是你说的，不准反悔！"王小迅一指马丰，坏笑着说。

"绝不反悔，尤其对你王小迅，我什么时候反悔过？"马丰拍了拍胸脯。

"那好，于静可以搬走，但你也得搬走。"

"我搬走？笑话，我搬哪儿去？"

"搬于静那儿去呀！带上超超，你们一家三口住那房子，正合适。"

马丰的眼珠子都要瞪出来了。

"瞪什么瞪，你刚刚发过誓的，绝不反悔！"王小迅指着马丰说。

"不是，我……"马丰支吾着。

"你什么你，于静里外都是一把好手，她哪点儿不好？哪点儿配不上你还是怎么着？当初你们根本就不应该离婚的！"

"这事说起来就复杂了，所谓家丑不可外扬，有些事没对你说。要是能在一块儿过，我们还离婚干什么？"

"行了，你也别装文艺了。你都多大岁数了，一家三口好好过日子，有什么不好，你跟幸福有仇啊！"

"那……那你为什么不跟沈鱼水结婚、生孩子去？"

"我？我是我，你是你，咱们情况不同。"

"我看是一样的。"

"你……你成心气我是不是？我不管，反正你已经答应我了，明儿个你就和于静重新领证去……"

正说着，王小迅的手机响起来，是赵苹果打来的。王小迅问苹果什么事，赵苹果说："没事儿就不能找你啊！小姨，你也不给我打电话，也不找人家玩儿，你是不是不喜欢我了？"

"没有，没有，我最近不是忙吗？"

"哼！你一直忙，一点也不关心我，我看你就是不喜欢我了！"

"真的没有，我保证。"

"那好，今天晚上你陪我去看电影，票我已经买好了。"

"今天不行，我都好几天没能早点儿回家休息了。"

"哦！你宁愿回家休息都不愿意陪我看电影。"听筒里传来苹果的哭腔，"你还是不喜欢我……"

"苹果你不要那么敏感，我就是没找你，心里还是常常想起你的。"

"小姨，你的口气怎么像在谈恋爱啊！哈哈哈。"

"鬼丫头！"王小迅挂掉电话，看了眼局促不安的马丰，拍拍他肩膀说："好事儿嘛！别老那么愁眉苦脸的，回去好好和于静沟通。"

马丰急了："小迅你干的好事，我让你劝于静搬走，你这倒好，反戈相击。也难怪，你跟于静关系那么好，我就不该委托你。不过我告你啊，这不可能，你这是旧社会，只有旧社会才有逼婚……"

"谁逼你了，我又不是你妈，真是！"

07

下班后，沈鱼水买了几样熟菜，又亲自动手炒了两道时鲜，拿出两瓶藏了多年的好酒，邀马丰共饮。马丰哪里知道，于静搬回来住，以及后来一系列动作的导演，正是对面这哥们儿。

几口酒下肚，沈鱼水就把话题转到复婚的事上，对马丰说："小迅说得太对了，你跟于静就应该复婚！"

沈鱼水一开腔，马丰立即摆手制止："是哥们儿的话，就别跟我说这些，再说我跟你急！"

"好好好，不说你，那咱说说于静总可以吧？瞧人于静，多好一女人呀，当初要不是我跟小迅先好上了，我……"

马丰把酒杯一放，盯着沈鱼水说："说呀，接着说，当初要不是先跟小迅先好上了，你宁愿追求于静是不是？那敢情好啊，反正你和小迅还没怎么的，你干脆把小迅甩了，去追于静得了。你们俩要是能成，我就把你俩给供起来，天天烧高香，哈哈哈……"

沈鱼水讪笑道："哥们儿你喝多了，开始说胡话了。"

"得了便宜卖乖！我没说胡话，我连儿子都给你生好了，你也省得费心劳神地造人了不是！再说了，我还担心马超遇到个不好的后爸呢，你是最佳人选啊，哈哈哈……"

"欠揍了啊你！实话跟你说，我跟小迅已经……"

"已经怎么了？已经那个了，切，那算个什么事儿。"

"我是说，我跟小迅已经沟通过了，只要你们复婚，婚礼的费用，我沈鱼水全包了。谁让咱是好兄弟呢！"沈鱼水说着，把手中的酒杯往马丰的杯子上重重地一碰。

"打住打住，又绕回来了。"马丰摆手制止。

"好好好，咱还说于静。于静都搬过去住了，又去了你单位，这里里外外，大家伙儿都知道你们是一家人。人满怀希望，你不能给了希望又让人绝望啊！这可是人品问题，就算我理解你，都得装出一副鄙视你的样子……"

"这个恶人我做定了，不求任何人的原谅，包括你！"

"哥们儿，这又何必呢，你跟于静复婚，小日子过得不要太滋润！你也不用整天去踅摸无辜少女了，烦恼尽除，有百利而无一害……"沈鱼水说得嘴滑，恨不能把想到的好词都用上。

马丰不想再谈这些，转过话题说道："嗨嗨嗨！别光说我，你和小迅最近怎么样？"

沈鱼水叹了口气，苦起脸说："还能怎么样，要不是你过来，晚饭还不得自个吃，脚得自己洗，被子得自己铺。哥们儿整个就一孤家寡人，倒是你小子，成天跟我们家小迅泡在一起……"

"嘿，哥们，我看你是老毛病又犯了，别忘了，我干主持人，是你死乞白赖地求我才干的……"

哥俩一边喝酒，一边你来我去地打嘴仗，谁也没把谁说通了，两瓶酒很快就喝光了。沈鱼水又拿出一瓶，不停地劝马丰喝，马丰的酒量本来就不咋的，这两天也没好好睡觉，喝着喝着就不行了，往沈鱼水家客厅那张大沙发上一靠，就撑不住了，让沈鱼水帮他拿个毯子，说今晚就睡这儿了。

沈鱼水嚷嚷着："嘿！说是醒醒酒就走人的，怎么还赖这儿了？我告你啊，绝对不行。"

马丰翻了个身，面向沙发靠背，继续呼呼大睡。沈鱼水拍拍马丰后背说："起来起来，给你拿毯子盖被子的人不在这儿，在你家呢，我可不能越俎代庖。"

再看马丰，已经打起呼噜。

"嘿，睡得还挺香啊！"沈鱼水架起马丰的胳膊，"起来起来，咱回家睡，家里老婆孩子热炕头多舒服啊！"

马丰嘟囔着挣脱开，缩进沙发里。沈鱼水又拖马丰，马丰继续挣扎，两人正撕扯着，这时马丰的手机响了。

"瞧瞧瞧瞧！人独守空房，惦记你了不是！我做梦都想有这个待遇呢！"沈鱼水乐了。

马丰摸索了一会子，从口袋里掏出手机，一看是王小迅的电话，赶紧下了沙发，摇摇晃晃地钻进沈鱼水的书房。沈鱼水看着马丰的背影，嘲弄道："还不好意思了，在我跟前有啥不好意思的。"

08

苹果约王小迅看电影，王小迅如约来到电影院时，屏幕上已经在放片花。找到自己的座位，看见旁边的一张位子空着，左右张望，也没见苹果影子，便给苹果发微信，问她在哪儿。微信发出之际，只见一个人急匆匆地挤过来，在空座位上坐下，是赵怀远。两人对视了一下，王小迅不禁惊讶。

"赵总……"

"王小迅……"

两人几乎异口同声："苹果！"

突然，两人都感到背后有闪光灯在闪，回头一看，闪光灯又是一闪。只见赵苹果正躲在后面几排的座位上嘿嘿坏笑，正埋头在手机上捣饬着什么。

赵怀远站起来，向着后排大声叫道："赵苹果！你给我出来！"

周围观众发出不满的斥责声，王小迅赶紧扯了扯赵怀远的衣襟。

赵怀远揪着苹果的衣领走出电影院，王小迅紧跟在后面。来到影院外，赵怀远找了个僻静些的地方。苹果仍旧满不在乎地玩着手机。

赵怀远气不打一处来，瞪着赵苹果："今天你给我说清楚，这到底搞的什么鬼名堂！你到底想干吗？"

赵苹果一副正儿八经的样子："老爸，这都不明白？唉，我这个当女儿的再不给你浇浇水，你的感情世界真的要荒芜成一片沙漠了。"

"说……说什么呢你！"

赵苹果对王小迅笑嘻嘻地说："小姨，不好意思，电影也没看成，不过这都在我的意料之中。怎么样？我给你们俩安排的第一次约会，还算浪漫吧？"

王小迅顿时呆了，无言以对。

赵怀远看了王小迅一眼，瞪赵苹果："胡闹！人家什么时候又成了你小姨了，无法无天了你！"

"老爸，是小迅阿姨亲口说她是我小姨的，不信你问她。"

王小迅支吾道："苹果……我……赵总只是我的领导……"

苹果不屑地说："领导值几个钱。老爸，我特喜欢小迅阿姨，也觉得你们俩挺合适的，所以我就……我真不是胡闹！"

"苹果！我严肃地告诉你，王小迅和我只是工作关系。"

赵苹果仍然嬉皮笑脸地说："你俩就别老是绷着了，累不累人啊？连我都觉得累，假模假式的……"

赵怀远气坏了，劈手夺过苹果的手机，递给王小迅："小迅，赶紧把她刚才拍的照片删了！"

"删了也没有用，我已经发到微博上去了！"苹果噘着小嘴。

"什么？你……"赵怀远一抬手，啪地甩了赵苹果一巴掌，苹果"哇"的一声哭开了。

尴尬不已的王小迅只好左一句又一句地安慰父女俩，直到送走二人。

回到家，王小迅依然忧心忡忡，打开电脑一看，苹果的原帖已经删了，可就这么一会儿工夫，居然已经有人转发，而且不止一条。王小迅越想越觉得问题严重，第一时间想到马丰，赶紧拨他的电话。

此时马丰正在沈鱼水家，看到王小迅的电话，急忙躲进书房接听。

马丰说："这小鬼，可真会闹腾。"

王小迅着急地说："哎呀你别啰唆了，赶紧的，让于静上网帮我删帖。"

"这你就不懂了，既然原帖删了，就等于全删了，转载的也看不到了。"马丰自信地说。

"谁说不是呢，可有无聊的人是把照片下载后又上传了。"王小迅已经带着哭腔了。

马丰吃了一惊，酒也吓醒了，他知道事情的严重性，于是边快步走出书房边说："谁这么无聊。你别急，我这就回家，让于静帮你……"

走进客厅，马丰抬头看见沈鱼水，赶紧换了个腔调，对着手机说，"您老腰疼得厉害啊，我让于静帮你按摩，马上按，一按就好。妈你先忍着点儿啊！"

王小迅不明就里，气急败坏地嚷嚷着："说什么呢你？谁是你妈？都这时候了，还有心思开玩笑，你在哪儿呢？"

马丰挂掉电话，蹲下身子换鞋。

沈鱼水问马丰："怎么回事，是不是老妈腰病又发作了？你打个电话给于静不就得了，她敢不给咱妈按摩吗？还要亲自去现场指挥，就在这儿遥控，才显出咱老爷们的威风不是。"

马丰没搭理沈鱼水，开门快步离开。看着马丰消失的背影，沈鱼水自顾自地叽咕："嘿！连声招呼都不打，还是妈管用，孝子，大孝子！"

马丰匆匆回到家里，于静正在收拾沙发上衣服和毛巾之类的杂物，他一屁股坐到沙发上。

"慢点儿，我把衣服拿走你再坐。"于静赶紧从马丰屁股下面抽出衣物。

"哎哟，不行不行，我得躺下。"说着，马丰半躺到沙发上。

于静拿着衣服正准备转身去卫生间，看到马丰躺倒，站住问："怎么了你？"

"头疼。"

"头疼？发烧了？"于静走到马丰跟前，摸了摸马丰额头。

马丰把头闪向一边说："不发烧，就是头疼。哎哟，不行不行，于静，你得帮我按按，疼得厉害。"

于静放下衣服道："那……行，你躺到按摩床上去。"

马丰站起身，摇晃了一下，于静赶紧扶着他一摇三晃地躺到按摩床上，给他按揉百会、风池、神庭、太阳等穴位。

"瞧你这一身的酒味儿，喝多少酒啊？"于静用手在鼻尖上扇了扇。

"也没喝多少，以前喝的比这多多了也没这样疼过。"

"以前你二十多，现在你三十多了。自己也该有点数了。"

"是是是，是不能多喝了。"马丰应付着。

"知道就好，往后别再喝了。"

"对对，不喝，不喝，绝不能再喝了。"马丰晃了晃脑袋，坐了起来。

"干吗干吗，快点躺下，还没按好呢。"

"哎，于静，你这按摩的技艺越来越精湛了啊，上次你给我按的时候我还不舒服呢，这才几天，进步神速啊，这么一会儿就好多了。"

"有那么夸张吗？躺好了，再给你按按。"于静心里突然觉得熨帖多了。

马丰摆摆手，从按摩床上下来，道："我已经好了，你忙里忙外也累了一天了，别按了。"

"我可没那么娇气，你以后少喝点酒才是正经。"

于静拿起脏衣服，往卫生间走，马丰伸手拦住她："别忙着走，于静，我还有件事要请你帮忙呢！"

　　"请我帮忙？什么事？"

　　"来来来，你跟我到书房来。"

　　"什么事还要到书房说啊，你让我做的事我能不做吗。"

　　马丰掏出钥匙，开门进屋，于静诚惶诚恐，拿着衣服跟了进来。马丰打开电脑，搬好椅子，"坐下，你先坐下。"

　　马丰拿过于静手里的衣服放在旁边的行军床上，郑重其事地把苹果在微博上发照片的事说了一遍。

　　"那赶紧让孩子在微博上把帖子删了啊。"于静着急地说。

　　马丰道："微博上的是删了，可就一会儿工夫，帖子已经被人转发到网上去了，就你们那网。你是网管，赶紧把网上的帖子给删了。"

　　"哦，是这样啊。"

　　"是啊。这孩子真不让人省心。"

　　于静从椅子上站起来，道："嗯，是挺让人费心的，不仅让王小迅费心，也让你马丰费心了。我说马丰，这是什么时候的事啊？"

　　"就刚才的事儿，要不怎么这么急呢！"

　　"这是赵总和王小迅的事，又没你什么事，你急什么呀？"

　　"能不急吗，你是知道的，这网上一转发那就是蔓延啊，一会儿工夫就没边了。别说了，于静，赶紧的，删帖吧。"

　　于静一把抓起行军床上的脏衣服，说："瞧你急的，儿子有事也没见你急过。怪不得你今天对我这么客气，原来是王小迅的事。"

　　"这叫什么话，我这不正和光灿公司合作节目吗，你说这事要闹大了节目肯定也要受影响，我是为工作！"

　　"你少拿工作跟我绕！马丰，我在你们马家做牛做马、累死累活地侍候你们家祖孙三代也没见你有张好脸，这王小迅有了点事儿，你看把你急得，跟火烧了猴屁股似的。"于静越说越气。

　　"于静，你能不能别想那么复杂。王小迅也是你的闺密，你能看着她有事不管吗？"

"我没说不管，王小迅有事可以直接跟我说，干吗还要通过你来转达？"

"她不是知道你在我们家嘛。"

"她知道你们家电话吧？也知道我的手机号吧？打你电话和打我电话有什么区别吗？哦，我知道了，刚才你是跟王小迅在一块儿的吧？"于静手指着马丰问道。

"这都哪跟哪儿啊。我是和老沈一块喝的酒，不信你给老沈打电话。"

"我才不打呢。你爱跟谁喝跟谁喝。"

"你看你，刚才还不让我喝来着。别闹了，于静，赶紧删吧。"

"删帖容易，对我也就是举手之劳。不过，要我删帖，你得答应我一件事。"

"行行，你先删帖，什么事我都答应你。"

"你答应了？也不问问什么事？"

"什么事儿？你快说。"

"嗯，本来不是说超超要在你们家住一个月吗，眼看时间就要到了。我要走肯定要把超超带走，可妈又离不开超超，我想在这儿再住一阵子，妈也是这个意思。你答应这事应该没问题吧？"说完，于静平静地看着马丰。

"这不还有几天吗，到时候再说。"

于静拿起脏衣服就往书房外走："到什么时候再说？马丰，我告诉你，这事你要答应，我立马就给你删帖，你要不答应，这事咱就免谈。"

"这压根儿不是一码事，我们能不能别扯一块儿啊。"

"我还就当是一码事了，你就直接说吧，答应还是不答应？"

"你……你怎么……"正说着，马丰的手机响起来，是王小迅打来的。王小迅着急地问马丰怎么回事，帖子怎么还没删。马丰看了眼于静，让小迅放心，说马上就删。王小迅告诉马丰，她就在网上呢，帖子都被转了几十条了，急死人了。马丰连声说行。

挂了电话，马丰抱拳求于静："于静、于网管、于大人，求求你了，赶紧删吧，再不删网上就传遍了。"

"我刚说的你答应了？"

马丰连声称是，于静微笑着说："这还差不多，你去吧，一小会儿的事。"

于静放下脏衣服，坐到电脑前操作起来。马丰站在一旁盯着，于静白了他一眼："去，倒杯饮料，我口渴了。"马丰赶紧走出书房，屁颠颠地去倒水。

6 你俩成天形影不离，难免日久生情

所谓"好事不出门，坏事传千里"，总有些人有事没事地喜欢传播各种八卦，如果八卦的源头就在左近，他们传播的热情就会更加炽烈和亢奋。传来传去，过程中的失之毫厘，最终会谬之千里。苹果传到微博里的那几张照片虽然删了，但毕竟还是在网上流传了一小会儿，可就那么一小会儿，公司里一些人还是看到了。

第二天上午，马丰手里拿着一个小记录本，在走廊上来回踱步，不时翻开记录本看上一眼，口里念念有词地在背歇后语："公鸡头上一块肉，大小也是个冠（官）……公鸡头上一块肉，大小也是个冠（官），鼻子喝水，够呛……"不觉间，踱到卫生间门口，便听见女厕里传出几个女人很大的说话声，听得出是何珺和其他几个女同事的声音。

"我听说了，等我上网看，全给删了，我还想看看呢。"

"你们是没看见，这王小迅也真够可以啊！"

"密切联系领导嘛，工作时间顺着领导，休息时间陪着领导。这叫什么？潜规则啊！要不怎么能上位……"马丰听出来这是何珺的声音，不禁在门外停下。

女厕内，何珺和两个女编导正面对着卫生间的镜子补妆。两个女编导都

不年轻，身体已经开始发福，一个体胖腿粗，另一个挂着一张长脸。

何珺冷嘲热讽地说："不过她能耐也不小啊，就那么一会儿工夫，帖子全都删了。"

胖女编导说："做贼心虚呗，没事怕什么呀，急吼吼地找人删帖，这更说明问题。你瞧王小迅走起路来那两条小鸟腿，一蹦一蹦跟只小鹌鹑似的，赵总也真是没品味。"

王玲玲道："臭肉自有烂鼻子闻，一个愿打一个愿挨，两相情愿的事……"

马丰实在听不下去，抬脚踹向女厕所门，脚尖快踢到门时，又收住放下。定了几秒钟，马丰一转身，背对女厕，用后背撞开了厕所门。

何珺和两个女编导听见异响，看见一个男人的后背，吓得齐声尖叫。

马丰一边后退着进了女厕所一边道："我没看我没看，你们赶紧把裤子穿好，该穿该戴的都穿上戴上。"

"马丰，你要干什么？"何珺厉声叫道。

"都穿好了吧？穿好了没有？我可要回头了。"马丰说着，转过身，同时锁上女厕所的门，"几位姐这是在讨论潜规则啊，想跟几位讨教讨教，是不是女人上位都得靠潜规则？我马丰才疏学浅，又是个男人，还真不懂这些。何姐，您是上过位的，虽然不是大红大紫，少说也是个殷红吧，当年您上位是因为哪位领导把您给潜了吗？"

何珺柳眉倒竖："你胡说，血口喷人！"

马丰不理何珺，又转身面对王玲玲："就算上位要靠潜规则，咱光灿传媒的女职工少说也得有两三百人吧，有资格被潜的估计也就百分之十几，往宽了算百分之二十到顶，好像您老不在此列吧？所以如果哪天您老上了位，肯定不是靠潜规则的，您靠的是真功夫、真本事。"

王玲玲知道马丰肯定不会夸她，可又不明白这番话究竟是啥意思，只能瞪大眼睛看着马丰。

马丰也看出她脑筋转不过来，摆了摆手解释道："我说的意思是潜规则也不是人人都具备条件的，有的人想要潜规则，但条件不够，你说这急人吧。"

王玲玲这才明白过来，又气又急道："我可没急。我……我才不想被潜呢。"

"那就好，那就好，"马丰说着又转向胖女编导，"还有你……"

这时女厕所外有人推门，没推开，便敲起门来。马丰回头大声地说："等会儿再来，里面有事，正忙呢！"门外的女生听到马丰的声音，吓了一跳，以为自己走错了，后退一步看了看门上的女厕所标志，疑惑地摇了摇头，转身走向一边的男厕所，在敞开的门上敲了几下，连问几声："里面有人吗？有人吗？"见无人应答，便走进男厕所，把门反锁上。

女厕所里，马丰仍对着胖女编导说："接着说你……"

刚才这么一缓，胖女编导略有准备，不容马丰多说，便嚷嚷起来："你有什么权力说我！你私闯女厕所，我要告你猥亵罪！"

"犯法算不上，顶多是个道德问题。不是说德智体美吗，本人闯进女厕所，的确道德有亏，但你们三个，"马丰分别指了指何珺、胖女编导和长脸女编导，"一个智不足，一个体不行，一个美不够。"说完哈哈大笑起来。

胖女编导道："什么是体不行啊？"

"不够苗条啊，你不是说王小迅是小鸟腿吗，那怎么也比大象腿能飞得高点吧？姐，你这一个劲儿地横向发展，不会是想梦回唐朝吧？"胖女编导的脸腾地红到脖子根，张口结舌不知道说什么。

马丰却不依不饶："所以呀，咱们四个都有毛病，病友，彼此彼此。一张小孩儿拍的照片就让你们兴奋成这样，心态也太不正常了吧。以后在别人背后飞短流长的事还是别做好！我说的对吧，几位姐？"说完，马丰打开女厕所门，扬长而去。何珺气得直翻白眼，对着马丰离去的方向直骂他是个变态，神经病。

02

马丰家的大床上杂乱地摆放着一件件衣裙，于静正哼着小曲儿，不停地替换着，拧腰扭臀地对着穿衣镜上下比画。这时手机有电话打进来，于静一看是马丰打来的，赶紧接听。

"你干吗呢？能不能快点，这么半天还不下来。"听筒里马丰在催促。

"这就好了，这就好了。"

"赶紧的吧，这是我请客，总不能让人家等咱们。"

于静套上一件洋红色小礼服，又对着镜子照了照，这才拿起小坤包转身出屋。马丰站在楼下的摩托车旁，看到于静一脸灿烂地走出楼道，马丰殷勤地扶着于静坐上后座，并把头盔递给于静。

"我不戴。"于静噘嘴说道。

"戴上，安全第一。"

"不戴，又不是第一次坐你摩托。"

马丰无奈地骑上摩托，载着于静驶出小区，上了大街。于静坐在后座上，双手紧搂着马丰的腰。

"马丰，你开快点儿。"

"再快就违章了。"

"快一点嘛，让我头发飘起来。"

"不是飘过了吗？你还上瘾了。"

"快点嘛，快一点点就行了。"

马丰摇摇头，一踩油门，车子迅速前冲，于静的头发果然飘了起来，她把头依偎在马丰后背上。

"马丰，你为什么请客，有什么好事跟我讲讲啊，让我也高兴高兴。"

"一会儿不就知道了嘛！"

马丰再次提速，于静的头发飘得更厉害了。

马丰、于静来到饭店，进了包间，桌上已经摆好一桌酒菜，沈鱼水、王小迅已经到了。只见沈鱼水身穿一套灰色西装，扎着天蓝色领带，王小迅穿着一套香槟色套装。见马丰、于静进屋，沈鱼水、王小迅同时起身，沈鱼水捧起一束鲜花递给于静。

"于静，你这打扮比上次你们结婚的时候还漂亮。来来来，这束花送给你，愿你永远像鲜花一样美丽动人。"

"谢谢谢谢。"于静心里美滋滋的，连声称谢。

"我说老沈，你这唱的是哪一出啊？还送什么鲜花。还有，你们两口子今天打扮得如此隆重，这是要结婚还是要拜见丈母娘？"马丰说道。

"懂不懂啊你，我穿的是伴娘服好吧，今天的主角是你！"王小迅微笑着答道。

"那倒没错，今天我请客，当然得我来唱主角。"说着，马丰坐了下来。

"有你这么衰的主角吗？你看你今天穿的这叫什么，邋里邋遢的，整个就一俗人。"沈鱼水揶揄马丰。

"我就是一俗人，哪天我都这么穿。"

"好了好了，都把酒杯端上，我先说几句。马丰，不是我说你，早该如此了，咱们四个本来就是两对儿。这两年……你这……你看现在这样，两对人聚在一起，多好啊……"沈鱼水一脸兴奋，却又词不达意地说道。

马丰拍了拍沈鱼水肩膀："老沈，平静点，平静点，今天是我设宴，我是主角，我才是主角。"

沈鱼水、王小迅、于静一起看着马丰。马丰端起酒杯说："今天是个特殊的日子，是于静病休满一个月的日子，也是于静带超超回归正常生活的开始……"

沈鱼水接过话茬："知道知道。马丰，你那点心思我还能不懂？舍不得再让于静走了吧？既然如此，你就要真诚地、正式地请求于静，请她永远呆在你们马家，哈哈哈。"

马丰稍作停顿，正色道："这一个月来，于静又要照顾超超，又要照顾我和我妈，忙里忙外的非常辛苦，我很感谢于静。我今天设宴，一是为了表达心中的感激之情；二是欢送于静回归正常生活……"

于静脸色陡变，准备起身。王小迅一把拉住于静，让她坐下。

马丰继续道："于静是个好女人，但我们毕竟已经离婚了，于静以后还要找男人，还要嫁人，要重新成家过日子。所以，再这样长期住在我们家里也不是个事儿，不能耽误她未来的生活……"

于静终于忍不住了："马丰，你怎么说话不算数，不是说好了要再住一阵子的吗？"

"于静，你冷静点儿，我们都老大不小了，这可是为你好。"

于静腾地站起身来："为我好？你这是自食其言！"

"于静，你搬回去住我们不还是好朋友吗？况且超超是我的儿子，你是我儿子的妈，这关系是永远也不可能改变的。"

"马丰，你少在这儿花言巧语，别以为离了你我就活不成了，你以为你是谁啊？要不是为了儿子，我才不会这样低三下四委曲求全呢。你为我好？你有那份良心吗？你就是个言而无信的浑蛋。"说着，于静一把扯过餐桌上的桌布，一桌的碗碟哗啦啦地掉在地上，摔得粉碎。于静拿起小坤包，转身冲出包间。

王小迅喊着追了出去，于静快步走着，王小迅追上去拉住她劝道："于静，于静，别这么冲动……"

于静甩开王小迅的手，没好气地说："谁要你跟着……"

"于静，你这是干吗……"

"我干吗你不清楚吗？打一开始，我对马丰来说就是多余的，就像沈鱼水对你来说也是多余的一样，你们干脆走到一起算了，这么难为别人又难为自己的，何苦呢！"

"于静，你误会了，我和马丰只是工作关系，没有任何……"

"你别装好人了，没有你，我和马丰也到不了今天。"

于静推开王小迅，快步向远处走去。王小迅愣住，眼睁睁地看着于静离去。

03

王小迅被赵怀远叫到办公室，赵怀远坐在办公桌后，王小迅垂手而立，不敢言语。

"代表苹果的家长去开家长会，去了也就罢了，还训起人家老师来了。"赵怀远边说边用手指敲击桌子。

"对不起，赵总，我也是……"

"简直是瞎胡闹。你也不打听打听，这天底下有几个家长敢和老师叫板的？不管你是什么身份、地位，到了老师面前，哪个不得夹起尾巴？只有他训你的份儿，哪有你训他的道理！"

"赵总，您批评得对，是……我错了，我改我改……"

"你要改什么，难不成还想去开家长会怎么的？"

"不去了，不去了。"

"……小迅啊，苹果不懂事，上次拍照、发微博的事你都经历了，差点就惹出大麻烦，弄得我头都大了。当然了，那件事情你处理得很及时、很到位，总算没有大的扩散。"赵怀远沉吟良久，继续道，"苹果妈妈牺牲以后，我对她溺爱过多，平时对她的关心也不够，弄得孩子任性妄为。现在我都吃不准她会在什么时候做出些什么出格的事来，所以我们要防微杜渐。你关心苹果，帮助她处理一些问题，这些我很感激……"

"赵总，苹果是有些淘气，但……"

"但是，以后你和苹果要尽量少接触，这次的事是过去了，但那些闲言碎语的影响至今都没消除。"

"我会注意的。"

"不是注意，而是要避免。防人之口甚于防川啊。小迅你还年轻，那些闲言碎语的厉害你还不知道，传来传去杀伤力是很大的，弄不好会让正常工作都受影响，昨天深都卫视的范总也打电话问这事了，所以必须绝对避免。"停顿了一下，赵怀远继续说，"过去的事就过去了，我也相信你王小迅能处理好这些问题。"

王小迅心情惆怅，傍晚的时候一个人来到湖边漫步，形单影只地慢慢走着。湖水拍打着堤岸，漂浮在水面上的饮料瓶、塑料袋、水草和各种各样的垃圾一会儿被卷进湖里，一会儿又回到岸边。

马丰骑着摩托由远及近，接近王小迅的时候，马丰放慢速度，保持着与王小迅几十米的距离，慢悠悠地开着。

王小迅在湖边的一个凉亭处停下，回头看到骑在摩托上的马丰，问他怎么过来了。马丰说正好没事，过来透透气，说着来到王小迅身边。王小迅继续往前走，马丰下车，推着摩托跟在王小迅身旁。

"你不会是担心我想不开要跳湖吧？"

"哪能呢，这湖水太浅，淹不死人。"

"你什么意思，非得把我淹死你才高兴？"

"我的意思是这季节不适合游泳，水太凉。你又没冬泳的习惯，一下去就得抽筋，一抽筋就得往下沉，一沉下去就……就站淤泥里了。你瞧这水脏的，什么垃圾都有……"

王小迅站下来说："马丰，你不用逗我开心，也不用来安慰我。我没什么，就是心里堵得慌，过来走走。"

"知道知道，我也是有点堵，过来走走，这不刚巧就碰上了吗。"马丰嬉皮笑脸地说道。

"你能不能正经点儿，怎么说什么事你都没个正经样儿呢。"

"嗯，好好，正经说话。"

"于静怎么样了？"

"能怎么样，搬回去了，一切恢复正常。"

"于静一个人带孩子也真不容易，我知道她心里有苦，所以她冲我发火我也能原谅。唉，你们要真能复婚，那就什么事都没了。"

"不可能吧。旧矛盾解决了，新矛盾还会产生。再说，我和她连旧问题都没法解决，这要再往一起凑，能好到哪儿去。"

王小迅沉吟了一会儿说："于静是我打小的闺密，她不开心，我也会难受。马丰，此时此刻你更应该去安慰她。"

"我倒是想安慰呢，人家不让我安慰啊，根本就不搭理咱。"

"算了，你们的事我也不该多说什么，我自己还一身虱子呢。"

"你是说那个小太妹拍照的事吧，不已经过去了吗？"

"事情是过去了，可余波未平啊。下午赵总还找我谈话，让我少跟苹果接触。我也就是觉得这孩子挺可怜的，没想到这孩子这么不懂事。"

"小迅，这些事越想越没劲，也没必要再纠结了。再怎么说，节目已经上马了，反响也不错，这成绩就不小了。我们的同志在困难的时候，要看到成绩，要看到光明，要提高我们的勇气。”

“哪来这一套一套的。”

“这可不是我瞎编的。我们要丢掉思想包袱，轻装上阵。我们既不能跳湖，也不能喝药，更不能爬楼顶……”

“你才跳湖喝药呢。”马丰一通胡说八道终于把王小迅逗笑了。

马丰哈哈笑道：“不跳湖、不喝药也不爬楼顶。小迅，节目的事干都干不完，哪有闲工夫管这些破事。”

“说的也是，不想这些了。”王小迅理了理长发，精神了许多。

“老沈怎么样？”马丰转移话题。

“他呀，他巴不得咱们这档节目垮掉呢，那样他就称心了。”

话音刚落，王小迅的手机响了，显示是沈鱼水的电话。王小迅看了一眼马丰：“你看，说曹操曹操到，鱼水的电话。”

王小迅对着听筒道：“我在哪儿？我在工作呀……接我吃饭？不用了，我自己回去……嗯嗯，谢谢你的关心。”

王小迅刚关上手机，马丰的手机又响了，也是沈鱼水打来的，马丰笑了：“哟，曹操打给我了。”

马丰对着听筒道：“我能干吗，无非是上班、工作，我还能干吗……行行……嗯嗯，你博爱，关怀面挺广啊……喝酒啊？再约吧！没别的事我挂了。”

04

沈鱼水四仰八叉地躺在沙发上，客厅墙壁上55英寸弧面屏超高清电视机正在播放《非爱不可》的节目。画面上，女嘉宾席上的19号李嫣举手要求发言，马丰手一指，示意她说话。

李嫣把耷在脸上的一绺头发卡到耳后，语带讥嘲地对台上男嘉宾说：“女人天生是要享受生活的，我想问男嘉宾，你凭什么保证这一点？”

"我妈说，唾沫不是用来讲道理的，是用来数钱的。"男嘉宾故作潇洒地回答。

马丰接过话头："你妈这话高深，男嘉宾的意思是要看实际行动，不过，用唾沫数钱太不卫生了，我们不提倡。"说完，马丰又转向李嫣，"我倒是想问问女嘉宾，女人是要享受生活的，难道我们男人就不要享受生活？"

"女人享受生活，男人享受女人！"李嫣昂头回答。

话音刚落，全场一片哗然。

沈鱼水腾地坐起，身体前倾，紧盯着电视屏幕。画面切出刘子清。刘子清身穿一件熨烫妥帖的深色唐装，慢条斯理地说："私下里我和小李交流过，她的意思其实是，女人通过男人获得幸福，而男人则通过女人拥有甜蜜的爱情，有了爱情，生活自然就是一种享受了。就像我这人，喜欢养花，成天伺候花花草草，浇水、施肥、打药，那花儿开得娇艳欲滴，让我赏心悦目，我可不也就心花怒放了？"

"刘教授最理解女人了，谁如果能让我享受生活，我就能让他享受最好的女人……"李嫣口无遮拦地说着。

男嘉宾接过话茬："19号女嘉宾说到最好的女人，我想请问19号女嘉宾，什么是最好的女人？怎么能证明你就是最好的女人？我妈说了……"

李嫣打断男嘉宾："能不能别一口一个你妈，是你来相亲还是你妈来相亲啊？我现在就回答你，如果男人能让我享受生活，我当然就能成为最好的女人。道理很简单，男人在外挣钱养家，女人是应当以男人为中心，但女人在家里也不是闲着啊。好女人会做各种各样好吃的食物，让她的男人享受美味；会穿上漂亮的衣服，精心打扮自己，让她的男人欣赏到美色；会做瑜伽、做运动，保持身材、保养身体，让她的男人享受美好的肉体……"

场上再次哗然。

"哈哈，这个19号，有意思，有点意思。"沈鱼水搓着手笑起来。

05

沈鱼水约马丰来到半坡酒吧，依照习惯，给马丰要了一壶普洱茶，给自己要了一杯手磨咖啡。寒暄几句后，沈鱼水对马丰正色道："哥们儿，你们那档节目我看了，美女不少啊，你小子现在可是如鱼得水啊。我的名字叫鱼水，可惜身边没有水。"

"眼馋了是吧？"

"我眼馋什么，我是在想你的事儿呢！"

"我能有什么事，你这是外行看热闹，别瞎起哄。"

"我外行？虽然你现在是坠入花丛乐疯了，但也不能看不起沈某啊，可别对我说，子非鱼焉知鱼之乐。"

"还真是这回事，作为一档相亲节目的主持人，不仅不能干点什么，还得格外地绷着点儿。"马丰给自己续上茶，"美女虽然养眼，我也只有流哈喇子的份儿。"

"这还不简单，你看中了谁，我来帮你约。"

马丰盯着沈鱼水，"你帮我约？你没吃错药吧？亏你想得出来。"

"我知道你不方便，这不替你着急吗？再说你的确该找一个了嘛！"

"我再找也不能跟女嘉宾勾搭上，不说别的，要是小迅知道了，那还不拍死我。"

沈鱼水狡黠地瞅了马丰一小会儿，慢吞吞地说："你就这么在乎她的感受？"

马丰把杯子往桌上一放，愠恼地说："你这话说得……"

沈鱼水赶紧岔开话题，"我说哥们儿，不跟你开玩笑，我是说真的，你如果看上了谁，自己出面不方便的话，我帮你撮合。"

"实话告诉你，我早就不相信爱情了。"

"你就别唱高调了，我看那个19号就不赖，你有没有注意到她的爱情宣言，女人要享受生活，男人要享受女人。这女孩有意思啊，懂生活，不是一般二般的懂……"沈鱼水一脸暧昧。

马丰手指沈鱼水的鼻子说："沈鱼水，我警告你，不要干对不起小迅的事。"

"这跟小迅有什么关系，我是为你张罗。当然，也算是曲线救国为自己吧，你说你俩成天这么形影不离的，难免日久生情……"

马丰脸一拉："鱼水，你这么说可就不够意思了，当初……"

"哈哈，急眼了不是，我这么说也就是为了说服你，这都看不出来？"沈鱼水嬉笑着，打断了马丰的话茬。

"沈鱼水，你耍我是吧？"

"岂敢岂敢……这么说你同意了？"

马丰摇了摇头："真不知道王小迅当年怎么会看上你这么个货的！"

"讲真话了，讲真话了，哈哈哈……"

"我可警告你，这是事关职业道德的事，你别胡来，出了事谁都担不了这个责。"马丰正色说道。

沈鱼水脸往上一扬："哪能呢，你也太小瞧哥们儿的智商了。"

06

沈鱼水和王小迅一起吃罢晚饭，放下筷子，王小迅怏怏地说："鱼水，你收拾吧，今天我特别累。"

"你别动，我来我来。"沈鱼水起身收拾。

王小迅进屋拿着换洗衣服，走进卫生间。沈鱼水收拾好餐桌，端着碗盘进了厨房，慢条斯理地开始洗刷。

王小迅从卫生间走出，头上包着毛巾，见沈鱼水还在冲洗碗筷，说道："还没洗好啊！我累得要命，想早点休息，你也早点回去吧。"

"我得把活做完，这碗筷上全是油腻，不洗干净我心里不得劲。你睡你的，洗好了我再走。"

"嗯，那我先睡了，你走的时候别忘了把门关好。"

"知道知道，你睡吧。"

王小迅进卧室，关上房门。沈鱼水伸头看了一眼，快速地洗刷好碗碟，扯了几张纸巾，把手擦干，然后轻手轻脚来到王小迅卧室门前，耳朵贴在门上聆听。确认王小迅已经睡着，沈鱼水蹑手蹑脚地走进书房，打开王小迅的笔记本电脑，翻看里面的文件，在便签上抄下李嫣的联系方式。抄写完毕，沈鱼水下意识地看了一下书房门口，没见任何动静，这才长舒了一口气，随后关机，关灯，起身离开书房。

第二天一早，沈鱼水来到办公室，打开电脑。电脑显示屏上是 QQ 聊天界面，他正和李嫣聊天。

李嫣："你的装备？"

沈鱼水："什么装备？"

李嫣没回复。

沈鱼水："装备是什么意思呀？"

李嫣仍没回复。

沈鱼水："人呢？下网了？"沈鱼水又打开搜索页面，输入"女生找对象说的装备是什么意思"，结果很快出来，原来装备就是指房子、车子、像手机、服装、手表什么的，也勉强能算……就是指经济实力。沈鱼水叽咕道，呵，可真够功利的。

第二天一早，马丰正在开会，接到沈鱼水电话，让他赶紧下楼拿他带给马超的书。马丰来到楼下，只见沈鱼水那辆大奔正停在光灿大厦的拐角处，沈鱼水坐在车上，手里拿着一沓纸和一支笔，在纸上勾画着什么。

马丰来到沈鱼水车旁，敲了敲车窗，跟沈鱼水要书。沈鱼水让马丰上车，说有重要的事要说。

"说吧，有什么困难尽管开口，反正我也帮不了你。"马丰靠在副驾的座位上，抱着胳膊说。

"谁让你帮我了？是我要帮你！"沈鱼水说着，拿过纸笔，"说一下你的自然情况。"

"你搞什么鬼啊，我的情况你还不知道？"马丰坐直了身子问道。

"有的知道，有的不确切，有的还真不知道，咱们按表格一项项来哈。"

"你到底想干吗？有话直说，我真没闲工夫陪你玩儿。"

沈鱼水侧过身子，一脸诚恳地说："我说哥们儿，你为全国人民当红娘，不，当月老，辛苦操劳，成就了一对对的孤男寡女，自个儿的事儿却没个着落，这也忒不公平了，哥们儿实在看不下去，这不，义不容辞地代表全国人民给你当月老来了……"

"这事我不是已经说过了吗？"

"说什么说啊，有好事儿都是你的，坏事儿哥们儿帮你兜着，你只要动动嘴皮子，冒险犯难的兄弟来，天下还真有这样的大便宜，我都不敢相信哦！"

"沈鱼水啊沈鱼水，我算是服了你！"

沈鱼水在纸上做记录，马丰闭着眼睛回答。

"身高一米七八，体重七十七公斤，血型 O 型，星座双鱼。"

"胸围？"

"这也要问？不知道。"

"待查。臀围？"沈鱼水边在纸上记录，便继续发问。

"不知道。"

"待查。腿长？"

马丰睁开眼睛，看着沈鱼水："你出验尸报告是怎么的？"

沈鱼水拍了拍马丰肩膀："哥们儿，你对自己也太不了解了，验尸报告好办，这要比验尸报告还得详细。"

07

初秋的深都，阳光依然热辣。李嫣背着小坤包、脚蹬高跟鞋，站在路边的树荫下翘首探望着。不一会儿，沈鱼水驾驶着奔驰车疾驶而来，擦着李嫣稳稳停住。沈鱼水撅下车窗，招呼李嫣上车，李嫣打开车门，坐上副驾位置，奔驰车向前驶去。

"马哥，你的名字真可乐啊。马鱼，还马哈鱼呢，哈哈哈。"一上车，李媽就调笑起来。

"爹妈起的，没辙，好在能让你这样的美女过目不忘。"沈鱼水手握方向盘，眼睛看着前方，笑着回答。

"马哥，那以后我就叫你马哈鱼好不好啊？"

"你叫我什么我都爱听，没意见。"

一路聊着，两人已来到天香苑酒家，这是一家装修奢华的高档餐馆，服务员引导着他们走进沈鱼水已经定好的包间，两人坐在大圆桌的两端，分别看着菜单，服务员立在一旁。

"你尽管点，捡自己喜欢吃的点，别为我省钱啊。"沈鱼水对李嫣说。

"马哈鱼，哈哈哈……"

服务员说："对不起美女，我们没有马哈鱼。"

"哈哈哈……不、不是，我知道你们没有这鱼，马哈鱼，那我就不客气了。"李嫣乐不可支。

"尽管点，别给我省钱。"

"鲍鱼扣鹅掌……黄焖鱼翅盅……"

沈鱼水顿了下："这些东西我不吃，对你口味就行。"

李嫣继续点菜："椒香鲨鱼肚……腰豆焖牛尾，皇极秘制蟹，清炖燕窝……"

沈鱼水皱了皱眉，但什么都没说。

很快，酒菜就上来了，摆了一大桌。李嫣兴奋地吃着，两人边吃边聊。李嫣问沈鱼水是不是自己当老板，沈鱼水说自己在媒体工作，结过一次婚，已经离了，单了两年多，有个儿子，跟他妈过。

"谁问你这些啦？烦人！在媒体上班收入不错嘛，贪官吧？开这么好的车。"李嫣说道。

"啊？哦哦，车是向哥们儿借的。"

李嫣撇了撇嘴："我才不信呢，马哈鱼，你有多高？"

"一米七八。"沈鱼水脱口而出。

"什么？怎么可能！我看你至少也得有一米八二、八三的个头。"

"哦，是是是……我说的是去年的身高。"

两人边吃边聊。李嫣手里的筷子一直没放下，一边说着话，一边尽情地吃喝。沈鱼水却吃得很少，一直看着李嫣狼吞虎咽，看着看着，竟然出了神，自言自语道："一口一百块。"

李嫣抬起头，问沈鱼水说什么，沈鱼水回过神来，赶紧岔开话题："李嫣，我很欣赏你的爱情宣言，女人要享受生活，男人要享受女人。"

"那可不，享受生活就是吃人家没有吃过的，玩人家没有玩过的，马哈鱼，什么时候你带我去玩没有玩过的嘛！"

"好说，好说。"

正说着话，沈鱼水的手机响了，一看是王小迅的电话，赶紧站起来，对李嫣说是客户的电话，拿起手机走出包间，来到走廊上接听电话。

"什么，你下午不上班？……现在就去我那儿？你不是还没吃午饭吗……我能在哪儿，在家嘛，这天天的独守空房……半小时就到？别急，别急，让司机开慢点儿，一定要慢点，路上不安全……"

挂了电话，沈鱼水看了看手机上的时间，匆匆把手机装进衣兜回到包间，急切地对李嫣说："对不起美女，我得先走一步，一个大客户……"

"我说得没错吧，你是做生意的，我也去！"

"噢，不行不行，的确是谈生意，不是玩，一个大单子，王老板明天就飞纽约了。"

"那行吧，好好地去挣钱，多挣点儿，以后咱俩一块儿花。马哈鱼，谢谢你的粗茶淡饭呵，改天再吃好点儿的。"酒足饭饱的李嫣，用欣赏的眼光打量着眼前这个高富帅的男人。

沈鱼水气喘吁吁地进门，迅速换上拖鞋，扒下外套穿上睡衣，打开客厅里的电视机，将沙发上的坐垫故意弄乱，又打开冰箱，拿出一听啤酒，刚打开，就听见钥匙开门声，是王小迅拎着大包小包地进来了。

"Hi！"沈鱼水故作轻松地跟王小迅打招呼。

"快帮我拿东西。什么腔调啊，在家里宅出毛病来了？"

沈鱼水赶紧起身，接过王小迅手中的大小拎袋："难得王总回一趟自己的家啊，我这不是高兴嘛！你这大包小包的都是些什么玩意儿？"

"都是吃的。"

"嗨，你买这么多吃的干吗，冰箱里还有好些东西没吃呢。"

"你坐下你坐下，剩下的事你就别管了。"

沈鱼水坐回沙发，眼睛一直盯着王小迅。只见王小迅把大大小小的拎袋拿进厨房，戴好围裙、套袖，又走进卫生间打开洗衣机。

"小迅，这……你这是干吗呢？"

"你看你的电视，我给你洗洗衣服被子。"

"这……这哪能让你做呢，再说我……我那床单被子都刚换过，还不到一星期呢……"沈鱼水站了起来。

王小迅边擦拭着家具边说："今天不要你劳动。你不是总说给我当牛做马吗？前些日子我一直忙着工作，忽略了沈总，现在节目上了正轨，一切都正常了，难得今天下班早，我也给你当牛做马啊，侍候侍候您沈大老板，你不高兴？"

"不不不，高兴，高兴，太高兴了。就是有点……有点突然，我这一时半会儿回不过神来，有点晕……"

08

晚上，沈鱼水拎着一捆书来到马丰家。马母开门见是沈鱼水，开心地把他让进屋里。马丰闻声从书房走出来："上门也不事先打个电话。"

"我可不是来找你的，专程来给干儿子送书，每次你都忘记，有你这么当亲爹的吗？还不如我这个干爹呢！咱儿子呢？"沈鱼水说着，把书放到茶几上。

马母说："于静带走了。小迅怎么没和你一块来啊？我也有半年没看见她了。"

"她呀，让马丰撺掇得弄那个什么相亲节目，整天忙得四脚朝天，本来想让她一块来的，说是太累了，就没去接她。"

马母叹了口气："你好歹也有个人做伴，不像马丰，你说你们老同学的，好、好哥们儿……"

马丰拉着沈鱼水，进了自己的房间，"说，到底干吗来的？"

"没事就不能来啦？真没事。"

"那好，你先坐一会儿，我去忙完手上的活。"

马丰去了书房。沈鱼水起身，关上卧室门，轻轻插上插销，开始巡视马丰的房间，东瞅西看，走向床头，翻开枕头，又拿起床头柜上的几本杂志翻了翻。接着，他弯下腰，拿出床底下的一双运动鞋，察看标牌。最后他走向大衣柜，检视马丰的衣服。愣了几秒钟，他从马丰桌上拿起一支笔，在手心里记着衣服的品牌、尺寸。折腾一会儿，沈鱼水出了卧室，见马丰还在忙活，便告辞，马丰把他送到楼下。沈鱼水磨磨叽叽地说："哥们儿，求你个事儿。"

"我说你有事儿吧，快说。"

"咱们换车开几天怎么样？"

"你又哪根筋搭错了，放着百万豪车不开，要开咱这破摩托，有老板谈生意骑摩托的吗？"

"又不是天天谈生意，这不，怀念以前落魄的时光啊，骑摩托去郊外兜兜风多自由啊！"

"你这些年好像从来没有落魄过吧，在学校那会儿就开始捣鼓生意。"

"那就更应该体验一把了，再说最近这些天天气又不好，你要接超超什么的也方便些。"

"超超没住我这儿，要玩摩托你就骑走，别跟这儿假惺惺的，这可不是你沈鱼水。"

沈鱼水忙道："我话还没说完呢，要是小迅问起来你就这么说，说是你要和我换车的。"

"哈哈哈，这才是沈鱼水！"

"天下皆知美之为美，斯恶已；皆知善之为善，斯不善已。"

"你什么意思？"

"过两天自然见分晓。"沈鱼水说着，从马丰手里拿过摩托车钥匙，又把自己的车钥匙塞给马丰，跨上摩托，一溜烟开走了。

09

夜晚的街头，霓虹闪烁，人影婆娑。人群中，李嫣一手拿着手机，一手拿着一管口红，用手机镜子功能看着自己，一面补妆一面张望着。一会儿，沈鱼水骑着摩托过来，身上的行头也变了，和马丰平时穿戴相仿，衣服显得有点小。他在李嫣身边停下来，卸下头盔。李嫣视而不见，沈鱼水"嗨"了一声，李嫣转过脸定睛一看，愣了一下："是你啊？"

"不认识啦？"沈鱼水笑道。

"我认识你的车，人我还真不太认识，你怎么骑摩托了？"李嫣疑惑地问道。

"上次不跟你说了吗，那车是借哥们儿的，这才是我真正的座驾。"

"你……你忽悠我？"

"没忽悠你，上来吧。"沈鱼水拍了拍摩托车后座。

"我不上！"李嫣一脸的不高兴。

"快点，我带你去吃饭。"

李嫣脸色好起来："马哈鱼，去你们会所吧，你告诉我地方，我打车过去。"

"会所？"

"是啊，现在有钱人不都是去会所消费吗？"

"我没钱，有钱也不会去那种地方。"

李嫣哼了一声。沈鱼水推着摩托，李嫣走在人行道上，两人并排向前走去。前面不远处是路边大排档，一片灯火喧哗。

"到了，到了，我的会所到了。"沈鱼水指了指路边大排档。

李嫣老大不情愿地跟着沈鱼水进了大排档，找张桌子坐下。李嫣注意到了沈鱼水戴的手表："表还没有换，江诗丹顿。"

"啊，仿品，电视购物那儿买的，不值钱。"沈鱼水满不在乎地说。

"不值钱那你给我啊。"

"给你，给你，多大的事儿啊！"沈鱼水从腕上摘下手表，递给李嫣。李嫣喜笑颜开地接过表，套到自己的手腕上，大了一整圈。

沈鱼水点了四五样烧烤，又要了两瓶啤酒。李嫣把玩着沈鱼水的手表，看了一会儿，把手表递还给沈鱼水："还真是山寨版，我说你怎么这么大方呢，你这么大方怎么可能是真的，一块真的得多少钱啊？得十二三万。"

"二十二万六千一。"沈鱼水张口答道。

正说着，点的菜上来，沈鱼水津津有味地吃着，李嫣不动筷子，看着沈鱼水说："上次你那身行头也是假的？"

"不是跟你说了吗，车是借的，衣服是假的，表也是假的，除了我这个人，什么都是假的。"沈鱼水答道。

"你骗我？"李嫣叫了起来。

"对不起，我这么做是为了考察一下你。李嫣，你觉得拥有很多的物质就是享受生活吗？"

"少跟我讲大道理，你就是个骗子，瞧你那样，还冒充有钱人！也不撒泡尿照照！你老婆为什么跟你离婚，不就是嫌你穷吗？连儿子都养不起，还想勾兑老娘！做梦想屁吃啊！去死吧你，穷鬼！有多远滚多远！"李嫣越说越激动，双手一抬，掀翻了桌子，碗碟碎了一地。

店老板和伙计走了过来，"咋的了咋的了，怎么砸起我摊子了？"小老板生气地问道。

李嫣指着沈鱼水："他是骗子！臭流氓！穷光蛋！"

"别跟我说这些，他骗你财还是骗你色，你该找谁找谁，要打架你们回家去打，拿我的碗碟撒什么气啊，这可是我吃饭的家伙……"老板突然想起了什么似的，"咦，我好像在哪儿见过你……"

李嫣有所收敛。沈鱼水掏出一张一百元递给老板说："老板，这是菜钱，不用找了。"

沈鱼水说着准备离开，被两个伙计一左一右抓住胳膊。

"你就这么走了？砸了这些个东西……"老板指着地上的碎碗碟说。

沈鱼水挣脱开，指着李嫣说："桌子是她掀的，损失你向她要。"

"你是不是男人啊，这么没品，凭什么让我出钱？"李嫣喊道。

"这可是你砸的，有能耐砸没能耐赔了？"

"你这人也是的，老婆砸了东西你赔了又能怎么样，一大男人……"老板对沈鱼水说道。

"她不是我老婆！"

"女朋友也一样啊……"

"她也不是我女朋友！"

"哦，泡妞啊。我说哥们儿，人都让你泡了，你赔点钱还不应该啊。"

"什么泡妞？我跟她没关系。"沈鱼水无心争吵，问老板要多少钱，老板要沈鱼水赔六百块，沈鱼水当然不答应，两人掰扯起来。

大排档的另一边，黄争光、罗书、卓乐等几个同事也正在宵夜，已经快吃完了，罗书张罗着喊伙计结账，刚付完钱，只听不远处"哗啦啦"一阵响，抬眼看过去，看见了一拨人和小老板吵成一团，罗书走过去，认出了李嫣和沈鱼水："这不是沈哥吗？"

沈鱼水也认出罗书，不免一惊。

罗书平时常来这儿吃饭，跟小老板混熟了，一见这架势，赶紧两边相劝，李嫣还在啰里啰唆地吵吵着，罗书让她赶紧走开，李嫣想着不用赔钱，赶紧溜了。

赔偿了老板，沈鱼水把罗书拉到一边，说道："兄弟，谢谢你，幸亏你认识老板才解了围。不过我还有事拜托你。我跟这女的……就是那个李嫣也是刚认识，没想到她是这样的人。刚才发生的事拜托你对谁都别说，就当没看见，别弄出误会来，千万千万，拜托了。"

"哦，好好，我懂我懂，我不会对别人说的。"罗书应承着。

沈鱼水连声称谢，急匆匆地蹿上摩托车，一溜烟消失在夜色中。

7 不在激情中变帅，就在沉默中变态

01

《非爱不可》播出已三期，收视率并没有预期的那样理想，赵怀远要求栏目组尽快找出症结，改变目前的状况。王小迅召集栏目组全体会议，让大伙集思广益，献计献策。

何珺率先发言："那还用找吗？秃子头上的虱子——明摆着，创意陈旧，我策划的直播……"

马丰打断何珺说："何姐，策划一节早翻篇了，现在咱们谈的是《非爱不可》，不是您的《爱你好商量》，要怀旧咱可以再找机会。"

何珺不满地"切"了一声，马丰继续道，"我觉着吧，目前的情况也属正常，新节目上马总得有个磨合期，亲们不必惊慌，更没必要幸灾乐祸。"

何珺愤然道："马丰，你什么意思？"

黄争光手里转着笔："我认为问题在于女嘉宾，长得凑合的没几个，吸引不了观众的眼球。"

"哼，就你长得帅！"卓乐揶揄道。

"哎哎哎，丫头片子，我可是地道的爷们，不靠颜值……就算我是个女的，颜值也绝对不会输给你。"

"什么人呀，自恋狂！"卓乐小声说。

"好了好了，你俩就别闹了，咱们在开会。"王小迅打断了他们的斗嘴。

"争光说得有一定道理。但关键并不是长相，报名参加节目的嘉宾基本上都是深都本土的，咱做节目倒是方便了，但仅靠深都一个城市，地域太小呀，深都民风淳朴，个别的除外，大多数都不会作，身上没戏。"马丰边思考边发言。

刘子清轻咳一声，有板有眼地说："我看马丰是说到点子上了，女孩子的魅力不仅限于外表，当然了，只是心里美那也不成，我欣赏的是一种动态美，见过世面，活泼热情。所谓天涯何处无芳草，关键是你得有一双慧眼，也要找对地方。比如说艺术院校、歌舞团这样的地方，那可是美人窝噢！"

"对呀，我怎么没想到，还有模特公司……"黄争光面露喜色。

"你们是不是要托儿？这可是违规操作，明显是欺骗观众！"何珺插了一句。

刘子清呵呵一笑："庄子云，鹓鶵发于南海，而飞于北海，非梧桐不止，非练实不食，非醴泉不饮。"

"刘老师的意思是不是说，没有梧桐树引不来金凤凰？"马丰问刘子清。

"就是就是，只有节目红火了，来报名的女嘉宾质量才会高。再说了，观众也爱看靓男俊女，养眼啊！"刘子清说得很到位，大家一致赞同。

02

晚上，何珺的闺密朱凤群邀请她一起去玉娇龙美体馆按摩，两人约好时间，同时来到美体馆。此前，朱凤群一直在妃娜酒业欧洲总部工作，不久前派回国内，现在是妃娜酒业中国区销售总监。朱凤群大学刚毕业便留洋深造，这些年一直忙于学习、事业，婚姻大事被耽搁下来。事业有成后，作为海归美女，各方面条件特别优越，接触到的男人往往自惭形秽，敢于主动进攻者寥寥，她便莫名其妙地"剩"了下来。

双人包间里，何珺、朱凤群分别躺在按摩床上，接受按摩师的服务。

讲到栏目组准备找漂亮女嘉宾，何珺怨气十足："姐，真是气死我了……我要去公司告王小迅！"

"你告她什么？那刘子清又不是你们公司的，主意可是他出的，再说了，这《非爱不可》是你们赵总一手扶上马的，难道他不指望节目红火？"

"那，那我就没辙了，就一辈子受人欺负？"

"你得总结教训，和老板搞好关系。"朱凤群开导何珺。

"怎么搞啊？"

"这你比我懂，不用我教你。"

两人换了一面，按摩师继续给何珺、朱凤群按摩。

何珺突然坐起来，眉飞色舞道："哎呀姐，那赵总还没结婚，不，是老婆死了，带个女儿，他可是光灿传媒的执行总裁，长得一表人才，绝对钻石级的……"

"你什么意思啊？"

"嘿嘿，他和姐是天造地设的一对呀，绝对是为姐量身定做的……以前我怎么就没想到呢？"

"你说他有个女儿，那他年纪也该四五十了吧？别闹……"

"姐你清醒一点好不好？再过两年你就荣升齐天大剩了，赵总四十五不到，你没听人说过，男人四十一枝花呀！"

"你也不用挤兑我抬你们老板，既然这么好，你怎么不自个儿收了？"

"我不是有大吉吗？"

"大吉？你们有大半年没见面了吧，我真不明白你到底是怎么想的，这种男人……"

朱凤群这么一说，何珺有些黯然，停顿片刻才回过神来，继续道："姐，说你的事儿呢，怎么又绕我身上了？"

"你还是先管好自己再说。"朱凤群懒洋洋地伸了伸胳膊。

从玉娇龙出来，何珺驾车送朱凤群回家。何珺还惦记着刚才说的事，对朱凤群说："姐，你就给个话吧，我可是认真的。"

"我才不上你当呢！你那点小心思我还不知道，这叫假公济私。我才这么一点拨，你就现学现卖，用我身上啊。"朱凤群显然没有热情。

"你得男人我收获事业，有什么不好？咱姐俩互惠互利，那是双赢，你又不损失什么。"

"扯淡。"

"我知道您面子大，输不起，这些我都为姐想过了，相亲的事当然太低端，咱不干也不会干，但只要姐你点个头，我来安排，保管让你俩来个不期而遇，神不知鬼不觉……"

"你就别瞎琢磨了，我看不上的。"朱凤群若有所思地看着车窗外。

03

赵怀远被赵苹果拉着去看足球赛，这是一场西班牙明星队与国足的邀请赛，父女俩来到球场时，观众席上已是座无虚席。球赛尚未开始，运动员正在热身。赵怀远和赵苹果坐在看台上，苹果举着望远镜东瞅西看。

赵怀远仍在责怪女儿："你给我记住了，以后不准随便拿别人的东西，下不为例。"

"不就两张球票吗？再说了，我可是托雷斯的顶级粉丝，他是不会来中国踢球的，更别说深都了……你又不会带我去看西甲！"

"哼，倒是我不对了……"

"老爸，你快看，就是你们单位那个女的送我球票的。"赵苹果说着，将望远镜递给赵怀远，赵怀远接过，向对面看台看去。望远镜里出现了何珺和朱凤群，朱凤群也正举着望远镜向这边打量。

朱凤群在望远镜里看见赵怀远，慌忙放下望远镜。

"不好，赵怀远发现我们了。"朱凤群对何珺道。

"你慌什么慌呀，看来还真是相上了？"

何珺说着，举起自己的望远镜，向对面看台看去。

"不是不能太明显吗？等他不看我们的时候再看……"朱凤群的话显然有些暧昧。

"你就是和他对视一下又能怎么样？谁怕谁呀！不是还有望远镜挡着

吗?"何珺边说边用手肘碰了碰朱凤群,朱凤群再次举起望远镜。两人向同一个方向看去。

何珺坏笑道:"怎么样,对上眼了吧?我这招不错吧。"

"你少来!"朱凤群虽然这么说,手里的望远镜却一直没放下。

对面看台上,赵怀远也正举着望远镜,看见了何珺。

"原来是何珺……苹果,那个送你球票的阿姨旁边的女人是谁啊?"

"我怎么知道。老爸,你看这么长时间了,别这么色眯眯的……"

"胡说八道!我看清楚对方是了解情况,免得你上当受骗!"

"切,男人就会找借口。"

看台这边,何珺放下望远镜,见朱凤群还举着望远镜,不禁笑道:"好啦好啦,刚才不敢看,这会儿倒看上瘾了。下星期你们公司不是有新品推介会吗,我把人给你请过来,到时候让你看个够。"

"你有这么大的面子?人家能听你的?"

"那就得看你愿不愿出血了,在我们节目上投广告……"

朱凤群放下望远镜说:"公是公,私是私,何况我们公司全年的广告投放早定好了。"

"你看你,认真了吧?只要你口头上许个愿,我就能把人给你弄过来。别说你还没和我们公司签约,就是签了,亲事不成,你也可以毁约呀。"

"切,什么人啊!"

"但要是你和咱赵总成了,口头许愿那也得兑现,哼!"

"我算是服了你,整个一功利主义!"朱凤群摇了摇头。

04

会议室里,《非爱不可》栏目组的同事们相互传阅着新晋女嘉宾的资料和照片。

"这次多亏刘老师,亲自跑到深都艺术学院、演艺集团为我们张罗来那么多优质女嘉宾。"王小迅真诚地说。

刘子清靠在椅背上，摆了摆手说："有些事，你们出面的确不方便，我不是你们公司的，既然你们高看我，请我当特邀主持人，我就得尽份责不是。"

"刘老师考虑得真周到。"王小迅感激地看着刘子清。

"做人就得这样，荣誉归于集体，有问题我一个人承担！有些事，不是你想办就能办成的，深都市的演出团体、艺术院校里都有我的学生，如今都成了领导，总得买我一个面子吧？"

罗书忙道："是是，我证明，这几天我跟着刘老师转了一大圈，他们都抢着请刘老师吃饭，吃得可高档呢。"

"吃吃吃，你就知道吃，罗书，你是不是属猪的呀？"何珺鄙夷地说。

"不是啊，何姐……"罗书脸红了，支吾着不知道该说什么。

马丰打断罗书，举着一份报名材料念着："这个不错嘛，肖真真，27岁，专业旅游者，《国家地理》《时尚驴友》《旅游》等杂志的特约撰稿人……职业时尚，有意思，人长得也漂亮，有内涵。"

"我看看。"王小迅拿过肖真真的材料，怔了下。

黄争光问："怎么了王总？"

"这美女很面熟，好像在哪儿见过。"

黄争光抢过肖真真的资料和照片，连说："哇！果然与众不同，比刘老师找的那些花瓶强多了，她的 VCR 我去拍！"

"你知不知道，节目组的人不能和嘉宾勾兑，这是纪律！"卓乐急切地冲着黄争光说。

"切，节目组内部的人更不能那么，会影响工作！"

一散会，何珺便把黄争光拉到一边，希望他能做妃娜酒业新品推介酒会的主持人，黄争光直摇脑袋："何姐，有你主持不就得了吗？咱就不添乱了。"

"你以为这是主持婚礼呀，这是大型的商务活动，品尝推介国际名牌，深都市的各界名流都得去的，两个主持人那是最起码的……再说了，男女搭配，干活不累。"

"何姐，我就不跟您配了，悬殊太大。"黄争光再次摇头。

"臭小子，我都没嫌弃你，这可是给你机会……你……你就帮个忙吧。"

"我不去……哎，何姐，你怎么不找马丰啊？他可是专业主持人。"

"马丰和我不对付，这你又不是不知道。"

"马哥不去，我就更不能去了，准没什么好事儿。"

"你！不识好歹！"

正说着，马丰走过来："你俩在这儿干吗哪，背后说我坏话啊？"

见马丰过来，黄争光喜笑颜开，跟马丰照本宣科地说了何珺的想法。马丰一听，不禁乐了，"这是好事呀，争光不去我去！何姐这个忙我帮定了。"

何珺疑惑地看着马丰，马丰道："何姐放心，马丰说一不二。跟何姐同台主持可是我的荣幸，当年咱们可是看着何姐主持的那档《快乐问答》长大的，是不是啊！争光？"

何珺眉毛一挑："我有这么老吗？你比我小不了几岁。"

马丰嬉皮笑脸地说："我开个玩笑，何姐，无论如何在主持界您都是老前辈，这和年龄无关……"

何珺一指马丰："前辈就前辈，不准加'老'字儿。"

马丰连连称是，黄争光捂嘴坏笑。

05

深都大酒店中央大厅里灯火辉煌，各界名流佳丽济济一堂，每个人手里都端着盛有少许红酒的高脚杯。前面的发言台上立着"妃娜红酒新品鉴赏暨迎新 PARTY 酒会"字样的模板，马丰、何珺各持麦克风，正在主持晚会。

马丰："在中国，喝高档红酒是有身份的象征，饮者据说分成了两派，海归派和本土派。本土派喝红酒要兑雪碧，海归派就说了，人家欧洲人研究了几百年，最难的就是把糖分从红酒里分离出来，结果倒好，又被你们中国人给兑回去了。"

何珺笑着接话："马丰不愧是深都卫视的名嘴，知识渊博，指出了国人喝红酒的误区。哎，小马，你平时喜欢喝红酒吗？"

"我喝那也是糟践，和一帮哥们儿经常是红的白的一块儿兑着喝。"

"有你这么喝红酒的吗？"

"我们通常是先喝白的，白的喝不动了就改喝红的，杯子里没兑，到肚子里却兑上了。"

大厅里，众人一阵哄笑。

何珺道："小马，我想问一个私人问题，如果红酒和美女让你二选一的话，你会选择什么？"

"虽然你的问题有点二，二选一的二哈，但我还是乐于回答，那得看是什么样的红酒和什么样的女人，如果是妃娜这样的红酒和你这样的女人，我当然选妃娜啦！"

大厅里再次一阵哈哈大笑。

何珺脸上有点挂不住，但仍强颜欢笑地说："我难道还不如一瓶红酒吗？"

"是不如妃娜这样的红酒。"马丰的调侃又引来一阵欢笑。

开场仪式后，来宾们各自穿梭交流起来。朱凤群端着酒杯在人群中应酬着，目光却在四处寻觅。何珺端着高脚杯，混在一帮企业家模样的人中，正说着什么。这时，地产商吴总端着酒杯走过来，碰了一下何珺的杯子。

"何大美女，这就是你说的要请我喝的红酒呀？"

"吴总，我们正说您呢，庞总不服气您那两百万，一出手就是三百万。吴总，您答应的那两百万广告费，什么时候能给我们啊？"

吴总腆着肥硕的肚子，满面笑容道："我哪能和他比，他是国字号，财大气粗……怎么没看见大吉？你为公司拉广告，有冯氏集团这样的主儿帮衬还用求别人吗？"

"大吉走不开，他让我转告您，说过的话得要兑现。"

"走不开？呵呵，忙成那样，放着你这样的美人……"吴总说着，一双绿豆小眼对着何珺的低胸装来来回回地扫描，只恨双眼没开发出透视功能。

何珺抬头看到人群中的赵怀远，跟身边的人道声失陪，匆匆走向朱凤群。

何珺挽着朱凤群缓缓走到赵怀远身边，笑嘻嘻地说："我正式介绍一下，这位是赵总，我们公司的老总。赵总，朱姐是我最好的姐妹……"

朱凤群莞尔一笑："我们见过的。"说完，瞥了一眼赵怀远。

赵怀远大方地笑道："哦，对对对，见过见过，在望远镜里，哈哈哈。"

何珺、朱凤群都跟着哈哈笑起来。

这时，赵苹果背着书包，左顾右盼地走进大厅。

何珺对一旁的嘉宾说："当时我跟朱姐站一块儿，赵总压根就没朝我看，净看我边上的大美人了！"

"哪里，哪里。"赵怀远打着哈哈。

朱凤群带着职业的微笑："赵总，今天算是咱们第二次见面，小朱的工作还希望您给予指点。"

"你客气了，这酒好人好什么都好……说到喝酒，也是我的喜好，可喝红酒我毕竟是个外行，以后还得求教朱总呀。"说着，二人又碰了一下酒杯。

"你俩就取长补短，各取所需呗，别在这儿假模假式地客套了。"何珺不失时机地插科打诨，三人一起大笑起来。

赵苹果已看见赵怀远，见他正和朱凤群、何珺谈着什么，一副眉飞色舞的样子，撇了一下嘴，叫了起来："老赵！老赵！"

赵怀远一回头，见是苹果，不禁惊讶："你怎么来了？放学没有回家？"

"我忘记带钥匙了不行啊！"

何珺对朱凤群说："这是咱赵总的千金，你瞧这模样，眉眼、嘴角可是和赵总一模一样！"

赵苹果白了一眼何珺："我跟你很熟吗？哦对了，是你塞给我的球票……"说着，苹果打开书包，找出一张皱巴巴的钞票，"给你，票钱！不够你问我老爸要。"

"这……"何珺尴尬地拿着苹果塞到手里的钞票。

赵怀远瞪了一眼女儿，"赶紧给我回家去，活动结束了我就走。"说着掏出钥匙，递给赵苹果。

赵苹果却不接钥匙，说："我不回去，我要看着你，这儿又是酒又是色的！"

"你……"赵怀远想要发作，但还是憋了回去。

这时服务生端着托盘过来，上面放着几只盛了红酒的高脚杯，赵苹果毫不客气地拿了一杯酒，被赵怀远喝止："你不能喝酒，小毛孩子！"

"我怎么不能喝啊，我又不开车！"

"算了，算了，喝点儿没事的。"朱凤群打圆场。

"那也不行。"赵怀远说着，去夺赵苹果的酒杯，朱凤群轻轻地拉着赵怀远胳膊，企图阻止他，赵苹果故意一闪，将一杯红酒全泼到朱凤群身上。

"哎呀……"朱凤群失声惊叫，下意识地伸手去擦裙子，随即又连声地说，"没事没事……"

"哦，对不起，奶奶，奶奶，我不是故意的。"赵苹果故意说得声音很大。

"你说什么？"赵怀远瞪眼。

"看她这年纪，不就是个年轻的奶奶吗？"说完，苹果转身跑了。

06

光灿大厦演播厅里，新一期《非爱不可》正在录制，台上已经站了二十位女嘉宾，还有十个女嘉宾席空着。马丰、刘子清站在台上。

马丰说："我要告诉大家一个好消息，从本期开始，咱们节目的女嘉宾将从二十位增加到三十位！请大家用最热烈的掌声，欢迎十位新鲜、活泼、美丽的新人到来！"

音乐声响起，以方菲为首的十位女嘉宾各自摆着 pose 集体登场，现场一片轰动。肖真真走在队伍最后，她没有摆 pose，径直走到女嘉宾席上。

黄争光走到台上，指着肖真真说："那谁，你怎么没个造型啊？请各位重走一条。"

"不就是从 A 点到 B 点吗？要什么造型？"肖真真不解地问道。

"我看就算了，这位是旅行家，只会走路，不会玩着花样地走路。"马丰说道，黄争光没再吱声。

"十位新人给咱们带来了久违的青春靓丽和活力，谁愿意作为代表，展示一下自己的才艺？"马丰举起右手，新来的女嘉宾纷纷举手，只有肖真真例外。

马丰看了眼肖真真："那我就点那位没举手的，12号女嘉宾，你来展示一下。"

"我会走路，刚才已经走过了。还会开车，这台上也没法开呀。除此之外我几乎没什么才艺。"肖真真冷冷的说。

"嗯，你还很会说话，短短两句就完美地诠释了一个旅行家的职业素养，那就是——一根筋！"马丰调侃道，观众席里一阵笑声。

"那总得有人唱歌跳舞啊，乐和乐和。"刘子清说道。

方菲举起手："我来！"说着，走到前台，手上已变出一把小提琴。

"呵，有备而来呀。"马丰笑道。

方菲笑了下："不在激情中变帅，就在沉默中变态！"

马丰含笑问道："这是你的爱情宣言吗……"

不等马丰说完，方菲已经拉起小提琴，她边拉边舞，扭腰送胯，头发猛甩，跳得异常热烈、性感。肖真真带头鼓掌，现场的气氛达到高潮。

07

光灿大厦楼下，王小迅站在路边打车，出租车一辆一辆地开过去，但上面都有乘客。王小迅神情焦急，不时地看着手表。

马丰骑着摩托停在王小迅跟前："上班时间，你打不到车的。让你调公司的车，你又不肯，王总你可真轴。"

"再等一下。"

"再等黄花菜都凉了……这条路我走过，当时为弄这节目的事去机场追过你，还记得吗？我包你不会误事，就委屈一下您的尊臀，上来吧。"

"你可真够贫的！"王小迅很不情愿地跨上摩托车后座，戴好头盔，两人飞驰而去。

机场柜台前排着长长的队伍，赵苹果、苹果的姑姑在队列中，行李车上放着几只很大的行李箱。

赵怀远跟在队列旁边，帮赵苹果披了披围巾："纽约的纬度相当于北京，比咱们深都冷多了，要注意加衣服。"

"知道啦，大叔！"

"再就是加强英语学习，语言不过关，在外面是没法立足的。"

"知道啦！"

"再就是……"

"再就是要听姑姑、姑父的话，不能像以前那样胡作非为！"赵苹果模仿赵怀远的腔调，不耐烦地说。

"知道就好！"

"哥，你就放心好了，倒是你一个人，苹果这一走，跟前连个说话的人都没有了。"苹果姑姑眼圈红了。

"不用担心我，你们好就是我好，我一个人反倒自由自在。"

这时，朱凤群气喘吁吁地从远处跑过来，手上拎着一只纸袋，边跑边喊："苹果，苹果！"

赵苹果道："怎么是你？你来干什么？"

"来给你送行呀……这衣服是阿姨给你的，纽约很冷的。"朱凤群微笑着递过拎袋。

赵苹果看了看赵怀远："你们是不是计划好的？眼巴巴地盼着我走……"

"苹果！"赵怀远严厉地叫了一声。

赵苹果推开拎袋："这是皮草吧，我不要，我是动物保护主义者！"

朱凤群尴尬得不知道说什么，苹果姑姑接过皮草，对朱凤群笑道："苹果不要我要，多好的衣服呀，您不要介意，小孩子不识货。"

苹果哼了一声，仍四处张望。这时，她看见了跑进候机大厅的王小迅。"小迅阿姨，小迅阿姨，我在这儿！"苹果冲了过去。

王小迅也看到了苹果，喊着苹果的名字跑来，两人抱在一起，都哭了起来。

"小迅阿姨，我就知道你会来的。"

"对不起，我来晚了，差点就不能送苹果了。"

"小迅阿姨，我，我不想走了。"苹果越说越伤心。两人又抱在一起，抹着眼泪。

朱凤群也在一边抹着泪，一边小声问赵怀远："这位是……"

"哦，我们公司一位制片人，平时和苹果的关系不错，就像亲姐妹。"

08

沈鱼水万万没有想到，居然会在电视里看到肖真真参加《非爱不可》相亲节目，这让他心里毫无道理地泛起了波澜。他通过《非爱不可》的网站找到肖真真的联系方式，如愿把她约到咖啡馆。

沈鱼水感慨地说："简直像做梦一样，怎么会是你呀，吓我一跳，当时你说有缘自会相见，真真，看来咱们的确有缘，缘分不浅呀。"

肖真真也很开心，问："你怎么样？从敦煌回来，你女朋友是不是又感动了一把？"

"别提了，这么多年下来，都是咱热脸贴人冷屁股，她是事业型的，心里只有自己的事业，哪顾得上咱呀。"

"你怎么这么说？这男追女也是天经地义的，而且你那么浪漫。"

"咱们俩可是龟兔赛跑，这兔子在头里跑得快，忙工作都不带打盹的，乌龟我已经是身心俱疲……我的事不说也罢，还是说说你吧。"

"我可没什么好说的，一如既往，走遍四方。"

"真真，我就欣赏你的这种豪气、你的这种风格，欣赏你的一切，你可真不是一个普通的女孩，有情有义，世上少有……"沈鱼水不无真诚地说道。

"过了吧？再说下去我就都快成'呕象'了。"

"没错呀，你就是我心目中的偶像，极品，说女神也不为过……"

"呃，我是说呕吐的对象。"肖真真做出呕吐状。

两人哈哈笑起来。沈鱼水正色道："不开玩笑真真，我得为你介绍一个顶级的，绝对配你，那相亲节目上能有什么选择？也就是娱乐大众……"

肖真真没说话。

沈鱼水继续道："这事儿你一定得听我的，也给我一个报答你救命之恩的机会……这人是我的一个哥们儿，知根知底，我沈鱼水能让你上当吗？"

"我……"

"你听我把话说完。既然是给你介绍，我肯定得如实相告，丑话说在前面，这哥们儿离过一次婚，有一个四岁大的儿子，判给了前妻，除此之外哥们简直堪称完美，尤其是价值观，跟你那就是一个模子脱出来的！"

"沈哥，我们第一次见面的时候我就说过，我有一件事情未了，在此之前是不会考虑婚姻的，也不会谈恋爱，你还记得吗？"

"你蒙我呢，真真，你肯定是嫌我哥们儿离过婚。"

"离过婚有什么，只要有真感情，心心相印，只要他不在婚姻中，小三这玩意儿我是不会干的……"

沈鱼水一拍桌子："这不就结了。"

"我说过，我有一件事未了。"

"事情未了那你赶紧了呀，干嘛跑《非爱不可》上去当女嘉宾，那就是要找对象吗？"

肖真真沉思片刻，说道："还是告诉你吧。我有一个姐姐，比我大两岁，现在还没有结婚，我发过誓，姐姐不嫁人我是不会考虑个人问题的……"

"真真，你太伟大了……但我还是要说你两句，这都什么时代了，就算是古代社会长幼有序，那也不至于呀。"

"她不是一般的姐姐，比妈妈还、还要……"说到这里，肖真真哽咽了，"沈哥，我不能再说了，我真的没对人说过这么多，那也是因为你……你的诚恳……"

沈鱼水赶忙递上纸巾，肖真真接过纸巾擦了擦眼泪。

"我理解，我理解，咱不说了，我也不问了……真真，莫非你上《非爱不可》是为你姐姐，为她找对象来着？"

肖真真点头。

"那你姐姐为什么不亲自来呀？"

"她为人太老实，又没什么文化，不会习惯录节目这种场面的。"

"哦，我明白了，你这叫曲线救国，只有你姐姐的问题解决了，你的问题才能解决，上节目既是帮你姐姐，也是帮你自己呀。"

"我倒没什么，我能到处跑，看得多，姐姐她太可怜了……"

"嗨，你怎么不早说呀，放心放心，你姐俩的事情都包在沈鱼水身上了，不就是找俩好男人吗？那还不容易，到时候姐俩的婚礼一块儿办，咱找一对儿亲兄弟，亲上加亲，也算是一段佳话，必将广为流传。"

肖真真扑哧一声笑了，"沈哥，你真逗，拿我们开心呢。"

09

朱凤群带着几名工人，扛着几个包装纸箱来到赵怀远家。她用钥匙打开房门，让身后工人把纸箱搬进屋。她巡视了一下客厅，琢磨了一番，指挥工人挪动家具，腾出一块地方，让工人把酒柜安装在她指定的地方。

工人打开包装箱，取出酒柜散件开始安装。朱凤群推开各个房间的门，走进去察看。书房里，朱凤群浏览着书架，上面整齐地排列着一些精装中西名著。书桌上的小相框里则是赵怀远、赵苹果和苹果妈妈的合影，照片摄于七八年前，赵苹果只有六七岁的样子，显得调皮可爱。朱凤群拿起相框打量一会儿，放回原处。

酒柜安装完毕，赵怀远才回到家。装好的酒柜很是气派、扎眼。

"老赵，酒柜已经给你装上了，就差放上我们公司的妃娜了。"朱凤群一脸笑容地对赵怀远说。

"凤群，太感谢你了，你说我这忙得，一直走不开……"

"我这也是举手之劳，难得你这么信任我……这喝红酒家里没个酒柜可太不正宗了。"朱凤群满意地看着酒柜。

"哦对了，这酒柜的钱……"

"不要钱，送你的。"

"这怎么行！"

"怎么不行啊，酒柜里放上我们公司的酒，你这儿高朋满座的，没准来个大客户，给我带来一大订单，这也是为我宣传呀。"

"哈哈哈，生意做家里来了，没问题没问题，我很乐意做朱总的推销员。"

朱凤群笑着掏出钥匙，要还给赵怀远，赵怀远拉开酒柜的门，装作欣赏的样子，漫不经心地说："钥匙就先放你那儿吧。"

"这……对了，我还得给你送些酒过来，这样吧，完了我把钥匙放在你楼下的信箱里。"

"行行，怎么都行。"

看完酒柜，两人面对面在客厅沙发上坐下，中间的茶几上放着一瓶妃娜红酒，两只高脚杯和一只冰桶，两人对饮着。

朱凤群品了一口道："以后你就改喝红的吧，我足量供应。这红酒中所含的丹宁能抑制细菌繁殖，有帮助消化的功能，而且红酒富含维生素 C、维生素 E 以及胡萝卜素，这些物质都有很好的抗氧化功效，可以预防衰老……嗨，我说这些干吗，你又不懂，反正喝红酒比喝白酒好。"

"我这酒瘾人说是生意场上弄出来的，其实不然，五六年前我不说滴酒不沾，但也不好酒，都是苹果这小鬼，唉……自从她妈妈去世以后，我这又当爹又当妈的，小家伙也不适应呀，成天哭着跟我要妈妈，我心里烦啊，加上工作忙，这不就渐渐学会借酒浇愁了。"赵怀远有些伤感地说。

朱凤群小心翼翼地问："姐姐是怎么去世的？"

"汶川大地震，她是军区深都总医院的外科主任，业务骨干，率队前往灾区……她这人，越是危险就越是冲在前面，没想到……。"

朱凤群的眼圈红了："姐姐太伟大了。"

"临出发那天，她交代我，'不管你有多忙，我不在的日子里你一定要照顾好苹果'。没想到一语成谶，她不在的日子就只剩下我和苹果了……"

朱凤群的眼泪已经流出来："不知道苹果在美国还好吗。"

"挺好挺好，有我妹妹在我也就放心了，她毕竟是个女人，有个完整的家，照看苹果我放心。我不行呀，无论我怎么努力，这苹果就是不听话，学习成绩一落千丈不说，还处处和我作对……我真是愧对她妈妈。"

"你也别太自责了，女孩儿都有一个叛逆期的，过了就好了，苹果有这么好的妈妈，将来也不会差的。"朱凤群劝慰道。

"那是那是，但愿吧。"赵怀远叹了口气。

10

这天晚上，马丰已经躺下睡了，被沈鱼水的电话吵醒，说要找他谈谈，人已经在楼下。马丰无奈，只好出门。下楼一看，沈鱼水已经站在车下，两侧的车门也打开着。

马丰边系衣服扣子边坐上车："都几点啦，你又有什么不可告人的事要谈？"

沈鱼水吆喝着把马丰推上车子，驾车驶出小区。

"我们这是要去哪？"马丰打着哈欠问。

"哪儿都不去，兜兜风，我心情好啊……"

"沈总，你有点不正常，你知不知道？"

"哥们儿，我刚刚送走了一位贵客，你坐的座位上还留着她的体温……贵客，你懂不懂啊！关系到你下半生作为一个男人的幸福，真正是可遇不可求呀……"

"什么乱七八糟的，你是不是喝酒了？"

"没有，绝对没有，我比任何时候都还要清醒！"沈鱼水说着，把车子停在一处僻静的树林旁。

"那个李嫣你还没接受教训啊？差点没出事，幸亏罗书是个老实人，被你一忽悠……"

"这个可不一样，绝对有教养，没那么不靠谱……她叫肖真真，你应该知道的吧？"

马丰有点儿哭笑不得："哥们儿，算我求你了，就算你要为我找媳妇儿，也别在女嘉宾里踅摸，你女朋友是制片人，我是主持人，你弄的这叫什么事儿呀！"

"真真可不能算是女嘉宾，在当女嘉宾以前我们就认识了，是我的女哥们儿……"

"那还不是一样。"

"当然不一样，不管她当不当女嘉宾，只要让我撞见，肯定都得引荐给你呀，这样的姑娘太难得了，比外星人还要稀罕……你放心，我绝对不会提你的名字，这事儿没有十成的把握，我是不会让你现身的，送人送到底……"

"你就别自作聪明了，我再说一遍，我不需要！也奉劝你一句，不要玩火自焚！"

"哥们儿，你急什么呀，就算你乐意，人还不一定瞧上你呢，就算真真瞧上了你，目前她也有障碍，还得我沈鱼水帮你们解决，但凡好事儿哪有这么容易的！"

"你不听劝是不是？那我走了，就算你没有找过我。"马丰说着要下车，被沈鱼水一把拉住。

"别急着走呀哥们。事成了你受用，有问题我一人担，谁让咱们是兄弟呀……"

马丰挣开沈鱼水，开门下去，"砰"的一声关上了车门。

"嘿，哥们儿，有话慢慢说呀，怎么说变脸就变脸……"沈鱼水喊道。

马丰拦了一辆出租车，钻进去，出租车疾驶而去。

8 是你在敦煌遇见的那个女哥们儿

01

罗书租住的房子位于深都老城的一个小院，是一排破旧的平房，屋前的空地上放着五六盆君子兰。罗书正在浇水，他养的那条叫大可的黑贝犬被一根链子拴在树上。这时卓乐走进小院，大可摇着尾巴吠叫了两声。

卓乐问罗书，黄争光在不在，罗书说去拍嘉宾 VCR 了。

罗书牵出大可出门遛弯，一路小跑，进了公园大门。卓乐跟在后面，气喘吁吁地追了过来。

"你别跟着我。"罗书扭头对卓乐说。

"让我牵一会儿大可嘛，我最喜欢小动物了。"

"它不是小动物，比你还重呢！"罗书解下狗链，大可兴奋地向远处蹿去。

"大可，大可……"卓乐追了两步，但大可已跑得无影无踪。卓乐只好无聊地坐在一旁的长椅上看罗书锻炼。

罗书脱了上衣，露出发达的肌肉，他在玩一只硕大的石锁，舞得上下翻飞，风起云涌。

卓乐吃惊地看着罗书："哇，这玩意儿多重啊？罗书哥，你天天都来锻炼？"

"每天溜大可，顺便玩一会儿。"

卓乐指指石锁说："这玩意儿是你的？放在这儿不怕人偷吗？"

"谁偷得动！"罗书继续舞着石锁。

"罗书哥，你一点都不像黄争光，他……他太没分量了！以后，我每天来和你一起锻炼好不好？"

罗书自顾自地运动着，没搭卓乐的话。

"罗书哥，你说嘛，我陪你玩好不好吗！"

"我有大可，不需要你陪。"

"切！是我长得不行，还是你自卑啊？要你已经有女人了，争光说你喜欢何珺，你是不是御姐控啊？"卓乐站起身来，绕着罗书讥讽道。

罗书停下动作，石锁"嗵"一声落地："再废话我就把你扔出去！"

卓乐下意识地后退一步："你来啊，来啊，来扔啊！"

"你以为我不敢！"罗书瓮声瓮气地说。

"我看你就是一个自恋狂！难怪要练一身腱子肉呢，臭美啥呀！还养花……"卓乐边说边快步逃开了。

02

每到《非爱不可》录制期间，光灿大厦一楼大厅里便会更加热闹，大厅四周咖啡店、书店、蛋糕店里熙来攘往的人流里，有不少是前来录制节目的男女嘉宾。此时，男嘉宾庄利民坐在大厅的一张休息长椅上，脚下放着一只硬纸箱，正四处打量着。

黄争光从外面进来，看见庄利民，便招呼道："还不赶紧去吃点东西垫着，节目要一直录到晚上呢。"说着，黄争光便匆匆上楼了。

庄利民自言自语："录节目也不管个盒饭。"说着从脚下的纸箱子里拿出一个人形的水果，在裤子上擦擦，递到嘴边，咔嚓一声咬下"脑袋"，嘎吱嘎吱地开始咀嚼。

肖真真和方菲正好从咖啡馆里出来，看见庄利民正在吃"小人"。

"哎呀，姐姐你看，那个人在吃什么呀？"方菲吓得躲到肖真真身后。

肖真真看了一眼庄利民："他好像也是男嘉宾。"

"像个小人儿似的，恶心死了！"

两人走近利民，其他几个女嘉宾也围了上来，看庄利民在吃人形的水果。"这是水果，叫人参果，跟苹果、梨子一样是水果。"庄利民说着，从纸箱里拿出几个人参果，递给大家，"不信你们尝尝，挺好吃的。"

方菲连连摆手："不要不要，我才不吃呢。"

另一个女嘉宾道："就是水果我也不敢吃，太像个人了，阿弥陀佛！"

众人笑起来。肖真真从庄利民手中接过人参果，咬了一口。

"菲菲，味道真的不错，有点像新疆的哈密瓜，你也尝尝。"肖真真笑着把人参果塞向方菲的嘴巴，方菲赶紧躲开。

新一期《非爱不可》开始录制。庄利民来到在台上，他的脚下放着打开的硬纸箱，手上拿着一只人参果。

"这是我们农庄培育的新型水果，我带了一箱过来，请马哥、刘老师和各位女嘉宾尝尝。"

马丰好奇地看了看："这玩意儿是荤的还是素的？"

"素的素的，叫人参果。"庄利民说着，将人参果分发给马丰、刘子清和台上的女嘉宾，引来一片惊异喧哗声。一个女嘉宾夸张地用手捂着眼睛，从指缝里往外看。庄利民回到马丰身边站下。

"还真有人参果呀，我想请问男嘉宾，你这人参果和《西游记》里的人参果有啥不同呀？"马丰调侃道。

"也差不多吧。"

"那就不能算新型水果了，唐朝就有了，到现在也有一千多年啦。"

刘子清道："要真是人参果那可了不得，镇元大仙在五庄观种的人参果闻一闻就能活三百六十岁，吃一个就能活四万七千岁，咱们今天是又吃又闻，那得活上多少岁啊！"

"四万七千三百六十岁，咱们都成老不死的了。"马丰接过话茬。

台上台下一片哄笑。

马丰继续："我倒有个想法，四万七千年后，咱们《非爱不可》办一期特别回顾节目，今天到场的各位都得来，子孙后代组成亲友团。我估计每个女嘉宾的亲友团都得上亿人，可能还不止呢！"

嘉宾和观众又笑成一团。

"好了，好了，咱们还是来看看男嘉宾的短片。"马丰转入正题。

大屏上放映庄利民的 VCR 短片，他行走在林间地头，或者在干农活、驾驶拖拉机，或者在嫁接果树。配音则是庄利民的画外音："我是从农村出来的，现在又回到了农村创业，离开了都市的喧嚣，内心变得平静充实起来……"

03

朱凤群再次来到赵怀远家，两人坐在沙发上聊着天，桌上放着两只酒杯，杯里已经倒上了红酒。

朱凤群想起一件事，说道："怀远，装酒柜那天我进过你的书房，平时你看的书可真高深啊。"

"嗨，什么呀！你来，你来。"赵怀远招呼着，起身走进书房，从书架上抽出一本《西方哲学史》，递给朱凤群，"打开看看。"

朱凤群打开书，里面竟然是一本日本漫画书《水果篮子》，《西方哲学史》的封皮只是伪装。赵怀远又抽出一本《物种起源》，里面却是一本《少女成长的迷宫》。

"这是咋回事呀？"朱凤群疑惑地看着赵怀远。

赵怀远笑道："没啥秘密，我就是做给苹果看的，顺便我也了解一下孩子的世界和青少年的教育问题。"

"我还是不明白。"朱凤群还是一脸疑惑。

"不明白是吧，咱们不妨演一下，你就明白了。"说着，赵怀远将朱凤群摁到椅子上，并在桌上摊开苹果的作业本，旁边还放着赵苹果的书包。

"你现在就是苹果！"

"我……我是苹果？哦哦哦，好吧！"朱凤群坐到桌旁，拿着一支笔，模仿赵苹果做作业。赵怀远则站在对面，手捧大部头的著作来回走动。从朱凤群的角度就只能看见封皮"西方哲学史"的字样。

"年纪轻轻的不抓紧学习，爸爸这么大了，工作这么忙，还要用功，看这么深奥的书！"赵怀远一边对"赵苹果"唠叨着，一边晃了晃手里的书。

朱凤群也俏皮地模仿赵苹果："人家就不想学嘛，你陪我玩一会儿嘛！"

"少壮不努力，老大徒伤悲！"赵怀远终于忍不住，哈哈大笑起来。

朱凤群也忍不住笑起来，深情地看着赵怀远："怀远呀，你真是太有心了，够用心良苦的！"

两人回到客厅，赵怀远和朱凤群碰杯、喝酒。放下杯子，朱凤群抹了抹眼角，抽出纸巾擦着："我这人泪点低，笑点也低，容易动感情，苹果有你这样的爸爸真是太幸福了……我从小也是单亲家庭，是跟着我妈长大的……"

赵怀远也有些动容，凝视着朱凤群。突然，赵怀远的手机响起短信铃声，打开一看，是苹果的短信："老赵你在干吗？没和那个姓朱的在鬼混吧？我想你了！不准你把对女儿的爱分给别人！"

看到这里，赵怀远脸色一变。

"怀远，你没事吧？"朱凤群看出了赵怀远的异样。

"没事，是苹果的短信。"

"女儿大了，知道关心爸爸了……她怎么样？"

赵怀远看了看墙上的挂钟，道："朱总，我看时间也不早了，明天都还有工作，我们还是改天再聊。"

朱凤群愣了一下。

赵怀远继续道："这酒柜的钱还有这些红酒，你给算一下，回头我让人给你送过去。"

"不不不，这些都是我个人送你的。"

"那不行，朱总您教了我喝红酒，赵某已是感激不尽。"

"哦……那，那不好意思了，我打搅您休息了。"朱凤群说着，起身准备离开。

"是我不好意思，真的很不好意思。"赵怀远说着，起身送朱凤群下楼。

04

冯大吉是深都财阀冯氏集团老板的独生儿子，几年前和何珺的高调恋爱在深都被传得沸沸扬扬，所以，何珺是冯氏集团未过门儿媳妇的传闻，在圈内早已不是秘密。这两年，这位冯大公子不断变化着新的爱好，常常一出门就没了影子，连何珺也不知其所踪。

这天，冯大吉心血来潮，非要去骑马，说那是贵族的运动。冯大吉骑上一匹高头大马，策马扬鞭地奔跑着，几个女孩儿打着阳伞、戴着墨镜在场地边观看。冯大吉经过女孩时，她们就发出喝彩声，冯大吉比出"V"的手势向她们示意。

一个女孩嗲声嗲气地撒娇："大吉哥你太帅了！大吉哥，带人家一起骑嘛！"

"等会儿，你们都有份儿，我这儿先预热一下……"冯大吉说着，一挥马鞭，胯下那匹马往远处奔去。突然，冯大吉在马背上一个起伏，在一根倾斜着的电线杆旁重重地摔了下来。

一女孩花容失色，惊叫道："不好，冯哥触电了！"服务生听到叫喊，提着一根木棒就奔了过去。

冯大吉伏在地上不动，那匹马已经独自跑开了。服务生冲到冯大吉跟前，二话不说，举起木棒便向他挨着电线杆的那条腿砸去。冯大吉惨叫一声，身体支了起来。

"你他妈干什么？"

"先生，您……触电了。"

"触什么触啊！你也不看看，这，这哪儿有电线！哎哟，哎哟，哎哟哟……"

服务生抬头看电线杆，上面光秃秃的，原来这是一根废弃的电线杆。

冯大吉抱着腿，痛得哇哇直叫，马场的人赶紧将他送往医院。

腿上打了石膏，冯大吉只好在家躺着，出不了门。冯大吉住的是一幢独立的四合院，院外只能看到院子里的几排平房，和普通的民宅没什么不同，只有进到房间里，才能看见里面奢华的装饰。困在床上的冯大吉百无聊赖，忽然想起何珺，便打她电话，让她过来。

　　何珺道："大吉，我在上班，下了班就去你那儿……"

　　"是你上班重要，还是我重要？这样吧，我给你一小时，一小时之内你必须赶到，到不了的话你就别过来了。"冯大吉挂掉电话，继续把玩着iPhone，一条腿则打着石膏悬吊着。保姆小张背对冯大吉，正在擦地板。冯大吉抬头看了看，只见随着拖布的前后拖动，小张圆润上翘的屁股也在起伏，冯大吉愣愣神看了一会儿，一下来了精神，叫道："哎，你过来。"

　　小张没听到，仍在擦地板，冯大吉又叫了一遍，小张才回头问："大吉哥，你叫我？"

　　"这屋里除了我和你，还有别人吗？"

　　"你刚才不是在和美眉打电话吗？"

　　"现在不打了。你过来，帮我捶捶腿。"冯大吉指指自己没伤的那条腿。

　　小张走过去，坐在床沿上开始帮冯大吉捶那只没有受伤的腿。

　　"闷死我了，这日子真不是人过的！"冯大吉嘟囔道，抓住小张的一只手，在手心里摩挲着。

　　"大吉哥，有我陪着你呢，我给你唱一个我们家乡的山歌好不好？"不等冯大吉回答，小张就扯开嗓子唱起一支山歌。

　　何珺开车来到老屋，在院门口停下，不停按喇叭，很长时间后，小张才将大门上的小门打开，探出身。

　　何珺没好气地说："怎么这么长时间？"

　　小张一撇嘴："没听见。"

　　何珺下车，把钥匙递给小张："你帮我把车开进去，停外面会被贴罚单的。"

　　小张愣愣地看着何珺，何珺反应过来，"哦，你不会开车，算了算了，我自己来，你把大门打开。"何珺坐进车内，小张拉开门栓，却没有敞开院门，而是转身走回屋里。何珺坐在车上按喇叭，连按几下不见动静。

“死丫头，不会开车，还听不懂人话了！”何珺气哼哼地下车，自己推开院门。

进到屋里，看到小张哼着山歌，坐在床沿上帮冯大吉捶着一条腿，冯大吉的另一条腿打着石膏吊着，何珺吃了一惊：“哎呀大吉，你这是怎么啦？受伤了？严不严重啊？”

“大吉哥是从马上摔下来的。”小张说。

冯大吉一指挂钟，斜眼看着何珺：“你迟到了两分钟，想玩我是不？”

“我没迟到，绝对准时，路上还闯了一个红灯呢，都是这丫头，死也不开门，开了门也不把门给敞开，还得我下车……”何珺说着，上前查看冯大吉的受伤的腿。

“别，别动！”冯大吉连忙摆手。

“她能碰你的腿，我怎么就不能了？”

“那是好腿，是这条腿折了，你没看见？”

何珺看了一眼小张：“你去吧，我来帮大吉捶腿。”

小张看了看冯大吉说：“不嘛，大吉哥，我已经捶了老半天了。”

“还是我来，你去给我倒杯水。”

“我哪有工夫倒水啊，要喝水你自己去倒。”

何珺怒了：“丫头片子，你以为你是谁啊！”

小张不吭气，何珺在床沿上坐下，两人各抓冯大吉好腿的一段捶起来，互相争抢着。

“哎哟，你们别抢啦，再抢我这条好腿也得折了！”

何珺瞪着小张说：“你知趣一点好不好，自己什么身份不懂吗？”

小张噘嘴道：“你和大吉哥又没有结婚。”

“你……”何珺气得语塞。

冯大吉抓住何珺的手道：“宝贝儿，这小张也不是外人，你就别跟她计较了，咱们该干吗干吗……来，亲一个。”冯大吉凑过上半身要亲何珺，何珺闪身避开了。

冯大吉嗅了几下："什么味儿？你用的什么香水，熏死我了！"

"CK呀，前年你去美国的时候给我买的，要是你不喜欢这味道，我就送给小张。"

小张站起来说："我才不要呢，大吉哥不喜欢的东西我也不喜欢！"

"还蹬鼻子上脸了你！"

05

肖真真的家是套两居室房子，虽然不大，但收拾得井井有条，从客厅墙壁上挂着的一幅幅风景图片里，可以看出她去过许多人迹罕至的地方。累了大半天，肖真真不想再做饭，这会儿正在厨房里下面条，还一边打着电话。

"……姐，这回我帮你相中了一个好的……不是不是，今天我才认识的……今天是录节目，要过两期电视上才会放……那可不行，你不嫁人我怎么嫁人呀？我是不会走在你前面的……"

肖真真端着下好的面条来到客厅，放到餐桌上，接着说："他种的人参果说是吃了长生不老，人越活越年轻……谁说你老啦！你比我就大两岁，你老了我不也老了？姐你是不是觉得我老了？……嘿嘿嘿，我本来就是小孩嘛……知道啦……"

肖真真边打电话边看着窗外，夜色中万家灯火，流光溢彩。桌子上的面条已经胀起来，她却忘记吃了。

此时，沈鱼水正歪在沙发里，手里拿着一听啤酒，边喝边看《非爱不可》。画面上，庄利民站在马丰身边。

马丰道："2号男嘉宾，现在只有一位女嘉宾给你留了灯，如果你愿意，你上去领她走，不愿意的话就感谢以后自己离开。"

"我……我……"庄利民支吾着。

为庄利民留灯的是肖真真，她举手请求发言："和男嘉宾一样，我也是在农村长大的，所以我非常欣赏男嘉宾，坚决支持他，但我觉得自己配不上男嘉宾，留灯到最后只是想和对方做个朋友，哥们儿那样的朋友，可以吗？"

"那可不成，这是明显违反规则的。"马丰打断肖真真的话。

马丰还没说完，庄利民开言了："可以，可以，是我配不上女嘉宾，她的确太优秀了……我要找的是能在农村和我一起经营打理的人，一起过日子的，女嘉宾有她自己的事业……"

"你俩这谦虚来谦虚去的，是不是怕对方拒绝自己，面子上过不去，以退为进啊？"马丰说道。

"马哥，还真不是，我真心实意地想和男嘉宾交个朋友。"肖真真解释说，又问庄利民，"庄兄，能留个电话号码吗？"

"好啊好啊，这是我的名片，利民农庄。"庄利民说着，掏出一张名片，走向女嘉宾席，交给肖真真。

马丰无奈地摇头："好啊，咱这相亲节目变交友了，《非爱不可》得加上四个字：友谊万岁！"

观众席发出一阵笑声。

沈鱼水站起来，指着电视："庄、庄利民，怎么会选他！"

沈鱼水关了电视，抓起车钥匙出门，巡着导航，直奔利民农庄。沈鱼水明白，肖真真之所以看上庄利民，显然是为她姐姐的事儿。他不知道的是，节目录制后不久，肖真真就到利民农庄去了一趟，既了解了利民农庄的经营状况，也对庄利民有了更全面的认识。

找到利民农庄，庄利民正在柜台后用计算器算账，抬头看见沈鱼水，赶忙招呼。沈鱼水装腔作势看了看菜单，像是突然发现了什么似的说："哎，我好像在哪儿见过你，对了对了，你不是《非爱不可》上的那个男嘉宾吗？种人参果的？"

"是我是我，我叫庄利民。"

"你怎么会在这儿打工呀？"

"不是打工，这里就是我经营的。"

"哦，是饭馆老板。"

"不止饭馆，整个农庄都是我的。"庄利民指了指门窗外，但见丘陵起伏，树木成荫，一望无际。

"哦，大老板！"

"也不大啦，真的不大，也就四百来亩的山林，果树我种了十几种，将近两万株，还有六十亩的水培大棚和一百来亩的鱼塘。"

"这还不大？哥们儿，我看你就一现代版的地主啊！"

"哪里，哪里，大哥您取笑了。"

庄利民领着沈鱼水在农庄内跨沟过坎地转悠，一面指点解说着。

"庄兄，我看电视，那个12号女嘉宾真的和你在台下做朋友了？"沈鱼水装作无意地问道。

"是啊，她来我这两三回了，我们谈得来，根子都是农村的。"

"不瞒你说，我根子也是农村的，从我老爹那辈算，祖宗八代都是农民！"沈鱼水指着自己说道。

庄利民打量了一下沈鱼水："不像……哦不，我是说，这，这太巧了。"

"还有更巧的事呢，那个12号肖真真，和我是哥们儿，女哥们儿。"

"啊？太好了，太好了，咱们可是越说越近了。"庄利民一脸惊喜。

"庄兄，真真没说她姐姐的事？"

"什么事？她没说呀。"

"没说要把她姐姐介绍给你？"

"没说呀，真真只是说要带她姐姐来农庄玩……"

"哦，女孩子不好意思开口……今儿我给你透个底吧，真真的姐姐比真真大两岁，模样比真真还要漂亮！"

"是吧，那我可不高攀不起，模样又不能当饭吃，我要找的是那种能吃苦的，安安稳稳过日子的。"

"哦……也可能我说错了，模样不及真真，你说呀，毕竟大了两岁，这女人天生就不如男人耐老嘛，哈哈哈。"

正值中午下班时间，大街上车流如潮，挤得满满当当，何珺的车在车流中开开停停，跟随车流缓缓移动。何珺边开车边在讲电话："有点塞车，你让他们再等几分钟……行行行，我尽快……"

此时，冯大吉躺在床上，床头柜上放着盐水瓶、一次性输液管、碘酒、药棉等，两个护士正在做输液前的准备工作。小张坐在床沿上，冯大吉脸色惊恐地拉着她，小张一边伸手在他的背上轻轻地拍打一边说："别怕，别怕，咱不怕。"

何珺从门外冲进来，看见两人的亲密状，快步上前去一把拉开小张。

"你谁啊你，一边儿去！"何珺说着，在刚才小张坐的地方坐下，把冯大吉的脑袋揽进怀里，"大吉不怕，扎针根本不疼的，就像给蚊子叮一下，一小下。"

小张给何珺拉开，一脸怒气地站在不远处，两眼愤怒地紧盯着何珺。

冯大吉哭丧着脸说："我，我晕血。"

何珺将冯大吉的脑袋按到自己怀里，抚摸着他的头发。一名护士走过来给冯大吉扎针，刚用酒精棉球擦拭，冯大吉便"哎哟哎哟"地叫唤起来。扎针的是个年轻护士，被冯大吉叫得心慌意乱，连续扎了两次都没扎进血管。

何珺生气地说："你怎么回事？会不会扎针啊？"

年轻护士有些窘，年长护士忙道："她是实习护士，没有经验，听说是给董事长的家属输液就更紧张了。"

"你们搞没搞错？当我们家大吉是小白鼠呀！"何珺对年长护士道，"你来你来。"

年长护士替换下年轻护士，拉过冯大吉的手，在上面轻轻拍了几下，一下扎进血管，冯大吉"哇"的一声哭喊开了。何珺忙拍着他的后背安慰："没事了没事了，马上就好，扎针是为了消炎，消了炎咱大吉就能好得快，好得快就能跟着姐姐玩了。"

"他又不是你的小孩。"小张不屑地嘟囔了一声。

过了一会儿，两名护士已离开，冯大吉躺在床上睡着了，何珺轻轻地拍打着他。小张走过来，也坐在床沿上，伸手拍打冯大吉。

　　何珺一瞪眼："把你的爪子拿开……过来我有话跟你说。"

　　"我和你没什么好说的！"

　　何珺竖起手指放在嘴边，示意小张小声，自己转身去了另一个房间。她对小张做了个手指回钩的姿势，小张站起来跟了过去。

　　何珺直勾勾地盯着小张道："我们是没有什么好说的，我只是要警告你，别痴心妄想！"

　　"爱大吉哥是我的权利，你管不着！每个人都有爱的权利，你能爱大吉哥我也能爱！"小张反驳道。

　　何珺扑哧笑了："也不撒泡尿照照！爱冯大吉，你配吗？知道他是什么人吗？我看你是不想干了，不想干了就赶紧给我走人！"

　　"我走不走轮不到你说，是大吉妈雇我照顾大吉哥的！"小张说着，气呼呼地走出屋子。

　　"行啊你，嘴硬啊，那咱们就走着瞧！"何珺冷笑了一下。

　　何珺气得不行，从大吉那里出来后，来到玉娇龙美体馆。双人包间里，何珺、朱凤群分别躺在按摩床上，床边各有一名服务小姐坐在高高的凳子上，正在给她们做面部按摩。何珺抱怨道："这把我给累的，公司、大吉那两头跑，偏偏还杀出这么一个小保姆，你是没看见，整个就一小妖精，还唱什么山歌，要多难听有多难听。"

　　听了何珺的抱怨，朱凤群帮她出主意，找个年龄大点的，换掉小保姆不就得了。何珺突然想起什么，道："哎，姐，苹果那小丫片子头一走，你跟我们赵总不就顺水乘舟了，怎么样，滚床单了吗？姐你可不能忘了我的功劳。"

　　"唉，我这辈子怕是没有指望了，看来咱姐俩只能有一个好，你和冯大吉刚有了机会，我这头立马就没戏了。"

　　"怎么会？难不成那个小破孩儿还能隔着太平洋监控他爸？这赵怀远也忒没出息了，还算个男人吗？在公司横成那样！"

"别这样说他，老赵也有他的难处……"

何珺手撑着按摩床，挺身坐了起来："不行，姐你可不能服输！你答应给我的广告还没兑现呢，不就一个黄毛丫头吗，我还就不信了！"

"你还是管好自己的事吧。"朱凤群淡然说着，闭上眼睛，不再搭理何珺。

08

傍晚时分，沈鱼水家客厅的桌上摆了一桌菜，王小迅趴在桌子一角睡着了，她面前放着打开的笔记本电脑，电脑旁边放着一沓打印的纸稿。沈鱼水开门进来，看到睡着的王小迅，愣了一下，轻手轻脚地关上门，等他回过身来，王小迅已被吵醒。

"哎呀小迅，我还以为走错门了呢，哪来的田螺姑娘……"

"呵呵，你是不是巴不得别的姑娘给你做饭？"王小迅抬了抬胳膊，收拾起笔记本、打印稿，"快去洗手，开饭了。最近我也是工作太忙了，慢待沈总您了！"

沈鱼水连忙摆手："不不不，小迅，你就得这样，保持高贵的矜持，冷不丁给我一点点关怀，我就感激涕零永世难忘啊？"

"嘴贱……赶紧去洗手，菜都凉了。"

王小迅、沈鱼水对坐在饭桌两边。王小迅往沈鱼水碗里夹菜，沈鱼水忙不迭地递过碗去接着，立马也给王小迅夹菜。

"最近节目组的确事情多，开始是忙项目上马，节目播出后收视又不理想，忙着调整改版，现在我们的女嘉宾从二十个增加到三十个，工作量自然也增加了……不过节目总算是有所起色，基本上了轨道，但还是不敢松懈。"

沈鱼水连声说着："理解，理解。"

"那你是怎么回事？整天忙什么哪，电话也少了，也不来公司接我了。"

沈鱼水身子微微一颤，"我……我这不是时刻准备着听从王总的召唤吗……唉，最近我也忙，马上就有两个书市，李总他们公司的那本《辉煌的破冰之路》也得赶在他们的十周年大庆前出来，说是等着献什么礼。"

王小迅忽然想到什么，道："哎，鱼水，最近《非爱不可》上新来的一个女嘉宾，我看着面熟，是不是你在敦煌遇见的那个女哥们儿啊？"

　　"啊？我最近都没看电视，应该没那么巧吧？"沈鱼水故作镇定地说。

　　"她也是个专业驴友，在旅游杂志上开专栏的。"

　　"给杂志开专栏的多得去了。"

　　"最近我们的节目你没看？"

　　"没看没看，那么无聊的节目我怎么会看啊。"

　　"你出的书才无聊呢！什么《辉煌的破冰之路》，不就是给暴发户树碑立传嘛！"王小迅把筷子一放。

　　"嗨，我是说，沈鱼水现在是已婚人士，看那些个相亲节目，不是无聊是什么呀？"

　　"那好歹是我弄的节目呀。对了，你手机里不是有那女哥们的照片吗？找出来一看不就知道了？"王小迅伸手向沈鱼水要手机。

　　"没，没有了……"

　　"我明明看见过，两人还勾肩搭背，亲热成那样。"

　　"我早就删了。"

　　"你心里没鬼，删那照片干什么？不行，你让我看看。"王小迅说着，一把拿过沈鱼水的手机，翻看手机里的照片，果然没有沈鱼水和肖真真的合影。

　　王小迅将手机交给沈鱼水："对了，我电脑里有。"说着，王小迅起身打开笔记本电脑，找到里面的文件夹，搜出嘉宾资料，将肖真真的照片打开、放大，叫沈鱼水："过来，你看一下，是不是你那女哥们儿？"

　　沈鱼水走到电脑前，看了看肖真真的照片，眼珠转了转，随即一拍大腿道："哎呀！就是她，肖真真！真没想到，她来、来你们节目了！"

　　"没想到吧，最近一个月她都在深都，你要不要去见见啊？"王小迅侧脸看着沈鱼水。

　　"不了不了，我见她干吗呀。"沈鱼水无所谓地说着。

　　"人家对你可是有救命之恩，你真不想去见？表示一下感谢……要不我代表你去见得了。"

"别别别，嗨，你俩肯定是见过了，一个是制片人，一个是女嘉宾，只不过互相不知道……这人生在世，恩也罢怨也罢，过去就过去了，一切都不必过于勉强，况且我也谢过她了。"沈鱼水转身收拾餐具。

王小迅狐疑地看着沈鱼水："沈鱼水，我怎么觉得你有点不对劲呢？"

沈鱼水没搭腔，端着碗筷盘子进了厨房。

9 再无聊的事，你也要做得激情满怀

01

沈鱼水再次来到利民农庄，将车停在不远处隐蔽的角落，两眼盯着农庄大门。过了一会儿，果见肖真真驾车赶到，泊好车后便走了进去。沈鱼水发动汽车，慢慢把车开到肖真真的车旁停下，轻手轻脚地开门下车，对着倒车镜正了正衣服，昂首挺胸地走向农庄。

农庄的饭馆里，庄利民和肖真真坐在桌前交谈着，女服务员端来茶水，给肖真真泡茶。这时，外面响起沈鱼水的叫声："利民兄弟，在不在啊？"沈鱼水健步走进门内，肖真真惊讶地站了起来。

沈鱼水故作惊喜地说："哎呀，真真也在呀？巧了！巧了！"

庄利民憨笑："你俩一前一后，当真是巧了，别是一块儿来的吧？"

沈鱼水指着庄利民，对肖真真道："这哥们儿可是我的老朋友，我经常来他这儿喝茶散心。真真，你也经常来吗？我看《非爱不可》节目上，你是要和他做朋友的，是为了那件事吧？"沈鱼水说着，挤了挤眼，"怎么不早跟我说啊。"

沈鱼水又转向庄利民说："庄兄，真真可是我的女哥们儿，咱们患难与共过，今天这儿可是没有外人。"

庄利民道："是啊是啊，我们都是从农村来的，根子都在农村。"

三人有说有笑地进入农庄。农庄一片山林，满山的果树葱茏翠绿，啾啾的鸟叫声充盈在山林间，偶尔可见一两只小鸟在树林间飞进飞出，林下有一群鸡正在悠闲地觅食，显得分外休闲。庄利民领着沈鱼水、肖真真在农庄的果树林里转悠，三人走近一片果树林，果树的树枝上挂着一些模具套。

　　庄利民介绍说："这些树就是结人参果的。"

　　"这些个套子是干啥用的？"沈鱼水问。

　　"那是模具，果子套在里面就长成小人儿的模样了。"

　　"哦，原来是这样呀，下次我给你一些人民币的模具，你也给咱弄点钞票花花。"

　　庄利民、肖真真被沈鱼水逗乐了。沈鱼水扒开一个模具，看里面的果子："真真你快来看，这人参果还分男女呢！"

　　肖真真过去打量，只见那人参果果然有男娃娃、女娃娃形状之分，也啧啧称奇。

　　沈鱼水道："庄兄，我琢磨着这人参果应该换个名字，叫爱情果，对推销肯定有帮助。"

　　"成，就按沈哥说的办，这农庄上我说了算。"庄利民爽快地答应着。

　　说话间，已到了午饭时间，庄利民招待沈鱼水、肖真真吃饭，三个人坐在桌子前，服务员不断地上菜。几条狗摇着尾巴，在桌子下面嗅来嗅去地转着，除一条西施犬，其他几条狗都是草狗。西施浑身脏兮兮的，原本白色的皮毛已经分辨不出颜色来了，它不断地竖起身子，向桌上的人"作揖"。沈鱼水往桌下丢了一块骨头，几条狗开始争抢，西施也毫不示弱。

　　沈鱼水奇道："这西施够凶的呀。"

　　庄利民笑着说："你不知道，刚来的时候可穷讲究了，进个门还得人帮它把脚擦干净。"

　　"它是个什么来历？"沈鱼水问。

　　"嗨，我一个朋友买了送他女朋友的，后来那女的搭上了一个海归，就把狗给送回来了。我朋友看见它就会想起以前的女朋友，实在养不下去，这不就送我这儿来了。"庄利民介绍道。

肖真真叹道："可怜的还是动物。"

庄利民继续说："一起送来的还有狗绳、狗衣服、狗梳子、电吹风一大套，朋友嘱咐我善待娇娇，说不然就会对不起他的女朋友，我一听气就不打一处来，朋友一走就把那些玩意儿给扔了，狗名字也让我改了，现在它叫旺财。"

"好好好，这个名字好，难怪你的农庄这么兴旺呢，可是要托旺财的福啊！"沈鱼水赞道。

"哈哈哈……"庄利民笑了几声，叹了口气说："这狗把我的朋友弄得人不人鬼不鬼，后来竟然看破红尘出家当了和尚。"

"话虽这么说，但狗是无辜的。"肖真真说。

"也是……庄大哥，我想求你一件事，你把这旺财送我得了，我想带回去养，也沾点财气呀。"沈鱼水说。

"你迟了一步，真真上次来已经领养了。你俩可真都是好人。"

沈鱼水和肖真真对视了一眼，目光随即分开。

"哪里哪里……"沈鱼水打起哈哈。

吃好午饭，肖真真从随身携带的大包里取出电吹风、浴巾、香波一套东西。沈鱼水奇怪地问肖真真要干什么。

"我今天来是专门给旺财洗澡的。"

"你不把旺财带回去吗？"

"先放农庄上，我已经跟庄大哥说好了，等我姐姐来再把它带走，我这东跑西颠的，一出门家里就没有人了。"

二人说着，开始给旺财洗澡。沈鱼水将旺财按在洗菜的水池里，肖真真放水给狗洗澡。旺财一边挣扎，一边惊恐地叫着。

"真真，养旺财算我一份吧，狗粮供应归我了。"沈鱼水一边按着旺财，一边说。

"沈哥，看不出来，你这人还挺有爱心的。"

"什么话，我这爱心大了去了，不会亚于你肖真真。"

"唉，他们谈恋爱，闹分手，旺财有什么错呀，落到这个地步！"

"是啊是啊，旺财被爱情所伤，也要为爱而获得幸福，这是必需的……我看它就是一条爱情狗。"

"爱情狗？单身狗，哈哈哈……"肖真真笑了起来。

沈鱼水突然"哎呀"叫了一声，原来，挣扎中的旺财突然在沈鱼水的手上咬了一口。沈鱼水痛得一下子放开旺财。旺财趁机跳出水池，一身泡沫地向外蹿去。

"旺财！旺财！"肖真真追了出去，庄利民和服务员都闻声而来，一伙人前后左右地堵截旺财，一时间厨房里乱成一团。

<h2 style="text-align:center">02</h2>

王小迅家的厨房里，洗碗槽里堆满了碗筷盘碟，沈鱼水一面洗碗，一面哼着小调。王小迅走到厨房门前，倚在门边说："鱼水，这一阵咱俩都很忙，你就别过来给我做饭了。"

沈鱼水说："这不礼尚往来嘛。你去我那做了一顿，甭提我有多感动了，我这人就这样，滴水之恩涌泉相报。"

"你就别贫了，我说正经的，不能耽误了你的事儿。"

"嗨，我那事儿归根结底两个字，无聊，还是王总的事情重要。"

"沈鱼水，你记仇是不是？我告你哈，再无聊的事，你也要做得激情满怀！"

沈鱼水抖了抖手上的水回道："王总说得太对了，人生在世就得这样，把无聊的事干到底，干出不无聊的感觉来，然后就可以含笑九泉了。"

"切，过分！"王小迅离开厨房门，回到客厅里。

沈鱼水在厨房里对外嚷嚷着："哎，对了，小迅，明天我要去见李总他们，晚上有一个饭局，就不去你们公司接你了。"

"你有多长时间没来接过我了，也没见你打过招呼，今天是怎么了？"

"这不那天你问我了吗，其实我心里一直惦记着接你的事，我可是这天底下第一车夫！"

"好了好了，你心里也不要有什么负担，以后不接我是常态，有时间来接我事先给个电话。"

"那可不行，这第一车夫虽说不比第一丈夫……"

"你就别废话了，就这么定了。"

03

第二天晚上，沈鱼水开着奔驰，把肖真真带到天香苑餐馆。沈鱼水清楚地记得，第一次请李嫣吃饭也是在这家餐厅。他和肖真真坐在桌子前，肖真真展开菜单，一名服务员拿着无线点菜终端站在一旁，另一名服务员则忙着给他们泡茶。沈鱼水静静地看着肖真真点菜，手指在桌面上轻快地敲击着。

翻看了一会儿，肖真真喃喃地说："怎么这么贵啊。"

"真真你尽管点，拣自己爱吃的点，千万别为我省钱，他们这儿的环境、服务也值这个价。"

肖真真"啪"的一声合上菜单，对沈鱼水说："走，咱们换个地方，这也贵得太离谱了！"

"坐都坐下了，多大的事呀，今天可是我请你。"沈鱼水大咧咧地说。

"那就更不可以了。"肖真真站了起来。

"人家茶水都倒上了，餐具也都拆了……"

"那就付他们茶水钱！"肖真真拿上挎包准备离开，沈鱼水也只好跟着站起来。

两人上了沈鱼水的车，按着肖真真的指点，沈鱼水开着车来到街边的大排档，找了一张桌子坐下。

"沈哥，美食在民间，你有没有听说过？"肖真真边用手纸擦桌子，边问沈鱼水。

"哎呀，这话怎么是我说的！"沈鱼水想起上次请李嫣吃大排档时的情景。

"你说的？这又不是什么名人名言，又没有专利。"

"不是名言胜似名言，简直……简直就是真理啊！"

"夸张……不瞒你说沈哥，我不喜欢来大饭店，无论走到哪里，我最爱逛的就是路边摊，最爱吃的就是当地的小吃。"

大排档的伙计走过来，肖真真点了豆腐串、牛肉串、小鱼串、山药串等，道："先这样吧，两个人的食量，不要太多了。"

肖真真点菜的时候，沈鱼水兴奋不已，双手互搓，脸上抑制不住地露出笑容，自言自语着："默契，默契，真是默契，知己呀……"

"你念叨什么呢？"

"没什么没什么，我是说，你点的都是我爱吃的。"沈鱼水一脸兴奋。

"这就好，那咱们可得吃完，不能浪费了。"

两人边吃边聊，沈鱼水用餐巾纸擦了一下嘴，从包里拿出一个文件夹，放在桌上。肖真真问是什么，沈鱼水说："是你的新书策划案。"

肖真真奇怪地看着沈鱼水，沈鱼水把文件夹递给肖真真，说道："上次不是跟你说了吗，你的那些旅游随笔得结集出版，如今旅游可是大热，驴友行者是一种生活方式，加上你女性的视角和才华，出了一定大卖！"

"我……我还真没想过……"

"不用你想，不用你动一根指头，文章我都帮你收集齐了，已经让下面的编辑在录入了，你只要点个头，就等着拿版税好了。"沈鱼水敲了敲桌沿。

"沈哥，你干吗对我这么好啊？"

"你救过我的命，是沈某的大恩人，这点小事……"

"别说了，什么恩人不恩人的，咱们这样交朋友有意思吗？一点都不平等！"肖真真微笑着说。

"好好好，咱不提这茬，但你劳动的成果总得最大化，否则不就吃亏了？就算是帮我一个忙吧。"

"不帮！"肖真真假装绷着脸说。

"唉，真真，我是真心实意地想为你做点什么，这出书的事又被你否决了。"沈鱼水有点失落。

"谁让你高高在上的？再说了，我那些文字大多是一些约稿，以见闻为主，根本就不值得出书！"

"嗨，这年头，是人是鬼都出书，都是作家……"

"我可不是作家。"

沈鱼水知道比喻失当了，慌忙说："那是那是，哦，不是不是……"

肖真真笑出声来："这样吧，本姑娘看你可怜，就让你帮个忙吧，但说好了，是作为哥们儿。"

"那是那是，我保证，你说。"沈鱼水连连点头。

"我这不是为《国家地理》撰稿吗，涉及一些专业问题，有关的书籍太难找了，上网去搜也都是一些简单的资讯……"

"我知道了，你是让我去找资料书！那敢情好啊，别的不敢说，书这玩意儿我太不缺了，沈鱼水就是做书的嘛，要多少有多少，明天就让人给你送过去！"

"沈哥你别急呀，我要找的可是具有参考价值的书。"

"甭管什么书，我那儿都有，都能找到，真真你现在就开一个单子，"沈鱼水转身招呼大排档的伙计，"小伙子，拿张纸来！"

04

何珺去了趟城南的家政服务中心，按她的要求，要找一个老实能干、手脚勤快的保姆，除了饭菜烧的好，最重要的一条，年龄要在五十岁以上，六十岁的更好。恰巧，此时正有一个完全符合要求的保姆在应聘，简单交谈了一下，何珺觉得很满意。

冯大吉半躺在床上，怒目圆睁，地上是打翻的托盘和午餐，他闹着非要把小张找回来，否则就绝食，张妈拿着扫帚正在收拾。何珺哄了他一会儿，见他还在没完没了地胡闹，就没再跟他啰唆，嘱咐张妈推进来一部轮椅。

"大吉，你看我给你买什么来了。"

看见轮椅，冯大吉眼睛一亮。何珺让冯大吉坐上去试试，冯大吉赌气，死活不肯坐。何珺劝道："坐上来试试嘛，以后我可以推着你到处走走，咱们夫唱妇随，显得多恩爱多般配呀。"

"恩爱？般配？我看你是脑残吧？比我这腿还残！"

何珺一拍轮椅道："我告你冯大吉，我还不是看你在床上憋得难受，怕你憋出毛病来？那行，我马上就把这轮椅给退了，看不把你这瘸子给憋死！"说完推起轮椅要走。

冯大吉急了，下意识地直起身体："哎哎哎，珺，珺啊，咱们有话好好说嘛！哎哟……"

"知道就好。"何珺背上自己的挎包，走出屋子去开车。冯大吉操控着轮椅从屋里出来，对着车屁股来了个飞吻："Bye-bye，宝贝儿！"

何珺的汽车开出院门，冯大吉驾驶着轮椅，异常兴奋地在院子转圈。自言自语地说着"这玩意儿还行啊"，转了一圈又一圈。

05

一早，肖真真换上运动服，拿上钥匙，准备出门跑步。在门口一边换好运动鞋，一边往外推门，门只被推开一条缝，再推就推不动了，肖真真站起身，用身体靠在门上，用力向外挤，只听"哗啦啦"几声响，门终于被推开了。

肖真真伸头一看，门外的走廊上散落着一地的书，大概有两百本像小山似的。门前靠墙的地方竖放着一大束鲜花，花上插着一张卡片。肖真真捡起卡片，上面写着：

真真：一时我也搞不到你要的专业书，这些书都是鱼水书业出的，关于吃喝玩乐消遣怡性……愿你在写作之余也能加强放松，来日方长！鱼水。

肖真真嘴角咧了一下："这个沈鱼水。"再把门口的书挪开，腾出地方把门打开，然后一趟趟地往屋里搬运，找地方码放好，累得她气喘吁吁。

刚搬完书，肖真真的手机短信铃音响了，果然是沈鱼水的："书收到了吗？不够我这儿还有。"

肖真真回复短信："正准备出门跑步，现在不跑了，改搬书了，不过也达到了锻炼目的，谢谢啦！"结尾，肖真真还附上了一个调皮的笑脸符号。

休息了一会儿，肖真真走到窗边打电话，窗外的阳光照射进来，肖真真一只手在眼前遮挡着，楼下的城市车水马龙，一派喧嚣繁华。

"姐，你到底什么时候来呀？……哎呀，你的那些事是永远也忙不完的……人家忙活半天，你总得见一面啊……你不结婚那我怎么办？我是不会在你前面嫁人的！……姐，我求你了！"

此时，沈鱼水正在自己的办公室工作。马丰推门进来，沈鱼水赶紧起身招呼，把电热咖啡壶搬到茶几上，磨好咖啡，加上水，沈鱼水拿着一把长柄不锈钢调羹在咖啡壶里慢慢搅动，这才问马丰有什么事要来办公室找他。

"我真没事，纯粹路过，这么长时间没你消息了，有点反常。"马丰轻松地说。

"你肯定有事儿。"

"真没事，没你消息有点不放心呀，哥们儿，你可不是个安分的人。"马丰仰靠在沙发上说道。

"瞧你说的，我刚准备感动一把，原来你是怕我害你啊。"

"有点儿……上次你说的那事怎么样了？"

"什么事？"

"你就别揣着明白装糊涂了，就是约会女嘉宾的事。"

"哦哦哦……"沈鱼水一拍脑袋，"你是说肖真真啊，哥们儿，我真没想到，你，你竟然还惦记着。"

"我可没惦记，你忘了最好，算我没说。"马丰喝了一口咖啡，起身准备告辞。

"别急呀，此事正在有条不紊地进行，一切都在我掌控之中，你放心，目前只剩一关了，所谓黎明前的黑暗，此关一过我保你一马平川……"沈鱼水拉着马丰的手，一脸兴奋地说着。

"狗改不了吃屎！我说你不是个省事的主儿吧，但我还是要警告你，最后的警告，赶紧悬崖勒马！"

"我要不勒这马呢？"沈鱼水诡笑。

"出了事你可别怪我没提醒过你！"

"能出什么事呀？除非是喜事儿……"

"小迅要是知道了，我这儿可担待不起！"

"嘿，这是你找媳妇儿，关小迅什么事呀？你是不是要摽着我媳妇儿，一辈子不找你自个儿的媳妇？"

"你这说的还是人话吗？"

"哈哈哈，你一大主持靠嘴吃饭的，居然说不过我。沈鱼水的虚荣心得到了极大的满足！哈哈哈哈。"沈鱼水放肆地笑起来。

"你就笑吧，哭死的日子在后面呢！"马丰起身出了门。

06

肖翠翠来到肖真真的房子，刚休息了一会儿，就手脚麻利忙前忙后地收拾洗涮，弄得肖真真都插不上手。肖翠翠看上去比肖真真苍老许多，看起来好像不是同一辈人。无事可干的肖真真坐在沙发上，一边和沈鱼水通着电话，一边和姐姐不时地交换着眼神。

电话里，沈鱼水急切地说："真真啊，这几天我都在琢磨你姐姐和庄利民的事，咱们得让姐姐人过来呀，让他俩处处，有些事是不能代劳的，光说不练相当于纸上谈兵。"

肖真真看了眼姐姐，笑道："我都不急，你急什么呀？……对了，你和你女朋友最近怎么样了，也不见你提。"

"我的事不说也罢，有名无实，没啥可说的……你赶紧得催一下你姐姐……"

"我姐已经来了，正在我这儿帮我收拾呢，她这人闲不住。"

"什么，你姐已经来了？你怎么不早说呀，也不早点通知我！没说的，晚上我请客，请你姐，为她洗尘接风！咱可说好了，不吃路边大排档，得上正儿八经的饭店……好不好吃不重要，那……那是对姐姐的尊重！"

肖真真捂着电话和肖翠翠商量了下，又对沈鱼水道："我姐说了，在饭店里吃钱都让饭店给赚去了，咱干吗不自己赚？还是在家里做，既便宜又干净。"

"这哪儿行呀，不行不行……"沈鱼水不同意。

"我姐做的菜可好吃了，我也有很长时间没吃姐做的菜了，要不这样得了，我姐做饭，买菜的钱你出。"

"嗨，买菜能花多少钱啊。"

"我们挑贵的买，保管让你心疼，这总行了吧？"

沈鱼水只好答应下来："那……那好吧。对了，庄利民我去约，怎么的我也得把他给架过来，咱们在他那儿也吃了多少顿了。"

"那行，不过我姐来的事要不要提？"

"我见机行事，你就把这个权力下放给我，保证不会误事。"

午饭过后，肖真真带姐姐去商场买衣服，刚下楼就遇到提前赶来的沈鱼水，肖真真只好把钥匙交给沈鱼水，让他在家等着。

沈鱼水有些拘谨地在沙发上坐了会儿，然后站起身四处游逛，东摸西看。房子各处都被收拾得一尘不染，阳台上晾着洗好的床单、衣物，做好的菜肴整齐地排列在灶台上。

坐了半天，沈鱼水靠在沙发上快睡着了。这时门口钥匙声响，肖真真、肖翠翠开门进来了。沈鱼水站起来打招呼，肖真真却没应答，阴沉着脸快步冲进卧室。

沈鱼水还没来得及问清情况，就听卧室里传出肖真真的痛哭声，凄厉异常。

沈鱼水惊异地看着肖翠翠，问怎么回事。肖翠翠叹了一口气，让他去问肖真真。

沈鱼水走进卧室，见肖真真趴在床上，仍在号啕大哭。

沈鱼水轻轻拍了拍肖真真的肩膀："真真，到底出了什么事，你告诉我，我，我被吓着了……"

肖真真边哭边喊："不干你的事，你走吧！"

"谁欺负你们了？有，有我沈鱼水在，天塌不下来……"

"你出去！出去！你出去啊！"肖真真声嘶力竭地叫着。

沈鱼水劝了半天，肖真真的情绪才复归平静。

07

《非爱不可》来了一位新的男嘉宾，大名郑道然。与先前的男嘉宾不同，郑道然不是一个人来参加节目，与他同来的还有一个规模可观的团队。这个团队的唯一任务，就是确保郑道然此次登台能顺利牵手女嘉宾方菲。

郑道然是外市一家企业集团的老板。一个多月前，他在收看《非爱不可》节目时，看到方菲的一瞬间，他做了个决定。

在他安排下，公司运营经理负责组建了一个团队，专门策划运营整个相亲事宜。在他们看来，表演专业出身的方菲必定会有强烈的成名欲，他们便通过各种关系，除了在纸媒上宣传，还通过网络、微博、微信等新媒体，建立专门的账号，全方位地炒作方菲。没过多久，方菲果然被媒体炒热，网上的粉丝数很快破百万。运营团队又及时投入重金，雇人组成粉丝团，让粉丝团成员守在光灿大厦周围，每到节目录制期间，场内场外到处都有为方菲呐喊助威的粉丝团成员，场面蔚为壮观，而两人也被安排共进了一次晚餐，算是在台下便已经认识了。郑道然胜券在握。

让郑道然没想到的是，拍摄节目用的 VCR 并不完全由他自己决定，还得听从节目组的安排，而节目组为他安排的一条 VCR，竟然要在方菲父亲的墓地拍摄。虽然郑道然很不乐意，但想着要感动方菲，他也勉强同意了节目组的安排，开着自己的豪车去了墓地。

来到方菲父亲的墓地前，郑道然摘下墨镜，把一束鲜花放在墓碑前。只见墓碑上的相片是一个微笑的中年男子，墓碑上刻着"父亲大人方强之墓，女儿方菲敬立"的字样。

罗书扛着摄像机，站在墓碑一侧，对着郑道然拍摄。郑道然对着墓地三鞠躬。

罗书一边摄像，一边对郑道然说："跪下，跪下，磕三个头，这样才更显出你的诚意！"

郑道然看了看罗书，有些惶然地说："这……这也太……太夸张了点儿吧？"

罗书也不吱声，走过来把他往下一摁道："让你磕你就磕，废什么话，保准你管用！"

郑道然被摁得无法动弹，只好跪着磕了三个头。

回到宾馆，郑道然洗了把澡，穿上浴袍，给自己倒了杯红酒，慢慢走到窗前。想着即将登上舞台向方菲表白，两人牵手的美好画面，郑道然有些飘飘然。他抿了口红酒，拿起手机拨通方菲的电话。

"菲菲，人都说一日不见如隔三秋，以前道然没感觉，可自打和你见过一面之后，道然算是领教那个滋味了！"

"郑总又说笑了，你身边又不缺漂亮女孩儿，怎么会想我啊！"电话里能听出方菲在笑。

"非也非也，道然只对菲菲情有独钟啊！唉，你现在要是在道然身边，那该有多好啊。"

"可惜你在别的城市，否则你可以请我喝茶啊！"

"我现在就……"郑道然突然意识到差点说走了嘴，赶紧刹住，"我现在，可想请你喝茶来着，可惜太远了。"

"郑总，真的很谢谢你，我的粉丝数量，就快突破两百万了，真不知道该怎么感谢你。"

"菲菲，千万不要说感谢的话，把我看成你的一个忠实粉丝就可以了，粉丝为偶像做点儿什么，那都是心甘情愿的。"

"话是这么说，那些个大腕儿，也不乏一些高级粉丝的支持，可对我一个无名小辈，让郑总那么破费，我心里好过意不去呢！"

"你看你看，又跟我客气了不是，咱不说这个，说点儿别的吧……"

两人聊了良久，直到方菲挂掉电话，郑道然才扬扬得意地放下电话，自言自语道："小样儿，看我明天不把你收了……"

08

沈鱼水开着车，把肖真真带到湖边，在一处僻静的堤岸停下。两人并排坐到后排座位上，沈鱼水轻抚着肖真真的后背。

看着黑暗的河水，肖真真开始讲述自己的往事。

"我妈死得早，我们家很穷，但我们姐妹很争气，学习成绩从来都是班上的第一第二。我姐她为了我，自动留了两级，和我在一个班上……和那些欺负我的男生干架，姐姐不知道受过多少伤啊……唉，这些都不去说它了。高考那年，姐和我都考上了，被同一所大学录取，还是同一个专业，本想着又能和姐姐在一起，住同一间宿舍，在一间教室里上课，可是……"说着说着，肖真真已是泪眼婆娑。

"出什么事了吗？"沈鱼水轻声问道。

"在人家那是喜事儿，可在我们家那就是一场灾呀！都是因为家里穷，没钱供我们一起读书。翻尽了家底，东挪西凑，能借的亲友都借遍了，这才凑够了一个人的学费，我爸成天地愁啊，他的病根就是那时候落下的……"

"后来呢？"

肖真真啜泣着："后来，后来我姐就谁也没告诉，就……就去外地打工了！"

"你是说，你姐把上大学的机会让给了你……她，她真是太伟大了！"

肖真真平静了一些，继续说道："我读大学期间，我爸就去世了，这个家就靠姐姐一个人撑着，又要还债，还要供我上大学，我姐什么样的苦没吃过呀？你看看她的那双手，那……那还是一个女人的手吗……"说到这里，肖真真已经泣不成声，大颗的泪滴，扑簌簌落下。

肖真真又讲述了下午的遭遇。

姐妹俩来到商场后，肖翠翠拿着一件衣服在镜子前面比画，肖真真觉得这件衣服太老气，要去别处看看。一旁的营业员随口说道："老气什么呀，这色儿你妈穿正合适。"

肖真真听愣了，问营业员说什么，营业员就又重复了一遍："我说你妈穿这色儿好看啊。"

肖真真的心像被钢针猛扎了一下，歇斯底里地大叫："她不是我妈！"说完便拉着肖翠翠的手跑出商场。

"今天是有人戳到了我的痛处，我……我太对不起我姐姐了！"肖真真再次哭出声来。

沈鱼水赶忙拍着她的后背："不哭不哭，姐姐不是都没当回事儿吗？"

肖真真边哭边说："她才比我大两岁呀，怎么就老成这样了啊！怎么就成了我妈了呢！这，这都是为了我啊！"

沈鱼水伸出胳膊从背后揽住肖真真："别难过，别难过，以前的事情真的已经过去了，以后你……不，是咱们，咱们好好报答你姐姐就是了，大家都得往前看呀……"

天色已经暗下来，二人似乎都有些忘我了。

肖真真突然推开沈鱼水，停止了哭泣，静静地看着他。过了一会儿，肖真真拉起沈鱼水的手，黑暗中，眼睛里闪着光。

"鱼水，我知道你喜欢我，我也喜欢你，但我发过毒誓，一定要让姐姐先结婚，她不结婚我也不结，一辈子不结，也不和任何人谈恋爱！"

"这你说过的……"

肖真真仍看着沈鱼水："你……你能等得起吗？"

沈鱼水有些颤抖地将手从肖真真的手里抽出："这这……真真你听我说，既然你把心里话都告诉了我，我再也不能隐瞒了，其实也不是故意隐瞒啦，从一开始这里面就有误会。"

"误会？"

沈鱼水低着头，嗫嚅着："真真，我是结过婚的人，领了证。"

"你说什么？"肖真真猛地坐直了身子。

"真真你听我说，我的确是想把一个好朋友介绍给你的，我最好的哥们儿，他真的比我优秀，优秀十倍还不止……"

肖真真大声地说道："我不听！你……你这个骗子！"说着，她打开车门准备下车，沈鱼水侧过身去又把车门关上了。

肖真真用力推着车门："你让我下去！"

"我，我不让。"沈鱼水也紧抓着把手。

"让我下去！"肖真真使劲地推车门，车门反复地拉开、关上，肖真真终于停下了，瞪着沈鱼水。

沈鱼水满面愁容地解释："真真，你得听我把话说完啊。开始的时候，我的确是为了那哥们儿，但后来我发现自己、自己喜欢上你了……"

肖真真平静地问道："什么时候的事？"

"其实我一直喜欢你，只是不知道，明确地知道自个儿的心声，应该……应该就是刚才吧。"

"晚了。再说知道了也没用，你是有婚姻的人，没这个资格！"肖真真突然打开车门，跳下车去，疯了似的向远处跑去。

沈鱼水连声喊着肖真真，急忙下车，可是肖真真已经跑远了，黑暗中看不见她的身影。

旷野漆黑一片，任凭沈鱼水如何呼喊，始终无人应答。沈鱼水回到驾驶座上，打开了车灯。他转动着车头，让车灯扫射前方，只看到黝黑闪光的湖面和湖边丛生的灌木，并没有肖真真。沈鱼水边开车兜着圈子，边将脑袋探出车窗外，大喊着："真真！真真！你在哪里啊！你到底在哪里啊！我爱你！我爱你！肖真真，你太值得珍惜啦！"

旷野上回荡着沈鱼水怪异的呼喊声。

❤ 10 牵手只是互相了解的开始

01

晚上下班后，沈鱼水回到家，看见王小迅正准备出门离开，忙问王小迅怎么来了？

王小迅道："我怎么不能来？咱们虽然是隐婚，但我也是正儿八经的沈太太，帮你收拾，也是在收拾我自个儿的家呀。"王小迅边说边收拾着自己的小挎包。

"小迅，你都承认这是自个儿的家了，就搬过来呗？"

"那不成！"

"爱搬不搬，反正我对你已经不抱指望了，以后你就是想搬过来，说不定鱼水还不同意了呢！"

王小迅放下小包，盯着沈鱼水，"沈鱼水你什么意思？"

"没……没什么意思，我……我就是心里憋屈，你说你这……"沈鱼水知道自己说漏了嘴，变得语无伦次。

"沈鱼水，你要是想给房子的女主人改名换姓，我没意见，把你自己搭进去也行，随你的便！哦，差点儿忘了，今晚播出的《非爱不可》，你一定要看。我走了。"王小迅背上挎包，往门口走。

"哎哎，小迅，不一块儿吃饭了？"

"不吃了，我忽然想起来，今晚的播出还有个地方需要改动，我得马上去电视台跟他们沟通，必须走了。"王小迅说着换了鞋子，开门离开。

"你刚才说什么？今晚的节目，我一定要看，为……为什么？"沈鱼水追到门口问王小迅。

"你的那个女哥们儿，这一期已经跟人牵手了……"

沈鱼水心头一凉，他已经好些天没有肖真真的消息了，打电话关机，去敲门也无人应答，这让沈鱼水万分焦急。听王小迅这么一说，沈鱼水便匆匆吃好晚饭，提前打开电视机，坐到沙发上，紧张焦虑地等待着节目的播出。

肖真真当场牵手了一位男嘉宾，过程简直让人难以置信。沈鱼水想不明白，肖真真怎么会看上那个年纪很大又毫不起眼的男人。

沈鱼水再也看不下去了，他气急败坏地从沙发上跳了起来，把手里啃剩下的半只苹果狠狠地扔到地上，冲着电视机喊起来："真真，你有没搞错，那个矬人，他……他怎么配得上你！"

沈鱼水拿出手机，拨打肖真真电话，语音提示已经关机。回头再看电视，画面上，马丰正在主持节目。沈鱼水边拨打马丰的手机边自言自语地嘟囔："矬人，凭什么啊，你个矬人。"

马丰已经接通了电话，"鱼水，你骂谁呢？"

"不是骂你，不对，就是骂你的，你个矬人，在哪儿呢？"沈鱼水冲着手机吼道。

"在家呀，怎么回事儿？"

"在家给我等着，我过来找你。"沈鱼水挂断电话，抓起车钥匙便急匆匆地出了门。

来到马丰家附近，只见马丰穿着便装，正站在小区大门口边上等他。沈鱼水的车从对面快速转弯过来，"嘎"的一声，擦着马丰停下来，吓得马丰趔趄了一下。

马丰叫道："行凶杀人啊你，差点儿轧到我。"

沈鱼水下车，一把揪住马丰的衣领子，质问："你个矬人，肖真真怎么回事？"

马丰掰开沈鱼水的手："你给我松开，发什么神经啊你？"

"肖真真和那样一个桎人牵手，你为什么不阻拦？"

"我为什么要阻拦，人家两相情愿，我只有祝福的份儿……我说老沈，你吃的哪门子醋？"

"我……我就是气不过。你这个做红娘的，也不能乱牵线呀，那两人根本就不配！再说了，你是知道我想把肖真真介绍给你的，你总得对人负责点吧，就是不想要，也不能这样埋汰人家吧？"

"我明白了，是你想要肖真真，对吧？"马丰审视着沈鱼水。

"胡说，我……我还有小迅呢！"沈鱼水叫着，回避马丰的目光。

"算你清醒，我告诉你沈鱼水，你要是敢做伤害小迅的事……"

"说呀，我要是做了对不起小迅的事，你会对我怎么样？"

"我？我不能把你怎么样，也不关我事。不过你也不用那么丧心病狂，肖真真和那个男嘉宾，也并没有牵手。"

"你说什么？电视上明明……"

"台上是牵手了，不过一出演播室，肖真真就提出分手了……"

沈鱼水强压着内心的喜悦，但脸上还是不自觉地露出了一丝笑容："到底咋回事儿？"

"这你得去问肖真真呀，别人怎么会知道。"

"那你怎么说她提出分手了？"沈鱼水还是不相信。

"我没听到就不能听别人说了？哎，我说沈鱼水，肖真真没跟人走也不至于让你这样吧，你高兴什么呀？"

"我……我才没高兴呢，关、关我什么事儿，我跟她又没什么关系。"

02

第二天一上班，沈鱼水又尝试着联系肖真真，反复拨打电话，但对方始终处在关机状态。一筹莫展的沈鱼水颓然地仰坐在办公室那张宽大的靠椅上，眼前的电脑屏幕上是他和肖真真在戈壁滩的那张合影。

看了一会儿，他抓起手机，再次拨打肖真真的电话。这次居然接通了，沈鱼水欣喜若狂。

"谢天谢地，真真你总算接电话了，联系上你可真不容易，你还好吗？"

"就那样儿吧，找我什么事？"

此时，肖真真正身处一片偏僻的山地景区拍照，她孤身一人，边走边拍。

"没、没什么事，我明后天的样子要到西安出差，想问问你在哪里，如果离得近，我也可以赶过来，给你做个伴儿。"

"不用，我出来是要正儿八经地工作。"

"那你，什么时候回深都？"听着肖真真冷冰冰的语气，沈鱼水有些气短。

"估计得有些日子呢，我后边还要去青海，然后是尼泊尔、巴基斯坦。"肖真真的声音，没有一点儿温度。

"哦，那些地方，你可得注意安全。"

电话里一阵沉默。

"真真，你在听吗？"

"不安全才好，死了便也清静了。"肖真真眼含泪花。

"真真你可别乱想，我……我是真心……"沈鱼水欲言又止。

"你不用说了，以后也不用联系我了，我还在忙，再见！"

肖真真挂断电话，沈鱼水连声呼喊，可是电话里已经是一串忙音。沈鱼水胳膊肘支在桌上，手托脑门，垂头丧气地想着什么。

沈鱼水当然不知道，肖真真跟那个男嘉宾牵手的当晚就提出了分手。

03

这天下午，光灿大厦演播厅里开始新一期节目的录制。台下的观众席里有不少方菲的粉丝，他们头戴心形头箍，手上举着"菲你莫属"的牌子。马丰的身边站着郑道然，郑道然的手中举着一枝玫瑰。

马丰对郑道然说："看看对面的三十位女嘉宾，谁是你最心仪的？"

"不用看，21号。"郑道然成竹在胸地说。

"这哥们说漏嘴了！不是告诉你了嘛，不能说出来。"

"我是故意的，为大家节约时间。"

女嘉宾席上，方菲一脸惊愕，其他女嘉宾纷纷灭灯。台下的方菲粉丝则群情激昂，高呼着"菲你莫属，菲你莫属……"

现场播放起郑道然的VCR，影片最后是郑道然的画外音："方菲，我来了，为了对叔叔的承诺，为了我们幸福的未来，势在必得！"画面上，郑道然张开双臂，正面走来。

VCR播放结束，台上台下顿时响起经久不息的掌声。

方菲早已泪流满面，泣不成声。女嘉宾们也纷纷拭泪。观众席上很多人也眼泪盈眶，方菲的两个女粉丝放声大哭，随后抱在一起。

刘子清揩了一下眼角："看了3号男嘉宾的VCR，我这个老古董居然也莫名地感动，我想对台上台下的孩子们说几句，人这一生，零岁出场，十岁成长，二十彷徨，三十定向，四十打拼，五十回望，六十告老，七十残年，八十卧床，到了九十绝大多数都已经挂墙上了。真正是生得伟大，死得其所。能牵手的时候请别肩并肩，能拥抱的时候请别手牵手，能相爱的时候请别说分手……"

郑道然从玫瑰的花蕊里掏出一枚戒指，动情说道："菲菲，我知道你是不一般的女孩，这也不是一般的礼物，它代表着爱情、承诺、幸福和永远，请你一定要笑纳！"

马丰笑道："人家刚刚还哭得稀里哗啦的，转眼怎么笑啊？你得耐心地等一下。"

节目录制现场后台的导播间里也一片哗然，主切导播激动起来，对罗书说："连我都快成方菲粉丝了，方菲这一走，这节目我都不想录了。"

罗书反应过来，急忙拿起对讲机。

黄争光凑上来，对两人说道："二位爷，方菲可是咱节目的梧桐树，可不能让她牵手！"

台上的马丰、刘子清通过耳机都听到了。当然，嘉宾和观众是听不到的。

通过对讲耳麦，王小迅也听见了黄争光的话，她按下对讲机通话键，想说什么又很犹豫。

黄争光问王小迅："头儿，你想说什么？"

王小迅举着对讲机说："就是真牵手也只能这样了，我们得祝福他们。"

台上，马丰无动于衷，平静地等着方菲止住泪水。刘子清似乎也反应过来，抢先说道："我刚才说的，也不全对。我想提醒一下女嘉宾，感动归感动，但感动不等于感情。究竟这感动对你意味着什么，你想拥有一个什么样的未来，你比所有的人都清楚，不要受别人的影响。"

方菲显得犹豫不决。本来，她来《非爱不可》就不是要找如意郎君的，无非是想为进入演艺圈抬抬人气，从没想过一大学毕业就嫁做商人妇，更没想到会杀出郑道然这样一匹种马。方菲看了看马丰，又看看刘子清，再看身边的女嘉宾。身边的女嘉宾示意方菲牵手，台下的观众也喊了起来。

"受不了啦，牵手！"

"牵手！牵手！牵手！……"

马丰平静地问道："21号女嘉宾，请告诉我们你的选择。"

"我……我能不选择吗？"方菲咬着嘴唇。

"不能，这是规则。"

"那我……那我……"方菲语无伦次地说着。

令所有观众、嘉宾瞠目结舌的是，方菲灭了灯。

方菲居然灭了灯！现场立马安静下来，郑道然愣住了，过了半天才缓过神来，说着"方菲你……你你……"就向方菲走去，被马丰一把拉住。

"哥们儿，别这样哦，我能够理解你的心情，也看得出来你很优秀，对一般老百姓而言，找媳妇儿是道填充题，不是一般二般的困难，可对您这样的精英来说，就简单多了，找媳妇儿是道选择题，随你打勾就是了。但是很显然，你今天的选择题里，已经没有了21号……"

"你别拦着我，我得当面问个明白！"郑道然甩开马丰的手。

"这不已经是当面了吗？就是距离远了点，但距离产生美呀。女嘉宾还有什么想跟男嘉宾说的吗？"马丰拦着郑道然说道。

"没……没有了。"方菲紧张地说着。

马丰伸手握住郑道然的手："兄弟，很遗憾，走好。"

郑道然甩开马丰的手，指着方菲："方菲你给我等着，咱们的事儿没完！"说完，愤然离场。

现场一片哗然。

04

郑道然怒气冲冲地从光灿大厦里出来，粉丝团团长抱着平板电脑迎上去："郑总，方菲的粉丝超过两百万了，您快看。"

郑道然抢过电脑，狠狠地摔在地上："看什么呀，什么玩意儿！她配吗？又不是钱！是钱她更不配！"

"郑总，你……你怎么给砸了？这可是我的电脑！"粉丝团团长一脸困惑。郑道然在电脑上又踩了两脚，拂袖而去。来到路边，郑道然边走边给自己的秘书打电话。一辆辆的出租从他的身边经过，按着喇叭，郑道然摆手，示意它们快走。

"明天你就过来，带上老涂、小马、庄胖子……我不回去了，非得把这事儿查个水落石出不可，里面肯定有猫腻……"

节目录制完成后，栏目组人员回到办公室。王小迅正在打电话，看见黄争光领着方菲进来，便挂了电话。看到方菲还没有卸妆，脸上挂着泪痕，王小迅忙问怎么了。

黄争光回道："头儿，她不敢回学校了……"

方菲哭着说："王姐，其实，我有那么多粉丝跟今天出场的3号男嘉宾有关系……"

王小迅脸色一变道："我说什么来着，你是不是利用人家了？"正说着，马丰过来了，王小迅看了他一眼。

"我看没什么大事儿，既然他是自愿出资抬你人气的，咱就不理亏。那人知道你住的地方吗？"马丰问道。

这时王小迅桌上的电话响了，王小迅接起来，听了一下，便皱起眉头：

"你怎么这么说话呀，我们不怕任何威胁……"

马丰抢过王小迅手里电话，听了一会儿，说道："我是马丰……嗯嗯……我说哥们儿，干吗这么拧巴？磨不开是不是？我告诉你，磨不开的男嘉宾、女嘉宾多得是，不止你一个，我一般不爱搭理他们，我搭理的都不是一般人……您就是不一般的人啊……您是不是觉得特没面子？在朋友、下属那儿没法交代、被人笑话？我说哥们儿，人生在世不就是让旁人笑笑，咱也笑笑别人吗？……这可是你自愿的，赔偿一说从何而来？……成成，没问题，您尽管调查……"

马丰挂了电话，其他三人都看着他，便道："这小子不回去了，说是非要查个水落石出不可。"

方菲哇地哭了："那可怎么办，我，我哪有钱赔偿他呀，呜……"

"你别哭呀，这不成心添乱吗？"王小迅也不知所措了。

"不会有什么事儿。这小子正在气头上，等他气消了，恢复了理智，说不定也就认了。"马丰安慰方菲。

方菲继续哭着："我……我不会坐牢吧，呜……"

马丰笑了起来："瞧你说的，你又没讹他什么。我看这样吧，争光你去找罗书，让罗书护送方菲回学校，其他的事咱们改日再议。"

05

上午，王小迅晚到了一会儿，一进办公室，王小迅就感觉气氛有些不对。见她进来，栏目组所有的人都停下手上的活儿，抬头看着她，王小迅准备和他们打招呼，大家又都低下头去。

"怎么了，出什么事了？"王小迅问。没人回答。卓乐站起来，小心翼翼地准备离开。

王小迅追问："究竟出了什么事？你说了再去。"

"其实……其实也没有什么大事。"卓乐说着，闪身走开了。

这时，胖女编导和王玲玲桌上的电脑同时显示着一篇博文，题目是

"《非爱不可》女嘉宾方菲玩弄男嘉宾感情"。

"转发十万加了。"胖女编导小声说着,将脑袋凑向何珺,说:"姐,我要不要也给他转一次?对,我先备份下来,免得他们把原帖删了。"

"对,我们把它设成主页。"王玲玲坏笑着。

"你们干脆把它做成屏保得了。什么人哪!你们不是这个栏目组的呀?"何珺小声地斥责她们。两人窘迫地低下头。何珺从隔板上方探出脑袋,看了看王小迅的座位,王小迅已经不在了,马丰也不在了,办公区安静得异常。

王小迅和马丰已经被赵怀远喊过去了。赵怀远的电脑屏幕上也是那篇"《非爱不可》女嘉宾方菲玩弄男嘉宾感情"的博文。赵怀远在房间里来回踱着步,马丰毫无表情地坐在沙发上,王小迅则垂手站在一旁。

"查清楚了吗?真的跟我们没关系?"赵怀远停下来问道。

"老大,真的跟我们没关系,男嘉宾赞助方菲拉粉丝,都是他自愿的。"王小迅解释着。

马丰接过话头道:"怪我大意了,原以为这小子过不几天消了气,也就回去了,谁晓得这哥们儿人还挺倔,非等节目播出了,才爆出和方菲接触的内幕。唉!早知道我就找到那哥们儿,当面说道说道他,也就没这事了。"

听到马丰把责任往自己身上揽,赵怀远盯着他看了看:"你们范总已经打电话给我了,说这两天开个会,总结一下经验,找出问题并尽量规避。关于这件事,虽然与栏目组没什么干系,但影响毕竟不好,一些别有用心的人甚至发帖攻击我们,说是暗箱操作,指名道姓地说某某女嘉宾、某某女嘉宾根本就是托儿。我看你们还是得想办法,最大限度地消除影响才好。"

王小迅点头说道:"好的老大,我们商量一下,尽快拿出方案。"

"拿不准的,我们一起商量,拿得准的就抓紧落实。所谓的危机公关,就是抢时间,抢在事件进一步恶化之前斩断源头。"赵怀远做了一个斩断的手势。

王小迅答应着,和马丰一起走出赵怀远的办公室。进了电梯,王小迅还在抱怨郑道然,马丰打断她:"先不说这个,我们得赶在媒体大规模动作之前召集深都的记者,抢在他们发稿之前见个面。我看这样,你去忙这事儿,我找于静，让她组织人删帖……"

"那能删多少呀，转发量已经那么多了……"

"那不是问题，这是他们的专业，联络几大门户网站，设置几个关键词，大局应该就能控制住了。"

06

为平息方菲事件的不良影响，王小迅、马丰他们主动邀请了深都各平面媒体的记者见面。在光灿大厦的会议室里，马丰、王小迅、黄争光等坐在一边，另一边是二三十位深都本地媒体记者。

王小迅坦诚地对记者们说："我向大家保证，我们没有任何违规的做法，和嘉宾之间也没有任何私下约定，发帖的男嘉宾起先支持方菲，纯粹是个人行为……"

一名记者问道："苍蝇不叮无缝的蛋，许多帖子说方菲等几个女嘉宾根本就是托儿，否则她为什么赖在台上不走？"

马丰接过话茬："那你得问方菲了。当然了，如果观众看她不顺眼，或者看烦了，我们是可以请她离开的，谁让我们的节目是生活服务类栏目，为大家服务的呢？我们有权力让她离开，但没有权力让她非得留在台上……"

正说着，马丰的电话响了，他看了一眼，是于静的电话。

"对不起，本人前妻的电话，我们儿子最近住院挂水……"马丰举着电话离开会议室。记者们议论纷纷。

"马丰结过婚？"

"还有儿子？他有没有现妻啊？"

"儿子是不是他现在的老婆生的？"

马丰走到走廊上，跟于静通话。耳机里传来于静的声音："原帖删了，可有人备份了，不断发上来。"

"你尽量删，比一比耐力嘛，也锻炼一下业务水平。"

"凭什么呀？我吃饱了撑的，儿子还在医院里躺着呢。"

"我妈不是在吗，还有医生，都是我妈的老同事。关键是你，你现在可是咱们的网络医生，得给《非爱不可》创造一个健康的舆论环境。"

"这关我什么事儿，谁跟你咱们咱们的！我看你跟王小迅才是咱们！"

"嗨！我跟你更是咱们。难不成我不是马超他爸你不是他妈？我的事业玩完儿对咱儿子有啥好处？"

"就是你风光了，我们也不想占你的便宜！"于静仍是满腹牢骚。

"我还得去对付记者，你辛苦，辛苦哈！"马丰低声下气地说着。

"喂，到底是我们儿子重要，还是王小迅的事重要……"

挂掉电话，马丰回到会议室，继续说道："本是同根生，相煎何太急？咱们都是搞媒体的，我们碰到的麻烦事儿，我想各家肯定也都碰到过，希望各位多多理解。违规的事我们没干，涉嫌违规也应该避免，我代表深都卫视和《非爱不可》栏目组向大家保证，以后绝不让那些别有用心的人造谣中伤。我们台领导也说了，下星期会有几个大家感兴趣的明星大腕过来，在我们频道宣传他们的新剧，届时我们一定第一时间通知各位，做好平面媒体报道的协调工作……"

有记者问："马丰，你离过婚，现在是否有婚姻？或者有没有女朋友？"

"目前还没有。马丰的私生活十分乏味，连我自己都觉得可怜，不像要过来的那几个明星，那才叫精彩纷呈。"马丰笑容可掬地应对着。记者们笑了起来。

见面会结束后，记者们陆续出去，黄争光挨个递上一个信封。

打发走记者，马丰、王小迅再次回到会议室，坐在原来的位置上，半天没说话。

王小迅一脸倦怠地说："唉，总算摆平了，马丰，谢谢你。"

"咱谁跟谁呀……"马丰突然想起什么，站起来说，"我得去医院看超超了。"

王小迅也站了起来，关切地问："超超真病了？严重吗？"

"没事没事，普通感冒，于静非要送儿子去医院挂水，我说过她多少次了！"

"这次也得亏于静，你替我谢谢她。"

"关键时刻还得靠自己人不是？你也早点回去，让鱼水好好安慰安慰你。"

"他又去西安出差了。"王小迅看着马丰的背影，像是回答马丰，又像是在自言自语。

07

沈鱼水只身来到西安，一住进宾馆，就登录搜索网站，搜索《非爱不可》女嘉宾肖真真的信息，一张张网页往下翻，根本没有肖真真的信息。他又进入肖真真的微博，电脑页面上出现了"方菲是个好女孩"的文章标题，并配有一张肖真真和方菲的合影。

"啊，更新过了！"沈鱼水抑制不住激动的心情，自言自语着。随即他点开网页上的照片，仔细端详一会儿，又抓起手机拨打肖真真的电话。电话里传来的只有不断重复的提示音："对不起，您拨打的号码已停机……"

沈鱼水挂上电话，在微博上给肖真真发纸条："真真，我知道自己不会得到你的原谅，但你得给我一个解释的机会，别不理我啊！"

这时，手机铃声响了起来，沈鱼水一把抓起电话："真真……呵小迅啊，真，真是太巧了，我正准备给你打呢……我没干吗呀，正在上网……"

"你也知道了？亲爱的，你这么关心我……"王小迅的声音有些感动。

"开玩笑，你是谁啊，我不关心谁关心啊？"沈鱼水一边接电话，一边点开肖真真的文章，拖动鼠标快速地浏览着说："多大事儿呀……网民的反应也不都是一边倒，也有很多挺方菲的，我还帮你搜到一篇文章，是为那个方菲说好话的……挺她，绝对是挺她的……"

"是吗？你快发给我。"王小迅激动地说。

此时的深都夜色已深，于静家里的灯光还亮着。床上，马超盖着被子睡着了，马丰、于静坐在床沿上。马丰又给儿子掖了掖被角，站起身来。

"这两天把你折腾坏了，你也早点休息吧，我走了……"正说着，马丰的手机响起来，他快步走向客厅。于静跟着出来，带上了卧室门。

马丰对着手机说："好事啊，太好了，我马上去看……这帖得大转特转……我就在于静这儿，马上跟她说……对了，你多打印几份，明天会上用……嗨，老同志嘛，不习惯网上阅读，你得用三号字打印，排成机关文件的格式，得具有权威性……"

马丰挂了电话，转过脸开心地对于静说："有一篇挺方菲的文章，是以前的一个女嘉宾写的，赶紧上网……"

"又是王小迅的电话？"于静不冷不热地说。

"是呀，你一定得帮我们这个忙，尽量扩大影响……"

"你刚才还说我这两天已经折腾得够累的了……"于静的脸色有些疲倦。

马丰向于静拱拱手："救人救到底，这是关键当口，明天我们双方领导就开会，还不知道怎么处理这事呢，所以得尽量造势挽救危局，你就再辛苦一把？"

"切，不办了才好呢，连我都跟着省心。你们俩以工作为借口，还没日没夜地黏巴在一块儿了。这王小迅也是的，放着好好的日子不过，成天瞎折腾个啥呀？害得我成天地让删帖、转帖，我都快成她的保姆了，我们网站又不是为她一个人开的！"

"这哪儿跟哪儿呀，告诉你于静，挺方菲的文章是鱼水发现的，这会儿咱们自己人不都得抱成团儿吗？"

"要抱你跟他们抱去，我没那闲工夫！"

"瞧你说的，老婆……"

"谁是你老婆！"于静故作愠怒。

"前、前老婆。好了好了，前老婆大人，咱们现在就开工！"马丰嬉皮笑脸地推搡着于静走进书房，拉开椅子，把于静摁着坐下，"我去给你煮杯咖啡，提提神！"说着，他走出书房。

于静一边打开电脑，一边对着马丰的背影嚷了一声："倒杯牛奶就成，喝什么咖啡，你想害我一夜不睡觉哇！"

08

深都卫视总监范士林和其他几名领导一起来到光灿传媒，在会议室里，范士林和赵怀远坐在主位，由赵怀远主持会议。卫视频道的其他领导和黄肃之以及《非爱不可》栏目组的主要人员围坐在他们四周。

王小迅向参会人员分发了肖真真的文章，随后回到座位上汇报说："范总，方菲的事我们已经摆平了，昨天下午召集了深都的平面媒体……"

范士林打断王小迅，冷冷地说："摆平了？未必吧！"

王小迅愣着没再说话。赵怀远一招手，投影屏亮了起来，开始播放一段录像，内容是从以往各期《非爱不可》节目的镜头里剪辑的。

第一组镜头，是女嘉宾李嫣"女人享受生活，男人享受女人"的那段话和全场哗然的画面。

第二组镜头仍然是李嫣在说话："刘教授最理解女人了，谁如果能让我享受生活，我就能让他享受最好的女人……"

第三组镜头还是李嫣："如果男人能让我享受生活，我当然就能成为最好的女人了。男人在外挣钱养家，女人是应当以男人为中心，但女人在家里也不是闲着啊。好女人会做各种各样好吃的食物，让他的男人享受美味；会天天穿上漂亮的衣服，精心地打扮自己，让他的男人欣赏到美色；会做瑜伽、做运动，保持身材、保养身体，让男人享受曼妙的身躯……"

第四组镜头，则是一段李嫣和男嘉宾的对话：

李嫣："我宁愿躺在豪宅里孤独的老死，也不愿跟你在那破屋里享受什么天伦之乐！"

男嘉宾："咱家的老院子，可是明代建筑！"

李嫣灭了灯道："本姑娘要的是明天，不是明代！"

接下来的第五组镜头里，李嫣神情倨傲地说着："有钱人的那叫宅，你那叫狗窝；有钱人的孤独那才叫孤独，你那叫压抑；有钱人的旅行才是旅行，你那叫流浪，这还是好听的，应该叫流窜！"

范士林摆了摆手，录像暂停，整个屏幕定格在李嫣贪婪的嘴脸上。

范士林叹了口气:"太不像话了!"

"范总,这可是从以前的节目上剪下来的……"马丰想要解释。

"以前的节目怎么啦?以前的你们就不认账了?没有以前的把关不严,哪来的今天!价值倾向如此低俗,这样的女嘉宾是怎么混进来的?幸亏出了方菲这件事,否则你们还会一直错下去!这段录像在网上都传疯了,你们居然说什么摆平了!我看再这么下去,节目离停播也就不远了。"

赵怀远诚恳地说:"范总,作为这档节目的总负责人,我有责任。方菲的事虽然没造成恶劣影响,但李嫣的问题,确实值得我们警惕、深思。下面的嘉宾筛查工作,我们一定要……"

这时范士林的电话响起,他接听电话,脸色越来越难看:"行了行了,我知道了,你们继续关注。"范士林说完,站了起来,脸色阴郁,"热闹,热闹,真热闹呀!这事怎么处理,等我回台里和其他领导商量后再通知你们吧。"说完,他甩手离开了会议室。其他几个深都卫视的人,也跟着范士林走出会议室。

原来,范士林突然离开光灿传媒,是他在电话里得到《非爱不可》又惹上更大麻烦的消息。原来,就在范士林来光灿传媒开会不久,《非爱不可》一名女嘉宾的数十张艳照,突然被人发布到网上,并以惊人的速度在各主要网络上疯狂传播开来。范士林接听的电话是深都广电集团领导打来的,让他赶紧回台里研究处理方案。

此时,录完节目还待在宾馆里的小演员也知道自己的艳照上了网,正趴在床上号啕大哭,扑打着被子。同住一屋的女嘉宾也不搭理她,专心致志地在用笔记本上网。

"这个人渣,你说我当初、我当初怎么就没把那个人渣给废了啊,呜呜呜,我不想活了……"小演员撕心裂肺地哭喊着,骂着前男友。

"我说姐,你的身材可真好呀!"同住的女嘉宾一边欣赏网上的艳照,一边答着话。

"呜呜呜……"小演员扑在被子上四肢乱蹬。

"这张姿势好赞啊,还别说,你那渣男前男友拍照还有两下子嘛!"

"呜呜呜……我不想活了。"

"皮肤好白好嫩，平时还真看不出来……"

小演员突然坐起来："你再看我就死给你看！"

"姐你还别说，这张看上去你就跟死了一样。"

小演员又趴回床上痛哭起来。

"好啦好啦，姐，不跟你闹了，咱们赶紧去火车站吧。"女嘉宾"啪"地关上笔记本。

"我……我这样子怎么见人啊！"小演员坐起来，抹着眼泪。

"找条围巾包着头不就得了，再说了，没人在意你的脸，人家认得的是你的屁股。"

小演员抓起枕头，拼命般地砸向女伴……

❤ **11** 过了今天，明天又是全新的一天

01

夜深人静，《非爱不可》办公区空荡荡的，只有何珺和她的两个同伴还在。何珺的电脑屏幕上是打开的《爱你好商量》的策划案，她正在一边思考一边修改。

胖女编导问何珺："姐，你这策划案不是已经被否了吗？"

何珺没搭理她，继续修改着。

长脸女编导王玲玲说："姐，都什么时候了，您就别净搁这儿怀旧了。"

何珺淡定自若地反问："什么时候了？"

"出了那么大事，我们都得吃不了兜着走！"

"就是，我听说《非爱不可》很可能被叫停……"

何珺往椅背上一靠："那不就结了，这样一来，我这《爱你好商量》才有机会了呀！"

胖女编导恍然大悟："我说呢，姐真有远见……李嫣的那段视频是你整的？"

何珺白了对方一眼："胡说八道！我有那么鸡贼吗？乘人之危那是迫不得已，但落井下石的事还是少干为好。"

"何姐您太善了。"王玲玲奉承道。

胖女编导笑着说："这叫好人自会有好报。"

三人肆无忌惮地大笑起来。

此时，王小迅家的客厅里已经乱作一团，她一个人在搬动家具，沙发、电视柜已经掉转了方向，电冰箱也被移出原来的位置。王小迅正挪动着冰箱，箱体摩擦着地面发出很大的声音。突然有人敲门，王小迅站起身想去开门，手机又响了起来，她气喘吁吁地抓起手机接听。

电话是马丰打来的："干吗呢？健身呢？喘成这样。"

"没……没有，我……我搬家具，重新布置一、一下房间。"

"嗨，又来了，小时候的习惯改不了，一遇上事儿就瞎使劲。"

"你……你管得着吗！"王小迅喘着粗气。

敲门声又响了起来，声音比刚才更大。王小迅拿开电话，对着门问是谁。原来是楼下的邻居嫌吵，找上门来了。

马丰听到王小迅和邻居的对话，便对王小迅说，"你就不能等鱼水回来再搬吗？这深更半夜的，邻居找上门来了吧？"

王小迅故意大声道："这楼里一年到头搞装修，烦死人了，我偶尔折腾一下他们又怎么啦！"说着挂断电话，门外的敲门声也停止了。

王小迅继续用力推冰箱，马丰又打了过来，她没有接。终于，冰箱被推得倾斜过来，王小迅把持不住，冰箱轰然倒地，发出一声巨响。

门外的邻居不知道屋里发生了什么事，敲门又不开，只好报警求助。很快，社区民警到了，警车停在楼下，车顶的警灯闪烁着。楼上的住户纷纷开了窗户向下张望。这时，马丰也骑着摩托赶过来，下了摩托快速奔进楼内。

警察上楼叫开王小迅家的门，门口聚集了一堆人，王小迅正挡着门和众人争吵："胡说什么呢，谁要自杀了？他们这是谎报警情！"

一个男邻居说："不想死弄这么大动静干吗？敲门死活也不开……"

"你才想死呢，你才要跳楼呢！"王小迅叉着腰，像个要赖的泼妇。

"好心没好报，什么素质啊！"女邻居气哼哼地说完拉了一下男人的衣襟，"走，老公，咱们回家睡觉去。"

一旁的警察问王小迅："里面还有没有人？"

"没有，就我一个。"

"我们要进去看看。"

"搜查证在哪里？请你们出示。"

这时，匆匆赶来的马丰从电梯里冲上来，拦住警察说："里面的确没有人，男主出差去外地了。"

警察看了马丰一眼："你是谁？"

"我是他们家的老朋友，有什么情况你们可以问我。"

警察认出了马丰："你……你不是马丰吗？《非爱不可》……"

"没错儿，我就是马丰，反正也没出什么事儿，有劳二位白跑一趟啦。"

"白跑好啊，我们就希望白跑，要是真出了什么事儿对谁都不好。"

"是是是，这位兄弟说的是，人民警察可不就是希望天下太平、一身好功夫没有用武之地嘛！"

女邻居白了一眼王小迅，嘀咕着："真行啊，自家男人前脚走，后脚就有人来填空了。"

王小迅大喊一声："你说什么？你再说一遍！"

马丰推着王小迅回到屋里。整个客厅里乱得一团糟，冰箱倒在地上，水流了一地。马丰坐到沙发上，王小迅自己走到冰箱旁，想要把冰箱竖起来。

"过来帮个忙。"王小迅使劲抬着冰箱。

马丰走过去，拉开王小迅，把冰箱扶了起来："我说小迅，干吗要和自己过不去呢？"

"不把这家里倒腾一遍，我这口气就出不来！"见马丰坐到沙发上，王小迅坐在马丰对面说，"今晚咱们好好说说节目的事。"

"小迅，这处理结果不还没下来吗，咱没必要自个儿先乱了阵脚……"

两人就这么聊着，也不知道聊了多久，直到王小迅撑不住了，冲了个澡，去卧室睡了。马丰也已经疲惫不堪，和衣往客厅沙发上一躺，很快睡着了。

02

第二天一早，沈鱼水开门进来，只见房子里的家具、电器四处散放着，凌乱不堪，沈鱼水放下旅行箱，皱了皱眉。走到沙发前，看见马丰和衣蜷缩在客厅里的沙发上，发出阵阵鼾声，不禁大惊失色，用力推醒马丰。

"哎哎哎！醒醒醒醒，这，这怎么回事？"

马丰睁开眼，看见沈鱼水，慢悠悠地坐起来，又是揉眼又是打哈欠："一大早你跑我家来干嘛，让我再睡会儿嘛！"

"你搞没搞错？这是哪儿，你睁大狗眼看清楚了，这可是我家，这是你睡觉的地儿吗？"

王小迅听到外面的声音，打开卧室门，睡眼蒙眬地出来道："吵死了，鱼水，这也不是你家，你怎么一早就赶过来了？"

"我这不担心你出事，就连夜赶回来了。你们倒好啊！"

马丰一拍脑袋，醒过神来："弄颠倒了……鱼水，这我得说明一下……"

"有什么好说明的，多余！"王小迅打着哈欠。

"看来你也知道我们的栏目出事了，昨天我和小迅一直聊到天亮。"

"是吧，就光聊天？"沈鱼水狐疑地瞪着马丰。

"你也看见了，她老毛病又犯了，半夜三更地挪家具，楼下邻居报警，警车都来了，我怕她再搬……"

"我说姓马的，有没有一种可能，你看见我上楼，知道自己走不脱了，就从里面跑出来躺在这儿装睡？"

"你……"马丰气得说不出话。

王小迅杏眼圆睁，指着沈鱼水道："沈鱼水，你再恶心我！"

沈鱼水不敢看王小迅，对着马丰哈哈笑起来："别急眼呀，心虚啦？我开个玩笑，谅你小子也不敢！哈哈哈。"

两人一起收拾起客厅，折腾了好一会儿，总算收拾干净了，冰箱复了位，地面也清扫得干干净净。

王小迅梳洗一番，化了淡妆，看见餐桌上已经放上了烤面包、牛奶，马丰正坐在餐桌边耷拉着脑袋打瞌睡。

王小迅坐到马丰旁边，沈鱼水扎着围裙从厨房出来，端着刚刚煎好的鸡蛋，三人开始吃早餐。

"你跟我的女人厮守一夜，还得我大老远跑回来叫你们起床，为你们做早餐，你说我这哥们儿做的，太够意思了……"沈鱼水对马丰说道。

王小迅白了沈鱼水一眼，嗔道："你又来了，我警告你沈鱼水……"

"我话还没有说完呢，这哥们儿也不赖，我不在的时候为我老婆排忧解难、嘘寒问暖……"

"沈鱼水！"王小迅一声断喝。

沈鱼水一哆嗦，连忙摆手道："好好好，我不说了，来来来，祝我们的友谊万古长青！"说着举起手中的牛奶杯，马丰、王小迅迟疑了一下，也举起杯子，三人碰杯。

正吃着，赵怀远给王小迅打来电话。王小迅接完电话，焦急地起身换鞋，并催促着马丰一起出门。沈鱼水嚷嚷道："不就老总来个电话嘛！看把你急的，要不要我开车送你们？"

"不用了，我坐马丰的车走，你再帮我把家里收拾收拾。"王小迅边说边往外走，马丰也回头对沈鱼水打了声招呼，和王小迅急匆匆下楼。

看着二人的背影，沈鱼水连连摇头："嘿！搞得我成了住家保姆，这到底谁跟谁两口子啊！"

03

路上，王小迅告诉马丰，赵怀远说深都卫视高层已经决定，《非爱不可》必须停播整顿。

"是福不是祸，是祸躲不过，小迅你千万稳住，别太着急。待会儿我把你撂你们单位楼下就回趟电视台，打听清楚领导的想法，我想还不至于让栏目下马。"马丰安慰着王小迅。

说话间，二人来到光灿大厦楼下，王小迅匆匆下车，一路小跑着上了楼。马丰掉转车头开往深都卫视。

王小迅来到赵怀远办公室，满脸沮丧地坐在沙发上。赵怀远从办公桌后面走出来，"这不是一码事，"说着拍了下手里的通知，"卫视那边只说是整改，没说下马，这说明他们对我们的节目总体还是看好的。"

"赵总，我还是太缺乏经验，一个人对付这么一个大型节目……"

"你不是还有马丰吗？'马王堆，鬼还魂'可是形容你们两位这个组合的，这话说得难听了点，但意思还是不错的，我相信你们一定能够起死回生，从哪里跌倒再从哪里爬起来！"

赵怀远在王小迅对面坐下，把一份最新的收视统计表递给她说："这个，就是你要支撑下去最有力的证明。当然了，接下来你还会面临很多从未碰到过的情况，但绝对不能失去信心，我相信我不会看错你王小迅！"

"老大你别说了，我明白……"王小迅看了看收视率统计表，脸上略显得意，情绪平复了一些。

离开赵怀远办公室，王小迅回到《非爱不可》的办公区，编导们都在各自的位置上忙碌着。

"大家都歇会儿，我有事要说。"王小迅叫停大家。

"好事儿坏事儿？"黄争光紧张地问。

"一件好事儿，一件坏事儿，你们想先听什么？"

"当然是好事啦，我小时候过生日总是先吃蛋糕上的奶油……"黄争光答道。

"那行，据索福瑞最新数据统计，《非爱不可》的收视率挤进了同时段全国前三、卫视同类节目收视第一。"

卓乐接着问："那坏事情呢？"

"卫视那边已经正式下达通知，咱们的节目得停播整改两周到一个月的时间，具体要看我们的整改方案。"

王小迅把收视率报告和深都卫视的通知给大家看，编导们纷纷议论起来。

"这是谁的主意，这不是拆自家墙脚吗？"

"深都卫视还不都是靠了咱们的栏目，刚刚有点起色，停了他们喝西北风去啊？"

正在七嘴八舌地议论着，马丰气喘吁吁地走进办公区，大家停了下来，围着他。

"本想凭着三寸不烂之舌，找几个领导好好说道说道，尽量只整改不停播来着，没曾想，还没到单位，就得到了停播整改的通知已经发到这边来的消息！"马丰有些自责地说。

"早知道这样，你昨晚就该行动起来，白白一晚上，什么事儿也没干成！"王小迅道。

"……啊，那正好啊，从今天开始咱们就不用那么玩命了，该干吗干吗去，没对象的找对象，有对象的赶紧结婚，婚姻不幸福的赶紧离，反正有十几天到一个月的大假……"马丰信口开河地胡扯起来，试图缓解大家失落的情绪。

何珺接过话茬："是啊是啊，我正好可以利用这段时间，跟我们家大吉好好商量商量结婚的事儿！不定就这段时间，把婚礼办了，到时请大家吃喜酒。"

王小迅白了马丰、何珺一眼道："谁说整改是放假了？我现在就宣布赵总的决定，平时大家忙节目，上下班没个正点，栏目组也不作要求，但接下来必须准时准点上下班，全力以赴进行整改和后续工作的准备。"

马丰赶紧变调："我刚才就是开个玩笑，大敌当前，大伙儿疏忽不得，整改肯定不是走过场，所谓的大假，谁也别抱幻想。"

"切……"何珺不满地撇了撇嘴。

04

所谓"世态常为盛时熟，人情多在败中凉"，没过几天，眼见节目停播整顿，有几个编导或者暗里活动去了别的部门，或者干脆离开光灿传媒，另寻出路去了。王小迅完全没有料想到会出现这种情况，又气又急，不知道如何处置才好，正在黯然神伤地思考着下一步怎么办，听到黄争光小声在问罗书："壮骡，何珺很可能借机单挑，你会不会也跟她走啊？"

罗书想了想，回道："何姐要单干，我肯定跟她过去。"

王小迅有些气急败坏："都走吧都走吧！我就是只剩下一光杆司令，也要闯过这一关。"

听到王小迅叫喊，马丰走过来安慰大家："诸位兄弟姐妹，大家都稍安毋躁。最近大家都受了不少委屈，所以我决定破财，请大家去消夜，唱卡拉 OK，为你们也为我自己的情绪风暴买回单！过了今天，明天又是全新的一天。"

"明天？我们还有明天吗！说得比唱得还好听！"胖女编导嘲讽道。

王玲玲也不冷不热地说："当初我就不该来《非爱不可》，被你们死活拉了过来，现在就是想回去也没人要了……"

黄争光"切"了一声道："那你也走啊，何珺不都不愿意加班，一个人溜号了吗？你也可以溜呀！"

马丰制止黄争光："让人把话说完，一吐为快嘛！"

又一编导说："还有找托儿的事，当初也不是没有人反对，可你们独断专行，根本听不进去，否则怎么会有今天，唉，《非爱不可》真要成'马王堆'了！"

卓乐也突然嚷道："王总你就是专制、霸道！还骗人。"

"她骗你什么啦？你给我说清楚！"黄争光瞪着卓乐喊道。

"她诱我上台，我才在录制样片的时候给你留灯的，才为你剪了短头发，可是你哪里喜欢过我，你……你们一起欺负我一个无辜的小姑娘，不要脸！"

"你骂谁呢你？"

"骂你怎么啦，黄争光你就是王小迅的一条狗！"

黄争光欲向卓乐扑过去，被罗书一把抓住："不许打女人！"

"她根本就不是女人！"黄争光欲挣脱，挣了几下没挣开。

"你根本就不是男人！"卓乐依然嘴上不饶人。

黄争光站起来，又被罗书摁了回去，如是几番，现场一片混乱。王小迅默默地躲在角落里，低头无语。

何珺没有加班，却也没闲着，此时正和黄肃之坐在听风小筑的一个角落里在喝茶。黄肃之看完何珺修改后的《爱你好商量》策划案，往桌上一放。

"改得不错，更有可行性了。小何啊！这么多年了，我一直喜欢你这股子不服输的劲儿。抓住机遇，知难而进，好好好！"

"主任您就别夸我了，这不还被人踩在脚下了嘛！昨晚我想了一夜，无论如何得抓住这个机会，打个翻身仗，主任您可得好好帮我出出主意。"何珺脸上露出难以抑制的兴奋。

"这个嘛，毕竟《非爱不可》的收视率挤进了全国前三，卫视同类节目收视第一，老赵那儿能不能通过还是个问题。"黄肃之眼珠转了转，"可是老赵贪财啊，咱们做企业、办公司，最终还不是为了获得更大的利润吗？抓住这个关键，就有可能说服老赵，你的节目也就有可能……"

"黄主任，我明白你的意思，可是……现在拉一单子广告谈何容易啊，这两年我的好多关系都疏远了，唉！"何珺直摇头。

"你不是还有冯氏企业做后盾吗？"

"别提了，他们全年的宣传费用，早就被我掏得差不多了，冯老爷子对我都有意见了。再说了，我不还没过门嘛。"

"小何啊，婚姻是大事，无论有没有广告这档子事，你跟大吉的婚事都不能再拖了，赶紧办了！"

"谁说不是呢！"何珺说。

"再好好想想，还有哪些老关系，都拾掇起来！这个事得快，时不我待，你要是能很快搞定个千儿八百万，保准能让老赵动心，他要是还不同意，我找袁总也好说了。"

辞别黄肃之，何珺从听风小筑出来，一边往车库走，一边给朱凤群打电话。朱凤群正在健身房健身，何珺东扯西拉地跟朱凤群闲聊，朱凤群听出何珺有事求她，让她明说。

何珺嬉皮笑脸地说："还是姐了解我。你们公司能不能给我们投点广告，不是为我，是为赵总，更是为你……"

"那行，我不投给你，让别人来找我谈。"朱凤群一本正经地说。

"姐，我现在特需要你的支持，这样我才能翻身当家做主人啊，被人整天踩在脚下的日子，我实在受不了了！还有赵总，明明都是我姐夫了，却偏心眼儿向着别人！"

"瞎说什么呢，人什么时候成你姐夫了？"

"所以我才求你赶紧地把他给收了嘛！那样我在他面前说话，腰板也挺得直啊姐！"何珺来到车旁，打开车门，坐上驾驶座。

"狗嘴里吐不出象牙！广告的事，也不是我说了算的，得总部批准，我帮你问问吧。"

"这才像我的好姐姐，温柔大方，善解人意，何愁嫁不出去？不能够啊！"

"你少拍马屁，弄不来的话，还不知道怎么埋汰我呢！"

"嘻嘻嘻，姐，怎么会！这个你可得快点，我都等不及了。"

06

冯大吉打电话给何珺，骂骂咧咧地吵闹着，何珺没搭理他，把电话拿开了好一会儿，才装出微笑的样子说："大吉啊，我正要过来看你，很快就到，等我哦，乖……"

何珺开着轿跑一路飞驰，想要再联络广告客户，便戴上蓝牙耳机给吴总打电话："吴总，这次您无论如何得帮忙，您一直答应给我两百万的广告……您是我命里的贵人啊，在我最需要的时候肯定会伸出援手……嗯嗯……哎呀吴总，瞧您说的，现在'00'后的小丫头都上市了，成把地抓，这样的好事儿哪还轮到我老姑娘呀……一定一定，您放心，当然得当面感谢啦，我也有很长时间没有聆听吴总的教诲了……太好了吴总，我明儿就去您那儿……上午不行？那就下午，下午也不行？那就晚上，就是守到半夜，我也得见到您……当然是单独的，就咱俩，别人凭什么来抢我的生意啊，您说是不是吴总？"

挂了电话，何珺嘴里嘟囔道："老色鬼，王八蛋！"

当晚，何珺陪了冯大吉一夜，第二天早上醒来，何珺把手指插进冯大吉的头发里拨弄着说："大吉，你知道吗？这段时间有你在身边，我觉得好幸福，就像我们已经过了一辈子！"何珺有些陶醉了，伏下身去，把头搁在冯大吉的胸口上，闭上了眼睛。

冯大吉嘟囔了一句："太可怕了！"

"你说什么？"

"一辈子太可怕了！"

何珺噱地坐起，用手指戳了戳冯大吉的脑袋："不知好歹！一点都不懂浪漫！"说着离开床边，从挎包里拿出化妆包，去卫生间洗澡。

冯大吉从床上坐起，掀开被子，试图活动上着石膏的右腿，不禁一阵龇牙咧嘴。这时从卫生间里传来何珺的声音："大吉，我的体重又减了两斤耶！"

冯大吉大声叫道："你化了妆再称称，得多出四斤！"

"告诉你哈，三十岁以前女人化妆是青春美，三十岁以后化妆就是一种美德！"何珺嚷嚷着。

按照约定，何珺晚上要单独去趟吴老板的办公室。为两百万的广告单子，更为给《爱你好商量》东山再起创造一次契机。何珺清楚，就是龙潭虎穴这次也非去不可。何珺觉得冯大吉或许是个挡箭牌，希望他能在晚上八点半准时给她打个电话，这样也就好解围了，却被大吉冷漠拒绝。

何珺苦求说："姓吴的没安好心，我整八点进去，他还要酝酿一会儿，过半小时你打电话进来，我就可以走人了。"

冯大吉坏笑道："我还以为什么事儿呢！吴总不是挺好的吗，又有钱，还能吟诗作赋，我看你还是随了他得了，这天下没有白吃的午餐，你又不损失什么，还落个快活……"

"冯大吉！我还是不是你的女人啊！"何珺气得尖叫起来。

"我的女人我都得看看，那我不就成仓库保管员了？那得多大的仓库啊？"

何珺气得淌眼泪，冯大吉却无动于衷，没法子，何珺只好找罗书："罗书，你在哪儿？我求你一件事……"

"何姐，你求我？不用不用，应该是我求你，甭管你有什么事儿，我都、都求你让我去做！"罗书在电话里说。

"你少废话，记着别误事就好了！"

"保证完成任务。"罗书有些亢奋。

罗书来到与何珺约定的地点，见何珺正在跑车里朝他招手，便跑过去拉开副驾车门坐了上去。何珺吩咐他："记住了，半小时以后给我打电话，就说你是我的男朋友。"

"啊？我……我是你男朋友？"罗书不敢相信。

"你不乐意？"

"没……没有，何……何姐你愿意吗？"

"我的话还没说完，就说你是我的男朋友冯大吉。"

"啊？原来是这样呀……"

"你不乐意？"

"没……没有，何姐的男朋友本来就叫冯大吉嘛。"

"也有可能叫罗书。改天看我不把他给辞了！"何珺边停车边说，说完摔门而去，罗书愣在车上，一时绕不过弯来。

07

马丰要带王小迅去找一个好玩的地方，说是要给她解解压！王小迅心灰意懒，任凭马丰载着她来到市内一家密室主题游戏室，前台坐着一位时髦的小伙子，正在打游戏。见他们进来，小伙子一边给他们办理手续，一边交代说："游戏时限一小时，如果解题不成，玩家也必须在密室里待满一小时。"并且告诉他们，按照游戏规则，两人的手机都得扣下。

马丰、王小迅拿出手机，交给小伙子。小伙子取了钥匙，走出服务台，带他们走向密室。王小迅困惑地环顾四周，不知道是怎么回事。

密室是一个套间改造而成的，室内家具一应俱全，但光线幽暗，阴森，装饰也显得恐怖。马丰、王小迅进门后，墙壁移动起来，套间的门瞬间就消失了，眼前只有贴着碎花墙纸的四壁。

王小迅惊恐地叫了起来："门……门呢？我要出去！"

马丰说："要出去得我们自己找到机关，而找到机关得首先找到密钥，考验你我智商的时候到了！"

这时，密室里响起恐怖的音乐声，一个男低音开始介绍故事的背景："二十年前，就在这间房子里，一家四口惨遭灭门，凶手至今逍遥法外。从此，这间房子就变成了鬼屋，深夜里经常传出凄厉的叫声和冤魂的哭泣……"音效配合着惨叫和哭泣声。

王小迅开始发抖："不、不行，我……我……"

"别害怕呀，有我在呢。"马丰一边翻找着，一边安慰王小迅。

王小迅紧紧地抓住马丰的手，浑身颤抖起来。马丰见状，将王小迅扶到沙发上坐下，安抚道："你不舒服就先坐一会儿，放松放松，我会尽快找出破解机关的密钥的。"说着，他进入了里屋。

幽暗阴森的灯光下，马丰嘴里含着荧光电筒，翻箱倒柜一阵寻找。整套房子里凄惨的哭叫声不绝于耳，坐在沙发上的王小迅呼吸越来越急促。

马丰将一些碎纸片找出来，摊在一张怪异的小桌上，拼接研究着。

"密码应该就在这些字符里，小迅，你快过来看！"

马丰见王小迅没有回应，回过头来张望，发现王小迅已经躺倒在沙发上了。他赶紧奔过来，看到王小迅已经休克。

"小迅！小迅！"马丰连声呼喊着，王小迅没有回应。马丰转身去按放弃按钮，却没有回应。马丰不断地按着放弃按钮，始终没有回应……他终于不再按了，跪在地上，解开王小迅领口的一个纽扣，想对王小迅实施胸部按压。手伸到半途，又收了回来。

马丰又准备对王小迅做人工呼吸，捏紧王小迅的鼻子，俯下身去，噘起嘴，快接近王小迅嘴唇时，马丰又别过头去，用手捂在自己的口鼻处，呼出一口气闻了闻，皱起了眉头。他站起来，用电筒照了一圈，发现一扇门上写着"盥洗间"，马丰快步冲了进去。

盥洗间里有洗脸台、洗手池，梳洗用品一应俱全。马丰找到牙刷、牙膏，飞快地刷起牙来。他一面刷牙一面看着墙上的镜子，那是一面特殊的哈哈镜，里面映出一个形似骷髅的人脸，马丰被吓了一跳，嘴里的牙膏沫差点吞进肚里。他赶紧去取架子上的一只陶瓷杯，准备接水漱口，却无法拿起那个杯子。马丰晃了晃杯子，向左一旋，顿时电闪雷鸣、白光耀眼。电光声响停止，气氛为之一变，恐怖的惨叫声消失了，房间里大放光明。

安详柔和的音乐伴奏下，一个甜美的女声响起："恭喜您和您的朋友，你们已经成功通关！幸福之门从此在您的前面敞开，智者无敌，谢谢光临！"

马丰研究着陶瓷杯，突然想起了什么，他跑出盥洗间。只见客厅里一派日常家居的景象，王小迅还没醒，马丰赶紧跪到地上，捏住王小迅的鼻子，一闭眼，为王小迅做起了人工呼吸。

马丰抬头观察王小迅，还是没醒，准备继续人工呼吸，就在嘴唇即将再次碰到王小迅的嘴唇时，对方忽然睁开了眼睛。马丰吓一大跳，腾地站了起来，不禁面红耳赤。

王小迅坐在地上，抹了一下嘴唇，手背上留下一些牙膏沫。

"总算醒啦，你吓坏我了！"马丰慌乱地说着。

王小迅看了看马丰嘴角上的牙膏沫，困惑地说："你……你刚才……"

马丰抹了一下嘴，尴尬地点点头说："坏了坏了，我忘漱口了。"

王小迅站起来，看了看周围，只见移动墙已经打开，露出了密室的门。王小迅走进盥洗间，拿杯子接水漱口后，一声不吭地走出密室。

马丰嘴角还残留着牙膏沫，跟着王小迅走出密室，两人都没说话。

在服务台办完手续，两人来到街上，马丰骑在摩托上，王小迅站他身边。

"好点儿了吧？"马丰小声地问。

"好多了！"

"我是问你的幽闭恐惧症好了没有？"

"也好了！"王小迅的声音越来越小。

一辆出租车驶来，王小迅伸手拦车，车刚停稳，便钻了进去，随手关上车门，出租车轰地一下开走了，把马丰一个人撂在街边。

08

晚八点整，何珺如约来到吴总的办公室。进门前，何珺从挎包里掏出手机，把铃声调至最大，这才敲门进去。

吴总的办公室装修奢靡，墙上挂满了字画。办公桌后面挂着两面镜框，上面一个镜框里是吴总和领导人的合影，下面一个镜框挂着深都一位著名书法家草书的"正能量"三个龙飞凤舞的大字。另外几面墙上分别挂着"天若有情天亦老""上善若水""阿弥陀佛"几个条幅，还有一幅鸳鸯戏水的国画。办公桌旁边有一间套间，从敞开的门看进去，里面放着一张大床。

吴总正在挥毫泼墨，看见何珺进来，不禁喜形于色："哎呀何美女，你这一进来，我这儿整个一蓬荜生辉，亮瞎我的……啊不，闪得我眼睛都睁不开了……"

"吴总，您这儿哪像是老板的办公室，简直就是文人的书房，小何每次来都受到熏陶，觉着自个儿超有文化！"

吴总放下毛笔，把何珺引到沙发前坐下，几案上放着两瓶红酒、两只高脚杯以及冰桶。何珺在沙发上坐下，把手机放在几案上。

吴总边倒酒边说："小何，你不请我喝酒，今天我请你喝，你说得好啊，要喝就咱俩喝，合着别人一块儿多没劲！"

吴总端着酒杯在何珺的杯沿上碰了一下，自己喝了一口，放下杯子说："你先坐会儿，我还有几个字，马上就好。"

说着放下杯子，走回桌子前，饱蘸笔墨，在一幅宣纸上提笔写字。何珺端着高脚杯站在一旁观看。

"吴总，您这是在作诗呀？"

"见笑，见笑，吴某也是触景生情，不能自已，临时赋小诗一首，小何，你念念看。"

何珺念吴总写在宣纸上的诗："我心望穿美人来，爱巢空筑寂难耐。何日凤求凰叫声，君心一片溅露台。"

何珺读得直犯恶心，心里嘀咕："可真够贱的！"但表面上，她却只好鼓掌："好诗！好诗！意境好美呀！"

"好处不在这里，这诗不仅要念，还得看，不仅要看，还得会看！"说着，吴总拿了一张纸，遮住每行诗后面的六个字，只留下每行的第一个字，一脸淫笑地看着何珺，"玄机在这里，小何你再念念看！"

"我爱……"何珺念道一半停住了。

"嗨！有啥不好意思的？我替你念，我爱何珺！哈哈哈……"吴总说着，放肆地笑起来，拉起何珺的胳膊，坐回到沙发上。

刚刚坐定，吴总肥硕的屁股便向何珺这边挪了挪，何珺本能地往旁边一缩。吴总拿起高脚杯，和何珺碰杯。

何珺放下杯子，拉开挎包，拿出广告合同。

"吴总，你要是真喜欢小何，就把这份合同给签了吧！"

吴总接过合同，看都没看，随手扔在茶几上："小意思啦，不就两百万嘛，今天难得，咱们不谈工作，只谈生活和艺术，当然还有……"

正说着，何珺的手机响了起来，铃声很大，把吴总吓了一跳，何珺趁机挣脱对方的控制，接起电话。

"大吉啊……啊，你在楼下？我马上下来，马上下来……"

吴总又诧异又失望："冯大吉？"

"是啊，他的车在你们公司楼下，让我马上下楼。"

"不会吧？大吉的腿不是摔坏了吗？"

"嗯嗯……他这人你是知道的，什么事情干不出来，为了爱情嘛，腿摔坏了照样开车……"何珺边说边起身，背起挎包快步走向门口。

"哎，哎！我送你的新款爱马仕……"吴总抓过放在沙发上的一只爱马仕包，抬起身向何珺扔过去。

何珺接住包包，一只脚已经跨出房门，回头笑道："吴总，您太客气了，您送我的东西，我那儿都能开一家女性用品专柜了，什么时候您把那合同签了，我把它们都使上，该穿的穿，该戴的戴，该抹的抹，盛装打扮请您喝酒。别忘给我打电话哟！"说完，何珺朝吴总摆了摆手，"砰"一声带上门，消失了。

"他妈的，骚狐狸精。"吴总自言自语地嘀咕着，一屁股坐回沙发上。

何珺下得楼来，愤愤地走到车旁，拉开车门坐进去，"哐啷"一声，重重地带上车门，顺手把手里的爱马仕包往罗书怀里一塞。

"给你！"何珺说着，张开那只被吴总写过字的手，在罗书的衣服上使劲地揩擦，"脏死了！臭死了！真恨不得把这手给剁了！"

"何姐，怎么啦？"

"姓吴的真恶心！还不如直接扑上来得了，让我一脚踹瘫也就算了，搞那么多恶心人的前戏！"

罗书看着前方，对何珺说："何姐，以后咱们还是找别人谈广告吧？"

"要么说你蠢呢，知道碰上个愿意和你谈的主儿有多难吗？再说了，找别人谈，你知道又会碰上个什么东西？这广告圈里有多少女孩儿能保得住清白之身……得亏对姓吴的知根知底，跟我玩儿，还差得远呢！"

何珺越说越气，眼里涌出泪花。罗书抽了几张纸巾，递给何珺说："我不喜欢你和这些人打交道。"

何珺抽泣了片刻，用纸币擦干眼泪，看了罗书一眼："你干吗对我这么好？是不是也打我主意呀？"

罗书不语，一踩油门，"呼"的一声将车开了出去，吓得何珺失声尖叫。

中部
卫视恋曲

12 我一辈子也不会跟你举行婚礼

知道了《非爱不可》出事后的一个周末，于静一早来到王小迅家。在阳台上，两人对坐在两张藤椅里，光着脚晒太阳。两张藤椅间摆着一张小茶几，茶几上摆着饮料和一盘水果。

"老沈呢？怎么也不多陪陪你！"于静看似漫不经心地问道。

"他刚出差回来，公司里有不少业务要处理。"

"噢！小迅，上回那事，是我不好，你别放在心上，我也不是成心冲你发火。"

"切，早忘了，既然你又提起来，那我就接受道歉好了，让你也记得欠着我王小迅一份愧疚。"说着，王小迅把脚伸向栏杆，用力撑了一下。

"我呀，天生就一欠债的命，欠马家一家三口的，欠你王小迅的。哎，不过我今天来可不是还你愧疚的，我要张罗给你办件大事。我比你大一岁，这回你无论如何得听我的。"

"大事？什么大事？"王小迅转过脸，疑惑地看着于静。

于静一脸认真地说："我想趁着你最近闲着，把你和老沈的婚礼抓紧办了，我来负责操办。"

王小迅端起案几上的茶杯，沿着杯沿吹了几下，笑道："你咋想起这档子事儿了？我不办！"

"干吗不办？人家沈鱼水追了你那么多年，一门心思地挣钱，买房买车，不都是为了你？"

"我们早就约定好了，再说了，我现在哪有那心情。"王小迅放下茶杯，伸了个懒腰。

"你现在什么心情？都是自找的。小迅，你说你一个女人家瞎折腾什么呀？女人的天职就是嫁人、生孩子、相夫教子，你就是把个节目做成天下第一，又能怎么样？到头来还不得回到家里来，为自己的男人做饭，为自己的孩子洗衣服，打理好自家的生活？这才是女人的人生。"

"此一时彼一时，到时候我自会去做这些。现在嘛，我还没打算过那样的日子。"王小迅看着窗外，悠悠地说。

"谁也没让你现在就待家里，是让你们先把婚礼办了。我告你啊小迅，这可不是我一人的主意，还是马丰先提出来的呢！"于静一边说一边拍了拍王小迅的肩膀。

王小迅一愣。

"马丰可够关心你的，说要给你们办婚礼就能把你的晦气给冲干净了。"

王小迅脑海里回想起马丰在密室给她做人工呼吸的情景，迟疑了片刻，拍了下藤椅扶手说："咋都是个晦气，我想想吧！"

02

夜幕降临，沈鱼水回到自己住处。开锁进门，只见王小迅正跪在地上擦地板，沈鱼水不禁一怔。王小迅也没回头，只是问他吃饭了没有。

沈鱼水有些惊慌："吃……吃了。小迅，你这是干吗呢？前几天刚给我做过饭，这会儿又擦上地了，还真让我不那什么……"

"那什么？我看你都忘了我是谁了。"王小迅坐到地板上，转身看着沈鱼水。

"你是王小迅呀！"沈鱼水应付道。

"我是说，你忘了我是你什么人了吧？"

"那……那怎么会……不是不是，那怎么敢呢。你是我老婆，我是你老公，这哪能忘。小迅，你没事儿吧？"

"我能有什么事儿，不就回家擦擦地板吗，这也不行？"王小迅把抹布扔到一边，眼泪已在眼眶里打转。

沈鱼水吓得不轻，赶紧把王小迅扶坐到沙发上。

"小迅，你……你坐下。我知道，你这段时间受了不小的打击，也怪我太忙，没多关心你，你别难过，不就工作上那点儿破事吗，不值当！"

"鱼水，我们把婚礼办了吧？"

"婚礼？什么婚礼？你、你再说一遍……"

"你不一直想举行婚礼的吗？"

沈鱼水紧盯着王小迅，双手对搓着说："小迅你听我说哈，这停播整改，实在不算什么，这就一小坎儿，咬咬牙也就挺过去了。等你遇到更大的坎儿，再回头一看，嗨，这算什么呀，不值一提。所以，这……这婚礼吧，咱得风风光光、开开心心地办才好呀！"

"你不愿意？"

"哈哈哈，小迅你可真能装，你不就想再试探试探我，看我会不会趁着你危难之际来扰乱你的人生计划吗？哈哈哈，笑死我了。小迅，我跟你说呵，我……我沈鱼水绝对地、永远地支持你，你打到哪里，我就跟你到哪里，为你摇旗呐喊，加油助威！"

王小迅表情木然地看着表情夸张的沈鱼水，摇了摇头。

03

《非爱不可》停播整顿，节目组的一干制片人、导演们也清闲下来。罗书、黄争光合租的小院子地处小区边缘，不临马路，周边也没什么店铺，平时非常安静。此刻，罗书房间里的一只柜子开着门，他正将里面的东西一件一件地拿出来放在床上，铺了满满一床。全都是高档的女性用品，鞋子、包、香水、项链、文胸、丝袜……罗书一一拿起来检视，然后再依次码放到柜子里。

这些东西都是何珺放在他这里的。奇怪的是何珺只是一件件存放过来，却从没拿走过一件。罗书问过何珺这些东西为什么不用，被何珺训了几句，也就没敢再问。况且，这些东西是何珺的，罗书天天看着它们，就像天天陪在何珺身边，满足得很。

不一会儿，柜子已经塞满了，吴总送给何珺的那只爱马仕包怎么也放不进去，罗书使劲往里塞，可塞进去以后柜门却关不上了。罗书勉强关上柜子的门，拿过一张椅子靠上。做完这些，罗书满意地离开了屋子，牵上宠犬大可去了公园。

另一间屋子里，黄争光正在睡觉。卓乐走进来，看见黄争光正四仰八叉地睡着，嘴角还露着一丝笑容。卓乐想吓唬一下黄争光，便走过去一把掀开黄争光的被子。

黄争光正做着美梦，被卓乐猛地掀开被子，吓得坐了起来，看到卓乐笑嘻嘻地站在一旁，气不打一处来，怒吼一声："你干吗啊！神经病！"

"起来嘛，陪人家去宜家逛逛，不是说好的嘛。"

"不去不去！好不容易清闲会儿，我要睡觉！"黄争光扯过被子抱在身上，转身睡下，不再理睬卓乐。

"真没劲！你猪啊你？"

黄争光故意发出猪一般的打鼾声。

卓乐哼了一声，骂骂咧咧地出了房间，看到隔壁罗书的房门没关，一脚跨了进去。罗书不在，房间里却收拾得一尘不染。卓乐发现屋角柜门的缝隙里露出爱马仕包的一角，好奇地走过去，拉开抵在柜门上椅子，里面的物品"哗啦"一声倾泻一地。

"哇，金矿呀，爱马仕、宝姿……"卓乐瞪大眼睛，"哇，香奈儿、娇兰姬琪、古驰……"

卓乐翻出一只文胸包装盒，惊叹："哦耶，维多利亚的秘密！真的假的呀？"她拿出里面的文胸，在胸前比画着，转过身想找镜子，可罗书的房间里没有镜子。卓乐翻看商标："D罩，太夸张了吧，我只有A，用不上呀。"说着，将文胸小心翼翼地装回包装盒。

卓乐将地上的东西一一放回柜子里，最后，那只爱马仕包放不进去了。卓乐硬往里塞，那些东西又呼啦啦地倾泻下来，卓乐又放了一次，还是放不进去。"就该是我的！"卓乐将爱马仕背在身上，摆了几个造型，自言自语道，"罗书哥，我借用几天哈，反正你也用不着。"说着，卓乐背着爱马仕包出了罗书的房间。

卓乐挎着爱马仕，耳朵上戴着大大的高保真耳机，一摇三晃地来到单位。等电梯的时候，卓乐随着耳机的音乐哼哼着，时不时对着不锈钢电梯门扭捏几下包得紧紧的屁股顾影自盼。电梯门开了，卓乐走了进去。

正在电梯里的何珺一眼就看见了卓乐肩上背着的爱马仕包，揶揄道："哟，傍上款了？"

终于遇到个识货的，卓乐顿时兴奋起来，拍了一下爱马仕："怎么样，眼红吧？"

"切，姐洗澡用的都是纯牛奶，一小破包，瞧把你给嘚瑟的！"

"哼，我们家冲马桶用的还是皇家礼炮呢！"

"呵呵，不愧是王小迅教出来的，牙尖嘴利的，什么玩意儿！"

"不服气怎么着？"卓乐抬了抬下巴。

两人拌着嘴，电梯到了负一层，各自钻进自己的小车。

卓乐的奥拓在前，何珺的轿跑在后，相继驶出地下停车场出口。罗书突然蹿了出来，拦在卓乐的车前，卓乐一个急刹车，何珺差点追尾，也将车停下了。

卓乐探出脑袋喊道："你想死啊！"

罗书怒目圆睁回道："把包还给我！"

这时停车场的保安以及大厦里出来的人围了上来。卓乐摇下车窗。何珺也下车走了过来。

卓乐嬉皮笑脸地对罗书说："罗书哥，你有那么多的包，你又用不着，就借给我用几天嘛！"

"不行！还给我，赶紧还给我！"

"喊什么喊啊！一大老爷们，藏着那么多女人的东西，丢不丢人啊？"卓乐说着，又对围观的人嚷道，"哎，你们是不知道，他这人有毛病，尽收女人的东西，除了包包还有香水、丝袜、文胸……还有、还有内裤！你异装癖啊！"

罗书不再搭话，蹲下身去，撅起屁股，双臂用力将奥拓车的车头抬了起来，他边抬边喊："你还不还？还……不还？！"

"啊……救命！救命啊！我还……我还，还给你……"卓乐吓得脸都白了。

罗书猛一撒手，"咣"的一声，车头重重落在地上，发出一声巨响，围观者见罗书力大无穷，有人鼓起掌来。

何珺走过来，敲了敲卓乐的车窗，道："把东西还给人家吧。这就是你傍的款啊？笑死我了！"

卓乐将爱马仕包缓缓递出车窗，何珺接过，拉开拉链向下抖落，里面的口红、眉笔、零钱包以及钥匙、门卡等掉落一地，还有两包卫生巾。

"实话告诉你，这包是我给罗书的，他那儿的品牌也都是我送的！小样儿，在我面前嘚瑟什么！"何珺将包包递给罗书，"放好了！可别再让小蟊贼给顺手牵跑了！"

罗书忙赔笑："何、何姐放心，是我大意了，请你、请你原谅……"

卓乐开门下车，边哭边捡地上的东西："你还是不是个男的，你就不是个男的，要那么多女人的东西……"

"他是不是个男的我说了算，轮不到你！你算老几啊？"何珺白了一眼，又用手钩住罗书的脖子，故意把头靠在后者的胸前。罗书激动不已，一手拿着爱马仕，一手搂着何珺的肩膀，几乎晕了过去。

这时，后面已经排了一溜汽车，喇叭声响成了一片。大楼保安大叫："赶紧走，不管男的女的，都赶紧的！"

04

于静这几天有些亢奋，东跑西颠地张罗着王小迅的婚礼。她拽着王小迅走进一家婚纱商店，兴冲冲地帮她挑选婚纱，看了一件又一件。选好婚纱，又拖王小迅来到一家酒楼，翻看了个把小时的菜单。

王小迅无心恋战，跟于静打了声招呼，到街边拦下一辆出租车，于静追出门外，出租车已经驶出。于静站在街边，脸色有些难堪，怔怔地望着远去的出租车，深深地叹了口气。

此时，沈鱼水拎着一大堆食物，来到王小迅单独租住的公寓，把食物一件件地放进冰箱。王小迅回到家，也没说什么，坐在沙发里打开电视。

沈鱼水回头对王小迅说："我这段时间忙，也没大过来，顺道给你买了些水果、鲜奶、面包、鸡蛋什么的，你别忘了吃。对了，你叫我过来，还有什么事儿吧？"

"今天我跟于静去了趟婚纱店……"王小迅懒洋洋地说。

"啊，于静要结婚了，跟谁？"

"她是帮我去挑婚纱，有一件还不错，我挺喜欢。"

"……这样啊，这个于静，还挺多事。"

"你什么意思？"王小迅转过脸盯着沈鱼水。

沈鱼水吞吞吐吐："没，没什么意思。于静虽然是你最好的朋友，但，但于静心里到底怎么想的，你可能还不一定有我清楚。我跟你说呀，前段时间，于静单独找了我好几次呢……"沈鱼水把自己和于静谈话的情况向王小迅说了，但所谈的内容和立场，沈鱼水却没说实话。

"是你主动找于静的吧？于静才想出这些馊主意。"

"反正于静最害怕的就是你和马丰搅在一起。"沈鱼水辩解道。

"那你呢？"

"我？我无所谓呀！你做这个节目，有马丰帮衬着，我一百个支持，绝对不会像于静那样小肚鸡肠。就拿停播整改这件事情来说，马丰不是一直在两头积极走动吗？你放心，你就是不烦神，马丰也会全部搞定的，我的事就是他的事，我老婆的事更是他的事，否则怎么还能算我沈鱼水的好兄弟啊！"沈鱼水说得嘴滑，两只手也情不自禁地舞动起来。

"那好……说说我们婚礼的事儿吧！"

沈鱼水愣了下，把手里的遥控器往茶几上重重一放，生气地说："王小迅，你怎么回事，还没完没了了你！都说过多少遍了，我会支持你的工作，支持你的隐婚策略，你怎么还试探我呀！烦不烦啊！"

王小迅不解地看着沈鱼水。

"事不过三啊，这事就到此为止，以后你再要试探我，我可就要跟你计较了，"沈鱼水站起身来，"我看你也累了，早点洗澡睡觉，我走了。"

王小迅腾地站起来，冲进卫生间，"砰"的一声关上门，随手把门反锁上。她坐到卫生间地上，背靠墙壁，眼泪哗哗地流下来。

沈鱼水走到卫生间门口，敲了敲门，问："小迅、小迅，你怎么了？"

王小迅大叫起来："你走！你走吧！"

"小迅，难道你当真要……"

"臭美，谁要跟你举行婚礼，我一辈子也不会跟你举行婚礼！"王小迅抹了一把眼泪，可怎么也控制不住。

05

知道了沈鱼水拒绝办婚礼的事情，马丰气得不轻，把沈鱼水打了一顿，脖子也扭了，又被马丰"挟持"到王小迅住处。沈鱼水脖子上戴着颈托，捧着一大束鲜花，显得怪模怪样。

王小迅奇怪地问："你俩这是要干吗，演的什么戏啊？"

马丰捅了捅沈鱼水，示意沈鱼水说话。

沈鱼水有点尴尬地走上前，嗫嚅了一会儿才说："嗨，这些天我不是在想咱们的事吗，夜不能寐，快天亮的时候这才迷糊过去，这不就落枕了……"

王小迅转过头看着墙壁："拣重点的说。"

"这重点就是，虽然我知道你在考验我，但我还是想和你结婚，举办盛大而豪华的结婚仪式！我，我实在是经不起考验了。"

"呵呵，你就这么贱呀，要是在战争年月，你这式的可不就成叛徒了吗？"

马丰笑道："他肯定是叛徒，经不起考验。当然了小迅，这也是因为鱼水太爱你了。"

王小迅拉长了脸，指着沈鱼水道："我告你沈鱼水，我已经说过了，我这辈子都不会和你结婚，不，这辈子都不会有我们的婚礼了！"

马丰忙道："婚不婚礼的不重要，关键是你俩得把证给领了……"

沈鱼水有些尴尬，尴尬中似乎又有着某种轻松和解脱，他对马丰道："哥们儿，这你都看见了，不是我不愿意……"

"什么愿意不愿意，你得求！求婚求婚，那就得求，哪有你这样一被拒绝就打退堂鼓的？这可是对你考验的一部分，还不明白啊！"

沈鱼水转而面向小迅："小迅，我求求你了，嫁给我吧，我……我这就给你跪下，虽说男儿膝下有黄金……"说着，沈鱼水双腿弯曲，做出要下跪的样子。

"你就慢慢演吧，可别演砸了！"王小迅说着，转身进了卧室，"砰"的一声带上了门。沈鱼水慢慢站直了身体，瞅了瞅马丰，耸了耸肩："哥们儿，我已经尽力了，人家的确是铁了心，不愿意呀。"

"不对，是你拒绝小迅在先，她伤心了，这你都看不出来啊？"

"那我能怎么办？"

"你跪呀，有说跪不跪的吗？你就跪在这儿，跪一夜，明天小迅起来上班，看见你还跪这儿，她能不感动吗？没听说过慧可和尚立雪断臂的故事呀？好好学学，我走了。"

"哎，哥们儿，你可不能走！"沈鱼水急忙上前抓住马丰的胳膊。

王小迅又被马丰请了出来，一屁股坐在沙发上，气呼呼把脸侧向一旁。马丰给王小迅端来一杯刚泡好的茶，沈鱼水在一旁打开一把折扇，慢悠悠地帮王小迅扇着。王小迅没好气地说："你干吗，这是什么季节，你要冻死我啊！"

"这不是你生气了吗？调、调整一下气息。"沈鱼水一脸诌媚地说道。

马丰说:"小迅,不是我说你的,鱼水已经知错了,他那么做也是以你的事业为重,担心你在考验他。既然那不是考验,你真心实意地要嫁给他,那他还有不愿意的?这哥们儿做梦都要笑醒了。"

"谁说我那不是考验?"

"就算是考验,我说吧,你俩在一块儿也这么长时间了,还是把婚礼给办了吧,办了再考验,那也不晚呀。"

"马丰,这儿有你什么事啊?我们办不办婚礼你凑什么热闹,狗拿耗子!猫哭老鼠!"

"狗拿耗子是有点,猫哭老鼠值得商榷,虽然耗子就是老鼠……我如此苦口婆心的也是为王总你好呀,为你俩好,所谓旁观者清,这两人在一起总得长治久安不是?"

"说得还真动听。"王小迅把脸转向一边。

马丰继续絮叨:"这人生有规划是必须的,有规划才能有目标呀,有目标才说明有梦想,但也不能那么刻板是不是?总得根据实际情况进行必要的调整,要全面协调,可持续发展,这样你的梦想才能更好地实现……"

"少跟我油嘴滑舌的。马丰,你真想我和沈鱼水把婚礼办了是不是?"王小迅转脸对着马丰。

"是啊……这还用说。"

"那行,我的人生规划可以调整,但有一个条件。"

马丰顿了一下:"什……什么条件?"

"你和于静复婚,咱们四个一块儿办婚礼。"

马丰瞪大眼睛看着王小迅。

"咱们四个一开始就是一块儿的,来个皆大欢喜,圆满收官,也算是大团圆了。"王小迅咄咄逼人。

"我……我和于静是结过婚的,不像你们……"马丰一脸尴尬。

"那怕什么?结过婚可以再结一次嘛,跟我们没结过的比,你们更熟门熟路……我马上给于静打电话,让她过来,咱们四个一块儿商量商量。"说着,王小迅拿过手机。马丰赶忙阻拦,"别别别,小迅,说你们的事怎么扯我身上去了。这一码归一码，我和于静另当别论，和咱们现在说的事无关。"

"那我们的事也和你无关。"王小迅冷笑一声，对马丰说，"时间也不早了，你请回吧。"

"那……那好。"马丰赶忙起身，沈鱼水也跟着站了起来。

王小迅对沈鱼水道："你留下，他走。"

沈鱼水嗫嚅着，王小迅一瞪眼，"我什么我呀，难不成不办婚礼你就准备和我拜拜了？"

"没有没有，怎么会呢。"沈鱼水留了下来。

06

此时，何珺正兴冲冲地来到闺密朱凤群的办公室，一进门就从挎包里掏出一只文件袋，拉开拉链取出一份合同，放在朱凤群办公桌上，双手合十道："姐，这次你可得帮我，对我来说这是唯一的一次机会啊。"

朱凤群翻了翻合同，斜睨着何珺问："你的机会与这合同有什么关系？"

"我们公司的黄主任向我透底了，要想让我的方案上马，彻底打垮王小迅，就得带着广告来，姐，这事儿如果搁平时我也不会求你……"

"上次我不是跟你说了吗，我们公司全年的广告投放是早就定下的。"

"就不兴有个例外了？再说了，你已经答应我们赵总了……噢，我知道了，姐是因为和赵怀远的事没成不高兴了吧？咱们也可以倒过来呀，你先投广告，也是给他一个面子，让赵怀远觉得欠你的……"何珺说得眉飞色舞。

"别瞎扯，这是两回事。"朱凤群站起身来给何珺泡茶。

"怎么是两回事啦，姐，你肯定有办法，天底下哪有像姐这么聪明的女人，上次你让我把小张给换了，我还没来得及感谢你呢……姐你最疼我了。"何珺摇晃着朱凤群的胳膊。

朱凤群接过话头道："怎么样，效果还不错吧？"

"那是当然，姐出的主意嘛，现在大吉被我治得服服帖帖的，成天坐着我给他买的轮椅在院子里转悠，像个少年儿童似的，就……就像我儿子……

以后我和大吉结了婚，我们不要儿子也罢……"

朱凤群撇嘴道："人家的腿就不兴长好的呀，你真是个猪脑子！不是我说你，这又是忙节目又是忙男人，像个没头苍蝇似的，我都为你急。事情总得有个轻重吧？对咱们女人来说，什么最重要？不就是感情吗？你可别两头都弄砸了……"说着在何珺的脑门上点了一下。

"姐，你怎么这么说？"

"我是为你担心！还不趁冯大吉现在跑不了，赶紧把事情坐实了，到时候人远走高飞，你就哭去吧！换了我，哪儿有工夫想上位的事！"

"姐是站着说话不腰疼，你的事业做这么大……"

"这没感情忙，女人才会玩命儿忙事业的，你不懂啊！"

<h2 style="text-align:center">07</h2>

和肖真真失联后，沈鱼水一直心神不宁。想起肖真真说过在农村读中学时的往事，沈鱼水琢磨那里兴许能找到些线索，便决定实地走一趟。这天，沈鱼水背着旅行包，来到一所小镇中学的门前。两扇铁条焊制的大门看似完整，但一侧已经锈断，下面垫了两块砖头才勉强没有倒下。另一侧大门上开着一扇小门，敞开着。沈鱼水对着大门拍了几张照片，又伸出手臂，以学校大门为背景自拍了几张。

走进校园，校舍也已经破败不堪，沈鱼水走到一间已经废弃的教室前，伸头往里看了看，里面有几排泥墩，其中几个泥墩上还搁着落满尘土的木板，大概是课桌，墙面上挂着几张落满灰尘的宣传画。

从学校出来，沈鱼水溜达到小镇上。老街上几乎没人，两旁的房子也很破旧，沈鱼水边走边拍照。天色向晚，沈鱼水走进一家歌厅兼酒吧。酒吧里气氛嘈杂混乱，沈鱼水坐在一张桌子前独自喝着啤酒，一面听台上的人唱拉卡OK。一打扮艳俗的女孩儿走过来搭讪，沈鱼水笑了笑，没吱声。

女孩说："让你请我喝酒，你肯定舍不得……这样吧，我请大哥喝酒，大哥你给小妹一个面子。"

沈鱼水挥挥手道："不用不用。"

女孩对服务生说："上两杯血红玛丽。"

"真的不用，我还有事。"

"大哥，你就陪一会儿小妹嘛，就喝一杯，听一支歌。"

"那……那我的那杯我付钱。"

沈鱼水和女孩喝了起来。台上一直有人在唱歌，沈鱼水心不在焉地不时喝一口鸡尾酒。正喝着，路过的一个人撞了沈鱼水一下，一声不吭地走了，沈鱼水回头，女孩趁其不备，拿出一个小纸包，将里面的白粉要倒进他的酒杯中。

"你这是干吗？"沈鱼水一把抓住女孩的手。

"我、我没有干吗啊，给你加点糖精，酒不甜。"女孩慌张地说道。

"胡说！"沈鱼水抓住女孩，"你别走。"

女孩挣扎了几下，沈鱼水拿起手机准备报警。

"大哥，我求你了，我再也不敢了……"女孩说着啜泣起来，"我这也是第一次做，谁让我们家穷，我妈死得早，我和我妹是我爹一把屎一把尿地带大的，他……他也瘫了，我妹她还要上学，我要挣钱供她……"

"挣钱干什么不好，这是犯罪你知道吗？"

"下次我再不敢了，大哥你是好人……"

沈鱼水伸出手道："把剩下的药给我，再不能去害别人了，害人早晚要害己！"女孩掏出两包药交给沈鱼水，沈鱼水把药放进口袋，丢下一张一百元人民币，起身离去。

08

和朱凤群聊过之后，何珺就张罗着跟冯大吉举行订婚仪式，也没跟冯大吉商量，自作主张预订好一家会所，写请柬，发请柬，一切操办完毕，这才去找冯大吉，让张妈用轮椅推着他来到订婚现场。

冯大吉坐在轮椅上，西装革履，胸前别着红花。何珺也是一身精心打扮，穿着缎子旗袍，别着红花，推着冯大吉。张妈也穿着新衣服，帮何珺拿着包。一行三人从会所的酒店里出来。

会所院子里的草地上铺了一张长条桌，台面上放满鲜花、各式糕点、饮料、红酒以及酒杯、餐具。巨大的充气拱门上挂着"百年好合从始起——冯大吉先生、何珺小姐订婚仪式"。

何珺推着坐在轮椅上的冯大吉，从会所酒店的转门中出来，欢快的音乐声响起，不远处的水面上冒起喷泉，众来宾掌声不息。来宾有四五十人，马丰、王小迅站在后排，罗书扛着摄像机，忙前忙后地拍摄着。

何珺走到话筒前，清了清嗓子说道："感谢各位来宾！感谢你们在百忙之中前来参加我和大吉的订婚典礼！你们将见证今天这个幸福的日子，我和大吉的爱情长跑今天终于有了一个结果，七年了……"何珺说着，有些哽咽，眼睛湿润，泪水流了出来。众来宾鼓掌。

"对不起，我这是喜悦的泪水……"何珺用纸巾拭了拭泪水。

台下，王小迅看出了神。马丰瞅出端倪，揶揄道："怎么样，感人吧？"

王小迅回过神来，道："我们还是走吧，这何珺又没请我们……"

"她不请那是她的事，但咱们既然知道了，总得来一趟不是？特别是你王总，节目组的制片人，这可是何姐的大事儿。"

"咱来不是给人添堵吗？"

"你可别这么看，当时办《非爱不可》的时候你不是说吗，要以诚相待。"

台上，冯大吉正在给何珺戴戒指，何珺屈膝迎合着坐在轮椅上的冯大吉。

冯大吉说："我是残疾人，就没法跪了，亲爱的，你最好跪下，也照顾照顾咱。"

何珺瞪了冯大吉一眼，单膝跪下，冯大吉给何珺戴上戒指，何珺也给冯大吉戴上戒指。来宾鼓掌、喝彩。罗书始终盯着何珺拍摄，镜头几乎都要伸到何珺脸上去了。

台下，马丰对王小迅道："其实，你和鱼水也是可以先订婚的……"

"你说什么呢……也行啊，你和于静也订婚，咱们一起办。"

"小迅，你干吗总是撩上我呢，不是跟你说了吗，我和于静……"

"我就是摽上你了怎么样？你不办我就不办，要办我们一起办！"

"嗨嗨嗨，让别人听见，还以为咱俩要怎么的呢。"

"无聊！我走了。"王小迅说着，转身离开。马丰四下看了一眼，跟了过去。

仪式完毕，何珺离开了冯大吉，端着酒杯四处游走，向来宾们敬酒。罗书跟着她一路拍过来。何珺走到一僻静处，罗书仍对着她拍。

"你别老盯这我呀，多拍拍赵总他们，多拍点场面。"

"何姐，你不是说过要把冯大吉给辞了吗？"

"订婚不等于结婚，我随时可以把他给辞了。"

"那你干吗要订婚呢？"

"我高兴不行啊？别那么小心眼儿好不好？罗书，你是不是爱上姐了？"

罗书的脸涨得通红，结巴着说不出话来。

何珺倒是轻松："要是真爱上了我，就把姐订婚当成对你的考验，懂不懂啊？"

"何姐，你是说我是你的备胎？"

"我可没这么说……别老盯着我，多拍点花絮。"何珺端着酒杯离开。

罗书放下摄像机，摸出一瓶矿泉水，闷闷不乐地喝着。突然，他发现远处有两条狗打闹追逐着，拿起摄像机，边拍边跟了过去。

赵怀远和朱凤群各持高脚杯，正站着说话，两人都有些尴尬。

"小朱，谢谢你呀，现在我爱上了红酒，白的是一滴都不沾了。"

朱凤群莞尔一笑。

何珺走到二人面前，笑盈盈地说："哎呀，是您俩凑一块儿呀，我说谁聊得这么热闹呢，二位有多久没见了？"

"没多久没多久……不不，有一段时间了。"赵怀远忙接过话茬。

"赵总，我姐真够义气的，人已经向总部申请了给咱们的广告，姐姐说了，不是冲我是冲着您赵总的，她可是一个情深义重的主儿……"何珺笑嘻嘻地对赵怀远说道，又侧脸对朱凤群挤了下眼睛。

"朱总要投广告，那好啊，光灿传媒在深都卫视有好几档节目，我们一定争取最好的时段。"

朱凤群脸红了，对赵怀远说道："您别听她瞎说，这事儿是她……"

"姐姐。"何珺抓住朱凤群的一条胳膊，使劲握了一下，朱凤群没再吱声。和赵怀远、朱凤群打了个招呼，何珺又走到一伙企业家模样的人中间，其中有庞总、吴总等。

吴总满脸堆笑地说："何美人，咱们的事可得抓紧点儿，你那合同我已经签了。"说着用酒杯在何珺的杯沿上碰了一下。

何珺强颜欢笑："真的呀，吴总，您太够朋友了！什么时候我让人过去取。"

"那可不行，得你亲自来，咱们还得聊聊天不是？"

"也行，等我忙完这一阵……"

"我看今天最好，今天一过，你就是大吉的人啦，咱再约何仙姑就不方便啦！"吴总笑得浑身发颤，众人也哈哈大笑起来。

这时，张妈从草地的另一头向这边跑来，边跑边喊："何小姐！何小姐！冯先生他，他……"

散布在各处的来宾，被张妈的声音吸引，都转身或侧目看过来。

张妈跑到何珺面前，累得气喘吁吁："冯先生他……他……"

何珺有一丝不祥的预感："你小声点，大吉他怎么了？"

张妈着急地说："他走了……门口来了一辆小汽车，他就跑过去了……"

"大吉的腿好了？"何珺瞪大双眼。

"估……估摸着是好了，冯先生跑得可快了，我都没撵上。"

"快带我去看。"何珺花容失色。

何珺、张妈、罗书来到会所门口，只见冯大吉的轮椅倒在地上，旁边散落着几块石膏板。

何珺蹲着，抱着一块石膏板，顿时泣不成声。

罗书把摄像机往地上一放，说："何姐，要不要我去追这浑蛋？"

何珺摇了摇头说："不用了，他这腿一好，就追不上了。"

"那你赶紧给他打电话呀，让他回来。"

"打电话也没有用，我再也看不见大吉了，呜……"何珺哭出了声。

"他……他总要回家吧？"罗书挺着急。

"他不会回家了……我……我真希望他永远是个残废，站、站不起来……"

"那好办，何姐，我马上去，把冯大吉的另一条腿打断！"

"你敢！"何珺站起身，一把抓住罗书的手，死死地盯着对方，"罗书，你给我听着，以后万一、万一有一天你和大吉发生了冲突，只允许他打你，不允许你打他！"

"这……这……行，何姐，我知道了。"罗书一脸茫然。

♥ 13 我是你永远的备胎……

01

何珺再次去赴吴总的约，仍由罗书护驾。一路上，罗书沉默无语，何珺打开顶灯，拿出化妆包，对着镜子修饰、补妆，重又焕发光彩。

来到一桩独门独院的别墅门前，罗书把车停在门外的一片阴影里，通过车窗能看见别墅很高的院墙、铁门以及院墙上拉着的铁丝网。何珺欲开门下车，车门却被罗书锁上了。

"何姐，你还是不要去了。"

"那怎么行，来都来了……别扯淡，赶紧开门。"

"那我跟你一起去。"

"胡说什么呀，你去算是怎么回事？赶紧开门，我没工夫跟你废话！"

罗书叹息一声，打开门锁，何珺打开车门下车。走了几步，何珺停下想了想，转过身回到车旁，柔声对罗书说："你放心，我去就是拿下合同，他已经签了，完了就出来，不会像上次……过十分钟我没出来，你给我打电话。"

看见何珺走进别墅，罗书下了车，绕着别墅的围墙一路转过去，边走边观察着。只见别墅后部二楼上的一扇窗户透出暧昧的灯光，灯光映射出吴总肥胖的身影。影子拿着遥控器对着阳台的方向，窗帘自动闭合。

罗书脱下上衣，往围墙上一扔，衣服正好搭在围墙上端的铁丝网上。他后退几步，助跑，蹬上围墙，抓住衣服下面的铁丝跨过去，跳进院内。一条大狗见状，吠叫着奔过来，他模仿狗发出哼哼声，大狗不叫了，夹着尾巴凑过来嗅他。罗书一面学狗哼叫一面伸手抚摸大狗，大狗哼哼地回应着，一会儿翘起尾巴摇了起来，脑袋不停地在罗书的裤子上蹭来蹭去。

别墅楼上，吴总穿着一身真丝浴袍，浴袍的腰带松松地系着，赤裸的胸前露出稀疏的几根胸毛，下身穿了一条肥大的松紧短裤。何珺佯装没有看见，故作镇定地在沙发上坐下。吴总色眯眯的目光在何珺的身上来回扫了几次，说道："这儿不错吧？我也就周末来度个假，刚刚叫人收拾出来。"

"吴总，那合同……"何珺转过话题。

吴总没搭话，走到何珺旁边的沙发旁，顺手拿起何珺的手机，便抓起手机放进了裤兜。

何珺又惊又羞："你这是干什么？"

"何仙姑，今儿咱就别玩儿虚的了，合同我已经签好了，就在卧室的枕头下面，你要是想要就跟我过来拿。"

"你……你……"何珺羞愤难当。

"就算大吉的腿好了，想着来救你，我这儿可是壁垒森严，连只苍蝇都飞不进来，你就别指望了，哈哈哈哈。"说完，吴总转身进了卧室。

何珺不由自主地站了起来，犹豫了一下，跟了过去。

何珺站在门边，吴总走到床前，从枕头下拿出合同，向何珺展示。他翻至最后一页："你可看清楚了，这是我的签名，具有法律效力的。两百万啊，何仙姑，怎么的你也值了！"

何珺走过去抢合同，吴总后退，两人不禁绕床追逐起来。

吴总突然停下来："我干吗要跑呀！"说着，他将合同扔在床上，反身去抓何珺。何珺赶紧躲避，变成吴总追逐何珺。

何珺边躲便大声嚷嚷："你要干吗？你要干吗？滚开！滚开！"

吴总终于抓住了何珺，搂进怀里，何珺挣扎着。

"你这头猪，滚开！……放开！放开我！你不得好死啊！……罗书！罗书！"

突然，通向阳台的门"哗啦"一声被拉开了，罗书穿着运动背心冲进来。吴总大吃一惊，放下何珺。

"你……你……你是谁？"

罗书不由分说，一把抓住吴总，举过肩头就往阳台上面走。

"救命啊！救命啊！打劫了！……"吴总吓得大声叫喊。

罗书将吴总扛到阳台上，抓住对方的双腿，递出阳台栏杆。

吴总头朝下挣扎着，连连求饶："别别别……好汉，我求你了……我……我有钱……"

何珺也跟上了阳台，直叫："罗书，罗书。"

罗书似乎没有听见，何珺再次大喊："放下！你给我放下……不，不是，是放阳台里面来。"

罗书将吴总在阳台外抖了几下，吓得吴总一双肥手在空中不停地划拉。罗书把他拉回阳台，放下。吴总腿一软，差点瘫坐在地上，随即忙不迭地跑回房子里。

02

深都大街上，夜色弥漫开来，道路上车流涌动，街道两边的建筑上华灯初上，流光溢彩。罗书驾车穿行在大街上，何珺坐在一旁不停地抹眼泪。

"何姐，你别难过，总算没出事……"

"都怪你！到手的两百万都让你弄砸了。"

"何姐，这种钱我们不能要。"

"你什么意思啊罗书，什么钱呀，又不是我个人挣的，还不是为了公司……"何珺说着又哭起来。

"何姐，我不是这个意思……"

"那你是什么意思？……你们男人没一个好东西！"

又开了一段路程，何珺抹干眼泪，稍稍平静了一下说："罗书，你知道吗，我其实很高兴，有你跟着我觉得很安全……"何珺提高了嗓音，"两百万算什么呀，两百万能看见一个人的心！可惜，你不是大吉，唉！"

罗书没有搭腔。

"刚才你进去的时候，那院里的狗没咬你吧？"

"没咬。"

"那狗可凶了，都说狗仗人势，怎么会不咬你呢？"

"吴总……不，那浑蛋养的是公狗，我们家大可是母狗，可能我身上有大可的味儿吧，那狗闻着就老实了。"

"你骗人，我怎么就没闻见你身上的狗味儿？让我闻闻。"何珺侧过身，将脸贴在罗书的右侧闻了起来。

罗书咯咯地笑着，躲闪何珺。

"你这人真没劲，就……就是一根木头！"何珺回归原位，不再说话。

03

光灿传媒公司大会议室里，赵怀远、黄肃之、马丰、王小迅、刘子清、何珺等人以及公司的有关领导、编导一干人，正在观看整改后的《非爱不可》样片。

大屏幕上，舞台布置得更加亮丽，令人耳目一新。马丰正说开场段子："有位女士带着五岁的儿子去银行办事儿，那孩子有多动症，到了银行还以为是迪斯尼乐园呢，跑来跑去的，又蹦又跳，女士觉得特丢人，对着儿子大吼一声：给我脸冲墙，不准说话！银行里的人都给吓傻了，以为遇上打劫的了……"

众人笑。

画面上，马丰继续说着："咱们的节目停播整改了两期，今天之所以能卷土重来，说明大方向是没有问题的，当然了，我们会更加严格地要求自己，夹起尾巴做人，抵制所有的邪门歪道。但话还得说回来，也不能一有风吹草动就惊慌失措，该娱乐的时候咱还得娱乐，否则就会像银行里的那些人，被一个孩子吓尿了。"画面里的观众热烈鼓掌，一片喝彩声。

电视关闭后，赵怀远用手上的签字笔在桌上轻轻敲了敲，点评道："嗯，不错，有点四两拨千斤的意思。"

何珺站起身，猛地拉开椅子，招呼也不打，气呼呼地出去了。

散会后，黄肃之正坐在电脑前写着什么，何珺突然闯进来，劈头盖脸就问："主任，这到底是怎么回事？"

"小何，你进来怎么不敲门？"黄肃之理了理桌上一沓文件，漫不经心地说道。

何珺气呼呼地问："王小迅的节目怎么样片都出来了？"

"你问我，我问谁去？王小迅的节目不也是你的节目吗？"黄肃之抬头看了看何珺。

"不、不是主任你让我准备直播方案的吗？他们的那摊事最近我没掺和！"

"那你的样片做得怎么样了？"黄肃之打开一个文件夹，把那沓文件装进去，合上。

"主任，我那可是直播，筹备起来没那么容易，再说了，你不是说手上得有广告吗？广告跟着节目走……"

"那你拉的广告呢？"黄肃之站起身，把文件夹放进身后的橱柜里。

何珺无言以对。

黄肃之指了指沙发，示意何珺坐下，继续说道："我就说嘛，总不能整个节目中心都等着你，就是咱们中心能等，公司也不能等呀，就算公司能等，人家深都卫视也不能等。"

"王小迅的样片哪有什么整改啊，不就是换了一下舞台吗，这、这是欺骗观众！"

黄肃之从办公桌后走出来，语重心长地说："小何呀，你也别太灰心，《非爱不可》暴露出的问题始终是存在的……我向你透露一个消息……"黄肃之欲言又止。

"主任，你就别再忽悠我了。"

"什么话，我黄某什么时候忽悠过你……这回可真是一个机会，千载难逢呀。"

何珺看着黄肃之，黄肃之故意卖关子，停顿了一会儿，清了清嗓子道："赵总下周就飞美国，当地的华人商会希望《非爱不可》落地纽约，在他们那搞几期专场……"

　　"这和我有什么关系？"

　　"嗨，你听我说呀，赵总这一走，家里这摊子不就得我负责了？你继续拉广告，拉得越多越好，尽量争取主动。"

　　"我不懂。"何珺一脸迷惘地看着黄肃之。

　　"这很难懂吗？小何啊，恕我直言，你的目标不就是制片人吗？这连傻子都能看出来，直不直播并不重要……当然了，有的人的确不适合这个岗位，上任以后乱象不断，净惹事儿了。"

　　支走何珺，黄肃之来到赵怀远办公室，看见他正在几张劣质的毛边纸上写毛笔字，不禁道："赵总，你这写字也太节约了。"

　　赵怀远没搭理他，反问道："老黄，找我什么事？"赵怀远知道黄肃之一定有事，开口问道。

　　"也没什么大事，这不赵总要出访吗，咱们中心的工作到时候我向谁汇报？"黄肃之笑道。

　　"老黄，会上已经说了，大事保持联系，同时上报集团和董事长，日常工作就得你多操心了。"

　　"不向您汇报我还真有点不习惯……"

　　"看你说的，平时也没怎么见你向我汇报，呵呵……老黄呀，不是我说你，不要凡事都越级找董事长，怎么的你也是我的副手，管着一摊事儿，咱们应该互相配合，取长补短不是？好在目前咱们中心也没大事儿，《非爱不可》的整改电视台那边也很满意，目前的模板我看就不要动了。当然了，关键时刻该承担的责任咱们还是要勇于承担，好谋无断，必受其乱！"

　　"赵总你说得太好了，我来就是取经的，你这一走黄某肩上的担子重啊！"

04

因为不是清明，郊外的公墓冷冷清清。秘书小胡拎着一只大袋子，赵怀远怀抱一束鲜花，两人走向一块墓地。墓碑上写着"发妻丁文茜之墓／赵怀远率女赵苹果敬立"，上方镶嵌着一张死者的烤瓷照片，面容姣好。

赵怀远让小胡上车去等他，自己走上前去，在墓碑前献上花，从袋子里取出一瓶红酒和开瓶器，用开瓶器打开红酒，提着酒瓶绕墓碑一周，将红酒浇在地上。赵怀远举起瓶子，喝掉剩下的半瓶红酒，将酒瓶放在墓前，之后盘腿坐下，面对墓碑喃喃自语："文茜啊，整整五年八个月二十三天了！你是知道的，你活着的时候我是不好这些的，偶尔喝点，也都是白酒或者啤酒。你走以后我心里苦，就喝得多了，几年下来，这白酒喝了快有一吨了吧？别人碰上这种事是以泪洗面，我是以酒洗肠呀，呵呵，伤害了身体那是不用说的……最近几个月，我已经不喝白酒了，改喝红的了，今天来，就是要跟你说说我为啥会改喝红酒这事儿……我怕自己说不好，都给你写下来了。"

赵怀远起身，从袋子里拿出一捆写了字的草纸，开始一张一张地念。

"我亲爱的亡妻……"

赵怀远每念完一张草纸，就放进身边的一只铁桶里，铁桶里的草纸正在燃烧，烈焰熊熊。不一会儿，赵怀远念完了，站起身，用一根树枝在铁桶里拨弄着嘴里仍在喃喃自语："我是一名党员，按规矩是不应该给你烧纸的，但这不是纸，不是钱，是我给你的一封信，我都读给你听了，你再好好看看吧！"

铁桶里的火焰已经熄灭，赵怀远还在念叨："小朱是个好姑娘，合不合适你就给句话吧，咱不能耽误了人家是吧……我也不指望你能托梦给我，但你总有办法的，苹果要是再反对，这事儿也就罢了……"

照片上的死者似乎在微笑。赵怀远后退一步，三鞠躬。礼毕，赵怀远抬起头来看了看天空。

　　黄肃之正在办公室，有人敲门，黄肃之应了一声，何珺拿着文件夹推门进来。"哎哟小何，懂规矩了，这回知道敲门了。"黄肃之笑道。

　　"这不赵总去美国了吗，黄主任当家，得尊重您呀。"何珺乖巧地笑着。

　　"赵总不去美国你就……你就不敲门了？"

　　"敲敲敲！好了吧，真是的……主任您瞧，我给您带什么好消息来了！"何珺说着，把一份经由朱凤群介绍谈成的广告合同样放到黄肃之面前，"主任，这可是一个大单，咱们公司有史以来的第一大单，三千万！《非爱不可》的那个红蚂蚁保健汤独家冠名，也不过才两千万呀，还是人深都电视台广告部签的！"

　　"这事靠谱吗？"黄肃之翻了翻合同样本，用手指在上面敲了敲。

　　"怎么不靠谱，合同我都拿来了，就等您签字了。"

　　"我签什么呀，这么大的事得向董事长汇报，赵总那儿也要通知。"

　　"嗨，不是你说的吗，赵总一走，家里这摊子就你负责了？再说了，这又不是什么坏事，是好事，天大的好事呀！"

　　黄肃之沉吟片刻，对何珺说："你让我再想想。"

　　何珺急了："主任，这提成我也不要了，业绩就算您的，三千万啊，按公司的规定，百分之五，一百多万啊。"

　　黄肃之转了转眼珠，"我倒不在乎奖金，这关系到我们公司的收益……"说着抬起头盯着何珺，"对了，你干吗也不要提成啊？"

　　"我是有条件的。我的目标是制片人，而且是《非爱不可》的制片人，主任你说过，这是傻子都能看出来的，你还说过，有的人不适合这个岗位。"

　　"我也就那么一说。"黄肃之面无表情地说。

　　"主任你又忽悠我，这赵总人已经走了，你也当家了，我这广告也给你弄来了，而且还是这么一个大单！"

　　"不对不对，这里面肯定有什么猫腻……你就说吧，咱们谁也别忽悠谁了，从现在开始得以诚相见！"黄肃之站了起来。

"那好，这事很简单，广告我是拉过来了，但厂家点名要在《非爱不可》上做，王小迅肯定不会接……"

"这广告只要没有违规的地方，王小迅怎么会不做呢？"

"我不是说了吗，我跟她不对付。"

"那我就试试吧，但你得保证，广告的确没有违规之处。"黄肃之一脸严肃地说。"试什么呀，主任，这事如果要成就得这么办！王小迅是关键。"何珺脸都涨红了。

"那行，我去说。"

"主任你别忘了，我是有条件的。"

黄肃之笑了起来："放心放心，竞争上岗，能者优先，这不用你说。"

06

赵怀远来到纽约，趁工作还没开始，当晚去了妹妹家。

妹妹家的餐桌上摆满了中式菜肴，赵苹果的姑姑正在放碗筷。赵怀远和苹果的老外姑父威廉姆坐在桌边闲聊。

威廉姆举起一瓶茅台，用生硬的汉语对赵怀远说："大舅子，这瓶酒，是你送给我的，我没有喝，今天我还给你。"

"什么？还给我？"

苹果姑姑笑道："他的意思是还到你肚子里去。"

赵怀远哈哈大笑，用中式英语说道："Thank you, now I don't drink。"

"不可以不可以，你是舅爷，在中国，你是最高的客人，sorry，是最尊贵的客人。"

"知道的还不少，哈哈哈。But can drink red wine！"

"Ok，原来如此，你的女儿说，爱情让你已经变质了。"

"What？"

苹果姑姑翻译道："他的意思是变化……你俩烦不烦呀，会中文的说英语，会英语的说中文，瞧这别扭的！"

正说着，门锁响动，苹果开门进来，叫了声："姑姑，威廉姆，我回来了！"突然看见赵怀远，苹果将书包往地板上一扔，扑了过来。

"老爸，是老爸啊！你怎么来啦！也不事先打个招呼！"

威廉姆笑道："曹操跑步就是快，就是快！"

赵怀远搂住赵苹果，转身问威廉姆："你说什么？"

苹果姑姑道："他是说，说曹操，曹操到。"

"啊，有这么说的吗？"

苹果姑姑笑道："还不都是你这宝贝女儿教的嘛！"

几个人一起开怀大笑。

饭后，赵怀远和苹果坐在阳台上，俯瞰着纽约市的万家灯火。赵怀远的手上拿着一支高脚杯，里面是红酒，苹果则是一瓶可乐。

赵怀远感叹道："真美啊，你妈妈要是在就好了。你少喝点这种东西。"

苹果喝了一大口可乐说："她不是有接班人了吗？"

"又说怪话！你妈妈在我的心目中永远是第一位的。"

"那你心目中的第二位是谁啊？"

赵怀远看了苹果一眼："当然是你了，我的宝贝女儿。"

"那我就不和她争了，谁让她是我亲妈呢。"

两人聊了一会儿，赵怀远略作沉吟，对苹果说："爸爸这次来，一方面是因为工作，一方面是想找你聊聊……就聊爸爸为什么会改喝这红酒……"

"那还不是因为朱凤群吗？是她让你改喝红酒的吧，你还真听话……老赵，你就别转弯抹角的了，关于你俩，我已经改主意了。"

"哦？"赵怀远应了一声，有些兴奋地看着女儿。

"你也不容易，我这一来美国，你跟前连个说话的人都没有了，也没人照顾你的生活，男人嘛……"赵苹果语气像个大人。

"女儿到底是长大了，知道心疼爸爸了。"

"我还没说完呢，你可别高兴得太早……这朱凤群对你还不错，你俩玩玩儿可以，但你们不能结婚，我不同意！"

"什么话，什么叫玩玩儿。"

"爱玩儿不玩儿！我告你老赵，我只有一个妈，没有第二个！"赵苹果突然哭了，轻声啜泣着喊"妈妈"……

赵怀远无言以对，沉吟片刻问："最近你又梦见妈妈了？"

赵苹果点头："是啊，你没梦见？我妈在梦里说了，你和别的女人只能玩玩儿，不能结婚。"

"胡说，假传圣旨……"

"爱信不信，反正我妈就是这个意思！"

"哦哦……知道了，知道了……"

07

此时，黄肃之正约王小迅在光灿大厦休闲茶吧谈事。王小迅从黄肃之手上接过合同，仔细地阅读着。黄肃之边喝茶边观察对方。

王小迅看毕，抬起头来："主任，这合同您看了吗？"

"看了看了，三千万，这可是咱们公司有史以来最大的单子。"

"合同里有附加条款，您没注意？"

"什么附加条款，不就是正常在节目上做广告吗。"

王小迅念合同："自甲方投放广告的第一期起，乙方须保证《非爱不可》上的男女嘉宾包括主持人身着由甲方提供的统一服装，该着装至少保持一期，即甲方投放广告的第一期，和广告播放同期出现于节目播出时段。"

"哦……那就穿嘛，反正上节目的人都得穿衣服，穿什么还不是穿。"

"这可不行，会造成很大的不利影响。"

"小迅啊，这可是三千万呀！"

"八千万也不行啊，我不同意。"

"你这叫什么话？想想办法，就不能打一个擦边球吗？"

"这可打不了……主任，您也不想想，所有的人都穿厂家提供的衣服，你知道他提供的是什么？要是来个泳装、三点式，那咱们还不吃不了兜着走呀？再说了，赵总交代过，《非爱不可》目前的模板不要动，这也包括舞美、服装。"

黄肃之有点不耐烦了："把三点式排除在外不就得了，回头让他们把合同改一下。"

"不规范的服装多了去了，咱们防不胜防，反正这个广告我们不能接！"王小迅语气坚决地说道。

"你……你这是什么态度！"

"主任，你说这些都没用，我看还是向赵总和董事长汇报一下，看他们是什么意见。"

"要是他们同意了呢？"

"那《非爱不可》就接……"

黄肃之一拍桌子，站了起来："好啊王小迅，我看你是越级越成习惯了！赵总让你接你就接，我黄肃之让你接你就不接，你这不是成心和我过不去吗？我告诉你，赵总临走时交代过，中心的事由我全面负责，广告的事今儿就这么定了，你接也得接，不接也得接。还真把村长不当干部了！"

"主任，我不是这个意思，您别误会……"

"我有什么误会？这不是看人下菜碟吗……我告诉你王小迅，这单广告你必须接，至于怎么做，你们去想办法！出了问题还得你负责！"

王小迅也站了起来："既然如此，我也向主任表个态，除非您把我给撤了，只要王小迅还有一天是制片人，这个广告我们肯定不会接！我还有事，先走了主任！"说完，王小迅转身离去。

08

中午时分，办公区里的人都去吃饭了，何珺坐在办公桌前不知道忙些什么，罗书见何珺没走，也坐在座位上没动。等了好一会儿，罗书见她一直没有吃饭的意思，便邀请她一起去吃匹萨。何珺被合同的事弄得六神不定，一肚子邪火正无处发泄，便把罗书劈头盖脸训了一通。

罗书被骂得一头雾水，以为何珺又受了什么委屈，便问道："谁欺负何姐了？我去修理他！"

"王小迅欺负我了，你去啊，去找她呀！"何珺冲罗书吼道。

"是王总呀……何姐，她怎么你了？"

"我跟你说不着！"

罗书闷下头不敢再啰唆。

过了一会儿，何珺问罗书："你说王小迅这人有没有什么缺点、毛病？"

"缺点？毛病？我……我想不起来。"

"她在你心目中就这么完美吗？但凡是个人就有缺点，就有毛病，又不是什么神仙！"何珺撇着嘴说。

"嗯……王总这人和人有距离，就知道工作，原则性太强。"

"等于什么都没说……对她的背景你了解多少？比如人际关系、出身，和什么人走得比较近？"

"王总是深都大学毕业的，学的是电视编导专业，是何姐的学妹。"

"你这不废话吗？"

"再就是马哥和王总的关系比较好，马哥也是你们专业的。"

"废话废话！你能不能说点新鲜的？"

"对了何姐，你知道为什么马哥和王总那么好吗？王总的男朋友和马哥也是同学，一个班的。"

"不就是沈鱼水吗？这谁不知道，天天开个大奔来接王小迅，烧包呀！有什么了不起的，我们大吉……啊，呸呸呸！我提他干什么！"何珺说着，抑制不住激动的情绪，站起身摔门而去。罗书赶紧站起身，喊着何姐追了出去。

"何姐，就像你说的，这都是以前的老皇历了……"

"你倒是会学话。"

"何姐的话我都记得，你还说过，我是你永远的备胎……何姐，要不，我……我做你男朋友吧，保护你，不让别人再、再欺负你了……"

"你想趁火打劫？想什么哪！我何珺再找男朋友，再怎么不济，也不能比她王小迅差！那沈鱼水好歹也是个体面人，虽然他钱也没多得吓死人，但人有事业，是个出版家，长得不要太帅。你罗书有什么啊？要长相没长相，肥成这样，事业更不用谈，就知道在咱们光灿传媒混，能混出个什么名堂来？关键是你的这张嘴，平时说话连舌头都捋不直。"

"我……我……"

"我什么我啊！你要是能有那沈鱼水一半，我也会考虑考虑。唉，说来说去还是我命苦！"

罗书急了，张口便道："哼，沈鱼水有什么了不起的，他……他还约会节目上的女嘉宾呢！"

"什么？你说什么？"何珺转过身，抓住罗书的胳膊。

"没……没什么……我……我是说一个人不能只看表面。"

"你说什么了，就是说了！赶紧的，再说一遍……沈鱼水干什么了，快告诉姐！"

罗书没办法，只好把在大排档看见沈鱼水和李嫣争吵的事情告诉了何珺。何珺乐坏了，扑向罗书，在他的腮帮子上亲了一下："太好了壮骡！真有你的！"

"好、好在哪里啊？何姐，我比沈鱼水……"

"你比他那是强太多了！"

"那何姐你答应我做你男朋友了？"

"这事儿先缓缓，哥们儿，好好表现，姐是不会亏待你的！"何珺说完就跑向电梯，下楼去了。

14 世间最幸福的事，莫过于和心爱的人一起柴米油盐

01

很容易的，何珺便联系上李嫣，把她约到茶楼。说了几句闲话，何珺便把话题扯到沈鱼水身上，李嫣一囊鼻子："就一穷鬼，想占姐儿的便宜，装备都是找人借的，姐儿差点没上他的当……"

"穷鬼，不会吧，那男人很有钱的。"何珺疑惑地说。

"都蒙人的，说什么在媒体工作，离婚时分家就分出去一百多万，弄了一块劳诗丹顿的破表冒充江诗丹顿送给我，切，当我没见过世面啊！"

"李嫣，咱们说的不是一个人吧，上节目期间你就约会过这一个男人？"

"就一个，一共见过两次，第二次这小子终于撑不住了，领我去吃路边大排档，大奔也换了个破摩托，就是那不着调的名字没有换，马哈鱼，哈哈哈，何姐你说，这还是人的名字吗？"

"没准是他的网名呢。"

"不对不对，是马鱼，马哈鱼是我给他起的，他赌咒发誓他跟他爹姓马，鱼是他妈给他起的，都什么玩意儿！"

"马鱼，马鱼……"何珺沉吟片刻，"李嫣，你不觉得这个名字也是假的吗？"

"这我就管不着了，没钱没脸那可是真的。"

"你们吃路边排档那次，是不是碰见了我们公司的一个编导？"

"你不说我都忘了，那小家伙叫什么来着？他管马鱼叫哥，好像叫他什么郑哥，我想问他来着，他让我快走，当时不是要打起来了吗，那马鱼真不是个东西，不肯赔人钱……"

"你再好好想想，应该不是叫他郑哥，是叫他沈哥吧？"何珺兴奋起来。

"管他郑哥沈哥呢，反正不是个东西，跟谁姓都不知道。"

"嗯嗯……我明白了。"

"何姐，您找我就为打听这人？难不成他又去忽悠别的美眉了？不会是您吧？"

"没有没有，我也就随便问问，了解一下你的情况……这不我有可能接替王小迅，出任《非爱不可》的制片人，总得提前准备吧，物色合适的女嘉宾是我的工作……"

"何姐，您是说我还能重返《非爱不可》？"李嫣面露喜色。

"目前还不行，你的负面影响太大，等一段儿再说吧。"

"我能等，反正我现在也没嫁人，《非爱不可》上的男嘉宾毕竟比社会上的优秀……何、何总，我也会吸取教训的！"

"以前你台上的表现也并非没有可取之处，否则，我也不会想起你的……"

两人相聊甚欢，时而窃笑，时而交头接耳，只是各自心里打的算盘不一样。何珺心里乐开了花，暗自喜道："马鱼、马丰、沈鱼水，别以为穿了个马甲我就认不出你们来了。真正是人心隔肚皮，虚伪！肮脏！看我不把你那身皮给扒了，王八蛋！"

02

下班时分，马丰来到光灿大厦底层，跨上摩托，正准备发动，手机响了，是何珺打来的，他接通电话问何珺有什么事儿。

"不是说好的吗，下班以后咱们谈谈。"

"哎哟，您瞧我，都给忘记了，对不起对不起……何姐，有什么事不能在办公室里谈呀，今天我真的有事，还是明天办公室里见吧。"马丰想起下午何珺是跟他约了。

"马丰，我那是给你留面子！你别给脸不要，今天不谈你就后悔去吧，实话告诉你，不是我求你的事儿，你得求我……"

"何姐言重了，你求我那没问题呀，只要我马丰能做的，一定为何姐效劳，但我这人基本不求人，尤其是不敢求您何姐……"

"你就别跟我这儿牛皮哄哄的了，我看你是不见棺材不掉泪，我只说两个字，马鱼！马丰的马，沈鱼水的鱼，你好好琢磨琢磨吧！"

马丰一惊，迅速反应过来，假装信号不好："喂喂喂，喂喂……何姐，我听不清楚，信号不好，您说什么哪……"

合上电话，马丰把摩托车熄了火，靠在坐垫上，故作轻松地举着手机刷微信。不一会儿，何珺的车从后边开了过来，车到马丰身边，何珺撤下车窗，招呼马丰上车。

"还是你下车，咱们骑摩托走。"马丰嬉笑着答道。

"别废话，你没有讨价还价的余地，赶紧上车。"

"真没有余地？那我还就不去了呢，是你不敢坐我的摩托吧？"马丰作势往摩托车上一跨。

"死到临头你还嘴硬……行，我就将就一回，你也蹦跶不了一会儿了。"何珺把车开到附近的停车位上，下了车，拎着包走过来。

马丰举着手机拍何珺："何姐何姐，你得走在一条直线上，作为一个高贵的女人，任何时候都不要忘记自己的仪态……"

"哼哼，马丰，你也就只剩下一张嘴了，小伎俩！"

"待会儿我就要见识何姐的大伎俩了，好怕怕哦。"马丰跨上摩托，发动，何珺跨上后座，戴上头盔。

"何姐，您可坐好了。"马丰突然驶了出去，何珺赶紧搂住马丰的肩膀："你想死啊，慢一点，慢一点！"

马丰载着何珺疾驶而去，消失在傍晚的大街上，很快来到人流稀少的偏僻路段。车子仍然向前疾驶，风景却越走越觉荒凉。到了最后，除了马丰、何珺，路上已完全没有别人，马丰的车速也慢了下来。

"马丰，你这是要带我去哪里？"

"我估摸着，何姐肯定是要找个地方密谈不是？这儿再合适不过了。"

"你是不是经常带美女来这里幽会？"

"是啊，今儿我带的可是高贵的夫人……"

"谁是夫人啊，你说什么哪！"

"嗨，我这不是尊重您吗？您已经订婚，离冯夫人也就一步之遥。"

马丰把摩托车停下来，熄了火，何珺下车，两人面对面站着。

马丰正色道："现在说正题吧何姐，李嫣找过你了？"

"是我找的她。"

"何姐呀何姐，我还真是低估你了……说吧，你到底想干什么？"

"是我高看了你马丰！咱们还是别扯你们那下三烂的事儿了，多寒碜啊，真是知人知面不知心！"

何珺打开包，拿出合同样本递给马丰说："你先看看这个，看完咱们再谈。"

马丰扫了一眼："是不是那个三千万的事儿？王总已经跟我说过了，这事咱们不能玩……"

"她倒是什么都对你说呀，真是好搭档，就是不知道你背着她拉她老公下水……当然了，关系铁就是好办事……"

"你什么意思，想让我去说服小迅？说服她是完全不可能的。"

何珺催促马丰看合同，马丰抖了抖手里的文件说："怎么看啊，又没个灯！我又不是猫科动物，也不是猫头鹰，哪看得见！"

"你怎么就这么蠢呢，打开摩托上的灯不就行了？"

马丰只好打开摩托车灯，在大灯的照射下，马丰看合同。这时他手机响了，他走到一边接电话。听筒里传来沈鱼水的声音，似乎有些喝高了的样子："哥们儿，这都几点啦；你怎么还不到？"

马丰压低声音："我有事，回头再说。"

"你也太不够意思了，有事也不说一声，我这不打电话你就不来了？"

"打了电话我也不能来。"

"嗨，你是故意放我鸽子啊……哥们儿我这不是多日不见，想你了，也有一肚子的话要说，就是陪哥们儿喝两口，又能耽误你什么大事儿，这小迅她也忙，你俩是不是在一块儿呀……"

"鱼水，你这脑子里成天都想些什么哪！"马丰意识到自己的激动，再次降低嗓门，"我真的不能跟你多说了……"

"你没跟小迅在一起，那跟谁在一起呢？什么事能有和哥们儿在一起喝酒重要啊……"

马丰怒道："我跟谁在一起你管得着吗！喝喝喝，喝死了倒省心！"马丰挂了电话，想想不对，又拨了回去："你待在饭店别动，待会儿我来找你。"说完，马丰再次挂了电话，在摩托车车灯的照射中，继续看合同。

何珺的脸上露出一丝冷笑。

马丰看完合同，合上递还何珺说："我还是那句话，让我去说服王小迅是不可能的……何姐，不是我不愿意去，是说了也没用。"

"谁让你去说服她了？她那人是听劝的吗？"

"那你要我干什么？"

"很简单，上这广告的第一期，让王小迅别来《非爱不可》的录制现场就可以了。"

"她、她是节目的制片人啊，我有什么理由能让她不来？"

"这我就不管了，要不，你找那个沈鱼水合计合计去？你俩不是一向配合得很好吗？绝佳拍档，不分彼此，穿一条裤子都嫌太松。"

"我要是不答应呢？"

"那就不能怪我了，我得去找王总提个醒儿，虽然咱俩平时不大对付，但作为女人最能了解女人的苦衷。"

"好了好了，何姐，看来你真不是什么夫人，整个儿一个妇人，妇女的妇。"

"你什么意思？"

"没听老话说吗，最毒莫过妇人心。"

何珺扑哧笑了："没问题马丰，今天我就让你占一把嘴上的便宜。"

03

整整一个上午，沈鱼水心绪不宁，坐在办公室有一搭没一搭地在电脑上翻看着他小镇之行拍摄的照片。这时手机响了，他一边看着电脑上的照片，一边接听电话。电话是马丰打来的，告诉沈鱼水下午要录的这一场，三点半开始走台，小迅这会儿还在办公室里。

"你放心，待会儿我就过去，把她给弄走……你就放一百二十个心，一切都在哥们儿的掌握之中。"说着，沈鱼水放下手中的鼠标。

"你这人就是这点好，不管干什么坏事儿，都自信满满的……沈鱼水我可告诉你，这回要是把事情办砸了，我可再也救不了你了。"马丰警告沈鱼水。

沈鱼水对着电话不无抱怨地说："虚伪了不是，这也是在救你自己呀……"

放下电话，沈鱼水看了看表，时间尚早，又浏览了一会儿照片，这才拿起车钥匙离开办公室。

来到光灿大厦对面的马路边，沈鱼水把车停下，一边打电话一边向大厦出口张望。见王小迅走了出来，沈鱼水放下手机，举起手臂挥舞着叫道："领导，领导！"

王小迅从光灿大厦出来，过街来到沈鱼水车边："你哪根筋搭错了，这大中午的……"

"接领导回家吃午饭呀。"

"我什么时候回家吃过午饭？你又什么时候中午来接过我？演的哪一出呀？"

"嗨，你不是说我整个人都变了嘛，我得洗心革面重新做人，对夫人，不不，是对女朋友好呀！"沈鱼水招呼王小迅上车。

王小迅说："我不回去，下午就要录节目，我正忙得屁股不沾板凳，哪有时间回家吃饭……"

"吃饭能耽误多少时间？吃完了我再把你送回来不就得了，在哪你不总得吃饭？我做都做了……"

王小迅上了车，沈鱼水一踩油门，车子蹿上大街。

这厢，马丰躲在光灿大厦一楼角落里，眼看沈鱼水汽车开走后，拨通何珺的手机。

"何姐，王总已经走了。"

"走了？不会再回来了？"

"这我怎么知道？反正现在人已经走了。"

"那行，有情况随时向我报告！"

"你整个接管了《非爱不可》，成咱的制片人了。"马丰边说边用鞋底在地下蹭了蹭。

"我没工夫跟你废话！"

《非爱不可》办公区里，何珺放下电话，招呼胖女编导和长脸女编导："人走了，赶紧的，去拉衣服！"

胖女编导问："谁走了？拉什么衣服啊？"

"你怎么就这么蠢呢？王小迅走了，去服装厂营销部拉衣服……哎，别忘了把男女嘉宾的尺寸带上。"

胖女编导和长脸女编导王玲玲准备向外走，又被何珺叫住："算了，还是让别人去吧，把罗书给我叫来。"

胖女编导说："何总，那得你叫呀，我们叫不动他。"

"就说我叫他的不就得了？效果不是一样的？也不动动脑子！"

04

回到沈鱼水住处，只见饭桌上摆着清水河虾、油爆虾、香辣虾、虾仁炖蛋等各种方法烹饪的河虾。王小迅、沈鱼水坐下吃饭，沈鱼水不断地给王小迅夹虾子，还亲自剥壳，递到王小迅嘴里。

"我现在是想通了，世间最幸福的事，莫过于和心爱的人一起度过柴米油盐的岁月。就像咱们现在这样，你说是不是？"沈鱼水嘟嘟囔囔地说着。

"算你明白。你说这人吧，小时候，幸福很简单，一块糖果就很开心，长大后，简单才是一种幸福。"

"小迅你说得太好了，来来来，再尝尝这个。"

"嗯，味道不错，手艺有长进。别只让我吃，你也吃啊。"王小迅指着盘子。

"我吃我吃。哎，小迅，如果有人伤害你，你多久会原谅他？"

"什么意思？你是不是干了对不起我的事？"

"没没没，哪能呢，我就是这么一问。"

王小迅用筷子敲了敲碗沿："告你啊沈鱼水，原不原谅伤害我的人，是上帝的事，我呢，只负责送伤害我的人去见上帝。"

沈鱼水咽了口唾沫："呵呵，多吃点多吃点，吃完下次咱再去那地儿买。"

"嗯，你也吃。"

沈鱼水又往王小迅碗里拨了好多虾子："上次我吃得比你多，今天你一定要补回来！"

吃了一会儿，王小迅两眼迷茫，手里的筷子渐渐停了下来，痴痴地看着沈鱼水："你……你……你是马丰。"

沈鱼水吓了一跳："你说什么？我是马丰？"这时沈鱼水突然反应过来，忙道："对，对对，我是马丰，马丰就是我……你……你一直喜欢我的吧？"

"马丰，马丰啊……"

沈鱼水点头如捣蒜："我是马丰，小迅，我喜欢你，我一直喜欢你。"

沈鱼水站起身，一只手向王小迅伸过去。

王小迅惊呼："别过来！你是鱼水的好哥们儿……"

"那又怎么样？他又不在这儿，咱们两相情愿……"

"别过来！我是不会背叛鱼水的！"

"嗨，你就别装啦，机会难得，咱们、咱们今天就把事儿给办了……"

沈鱼水上前楼住王小迅，强吻对方，王小迅挣扎着，"你要死啊！滚！"
王小迅挣脱出一只手，"啪"地给了沈鱼水一耳光，"马丰你真不要脸！敢欺
负我！"

这一巴掌打得真切，沈鱼水腾地立起身来，捂着脸颊，一时不知是喜是
忧。低头再看，王小迅已经趴在桌子上睡着了。

"这药还真有点劲儿。"沈鱼水嘀咕着，将王小迅抱进卧室，放在床上。

05

节目录制现场，走台尚未开始，马丰领着何珺、黄肃之过来，后面跟着
胖女编导和王玲玲。黄争光迎上去，看了看这帮人，问马丰："马哥，王总
呢？打她电话也不接。"

"王总今天有事儿。"

何珺对各位编导说："大伙儿听好了，王总临时有事儿，今天这期节目
由我负责，黄主任也亲临现场坐镇指挥，咱们鼓掌！"

大家莫名其妙，掌声寥落。

黄争光大声说："这怎么回事？政变啊？"

"就你废话多！"何珺瞪了他一眼，又转向其他编导，"下面咱们一切听
黄主任的，黄主任叫咱们干什么，咱们就干什么。"

黄肃之轻咳了一声说："我对具体情况也不熟悉，你们还是按照老规矩
来，其实也没有什么，就是换身衣服……"

何珺干咳一声："主任，别跟他们啰唆，穿衣服的是嘉宾和主持人，有
他们什么事儿啊？"

黄争光叫道："你不穿衣服？那你这一身是什么玩意儿？画皮啊？怪不
得这么妖怪呢，哪像是人穿的！"

众编导哄笑起来。这时，罗书扛着一只大纸箱过来，走到跟前，将箱子
扔在地上说："何姐，衣服来了。"

"扛后台去，这又不是换衣服的地儿。"何珺吩咐说。

卓乐想看看是什么衣服，奔过来准备打开箱子，被何珺拦住了："去去去，有你什么事儿！大伙儿都散了吧，该干吗干吗去。"

罗书扛起纸箱，大步向后台走去。何珺加快步伐跟上来，"罗书，以后当着人面别叫我何姐，要叫何组长。"

"哦，何、何组长。"

"这会儿没别人，你可以叫姐。"

"知道了，何姐。"

节目开始正式录制，马丰身着宝蓝色对襟盘扣锦缎中装，一身富贵相，刘子清衣服的样式和马丰一样，只是颜色为深棕色的。

马丰正声道："这里是深都卫视大型生活服务类栏目，红蚂蚁保健汤《非爱不可》节目现场，我是主持人马丰，这位是特邀主持人刘子清教授，欢迎大家的到来！".台下响起掌声。

马丰继续道："下面有请三十位美丽动人的女嘉宾！"

音乐声起，乃是《夜上海》的旋律，女嘉宾登场，一律身着民国风改良版旗袍装，无袖，下摆及膝，且有很高的开叉。女嘉宾们面对镜头各摆pose，扭腰送胯，大腿纷飞，乱花渐欲迷人眼。

刘子清在秀他那身衣服，嘴里嘀咕着："俗话说得好，人靠衣服马靠鞍，我刘姥姥穿上这一身，都不知道怎么说话了……不过我还是觉得少了样东西，要是有顶瓜皮帽那就齐了！"

"我早就给您准备下了。"马丰说着，变魔术似的拿出一顶瓜皮帽，亲手给刘子清戴上，"刘教授，您这瓜皮帽一戴上知道像什么吗？"

"像什么？"

"地主老财啊！"

台下哄堂大笑。

马丰继续道："所以说，这衣服还得看什么人穿，我穿这一身，那就是潜伏在敌人内部的地下工作者！"

06

到了傍晚，王小迅终于醒来，发现身边躺着沈鱼水，腾地坐起，不禁头晕目眩。王小迅用力推了推沈鱼水，沈鱼水依然酣睡不醒。

王小迅看了下手表，急惶惶地穿上鞋子，摇摇晃晃地开门离去。来到光灿大厦一楼电梯口，王小迅一只手托着脑袋，脚步还是有些晃悠。

电梯门开了，卓乐从电梯里出来。

看见王小迅，卓乐叫道："姐你跑哪儿去了，怎么才来，节目都录完了。"

"录得怎么样？"

"还算正常，就是、就是嘉宾的服装显得怪怪的。我还有个饭局，先走了。"卓乐说着便离开了。

王小迅走进办公区，马丰、何珺、罗书等人尚在。只听见何珺有些兴奋地说："走走走，吃饭去，今儿个大家都辛苦了，我请客……"看见王小迅，何珺笑嘻嘻地快步迎上去说："王总你怎么来了？马丰说你今天有事儿。哟，看你这样子，像是病了吧？脸色那么差，赶紧医院呀！节目都录完了，你还过来干吗？"

王小迅虚弱地摆摆手："你把下午录的毛片拿过来我看看。"

罗书说："王总，毛片送剪辑室了，录得可好看了，你等着，我去拿……"

何珺狠狠地瞪了罗书一眼，拉了一下他的胳膊说："我说你怎么越来越没眼力见呢，没看见王总病了吗？走路都打晃。"

王小迅一摆手："我没病，快给我拿毛片！"

罗书看看王小迅，又看看何珺。何珺朝罗书直使眼色，罗书会意，挽住王小迅说："王总，我还是带您去医院吧，回头再看片也不迟！"

罗书架着王小迅往外走，王小迅挣了几下，被罗书用力挽住，就这么被罗书连拉带拎地架了出去，任凭她怎么喊也没用。

第二天上午，刚从美国回来的赵怀远和王小迅一起在办公室看片。赵怀远眉头紧蹙，神色凝重。看到半截，赵怀远气得把手里的遥控器"啪"地往桌上一拍，气呼呼地问道："小迅，这就是你们录制的节目？这，这不是找

/244

死吗？"

"赵总，原来的文案不是这样的，就是一期很正常的节目，偏巧昨天下午我不在，没承想……我也是今天一早刚看到毛片，感觉问题严重，就赶紧来向您汇报了。"

"你不在？这一期节目是谁负责的？"

"我，我当时还没来得及安排……"

"是不是何珺？"

"是，不过昨天下午，听说黄主任也到录制现场了。"

赵怀远握紧拳头在桌上敲了一下说："你去给我问清楚，问清楚了再来向我汇报。有违规操作的，这回一定要严肃处理，绝不姑息。"

王小迅面色凝重地回到办公区，大家都去吃午饭了，只有马丰还在。马丰见王小迅有些疲倦，便道："王总，你这一上午风风火火的，快坐下歇会儿，你看你……"

王小迅一抬手，马丰止住话头。王小迅两眼紧盯着马丰问："我问你，昨天下午录制的节目到底是怎么回事儿？"

"哦，正常录制，正常录制，整个过程还算顺利。"

"我没问你过程，我问的是内容！"

"内、内容也还行啊。当然了，也不是一点瑕疵都没有，不过问题不大……"

王小迅扶着桌子："你不想说实话是吧？我还懒得问你呢……卓乐！卓乐！黄争光！"见无人应答，王小迅更气了："一个个儿的都一个样，有本事闯祸，出了事儿就成缩头乌龟了！"

"王总，不关他们的事，当然了，也没什么大事儿……"

"你还想弄出多大的事儿？"王小迅侧着头盯着马丰，"我问你，你到底知不知道何珺要弄那些个衣服来？在这件事上你到底扮演的什么角色？"

马丰把手一摊，装出一副无辜的样子："小迅啊，天地良心，我也是事到临头才知道。这衣服一到，我也觉得有点不合适，动静确实是大了点儿……"

"那你怎么不打电话给我？"

"我让争光给你打了呀，你照死不接，不信你查查你的手机，打了还不止一个呢……"

"那你就跟着起哄？找不到我不能找其他领导吗？"

"领导就在现场啊，黄主任亲自坐镇，我也就没多想……王总息怒，息怒，我承认我有错，是我软弱、怯懦，没能坚决抵制……"

"你干了什么心里有数，我王小迅不是那么好糊弄的！"王小迅指着马丰的鼻子，"我问你，这沈鱼水早来晚不来，为什么偏偏在要录制的当天颠颠儿地跑来接我回家吃午饭？"

马丰有些结巴，晃了晃脑袋："那……那得问鱼水了……"

"我当然要问他，你以为我不会？"

"鱼水那也是心疼你，怕你不好好吃饭……"

王小迅懒得听马丰唠叨，扭头便走。

07

节目录制完成，黄肃之非但没有大功告成的感觉，反倒隐约有某种不安，空气中仿佛能嗅到一股火烧火燎的味道。此刻，他正焦躁地在屋里转着圈。忽然有人敲门，黄肃之赶忙跑去开门，是何珺。黄肃之伸头看了看外面的走廊，见没人走动，这才缩回来将办公室的门反锁上。

"主任，您这是干什么？想潜规则我呀？"何珺轻松地笑着。

"哎呀都什么时候了，你还有心情开玩笑。赵总回来了，谁也不见，一个人关在办公室里。我听司机小胡说，赵总冲王小迅发了一通火……小何，这事儿看来不妙呀。"

"那不太好了，王小迅这回吃不了兜着走！"

"话可不能这么说，这单广告是你一手经办的，而且你又是这一档节目的直接责任人……"

"责任人怎么了，我又没干坏事儿。"何珺伸手拿了一张报纸，半仰着面孔，在脸上扇了扇，"主任！您可别忘了，客户我已经交给您了，合同是您亲自拍板签的，怎么的，有好处你拿，出了事儿让我背黑锅啊？有你这么当领导的吗？"

"别、别说得这么难听嘛，我请你来，不就是找你商量嘛。咱们得想个万全之策……我有个想法，你抢在头里，写一份深刻的检讨，把责任给揽下来……"

"你是不是吃错药了？让我承担责任？"何珺眼睛瞪得更大了。

"小何你听我说，这承担责任的是什么人？什么人一般必须承担责任？"

"制片人啊？"

"可不是嘛，这王小迅看来是干不成了，你这一承担责任，那制片人还不就是你的？再说了，这期《非爱不可》也的确是你一手操办的。"

何珺翻了翻眼珠说："那不行，至少我现在还不是制片人……"

"你怎么就听不懂呢！你主动承担责任，逼王小迅下台，那你不就成了制片人？"

何珺有点蒙，黄肃之这套七拐八绕的逻辑她一时还想不透，说了声"让我想想"，便离开了。

何珺一出门，黄肃之长长地吐了一口气，打开音响，传出京剧《定军山》的唱段，黄肃之跟着哼唱起来："斩关夺寨功劳大，军师爷不信在功劳簿上查一查，非是某黄忠夸大话……"唱到这儿，黄肃之不禁有些得意，"谁说我脑子不好用？哼，这就叫作急中生智！哈哈……"

回到办公区，何珺把黄肃之讲的那通理颠来倒去地琢磨了半天，似乎明白了，又似乎觉得哪儿有些不对，到下班时分，觉得还是有道理的，于是嘱咐胖女编导、长脸女编导先回去，两人问何珺还有什么活儿，可以帮着一起干，何珺说："我要写检查，你们帮不了。这次录的节目，赵总很不满意，连片子都不让剪了。我要写一份情况说明，附上检查交上去。"

长脸女编导诧异道："这不是王小迅的事儿吗？要写检查也得她写呀，怎么赖你头上了！"

"你知道什么，这检查不是什么人都能写的，你得有那个资格，王小迅没有这个资格，你们更没有！去去去，赶紧走，别在这儿给我添乱！"

08

当晚，沈鱼水来到王小迅的住处，做了几道王小迅喜欢吃的菜。忙活了半天，把菜做齐了，腰上扎着的围裙也没解下，在王小迅对面坐下。王小迅没动筷子，静静地坐在餐桌旁，眼睛直愣愣地瞪着沈鱼水。

沈鱼水强装镇定地说："看着我干吗？我知道自己长得帅，可也不能当饭吃不是，哈哈，赶紧的，趁热吃。"

"你别跟我套近乎……姓沈的，我问你，昨天是怎么回事？"

"昨天？昨天没什么呀……"沈鱼水不敢看王小迅，伸出筷子夹了一块盐水鸭放进嘴里。

"你就装吧！从来你也没接过我回家吃午饭，为什么恰恰在我要录节目的时候颠颠儿地跑来了？是不是马丰跟你串通过的？"

"嗨，哪能呢。不就是因为家里有虾子吗，马丰想吃都不让他吃。"

"吃了河虾我就睡过去了，连录节目的事儿都忘了，这又是怎么回事？"

"小迅啊，你这是太疲劳了，平时工作加班加点，跟玩儿命似的，这一吃饱了就顶不住犯困，所以也就要睡午觉了……"

"别跟我胡说八道，我哪天不吃午饭？哪天睡过午觉？你说，你到底对我干了什么？"

沈鱼水转移话题道："哦，对了，我还没有问你哪，你昨天怎么把我当成马丰了！"

"什么？"

"你跟我马丰长马丰短的，还说你喜欢过我！"

"废话，我不喜欢你喜欢谁？"

"你把我当成了马丰，然后才说你喜欢我，也就是说你喜欢的是马丰！"

王小迅的眼前依稀浮现出吃了河虾以后情形，不禁有些心虚："你……你胡说八道！"

"你再想想……我就不跟你计较了。小迅啊，这两口子之间的事，就得大事化小、小事化了，否则这刨根问底的，那日子还怎么过啊！不是我说你，你对工作认真不肯服输的精神没错儿，但不能用在生活里。生活那是什么？那就是一门艺术，艺术啊，你得小心翼翼地对待它，才能体味其中的境界。"

09

黄肃之有点心神不定，总觉得要出事了，恰好这时，被通知去赵怀远办公室。走进赵怀远办公室，只见赵怀远一脸怒气。

"糊涂，一塌糊涂……老黄啊，有你这么当领导的吗？怎么能让下面的人擅作主张！……我不在，还有集团，还有袁总……你怎么……你说这该怎么收场！"赵怀远站在黄肃之对面，声音大得让黄肃之心颤。

黄肃之垂手而立，不断点头，唯唯诺诺。

赵怀远叹了口气，回到办公桌后坐下："这样吧，你去深都宾馆一趟，袁总这两天在那儿开会，你去向袁总说明情况，解释解释，公司也会尽快拿出对相关责任人的处理意见……"

黄肃之连忙点头应诺。

赵怀远叮嘱说："解释的时候，不要避重就轻。小孩子们不懂事，你是老同志了，咱们还要保护年轻人的积极性嘛，不能推卸责任！"

"是是是，赵总，我按您意思解释……"

"这两天就不要接待什么老朋友了，老朋友，一辈子，不是得天天见的。还有，你不要开车去见袁总，低调一点，才显得态度诚恳……"

"赵总，我本来就不开车。"

"也不要用公司的车，最好蹬自行车去。"

"自行车？我已经有十几年没、没骑过了。"

"你不是去谈判的，更不是去赴宴，骑车显得低调，容易取得领导的谅解和同情嘛。"

"是是是，那我骑车去，骑一辆破点的自行车。"

从赵怀远办公室出来，黄肃之不敢耽误，问了几个人，终于从门卫一个小伙子手上借到一辆破旧的自行车，拎上公文包便上路了。

慢车道上，黄肃之吃力地蹬着，不时地挥去额头上的汗水。上坡的时候，由于用力猛了点，突然"咔吧"一声，车的链条断了。黄肃之下车，查看了一番，无奈地踢了自行车两脚，只好推着车继续前进。

到了深都宾馆，黄肃之找个墙旮旯儿停好车子，走进宾馆大堂。他看见袁总刚跟一中年人在大堂握手话别，赶紧气喘吁吁地迎上去，满脸堆笑地说："您说巧不巧，袁总啊，我生怕您开会没空搭理我，那我该怎么解释啊。"

袁总看了看黄肃之道："你要解释什么？来来来，咱们坐下，你好好解释解释。"说着，两人坐到大堂的咖啡座上，只是未点饮料。

袁总听黄肃之不着边际地唠叨了一会儿，说道："说了一通，我还是没弄清楚你到底怎么回事。你的问题究竟在哪里？你给我解释解释？"

黄肃之苦着脸说："袁总，自打您从深都卫视出来，下海创办光灿传媒，老黄就义无反顾地跟您出来了，这么些年来，就是没有功劳，也有苦劳，没有苦劳，也有疲劳，没有疲劳，也有……"

"行了行了，什么劳不劳的，说了半天快成话痨了。你说，你到底是嫌待遇低了，还是对职位不满意？"

黄肃之连连摆手："都满意，都满意，袁总待我不薄，肃之心怀感激，这次都怪我，怪我……唉！要我怎么说呢！"

"你看你看，说来说去，全是虚词，一说到关键点上，你就跟我打马虎眼。"

"不敢不敢，袁总，我实在口渴得厉害，咱要点喝的吧？"

"好啊，你请客我就喝！"

"我请我请，当然得我请。"

"那好，你现在肥得很嘛。服务员，来两杯饮料，要最贵的。"

黄肃之紧张地看了服务员一眼，又难为情地看着袁总说："袁总，关于这个肥不肥的问题，您得听我好好解释解释。这次的广告，完全是那个何珺……"

10

赵怀远正在批阅文件，王小迅敲门进来，也不说话，将写有"辞职信"字样的信封放在赵的办公桌上，然后转身对赵怀远鞠了一躬，准备离开。

"你给我站住！你以为这是哪儿呀，想来就来，想走就走？一声招呼都不打？"赵怀远放下手中的文件。

王小迅背对赵怀远说："我要说的都已经写在辞职信里了。"

"你倒是挺自觉的呀，就这么把自个儿给处理了？没那么便宜！"

王小迅转过身。赵怀远训斥道："我让你弄清楚情况，给我拿出对策，你倒好，给我玩起辞职来了……"

正说着，有人敲门。"进来！"赵怀远说完，何珺开门进来，手里拿着一沓材料和一只信封。看见王小迅在，何珺愣愣了一下，说："赵总，我等一会儿再来。"

"进来，我正要找你。怎么的，你也要辞职？"赵怀远没好气地问道。

"赵总，我……我是来检讨的……这次的录制事故，我要负全部责任，我心甘情愿接受任何处罚！这是情况说明和我的检讨。"说着，何珺将说明材料和写有"检讨书"字样的信封放在桌上。

"呵呵。"赵怀远看着桌上的两封信，沉默了片刻，突然猛拍桌子道："何珺你瞎掺和什么！出了这样的事，那是制片人的责任，你充其量也就是个小组长，擅自篡改录制方案，你要做的是这方面的深刻检讨。"

"赵总，"何珺看了一眼王小迅说，"她不是要辞职吗？我……我愿意顶缸！"

"顶缸？你把我们光灿传媒当什么了？当旧社会的衙门啊？我告诉你何珺，就是要人顶缸也轮不到你。"赵怀远又转向王小迅，拍桌子道，"还有你，不仅不可以辞职，还要承担起所有责任，心悦诚服地接受批评，深刻检讨。你要写的是检讨书，不是辞职信！"说着，赵怀远抓起王小迅的辞职信与何珺的检讨书，拦腰撕掉，扔在前面的地板上，继而手指着王小迅和何珺道："你们两个给我听好了，我们不会冤枉一个好人，也不会放过一个恶人，你们谁也别给我自作聪明！"

王小迅、何珺吓得不敢出声。

赵怀远又对王小迅说："除了写检查，你当前最紧急的任务是找办法应对，广告合同都签了，咱赔得起吗？再说了，那么大的单子，来了岂有退回去的道理？你回去好好想想，怎么样挽回损失。"

赵怀远转脸看着何珺说："你的检讨重新写，要深刻反省自己的错误……先都给我回去，该算的账，公司会统一意见之后通知你们。"

王小迅、何珺要说什么，都欲言又止，只好告退。从赵怀远办公室里相继而出，何珺气冲冲地走在前面。

王小迅喊住何珺："何总……"

"你叫谁何总呢？我又不是……"

"你现在不是以制片人自居了吗？我就想请你把检讨书的电子文档传我呢，省得我再劳神写了。"

"哼，我写的是我的，关你什么事儿。"何珺不愿搭理王小迅，扭着屁股走远了。

王小迅绷着脸回到自己的办公桌，众编导围了过来，大伙儿七嘴八舌议论开了。

卓乐说："姐，难怪咱们栏目最近不顺呢，昨天我去问了一个大师，他说领导的桌子上少了一盆花……"

"胡扯！"王小迅应道。

黄争光瞪了卓乐一眼，"就是，也不瞧瞧谁的桌子，王姐的桌子上用得着摆花吗？什么花放这儿它也不敢开啊！"

"为什么呀？"卓乐问。

"说你有眼无珠呢。咱王姐那就叫光彩照人。有句成语是怎么说来着？闭花羞月！哪朵花儿敢在王姐面前开？反了它了。"

卓乐及众编导哈哈大笑起来。

王小迅拍了拍桌子："你俩说相声呢！"

黄争光意犹未尽，继续和卓乐说着："看见王姐这身装扮了吧？这要是有个花盆往里一站，那就是蓝玫瑰。"

"王姐就不带穿别的颜色的衣服啦？"

"那也一样啊，穿上红衣服就是牡丹，穿粉色的就是荷花……"

"要绿色的、紫色的、黄色的、橙色的呢？"

"别管什么颜色，只要搁一花盆在这儿，王姐往里一站，啥动作不做就是一景儿——凭空一站就是巴西木，双手一张就是仙人掌！"

众人笑成一团。

王小迅的情绪平复下来，接话道："你们闲得无聊是不是？是不是又是某人的策划？"

马丰满脸和善地走到王小迅跟前："争光说错了一个词儿，咱王总哪儿是花呀，整个就一朵奇葩！"说着，递给王小迅一沓打印稿。

"这是什么？"

"你的检讨书。"

"我的检讨？我的检讨咋敢劳烦深都卫视的大主持人代劳啊，拿走拿走！"王小迅说着，转脸对众人道，"亲们，宣布个事，赵总下了死命令，节目虽然作废了，但广告无论如何得保住，大家都想想有什么招儿，半小时后，咱们开会讨论。"说着又转向马丰，"都让你拿走了，我的话没听见吗？"

15 黄瓜是用来拍的，
人生是用来嗨的

01

栏目组会议开完后，王小迅一个人坐在小会客室的沙发上发愣。马丰端着两杯咖啡进来，递给王小迅一杯。

"我不喝，本来就够烦的了，喝了晚上更睡不着。"

"晚上七点以后，你就别再碰咖啡了，那样肯定睡不着。现在喝没事，尤其听我说了我的想法之后，保管你晚上睡得踏踏实实。"马丰嬉皮笑脸地说道。

"要说找你的何总去说，我哪叫得动你呀！"王小迅双手抱在胸前，斜了马丰一眼。

"小心眼了不是。刚才你召集众人开会，我是故意不想瞎掺和，这不一直埋头在电脑上工作呢！"说着，马丰把两份文案推到王小迅面前。

王小迅脸转向一边说："我不看，你有什么想法，不关我的事儿。"

"你不看没关系，我说给你听。你们刚才开会，没想出什么招儿吧？"

王小迅不置可否。

"我就知道，我都替你想好了，也打印出来了，一份是我替你写的检讨书，一份是节目重拍的方案，你拿给领导看，保准全票通过。"

王小迅扫了一眼其中一份文件的标题：服装广告植入节目的重拍方案。

马丰道："这个方案，我起码敢保证一冠服饰那边不会撤单，说不定他们还会乐颠颠地追加广告份额。我们要做的，无非就是麻烦一点，重拍一期节目，就当是新录一期好了……"

两人谈了个把小时，窗外不知不觉中暗了下来，王小迅的脸色也已舒缓很多，两人杯子里的咖啡已经空了。

王小迅把"检讨书"推给马丰道："重拍的方案，我得向公司领导汇报一下。这个你拿回去，我的检讨，还是我自己写吧！"

"这又何必呢？我写都写了，你就当是我向你递交的检讨书行不？"

"那怎么敢呀，我又不是你的领导。"

"非也非也，小迅啊！"

"叫王总。"

"哦哦，王总，你就是马丰的领导，过去是，现在是，只要节目不倒，永远都是……怎么样，有了这份重拍方案，可以放心了吧？"

王小迅没吱声。

马丰摸了摸肚皮说："哎哟，这搜肠刮肚一下午，肚子都咕咕叫了，王总是不是该赏顿晚饭呢？"

王小迅站起来道："要赏找你的何总领赏去，反正广告是她拉来的，节目也还得她负责重拍。"说着，王小迅走出小会客室。

02

第二天，黄肃之拉着脸来到公司，把公文包摔到桌子边，刚坐到椅子上，何珺就进来了。

"主任，按你的意思，我昨天交给赵总的那份检讨书，他连看都没看，当场就给撕了。"

"啊，为什么？"

"我也奇怪啊。王小迅还交了辞职信呢，结果也被撕了。赵总不同意她辞职，还要求她想办法挽留住广告。哼！昨儿她召集我们开了一下午的会，也没讨论出个结果来，看这回她怎么收场！"

"哎呀，这说起来，还是你造成的后果呢，你怎么还幸灾乐祸起来了？"

"黄主任，这跟我有什么关系？如果她能想出办法来，提成还不是得给您，我……我充其量也就是个帮凶！"

黄肃之脸一沉："哎哎哎！不要说得那么难听。以谁的名义并不重要，重要的是，如果保不住广告，这个责任谁来承担？"

何珺一扭头："反正跟我没关系。"

"你……小何啊，我当初之所以答应以我的名义签广告，不也是为了帮你一把，便于操作嘛，你怎么转脸就不认账了呢？再说了，我作为领导，怎么会抢下属的功劳呢？只要能保住广告，提成不还是你的？"

何珺理直气壮地说："凭我跟一冠服饰的关系，赔偿还不至于，但广告十之八九是保不住了，这样一来，王小迅还是没法儿收场。不过我想了两个晚上，还是没想明白，我到底该怎样对赵总说，才能取而代之呢？主任，请您再给我解释解释！"

听到这"解释"二字，黄肃之突然发飙起来："解释解释？我还要向你解释？"

何珺瞪大眼睛，莫名其妙地看着黄肃之扭曲的脸，无话可说。

03

没几天，重拍的样片便送到了赵怀远和深都卫视相关领导手上，大家聚在卫视的会议室里，通过大屏电视机观看。

画面上，马丰还是平时主持节目时的打扮，他身后站着的六位男嘉宾，都是奇装异服，有灰太狼、蜘蛛侠、迈克尔·杰克逊、令狐冲、樱木花道等装扮。刘子清站在他们对面，一身西装，只是手里多了把小弓箭，背上多了一副天使的小翅膀，俨然是爱神丘比特的装扮。

动感节奏的音乐声中，三十位女嘉宾正在上台。她们分成两列，从刘子清身旁微笑走过，来到马丰和众男嘉宾面前，纷纷献出飞吻。女嘉宾们也都身着奇装异服，有还珠格格、白娘子、女扮男装的祝英台、白雪公主、美少女战士、樱桃小丸子、美羊羊、夏威夷土著女、豹纹辣妹等装扮。一时裙裾飞扬，色彩缤纷，众女嘉宾一路走来，更是巧笑倩兮、美目盼兮，一个个神采奕奕。

观众们兴奋得嗷嗷乱叫。

看到此处，卫视的领导范士林拧紧了眉头，几个深都卫视的干部、制片人也交头接耳。

画面上，众女嘉宾已经站在自己的位子，马丰和五位男嘉宾仍然站在那里。马丰说："不用我说，观众朋友已经瞪大了眼球，奇怪男女嘉宾们这是怎么了，为什么一个个奇装异服同台亮相？其实啊，我们每个人的心中，都有一个自己的理想角色，这个角色可能是历史上的某个人物，也可能来自某个神话传说，还可能只是影视动漫作品中一个虚拟人物。它反映了我们自己对这一角色的认同，也折射了我们对自己的期待。我们节目组的导演、编导们进行了一次大胆的尝试，让参加本期节目的男女嘉宾们把自己打扮成心目中的那个理想角色登台亮相。大家已经看到各位现场的装扮了，怎么样，酷吧？"

观众齐声应和："酷……酷毙了！"

马丰道："有网友说得好，黄瓜是用来拍的，人生是用来嗨的！尤其在找对象这件事情上，我们没必要遮遮掩掩、扭扭捏捏，相反，我们要大胆地展示自己，把最真实的一面、把内心深处那个理想化的自我呈现出来，让对方第一眼就能更直观地了解你的性格、你的喜好、你的志趣，也就更容易做出跟你是否合适、是否情投意合的判断。哎呀！经我这么一分析，连我自个儿都觉得我们的编导真是太聪明了，这可真是一个天才的创意。"

何珺看到此处，忍不住小声叽咕："切，脸皮真厚，还不是变着法子夸自个儿。"

投影屏幕上，马丰继续他的演说："我们要感谢一冠服饰集团有限公司对本期节目特别提供的服装赞助……既然这期节目是理想角色的主题，我想观众朋友和我一样，都想知道嘉宾是怎么看待他们各自的理想角色的。节目正式开始之前，我们来听听几位嘉宾对理想角色的看法。"

马丰回头，一身迈克尔·杰克逊装扮的 3 号男嘉宾上前两步，和他并排站到一起。马丰问男嘉宾："不用问，这位兄弟肯定是杰克逊的铁杆拥趸，我说的没错吧？"

3 号男嘉宾回道："是的，我从 8 岁起到现在，只听迈克尔的歌，只学迈克尔的舞，他在我心目中上不是一般的歌手，而是一座丰碑。"

"我看一档节目，说过杰克逊许多鲜为人知的故事，他不但是一个杰出的歌手，同时还是一个有着博大胸怀的慈善家……"马丰接话道。

3 号男嘉宾握紧马丰的手说："知音，知音哪马哥，您说得太对了。"说着又对众女嘉宾道："各位美女嘉宾可能听过不少关于迈克尔的负面报道，我可以负责地告诉你们，那些报道都是诬陷，都是蓄意捏造的，迈克尔的音乐、舞蹈，还有他对全人类的精神贡献……"

马丰打岔道："哥们儿扯远了，你来这儿是找媳妇，不是来给杰克逊翻案的。你看你能不能在这儿给我们来一段他的歌舞，也让我们开开眼。"

3 号男嘉宾说了声"那必须的"，便随着迈克尔·杰克逊的那首 *Just Beat It* 音乐跳了起来，边歌边舞，惟妙惟肖，全场观众、女嘉宾掌声雷动。

3 号男嘉宾表演完毕，马丰道："刚才我们一起欣赏了 3 号男嘉宾的表演，下面我们再听听哪位女嘉宾对理想角色的看法。"

刘子清插话道："对对对，如果说深都卫视是女嘉宾的娘家，你马丰就是她们的大舅哥，做大舅哥的想方设法给妹子们展示自己的机会，那也是理所应当的。"

白娘子造型的 5 号女嘉宾举手发言："马哥，我有一个请求，你能不能扮演许仙，和我唱一段《新白娘子传奇》里的《渡情》？我想用唱歌的方式表达自己对理想角色的认知。"

"这不合适呀，刘姥姥刚说过我是你哥了，这又要扮夫妻，那不乱了套了嘛。"马丰笑着说，回头问男嘉宾们，"哪位会唱的，来一段。"

灰太狼造型的 1 号男嘉宾上前一步："我！做人就做喜羊羊，嫁人就嫁灰太狼。"

马丰笑道："好嘛，不失时机，先给自己打一小广告。一个蛇精，一个野兽，你们俩倒挺般配，来吧。"

音乐声中，两个男女嘉宾一唱一和：

"有缘千里来相会。"

"无缘对面手难牵。"

"十年修得同船渡。"

"百年修得共枕眠。"

……

样片播放结束，工作人员拉开会议室的窗帘。范士林的眉头早已舒展开来，喜笑颜开，情不自禁地带头鼓掌，深都卫视其他几个领导、制片人也跟着鼓起掌来。

范士林对赵怀远说："赵总，这一期拍的很有意思，形式上虽然与节目的宗旨有些脱节，但又巧妙地串在了一起，同时也巧妙地插入了赞助企业的内容。哈哈，你们是收视效果、经济效益两不误啊，哈哈哈。"

赵怀远道："感谢范总的夸奖。我还要通报在座各位一个好消息，通过我们的努力斡旋和精心策划，一冠服饰对节目也很满意，不但没有撤销广告订单，还追加了一千万广告费，这也是对我们两家合作的这档节目的肯定啊。"

众人喜笑颜开，交口称赞。

04

天空堆积着厚厚的云层，看不见星星，也看不到月亮，湖岸上一盏盏路灯散发出幽幽的光芒，投射在湖边花草树木和零星的几张石凳上。远处，城市的天空被灯火映照得一片通亮，与这一片宁静落寞的湖水格格不入。

湖边的石凳上，坐着赵怀远和朱凤群。天气有点微凉，两人都把手插在衣兜里，沉默了好一会儿，都不说话。两人互相看了一眼，同时要张口说话，见对方要说，又同时止住，不禁会意而笑。

赵怀远道："一回来我就应该去看你的，可是单位里出了点事。这帮年轻人，实在是不让人省心。"

朱凤群微微一笑："是何珺惹的祸吧？我这个妹妹心眼不坏，但就是太好强了，你别太过责罚她，但也不要纵容。"

"不说她，我约你出来是想告诉你……"赵怀远看着湖面，似乎无法启齿。

朱凤群快速看了他一眼，又转脸面向湖水："不用说了，我能猜得到结果，苹果还是不同意。"

赵怀远重重叹了口气，先行起身，朱凤群也跟着起身，两人沿着湖岸边走边聊。

赵怀远说："苹果的妈妈牺牲那会儿，我怕苹果受不了，就把这个消息压了下来，一直没告诉她。她就跟我闹，问妈妈怎么还不回来，为什么她的同事都回来了，偏偏妈妈没回来。她天天闹，天天跟我要妈妈……"

赵怀远一口气讲了许多女儿失去妈妈后的悲伤回忆，在朱凤群面前，他仿佛终于找到了情感的出口："第一次带她去妈妈的墓地，是一个冬天，很冷，墓碑前的一束雏菊却鲜艳而刺目。我让苹果跪在她妈妈墓碑前，给她妈妈磕了三个头。磕完头，苹果突然冲到墓碑前，脸贴着墓碑上母亲的照片哭喊，喊着妈妈，说妈妈是坏蛋，不要她了……那哭声，真把人的心揉碎了……"

赵怀远自顾自说着，朱凤群终于忍不住，蹲在地上抽泣起来。

赵怀远见状，连忙道歉，"都怪我不好，你看这……这怎么把你也弄哭了呢？这活着的人，都得笑着活下去不是。"他拍着朱凤群的肩膀说，"你可别把自己当成苹果，否则老赵要面对两个女儿，我就更不知道怎么当这个爹了。"

朱凤群站起来，破涕为笑："乱说，有我这么老的女儿吗？"

"你不老，一点儿也不老，在老赵心里，你还是个小姑娘！"

"你没能及时给苹果心理上的疏导，所以她才会封闭起来，心里只有妈妈一个女人，苹果太可怜了。"

"唉，我这个老爸不称职啊。幸好那会儿我妹妹还没出国，要不然我真不知道该怎么办了。"

"看来我也该努力了！"

"你努力什么？"

"努力走进苹果心里呀！"

赵怀远、朱凤群四目相接，会心而笑。

05

《非爱不可》节目组办公区里，黄争光坐在电脑旁，桌上的电脑显示屏上的页面为《非爱不可》的官方微博。卓乐拿着一份打印件，正高声念诵，黄争光边听边录入。其他的编导也都不在自己的座位上，或站在黄争光身后，或围着卓乐。

卓乐念道："据索福瑞最新数据统计，上周《非爱不可》的收视率为全国卫视频道同时段第一！第一喽！"

卓乐将打印件向空中一扬，跑过去搂住黄争光的脖子连亲两下："黄争光，我爱死你了！"

所有的人都欢呼起来，互相拥抱。几个编导跑向马丰，将他拉起来。一帮人拥抱马丰，想要把他抬起来，马丰挣扎着："别别别，去找王总。"

大家放下马丰，跑向王小迅所在的一隅。

王小迅从办公桌后站起来，表情严肃，跑过来的编导们不禁止步。

王小迅正色道："你们闹够了没有？"

马丰说："咱们严肃点儿，请王总训话！"马丰带头鼓掌，大家响应。

王小迅白了马丰一眼，将一份文件递给黄争光，让他念。

黄争光接过文件念起来："关于《非爱不可》栏目组违规操作的处理决定……王总，这……"

"捡重点的念。"

黄争光继续念："制片人王小迅通报批评、公司大会检讨、扣罚第四季度奖金……这也忒狠了吧，关王总什么事儿……"

王小迅没好气地说："接着念。"

"当期节目负责人何珺通报批评，扣罚季度奖……这，这也罚得太轻了点吧？"

卓乐道："是太轻了，至少应该记大过一次，罚全年奖金！"

罗书说道："这还轻啊，我看罚得够重的了。"

一直坐在位子上无动于衷的何珺走过来："我是罪有应得。"

黄争光继续念："现场导演黄争光扣罚当月奖金……我认了！……编导罗书、王玲玲各罚款五百。除以上各人，《非爱不可》栏目组其他编导，每人罚款两百。完了。"

所有的人脸都阴了下来，没有了刚才的兴奋劲儿。

一位编导嘟囔道："王总！这也忒不公平了！我们……"

马丰说："要说无辜王总最无辜，她都没有鸣冤叫屈，你们就更没理由了。"

何珺抢白道："你当然不委屈了，又罚不到你头上！"

马丰回道："何姐，你是最不该叫屈的。这单广告算是坐实了，而且一冠服饰又追加了一千万，就这一笔的提成，你整个就一富婆了。这要是较真，那追加一千万的提成，你是不是该拿出来分给大家呢？"

何珺抱着膀子说："虚伪，能追加提成还不都是你的功劳吗？你想要提成，去你们卫视要去，节目是两家合作的，效益也是按比例共享的，你凭什么要在我们身上咬一口？"

"你要这么说，那追加的提成，我还就从光灿要定了，到时候先补了王总的缺，栏目组的同事，见者有份，除了你。"

王小迅冷着脸，说道："谁要你做好人，我受罚心甘情愿。"

"姐，我不心甘情愿。"黄争光对王小迅说道，又转向对马丰，"哥，到时候能不能多赏小弟几个，我罚了五百，多了不要，补我一千怎么样？"

卓乐急忙道："马哥我也要我也要！"

众编导齐声起哄，何珺白了一圈周围热闹的同事，一边说着一边走回自己的座位："瞧那点儿出息，有奶便是娘。"

马丰笑着说："诸位兄弟姐妹，这叫什么呀？这就是代价，没有王总的光荣奉献和牺牲，哪有咱们今天的成绩？不，应该叫成果，战果，辉煌战果！别忘了，咱们来找王总是干什么的！"

卓乐回过神来，对王小迅说："姐，你别不高兴了。"

王小迅也突然回过神来，拉着卓乐的手跳起来："我们第一啦！我们第一啦！"

其他的人也都反应过来，跟着欢呼雀跃："我们第一啦，我们第一啦……"

何珺和胖女编导、长脸女编导站在一边，何珺气愤地关上电脑："幼稚，能这么火，还不是因为咱们！这世道也太不公平了！"

王玲玲说："就是！还不是因为何姐！"

何珺看了看欢呼的众人："那是罗书吗？傻不啦叽的，跟着跳什么跳呀！王玲玲，你去把他叫过来！"

王玲玲嗫嚅着走过去叫罗书，罗书赶紧跟着胖女编导过来："何姐……组长，你找我？"

何珺道："走，姐带你们几个吃大餐去，咱们也单独庆祝一下。"

何珺转身向外走去，罗书屁颠颠地跟在后面，一溜小跑。

06

《非爱不可》取得的收视佳绩令大伙喜出望外，公司领导非常高兴。这天晚上，公司在金山上酒家包了三桌宴席，主桌上坐着以赵怀远为首的公司领导，以及马丰、王小迅，何珺等。桌上没有酒，只有橙汁、椰子汁、西瓜汁等各种饮料，大家互相敬"酒"，好不热闹。

席间，马丰去了趟厕所，回到包间主桌，赵怀远招呼道："马丰，你怎么不敬制片人呀？"

"报告赵总，我已经擅自敬过了，王总没有得到赵总的命令，所以不敢喝。"马丰立正向赵怀远报告。

王小迅白了马丰一眼，说："赵总下命令我也不喝，跟你有什么可喝的。"

赵怀远哈哈一乐，道："小迅呀，你还在生马丰的气？"

"跟他这种人有什么好气的！"王小迅扭过脸去。

"赵总，我本来没有气，听王总这么说我很生气，简直气坏了，她凭什么不生我的气啊！我犯了那么大的错误，还连累了大家，他必须生我的气，她要是不生气，我简直会气死……"马丰一本正经地立正报告。

赵怀远摆摆手说："小迅，你这个当领导的也得有些风度嘛，马丰毕竟是卫视的人，是你做主请来的，要照顾一下人家的情绪嘛！我就再专制一次，现在我命令你敬马丰一杯。'马王堆'组合不许闹别扭！节目做得好不好，你俩是关键！尤其是马丰，咱们的小马哥，那往台上一站就是收视率啊！来来来，小迅，老赵和你一起敬小马哥一杯！"

王小迅很不情愿地端起酒杯，马、王、赵三人碰杯。

马丰打了个嗝，道："赵总，这饮料还真能把人喝醉，脑袋没醉，肚子醉大发了，你们继续，我……我又得去洗手间了。"

何珺受到冷落，她端起杯子离开了主桌，去旁边的一桌罗书身边坐下，给朱凤群发短信说："赵总又喝酒了，而且喝了很多，一整杯一整杯的，可吓人了。"

罗书拿着酒杯碰何珺的酒杯："何姐，何姐……"

何珺放好手机，和罗书碰杯喝饮料。罗书笑嘻嘻地说："何姐，我太高兴了。"

何珺看了看罗书："你高兴什么呀？"

"高兴何姐跟我一起喝酒，不跟领导喝。"

"罗书，你知道吗，在这公司里，也就你对我最好了。"

"我对何姐不好，何姐对我那才叫好呢……"

"闭嘴！我说好就是好。"何珺将手搭在罗书的肩膀上，两人低着头又干了一杯，"不仅在这公司里，在这世上，也就你对我最好了。"

这时，正好黄争光来到这桌敬酒，被两个编导摁在卓乐旁边，坐在何珺、罗书对面。卓乐看着二人的表演，撇了撇嘴嘀咕道："真肉麻！"说着，模仿着何珺的样子，想把手搭在黄争光的肩上，黄争光连忙闪开，说："肉麻还学？坐远点儿，当心我喷你身上，我这肚子里，可是黄的红的黑的白的，什么色儿都有。"

"你喷啊喷啊，喷出来试试！"卓乐把头伸向黄争光，黄争光缩了回去。

饭局结束后，人们三三两两地离开，不远处能看见光灿大厦的大楼。王小迅和两三个编导边走边说话。

马丰赶上来，对王小迅说："王总，王总，我有话跟你说，你等我一下，我去取摩托。"

王小迅一拧头道："我跟你没什么好说的。"其他几个编导见状，纷纷加快步伐走到前面去了。

马丰嬉皮笑脸地说："马丰也已经将功赎罪了，赵总也说了，'马王堆'不许闹别扭……"

"谁跟你闹别扭了？我告诉你马丰，今后我们的来往仅限于工作，工作之外一切免谈，免得弄出那么多的是非！"

"那我们还是朋友吗？"

王小迅理了下头发，往边上一甩，说："也就一熟人吧……"

"小迅，你怎么这么说话？太让我……"

王小迅轻轻一抬手道："别小迅小迅的，还是称呼职务比较好。"

"你……你怎么跟何珺一样啊？"

"你才知道？你不是喜欢找那样的人合作吗？"王小迅咄咄逼人地说道。

"你……你……那你以后有事也不会找我帮忙了？"

"工作除外，私人生活上我就不麻烦你了。"

"……那……那我的私人生活还能找你帮忙吗？"

"只要你开得了口，我是会帮你的，这不违反我的做人原则。"

"什么破原则啊！只允许你帮我不允许我帮你！你你你，你太让我伤心了！"说完，马丰扭头跑回向金山上酒家院内。

过了会儿，马丰骑着摩托从酒家院内出来，上了大街，经过王小迅身边，飞速而去。

王小迅向前跑了几步："哎！哎！马丰！你当心点儿！"

07

这天上午，马丰骑着摩托车一路疾驰，发了疯一般，路上的汽车被他一辆辆甩在后面。郊外，右侧有一条新筑的公路，尚未通车。老路和新路之间有一处连接口，中间放着隔离栅栏。马丰搬开隔离栏，将摩托车骑上公路，接着卸掉头盔，使劲抛向路基，又脱下外衣扔了出去。

跨上摩托，启动，只听马达轰鸣，马丰连人带车箭一般飘向远方。

公路的前方有几个模糊的影子，逐渐清晰，是四五个也在飙车的小青年，其中两人的车后还载着女孩儿。马丰一加油门从他们的身边飞驰而过。一车手见马丰超车，大声叫起来。其他几名车手也"嗷嗷"叫起来，一帮人纷纷加速追了上去。

公路尽头，马丰一个急刹，然后一个漂亮的后轮抬起甩尾180度特技，摩托车头掉了过来。追上来的车手也连忙刹车，排成一排挡住马丰的去路。

刚才的车手面色尴尬又不服气地瞟了一眼马丰："哥们儿，尾巴甩得不赖啊，再甩一个！"

另一个车手认出了马丰："好车呀哥们……你……你是……"

马丰知道自己被认出来了，便装出一副无所谓的样子说："麻烦让我过去，借个道儿，谢了。"

认出马丰的车手对众人嚷了起来："他是马丰，他是马丰！"

马丰没说话，看准时机，一打把从两名车手中间蹿了出去。

车手们见状，纷纷掉头，加油门奋起直追。马丰开得不算快，一车手终于赶到了他的前面，马丰左右两辆摩托，后面还有两辆殿后，被簇拥着向前驶去。车手们兴奋得乱喊乱叫，两个女孩也解下围巾挥舞着。

一女孩一边搂着前面车手的腰，一边对马丰喊："马丰！马丰！你给我签个名！"

另一女孩也喊："马丰！小马哥！我也想上你的节目，上《非爱不可》找对象去！"

马丰笑了，喊道："没问题！尽管来！这个忙我帮得上！"

载着女孩的车手怒道："说什么呢你，我不是你对象啊！"

旁边的车手笑了。

这时，马丰突然提速，突出包围，从前面车手的旁边飞了过去。一众车手反应过来，加速猛追，马丰已经骑远了。

第二天上午，沈鱼水开车送王小迅上班。王小迅下车走向光灿大厦，正遇七八辆摩托车掉头，王小迅赶紧躲闪，几辆摩托车快速开走。

王小迅问保安："哪来的这么多摩托？"

"护送马丰上班啊，还要往这院里进，我没让。"保安一脸的自豪。

王小迅"哦"了一声，进了光灿大厦。

下午下班，王小迅从光灿大厦出来，又看见院子门口聚集着十来辆摩托，车手们在向大院里张望。王小迅横过马路，上了沈鱼水的车。沈鱼水正准备启动，只见大厦门前的摩托车手一阵骚动，马丰骑着摩托出来了。

众车手一阵欢呼："马哥！马哥！小马哥……"

马丰说："麻烦让我过去，借个道儿，谢了！"

众车手自觉闪开一条道，马丰骑上路，众车手跟随而去。

沈鱼水问道："这不马丰吗？咋回事儿啊？这哥们儿演的是哪一出？加入摩托车友会了？"

王小迅理了理安全带道："马丰成名了。"

"成名了？这粉丝怎么都是骑摩托的呀？"

"我怎么知道！"

"要不要跟过去看看？"

"关我们什么事儿？他这么聪明的人不成名那才奇怪呢，早晚的事儿。"

沈鱼水故作狐疑地说："我怎么听着像讽刺啊？"

"赶紧送我回家，我累了。"

沈鱼水发动汽车，驶上大街。一路上，王小迅仰靠在座位上，闭着眼睛，显得有些疲倦。

"你还在生马丰的气？……嗨，不是我说你，小迅，跟这种人生气不值，绝对不值！"沈鱼水说道。

"是不是他找过你了？"

"可不，找了我好几趟，求爷爷告奶奶地让我帮他向你求情，你是没见他那样儿，连眼泪都要下来了，我心想不至于啊，不就工作上出了点儿小误会，怎么就跟失恋了一样……"

"你又胡说八道。"

"小迅，咱大人大量，可怜可怜这小子，就放他一马，你说你俩这老死不相往来的，我夹在中间也不好做人……"

"你做你的人，他做他的叛徒，碍着你什么了？更不要把我掺和进去。"

"咳咳……小迅啊，你也不要因为避嫌故意这么做啊，物极必反……"

王小迅瞪着沈鱼水："你什么意思！"

沈鱼水镇定地说："我的意思是不要压抑自己，更不要因为我，我沈鱼水可不是小心眼儿的男人，心胸宽广得都能跑马！"

"谁说你小心眼儿了？"

"你不就是吃撑了把我当成了马丰，然后说你喜欢我吗？又没有真的遂了我，不不，遂了他……"

"你……你怎么这么没羞没臊啊！"

08

下午，马丰、王小迅都在《非爱不可》办公区里，马丰想起什么，起身想找王小迅，想了想，又坐回自己的座位。过了会儿，马丰拨通了王小迅桌上的办公电话。

"王总，我有事儿找你帮忙。"马丰看着王小迅的背影，对着话筒说。

"公事还是私事？"王小迅望着窗外，公事公办地问道。

"私事。"

"那我挂了。"

"别别，别介呀，你不是说过吗，只要我开得了口你会帮忙的。"

"那行吧，你说，什么事儿？"

"这于静是我前妻，也是你的闺密，我和她这段姻缘也是因为你……"

"废话那么多干吗？说正题。"

"好好好，言归正传，咱们这节目不是火了吗，这几期上来的男嘉宾质量不错，表现可圈可点……"

"你到底要说什么？"

"你给我两分钟，马上揭晓答案……这于静，一个人带着个马超，也就是你的干儿子，这几年也真够不容易的……"

"打住打住，我知道你要干吗了，想让于静上节目是不是？"

"是是是，王总果然是智慧第一，可惜本人做不到辩才无碍……"

"你做不到辩才无碍，劝她不动，想让我去劝她上节目，是不是？"

"是是是……"

"告诉你马丰，这事儿免谈，我不想掺和你们的私事，和我无关！"王小迅干脆利落地答道。

"嗨，你不掺和我的私事儿我认了，但你不能不掺和于静的私事儿呀，正确的说法应该是，这事儿和我马丰无关，我和于静早就离婚了，恩断义绝，但你和她的友情却是万古长青啊……"

"我……我说不过你。"王小迅犹豫了一下。

"就是这么个理儿，你再想想。"马丰挂了电话。

王小迅拿着话筒，回头看了马丰一眼。

♥16 喜欢是淡淡的爱，爱是深深的喜欢

01

下班后，王小迅去了于静家，马超已经睡着了，手搭在被子外面，一只手上拿着玩具赛车。于静坐在床沿上，拿下马超手中的玩具，帮他掖了掖被子，又收拾起枕边的变形金刚等玩具。王小迅站在一旁，看着于静忙活。收拾停当，于静站起来，两人轻手轻脚地走出卧室，关上门，来到客厅的沙发上坐下。茶几上放着两瓶红酒，两只玻璃杯。

于静看着手中的酒杯，沉默不语，王小迅静静地看着她，也不搭话。过了一会儿，于静放下酒杯，长叹一声，讲起了他和马丰矛盾的由来，无非是婆媳间的种种不合，其中最让静耿耿于怀的，是她在医院生产马超，作为资深主任医师的马母，坚持要于静自然分娩。可分娩时于静出现了难产症状，她使出吃奶的力气和吃屎的勇气，干耗半天，也不见马超露头，最后不得已，马母才同意剖腹产的。

于静回忆到这会儿，两人面前的一只酒瓶已经空了，另一瓶酒也已经打开。于静叹气，继续说着："自从挨了那一刀，我对他妈就不抱指望了，每次吵架马丰夹在中间也难过，我也会心软，但一摸到这肚子上的刀疤我就清醒了，心肠也变硬了……"

"是啊是啊，这事儿无论放谁身上都不好受。"王小迅附和道。

于静喝了一口酒，问道："你还想不想听？"

"想啊，你们的事儿有些我能猜到，但具体怎么回事也不是很清楚。"

"超超八个月的时候，已经能到处爬了……"说到这儿，于静又啜泣起来。

王小迅递过茶几上的纸巾盒："你慢慢说，咱不着急。"

也不知道过了多久，桌上的两瓶酒都已经喝完了，地上散落着于静擦过眼泪的纸巾。王小迅不自觉地打了一个哈欠。

"我还有烧菜用的料酒，要不要拿来？"于静意犹未尽。

"行啊，有酒总比没酒好。"

"我那可也是花雕，八块钱一瓶的。"于静说着，起身去厨房拿料酒。

王小迅问于静："你爱马丰吗？"

"爱？我爱不爱又有什么用？告诉你小迅，他可从来也没爱过我！"

"你怎么这么说呀……"

"不是我这么说，我给过他机会，要他在我和她妈之间选择……"

那是两年前的一天，于静领着马丰来到新买的毛坯房，马丰兴奋地四处察看，夸赞于静："老婆你真行啊，我说你平时那么抠门儿呢，连件像样的衣服都舍不得给我买，当然了你自个儿也不买，原来攒钱是为这个呀，佩服佩服！集腋成裘呀……"

"装修的钱我也已经攒下了，施工队也联系好了，都不用你操心。"于静开心地说，"小区的物业一流，出门五分钟就是地铁站，一中就在边上，将来超超上中学……"

马丰边应和边随着静在房间里四下转悠，于静向马丰介绍了主卧室、将来马超的卧室。

来到另一间，于静介绍说："这间是客房，我爸我妈他们来了可以住这儿，他们不来的时候给保姆用。"

马丰问于静："这套房里到底有多少房间？"

"三间啊。"

"那我妈住哪里？"

"你妈？你妈还住原来的房子呀？"

"什么？"

两人在毛坯房的客厅里大吵起来。

"我告诉你马丰，你妈是你妈，不是我妈！你、我，还有马超，我们才是一家人！"

"放屁！你你你，你竟然把我妈一直当外人！"

"你才放屁！她什么时候把我当成一家人啦？连外人都不如，我在你们家就是一传宗接代的工具！我告诉你，我买这房子就是为了离开她，离开那个不是我家的家。"

"于静，我们冷静一点好不好？我爸去世得早，我是我妈一手带大的，她对你是有不公平的地方，但她是我妈呀！这么长时间你都挺过来了，就不能再忍忍吗？"

"要忍你忍，我没这个义务。告诉你马丰，自从你妈让我在产房遭罪那天起，我就下定决心，一定要离开那个家，离开那个老、老……老太婆！"

马丰压制着怒火，试图说服于静。

于静态度坚决地说："你说那么多没有用，我就问你一句，在我和你妈之间你到底选择谁？要跟谁一起过？"

"要么一起搬过来，要么大家都别搬……"

"不可能！你那个家我一天都待不下去了，房子装好我就带儿子走，你到底是一起过来，还是坚决不过来？"

"那我只好不过来了，我不可能撇下我妈！"说完，马丰便向门口走去。

于静叫住马丰，问道："马丰，你爱我吗？"

马丰没吱声，站在原地不动。

于静又问："你爱过我吗？"

"我是不会爱一个不孝顺老人的女人的！"马丰撂下一句，甩手离开了。

聊着聊着，天已经开始现出鱼肚白。透过客厅的落地窗可以看到外面已蒙蒙发亮。客厅的茶几、地上到处都是于静丢弃的纸巾，王小迅蜷缩在沙发的一角，身上披着于静的大衣。

于静似乎毫无倦意："啊，真的说了个通宵，天都亮了，小迅，真难为你听我说了这么多，我已经想好了，答应你。"

"答应我什么？"

"不是马丰让你来劝我上《非爱不可》的吗？"

"这……于静啊，不是我说你，这一人带着个孩子……"

"小迅，什么也别说了，我已经同意去当女嘉宾了。"

王小迅没说话，愣愣地看着于静。

"我当女嘉宾也不指望能找到什么人。这么些年过来了，我想过，我跟马丰也许永远也不可能了，甚至下辈子也不可能，可我……我得为超超想啊。"于静说着，又流下了眼泪，王小迅也跟着落泪。

02

王小迅随下班的人流走出光灿大厦，过马路，却没看见沈鱼水的车，以前沈鱼水停车的地方却停着一辆崭新的牧马人。她拿出手机打电话，这时牧马人的车窗落下，马丰的脑袋从车窗里探出来，招呼她上车。

王小迅奇怪地问："你怎么会在这里？这是谁的车？"

"要回答的问题太多，上来慢慢说。"

"我不上，我等沈鱼水。"

"他不会来了，是鱼水让我来接你的，他们公司有事儿……"

正说着，王小迅的手机接通了。王小迅问沈鱼水："你怎么还没来啊？车位都让人占去了。"

沈鱼水反问道："小迅，你没看见马丰吗？一辆牧马人……"

王小迅"啪"地合上手机，不再搭理马丰，沿街向前走去。马丰启动汽车开上去，与王小迅平行，跟在牧马人后面的车辆纷纷鸣笛。

"小迅，上来啊。"马丰招呼道

"谢了，我不上，我打车。"王小迅并未停下，一边走一边答道。

"这点儿你上哪打车呀？再不上来，人家就要报警了。"

马丰的车子后面跟了长长一串车，眼看交通就快被完全堵塞了，后面的司机不停地鸣笛，还有人探出身来叫骂，不得已，王小迅上了马丰的车。

马丰拍了拍方向盘："刚提的，怎么样？"

"看来你真是成名了，暴发户了。"

"嗨，我还不想开这玩意儿呢，再怎么舒坦，也是一笼子，比骑摩托的幸福感低多了去了，骑摩托又比骑马的幸福指数差了几十个百分点……"

"我不听你废话，有工作谈工作，没工作可谈我就睡觉了。"

"那行，我们谈谈于静上节目的事，这应该算是工作吧？"

"于静那儿我已经去过了，她同意了。"

"什么？同意了？同意上《非爱不可》了？"

王小迅点了点头。

"哎呀小迅，你太伟大了！我说吧，非得你亲自出马，我劝了她一个星期，嘴皮子都磨破几回也不为所动呢！"

王小迅幽幽道："高兴成这样，至于吗？……看来你是真的不爱于静。"

"什么？你说什么？"

王小迅不再吱声，头歪向一边假装睡觉。

03

这天，香港林记茶餐厅老板林伟棠，正穿着睡衣，坐在沙发上看电视。电视里正在播《非爱不可》相亲节目。林伟棠饶有兴味地看了一会儿，脸上突然露出惊讶之色，继而狂喜，他张口结舌，表情僵住了。电视里，马丰正让于静做自我介绍："新上场的 16 号女嘉宾，请你介绍一下自己。"

"我是于静，今年 30 岁……"

"29，29。"马丰更正道。

"那还不是三十吗？这年已经过过了。我在一家门户网站上班，结过婚又离了，现在带着儿子一起过，儿子五岁了。"

"说下你的爱情宣言？"

"喜欢是淡淡的爱，爱是深深的喜欢，我想找一个深深喜欢我儿子，而我淡淡地爱他的男人。"

"说得好！说得太好了！太有诗意了，而且还很哲学……"

林伟棠坐不住了，他突然起身，去衣架上拿下一件衣服，从口袋里翻出风水大师朋友早先写给他的一张纸条。林伟棠边走向电视边念诵纸条："既在北方，又在南地，似鱼非鱼，不动不移，远在天边，近在眼前，心动一刻，情定终身。"林伟棠有些激动，"啊啊，可不是吗，她在北方，我在南地，姓是姓于，但不是吃的鱼，电视里面的嘉宾远在天边，近在眼前，心动一刻，我心动了吗？岂止心动，简直要跳出来啦！情定终身，我的天呀，还有这样的事？我……我……我算是服了孔大师啦！"

04

话说这刘子清，老了却不是盏省油的灯，趁外出讲课的机会，结识了一个三十多岁的小城女子，两人眉来眼去，一来二往便有了情意。曹碧云来深都投靠刘子清，刘子清只好暂时把她安置在自己郊区养花的工人房里住下。这天，刘子清的老伴提着一个袋子来到花房，曹碧云正在花房外一处僻静的地方打着电话。

曹碧云在电话里连讲带骂："你个没出息的东西！一天到晚就晓得赌，赌也赌赢了呀，赢点钱来家啊……我在外面干大事，一时半会儿回不来！……你不就是要钱吗？……你个催命鬼啊，我给你汇就是了，别再打电话给我了……"

刘妻走进花房内的工作房，看见刘子清躺在行军床上睡着了，屋内两张凳子上放着吃完没洗的饭盒、两副筷子。刘妻走过去帮刘子清掖了掖被子。

刘子清抓住刘妻的手，半梦半醒地叫道："碧云啊……"话说了一半，刘子清突然清醒过来，从床上跳起来，瞪着妻子："你……你来干什么！碧云呢？！"

"在外边打电话呢……"

"谁让你来的啊！我不是让你不要来吗！要来也要打个电话啊！你到底

想干什么啊？鬼鬼祟祟的！"

"你干吗发这么大的火？又没有做什么亏心事。"

"你你你，你说什么啊？谁做亏心事啦！我刘子清堂堂正正，身正不怕影子歪！"

"我又没说什么，倒是你，神经兮兮的。"

曹碧云在花房外听见吵闹声，走了进来，只见刘子清已经将凳子踢翻了，饭盒、筷子掉在地上，剩饭撒了一地，刘子清正大喊大叫："你想来捉奸是不是？捉奸那也得成双！……老太婆，今儿我就干脆把话给你挑明了，我和你早就没有感情了，没有爱情了！没跟你离那是可怜你！你不自重那就怪不得我了！我跟碧云，也就是小曹是真心相爱，但我们之间清清白白的，天地可鉴！我们就是要在一起也得明媒正娶，去民政局办手续，打结婚证，我先跟你离，再和碧云……"

刘妻摇晃了几下，突然身子一歪，昏了过去，曹碧云赶紧上前一步，将刘妻扶住："大姐，你这是怎么了？子清……"

刘子清愣了一下，伸手捂着自己的胸口："我……我也不行了，都是这老太婆闹的……赶紧打120，把、把我俩一块儿拉医院去……"

折腾了一会儿，来了一辆救护车，拉着刘子清夫妇，一路闪着顶灯呼啸而过。

05

新一期节目男嘉宾的VCR拍好后，马丰在办公桌前入神地审看，看完其中一个男嘉宾的VCR，马丰立刻按下暂停键，抓起电话拨通王小迅的手机。

"王总，你怎么还没来上班啊？"

"你管得着吗？怎么的，你们又接管《非爱不可》了？"

"不带这样的啊王总，人家哪里痛你就往哪里戳，我马丰不是已经悔过自新了吗……这不，我正在看下期节目男嘉宾的VCR，刚刚看了一个男嘉宾，是专门冲于静来的。这简直太好了。"马丰激动地对王小迅说。

"切，有你这样的吗，有什么值得大惊小怪的。你以为你前妻就没人要啊，就没有吸引力啊？你不待见她有人待见她，专门冲于静来的，那不太正常了？切！"

"我不是这个意思，关键是，我觉得这哥们儿和于静很合适，非常般配。"

"没见过人，你怎么知道？"

"所以咱们要慎重啊，能撮合的话咱们就撮合，不能撮合，还得想办法拆散不是。"

"我说马丰，不把于静推给别的男人你是不是就不甘心啊？她在台上你是不是浑身不自在？我还想多留她几期呢！"

"哎，王总，你别忘了，让于静上节目可是我的主意。"

"这就更可怕了。"

"我就不明白了，怎么就可怕了？"

"还有你不明白的？有句话说，男人只有做到无情才能成功，女人只有做到绝情才能不被伤害。你看咱们的马大主持现在多成功、多风光呀。你刚才说的那些我完全赞同，我是要去找于静，不过我要劝于静的是让她别在你这棵参天大树上吊死了，真没意思。"王小迅言辞尖利，马丰有点受不了了。

"干吗挖苦我呢，还马大主持了，你倒没叫我住持，或者直接喊我方丈得了。你这颠来倒去地都把我给说晕了，我请你找于静不是想帮她找个好人吗？这你总该知道吧。"

"对不起，我不知道。"

马丰无奈，只好挂断电话，喊来黄争光，问他这老板的 VCR 是谁去拍的。黄争光想了想，说大概是海涛他们。马丰让黄争光赶紧把海涛找来，要问他一些情况。

06

夜很深了，沈鱼水仍独自待在办公室里，精心制作 PPT 文件。忙活了半天，终于大功告成。沈鱼水点击观看效果。

第一帧标题是"独自等待"，低婉的音乐声中，屏幕慢慢向上滚动出一首情诗；第二帧标题"祝你永远幸福"，一首情诗伴随着轻快的音乐从四面飞入；第三帧，草原上，一群兔子在奔跑，奔跑的兔子幻化成一行字："情人节快乐！致我深爱的肖真真！"

幻灯播放停在第三帧上，屏幕上奔跑的兔子、变幻的文字，周而复始地重复着。沈鱼水翻出他与肖真真的合影，凝神看了一会儿，沈鱼水平静下来，抓起电话，问公司秘书小徐，情人节带女孩儿去哪潇洒比较合适。

小徐诧异地问道："沈总，情人节不是早过了吗，2月14号，今天都几号了。这要是中国的情人节，那得到七夕，还早得很呢……"

沈鱼水说："我好像记得农历三月三也是情人节，你帮我查查，确认一下。"

几分钟后，小徐回拨过来，兴奋地说："沈总，农历三月三还真是中国的情人节，在古代叫上巳节，可知道这个节的人太少了，谁过呀？"

沈鱼水呵呵一笑："没文化了吧，你想啊，三月三，春天来了，春暖花开，春意盎然，春心萌动，不正是男男女女表露心迹、抒发爱情的美好时节嘛！要说智慧还是中国古人有智慧，讲究个天人合一。2月14号，那是崇洋媚外；咱中国的七夕鹊桥会，那是传说。再说，一个冰天雪地，一个天气热得跟蒸笼一样，搞得冰火两重天的，谁还有这个心思，我看都是瞎胡闹……"

"是，是，沈总您说得太对了。沈总，我刚才查了一下，农历三月三，明天就是，阳历是4月12号。沈总，您说这么多，不会是钩到美眉了吧？"

"放屁！我是和我老婆过情人节。我们两人，各忙各的，聚少离多，小徐啊，你这个年龄不知道，爱情想要保持新鲜感，就得不断地去刺激，每天来个小惊喜、小愉悦啥的。当然了，小徐，在你这个年龄，只要心中有爱，天天都是情人节。你帮我预订个饭店，看看有没有情人节套餐啥的。"

"好嘞，沈总，我立马去办。"说完，小徐挂了电话。

沈鱼水回放幻灯片，准备把邮件发送给肖真真。正在操作，电话又响了。沈鱼水抓起电话问："订好了？"

听筒里却传来王小迅的声音："什么订好了？"

"小迅啊，我还以为是小徐呢，没什么，没什么，我刚才叫小徐帮我订个资料。"

"莫名其妙。我跟你说，今天，马丰说他看到一个特别适合于静的男嘉宾，想撮合他们，你怎么看？"

"我能怎么看？！那是他们的事情。"

"得，算是白问。"

沈鱼水一边准备着发送邮件，一边说："小迅，别说他们了，说说我们，明天我要给你一惊喜，你就等着吧！"

沈鱼水说着，输入了邮箱地址，却把原本要发送给肖真真的邮件误发给了王小迅。

和王小迅通完话，沈鱼水不禁喜上眉梢。这时电话再次响起，是小徐打来的，小徐告诉沈鱼水，本市的确有家夜南国酒楼，专供情人节套餐，问沈鱼水要不要预订。

"我就说嘛，有高山自然就有流水，是知音必然要相逢的。赶紧的小徐，给我订一桌，要 VIP，最高端的。"

07

《非爱不可》办公区里，王小迅正坐在办公桌前，满面笑容地给于静打电话，马丰站在一边看着她。王小迅不断转动椅子，背对马丰，马丰只好不断调整位置，以便让自己出现在王小迅的视野里。

王小迅对于静说："于静，找你有个事儿。"

"什么事儿，你说。"

"就怕你不答应呵……"

"卖什么关子啊，相亲这种事儿我都答应了，还有什么事儿不能答应你？"

"我要找你借个人。"

"借人？我孤家寡人的能借你谁啊？除了我自个儿。"

"不对吧？"王小迅拉长声音，故作神秘地回问。

"哦……我知道了，你是想借马丰，他现在可不是我的人了，是你的人呀。"

"那人谁借啊，"王小迅故意看了一眼马丰，"是不是于静，谁稀罕啊，薄情寡义的……"

"那你要借谁？"

"借你儿子呀。"

"他还小……"于静笑了起来，趁机调侃了王小迅几句。

"你又乱说！好了好了，我不跟你废话了，晚饭后我去接超超……"

"小迅啊，你越来越神神道道的了。"

"你才神道呢，站在台上再好的男嘉宾你都灭灯，一副不食人间烟火的样子，做给谁看呀，切！"说完，王小迅挂了电话，抬头看见马丰，脸上的笑容倏忽不见。

马丰一脸谄媚地问道："啊，搞定了！王总，你太牛了……"

"别废话，把姓林的酒店地址给我，通知他七点半栏目组的制片人过去。"

"好嘞王总！"马丰屁颠颠地走了。

08

当晚，王小迅领着马超来到林伟棠住的宾馆。林伟棠正在看电视，电视上正播放着动画片。自我介绍后，林伟棠高兴地说："你好你好，马老师通知我制片人要来，我还以为是位男士呢，没想到您是一位美丽年轻的女士，失敬失敬！"

"林先生不用客气。"王小迅礼貌地回答。

马超听到电视里动画片的声音，完成任务似的叫了声"叔叔好"，便蹿进屋去扒着电视看了起来。

"超超……"王小迅有点不好意思。

林伟棠笑道："这孩子太可爱了，王制片，是您的孩子吗？"

"我是他干妈，一个朋友的孩子。"

林伟棠点头，走到马超身后，用手摸了摸他的头，说："你叫超超啊，哪个超字呀？"

"宇宙无敌小超人的超！"马超头也不抬，边看边答。

"哦，你是小超人啊，是'大耳朵超人'还是'热量超人'啊？"

"都不是，我是'宇宙无敌小超人'。"

"那我就是'大耳朵超人'，你看我的耳朵是不是很大？"林伟棠故意晃了晃脑袋。

"你是'挖鼻孔超人'，哈哈哈。"

"哈哈哈，叔叔小时候是很喜欢挖鼻孔，那可是一个坏习惯，叔叔长大以后就改正了。"

两人聊得热乎，王小迅被晾在一边，有些尴尬，林伟棠突然意识到，赶紧招呼王小迅坐下。

一会儿，林伟棠又教马超玩起空手抓硬币的游戏。只见他拿出几个硬币放在桌子上，同时抓起两个硬币，然后逐步增加，直到同时抓起五个硬币，马超看傻了。林伟棠手把地教马超抓硬币，后者也能抓起一个，兴奋不已。

"叔叔叔叔，为什么你能抓那么多，我只能抓一个？"

林伟棠笑道："那是因为小超人的手小，等你长到我这么大，想抓多少就抓多少，哈哈哈。"

马超也跟着哈哈大笑起来，跑到一边练习抓硬币。

林伟棠转过身，和王小迅说话："我和那位16号有眼缘呀，你说我这是第一次看你们的节目，她也是第一次出场吧？真是太奇怪了，缘分这东西真是很难说。"

"林先生，如果这次您不能牵手成功呢？"王小迅平静地问道。

"那也没关系啊，这种事快不起来，就算是牵手成功了，也还是进一步交往的开始。其实在我这里，和16号的交往就已经开始了，从我看见她的那一刻起……"

"林先生，您还真是个情深义重的人。"王小迅有些感动。

"不敢当，不敢当。"

第二天上班，王小迅、马丰分别坐在《非爱不可》办公区里自己的座位上。王小迅给对马丰打过来电话："告诉你个好消息，于静有着落了，而且后方也给打通了。"

"什么后方打通了？搞得跟战争一样，你说得我一头雾水。"

"没脑子，我不是去见了林伟棠吗，跟于静确实很般配，我把马超也领去了。我说一句你可别吃醋啊，感觉他们俩就像一对失散多年的父子。"

"喂喂喂，不带这么埋汰人的，我是他亲爹，如假包换。"

"可不怎么的，我看你这亲爹快改换了。是不是很失落，突然舍不得了？"

"没有，我只是感觉你琢磨不透，你看啊，但凡是我主张的事情，你都要反对，我不是说工作上的事情，是说私事、生活上的事。真应了那句老话：凡是敌人反对的，我们就要拥护，凡是敌人拥护的，我们就要反对。王总，你告诉我，我们到底是敌人，还是朋友？"

"我们？我们是最危险的朋友，也是亲密的敌人。"

"什么意思？"

"自己理解去。"王小迅说完挂断电话，朝着望向自己的马丰白了一眼。

17 旧梦可以重温，破镜难以重圆

01

新一期节目还没开始录制，于静来到演播室后台，跟黄争光、罗书他们打招呼："小帅哥们，你们看看我穿这身是不是太抢眼了？"

黄争光夸张地叫道："哇，嫂子这身装扮美艳绝伦啊。"

罗书点头："是是是，嫂子真是太、太美了。"

黄争光道："嫂子，我们这可是实话实说啊，我就弄不明白，像您这么才貌双全、温淑贤良的女人，打着灯笼也难找啊，你说马哥怎么就……"

这时马丰走过来，冲着黄争光、罗书喊道："别老嫂子、嫂子的叫，跟你们说多少回了，是前嫂子，待会儿可要多支持支持她，掌声要热烈些。"

"这还用交代啊，我说马哥，这要不是规则限制，我就自己登台跟嫂子牵手了。"黄争光说着，冲马丰扮了个鬼脸。

于静道："别老把前前的挂嘴上，不知道的还以为我嫁了个姓钱的呢。"

黄争光笑起来："哈哈，嫂子不仅才貌双全、温淑贤良，还机智过人，今天的掌声都留给你啦。"

说笑间，节目开始录制，于静已经站到心动女生的位置上，正与林伟棠对面站着。

"请16号女嘉宾做出最后的选择。"马丰按程序主持着。

于静犹疑了片刻，说："男嘉宾的确是我欣赏的类型 ……但我们的距离太远了。"说着，向林伟棠鞠了一躬，返回女嘉宾席。

"没关系，谢谢于小姐。"林伟棠有些失落，但还是保持着礼貌。

马丰睁大了眼睛，随即调整了一下情绪，说道："我还是要为 16 号感到深深的惋惜，甚至于伤感。站在这台上我也算是阅人无数，容我说一句，男嘉宾这一款天生就是做老公的，不管是做谁的老公。可惜我不是个女的，是个女的我一定要嫁给男嘉宾，嫁给这样的男人将成为我作为女人的人生目标、毕生追求！唉，可惜我不是个女的！"

台下观众一起笑了起来。

林伟棠谦逊地说："马老师过奖了，我觉得 16 号女嘉宾才是我的人生目标，值得毕生追求……"

"你看看，你看看，就算我是个女的也没戏，人家心里早有人选了，我还是别做女的吧。"

观众再次哈哈大笑。

林伟棠诚恳地说："台上没有牵手，台下还可以做朋友，我这次来《非爱不可》的目的已经达到了，认识了 16 号，我会努力去克服她所说的距离……"

"精诚所至金石为开，男嘉宾的意思是要打持久战啊。"马丰含笑看着林伟棠。

刘子清接着说道："我想送男嘉宾一句老话，有情人终成眷属！"

林伟棠鞠躬致谢，在掌声中退场。

节目录制中场休息，马丰把于静拉到演播室后台的一个角落里，于静想挣脱，却挣脱不开，只好嘟囔着："你干吗啊，别拉拉扯扯的。"

"我真搞不懂你啦，那么好的一个人你怎么就忍心拒绝了呢？"

"这有什么不好懂的，你不是口口声声让人家叫我钱嫂子吗？他又不姓钱，我要找的是姓钱的男人，我要做钱嫂子。"

马丰双手叉腰："讽刺挖苦带打击啊？"

"我可没那闲心讽刺挖苦你。明着跟你说吧，我答应来这儿上节目，无非就是为了能让你看到我，我也能看到你。"

马丰叹了口气："于静，我们已经不可能了，这你又不是不知道。旧梦可以重温，破镜难以重圆啊。"

"梦你个大头鬼。"于静愤愤地丢下一句，转身而去。

马丰站在原地，看着于静走远，想了想，拿出手机，拨打王小迅的电话："王总，你不觉得今天于静太出乎意料了吗？"

"是出乎意料，可又在情理之中。"

马丰愣了一下问："这话怎么说？"

"没什么说法，一切皆有可能。"

"我是了解于静的，她这是在怄气，在跟自己怄气，你看林伟棠，那么好的一个人，不是白瞎了嘛，你赶紧劝劝她吧。"

"你知不知道，我们犯了一个错误，自始至终，我们都在做一厢情愿的事，到如今，傻子都能看得出来，于静的目标一直是你。要我劝她，你觉得能管用吗？你以为我刘备，三顾茅庐啊？"王小迅挂了电话。

02

于静来到单位，快递公司送来一只大纸箱，打开纸箱，里面是精心码好的一箱玫瑰花。

"我的妈呀，谁给于姐送这么多玫瑰花呀。"一位同事惊呼道。

"肯定是《非爱不可》的男嘉宾。台上没牵成，还不死心，台下继续展开攻势了，可真够来事的！"另一位同事插话。

于静捡起镶嵌在玫瑰花里的卡片，卡片上写着："于静女士情人节快乐！伟棠冒昧奉上这些花，希望您不再孤单地度过一个美好的夜晚！"

"今天是情人节吗？"于静转身问同事。

"情人节早过啦，可于姐，对你来说，今天就是你的情人节，这么多花儿，真的好浪漫哦，今天是你最幸福的日子。"同事答道。

"那我就把幸福都分给你们吧，有福同享嘛。"

"真的？"几个同事同时问道。

"那还能假。"

几个年轻同事一起上前抢花。

"别抢别抢，一人一枝，然后再一人一枝……"于静满面笑容地分发着玫瑰花。于静留了一枝玫瑰，拿在手上，拨通了马丰的电话，边把玫瑰花凑在鼻子上闻："你知道今天是什么日子吗？"

"4月12号，崭新的一天哪，怎么啦，是不是后悔昨天的选择了？"马丰问。

"烦人。今天是情人节，你难道不知道？"

"情人节？你不识数啊，今天可是4月12号，可不是2月14号！"

"你就装吧，我还记得去年你在那个读书节目里还说过呢。"

"嗨，那叫农历三月三，白色情人节，这会儿怎么想起这档子事了？"

于静晃了晃手中的一枝玫瑰道："你不觉得应该送花给我吗？"

"送花？我还送草呢。你不会成花痴了吧？"

"你才花痴呢，马丰，你不是人。"说完，于静挂掉了电话。

03

下班时分，沈鱼水的车停在光灿大厦对面马路边，王小迅背着包拿着手机走过来，在副驾上坐下，随手关上车门，对沈鱼水说："你催什么催啊，我都忙晕了！"

"今儿可不比往常，就是再忙也得在百忙之中抽出宝贵的时间。"

"今天是什么日子吗？"

"你是真不知道还是假不知道？"沈鱼水边说边启动汽车，掉头。

"鱼水，你这是要去哪儿？"

"夜南国酒楼，一星期以前我就已经定好了情人节双人烛光套餐！"

"啊，今天是情人节？"

沈鱼水的车经过市区街道。王小迅坐在车里，打开iPad，处理邮件。

"你老公可是个情深义重的人，说是慧外秀中也不为过，所有和你有关的日子我都记得清清爽爽，你的生日，你爸的生日，你妈的生日，你爷爷、奶奶的生日，你外公外婆的祭日，咱们定情的日子、领证的日子，自然还有情人节，甚至于儿童节，在我的心目中你永远都是一个小女孩……"

这时王小迅的 iPad 上出现了沈鱼水制作的 PPT 文件的第三帧，草原上一只兔子在奔跑，然后幻化成一行字："情人节快乐！致我深爱的肖真真！"

"这是什么？"

王小迅将 iPad 举到沈鱼水眼前，沈鱼水瞥了一眼，吓得一哆嗦。

"说啊！这就是你的情人节？你的儿童节？你还真想把我当小孩儿蒙了！"

"你你你……你听我解释……"

正在这时，一个行人横穿马路，沈鱼水急忙转向躲避，"咣"的一声响后，沈鱼水的车撞在了路边的路牙子上，停下了。王小迅打开车门，跳下车去，将 iPad 摔在座位上。

"去你的兔子！"王小迅在凶险万状的车流中扬长而去。沈鱼水慌忙从另一侧下车，大叫着："小迅！小迅！……"

车内座位上，iPad 上的兔子们兀自奔跑着，变化成文字，再变成兔子，周而复始。

04

马丰扣着棒球帽，戴着墨镜，推开夜南国酒楼大门，找到沈鱼水的座位，只见沈鱼水耷拉着脑袋坐在座位上，桌上放着两副餐具。

"服务员，麻烦加套餐具。"马丰招呼服务生。

服务生答道："这是双人烛光套餐，加不了餐具的。"

马丰转向沈鱼水，问道："小迅呢？"

"她不来了。哥们儿你先坐下，听我说……"

"你搞什么搞啊？这算怎么回事儿呀？咱们两个老爷们儿……我还以为你们是怕我情人节单着，出于同情……"

"你坐下呀，坐下再说。"

马丰坐下，沈鱼水一把抓住对方的手道："哥们儿，出大事了！你无论如何要救兄弟一把啊！"

沈鱼水、马丰的桌子上点着蜡烛，店堂里其他的桌子上也点着蜡烛，背景音乐轻柔，气氛浪漫而温馨，但除沈、马是两个男人外，其他桌子上都是男女情侣。套餐已经上来了好一会儿，两人边吃边说。

"嗨，别提了，下午正要发邮件，小迅来电话，聊着聊着，脑子一犯迷糊，就选择了小迅的邮箱地址，真是邪门了，你说我怎么……唉！到这会儿我都没想明白，这明明要发给肖真真的……"沈鱼水直晃脑袋。

"这就叫自作孽不可活，连老天爷都看不下去了，要给你点教训。我早就跟你说过，玩火者必自焚，应验了吧……"

"别说这些没用的，找你来又不是让你来教训我的，是请你拿主意的，当然了，你骂得也没错，咱们换个时间，专门……"沈鱼水苦着脸对马丰说。

其他桌子上的小情侣们不断地转过脸来窥视这一桌，窃窃私语着。

马丰四下瞄了一眼，对沈鱼水说："我们能不能换个地儿？我实在坐不住了。"

"这烛光套餐是我一周前预定的，交了定金，不消费可不就浪费了？"

"我真是服了你，都什么时候了，你还这么抠门儿……"

正在这时，马丰的手机响起来，他看了看号码，说："是小迅，里面太吵，我出去接。"

马丰起身离座，边向外走，边接起手机。

王小迅坐在马路边的花坛沿上，旁边放着一听饮料。

"小迅，你在哪儿呢？"马丰问道。

"你先别管我在哪儿，你在哪儿呢？"

"我……我……"马丰一时语结。

"今天是中国的情人节，你是不是在请什么小姑娘吃饭！"

"没有没有，绝对没有。"

"那好，你请我吃饭吧。"

"这……这……"马丰又结巴了。

"看来是真约了人了,那就算了……"

"我哪儿约人了呀,不是小迅,今儿晚上你不是应该和鱼水……"

"他出差了。"

"哦……是这样呀……"

"你到底在哪儿呀?我打车过去找你。"

"我……我……我在夜南国酒楼呢……"

"夜南国酒楼?"

"是呀……"

"你……你是不是和沈鱼水……你们在一起?"

"哎呀小迅,你可真是神机妙算,的确……"

"那你俩吃吧!好好享用你们的情人节套餐!别撑着了。"王小迅挂了电话。

"哎,小迅,小迅……"耳机里传来"嘟——嘟——嘟——"的长音,马丰合上手机转身进了酒楼。

"小迅说什么了?"沈鱼水焦急地问道。

"话才说到半截,我说跟你在一起呢,她就挂了。"

"这么说,她起先是不知道我们在一起的,那她为什么……好啊你,哥们儿,我老婆情人节晚上给你打电话,约你一起潇洒!"

马丰把手机往桌上一放:"这是人话吗?那还不是因为你惹人家生气了!"

"噢,她一生气,就给你打电话,敢情你是她的备胎呀?"

马丰脸一沉道:"赶紧把你那张臭嘴给我闭上,顺着嗓子看下去我都能看见大便了。"

"嘿嘿嘿,哥们儿我开玩笑呢,调节一下我紧张的心理嘛,瞧你激动成那样。"

"你紧张什么?哦,我明白了,敢情你小子是真的喜欢肖真真呀,是不是?"

"没,没有的事。"沈鱼水紧张起来。

"肯定没错，要不然，你何至于跑大老远去寻访肖真真的踪迹？沈鱼水啊沈鱼水，小迅那么好的女人，你居然……"马丰指着沈鱼水的脸道。

"哥们儿我这还不都是为了你吗，一片冰心在玉壶啊，你怎么就不信的呢！"

"你都好意思撒谎，我怎么好意思信你啊！姓沈的我告诉你，不要有了爱情和面包，还要想着吃蛋糕。"马丰站起来要走，被沈鱼水一把拉住。

"你干吗去？"

"去找小迅呀，小迅也约我过情人节呢，我本来都拒绝她了，现在明白了你的心迹，我为什么还要拒绝她呢？没道理呀！"

"哈哈，露底了吧，你终究还是喜欢小迅的。"

"喜不喜欢另说，总之我没理由拒绝一个大美女的约会，你说是不是？"

"好了好了，咱们不说这个了，得抓紧时间讨论一下目前危急的局面，想想如何应对……"

"要我帮你没问题，你必须答应我一件事。"

"什么事，你说。"

"从今往后，斩断对肖真真的情思，一心一意对小迅。"

沈鱼水讪笑道："那、那还用说吗，必、必须的。"

05

两人来到王小迅住处。沈鱼水用钥匙开门，马丰随后进入。房子里一片凌乱，鞋柜的门敞开着，地上丢着小迅的一件衣服。

"小迅，小迅！老婆！亲爱的！"沈鱼水边喊边去卧室、储物间、卫生间等几个房间转了一圈，回到客厅。

"人不在。"沈鱼水一脸紧张，马丰没搭他的话。

"这回，她倒是没搬家具，但很明显，她……她把自个儿给搬走了。"说着，沈鱼水悲从中来，一屁股坐在沙发上，用手捂着自己的脸，哭了起来，"兄弟啊，我可怎么办啊！"

"找啊，打电话啊……"

"你让我上哪儿去找……要是刚才小迅约你，你直接过去就好了，起码她有个着落，不至于让人担心呀。"

"屁话！反倒怨我了是吧？你也不想想，小迅能去哪儿？无非这几个地方，单位、宾馆或者是于静那儿，小迅的父母又不在深都，她也没几个朋友，总不至于露宿街头吧。"

沈鱼水抬起头来，眼泪汪汪地看着马丰："嗯！我都蒙了，兄弟你分析得有道理。"

王小迅正在于静家，这会儿正和于静坐在客厅的沙发上，茶几上放着一碗面条，上面架着筷子，但纹丝未动。另一只红酒瓶放在茶几上，里面插了一枝玫瑰花。王小迅在抹眼泪，脚边放着她带来的一只旅行箱。

马超走过来，倚着王小迅，问："干妈，干妈，你干吗哭啊？"

"小孩子不要乱问，去房间里看电视。"于静将马超领进卧室，过了一会儿出来，带上卧室门。里面传出电视机播放动画片的声音。

于静坐回沙发上，对王小迅说："这男人没一个靠谱的，我算是看透了。不是我说你们家沈鱼水，看上去人模狗样的，你说他这干的算人事吗？和姓马的一路货。"

王小迅擦了擦眼泪说："马丰起码没背叛过你！"

"他压根就没爱过我，谈何背叛……我看你们还是早分早好。你不像我，又没有孩子，分手也就是吃个苍蝇。我和姓马的分手那可是吃屎，比吃屎还难受！吃个苍蝇还是高蛋白呢！"于静越说越激动。

王小迅扑哧笑了："于静，有你这么劝人的吗！"

"你那沈鱼水就像只苍蝇，成天飞来飞去的，想找块臭肉落脚啊。你们早晚要分，还不如现在就分，长痛不如短痛。"

"你说得对，可是他那人，肯定天天围着你死磨硬泡，烦都烦死了。"

"你搬过来和我们一起住，他要敢来，我就拿扫把打他，拿尿壶泼他，我还就不信会有那么厚脸皮的人。我呢，也不上节目了，反正在那上面耗着也没什么用，姓马的也不会可怜我一分一毫，男人都是恶棍，他们一旦占有了你，就再也不会拿你当回事儿了，都该拉出去毙了。"于静又激动起来。

"男人都毙掉，女人岂不都成尼姑了？我可不乐意整天打坐念经。"

"你要找男人也行呀，我让给你，那个林伟棠，你们不是说他好吗？马丰不是说他天生是做老公的料吗？我不稀罕，咱们做女人的，长得漂亮那是优势，活得漂亮才是本事。"

"啧啧啧，真是活成精了你……"王小迅用眼神示意茶几上的玫瑰花，"这花是他送的吧？"

"是啊，寄来一箱子，我就留了一枝。"

"虚伪！你嫌他远，那我就不嫌他远啦？不过，林伟棠说他马上就要来深都开店，把林记茶餐厅的内地旗舰店搬到深都来……"

正说着，于静的手机响了。

"……是啊，她在我这儿……"于静捂住话筒，对王小迅说，"是马丰。"

"让他们别来，我谁也不想见。"

于静劝道："不管是分是合，这事儿总得谈吧？"

"反正我不见。"

"你不见他们肯定会找来，还是找个地儿，你先和他们谈，等我把超超哄睡了过来给你撑腰，看谁敢欺负咱们小迅！"不待王小迅回答，于静转向电话，"喊什么喊啊，没断线！你们在我家附近找个地方，候着，等会儿小迅过去！"

06

于静家附近的茶吧里，马丰、沈鱼水坐在王小迅对面。

"这事的确不怪鱼水，是我让他这么做的……小迅啊，我是个正常的男人，岁数也老大不小的了，我妈又成天地在耳朵边上唠叨个不停……以前吧，我马丰也算得上是声色犬马，机会多，自然也就没多少焦虑。自打主持了这档相亲节目，那就要注意形象了，可这如云的美女成天在眼前晃来晃去的，就是个木头人也得起心动念不是？你看这事儿闹的。我苦啊小迅，实在是出于无奈才想出了这么一招……"马丰说得情真意切。

"我不是跟你说了吗，这事儿不能玩，你自毁名誉不打紧，要是小迅知道了，我跟小迅的关系都得跟着受影响，"沈鱼水指着马丰说，说着转身问王小迅，"你说是吧小迅？"

马丰不住点头："是是是，是我哭着喊着跪求鱼水他才答应帮我的，求了还不止一次。"

"现在知道了吧，当初我对你说什么来着？"沈鱼水问马丰。

"你对我说别玩火自焚，自作孽不可活，让我悬崖勒马……"

沈鱼水对王小迅说："这些话我都对他说过，他就是不听，说是我不干就要和我绝交，这不就戳到我的软肋上了吗？我沈鱼水这辈子最看中什么？一是爱情，和小迅的爱，其次就是好朋友之间友情了。这不是让我犯难吗？"

"是是是……"马丰仍在不住地点头。

王小迅被他们说得有点将信将疑："那，那这邮件是怎么回事儿？"

"是我让鱼水帮我发的，当然不能以我的名义啦，也不能从我的邮箱走，谁曾想沈鱼水的心里只有你，这么一点就发你信箱里去了，这都是潜意识，潜意识作祟……"

沈鱼水一拍大腿道："我说是怎么回事儿呢，我明明发给了肖真真，怎么到了老婆的信箱里呢，原来是潜意识作祟……你别说，马丰这小子这两年真够努力的，学问比我都要大了……"

王小迅突然一拍桌子怒斥："两个臭男人，说够了没有？这么狗血的事儿也能干得出来！你们脑子进地沟油了吗？龌龊！恶心！狼狈为奸……"

"还有猥琐、下流、无耻……"沈鱼水接茬道。

王小迅对着沈鱼水说："知道就好！我说你怎么就这么贱的呢！别的事儿可以帮他，这种事儿怎么可以……"

"我糊涂，我浑蛋，我不该瞒报军情，更不该助纣为虐，"沈鱼水说着一指着马丰，"帮他欺骗良家女孩的感情……"

"是啊，你可真够贱的……"马丰接茬道。

正说着，于静推开茶吧的门进来了，她虎着一张脸，走过来说："这俩都不是什么好东西，你不要给他们留面子！"

"于静，你先坐下，我正在骂着呢，等我骂累了，你帮我接着骂……"

"嗯！"于静坐下。

王小迅转向马丰，凤眼圆睁地瞪着他，马丰低下头，作认罪状。

"还有你！没有女人你就活不下去啊？你想要女人，"王小迅说着一指于静，"这不现成的吗？这么好的女人，人跟了你那么多年，给你做妻子，生儿子，家里家外，哪点儿不好，你怎么就这么不知足的呢？"

于静不解地看着王小迅："小迅，到底咋回事儿，不是沈鱼水让你生气的吗？怎么骂起马丰来了？"

"于静，这是个误会，是马丰干的好事儿，"她又指了指沈鱼水，"他做的帮凶。如果哪天我导演电视剧，像你们这种人，我最多让你俩活两集……"

"我该死，我浑蛋，我瞎眼找了这么个办事不牢的家伙……"马丰答道。

沈鱼水一拧脖子道："说什么呢你？"

王小迅对马丰说："看来你还没意识到自己错误的严重性！这事儿万幸没发给肖真真，否则的话，如果曝了光，咱们整个栏目都要跟着遭殃，你们深都卫视也要跟着丢脸，弄不好节目都得被叫停！你说你……"

"是是是，我的错误很严重，为了咱们电视人的荣誉，就是没有女人，我也得撑着！"

"这还差不多……"王小迅放松下来，忽然又把脸一沉，盯着马丰问，"我还是没法相信，这事果真是你的主意，让沈鱼水做的帮凶？你给我句实话。"

马丰看了看沈鱼水："这……"

沈鱼水赶紧接过话头："小迅，千真万确啊，他是主谋，我是协犯，而且是被逼无奈啊，小迅，鱼水冤哪，比窦娥还冤……"

王小迅瞪了一眼沈鱼水："你不咋呼能死啊？你就是心虚，别以为我没看出来。"

"小迅你一定要信我，我真的……"沈鱼水拱手央求王小迅。

马丰回过神来，对王小迅说："行了行了，你就别怪鱼水了，总之小迅我向你道歉，这都是我的不对，对不起……"

王小迅瞪起眼睛："别跟我说对不起，早干吗去了，不原谅你好像还是我错了似的。"

马丰、沈鱼水扑哧笑了。

王小迅指着马丰、沈鱼水说："这种事下不为例，到此为止。"

沈鱼水腰杆一挺："你放心，以后就是马丰跪下来求我、舔我的臭脚丫子，我都不会答应他了！"

"我这辈子就是憋死，孑然一身，也绝不会再求你……"马丰也松了口气。

四个人都不吱声了，王小迅闷闷不乐，于静脸色凄然。

"骂也骂过了，误会也解除了，今天是农历三月三，中国人自个儿的情人节，咱四个有几年没聚一块儿了？今儿机会难得，咱们一块儿过个节，一醉方休……"马丰拿起酒瓶，给各人杯子里倒酒。

"好呀好呀！"于静拍手说道。

马丰白了一眼于静。于静疑惑地看了王小迅一眼，指了指马丰，"我跟他过情人节，"又指了指沈鱼水，"你跟他过！"

王小迅斜眼看了看沈鱼水："我才不要跟他过。"

"你不跟他过跟谁过？"于静指指马丰，"难不成你要跟他过？哎，我说小迅，你不要吃着碗里的还霸着锅里的好不好！"

"什么乱七八糟的，我……"王小迅一时不知如何作答。

马丰赶紧接过话头："哎哎哎，都别说了，别说了！刚才鱼水请我在外面刚吃过情人节套餐，这茶楼里肯定不会有套餐，咱就简单点儿，来来来鱼水，咱哥俩儿继续过节，你们姐俩儿也跟着一块凑合着过吧。"

沈鱼水跟着说："谁跟你过节！这样，咱们四个在一块儿的时候也没过过情人节，今天算是补过，也不用分彼此了，来来来，干杯干杯……"

四人碰杯，表情各异。

夜深了，马丰、王小迅、于静、沈鱼水四人站在茶楼外街边的灯光里。王小迅、于静都喝高了，走路晃晃悠悠的。马丰、沈鱼水也喝得有点过。

沈鱼水要搀扶王小迅，被王小迅推开："走开，你别碰我！"

于静摇摇晃晃地对马丰说："马丰，你扶我一下，我头痛。"说着，伸手要搭马丰的肩膀，马丰闪开，于静跌坐在地上。马丰欲上前搀扶，顿了下神，看了眼王小迅，又闪开了。

于静手扶着地，垂着头，头发遮住她的脸，肩膀哆嗦着，发出似笑似哭的哽咽声。

王小迅去搀扶于静，腿一软，也跌坐在地上，干脆趴在于静肩头，嘤嘤地哭了起来。

沈鱼水去搀扶王小迅，再次被她推开："你滚，你们都滚，用不着你们虚情假意的。"王小迅猛地用力，推得沈鱼水一个趔趄，后退了几步。

沈鱼水指着于静对马丰说道："搀起来走啊，傻愣愣在那儿干吗？"

"不，不搀，男女授受不亲！"

"授你个头啊……我搀这个，你搀这个，这总行了吧？"沈鱼水说着去搀于静，于静站起来，抱着沈鱼水的膀子，一副摇摇欲坠的样子。

街边人行道上，灯影摇曳，行人寥寥，偶有车辆快速经过。于静抱着沈鱼水的膀子在前缓行，王小迅双臂死死勒着马丰的脖子，几乎吊在他身上，令马丰行走艰难。

"我走不动了，背，背我……"王小迅话都说不利索了。

"鱼水，她，她要背！"马丰招呼沈鱼水。

沈鱼水拧过头，欲掰开于静的手，却没掰动，"你不能背啊！烦死了！"

"哦……"马丰应了一声，半蹲下来，王小迅趴到他背上，昏昏欲睡。

就这样，沈鱼水搀扶着于静，马丰背着王小迅，王小迅的脑袋埋在马丰肩头，安静异常，呼吸匀畅。马丰停下，腾出一只手，抹了一把额头的汗水，又把住王小迅的腿，把她往上颠了颠。

"老沈，小迅平时看着瘦不拉儿的，这背起来怎么那么沉啊！简、简直比一头母猪还沉。"马丰上气不接下气地说道。

"趁你还有力气说话，赶紧把她俩送回去……还背上瘾了你……"沈鱼水没好气地说。

08

这天中午，王小迅拉着于静、马超，来到林伟棠订好的粤菜馆，到了菜馆门口前的街边上，于静老大不情愿，被王小迅拖拽着走了进去。

"人家请我吃饭那还不就一借口，你才是今天的主角，你不进去，叫我面子往哪儿搁！"王小迅埋怨于静。

"都说了我对他没兴趣。这姓林的也真是，台上我都拒了他了，还吃什么饭啊！小迅，他不会是个骗子吧？"于静找着理由。

"我王小迅也算得上阅人成百上千了吧？告诉你于静，这老林绝对是超级好男人，都为你把店铺开到咱深都了。"王小迅说着，继续拉着于静往前走，"就是个骗子，你也得给我再见一面！"

于静白了她一眼："我算是看出来了，你巴不得一脚把我踢给别的男人，你才好去勾引我们家马丰。你要是真有那个心，吱一声，我让给你呗，不就一破男人吗？"

王小迅咯咯笑："当着你亲生儿子的面，你收敛点好不好，没羞没臊！"

粤菜馆包间的餐桌边设了四个座位，冷盘已经上齐了，林伟棠端坐在主位，正等待着客人的到来。一名服务生推门，王小迅、于静领着马超进来，林伟棠站起身迎接："王制片，于女士，请坐，快请坐！"

马超向林伟棠跑去："叔叔，叔叔，怎么是你啊！"

"噢，小超人！你怎么也来啦？哦，是跟干妈一起来的。"林伟棠抱起马超转圈。

于静诧异地看着："怎么，你跟我儿子认识？"

"他……他是你儿子？"林伟棠也愣了。

"是啊，他不是我儿子，难道是你儿子？"

"超超不是王制片的干儿子吗？"

"是她干儿子没错，但是我的亲儿子！"

林伟棠一拍脑门道："哦，王制片，你说的朋友原来是于女士呀。"

于静看着王小迅。

王小迅说："你别看我，我说借你儿子一用，就是去见林先生的！"

"好啊王小迅，背着我设套子，让我往里跳啊！"

林伟棠茫然地听着两人的对话："你们说什么？我怎么就听不懂呢？"

王小迅赶紧解释："林先生，是这样的，这于静在台上是女嘉宾，私底下是我最好最好的朋友，我得为她的婚姻大事负责呀，关键是超超，总得找个能接受他的男人呀……"

"哦，我明白了，那是一道考题，我还以为制片人会见男嘉宾是惯例呢！"说着，林伟棠摸摸额头，作拭汗状，"想想我都觉得后怕，王制片，林某是否侥幸通过了？"

"岂止通过，简直就是满分，不，是一百二十分！"王小迅朝于静挤了挤眼。

"啊？太好了太好了！"林伟棠异常激动，再次抱起马超，在他的脸上连亲几下。

"叔叔，你胡子扎疼我了！"马超转开脸，躲着林伟棠的胡子。

"哦，我早上才剃的胡子，看来是又长出来了，没事没事，我带着剃须刀呢。"林伟棠放下马超，在随身携带的一只包里一阵翻找，拿出一只梳洗用品袋。

"我去修下脸，马上回来！"林伟棠匆匆跑进包间内的卫生间。

一会儿，林伟棠已刮完胡子，下巴锃亮，脸上放光。

"再加一把椅子、一套餐具……"林伟棠吩咐服务生，转向王小迅、于静，"我太高兴了，太高兴了，小超人是于女士的儿子！"。

正说着，马丰进来了，马超跳起来扑过去："爸爸！老爸！"

林伟棠又愣住了："这这……这是怎么回事？"

马丰抱起马超，对林伟棠说："我是他爸，他是我儿子！"

"是……是亲爸爸？"

"当然是亲爸啦，我不是他亲爸，难道你是他亲爸？"

王小迅窃笑，于静狠狠地白了一眼马丰。林伟棠愕然地指着马丰和于静："那你……你们两个？"

马丰拍了拍林伟棠的肩膀说："林先生，请您把心放回肚子里，我和于静是前夫妻，我们已经离婚两年多了。"

"哦……马主持，我请教你一下，这里，"林伟棠指了指在座的几个人，"还有没有我不了解的关系？"

"没有了，再也没有了，我向林先生保证！要不要我再帮您梳理一遍？我和于静是前夫妻，马超是我们的共同财产，这位王小迅是于静的闺中密友，我和于静认识也是她促成的。而我和王小迅是大学同学，都毕业于深都大学，还是同一个系的，她比我低三届，现在我们是《非爱不可》节目的搭档，这您是知道的……"马丰介绍着。

"多余！"于静嘀咕了一句。

"不不不，不多余，我很感谢马主持说得那么清楚，这深都我人生地不熟的，也就你们这几个朋友……没想到大家都是一家人，这太好了！太好了！"林伟棠兴奋得直搓手。

"林某决定将林记茶餐厅的内地旗舰店搬来深都，这店面难找呀，多亏了马主持出手相帮，现在的房东是马主持的粉丝，听说我是他朋友，马上就答应了，租金也打了折扣……谢谢马主持！你不仅鼓励我来到此地，帮着我张罗，还、还……我这也是刚刚才知道的，还大义让妻……"林伟棠越说越兴奋。

马丰打断林伟棠："林先生，前面两条我承认，后一条你可就说岔了，于静不是我的妻，是我的前妻，不存在大义让妻着一说。再说了，我也希望她能找个踏实可靠的人……"

于静白了马丰一眼道："前妻也是妻，你敢说不是！"

林伟棠赶忙圆场："是是是，是我嘴拙，但这也不是一般的人可以做到的，马主持急人所难，心胸宽广，林某算是领教了，敬佩敬佩！"

于静不悦地"切"了一声，一脸不屑。

王小迅转移话题，问："林先生，您的店什么时候开业啊？"

林伟棠答道："装修最快也要一两个月，但我已经决定留在深都不走了，亲自监工筹备。于女士不是说距离太远了吗，我正在努力接近，努力接近……"

"你开你的店，我也拦不住你，但这跟我没关系。"于静还是不痛快。

林伟棠答道："那是，那是，我们只是朋友，好朋友。不仅我们是朋友，我和小超人也是朋友。不仅和小超人是朋友，和在座的都是朋友！不仅和在座的是朋友……"

"好啦好啦，大家都是一家人"，马丰站起举杯，"来，让我们祝贺林先生毅然加入到我们的大家庭里来！"

"切！谁跟你们一家呀！"于静嘴上这么说，还是站了起来。

吃完饭，几个人一起出了餐厅，林伟棠逗弄着马超，马超不时开心笑着。

马丰对于静说："你今儿没喝酒，老林也人生地不熟的，你送他一段吧？"

"我不送，小迅认识路，应该让小迅送老林，我送你回去。"于静答道。

"得得，我谁也不送，也不要任何人送，我自个儿走。"王小迅说着，伸手拦下一辆出租车，上了后座。

"小迅等等我，我不是和你同路吗？"马丰紧跑两步，上了出租车前座，摇下车窗打招呼道，"林先生，让于静送你回宾馆。儿子，跟老爸再见。"

"老爸再见。"马超回了一句。出租车一溜烟而去。

于静转过身对林伟棠说："林先生你看着超超，我去开车。"说着，转身去开车。

一会儿，于静的车开了过来，林伟棠和马超坐在后座上，马超缠在林伟棠身上。

"叔叔，什么时候我们再抓钱玩儿呀？"

"再抓再抓，叔叔不单要教你抓钱，还要教你挣钱的本事。"

"挣钱？怎么挣啊？"马超不解地问。

林伟棠从钱包里拿出一张美元，递给马超，道："挣钱，首先要认识钱。"

于静从后视镜里看见了，说道："超超，不许拿别人的钱！"

"没有啦，我是让他认上面的数字，还有建筑、国家、山川地理、钞票上的人，钱上面的学问可大了。"林伟棠捏了捏马超的身体，对于静说，"于女士，超超不是很结实呀，男生应该壮一点才好。"

"他最喜欢的就是看电视，也不和其他小朋友玩，平时缺少运动，还总爱生病。"

"这可不行啊。于女士，我建议让超超去学柔道，您看行不行？"

"柔道？"

"是啊，以前我在香港，天天都要去柔道馆，在这项运动上还有些经验……昨天我去建材市场看材料的时候，发现旁边就有一家柔道馆，场地设施都不错，下午我再去看看，有没有学前班教小孩子的。"

"建材市场？是红星建材市场吧？那得多远……"

"没事啊，以后就由我接送超超，你就不用操心了，反正我自己也要锻炼……"

"我再想想。"

"学柔道好呀，既强身健体，还能增强身体的柔韧性，增加即时反应能力。"

"唔……"

"如果那家收小孩子，我就帮超超把名报了，一年以后我保证你会看到一个壮壮实实的小超人！"

09

《非爱不可》办公区里，马丰在影片编辑系统前看男嘉宾的 VCR，突然他停下，叫黄争光："争光，你来一下。"

黄争光走过来。

"这 VCR 是你和卓乐去拍的吧？"马丰问。

"是啊，怎么了马哥？"

"你俩平时打打闹闹没关系，欢喜冤家嘛，但一块儿工作还得讲究着点儿……这 VCR 拍的，不是成心不让人牵手吗？"

"马哥，这位爷娘成那样可不能怨我，爹妈给的，先天不足，后天养成，反正十位男嘉宾最后能牵手也就一两个，百分之二十不到，绝大多数也就是垫背的。"

"话不能这么说，咱们为人办事儿总得尽最大的努力，况且你们的 VCR 拍好了，我台上也能少磨几下嘴皮子……这 VCR 得重拍，给这哥们增加几分阳刚气，搞这么妖媚，都可以去当女嘉宾了！"

"怎么增加阳刚气呀？人天生就这么阴柔，还内秀，台本都是他自己写的。"

"你们得有创意，想办法把他变成个男人，变成个男人我就有办法，你说让一女的跟女的牵手，你这不是难为我吗？"

"那行吧，我再想想办法，可时间……"

"把这男嘉宾挪后一期上，回头我告诉王总。"

马丰继续浏览，忽然想起什么，掏出手机，走到外面走廊上给于静打电话。于静也在上班，听到电话，从办公室来到外面走廊窗户边接电话。

马丰跟于静商量："我看下期节目你就别上了，你把机会让给别的女嘉宾，这也算是一份功德。"

"不行，除非你答应跟我牵手。"于静不依不饶。

"于静，咱能不能不要闹了，你以前不是这样的人呀！现在怎么擅长起这个来了？"

"我就擅长这个，而且只擅长这个，怎么了？"

马丰叹口气，说道："于静，我是真心为你考虑。你现在这个岁数还行，再拖上几年，还会有人倾心追你吗？我就是再想帮你，那也得费一老鼻子劲不是，而且再想遇到老林这么好的男人几乎不可能了。"

"谁稀罕你帮我。再说人家老林来深都，那是为了开店做生意，可不是为了我。"

"讲话得凭良心，于静，咱深都的确是个大城市，但并不是中心城市，人把旗舰店弄你这儿，那还不如弄北京、上海去了，林伟棠来深都可不就是为了你吗？"

"就算为了我，那也得看我愿不愿意，又不是我让他来的，还不是你和王小迅捣鼓的？我还没说你们呢，你俩这到底安的是什么心……"

"于静，你可要看仔细了，想清楚了，这世上只有两种好人，一是年轻貌美时能陪着男人过苦日子的女人；二是实力雄厚时愿意陪着那个已经年老色衰的女人过好日子的男人。我看林伟棠就是这种男人……"

"他那么好，你怎么不嫁给他去呀！"

"我在台上不就说过这句话嘛，我要是个女的……于静啊，我对你可是一片好心，谁让你是超超的亲生母亲来着……"

于静哼了一声："好心？你有好心！笑死我了……告诉你马丰，以后我们的事你少掺和！"

"你们的事？是你和林伟棠的事儿？"

"是，是又怎么样？"

"哎，这就对了。我也明白了，得让你们自然发展。"马丰轻松起来。

"姓马的，你给我记住一句话，如果有下辈子，我于静一定要做你的心脏，我不跳，你就得死！"

"哈哈哈……好好好，下辈子咱再合体同生共死好不好？不过这辈子，你也有责任让自己过得幸福、活得开心，就这么定了。"

❤ 18 愿意牵着你的手，
从老婆到老婆婆

01

　　按马丰的要求，卓乐，黄争光一起去拍摄男嘉宾的 VCR，二人合计了一番，决定向罗书借大可一用。起先罗书不同意，无奈二人软磨硬泡，罗书只好答应，并叮嘱黄争光，千万照顾好大可，记得给它水喝，不要喂它吃东西。

　　黄争光连声答应，关上车后门，绕到副驾门前上了车，卓乐一踩油门，奥拓驶了出去。大可在后座上，对着车的后窗吠叫不已，通过后窗能看见罗书仍站在原地。

　　"让它别叫唤了，耳朵都让它震聋了！"卓乐指挥黄争光。

　　黄争光低着头玩手机，嘴里答道："总比听你说话强吧？哎，我说卓乐，老了以后你肯定是个啰嗦的老太太，一张瘪嘴闲不住……"

　　卓乐眉毛一竖道："你怎么知道我老了就是一张瘪嘴？有本事你就爱我一辈子，看到时候谁是一张瘪嘴。"

　　"爱你一辈子？还不如杀了我，鄙人此生宁可高傲地发霉、变烂，也不会卑躬屈膝地恋爱！"黄争光继续玩手机。

　　"你就是个烂人，已经发霉了！"

　　两人一路吵吵闹闹，伴随着大可焦虑的吠叫声。

一个多小时后，奥拓车开到某男嘉宾住处，黄争光、卓乐拿着摄影器材、牵着大可进了男嘉宾家里。只见男嘉宾的房间布置得非常女性化和儿童化，男嘉宾的装扮、气质也极为女性。他看见黄争光手里牵着大可，吓得躲进卧室，指着大可对黄争光说："别让它过来！我……我最怕毛茸茸的玩意儿了！它打没打过疫苗呀？身上有没有跳蚤呀？可别把粑粑拉我屋里！臭死了，臭死了，它洗没洗过澡呀！"

　　黄争光蹲在大可旁边，一边逗大可玩，一边对男嘉宾说："你得牵着狗，和它亲近点儿，摸摸它可爱的小脑袋啦，和它握握手呀……"

　　"我才不要呢，什么可爱的小脑袋呀，它的头比我的头还要大！"

　　黄争光站起来说："我们好不容易弄这么一个道具，您好歹配合点儿，这不是为了增加您的阳刚气吗？"

　　男嘉宾突然跳到床上，在席梦思床垫上边说边蹦，气愤地叫道："谁说我不阳刚啦！谁说我不阳刚啦！我man着呢！是纯爷们儿，一点儿都不娘。"

　　交流了好一会儿，男嘉宾才安定下来，大可也卸下狗链，在房间里到处嗅着，四处走动，不时抬起头来吠叫几声。黄争光扛着摄像机，跟着大可一路拍摄。男嘉宾紧张地缩在床上，卓乐协助黄争光，在他的指令下搬开椅子挪开杂物。

　　见黄争光围着大可拍摄，男嘉宾不高兴了，"你们到底还拍不拍我啊！我才是嘉宾，不是这条癞皮狗！"

　　"我们这不是为了你吗？既然你不待见这狗，到时候把你们剪一块儿……"黄争光嘴里说着，手里的摄像机一刻也没停下。

　　"我才不要呢！凭什么让它抢我的戏啊！这是我的VCR，不是它的！它它，它算什么东西！"男嘉宾正说得起劲，大可猛地朝着他大声吠叫了两声，把他吓得缩到墙角，拍着胸口，"吓死我了，吓死我了，它，它对人家好好凶，呜……"男嘉宾捂脸作哭状，黄争光气得直摇头。

　　折腾了半天，男嘉宾的VCR总算拍完了。

　　黄争光、卓乐从男嘉宾住的楼里往外走，黄争光提着摄像机，衣袋里塞着的狗链垂下一段。两人边说边争吵，走向停放在小路尽头的奥拓。大可从他们的身边蹿了过去，跑向一边的草坪，两人都没有察觉。

"看他那样，真恨不得啐上两口，再踹他几脚，什么玩意儿！"想起男嘉宾，黄争光气还没消。

卓乐斜眼看了一眼黄争光，"争光，此时我俩的心情真是惊人得一致啊，我也正这么想呢，不过踹的对象不是他，而是另有其人。"

黄争光愣了一下，站定问道："你是指我吧！"

"是又怎么样？我就是想啐你，踹你。"说着，卓乐抬脚作踢人状，黄争光赶紧跑开。

卓乐一跺脚："你跑什么，不知道打是疼骂是爱呀，笨蛋！"

两人来到奥拓旁，分别从两侧上了车，奥拓驶了出去。

汽车开上公路，黄争光突然叫了起来："哎呀！停车！快停车！"

"怎么啦？"

黄争光大惊失色地叫道："大可呢？你你，你把大可给丢啦！"

卓乐一踩刹车，汽车在路边停下。

"大可是你负责的，丢了也是你的责任！"

"是你开的车。"

"是你牵的狗。"

"行行行，我不跟你废话，赶紧掉头回去找。"黄争光面如土色。

卓乐不再多话，转动方向盘，掉头，奥拓车沿来路相反的方向飞驰而去。

回到男嘉宾住的小区，两人站在草坪上呼唤着大可。

"大可，大可，你在哪儿呀……"黄争光大声地叫着。

卓乐也跟着喊："大可，大可，咱们回家啦……"

两人分开，向不同的方向走去，呼唤大可，过了一会儿，又从不同的方向走回来，两人以及呼唤大可的叫声会合在一起。

02

回到家里，卓乐收拾了一番，房间里灯光明亮，她穿着睡衣，在吹头发，边吹头边走动，打开电视，开动洗衣机，然后找出一堆零食。最后卓乐带着一本书，蜷上沙发，展开，边伸手摸茶几上的零食送进嘴里边读书。

正读着，听到有人敲门，卓乐起身开门，只见黄争光背着大包，扛着被褥，满头满脸的大汗，狼狈不堪地站在门口。

卓乐把黄争光让进屋里，黄争光长吁短叹地把刚才的事诉说了一番。见黄争光满头汗水，赶紧走进卫生间，打开水龙头放水，招呼黄争光洗澡。黄争光答应了一声，脱下外衣，接着脱长裤。卓乐背对着他说："大可丢了，罗书把你赶出来，正好离开那破地方。"

黄争光脱得只剩一条短裤，钻进卫生间。卓乐听见动静转过身，走到卫生间门前，贴着卫生间的门提高音量继续说话："你来我这儿住，我可以不要你的房租……没准那狗什么时候就自己跑回来了！"

"我这不是来了吗？你啰唆什么呀……"

"要是大可回来了呢？要是它回来你是不是就会回去住啊？"

"谢你吉言，要是它能找回来，我就谢天谢地了！罗书肯定会让我回去的。"

卓乐气得在卫生间门上捶了一拳，骂道："你浑蛋！"

吵归吵，黄争光洗完澡，卓乐已经把水果、咖啡放在沙发前的茶几上，音响里也传出缠绵悱恻的音乐。卓乐对黄争光钟意已久，而黄争光刚被罗书吓得屁滚尿流，惊魂甫定之际正需要慰藉，两人相拥到一起。

03

这天下午，林伟棠又开着他的商务车，载着于静、马超上了深都市区的大街，马超还是在他身后，手上拿着一张一百美元仔细地看着。于静坐在后面一排。"叔叔，美元还给你，我都已经认识了。"马超把手里的美元递给林伟棠。"好好好，太棒了，美元认完，我们还要认英镑、欧元、港币，还有好多好多的钱，小超人都要认识。"林伟棠收下美元，将钱包递给马超，"自己拿一张，认认看。"

"今天我不认钱了，叔叔答应过我，美元认完带我去看妈妈做节目。"

于静扯了扯马超的衣服说："那种地方不是小孩子去的。"

"不嘛，我就要去嘛！"马超不高兴了。

"好好好，叔叔说话算话，送完妈妈咱们先去吃饭，吃完去看妈妈表演。"林伟棠答应道。

"好啊好啊！"马超拍起手来。

"老林，这怎么能行！"于静担心起来。

"你就放心吧，我保证超超听话。超超是不是啊？看节目的时候咱们不能大声说话，更不能哭鼻子，不能吵闹……"

说话间，小面包已经开到光灿大厦楼下。

此时，光灿大厦演播室里，嘉宾走台尚未开始，编导及有关人员正在忙活，走廊里工作人员往来穿梭。

卓乐走向黄争光，说道："争光，我要找你谈谈。"

"现在是工作时间……"黄争光低着头看监视器。

"我告你黄争光，别跟我来这一套。在我那儿过了一夜不想认账是怎么的？当时你……"卓乐声音大了起来。

"小声点儿，小声点儿……"黄争光四下张望。

周围的几个编导见状，自觉地走开。两人压低了嗓门儿。卓乐问道："你为什么要骗我？觉得我好欺负是不是？"

"我怎么骗你了？"

"你不是说大可找不回来你是不会搬回去的吗？现在大可找回来了吗？"

"第一，我没这么说过，我说的是大可找不回来罗书是不会让我进门的。其次，既然在大可没有找回来的情况下，罗书还请我回去，那真是给足了我面子，我能拒绝吗？"

卓乐憋着劲，握拳在黄争光桌上捶了一记："那我给了你什么？你凭什么这么对我！"

"我们那是互相给予，我是逼你了还是怎么了，是谁哭着喊着……"

"好啊你黄争光，臭不要脸的！你在玩弄我，玩弄我纯洁的感情！"卓乐哭了，流着泪，突然大叫起来。

站在较远处的一个编导见状，喊道："嗨嗨嗨，干活了干活了。"

04

林伟棠带着马超，正坐在《非爱不可》节目录制现场的观众席。录制尚未开始，他在教马超用手机拍照。马超手小，拿不住，林伟棠在一边帮马超将竖起的手机扶稳。

"别光顾着看呀，得按快门，喏，就这样，"林伟棠边说边点手机的拍照键给马超看，耐心地教着马超，"你看见的东西就拍下来，给你妈妈多拍点照片，还有你爸爸。"。

马超拍了几张，兴奋地哈哈大笑起来，林伟棠赶紧制止："嘘——小声，小声，咱们小声点。"

节目录制了一会儿，于静站到心动女生的位置上，与一个长相颇似林伟棠的男嘉宾面对面。男嘉宾对于静表白："以前的节目上，有人专门为你而来，你说他还不错，但距离太远了，所以拒绝了他……我觉得自己和那位男嘉宾是同一款男人，但没有距离问题，我的企业就在本地……"

马丰抢过男嘉宾话头："外表相同说明不了什么，这人嘛，不都是一个鼻子两只眼，但差别大了去了，别说是人和人，就是人和耗子，遗传基因DNA也有百分之九十五是一样的，就那差出的百分之五造就了人和耗子的天壤之别……"

于静表情木然地站在台上。

男嘉宾继续热情地说道："我看过你的资料，你是一个坚强、善良、有责任心的女人。你把全部的爱给了孩子，可是我能强烈地感觉到，你也需要被爱，被呵护……"

于静有些动容。

男嘉宾接着说："我不知道你的前夫为什么会离开如此优秀、美丽的女人，他肯定昏了头了，是这个世界上最愚蠢的混蛋……"

于静扑哧笑了，后台的黄争光、罗书们都嘿嘿直笑。马丰抬手止住男嘉宾："哎哎哎，我说哥们儿，你尽可以表达自己的观点，但这么作贱别人可就不对了。"

台下，林伟棠表情惊慌，不知所措。

男嘉宾继续表白："对于孩子，你尽管放心，我会尽最大努力，给他创造最好的条件和未来。我会把你们两个都视为掌上明珠，左手一个，右手一个，紧紧抓在手里，永不放弃……"

观众席里一片嗷嗷叫声，纷纷为男嘉宾鼓掌。

于静感动的眼泪已经滚落下来，她抬手拭泪。

马丰接着说道："男嘉宾已经表白完了，你的攻心术用得不错。不过你看，我们的女嘉宾也被你弄哭了，这就是你的不对了，尤其你不该说人前夫如何如何，这不成心揭人伤疤，往人伤口上撒盐吗？"

"马哥，我，我不这意思……"

"你是不是这意思我管不了，关键是人女嘉宾听了该多不是滋味呀……"

于静理了一下头发，对着马丰说："主持人你说完了没有？该轮到我说话了吗？"

"哦哦……你说，你说，我们请16号女嘉宾做出自己的决定。"马丰抬手做了个邀请的动作。

于静对男嘉宾说："和林先生相比，您不仅工作在深都，而且我们成长的环境、生活方式也更接近一些，所以我想……"

台下，林伟棠目瞪口呆，紧张得满头大汗，马超喊他都没有听见。马超用手拉林伟棠的衣服，小声说："叔叔，叔叔，我想把妈妈、爸爸拍在一起……"

林伟棠反应过来，转向超超，一把搂住他："超超，你叫，快叫……"

"叫什么啊？"

"你就叫'妈妈，我不同意'。"

"妈妈，我不同意。"马超喊道。

"大声一点，声音越大越好，赶快叫啊。"

马超大叫："妈妈，我不同意！妈妈，我不同意！"

台上的于静、男嘉宾、马丰及女嘉宾们都将目光转向台下。见状，林伟棠抢过马超手上的手机挡在眼前，做拍照状。

"这……"男嘉宾惊异地问道。

于静笑了笑："哦，是我儿子。"

马丰脸上不经意地松弛了一下，接话说："也是哦，女嘉宾，在你做出最后的决定以前，得征求一下家属的意见——既然他们就在现场，儿子的意见还是要考虑的……"

于静恨恨地看了马丰一眼，向男嘉宾鞠了一躬："对不起……"

男嘉宾显得很失望，但仍保持着风度："没，没关系，我能够理解，但……"

马丰赶紧岔开话题："可惜，女嘉宾虽然被感动，但毕竟已经做出了自己最后的决定，拒绝了男嘉宾……所以说，有过婚史的女性开始新生活比较困难，尤其是那些带着孩子的……"

台下，林伟棠激动万分，搂住马超，在他的小脸上连亲几下。

"叔叔，你胡子扎疼我了！"马超躲闪着。

"哦哦哦……那你咬叔叔一口，让我也疼一下……"林伟棠把手腕伸向马超。

05

《非爱不可》办公区里，王小迅、马丰、于静、林伟棠围坐在办公区的座位上，马超手里拿着 iPad，靠在林伟棠身上。王小迅对于静说："于静你可真行啊，自打上了我们节目，这冲你来的男嘉宾，不是高富帅，就是钻石男！我看你快挑花眼了吧？"

"根本用不着挑，眼前就现成的。"马丰接话道，和林伟棠对了个眼神。

于静白了一眼马丰，抱起马超亲了一下，"乖儿子，你就是不喊，妈妈也不会跟那人牵手的，"说着，于静看了看马丰，"你、妈妈和爸爸，咱们三个才是一家人，你说是不是啊？"

马超捧着于静的脸蛋说："妈妈，你为什么不跟林叔叔牵手啊！你，我，爸爸，还有林叔叔，我们四个人做一家人多好啊！"

众人都哈哈大笑起来，于静羞得面红耳赤。

"今天可把我累坏了，是录节目以来最紧张的一场，"马丰转移话题，转脸问林伟棠，"老林啊，今天你也吓坏了吧？好在是虚惊一场。"

林伟棠直点头："对对对，虚惊一场，万幸万幸！"

王小迅、于静对了个眼神。

林伟棠站起身，对大家说："大家忙活了一天，走，我请大家去丰富路上的皇朝酒店吃一顿，好好庆祝庆祝。"

王小迅问："庆祝什么？你的店装修好了，要开业了？"

"还没有，今天是庆祝、庆祝于静小姐听从了超超的话……"林伟棠乐滋滋地说。马丰、王小迅哈哈大笑，于静却面无表情。

"有什么好庆祝的，这俩白眼狼，才不要请他们，"于静转身对林伟棠说，"省下来的钱为你店里添两把椅子也是好的。"

"对对对，要勤俭，要勤俭！"林伟棠满脸笑意。

马丰拍了拍林伟棠的肩膀，调侃道："老林，瞧见了吧？这就要介入你的财务管理了，今后的苦日子有的受呢！不过你也不用害怕，有什么不明白的，尽管来问我，我保证知无不言，言无不尽。"

林伟棠连连点头"是是是，马哥多教教我。"

06

黄争光举着一块大牌子，站在郊区一处十字路口，牌子上是大可的照片，照片下面有一行字："寻找爱犬，提供线索者重奖！"。一些路人经过，奇怪地打量着黄争光，但并没人停下脚步。举了一会儿，黄争光累了，把牌子靠在马路边的树干上，从包里拿出矿泉水和干粮，吃了起来。正吃着，手机响了，黄争光一看是卓乐的电话，便掐断了。过了一会儿，电话又响，又是卓乐，黄争光索性关了手机。

卓乐这会儿独自待在一处宾馆房间里，桌上放着的手提电脑上，显示卓乐已登录QQ群，摄像头也已经打开，手提电脑上接着便携式话筒。她一边流泪一边打字——"请亲们转告姓黄的，我就是死了也不会放过他！到底是活着见面把事情谈开，还是死了做鬼让你夜夜抓狂？给姓黄的两小时的时间选择！警告，不要报警！！警察来了我立马割腕，让你们后悔都来不及……"

卓乐从包里拿出裁纸刀、酒精药棉、止血绷带等，一一摆放在桌上，然后她又从脚边拿起一只塑料水桶，举到镜头前："这只桶是装血用的……"

卓乐放下水桶，捋起左手衣袖，用酒精药棉擦拭手腕，完了拿着没有推开的裁纸刀在上面比画着："就这么一割，动脉就断了，血就会喷出来，我把手垂在这只桶里……"

卓乐又拿起水桶示意，再放下，左手自然下垂伸进桶里："喷出来的血就流进了桶里，不会污染酒店房间的……"

示范完毕，卓乐拿起放在桌上的手机看了看，"现在是下午三点十三分，到五点十三分黄争光不出现他就再也没有机会了……我要求把遗体捐献给国家，眼角膜捐献给失明儿童，肝脏捐献给女性，最好是年轻女性……身体的其他部分可以捐献给男人……你们不要打我的手机，姓黄的也不要打，你既然关机了，我也关机……"卓乐拿起手机，关机……

卓乐哽咽着唱道："你是风儿，我是沙，你不爱我我自杀……"

《非爱不可》办公区里，《非爱不可》栏目组的一帮人正围在电脑前观看，王小迅突然站起，急切地说："赶紧的呀，赶紧去报警，打110！"

"等会儿，等会儿，你没听卓乐说，报警她就立马割腕吗？"马丰赶紧制止。

"那，那怎么办？"王小迅也拿不定主意。

马丰锁着眉头，边想边说："你注意到没有，桌上有纱布、药棉、止血绷带，不像是横了心要死的样子。"

王小迅不耐烦了："要是卓乐真的割了呢？"

旁边一位编导说："至于用水桶来装血吗，又不是杀猪，我看是装的，纯粹是表演。"

"都什么时候了，你们净说这些没用的！"王小迅急了。

马丰摆摆手说："别急别急！这样，王总，你先开了视频，和卓乐聊着，稳住她，解铃还须系铃人，关键是找到黄争光……"

"下午就没见人，我还以为他和卓乐在一块儿呢……"

"听我的没错，王总你赶紧去先和她聊上……这种事咱们能解决最好，也别惊动公司里，要是闹大了卓乐又没割，那不就成了笑话了？"

王小迅一挑眉毛："出了事儿你负责？"

"我负责，我负责，反正还有时间……你赶紧去。"马丰说得胸有成竹。

王小迅走回自己的办公桌，打开 QQ 视频。

"海涛、小韩、小权，你们马上上网，去搜宾馆信息，我看那客房的布置像是如家……"马丰指挥起来。

小韩问："这深都市有多少如家？十几家不止吧？我看有几十家……"

马丰镇定地说："先确定是不是如家，如果是，再搜卓乐住处附近和咱们公司周边的如家，然后打电话过去问……张琪、刘成峰，你俩分头联系卓乐、黄争光，关机了也继续打，每过五分钟打一次……小江你带几个人去准备车，多备几台，随时待命。"

编导们走散开去，分头行动。

停了片刻，马丰又问："罗书呢？"

有人答道："在机房剪片吧。"

"赶紧打电话让他过来，十万火急！"

罗书接到消息，赶紧开着车，在深都市区街道一路狂奔。突然他的手机响了，罗书接起来。是王小迅打来的，王小迅问："……罗书，你能找到黄争光吗？"

"应该能找到……"

"他到底在什么地方？在干吗？"

"他大概在找狗。"

"找狗？什么意思？"

罗书一分神，闯过一个红灯："王姐我不跟你说了，我已经连闯了两个红灯。"

"那好吧，找到人后立即和马丰联系，他们人已经过去了。"

07

马丰一干人已经不在办公区了，整个办公区只有不多的几个人。王小迅挂了电话，走回她的办公桌，继续在 QQ 上和卓乐视频。

"卓乐，你再坚持一下，罗书已经找到黄争光了。"

卓乐问："姓黄的在干吗？为什么要关机？是不是和女人在一起！"

"你想多了，黄争光去找狗了……"

"好啊，又是那个大可。他关心狗比关心我还、还……他根本就不关心我，我连一条狗都不如！真是没法儿活了呀！"卓乐声泪俱下。

"卓乐，你别激动，别……别和狗一般见识呀……"

卓乐正和王小迅说着，马丰带着四五个编导已经来到宾馆客房门前。

马丰敲敲门："卓乐，你开门，开门呀，咱们好好聊聊，你说咱一个栏目组的，平时也关心不够，没好好照应……"

卓乐叫道："别废话，马丰！赶紧让姓黄的本人现身，现在离五点十三分只有半小时了，我说话算话！"

一编导将马丰拉到一边商量："马哥，我看咱们还是报警算了……"

正在这时马丰的手机响了，号码显示是罗书，马丰赶紧接起："找到了？太好了！太好了！……我们在五条巷拐进来金润发超市旁边的如家，309 房，你们在哪里？……什么？过来需要多长时间？……哦哦，反正你们尽快吧，越快越好！"说完，马丰又走回 309 门前，对着房门说："卓乐，好消息啊，黄争光已经找到了，听说你的事儿后他后悔不迭、痛哭流涕呀，正在往这儿赶呢，但地方实在是太远了，这会儿眼瞅着就是下班高峰了……马哥跟你商量一下，你的计划能不能延个一小时，一小时争光不到你只管割，我绝不拦你，谁要是拦你我还要拦他呢……卓乐，卓乐，你在听吗？"

卓乐哭起来："你这不是想我死吗？你们没一个人关心我……我……我真不如马上死了算了！"

"别别别，卓乐，你让我拦我就拦，你不让拦我就不拦，行不行？但你多少得延个几分钟……"

"那行，马丰，我再给你们半小时，五点四十三分如果黄争光不到，就别怪我想不开了，呜呜呜……"卓乐又哭了起来。

"半小时哪儿够呀，从许大湾过来最快也得一个多小时……"

"这我不管！现在我就在群里宣布，五点四十三是最后期限，黄争光不到，卓乐立马割腕！谢谢你们，谢谢大家！呜呜呜……"

编导又将马丰拉到一边："马哥，还是报警吧，这责任谁担得起呀？"

"唉，只好这样了……"马丰叹了口气，突然他一抬手，"慢着，我有主意了。"

此时，罗书正开着车一路狂奔，黄争光坐在后排座位上，身上抱着贴有大可照片的牌子。黄争光心虚地问罗书："兄弟你说，要是卓乐没救下来，真死了，我要不要负法律责任？会不会坐牢？"

"我怎么知道。"

这时罗书的手机响了，罗书看了一眼，将电话递给黄争光："是马哥，你接。"

电话里，马丰叫道："罗书，你让黄争光听电话。"

黄争光接过手机："马哥，是我，我错了……"

"你没错，错不在你……争光，你听着，要是你不按我说的做，那可就真的要铸成大错了！"

黄争光声音发颤："我听马哥的，你说。"

"赶紧把你的手机打开，然后给我发一条语音微信。"

黄争光边说边拿出手机，打开微信："好好好，马哥请说。"

黄争光跟着马丰说了几句，实在说不下去了，对着电话说："马哥，这也忒肉麻了，我说不出口……"

"就得肉麻，怎么肉麻你怎么说，我还觉得不够肉麻呢！……你要是不说，这事儿可就真的难办了。"

黄争光嗫嚅着："那行吧，我试试……"

马丰语气坚定地说："不是试，就这么办，极尽肉麻之能事，还得显得无比真诚，别忘了带上哭腔，抓紧点儿，时间不多了……"

08

马丰站在如家宾馆走廊上，盯着手机的微信界面。丁铃一响，马丰道："啊，发过来了。"他举着手机来到309门前，敲了敲门，对里面喊道："卓乐，好消息啊，黄争光已经赶到了，你开门吧。"

"怎么可能，你不是说他在许大湾吗？"卓乐不信。

"嗨，争光心急如焚，一路闯红灯过来的，他整个儿人都疯了，警车在后面跟了一溜……"

"什么，有警车？"卓乐问。

马丰赶紧接话道："你不是不想见警察吗？所以海涛他们去处理这事儿了，让争光先上来向你请罪，你就快开门吧！"

"他在你边上？"卓乐还是怀疑。

"在啊。"

"那你让他说话。"

马丰打开黄争光发来的微信，将手机贴在门上。

手机里传出黄争光语音微信的声音，只听黄争光带哭腔地说道："卓乐，你开门吧，是我错了，我知道错了！我真的很爱你，你可千万不要干傻事啊，如果你去了天涯，把我撂在海角，咱俩天各一方，那我活着还有什么意思啊。即便我们中间有一个必须死，那也应该是我啊！我只不过是想考验考验你……"

309房间内，卓乐听到声音，蹑足来到门后，仔细听着。

手机里继续播放黄争光的声音："卓乐啊，我没有告诉过你，在感情上，我受过很深很深的伤害。就上大学的时候吧，我们班里就两个女生，我暗恋上了其中一个，可结果惨透了，人对我根本不感兴趣，更惨的是那两个女生好上了！你说，我还怎么敢轻易相信女人啊，可是卓乐，你不一样……"

卓乐听得动容，却皱起了眉头，继续贴门细听。

黄争光的语音微信继续播放着："……卓乐，开门吧，我求你了，给你跪下了，这全都是误会，我真的很爱你呀，也相信你对我的爱，我愿意牵着你的手，从老婆到老婆婆，好不好……"

语音微信播放时，马丰在一旁配合坐着动作，微信语音里说"跪下"时，马丰双膝"咚"的一声跪下。微信语音里说到动情处时，马丰则以头撞门。编导们无不捂着嘴，不敢笑出声。

卓乐边听边泪流，她伸手将门锁及门链打开。马丰还在以头撞门，一撞之下，门竟然开了，马丰站起，和几个编导拥入房间。马丰的手上拿着手机，仍在兀自播放黄争光的微信。

"黄争光呢？"卓乐叫道，随即反应过来，"马丰，你骗人！你这个骗子！我……我真的活不成了！"卓乐说着，试图奔向桌边拿裁纸刀，早被几个编导抱住。

马丰安抚卓乐："我没有骗你，争光马上就到，这些话也的确是他说的……"

卓乐大哭，在几个编导的安抚下，情绪渐渐有所缓和。

马丰来到电脑前，屏幕的画面仍在 QQ 直播群里。马丰坐下，略整了一下衣服，拿过话筒。

"各位亲们、网友，我代表卓乐宣布，她的自裁决定并没有取消，而是再一次延迟了，延迟到六十年以后，届时如果大家还健在，请一定准时收看或亲临现场指导，谢谢你们，咱们不见不散。"说完，马丰关了电脑。

♥ 19 不错过些歪瓜裂枣，怎么会遇到真正的好男人

01

郊区某小区的楼道里，相对着的两套房门都敞开着，一个工人正分别给两扇防盗门换锁。刘子清站在一旁看着。门锁换毕，工人起身对刘子清说："好了，您试试。"刘子清来回开关着两边的门，显得有些忙碌。

"不错不错。"刘子清又从地上拿起两块木牌子，上面分别写着"刘宅"和"曹宅"，递给工人。

"麻烦你给钉一下，钉在门上。"

工人打量了一下木牌，递还给刘子清说："这门是不锈钢的，钉不起来。"

"哦，你想想办法，想想办法。"刘子清又将木牌递给工人。

"这是换锁以外的活儿，得加钱。"

"嗨，多大事啊，加加加，一个加十块钱吧。"

工人接过木牌，从工具包里找出一卷不干胶，贴在木牌后面，很快将木牌分别贴在了两户的门头上。

曹碧云从"曹宅"门后出现了，睡眼蒙眬地走出来："吵死人了，还让不让我睡觉了。"

工人吃惊地看着曹碧云："啊，这屋里有人。"

刘子清答道："没人我租这房子干什么，嫌钱多啊？"

"她是你闺女？"

刘子清支吾着："啊啊，也算吧……"

工人边收拾工具边说："这事儿我们也见多了，小的要照应老的，又不愿意和老的住一块儿，就弄两套房子，门对门……"

"是啊，是啊……"刘子清敷衍着。

工人走后，刘子清和曹碧云一同走进曹宅，室内陈设简单，但也一应俱全，沙发上堆着一床被子。曹碧云的装扮全变了，大辫子剪掉了，烫了头，穿着也时髦了。

刘子清将五把防盗门钥匙递给对方："这是钥匙，五把都在这里了。"

曹碧云接过钥匙，抬头看着刘子清问："你不留一把？"

"不留了，免得……"

"那你那屋的钥匙呢？给我一把……"

刘子清和蔼地看着曹碧云，伸出双手搭在她的肩膀上说："也不给，要杜绝一切可能性，免得咱们胡思乱想，那可就不好了，哈哈。"

曹碧云握住刘子清的手："子清我不是说你，你也是的，租一套房不就够了，你还真是钱多得没地方花了，咱们早晚还不是得住一起。"

"什么时候住一起那可不一样，碧云，我要对得起你的一片深情呀，这不我还没和那老太婆离婚嘛。"

曹碧云拨开刘子清放在肩上的双手："切，死要面子活受罪！"

"非也，那是享受……碧云啊，你在花房也住了那么些日子，蚊叮虫咬，还没法儿洗澡，委屈你了，子清心疼啊！我也在办公室里的沙发上凑合了半个来月。这下好了，咱们有自己的地方了，受点儿欲望之苦那也是应该的，况且我们有共同的目标……"刘子清边说边在屋里踱来踱去。

"行行行，我听你的……可别怪我没招呼过你……"

刘子清站定，凝视着曹碧云："你的情意子清铭记在心，不敢玩亵……碧云呀，你饿了吧？你再睡一会儿，我马上去刘宅做饭，饭好以后过来叫你。"说完，刘子清退出，从外面带上了房门。

02

黄争光、罗书急匆匆地冲进如家宾馆房间，见卓乐没事，才放松下来。

“黄争光，你说要牵着我的手，从老婆一直牵到老婆婆，你要说话算话。”卓乐大声叫道。

黄争光小声嘟囔道：“那是当然，当然。”

“一点都不坚决，我要你再大声说一遍，当着众人的面对我说那三个字，让大家都给我做个见证。”

黄争光顿了一下，说道：“不、不必了吧？‘我爱你’三个字，首字母拼起来，不就是个‘玩’字吗？你又何必当真。”

“黄争光，你浑蛋，你不是人，我，我还要死给你看。”卓乐叫着，转身要找刀子，被马丰一把抓住手腕。

黄争光气恼地说：“你要是有自知之明的话，就别用死来吓唬我的爱情。告诉你卓乐，黄争光混到今天，也不是吓大的，还没完没了你！”

卓乐的手腕依然被马丰攥着，她只有跺脚，哭闹，对马丰叫道：“他又欺负我，他不是玩意儿，马哥你要替我做主，呜……”卓乐靠到马丰肩头，呜呜哭着，马丰只好拍她肩膀，安慰着她。卓乐突然抬头，看着马丰说：“马哥，我活着也没什么意思了，除非你答应我一件事，我还有点儿活下去的兴趣。”

马丰乐了：“什么事，你尽管说出来，让大家都帮你参谋参谋。”

“马哥，你做我的男朋友吧？”

“什么？”马丰吓了一跳。

“马哥，今天下午多亏了你，是你救了我，你对我最好，你还为我跪在了门口，你分明是很在乎我的，不是吗？”

“卓乐你误会了，我那是……”

“马哥你什么也不用说了，我也忽然想通了，不错过些歪瓜裂枣，怎么会遇到真正的好男人。”

马丰连连摆手：“卓乐，别别别……”

站在一边的编导小权说："马哥，你先答应下来呗！卓乐现在情绪还不稳定，等过了这一阵子，她不闹了，也就没事了。"

"对对对，马哥，你好人做到底，救人一命，胜造七级浮屠，何况你不止救了一条命，你也救了争光，救了两条命啊！马哥，以后你就是争光的亲哥，我就是你的亲弟弟……"黄争光对着马丰双手作揖。

马丰把黄争光的手拨拉开："这都什么呀。"

卓乐又哭开了："马哥，连你也讨厌我，我还是死了算了……呜呜……"

马丰一抹面孔："行行，我答应、我答应。"

卓乐破涕为笑，抱着马丰的胳膊。

黄争光打躬作揖："好哥哥，不不，是叔、叔！"

"叔什么叔？我有那么老吗？"

一众人等一起笑了起来。

罗书、黄争光帮着卓乐收拾东西，卓乐死死抱着马丰的胳膊，小鸟依人地靠在马丰身上。这时，王小迅满脸焦急地冲进来，看到眼前的情景，不禁呆住了，"卓乐你好了，没事吧？"

卓乐松开马丰，又抱住王小迅的膀子，笑嘻嘻地在王小迅耳边低语。王小迅愣了好一会儿，看了看黄争光，黄争光耸了耸肩膀。王小迅又铁青着脸看马丰，马丰赶紧低下头，抬起手来挠头。

卓乐笑嘻嘻地对王小迅说："姐，你怎么不高兴啊！这多好的事儿呀，你该祝福我呀！"

王小迅掰掉卓乐的手："我祝福你，你们，也挺合适的……既然没什么事，我先走了。"说完，王小迅转身离开房间。

"罗书、争光，你们负责把卓乐给我押回去，看好了，我还有话对王总说。"马丰说着追王小迅而去。

卓乐大喊着也追了出去："马哥，亲爱的，你等等我……"

　　马丰追出宾馆，远远看见王小迅已经坐上一辆出租车，他紧跑几步，车子已经开了出去，赶紧拦下一辆出租车，一路跟着王小迅的车。来到王小迅居住的小区门口，王小迅从出租车上下来，马丰的车也赶到了。马丰匆匆下车，快步走上前，拦住王小迅解释："小迅，你听我说。"

　　"你要说什么？"

　　"卓乐的性子你不是不了解，我要是不答应她，她还不知道闹腾出什么事儿来，我这也是为了息事宁人，暂时先答应她……"

　　"你答应了她什么呀？"

　　"她哭着喊着，非要做我女朋友，说什么不经历人渣，怎能见大咖，还说我要是不答应，非得再自杀不可，我这也是没办法的办法。"

　　王小迅微笑着对马丰说："哦我明白了，卓乐借题发挥，你呢，顺水推舟，就缴了黄争光的械，顺手牵走了人家的女朋友……"

　　"你这么一说，马丰岂不成了大尾巴狼了，咱是那号人吗？"

　　王小迅突然声色俱厉："你不是大尾巴狼，天下就没大尾巴狼了。马丰我真是看错你了，自己泡妞也就算了，还逼迫鱼水帮你泡女嘉宾，这是不是你干的？于静一心一意想跟你复婚，连林伟棠那么好的人，她都给拒了，你却三番五次地羞辱人家，这是不是你干的？现在呢，轻而易举地弄了个又年轻又漂亮的小女友，你让黄争光情何以堪？把自个的兄弟往粪坑里推，这又是不是你干的？哪号人，你说你是哪号人？"

　　马丰愣了一下："小迅，听你这么一剖析，马丰不但是个淫贼、负心汉，还是往朋友两肋上插刀、背信弃义之徒啊！我……我有那么坏吗？"

　　"坏有什么呀？挺好的呀！男人不坏女人不爱！男人不流氓，发育不正常！你就作去吧！"

　　王小迅说完，掉头走进小区大门，脚步飞快。马丰呆呆地站在那里，像是虚脱了一般。

　　一天傍晚，刘子清挎着菜篮子上楼梯，菜篮里装着刚买的菜，来到刘宅门口，正欲开门，听见对面曹宅里传出人声，似有男人和孩子笑闹的声音。刘子清走过去，仍听不清楚，于是敲门。

　　没有反应，里面的声音也停止了。

　　"碧云，碧云！你开门呀，谁在里面啊？你在不在里面？"刘子清再次敲门。

　　过了一会儿曹碧云才将门打开，刘子清挎着菜篮抢了进去："我听见有声音，好像还有孩子……"

　　曹碧云应道："你没见我在看电视吗？"

　　厅里的电视机打开着，在播一少儿节目，沙发上拉开着一床被子。

　　刘子清问："你怎么这么半天才来开门？"

　　曹碧云指指沙发："你没见我在睡觉吗？正做梦呢……"

　　"你不是说你在看电视吗？"

　　"开着电视我没看，睡着了，我在听电视，也没听见……行不行啊？"

　　"卧房的门怎么关着？"刘子清指着卧室门问。

　　曹碧云叫了起来："刘子清！你怀疑我是不是？怀疑我偷汉子是不是？这才几天啊！不是我给你钥匙你不要的吗？还说信任我……要不我把这门钥匙都还你算了！"说着，曹碧云去解钥匙。

　　刘子清一把拦住："别别别，碧云，干吗发火呢？可不就是个误会吗？人老多疑，可能是我幻听了。"

　　"你听得没错，这电视机开着呢！"

　　"是是是，我是理解错误……要不碧云你再睡一会儿，我去做饭，饭好了叫你。"

　　"不相信人，有你这样的吗！"

　　"相信相信，我相信你……"刘子清忙不迭地退了出去，随手带上了曹宅的门，耳朵贴着曹宅的门听里面的动静。屋里曹碧云也待在门边，耳朵贴着门板听动静。过了一会儿，曹碧云猛地拉开曹宅的门，吓得刘子清一哆嗦。

"好啊！你一直在偷听！"曹碧云叫道。

"没没，没有没有……"刘子清连忙摆手。

"你就是不相信人！钥匙都不肯给我！"

"好好好，我错了，轻点轻点……"刘子清飞快转身，逃入刘宅，将门带上。

曹碧云退回曹宅，将厅里电视机的声音尽量调大，走进卧室，带上门。卧室里有一个男人和一个九岁左右的男孩，男人流里流气的，男孩脏兮兮的。

曹碧云抱了抱男孩儿，"好好好，小伢子真听话，没吭声，妈给你吃巧克力。"说着，曹碧云从口袋里掏出半块巧克力，递给男孩。

"这老东西到底有没有钱啊？"男人问曹碧云。

"钱钱钱！你就知道钱！我这上辈子作的什么孽呵，摊上你这么个不成器的东西，倒霉催的！成天就晓得赌！赌也赌赢了呀，赌点钱来家……"

男人双手在腿上搓了几下，说："要不我干脆讹他一把，他主持那什么《非爱不可》，也算是个名人，脸面丢不起……"

"你敢！"曹碧云呵斥道。

"这不钱来得快嘛，再说了，他把我老婆也搞过了……"

"就你老婆这样的，送给人家人家还不要呢！就你这德行，能娶什么好玩意儿！"

"没搞过？"男人不相信。

"没搞过。"

男人嬉皮笑脸地说："那就讹他搞过嘛，只要你一口咬死……"

"不要脸的东西！我告诉你三溜子，人刘教授对我有恩，对我们一家有恩！咱们再怎么不济，也不能那么下贱！"曹碧云气得脸都红了。

"那怎么办啊？我还有二十万的赌债呢，被人成天拿刀在后面撵着，你儿子也跟着害怕……哎，对了，要不这样，你也去那个《非爱不可》，我瞅着那台上有钱的男人多，也比那个、那个刘教授年轻帅气不是？"

"我作的什么孽呵！摊上的是什么样的男人呵！你是人还是鬼啊……"说着说着，曹碧云眼睛湿了。

06

马丰一出电梯门，便被守在电梯外的卓乐拦住。卓乐显然经过了精心打扮，发型也变了，还染了色。卓乐把一只塑料袋子递给马丰："哥，给你的。"

"什么东西？"马丰接过袋子。

"我给你买的衣服呀，算是我送给你的第一件礼物，嘻嘻！"

"怎么能让你送我礼物哇！你快退了，快去退了！"马丰把袋子递给卓乐。

"我不！人家花了半天加一晚上，跑了好多地方，好不容易才买到的……"卓乐一边说，一边推搡马丰，"你快试试，去卫生间换一下，我看合不合身，如果不合身，我再去换。"

马丰抗拒着，但还是被卓乐推进了卫生间。

卓乐守在卫生间门外，马丰换上了一身休闲装走出来，显得更精神了几分，他扯了扯衣襟说："你眼光不错，还挺合身！"

"那是，也不看是谁给你买的，妹妹我打中学起就是班里的时尚教主，搭配女王。哥，你穿这身，说你是大学生，都没人敢不信。"卓乐抢过马丰换下来的衣服袋子，"你先去吧，我就过来。"说着钻进了女卫生间。

马丰走进办公区，众人抬头，都眼前一亮。

杜海涛看见马丰，惊讶道："吖！马哥，这身休闲装不错，立马年轻了好几岁！"

马丰挺了挺腰板："哥就一衣服架子，穿什么都好看。"

何珺白了一眼马丰，撇了撇嘴，小声叽咕道："装嫩！"

王小迅听到声音，抬头看了一眼，埋头继续工作。

卓乐走进来，换上了和马丰一样的情侣装。

卓乐走到马丰跟前，手搭马丰肩膀，满面笑容地看着黄争光说："怎么样？绝配吧？"

"卓乐，你怎么……"马丰掰开卓乐搭在肩上的手。

卓乐傲气地抬着下巴道："亲爱的，这是今春最新款的情侣装，刚刚上架的，他们肯定都没见过呢！"

好几个女编导围过来，啧啧称赞。"这是什么牌子的？快告诉我，我也要给我和男朋友各买一套。""马哥的头发要是再立一点，乱一点，就更有味道了。"

听了女编导的话，卓乐眼珠一转，跑到王小迅座位边，从她旁边的窗台上抓过装着半壶水的喷水壶。

"姐，喷壶借用一下。"卓乐对王小迅说。

"你又没养花，要喷壶干什么？"

卓乐没搭理王小迅，拎着喷水壶跑到马丰跟前，对着马丰的头发一阵喷，马丰连连躲闪："干什么？你干什么？"卓乐放下喷壶，在马丰的头发上一阵摸索摆弄，把马丰的头发弄得有些立了起来，并显得有些凌乱。

一个女编导拍手叫好："马哥绝对能上时尚杂志了。"

卓乐头一扬："在本姑娘的捯饬下，我保证丰哥永远站在时尚的最前沿，成为时尚界的常青树。"

"我可不要做什么常青树，那些站在时尚最前沿的，都是些妖魔鬼怪，我才不要。"

卓乐忽然想起什么，把手机塞给黄争光："黄争光，帮我和丰哥拍张照，这么搭的造型，得留个影纪念。"

马丰摆手道："别别别，不准拍。"

卓乐抱住马丰的膀子，脑袋靠向马丰。马丰表情尴尬，左躲右闪，拿胳膊遮挡着脸，卓乐不断拉下他的胳膊，对黄争光喊道："傻愣着干吗？快拍呀！"

黄争光反应过来，应诺着举起手机，按动快门。定格的画面上，卓乐喜笑颜开，马丰龇牙咧嘴。卓乐放开马丰，马丰四下嗅了嗅，问道："卓乐，你刚才给我喷的什么？怎么有股怪味。"

卓乐拿起王小迅的喷壶，看了看，说："没什么啊！王姐的喷雾器，里面无非是自来水呗！"

马丰用手抹了抹自己的头发，闻了闻手："不对，还是有股怪味。"

卓乐扒拉下马丰的脑袋，凑近闻了闻，也不禁皱了一下鼻子，转身问王小迅："姐，你这里面是什么水，怎么有股臭味？"

王小迅抬起头，冷冷地看向这边："我在里面加了几粒可溶性粪肥，鸡屎猪粪人类大便，什么都有吧！"

众人哈哈爆笑，何珺尤其笑得花枝乱颤。

马丰瞪了卓乐一眼，抓起原来穿的衣服拎袋，快步走出办公区。卓乐吐了吐舌头，紧跟其后向外走。

何珺开口道："小迅，你干脆把窗台上的花拔了，直接栽马丰头上得了，那才是时尚界名副其实的常青树呢，哈哈哈……"

王小迅白了何珺一眼道："这是上班时间，该干什么干什么，瞧你们一个个轻浮得……"

罗书坐在何珺邻桌，扭头对何珺小声嘀咕："还真别说，马哥、卓乐的情侣装真的很搭耶！何姐，我，我可不可以去为、为咱俩买一套？"

何珺小声但带着狠劲地说："买你个头啊！你这种水牛腰，穿得上吗，你！"

07

卫生间门外，卓乐正站在门边候着。见马丰出来，卓乐上前说道："对不起丰哥，我……我不知道……王姐也真是的，吱一声我就不会喷你了。"

"行了行了行了，别一口一个丰哥的，肉麻死了。"马丰把卓乐拉到楼道拐角，从屁股兜里掏出钱包，抓出一沓钱塞到卓乐手里，"衣服我要了，但钱得给你，这些够不？"

卓乐跺脚道："丰哥，这是人家对你的一片心意……"

"卓乐我跟你说，在马丰眼里，你就是个活泼可爱的小妹妹而已，不是谈婚论嫁的对象。"

"我不管，你说过的话就得算数，你是男子汉大丈夫，又不是大豆腐。"

马丰一字一顿地对卓乐说："你干脆把我当块大豆腐，臭豆腐，又臭又硬，就是别当真。"

卓乐带着哭腔大声喊道："不行不行！你怎么才宣布做我男朋友，转脸就要把我甩了呀？你要是甩了我，我，我就再死给你看！"

马丰双手往外一推："别别别，你可千万不能干那种傻事，不值当！"

"你就试着喜欢喜欢我呗？我一定能做好的……"

马丰不理卓乐，快步走向办公区，卓乐小跑着在他后边一边追赶一边嘴里不停地说着："我有许多优点呢，你慢慢就能发现了。我们试着相处几个月嘛，说不定你就喜欢上我了呢……"

08

晚上，马丰、于静、林伟棠三人坐在夜南国酒楼包间里，菜已经吃了一会儿，杯里的红酒都只有少许。马丰要敬林伟棠、于静二人一杯酒，三人打起了酒官司。

"老林，于静，请举杯！"马丰敬酒。

于静对林伟棠笑道："来来，老林，我们俩再敬你一杯。"

马丰一抬手，说道："慢，刚才我们两个已经敬过老林两个酒了，作为前夫妻，我们感谢老林这段时间对马超的喜爱和照顾，这也是应该的。但这个酒嘛，好事成双，敬两个就够了，哪有敬三杯酒的说法？"

"那你让我们举杯干什么？"于静想放下杯子。

"别放下，别放下，这杯酒，是我敬你们二位的！"马丰要和于静、林伟棠碰杯。于静端着酒杯的手往后一缩："什么？你敬我们……两个？"

"无论如何，我得敬你们俩一杯。"马丰对于静说道："你想啊，超超是我的亲生儿子，可我是个不称职的父亲，陪儿子太少。这不全靠你们二位，超超才能茁壮成长。眼瞅着这段时间，超超的身板儿越发壮实了，我是打心眼里感激二位呀！所以，我一定要敬二位一杯……"

林伟棠举起酒杯："应该的，应该的……"

于静转脸对林伟棠说道："应该什么呀！你先等一等，这杯酒不能喝。老林不好意思，我早跟马丰说过，要请你吃顿饭。这段时间，你在马超身上没少费心……"

"应该的，应该的……"林伟棠脸上仍是笑意融融。

"应该什么呀？你又不是马超他爹！"于静白了林伟棠一眼。

马丰接话道："不是他爹，胜似他爹！老林这杯酒你得喝了，你要是不喝，就是承认你不喜欢超超，不想做他后爹，要是这样的话……"

"我想我想！我喝我喝！"林伟棠忙不迭地一饮而尽。

于静气得跺脚，"你怎么就喝了？"

林伟棠急忙解释："于静，我没别的意思，马哥确实忙，我也是打心眼里喜欢超超这孩子，就好像我们俩前生有缘似的……"

于静气呼呼地说："你别插嘴！他忙什么忙？一破主持人，最多录影前做一天功课，去一下光灿就可以了，也不知道成天赖在那儿干吗！"

马丰不接于静的话，对林伟棠说："你们俩就是有缘，上辈子有，这辈子还有，至于下辈子，咱就不管那么多了，只要过好这辈子……"

于静打断马丰："你不要声东击西，你不就是想……好好好，姓马的，我成全你。"说着，于静重新端起杯子。

"哎……这就对了嘛！"马丰笑着说道。

于静看到杯子里的红酒太少，把杯子放到林伟棠旁边："酒太少，你再给我倒点儿。"

林伟棠捂住酒杯："够了够了，红酒虽好，喝多了同样伤身！"

"让你倒你就倒！"于静冲林伟棠喊道。

林伟棠应诺着，拿起酒瓶，往于静的杯子里倒了一点点。

"倒，再倒！"

林伟棠又倒了一点。

"再倒，倒满！"

于静抢过酒瓶，往自己杯子里倒酒："不舍得是吧！又不是你请客，瞧你一副小气巴拉的样儿。"

"行了行了，满了满了。"林伟棠试图阻止于静。

酒杯里的红酒几乎溢出，她端起酒杯，大口喝了起来。喝到一大半，于静停下来，打了个嗝。

"行了行了，喝这些就行了，剩下的我替你喝！"林伟棠伸手去抢过于静手里的杯子，于静不让，但杯子还是被林伟棠抢过去，并一饮而尽。马丰笑眯眯地看着，鼓掌："好好好，哎呀这酒喝的，惺惺相惜，我都要热泪盈眶了。"

于静生气地瞪着马丰，却不言语。马丰给三人分别倒上酒，又举起杯子："来来来，于静，老林，我再敬你们二位一杯，这杯酒跟马超无关，纯粹是敬你们两个的。席慕蓉说，前世的五百次回眸，才能换得今生的一次擦肩……"

三人又吃喝了好一会儿，第二瓶红酒已经见底，于静快醉了，马丰、林伟棠还算清醒。

于静目光迷离地看着马丰："这一晚上都是你敬我和老林，都敬了十来杯了吧？姓马的，我告诉你，你就是把我跟老林捆在一块儿，用绞肉机绞碎了也白搭。"

09

午休时间，卓乐正和另外两个女编导围坐在一个小圆玻璃桌边，三人一边吃着卓乐买来的芒果，一边闲聊，卓乐一边说："姐妹们，放开了吃，今儿我请客。"

一女编导问："卓乐，你们家马哥呢，怎么没和你一起吃午饭？"

"他忙得很，丰哥就是责任心太强，该管的管，不该管的他也管，咱们这个栏目，要不是丰哥在那儿撑着，哪会有今天。"

另一女编导附和道："你说的没错，丰哥现在可是大咖了，要不是丰哥……"

卓乐头一抬道："哎哎哎，丰哥是我的专用称呼，你叫马哥就行了，别一口一个丰哥的。"

女编导拿起一块芒果放进嘴里："切，谁稀罕跟你争这个呀！"

卓乐小声对两位女编导说："告诉你们一个秘密，丰哥已经带我见过他前妻了，也就是咱们台上的16号女嘉宾于静。"

"真的呀！看来马哥是真对你动心了。"

卓乐扭了扭腰："那是，丰哥可在乎我了，不是要跟我解释，就是要说明，生怕我误解他什么似的。你说这两个人谈恋爱，将来要一起过日子的，我怎么会在乎小节呢。"

"你想得倒挺长远。"

卓乐眼睛忽闪着说："必须的呀。我都想好了，过不多久，我可能就会辞职……"

"啊！你要辞职？"

卓乐压低声音说："你小点声，瞧你大惊小怪的样子。我们家丰哥现在什么人？名人耶！名人的背后，一定要有一个温馨、稳定的家庭，这样他才能有真正的幸福，所以我打算辞职不干了，回家做个全职太太，幸福的小女人，嘻嘻嘻……我跟丰哥的婚礼，一定会通知你们的，到时候红包可不要小气哦！"

坐在附近的何珺实在听不下去了，插嘴说道："有什么好嘚瑟的，以为傍上个大咖，就草鸡变凤凰了似的。切，充其量也就傍了个山鸡而已。"

卓乐听到何珺的话，不禁横眉立目："呵呵，有人成天以为自己是个凤凰，可你的龙太子呢，还不是整天扎在鸡窝里鬼混！"

何珺声音大了起来："你说谁呢，说谁呢你？"

"说你啊，听不懂人话啊？"

何珺冷笑一声："没大没小，就你这样式的，马丰会要你？也不照照镜子，看看自己能不能排得上号。"

卓乐也不示弱："都一个山头的狐狸，你给我讲什么照妖镜啊，我要是排不上号，你连排号的资格都没有。"

"你，你你……"何珺气得声音发颤。

正吵着，马丰从外面走了进来，阻止道："卓乐，你怎么跟何姐吵起来了，再怎么说，何姐也是前辈。"

卓乐一撇嘴："我最讨厌倚老卖老了。"

何珺不再搭理卓乐，转脸对着马丰说："马丰，你好好管管这小蹄子，说话没大没小也就罢了，还没羞没臊地大谈什么跟你结婚。人都还没发育全呢，真是笑死人了！"

卓乐冲到何珺跟前，挺起胸脯："谁没发育全了？有种比一比，比一比。"

何珺不屑地瞥了一眼卓乐的胸部，也挺了挺胸脯："小丫头，跟我比，你还差得远呢！"

周围的人忍不住窃笑。

马丰忍住笑，对卓乐板起脸来呵斥："别胡搅蛮缠，结什么婚呀！胡说八道。"

卓乐冲着马丰叫嚷："丰哥你，别人欺负我，你居然还骂我，我，我……呜……"卓乐趴到座位上，哭了起来。

马丰对何珺："何姐，黄主任让你去他办公室。"转身对卓乐说："好好好，怎么说哭就哭了，别哭别哭！"说着，拽起卓乐的胳膊往外走去。

两人来到楼梯口，马丰松开手："还没说两句，就哭成这样儿，至于吗，行了行了，别哭了！"

"那你说我胡说八道，你什么意思？"

"你不胡说八道怎么着，我们怎么可能结婚呢？"

卓乐瞪大眼睛看着马丰："你说什么？不结婚，我干吗要做你女朋友，你把我当成什么人了？"

"卓乐你听我说哈，你喜欢的是黄争光，根本就不是马丰……"

"是你根本就不喜欢我吧？别以为我看不出来。"

马丰点点头道："对对对，卓乐你真聪明，冰雪聪明！"

"聪明什么呀，我宁愿犯傻，装糊涂，难道你没看出来吗？我不管你是利用我，喜不喜欢我，反正我是你女朋友，已经是公开的事实了，你别想否认。”

马丰耐心地说道：“卓乐你听我说，我也是迫于无奈……”

这时，王小迅、黄争光从上一层的楼梯下来，看到二人，都不禁怔住了。

“马哥，你怎么把我们家卓乐弄哭了。”黄争光嬉皮笑脸地打趣马丰，又转身对卓乐，“你也得改改你的臭脾气，不要动不动就一哭二闹三上吊，马哥可不是黄争光，得小心伺候着，懂不懂啊？”

卓乐冲黄争光吼道：“要你管！”

黄争光不搭腔，转身走开了。

马丰看了眼王小迅，说：“卓乐你先回去，我正好有话要对王总说。”

王小迅冷淡地说了声：“我忙得很，没空。”说着，从两人身边擦身而过。

♥ 20 豆腐要是能碰死人，那还要墙干什么

01

何珺走进黄肃之办公室，站在黄肃之办公桌前说："主任，有什么事儿您就说吧，我还有事儿呢！"

黄肃之不高兴了："你这是什么态度！不主动汇报工作也就算了，每次我请你都这么急急慌慌的，这不是倒过来了吗？"

"主任，我们干具体工作的不比您坐办公室……"

黄肃之站起身来："我告诉你何珺，年轻人不要这么狂躁，这对你没好处……我现在正式通知你，你在《非爱不可》的工作暂停……"

何珺大惊失色："主任，什、什么意思？难道公司要开除我？我哪儿做得不好了？虽然有过一些纰漏，但我都是为公司好啊！"

"谁说要开除你了，公司的决定是从下周起撤销你在《非爱不可》栏目组小组长的职务……"

何珺哭了起来："那还不是要开除我？"

"哎呀，你等我把话说完嘛，"黄肃之说着，将一份文件扔给何珺，"这是公司的正式通知，从下周起，你要担任起《非爱不可》特别节目《爱你再商量》副制片人，但不是你原来直播的策划案，也是录播的形式，名称也改成'爱你再商量'了。"

何珺破涕为笑："啊，原来是这样啊……"随即又皱起眉头，"怎么是副制片人，那谁是正的？"

黄肃之不耐烦地指了指文件："文件上不都写着了吗，王小迅仍然是制片人，统筹《非爱不可》《爱你再商量》两档节目的工作。"

"唉，折腾来折腾去，还是要被人踩在脚下。"何珺在沙发上坐下，手里拿着文件，还是一副不开心的样子。

黄肃之离开了办公桌，忙着倒水泡茶，一边说："小何啊，这已经算不错了，老赵已经很给面子了！"

"那干脆把个副字去掉不就得了。"

黄肃之将两杯泡好的茶端到茶几上放下，在何珺对面坐下，端起杯子闻着："嗯，香，真香！一股清香。这新茶不仅色香味俱佳，还富含各种微量元素，我还没来得及品呢……小何啊，你又何必在乎这些虚头巴脑的头衔呢，公司升了你的职，还要给你配备一个团队，这是好事啊……"

"那可不一样。王小迅领导我，她是制片人，给我增加几个人手，那还不是她的势力更壮大了？我……我……我真不如找块豆腐碰死算了！"

黄肃之放下茶杯，道："小何啊，你怎么这么贪心不足呢？豆腐要是能碰死人，那还要墙干什么？我告诉你，王小迅就是一面竖在你前面的墙，这才是你需要面对的挑战……她王小迅虽然是名义上的制片人，但其实你们是各司其职、互不相干的，况且赵总有言在先，为办好这档特别节目，你可以在全公司的范围内挑人，当然也包括王小迅那帮人啦，也就是说她动不了你的人，她的人你可以随便动……"

何珺思量了片刻，问："主任，这是您的想法？"

"什么话！不是我的想法，难道是赵总的想法？难道我看问题就不可能那么深刻和长远？告诉你何珺，为争取到如此优厚的条件，黄肃之没少在会上为你出力……"

"主任，那我该谢谢你了？"

黄肃之端起茶杯，呷了一口，慢条斯理地说："谢不谢倒无所谓，关键是要做个明白人，把《爱你再商量》搞好，才能争取到主动。虽然目前王小迅是老大你是老二，可万一她的《非爱不可》有个三长两短，你的《爱你再商量》却扶摇直上，这谁是老大，谁是老二，不就说不准了吗？……"

何珺感激地说："主任，看来我是真要谢谢你了，您指点迷津……"

黄肃之轻轻地挥挥："罢了，罢了，咱们还是喝茶，喝茶，谈这些个太俗了……"

02

夜深了，已经有几分凉意。王小迅只身一人坐在广场的石阶上，一阵凉风吹来，发丝拂动，不禁抱紧了双臂。车流的灯光，悄然涌过不远处的街面。广场的另一头，一对小情侣正抱在一起，情意缠绵。王小迅仰起头，落寞的眼神里，没有一丝表情。

又坐了好一阵，夜更深了，街上冷冷清清，车流稀疏。王小迅站起身，独自一人在树荫下的人行道漫步。

第二天上班后，马丰把王小迅拖到光灿大厦二楼的休闲茶吧里说事。

"凭什么呀！这何珺也忒狠了吧！罗书、黄争光要是走了，咱们的节目就别办了！不行，我得去找赵总……"王小迅突然大声说，准备起身。

马丰赶紧摆手："别别，她这是拉大旗做虎皮。不过赵总也是放了话的，你总不能让领导自食其言吧？何珺没让我过去，就已经算是善茬儿了……"

王小迅白了马丰一眼："那行啊，你过去啊！你不是跟她合作过的吗？"

马丰耐心地说："小迅，现在可不是置气的时候，咱们得好好合计合计……"

"有什么好合计的？没人我还怎么干啊！"

马丰劝道："这罗书和何珺的关系你还看不出来？你不让他过去，那也是典型的身在曹营心在汉……"

王小迅瞪大眼睛："你的意思就让他过去？"

"我可没这么说，我的意思是王总你爱惜人才，但态度必须向他们挑明。"

王小迅眨巴眨巴眼睛，没听明白。

马丰解释道："有两种方案，一是让罗书过去，但他仍是大栏目的人，你还是她的领导，随时可以使唤他。还有一种就是让罗书留下，授权何珺可以随时使唤，随叫随到……"

"那还是让他过去吧，我宁愿选择随叫随到。"

马丰往椅背上一靠："我原先也是这样想的，但再一琢磨，不对呀，如果不让这小子过去，他只会身在曹营心在汉，难不成投了何珺就变成身在汉营心在曹了？那是绝对不可能的，只有一种可能，就是泥牛入海……"

"你的意思是扣住罗书？"

"对头！随叫随到的瘾让何珺去过，咱们不计较，但你必须告诉何珺，罗书可以随叫随到，一切看她的方便，否则罗书是留不住的！"

"那黄争光呢？"王小迅问。

"争光正好和罗书相反，让他去何珺那儿，那就真是身在汉营心在曹了，随叫随到的瘾就轮到你王总过了。"

王小迅哼了一声："我才不要过这个瘾呢！"

"那就更好，反正争光过去是主持节目，和何珺配对，一周也就一次。再说了这孩子不错，总得给他个平台历练历练吧？"

王小迅点头说道："嗯嗯，那我现在就去找何珺谈。"

"且慢，你知道怎么谈吗？两桩事儿放一块儿谈，互为条件。如果她想让黄争光过去，那罗书就得留下，要罗书过去，争光就得留下……"

"我知道啦，马丰啊马丰，我还真没看出来，你整个儿就是一阴谋家，不管和谁整一块儿对付另一个人，那人准得倒霉！"

马丰一抬手："打住打住，王总你得相信我，无论我怎么对付你，其最终目的都是为了你好，马丰我永远都站在你这边。"

王小迅一撇嘴："切！漂亮话谁不会说。"

03

晚上，何珺坐在家里的沙发上看电视，门铃响起，打开门，只见罗书肩上扛着一只纸箱站在门口，脚下还有一只纸箱。

"何姐，一箱苹果，还有一箱里面是橙子、芦柑、猕猴桃……"

"知道啦，替我搬阳台上去。一共多少钱？"

"不要钱，算我送何姐的……"罗书说着，把水果搬到阳台上。

"那怎么行！下次我还敢不敢劳你大驾呀？"

罗书搓搓手说："你不是要请我吃饭吗？"

"两回事儿……给。"何珺给罗书钱。

罗书在厅里的沙发上坐下，不无紧张地搓着双手。何珺在厨房里忙着，传来水龙头放水的声音。

罗书对厨房方向问："何姐，咱们去哪儿吃啊？"

"不去哪儿吃，就在家里吃。"

"啊，何姐亲自下厨呀……有什么需要我帮忙的吗？"

"没什么让你帮的，我吃什么你吃什么。"

"那就好，那就好。"

过了一会儿，何珺端着一只硕大的玻璃盆从厨房里出来，里面放着各种水果，往茶几上一放，随之坐下。

"吃吧！"

"这这……咱们就吃这个？"罗书指着果盘问。

"是啊，就吃这个，我每天都是这么吃的……罗书，不是我说你，吃那么多的肉对你有什么好处？瞧你肥成那样，也该忌忌口了！跟着何姐吃几次，保管你能苗条点儿……"

"何姐，我胖吗？"

"那还用说？不过你倒是个实胖子，咱们栏目的王玲玲那式儿的是虚胖子……"

罗书"哦哦"地应着。

"吃吧，吃吧，吃完了我再去洗，水果我这儿多的是，保证供应，吃撑了都没问题。"

"谢谢何姐。"罗书抓起水果，大口大口地咀嚼、吞咽着。何珺则拿着一只猕猴桃，用水果刀剖开，慢慢地撕着皮。

"以后，你就是我的人了……"何珺说道。

罗书一听，差点噎住。何珺用水果刀刀柄敲敲茶几："你别想岔了，在工作上你是我的人，不是说私生活上。"

"是是是，我随叫随到。"

"王小迅只是你名义上的领导，她要安排你什么工作你要事先向我汇报，征得我的同意。"

"是，何姐。我很想直接就去你那边……"

"现在是谈工作，不要叫何姐，公私要分开。"

罗书直点头："知道了，何姐，不不，何总。"

"交给你的第一个任务，是把黄争光给弄过来……这小子也太不识抬举了，在王小迅手下能有什么出息啊？来我这儿现成的平台，和我一块儿主持，那是他上辈子修的！有他这样不知好歹的傻子吗？还骂我……"

罗书正咬着一块苹果，闻听此言，大嚼了几下，道："他敢骂何总？我……我去揍他！"说着欲起身。

何珺扯了一下罗书的衣服："也不是骂啦，就是嘴尖牙利地不肯饶人，你说这嘴皮子溜也该用在正道上，想一辈子这样呀！"

"不行，我还是要去揍他！"

"你干吗呀？就知道使你的那身蛮力，有意思吗？有本事你就让黄争光心服口服，像你这样哭着喊着地要到我这儿来！你俩住一起，关系不错，你就不能在这方面动动脑子吗？"何珺指了指罗书的脑袋。

罗书挠挠头："争光肯定不会听我……"

"所以才要想办法呀……你得请他吃吃饭、喝喝酒，说说体己话儿……反正这事儿我交给你了，完不成任务你就别再来见我了。什么都得我手把手地教，教也教不会！"

罗书胸膛一挺，说："何总，我一定想办法……"

何珺拿起一片橙子："如果你能劝动黄争光来我这儿，我再请你吃饭……"

"还吃水果吗？"

"你还想吃什么呀？这非洲、中东的有多少难民连粥都喝不上，更别说水果了……得得得，到时候我给你加餐！"

04

上班时间过了快一小时，马丰、卓乐还没到，原来昨晚卓乐被一帮小姐妹缠得没办法，把马丰拖出来，去了KTV喝酒唱歌，一帮小姑娘围着马丰兴奋异常，玩到很晚才散。

这时，卓乐急匆匆跑进办公区："来了来了，不好意思，姐。"

"怎么搞的，不知道今天要录节目吗？"王小迅语气严厉。

"对不起，姐，昨晚上一个小姐妹过生日，喝了不少……"

"马丰呢？他是不是和你一起喝酒的？"王小迅问道，转身又问罗书，"马丰电话还打不通吗？你赶快去他家，就是醉死了，也给我拖到演播室来，太不像话了……"

正说着，马丰喘着气跑进来："没醉没醉，哎呀王总，实在对不起……"

王小迅瞄了一眼马丰说："大家抓紧，演播室那边还等着呢。"说着，王小迅急匆匆地往外走，"回头再跟你们算账，每人一份检讨，卓乐你这个月的奖金也别指望了……"

王小迅快速走出办公区，马丰等人紧随其后，向电梯口跑去。

演播室后台，在一个光线暗淡的角落，马丰向王小迅解释着。

"……昨晚就是这么回事儿，我跟卓乐真的没什么！"马丰对王小迅说。

王小迅愤怒瞪着马丰："有什么没什么关我什么事儿……哎，我就奇了怪了，你怎么老是跟我解释呀？我是你什么人啊？"

马丰有些尴尬："你别生气，小迅，啊不，王总，我可从来没见你冲我发这么大的火，怪吓人的。"

　　傍晚时分，黄争光仍然举着贴有大可照片的牌子，站在郊外公路边，不断向行人展示。罗书的车开了过来，在黄争光身边停下，下车。

　　黄争光看到罗书，招呼道："壮骡，你来干吗？是不是监督我呀，我告你，这大可丢了，我比你还要难过，你是对不住大可，我可是对不住大可还有你，还有卓乐……"

　　"什么意思？"

　　黄争光叹了口气说："为找大可，差点儿卓乐就自杀成功了，这不人没死成，狗无论如何也得找到呀，否则的话那就太不值了。"

　　罗书没搭话，走过去一把夺过牌子，奋力一扔，牌子轻飘飘地飞出去，落地后一辆渣土车经过，将牌子轧碎了。

　　罗书开车载着黄争光来到一处路边夜排档。两人坐下，点好菜，吃了起来。罗书对黄争光说了一会儿话，黄争光想起身："这饭我不吃了，还是去找大可吧。"

　　罗书用手按着黄争光的肩膀："争光，你坐下，坐下呀……"

　　"去何珺那儿的事儿免谈。她是什么人呀！就你这种大脑让门夹过的人稀罕！她对咱们栏目干的那些事儿你不知道吗？让我黄争光给她卖力，除非、除非……"

　　"除非什么？"

　　"除非这太阳真的打西边出了，不，你就让这大黑天出个太阳我看看，马上！"

　　"争光，你看我连大可都不要了……"

　　"那是你的事儿，总不能用条狗命换我的名誉，我还没有那么贱，你自个儿用条母狗换了个女人……"

　　罗书怒了："你说什么……"

　　"我说错了吗？是侮辱了何珺还是侮辱了你心爱的大可？"黄争光回道。

　　"争光，我说不过你，但你还是要帮我这个忙。"

"凭什么呀！"

两人又吃喝了一会儿，黄争光夹七夹八地数落罗书："就你这种御姐控我见得多了，喜欢比自己年纪大的，想吃奶啊！瞧你那跟在何珺后面哈喇哈喇的样儿，你是一条哈巴狗啊？有你这么巨壮的哈巴狗吗？真要是狗你至少也得是一头藏獒！"

罗书对搓着双手，急得一头汗："你还不是一样的，一心一意地跟着王总……你说我怎么才能说服你呢？真是急死我了！"

"这事儿你就甭想了，就凭你那样儿？……咱兄弟也难得喝次酒，你也难得这么大方，还是别谈那些没用的，喝酒才是正道。"

罗书突然一拍桌子："那咱们赌酒。"

"赌酒？谁能喝得过你呀，瞧你那身板儿，块头有我两个大……"

"那我就喝你双倍！"

"那也不行……"黄争光眼珠一转，说，"这样吧，咱不比酒量比速度，你仍然喝我双倍，在十分钟之内看谁下得快。"

罗书不解，盯着黄争光看。

"不明白？五分钟之内，咱们吹喇叭数瓶子，只要我的瓶子有你一半我就赢了，你的瓶子如果超过我两倍你就赢了。"黄争光解释道。

"那我不是吃亏了吗？"

黄争光笑道："不赌拉倒，哥们儿，可是你先向我挑战的！"

"那，那我就跟你赌。"

黄争光招呼老板："老板，来两箱啤酒，通通打开！"

老板答应道："好嘞，要冰的还是常温的？"

"冰的，越冰越好，最好里面有冰碴儿！"

伙计搬来两箱啤酒，一一打开瓶盖。

罗书对黄争光说："我要是赢了，你就去何姐那边。"

"没问题。你怎么赢，凭什么赢啊？告诉你壮骡，今儿你可是输定了！"

罗书拎起一瓶啤酒："那咱们喝吧。"

黄争光摁住罗书的手说："慢着，要是你输了呢？你输了也让我去何珺那儿，那还不美死你了？"

"我输了就不要你赔大可了。"

黄争光推开酒瓶："这事儿不是已经结了吗？好啊你罗书，你想做无本生意，玩我！"

"我没有。"

"那这样吧，"黄争光说，"你输了就裸奔一个，从这儿跑到那边的十字路口，然后再跑回来，也就两百多米，正好秀一把你那身腱子肉……"

"这这……"罗书有点拿不定主意。

"不赌就算，可别怪我没给你机会！"

"就跑到十字路口，回来就能穿衣服？"

"没错儿，就跑到十字路口，跑完穿不穿上随你，你要是觉着凉快想一直光着，也没人拦你，我负责给你抱衣服……"

罗书把啤酒瓶往桌上一顿："那行，我们开始吧。"

这时，罗书、黄争光这桌前面小吃摊老板、伙计、食客以及路人聚集了一圈，一起在看罗书、黄争光赌酒。老板亲自用手机上的计时器掐表，伙计忙不迭地递送啤酒。罗、黄二人都站着，吹着酒瓶，黄争光的胸前湿了一大片，酒水不断从嘴角流出。

一食客叫道："这哥们不是喝，是吐，犯规犯规！"

老板指着黄争光，"不带这样的啊，"说着指指罗书，"你看你兄弟，他可是真喝！"

黄争光拿开酒瓶："我有他那么粗的脖子吗！"

旁边有人说道："吐反而不如喝来得快，有吐的工夫早就下去了……"

"那行，我喝！"黄争光又举起瓶子。

桌子上的空瓶放了两溜，罗书一边显然更多。

老板喊道："还有最后十秒，十、九、八、七……"

围观的人都跟着数起来："六、五、四、三、二、一！"

"停停停……停！"老板叫停。

罗书将酒瓶放下，黄争光仍在喝，被老板硬夺了下来。

"平了！平了！"黄争光叫道。

"让我数数……"老板先数罗书的空瓶，"一共八瓶。"又数黄争光的瓶子，"四瓶！"

黄争光说："我说平了吧……"

"你输了，你这最后一瓶还剩小半瓶呢……作为裁判我宣布，这位……"老板指指罗书，"赢了，这位喝了人家的一半还没喝完，输了！"

黄争光打着酒嗝："我没输，平、平了……"

周围的观众七嘴八舌地说道："输就输了嘛……"

"愿赌服输，哥们你就认栽吧……"

"你喝一瓶人喝两瓶……"

罗书掏出两张百元人民币，往桌子上一拍，"老板，不用找了。"说完，拉住黄争光，"走，你跟我走。"

"走？去哪儿呀？"黄争光赖着不走。

"你输了，跟我去见何姐。"

"输了就裸奔，多大的事儿呀！"

"裸奔的是我，你输了就跟我去何姐那儿……"

"谁说的？谁输谁裸奔……"黄争光说着，挣脱罗书跑开去，边跑边脱衣服。罗书追了过去。

"我裸奔啦！我裸奔啦！"黄争光边跑边喊。

"争光，你给我站住……"罗书追了过去。

06

黄争光在大街上一路狂奔，边跑边脱衣服，随地抛弃，罗书跟在后面紧追不舍。路人也跟在后面，小跑着围观。最后，黄争光脱光了上身，开始解皮带。

跑到一处草坪旁，黄争光停下脱长裤，回头一看罗书快到身边了，拎着裤子向前跑去，被绊倒在草坪上。在罗书赶到以前，他脱下了长裤，全身只剩了一条短裤。罗书赶到，一把摁住黄争光。

黄争光挣扎着叫道："哥，我已经全脱啦！"

"全脱了也没用！你输了。"

"我知道我输啦……这不，向你表明一下态度，我宁愿裸奔也不去何珺那里，你……你就放兄弟一马吧……"

"不行！输了就是输了，你要说话算话！"罗书一把拎起黄争光，来到街边招手叫出租车。黄争光冻得瑟瑟发抖。

"那那……那我同意还不行吗？"黄争光牙齿打着寒战。

"不行，现在就得去见何姐。"

"那那……你总得让我穿上衣服吧，我要去找衣服……"

"不行，你的衣服不要了，我买新的赔你！"

来了一辆出租车，罗书招手。罗书一路把黄争光揪到何珺家，叫开门后，罗书将光溜溜的黄争光往地上一扔，黄争光赶紧缩到一边，捂着脸。

"罗书，这是怎么回事儿？你要干吗？"何珺吃了一惊，指指黄争光问道，"这谁啊？"

罗书瓮声瓮气地说："黄争光。何姐，人我给你带过来了……"

"啊？黄争光？"何珺走过去察看。

"还真是，不穿衣服我还就认不出来了。"何珺认出黄争光，转身问罗书，"罗书，你有病吧！深更半夜的，弄个裸男到我这儿来，还是这么个东西！满身的酒气，臭死了。"

"何姐，争光输了，他答应去你那边了。"

"你也有今天！真是敬酒不吃吃罚酒！"何珺看着黄争光，又对罗书说，"罗书，算你立了一功！"

"何姐，找件衣服给争光穿吧……"罗书对何珺说。

"我不要，不要穿她的衣服！"黄争光声嘶力竭地叫了起来。

何珺眼睛一瞪："你想穿还没有呢！就让你这么冻着，上下牙打架，嘴尖牙利的东西，也好练练你那嘴皮子！"

"何姐，还是找件你不穿的衣服……"

"哼！我不穿的衣服多得是，要捐给灾区的难民，捐给贫困山区的失学儿童……"

过了一会儿，黄争光已经穿上何珺的衣服，身上披着何珺的花被子，坐在沙发上发抖。

"就这么说定了？你不反悔了？"何珺仍不放心地问道。

"说定了，说定了……"黄争光两眼无光，声音发颤。

"那你们走吧。"

罗书拉起黄争光往外走。

"慢着，等一下。"何珺叫住两人，走进里屋，拿着手机出来，对着黄争光啪啪地按着快门，闪光灯频闪。

黄争光挡着自己的脸："何总，你……你这是要干吗？"

"把你这样儿照下来，免得你隔天反悔！"

黄争光嘴角抽了一下："嗬，艳照呀，要不要让罗书拿着照相机，咱俩来个合照？去你床上？"

何珺冷笑一声："嘴头子还利索就好，没冻成个呆鸟！滚滚滚！有多远给我滚多远！"

07

送走黄争光，罗书又回到何珺家里。

罗书坐在沙发上，何珺从厨房端来一大玻璃盆水果，放在茶几上，随后也坐下了说："吃吧！"

罗书皱起眉头："何姐，咱们还吃水果呀？"

"要不是你立了功，还没得吃呢！我说话算话，你尽管用。"

"你不是说要给我加餐的吗？"

"加！加！吃完就加。"

罗书拿起水果，大口地咀嚼、吞咽着。

吃完第一盆水果，何珺从厨房里又端来一盆，放在茶几上。

"吃吧！"

"何姐，这……这就是给我加的餐？"罗书有点绝望了。

"你急什么呀，有你这样的吗？成天就晓得吃，当真就是一吃货……既然你喜欢吃，那我就教教你，这吃水果也是有讲究的，各种水果，都得趁新鲜吃，搁的时间长了，就没有任何营养价值了，而且不能放冰箱里冻……"

"那何姐，每次你不能少买点吗？"

"少买怎么行？万一世界末日了，小行星撞地球或者磁极倒转了怎么办呀？我是一天也脱不了水果的！"

罗书无话可说，"哦哦"地应对着。

"你把上次买的吃掉我也好买新的……"

"何姐，你早说呀，原来这是您给我布置的任务，我……我……"罗书抓起一只剜去了一块的大苹果，奋力咬下去，"虽然这个一看就搁了老长时间，没什么营养价值了，但罗书保证完成任务！"

茶几上的玻璃盆已经空了，罗书站起身道："那何姐，我走了。"

"你等等。"何珺转身去了里屋，再出来的时候端着一只小碟，里面放着五颜六色的药片和胶囊，把碟子放在茶几上。

"吃吧！"

"这是什么啊？"罗书不解。

"给你加餐呀……各种维生素、钙片、胶原蛋白营养片、微量元素增补剂。我说话算话，说给你加餐就给你加餐，赶紧吃吧。"

罗书拿起碟子，仔细端详着里面的药片，"何姐，这些药真好看。"说完，罗书拿起药片和胶囊，干吞着。

何珺打开一瓶矿泉水，拧开盖递过去："喝点水。"

罗书伸了下脖子："不用不用，已经下去了，全都下去了。"

"味道怎么样呀？"

"味道？"

"我是问你苦不苦，不是问你好不好吃！"

"不苦不苦，好吃好吃……何姐，你……你每天都是这么吃饭的？"

"是啊，这么吃最科学了，营养全面还没有脂肪，吃水果是为了摄取纤维素，有利于排便。"

罗书"哦哦"地应承着。

"以后你跟着我，多学着点儿，从生活到工作都需要严格要求自己！"

"是是，何总。"罗书不住地点头。

"不是跟你说过了吗，公开场合叫何总，私下里可以叫姐。"

"是是，何姐。"罗书赶紧点头。

❤ 21 过着这般锦衣玉食的生活，唯一的烦恼就是没有烦恼

01

黄争光回到住处，刚换好衣服就接到马丰电话，约他立刻去常去的一家餐馆，说有要事商量。黄争光匆匆赶去，桌上已经摆好菜肴，黄争光坐下大口吃菜，喝啤酒，边吃边赞："这家馆子的菜真不错，好吃，好吃。"

"多吃多吃，不够再点，来来来，兄弟，我敬你一个。"马丰端起酒杯，二人碰杯，一饮而尽。

马丰放下杯子，单刀直入："关于卓乐，我已经替你担待好多天了，我看她也不会再闹了，你是不是该接管回去了？"

黄争光直摇头："马哥，我看人卓乐对你挺上心的呀，你们就好好处处呗，说不定你能喜欢上她呢！"

"绝无可能，她压根就不是我的菜，你看啊……"马丰把这些天被卓乐折腾的事讲给黄争光听。

黄争光笑道："看来马哥真是被她折腾得不轻，可是我也没觉得咋样嘛，不就闹腾点嘛，没啥没啥，习惯就好了。"

马丰急了："争光你不能这样，我……"

正说着，王小迅走进餐馆，黄争光抬头看见了她。王小迅也看见了马丰和黄争光，转身要走，被黄争光叫住："王总，你也来吃饭？来来来，一起

坐一起坐。"

马丰回头招呼道:"小迅,你怎么一个人,鱼水呢?"

王小迅不理马丰,径自坐下。黄争光起身,把一盘未动的烤羊排装进快餐盒说:"反正你们也不吃这个,我带回去给罗书吃,这小子最近也不知道怎么搞的,脸色跟青菜似的……我先走了,明儿还要录制《爱你好商量》,二位慢慢吃!"说完,黄争光拎着快餐盒离开餐馆。

餐桌上只有马丰、王小迅对坐,场面略显尴尬。

马丰说:"这鱼水也真是,对你不管不顾的,太不像话了,回头我……"

王小迅打断马丰:"吃你的饭,吃好了的话结账走人,我还没吃好呢!"

"好好好,咱不说鱼水……哎呀!我现在是无事一身轻,卓乐总算主动退潮了,这两星期被她给折腾的……"

王小迅白了马丰一眼:"你什么意思?才俩星期就玩腻了?要把人给甩了?"

"什么话嘛,本来就是被逼无奈,哪有甩不甩的问题。我连她一根汗毛都没碰过。"

王小迅哼了一声:"鬼才知道!"

"天地良心啊小迅,虽然马丰喜欢交朋友,尤其是女朋友,但卓乐,我只是替争光看着她,刚才我也跟争光说了……"

王小迅再次打断马丰:"这都是你的私生活,我无权过问,也懒得问,你更用不着老是向我汇报,我又不是你妈。"

说完,王小迅站起身,拿餐巾纸擦擦嘴,挎起小包。"我吃饱了,谢了!"

走出餐馆,王小迅一个人走在绿荫覆盖的人行道上,步伐轻快,嘴角不时牵出一丝笑容。

02

这天下午,沈鱼水正在办公室电脑前刷屏,听见有人敲门,李嫣抱着一书稿袋子走了进来。

沈鱼水也没抬头，张口问道："事情处理好了？那女的没死缠烂打吧？"

过了几秒，没人答话，沈鱼水抬起头，看到李嫣正怒目圆睁地看着他。

"啊！是你！"沈鱼水、李嫣同时认出了对方。

"啊哈哈哈，我说是何方神圣、什么妖怪呢，原来是你，马鱼！"李嫣放肆地笑起来。

沈鱼水浑身一激灵："哦哦，轻点，你轻点……"随即起身奔到门边，关上了办公室的门，顺手反锁上。

"马鱼啊马鱼，想不到你还真是个大老板！太好了太好了！"李嫣大大咧咧地在房间里来回踱步。

沈鱼水一脸尴尬："不好意思，很久没见……"

"你有什么不好意思的？不好意思的是我，怪我眼拙，没看得出来，马鱼，你小子也忒不像个富人了！"

"李嫣，我叫沈鱼水。"

"沈鱼水？哦，鱼水书业，对对对……我可不管你叫张三李四还是什么玩意儿，反正你是这儿的老板，没错吧？在媒体工作，还有个儿子，马哈鱼，不对不对，沈鱼水，你可真够滑的呀。"李嫣在房间里摸摸这儿，摸摸那儿，像是检查卫生。

沈鱼水定下神来，说道："小徐跟你说了吧，这违约的责任我们公司承担，赔偿金照付，合同上是百分之十，我们可以给你百分之二十，谁让咱们是老熟人呢……"

李嫣打断沈鱼水的话题："马鱼，不对，沈鱼水，你就别在这儿跟我演戏了，我告诉你，这书我不出了！"

"不出了？"

"是啊，你以为呢？挣这几个小钱有意思吗？我无所谓，书不出了，赔偿金我也不要，李嫣不是那种眼眶子浅盛不住水的人……"

"那你要什么？"

"我要你呀。"

"要我？你……你什么意思？"

"这以前吧，我以为你是个穷人，既然是穷人，对我不负责任也就罢了，我也没打算要穷人负责，可你竟然是个富人，大老板！那可就不同了，你得为我失去的青春负责！"

"慢慢慢，你失去的青春？咱们统共才见过几面？"

"你想始乱终弃是不是？"

"得得得，我原谅你的用词不当，也不想跟你在这儿纠缠了，这样吧，你开个价，你那失去的青春价值几何？不就是钱的事儿吗？我认栽！"沈鱼水双手抱在胸前，看着对面的李嫣。

"鱼水——我能这么叫你吗？"

"您请便。"

李嫣往沈鱼水这边探过身子："鱼水呀，人家不是说了吗，不要钱。"

"那……那你就请回吧，别跟这儿瞎闹腾……"

李嫣往沙发上一靠："你是真不明白还是装糊涂？我不要钱，但要你人。沈鱼水你给我听清楚了，从现在起我就恢复你女朋友的身份……"

沈鱼水站起身来："什么？恢复……"

"我也不逼你，处一段咱们再结婚。当然了，要是你等不及想跟我闪婚的话，我也会考虑的……"

"我不同意！"沈鱼水斩钉截铁。

李嫣并不搭理他，兀自幻想起未来的美好生活："唉！你说吧，我要是嫁给你，过着锦衣玉食的生活，那不就没什么烦恼了，可能唯一的烦恼就是没有烦恼，哈哈哈。"

03

傍晚时分，沈鱼水拿着一只鼓鼓囊囊的大信封，钻进自己车，驶出了院子大门。大门外，一丛树荫下停着一辆出租车，司机闭着眼睛靠在座椅上，似乎已经睡着了，李嫣坐在副驾位置上，双目圆睁，紧盯着鱼水书业所在大楼的院门。

沈鱼水的车驶了出来，李嫣对司机叫道："嗨嗨，醒醒！就这辆大奔，赶紧的，跟上去！"司机手忙脚乱地调直椅背，发动汽车，跟上沈鱼水的汽车。

沈鱼水的车快到光灿大厦时，出租车从后面紧跟上来，沈鱼水从后视镜里看到李嫣坐在出租上，大吃一惊。再一抬头，看见王小迅远远地站在路边，正朝这边张望。沈鱼水打开大灯，猛踩油门，一阵炫目的强光过后，车从王小迅身边飞驰而过。紧接着，李嫣乘坐的出租车也跟着开了过去。

沈鱼水拿起手机，拨打王小迅电话："小迅呀，这不，我刚出公司，临时冒出点急事，不能来接你了……"

"我刚才看见一辆车，是不是你啊？"

"怎么会是我？我人还在公司呢，嗨，这年头，车都长得一个样，也忒没个性了！"

"好了好了，你忙吧，我自己找地方吃饭。"

出租车始终紧跟着沈鱼水的车，司机不敢大意，全神贯注盯着前方。

行驶中，李嫣拿出钱包，扒开给司机看："看，我这儿没钱，钱全在我男朋友那儿。"

出租车超过了沈鱼水的车，将沈鱼水别向路边。沈鱼水拼命按喇叭，出租车却横过来停住了。沈鱼水只好停车。

李嫣从出租车上下来，跑到沈鱼水车的一侧，猛敲车窗。

沈鱼水揿下一半车窗，厉声问道："你……你要干吗？"

"赶紧拿钱，给我八百。"

"我说的嘛，不就是个钱的事儿吗？这就好办……"

"你赶紧的！"

沈鱼水拿过那只大信封，递出去，道："都在这里了，不是百分之二十赔偿金，是全额稿费，一共是两万两千三百四十四，你数数……"

"我要那么多钱干吗？给我八百，包出租车的钱！"

"你自己取嘛。"

李嫣从信封里取钱，完了把信封递给沈鱼水，沈鱼水没接，问："你这是干吗？这是你的钱。"

"我不是说了吗，我不要钱，我要你这个人！"

两人推搡着，一个不慎，信封掉在了地上，钱都撒了出来。出租车司机按了按喇叭。

李嫣来不及捡地上的钱，跑向出租车，将手上的钱递进车内："给你，这是八百，不止双倍！"

司机接过，看着地上撒着的钱不禁有些发愣："还、还真是有钱人呀！"

李嫣往回跑向沈鱼水的车。沈鱼水正在倒车，李嫣飞奔过去，拍着车身："你停下！停下！"

"赶紧闪一边去，轧了你可别怨我！……你去捡钱呀……"

李嫣大叫："我不要钱，我要人！人人人！"

李嫣索性抱住车侧的倒车镜，双脚离地，将自己悬了起来。沈鱼水仍在缓缓地倒车，只听咔吧一声响，倒车镜竟被她掰了下来，只见她一屁股坐在了地上。沈鱼水趁机将车驶了出去，车轮从落在地上的钱上轧过去。

李嫣坐在地上，抱着倒车镜，对着沈鱼水离去的方向大喊："沈鱼水，沈鱼水，马鱼，呜呜呜……"。

哭了一会儿，李嫣突然意识到周围的一些围观者在捡钱。

"你们干什么？这是我的钱！我的钱！"

"我们还以为你不要了呢。"

"谁说我不要啦！都给我放下！放下！我的钱呀，呜呜呜。"李嫣边哭边爬过去捡钱。

04

为了躲避李嫣，沈鱼水只好与公司的小徐换了车开。他来到光灿大厦，四处打量了一番之后又钻进车内，盯着倒车镜，一辆辆的车开着车灯疾驶而过，沈鱼水不时地看一眼对面光灿大厦的大门。

王小迅终于从光灿大厦中走出，来到路边，目光四下搜寻着。沈鱼水将车缓缓地开了过去，在王小迅前面停住，揿下车窗。

"上车吧，夫人。"

"怎么是你？吓我一跳……你车呢？"

沈鱼水下车，跑到另一侧为王小迅拉开车门，又伸手挡门顶。王小迅坐上副驾位置，沈鱼水绕着车头回到驾驶位上车，一边招呼一边解释："嗨，这不小徐他们明天要去见客户吗，说是我的车有档次，能镇得住，让我跟他们换几天。"

沈鱼水扣好安全带，发动汽车，将车开了出去。

"这装神弄鬼的主意肯定是你出的。"

"哎呀，还是夫人最了解我，没错没错。"

"你别夫人夫人的，真难听。"

"嗨，这称呼夫人不是给你王总面子，是给我沈鱼水面子呀，你说呀，什么人的配偶才能称夫人？那肯定得是个大人物呀，称你为夫人就是在赞我，你说我配偶都夫人了，那不是明摆着我不是一般人嘛！"

"配偶更难听！"

沈鱼水嬉皮笑脸地问："那到底要叫你什么？老婆？堂客？屋里的？"

"我们又没办婚礼，谁是你老婆！"

"叫女朋友也不准确吧？咱们可是已经领证了。"

"你又来了！这婚礼和领证的事儿以后永远也不要提！"

"婚礼可是你说的……不过，这倒是个问题，小迅，你说咱俩到底算个啥关系呢？"

"爱什么关系就什么关系。"

"哎呀小迅，你……你说得太好了！你瞧这夜色绮丽，晚风如水，两边这霓虹灯闪的，我怎么觉得就像初恋啊，小心脏突突地跳个不停……爱什么关系就什么关系，说得真是太好了！"

王小迅斜眼看了看沈鱼水："瞧你那样儿，晚上开车还戴个墨镜，耍酷啊！"

沈鱼水开车来到自己居住的小区门口。

此时，李嫣怀里抱着倒车镜，倚靠在灯光阴影里的一棵树上，警惕地看着进出小区的车辆。沈鱼水驾车驶来，李嫣看到坐在驾驶室里的沈鱼水，突然冲到车前，伸开双臂挡在汽车前面。沈鱼水一脚急刹，自己和王小迅都不由自主地向前倾斜过去。

　　"你想死啊，不要命啦！……是李……"沈鱼水认出了李嫣。

　　"是谁？"王小迅问道。

　　"没事儿没事儿，你先在车上待一会儿。"

　　沈鱼水下车，关上门，走到李嫣面前，小声地问："你来干吗？赶紧走，有事咱们明天再说，我什么都答应你。"

　　李嫣直着脖子叫道："你还想要我？沈鱼水，我告你没门儿！今天咱们就得说清楚！"

　　沈鱼水咬牙切齿地看着李嫣："你不走是不是？看……看我不轧死你！"

　　"你敢！你轧啊！轧啊！有本事你就轧啊！不轧你就不是男人！"

　　王小迅坐在车里，见两人在车前越吵越激烈，拉开车门走下来了，快步走到两人面前："这不是李嫣吗？"

　　"你……你……你是王总……"李嫣也认出了王小迅。

　　"你在这儿干吗呀？"

　　"我……我……我来还他倒车镜。"

　　"倒车镜？"王小迅问道。

　　沈鱼水赶紧接话："小迅你听我说，这女的是个疯子，拿了一本写《非爱不可》的书稿想在我们公司出，我一看是写什么黑幕的，这哪儿能出啊……"

　　"我已经不要你出书了，我要的是你这个人！"

　　王小迅一愣，问道："李嫣，你说什么？"

　　"小迅，这人就是个疯子，你别听她胡说。"沈鱼水忙道。

　　李嫣转向对王小迅："我还没有问你哪，你是沈鱼水什么人啊？"

　　"他是我的男朋友，我是他的女朋友。"王小迅回答。

　　李嫣撒起泼来："好啊，王小迅，你……你……你也欺负我！我才是沈鱼水的女朋友呢！……你们什么时候好上的？我怎么不知道啊！你……你俩个合起伙来欺负我，一个有钱一个有势，我……我……我真的活不成了！"

李嫣将手上的倒车镜扔了出去，砸中了小徐的车，一声巨响。

王小迅拉住李嫣，抚着她的后背："李嫣，你不要太激动，有话咱们找个地方慢慢说，行不？"

李嫣哭了起来。

沈鱼水叫道："你跟一个疯子有什么好说的，还是报警算了。"

王小迅不搭理沈鱼水，仍在安抚李嫣："怎么样，我们找个地方说话，就我和你……"

"说就说，谁怕谁啊！"

王小迅拉着李嫣离开车前，沿着小路向前走去。

05

回到家里，沈鱼水焦躁不安地在客厅里转着圈走来走去，忽然想起什么，拿起手机拨打马丰的电话。此刻，马丰正坐在家里的沙发上静静地读书，茶几上放着一只紫砂茶壶，他边读书边拿起茶壶，就着壶嘴喝一口，读到妙处不禁击节叫好。正看得起劲，手机响了。

刚接通，就听到沈鱼水慌张的声音："哥们儿，你在哪儿？"

马丰喝了口茶："我能在哪？夜深人静，读书为乐，文字这玩意儿真是太奇妙了！"

"你还有那闲心……出、出大事了……"

"能有什么大事？上下五千年，纵横四万里，所有的大事儿都在书里了。"

"兄弟，不开玩笑，真、真的出事了。"

马丰放下茶壶问："肖真真的事儿不是完了吗？你还能有什么事儿？我代人受过，被你俩骂成那样……"

沈鱼水急切地说道："这回不是肖真真……"

"不是？难不成是你生意做亏了？"

"这次是李嫣。"

"什么？"马丰腾地站了起来，一只手撑着沙发后背站着。

此时，王小迅和李嫣坐在肯德基餐厅里，各自吸着一杯奶昔，像一对闺密在促膝谈心。

"这么说，你是在上节目期间认识沈鱼水的？"王小迅问道。

"是又怎么样？"

"那你为什么这么长时间没再出现？"

"不是你们辞的我吗？连赔偿金都不给，我还没有找你们呢！"李嫣边说边扭腰。

"我不是问你这个，我问你为什么这么长时间没再找沈鱼水？"

李嫣仰起脸道："他是个靠谱的人吗？沈鱼水就一缩头乌龟，玩弄我的感情！"

"那你为什么又想起来找他了？"

"我……我……我怀上了，是他的种，沈鱼水要为我负责，为我们爱情的结晶负责，他是孩子他爸，不找他我找谁啊！"

"你怀孕了？李嫣，这种事可不能乱编……"

"谁乱编啦？我的生理周期我不知道吗？昨天去医院里一查是阳性，自从我跟了沈鱼水就没会过别的男人，不是他的是谁的啊！"

"你怎么能证明你说的？"

李嫣一拧脖子："怎么证明？把孩子生下来，看看兔崽子到底像谁！我还就不信了呢！"

王小迅略一沉吟，推开面前的奶昔："李嫣，如果你说的是事实，我就退出……"

李嫣瞪大了眼睛："你退出？我告你王小迅，本来你就是加塞儿进来的，你才是第三者，搞没搞错！撬女嘉宾的男朋友，有你这样的制片人吗？我这才离开鱼水几天呀，你、你就趁机而入，你们电视圈里是不是都这样啊？沈鱼水身上有几块斑几颗痣、长哪里我都知道，要不要我告诉你……"

王小迅抬手止住李嫣："行了，别说了……李嫣，今晚一过，我就不再掺和你和沈鱼水的事了，我说到做到。但你必须搞清楚，这件事和《非爱不可》无关，和我们节目无关，从今往后咱们谁也不认识谁，行吗？如果你做不到，那我就陪你玩儿……不就是一个破男人吗？谁稀罕呀！"

李嫣面露喜色："这可是你说的……也是呀王总，你这样的也不会缺男人，我要是有你这样的身份地位，什么样的男人找不到啊！要钱有钱，要貌有貌，沈鱼水这档次的也就只能配我李嫣……"

"别说这些没用的，我们一言为定，你要遵守承诺。"

李嫣挺挺胸："这不用你说……王总，我和鱼水这也算是台下牵手吧？还得感谢你办的节目。"

"这就免了。"王小迅起身离开了肯德基餐厅。

06

王小迅正走出光灿大厦，站在路边张望着。马丰开着车从王小迅身后驶来，"王总，沈总没来接你呀？"王小迅看了看马丰，没说话。

"上车吧，我送你。"马丰停下车，王小迅上车坐到副驾上，系好安全带。车子开上大街。

"小迅，今天上午你怎么没来上班？"马丰问道。

王小迅不答。

"你情绪好像不对，是不是有什么事儿？"

王小迅低头理了理安全带说："没什么事。"

"肯定是沈鱼水惹你生气了！"

王小迅突然大声道："你能不能不要提他！"

"好好好，我不提我不提。"马丰继续开车。

王小迅的电话响起，她拿出手机，见是沈鱼水的电话，没接。电话铃一直在响。

过了会儿，王小迅一拍脑袋说："对了，我差点给忘了，蓝冰焰来深都了……"

"她来归她来呀，咱又不是她的粉丝。"

"不是，黄主任派了咱们栏目组任务，让你去采访她一下，人毕竟是红极一时的旗手明星，虽然现在过气了，但也难得来深都一趟。"

马丰看了看王小迅，"我采访她？这不成，咱是《非爱不可》，又不是《影视人生》栏目。"

"老童他们去过了，人蓝冰焰亲自点了你，整个深都媒体包括深都卫视，她只接受你的采访。"

马丰疑惑起来："为什么呀？"

"你问我，我问谁啊，准是你……你有魅力嘛。"

马丰摇摇头："不行不行，我又不是你们公司的人。"

"这不黄主任让我来求你吗，我本来也想拒绝，可想起服装事件那茬儿，说到底黄主任还是有功的，再说了，总这么和他对着干也不好。"

马丰想了一下，说："嗯嗯，小迅你成熟了……你让我去也行，但有个条件。"

"你说。"

"这蓝冰焰准又是保镖又是助理的，咱也不能示弱是吧？你……你也给我派个助理。"

"助理？"

"是啊，就派卓乐去，她可是蓝冰焰的粉丝……"

王小迅笑了起来。

"小迅，你听我解释……"

"不用解释，不就是想甩了卓乐，你心理觉得歉疚，想弥补一下嘛……唉，马丰，你真够怜香惜玉的，我准啦！"

马丰握住王小迅的手："王总，谢谢理解！不过我得解释解释，我跟卓乐真没怎么的。"

王小迅打掉马丰的手，"切"了一声。

傍晚，马丰开车带着卓乐，去采访蓝冰焰。卓乐坐在副驾上，兴高采烈地对马丰说："马哥，我太感谢你了。马哥你是不知道，这蓝冰焰是我们全家的偶像，我爸，我妈，还有我……要是他们知道我去采访她，那还不光荣坏了……马哥，这蓝冰焰小时候那才叫疯呢，单亲家庭，老爸后来又娶了后妈，蓝姐从初中开始就谈恋爱，一路就没歇过……"卓乐叽叽喳喳地把蓝冰焰的前史旧账翻了个底儿掉，眉飞色舞地说着，马丰听得索然寡味。

不一会儿，汽车来到一处会所边上。

会所在河对岸，是岸边的一组船形建筑，边缘亮着一些装饰彩灯，不免流光溢彩。一座小石桥通向外面，桥头聚集着一帮媒体记者和蓝冰焰的粉丝，几个保镖模样的人挡在桥口，仅让马丰一人通过，卓乐等一干其他媒体的人都被拦了下来，气得卓乐直翻白眼。

马丰在保镖的引导下来到会所客房套间。套房的客厅里放着一张仿明代样式的木质长沙发和两张单人沙发，中间的茶几上放着几个果盘，里面盛放着削好的水果。

蓝冰焰穿着暴露，脸上画了淡妆，见马丰进来，请他坐下，自己也在对面的单人沙发坐下。

"你再不来我都要睡了。"蓝冰焰理了理头发。

马丰笑了笑："不会吧，您睡这么早？"

"这是在美国养成的习惯，再说了，我也不是少女了，女人靠什么呀？有句话叫好女人是睡出来的，女人要想永葆青春，不就是靠睡眠吗……我每周也就一次要起个大早，为了看你主持的节目。"

"明白，明白，美国和中国时差十二小时。"

蓝冰焰抚弄着耷拉到前面的一绺头发，慵懒地看着马丰："我晚上睡，白天也睡，有盼头的事儿就是看你的节目……"

马丰礼貌地问道："冰焰，我可以这么称呼您吗？大家都这么叫……"

"当然可以啦，我最烦别人叫我蓝冰焰了，更烦人叫我蓝姐，土不土啊！

你这么叫就像你有多年轻似的！"蓝冰焰双手伸向脑后，把两边的头发归拢整齐。

马丰拿出采访本和笔："冰焰，我们可以开始了吗？"

"我还有很多小名儿、爱称，像冰冰啦，小火苗儿、冷艳女……"蓝冰焰自言自语地说着。

"冷艳女？"马丰问道。

"冰不是冷的吗？焰和艳是同音，哈哈哈……马丰，赶明儿你也帮我取几个名字！"蓝冰焰热辣辣地看着马丰。

马丰被蓝冰焰看得有些不自在，眨巴了一下眼睛，继续问道："冰焰，我们是不是开始工作？"

蓝冰焰从沙发上站起身来："马丰，我们都是成年人了，绕来绕去的特没劲，我就直接跟你说了，冰焰这次回国就是为了你。"

"为我？"马丰指着自己的鼻子。

蓝冰焰在会客厅里来回走动："你的情况我也了解了一些，我觉得咱俩挺合适——你先别说话……当然了，首先是你的智慧吸引了我，男人嘛就得有内涵，光有长相有什么用？金钱、地位什么的冰焰就更看不上了，对没见过世面的小丫头那才是个事儿……"

"慢慢慢……"马丰抬起手试图阻止。

蓝冰焰仍在来回踱着步，双手配合着所说的内容做出各种姿势，像是在舞台上："你听我把话说完，从你的角度讲也不容易，人不做到这份上是体会不到的，你身边肯定也不缺女人，但她们是冲你名声来的，要不就是冲你的钱，就算有人欣赏你的才华，你也看不出来……"

"我看得出来，看得出来……"马丰竭力保持着镇定。

"冰焰可不图你任何东西，就是看上了你这个人。再说了，咱们也算是一个圈儿里的吧，对彼此的生活方式也比较适应……"说到"一个圈儿里的"，蓝冰焰顺势在原地转了个圈。

马丰放下手中的采访本："冰焰啊，你可是多少少男少女心目中的女神……"

"也就是这么一说，你可不要有任何自卑感，因为你是马丰。再说了，你做的事刚起步不久，往后还会有更大的发展空间，我就不一样了，已经过了巅峰期，往后只能走下坡路了。再说我也累了，想的就是找个男人安顿下来，但也不能太凑合不是？"

马丰干咳了两声，打断蓝冰焰无休止的自言自语："我觉得是这样的，首先，我非常感谢冰焰的坦诚，也深感荣幸，你描绘的生活也许的确比较适合目前的你自己，但对我并不合适……"

蓝冰焰粲然一笑："你别这么快地下结论呀，如果咱们能走到一起，冰焰的嫁资至少也得两千万吧，是两千万美金。我知道你这个人不贪财，但我要那么多钱也没用，至少我们可以先尝试着在一起。"

"你你……你这不是要买我吗？"马丰已经难以忍受了。

"瞧把你吓成这样，不至于吧？你可是马丰，对钱咋这么敏感呢？不试又怎么能知道咱俩合不合适？夫妻两人在一起，有些方面是很重要的……"蓝冰焰略一低头，似乎有些羞涩地瞟了马丰一眼。

马丰收拾起采访本和笔："既然你不愿意接受采访，那我就告辞了……您放心，我没录音，也没做笔记，您说的话我出门就忘……"

蓝冰焰噘起鲜红的嘴唇，腰肢扭动着："忘了可不行，我的话你要考虑啊，否则我不就白说了？"

"行行行，我考虑。"马丰起身，准备告辞。

"等一下。"蓝冰焰走向马丰，伸出胳膊搂住他的脖子。

马丰本能地挣脱开："你干吗？"

蓝冰焰笑而不语，再次搂住马丰的脖子，使劲将马丰拉近。蓝冰焰的另一只手上拿着手机，伸向前方，"咔嚓"一声自拍了一张照片，然后放开马丰。

"我能干吗？瞧你那可爱的傻样儿，以为我要非礼你啊！"蓝冰焰咯咯地笑起来。

"那就好，那就好……"马丰忙不迭地逃了出去。

蓝冰焰拿着手机站在客厅里，将和马丰刚拍的合影发上自己的微信、微博，并输入文字："他好可爱，惊慌的眼神就像小狗狗！"

08

　　沈鱼水坐在办公桌后，面对着打开的电脑，心神不定地胡乱翻看网页。看了一会儿，把小徐叫了进来。

　　"那李嫣没再在附近出现吧？"

　　小徐摸不着头脑："没有啊……我说沈总，你咋每天都要问一遍呢？是不是想李嫣了？"

　　"胡说八道！"

　　小徐笑了："您每天都问一遍，没准就把人给招来了。"

　　"你这个乌鸦嘴！"

　　"这人嘛都有个自觉性，再说了，这书没出，稿费一分不落你全给付了，不来找也是正常的。"

　　小徐离开沈鱼水办公室，沈鱼水拿起座机听筒拨打王小迅的电话。

　　"我跟你没什么好说的，挂了。"王小迅挂断电话。

　　沈鱼水拿着听筒发愣。过了一会儿，沈鱼水又拨回去。

　　"还是我……哎哎哎，小迅，你千万别挂，我只说一句，一句……"

　　王小迅没出声。

　　"这李嫣没再找过我，已经好几天了……"

　　"这不关我的事。"

　　沈鱼水挪了挪屁股，坐直了继续说道："小迅，这说明了什么？说明她害怕了，怕我拉她去医院做鉴定，那谎言就不攻自破了……"

　　"你说完了吗？"

　　"这不是我要说的那句话，我要说的是……"

　　王小迅再一次挂了电话，沈鱼水仍拿着话筒在说："……是我想你！"他拿开话筒："我想你啊，老婆！呜呜呜……"

　　此时，鱼水书业所在写字楼外，路边的树荫下停着一辆出租车，司机已经把座位放下，几乎是半躺着，手里拿着一把瓜子在嗑。李嫣坐在副驾位置上，双目炯炯地盯着写字楼的大门，膝盖上还放着一架望远镜。只见沈鱼水的车从院门里驶了出来，李嫣赶紧抓起望远镜看过去，望远镜的镜头里出现了沈鱼水驾车的身影。

"好啊！你终于露面了……师傅，就是这辆车，跟上去！"李嫣举着望远镜边看边说，"还愣着干什么？赶紧的呀，别让兔崽子跑了！"

09

见到蓝冰焰的第二天，马丰正常上班，经过《爱你再商量》办公区，何珺似笑非笑地看着马丰调侃："嗬，小狗狗来了。"

马丰愣了一下："何姐，您在说我？"

"不说你我说谁呀。"

马丰停下脚步，正待反唇相讥，黄争光插了进来："马哥，您别生气，一过气的老姑娘借你的势出位，犯不着跟她一般见识……"

何珺怒道："黄争光，你骂谁？谁是老姑娘啊！"

黄争光抖着腿说道："哎呀何总，我可没有说您，您也别往自个儿身上揽呀，这想揽也揽不了，您有人蓝冰焰这么大的牌儿吗？"

"没、没说我就好！"何珺不吱声了。

马丰瞥见了何珺电脑上的页面，上面是那张放大了的蓝冰焰和自己的合影。马丰走到何珺的电脑前，看着微博上的文字念道："他好可爱，惊慌的眼神就像小狗狗。"

马丰转身面对何珺，做出可爱状："何姐，我像吗？汪汪，汪汪……"

何珺白了一眼马丰："没羞没臊！"

马丰从《爱你再商量》办公区一路走向自己的座位。几乎所有的编导都在看蓝冰焰的微博、微信，或者与之相关有关的娱乐网站，蓝冰焰和马丰的合影已上了头条。见马丰经过，大家纷纷转换页面。

马丰乐呵呵地说："你们看呀，看呀，干吗不看了？这可是好事儿呀，此图一出，天下俱惊，我马丰的知名度更高了，咱们节目的收视率也得跟着上一个台阶！"

马丰走到自己的座位前，打开电脑："你们不看我看，我不仅要看，还要把这照片做成屏保！"

王小迅走了过来："马丰，你别闹了，想想怎么处理……"

"有什么好处理的？王总，我虽然没有完成任务，但也给咱们《非爱不可》做了贡献不是？这效果，不比当年闹方菲那事儿强多了？"

王小迅皱皱眉："马丰，你得爱惜自己的名誉……"

"嗨，又不是什么艳照，再说了，马丰光棍一条。"

"对了，黄主任找你……你想想该怎么说吧。"

马丰往椅背上一靠："怎么说？为了采访这蓝冰焰，你总不能让我把人给娶了吧？不对，是让人把我给娶了。"

王小迅笑："那倒好了，免得你成天跟这儿招蜂引蝶的。"

马丰来到黄肃之办公室。黄肃之正一本正经地坐在办公桌后面，手里不停地转着一支签字笔，马丰坐到对面的沙发上跷起二郎腿，摊开双手，说道："人不让录像，也不能录音，你让我怎么办？"

"你一向不是点子多嘛，我这才派你去的，早知道这样，难不成我们光灿传媒就没人了？完不成任务倒也罢了，你看现在这事儿闹的，"黄肃之嗲声嗲气地学起女人的腔调，"小狗狗。哎哟，肉麻死了！"

"本来我倒没觉着有什么，黄主任，您这么一学，的确是太肉麻了，瞧我这鸡皮疙瘩起的！"马丰伸手在自己胳膊上不停地往下捋着。

"别跟我油嘴滑舌的，我告诉你马丰，现在你已经不是马丰了！"

"什么？我不是马丰，难不成您是？"

"我的意思是马丰这个名字现在已经不属于你个人了，关系到你们深都卫视的形象，也关系到我们光灿传媒的形象。造成的影响你怎么挽回？一个名人，尤其是公众人物，要注意自己的一言一行……我问你，你和我们公司财务室胡爱云的女儿又是怎么回事？"

马丰冷眼看了看黄肃之："黄主任，这您也知道了，您可真够八卦的……"

"不是我八卦，是你的绯闻太多。我告诉你马丰，一个人的成绩应该建立在踏实工作、努力进取的基础上，不能靠制造绯闻。上至电影明星，下至公司财务室的女同志，我看你的胃口也太大了。"黄肃之一脸怒气。

马丰也急了："黄主任，你这叫什么话！"

黄肃之手一挥："去把你和蓝冰焰相处的那两小时形成文字，然后交上来。"

"干吗？咱们又不是报社，要发新闻稿……"

"组织上得审查一下。"

马丰从沙发上站起身来，正面对着黄肃之："你搞没搞错！我又不是你们公司的员工，就算我是你们公司的，现在都什么时代了？"

黄肃之往椅背上一仰："嘿，不是我公司的员工，我……我就不能管你了？你深都卫视有什么了不起啊，如果不是《非爱不可》这个平台你、你马丰能有今天？狂什么狂啊！"

"跟你这种官迷心窍的人没法说，要不就是有怪癖，恕本人不奉陪，告辞了！"说完，马丰一甩手，夺门而去。

10

在半坡酒吧，马丰和王小迅刚坐下，马丰的电话就响了，只听沈鱼水说道："哥们儿，你在哪儿呢？"

马丰看了王小迅一眼："是鱼水啊，我在半坡……"

"那正好，我就在附近，过来跟你唠唠。"

"好啊好啊，正好小迅也在，你们有几天没见了吧？一块儿……"

王小迅沉下脸对马丰说："别让他过来，他过来我就走！"

"这……"马丰捂住手机，对王小迅说，"那你对他说。"

王小迅拿过马丰的电话说了句"你过来我马上走，拜拜"！说完便将电话还给马丰。

"鱼水……"马丰一时不知道该怎么说了。

"原来你们是聊工作呀，那我就不过来了，不打搅了……哥们儿，小迅我可就交给你了，你得替我好好地照顾她呀，劝劝她，那李嫣的事全是误会，我和那神经病怎么可能呢？她现在也已经不敢来找我了，毕竟邪不压正！"沈鱼水突然压低声音，"该担的责哥们儿你还得担，求你了……"

马丰大声说道："知道啦，我和小迅也是哥们儿，你就放一百二十个心吧。"

"我看不见小迅，你就替我多看她几眼吧……"沈鱼水有些伤感。

"鱼水，你都要把我的眼泪说下来了。"

"那行吧，咱哥们儿待会儿见……"

马丰突然站起身往外走："鱼水，你是不是在门外啊？跟上次一样……"

"没有没有……"沈鱼水赶紧挂了电话，发动汽车，迅速掉头，经过李嫣乘坐的出租车，快速驶离。出租车也掉了头，跟踪沈鱼水的车而去。

马丰拿着电话走出酒吧，四周看了看，然后走回半坡酒吧。

沈鱼水开着车，快速回到自己的新居——这也是被李嫣逼到了没法儿的地步，为了躲避她，沈鱼水只好在外租了房子，不敢回自己的家。

沈鱼水新居的门在走廊尽头，走廊向外开了一扇窗户，窗台上放着一只旧花盆，里面没有花。

沈鱼水来到门前，停住，神经质地向后看了看，然后掀起花盆，从下面拿出钥匙打开门。开门后沈鱼水又将钥匙放回花盆下面，这才推门进去了。

过了片刻，李嫣从楼梯的拐角处闪出，走到门前。她掀起花盆，拿起下面放着的钥匙，准备用钥匙开门，想了想又住手了，随即将钥匙放进衣袋里，转身轻手蹑脚地下了楼梯。

11

喝掉一瓶红酒，马丰护送王小迅来回到住处，马丰坐在沙发上，打着酒嗝。王小迅又从厨房拿来一瓶红酒和开瓶器放在茶几上。他俩都已经有点喝高了。

"我不能再喝了，这人我已经送到了，该走了。"马丰想起身。

王小迅指着马丰说："你不能走，你还没有解释清楚呢。"

"解释什么？"

"你说，沈鱼水和李嫣到底有没有关系？他们凭什么没有关系？"

"我说没有就没有，小迅，你对男人不了解，这哥们儿是爱你的，怎么可能和别的女人有什么呢？"

"送上门的都不可能？都不动心？我才不信呢！那李嫣可是个豁得出去的主儿……不是说男追女隔座山、女追男隔层纸吗？"

"那也得看是什么样的女人不是？就李嫣那样儿的？拉倒吧，连你王小迅的万分之一都不如，就算是你这样儿的仙女，咱在一块儿多长时间了，我还不是照样能稳得住吗？"

王小迅冷笑一声："切，那是我没有给你机会！"

"小迅，你也忒小瞧我了吧？就算你给我机会，我……我也不能够！"

"那还不是因为你碍着沈鱼水？你俩不是好兄弟吗？不是朋友妻不可欺吗？你们男人那点儿假道学，切！"

"话不能这么说，你……你现在不是已经和鱼水分了吗？现在这屋里也就是我和你，没有第二个人，我……我不是也没拿你怎么样吗？"

王小迅将酒瓶里的酒分别倒满两个大玻璃酒杯，一杯递给马丰，自己拿了一杯。

"你给我喝了！"王小迅举起酒杯。

"这……"

"我让你喝你就喝！"王小迅仰起脖子，喝干了杯子里的酒。马丰无奈，也只好干了。王小迅将酒瓶里剩下的酒又分别倒进两只杯子里，两人又干了。

王小迅放下酒杯道："马丰，你给我听好了，今儿你就别走了，就住这儿，我倒要看看……"

"别，别乱说，这，这哪儿成呀……"

"那你的理论就不成立！"王小迅一指门口，"滚，赶紧给我滚……"

"切，住就住，谁，谁怕谁啊！"马丰不服气了，指着卧室门对王小迅说，"给我拿点盖的东西，我睡沙发……"

"谁让你睡沙发了？进卧室去睡，和我睡一块儿！"

"啊？使不得，使不得……"马丰紧张起来，"小迅，你把卧室的门开着不就得了，不就已经是对我的考验了……"

"不行！咱们不仅要睡一块儿，睡一张床，而且还要盖一条被子，我倒要看看你们这些男人……我去铺床了。"王小迅摇晃着走进卧室。

马丰愣了一会儿，从沙发上站起身来，伸头向卧室的方向看了看，没有看到王小迅的身影，于是转身轻手轻脚地向大门口移过去。

"马丰，你可别走啊！你要是走了，那沈鱼水就死定了，我再也不会相信他了！"王小迅在卧室里说话了。

"谁说我要走呀，这不是喝酒喝麻了吗，活动活动……"马丰站住，对着卧室的方向说，"哎，小迅，咱们可说好了，你可不能主动碰我！"

"别臭美了。你要是敢碰我，看我不一个大耳刮子把你扇床底下去！我就是要看看你这老僧入定的功夫！"

❤ 22 这又不是开追悼会，是相亲会

01

王小迅卧室的床上，马丰、王小迅各盖一条被子，睡得正香，突然马丰一侧床头柜上的电话响了，马丰伸手拿起电话，迷迷糊糊地问："谁啊？"

"你你……你是谁？"

"我是马丰，你哪位？"马丰仍然迷糊着。

"什么？马丰？你，你你……我是沈鱼水！"

"鱼水啊，这深更半夜的，什么事儿？"

沈鱼水声音大了起来："我找王小迅！"

"找小迅，你干吗给我打电话呀……"马丰揉了揉眼睛，突然清醒过来，"哎呀！我我我……鱼水，你听我解释……"

马丰腾地坐起来，打开床头灯。王小迅醒了，也坐了起来。她耸了耸肩，做了一个无可奈何的姿势。

马丰赶紧下床，手里仍拿着电话说话："嗨，我这不是送小迅回家吗，她喝多了，我也高了，就、就在客厅的沙发上凑合睡了，等天亮……"

沈鱼水咆哮起来："胡说八道，小迅的客厅里根本没有电话，电话在卧室里，再就是厕所……"

"哦哦……我这不就在厕所吗？喝太多了，胃里难受，上吐下泻……"

马丰放下床头柜上的电话，直奔卫生间，迅速取下墙壁上的分机听筒，同时一屁股坐在抽水马桶上。

"……你们办了就办了，多大的事啊？干吗不说实话？我沈鱼水要是在意就不是人！"

马丰揿下马桶水箱的冲水按钮，水声哗地响起："鱼水，你听！我真在卫生间，真不骗你，这一晚上净往卫生间跑了，刚才坐在马桶上睡着了，犯糊涂，还以为是在自己家呢！"

"你就编吧！有什么不能承认的？我都说了我不在意，不就是个女人吗？这年头，女人还不好找？当然了，你和王小迅那是真感情，这么多年下来不就是碍着我沈鱼水吗？我的这会儿不是撤了吗？不再去求你那心上人了吗？我给你们挪地方，你们事先总得的通知我一声吧？这可不是件好事儿，喜事儿吗……"沈鱼水愤怒地叫着。

卧室里，王小迅拿着马丰放下的听筒，听到这会儿，忍不住了："你说够了没有？"

沈鱼水冷笑一声："嘿，正主儿现身了，难不成你也在厕所？"

"这不有两部电话吗！卧室里一部，分机在卫生间……"王小迅说。

"行行行，算你狠……马丰的能耐比我咋样啊？"

"沈鱼水，别以为人人都像你那么无耻，别说我们没有睡在一块儿，就是睡一块儿了也不会像你！"

"哼，他还坐怀不乱，还柳下惠呢，谁相信呀？都什么年代了，王小迅你甭想蒙我！"

王小迅也冷笑了一声："这年头真的就没有柳下惠了？就不能坐怀不乱了？那李嫣投怀送抱，你肯定是笑纳了？"

沈鱼水愣了片刻，道："这、这是两回事，李嫣是个疯子。"

"她要是不疯呢？我告诉沈鱼水，你这就叫不打自招！我还要告诉你，李嫣没疯，就是疯了也是因为你！"

沈鱼水哭笑不得："嘿嘿嘿，说你俩的事儿怎么扯我身上来了？"

"我没工夫跟你扯淡，明天还要上班！"王小迅"啪"的一声挂了电话。

马丰已经穿戴整齐来到客厅。不一会儿，王小迅也穿着睡衣来到客厅里。

马丰拍了拍脑门道："那我走了……你看这事儿闹的，不过也值了。"

"你什么意思？"

"嗨，不是为了证明鱼水和李嫣没关系吗？我做到了。"

"你是通过了考验，但沈鱼水没有！不仅没有，还更加充分地暴露了他……他是个大淫棍！"

"我说小迅，你就放鱼水一马吧，这会儿他还不知道会怎么想我们呢。"

王小迅气哼哼地说："管他怎么想，一边搂着一个女疯子，一边竟然敢查我的岗！"

"你想多了，怎么会呢？鱼水真不是那样的人……等天亮你给他打个电话，好好解释一下，实话实说，有什么误会说不清呀？也替我美言几句……"

"我犯不着！"

"小迅，这会儿我联系鱼水，他肯定还得骂我不是？你说我们哥们儿也十来年的友谊了，为了这种不着调的事也忒没意思了。"

"反正我不打。"

马丰顿了顿说："你就不担心鱼水想不开，寻短见什么的？"

王小迅嘴角一撇："切，他会寻短见？真是笑死人了……"

02

沈鱼水来到写字楼下，锁好汽车，心事重重地进到自己的办公室，把门关上，锁好，坐到自己的老板椅上，直愣愣地看着自己的手机。

手机铃声响了，一看是马丰的电话，沈鱼水二话不说掐断了。手机又响，又是马丰，沈鱼水再次掐了电话。如是再三，手机不响了，良久，沈鱼水打开电脑，翻阅着里面存储的王小迅的照片，有很多是以前的老照片翻拍的，从王小迅的儿童时代到学生时代都有，沈鱼水一张张翻看着，泪水默默地流了下来。

晚上，沈鱼水一人独坐在小酒馆里，桌子上放着喝空的白酒酒瓶，他已经喝了很多酒。沈鱼水继续独酌，微信铃音响了，沈鱼水查看，是马丰发的："哥们儿，怎么不接我电话？昨天我那也是为做小迅的工作，希望你们破镜重圆，你一定不要误会。你现在在哪，见个面怎么样？"

沈鱼水关了短微信，自言自语："黄鼠狼……"

夜深了，沈鱼水步履蹒跚地来到新居门前，机械地从窗台上的花盆下取了钥匙，打开门锁，然后将钥匙放回，推开房门走进去。

沈鱼水没有开灯，跌跌撞撞地走进了卧室，来到床前。床上的被子已经拉开了，沈鱼水和衣躺下，不一会儿便打起了呼噜。

此时，王小迅正坐在桌旁，桌上的笔记本电脑开着，但她并没有看，两眼放空地呆望着窗外黑漆漆的夜色。手机响起，是马丰打来的。

"什么事？"王小迅一副公事公办的语气。

"这不上班说话不方便嘛，我、我想问你，你和鱼水联系了吗？"马丰说，"我打了鱼水一天的电话，他都没接，发短信也不回，可别真出什么事儿呀。"

"他能出什么事？人忙着照顾娘儿俩人呢，没工夫搭理你……"

"小迅啊，我看你还是联系一下鱼水，毕竟是咱们让他误会了。"

"你干吗这么着急地要撇清自个儿呀？人正不怕影子歪！"

王小迅放下电话，重重地靠在椅背上，过了好一会儿，才拿起手机，拨打沈鱼水的电话。

沈鱼水正在酣睡，手机突然响起，他迷迷糊糊地摸到手机："是……是老婆啊……你、你终于给我打电话了？"

沈鱼水清醒了。

"我问你在哪儿？"

"我在家呀，不不，我不在家，在刚租的房子里。"

"那行吧，你回去了就好，我挂了。"

"哎，小迅，别别，你别挂……"沈鱼水抬起身，眼睛的余光却看到大床里侧有个人慢慢地坐了起来，借着手机屏幕的亮光，沈鱼水认出是李嫣，顿时吓得魂飞魄散。

"啊啊啊……你，你！"沈鱼水大叫起来。

"怎么了鱼水，你怎么啦？"王小迅在电话里紧张地问。

沈鱼水扔了电话，滚下床来，对李嫣喊道："你……你……你是怎么进来的？"

全身赤裸的李嫣振振有词："我还没问你呢！王小迅不是说跟你分手了吗？她凭什么给你打电话啊？"

沈鱼水稍稍镇定了一些，"你管得着吗？赶紧给我滚，滚！"沈鱼水说着，跑到墙边，打开了房间里的灯，对李嫣继续喊叫，"赶紧的，穿上衣服，滚蛋！"

"我要是不走呢？"

"不走，我马上报警！"

"那好啊，警察来了看咱俩睡一块儿，我还告你个强奸良家妇女呢！"

"你……你……你可真是个贱货！看我不……不打残了你！"沈鱼水说着，冲过去，一把从被子里把李嫣拉出来，拖下床。

李嫣杀猪般地大叫起来："非礼啦，非礼啦！"

沈鱼水掐住李嫣的脖子，把她抵在墙上："我让你喊，我让你喊！"

沈鱼水扔在床上的手机里传出王小迅的声音："鱼水，鱼水，你不要冲动，有话好好说。"

李嫣被沈鱼水掐着脖子，声音已经变调："哥、哥，你放手……我、我走就是……"

沈鱼水放开手，李嫣摸着自己的脖子说："你疯了是吧？还想杀人……"

"你还不走，我……"沈鱼水抬起握紧的拳头。

"我走我走，不就是走吗？凶什么凶啊！"李嫣说着，捡起地上的衣服，穿上鞋子，向门口走去。她打开门，跨了出去，回头对沈鱼水说，"沈鱼水，咱们走着瞧！"

沈鱼水走到门边，"砰"的一声重重地关上防盗门，回到卧室，发现床上的手机没有挂，赶紧拿起。

电话另一端，王小迅站在桌前，拿着手机，脸色非常难看。

"小迅，你……你一直在听啊？你听我解释……"沈鱼水惊魂未定。

03

第二天刚上班，王小迅就被赵怀远叫了去。赵怀远告诉王小迅，因为媒体对蓝冰焰和马丰之间绯闻事件的大肆炒作，深都卫视领导认为这事给电视台造成了负面影响，正考虑更换《非爱不可》男主持马丰。

王小迅语气坚定："马丰坚决不能换。"

"这我比你清楚……"赵怀远停顿了片刻，接着说，"小迅你也别太紧张，这事儿还没有定下来，我和衷总都还在争取。再说了，马丰就算有再大的负面影响，只要不是在节目上出的事，也轮不到我们来管。"

王小迅道："赵总，马丰的那些传闻绝大部分都是误会……"

"这件事咱们先不说。小迅呀，倒是有一件事我想问问你，你和马丰私交不错吧？"

王小迅愣了一下："啊……我们只是正常的工作关系……"

赵怀远摆摆手道："我知道，你别紧张……听说你男朋友和马丰还是同班同学？这马丰的个人生活你肯定是比较了解的……"

王小迅向赵怀远介绍了马丰的情况，以及马丰和于静离婚的前后经过。赵怀远仔细听完后说："也就是说马丰和他前妻之间并没有什么根本矛盾，离婚主要是因为婆媳关系？"

"也不能完全这么说。"

"这于静直到现在还没有死心，还想和马丰复合？"

"那倒是。"

"他们不是还有一个儿子吗？"

"是的，孩子判给了妈妈。"

赵怀远追问："这我就不明白了，那马丰为什么不复婚呢？就算是为了孩子也应该考虑呀，婆媳关系解决起来也不难办，分开住嘛，以后我们苹果要是结婚了，我就坚决不会和他们住的……"

正说着，王小迅的手机响，是沈鱼水的电话，王小迅一头恼火地挂了电话，并干脆关了手机。

赵怀远继续说着："我是说，马丰和他的前妻未尝不可以考虑复婚，当然了，这只是我的一个建议……你想呀小迅，马丰如果复婚了，所有的谣传不就不攻自破了？有人想在这方面做文章也没了机会，他深都卫视也没有理由、更没有必要换人了……当然了，这只是我的一个建议，纯粹个人的建议。"

王小迅犹豫了一下："赵总，您为什么不自己跟马丰说呢？"

赵怀远重重地往沙发上一靠说："唉，他马丰又不是咱们的员工，这番话本来是应该由卫视领导和马丰交流的。不该我们管的事情也得我们张罗……你不是和马丰的私交不错吗，我的意思你能带到就带到，不能带到也千万不要勉强，毕竟这是人家的私生活。"

王小迅点了点头，离开赵怀远办公室。

04

光灿大厦十楼健身房内，光灿传媒董事长袁绍成正站在跑步机上，跑步机没有启动。光灿传媒的七八位中层身穿运动服，在他对面站成一排，场面像是教练在给运动员训话。

袁绍成道："我说你们的运动时间就不能岔开吗？运动器械就这么多，场地就这么大……如果是因为我，我下次就不来了。工作上有什么事你们找老赵，他会和我沟通的……"

正说着，黄肃之穿着一身苹果绿的运动服一路小跑地进来了。袁总赶走一干人，让黄肃之留下，并打开跑步机，在履带上大踏步地奔走。黄肃之站在他的对面，举着一只最小号的哑铃。

"肃之，最近这《非爱不可》的主持人马丰，听说有不少绯闻呀，他和蓝冰焰的照片我在报上也见了，又有人说马丰和王小迅之间也有人议论……这王小迅也没结婚吧？"

黄肃之连连点头："是是是，孤男孤女……袁总，你还没有说全，马丰的胃口也忒大了，抢咱们节目组编导黄争光的女朋友，那丫头是来咱们公司实习的。还有还有，马丰的前妻也被他弄到《非爱不可》上来当女嘉宾，两人成天在台上眉来眼去的……"

袁总调慢了跑步机的速度，步子慢下来，说："这些事是不是你传播的？"

"啊，这这……"黄肃之抓着哑铃，僵住了。

袁总关掉了跑步机说："我就奇了怪了，你说蓝冰焰这样的事外面议论纷纷倒也罢了，这公司里的事别人是怎么知道的？你是不是去深都卫视反映过马丰的情况？"

黄肃之支支吾吾，显然是做贼心虚。

"好你个黄肃之，竟然敢拆光灿传媒的墙脚，我告诉你，现在人家准备把马丰换掉，马丰一走，这《非爱不可》准得完蛋，这下你满意了？"

黄肃之没敢搭话，笔直地站着。

"我知道你和赵怀远有矛盾，难不成你的心眼就这么小吗？《非爱不可》是赵怀远一手办起来的这不假，但它也是我光灿的招牌产品。你以为弄掉了赵怀远你就能取而代之？要是这样我还把他挖过来干吗？你有多大能耐，自己心里不清楚吗？你不清楚，难道你以为我跟你一样也不清楚？"

黄肃之面红耳赤："袁总，我……我……"

袁总拿起挂在跑步机横杆上的毛巾擦了擦脸上的汗，继续道："你是不是仗着当年和我一块儿下的海，就无所顾忌了？我跟你说过多少遍，要和赵怀远搞好关系，协助他把事情做好，他的事情做好了，就是公司好，公司好了那不就是你好我好大家好？你倒好，背后拆台，你就是这么帮我的吗？"

"袁总，我……我错了，下、下次再也不会了……"

袁总叹了口气："唉！成事不足败事有余。"

袁总运动完毕，走出健身房。黄肃之拎着袁总的健身包一路跟随，从走廊走到电梯间，一起上了电梯。

黄肃之向袁总请示："袁总，回头我去找深都卫视的范总，就说马丰的那些事都是我编的……"

"你以为人家傻呀，你说什么他就信什么？不过你能有这样的态度，我的话也就没有白说了……事情既然已经出了，现在的关键是找出问题的症结所在，再对症下药。"

"怎、怎么下药？"

袁总自言自语道："这话又说回来，马丰也不是一点问题都没有……"

"是是是，马丰的确有问题，问题大了……"

"你又来了，我问你，他有什么问题？"

"这……这不明摆着的吗，生活作风问题，绯闻满天……"

袁总瞪了黄肃之一眼："我说老黄，怎么什么事你都不经过大脑呢？他的那些绯闻不都是你这种唯恐天下不乱的人传出来的？再说了，就算有一两件能坐实，那也是人家的私生活，你管得着吗？"

"那……那马丰有什么问题？"

"这你都想不明白？马丰的问题就是他是单身，没有结婚，苍蝇还不叮无缝的蛋呢！"

黄肃之一拍脑门儿："哎呀袁总，您说得太对了，我怎么就没有想到呢！您、您真是一针见血……"

"奉承话就别说了，总而言之，要想解决问题就得从根子上着手！"

"袁总，您、您这是要给马丰介绍对象？"

"不是我，是你，作为节目中心主任，你得关心下面员工的生活，虽然马丰不是我们公司的，你就更得关心了，这不是过生日发条祝福短信那么简单的，就是送温暖也得送到对方的心坎儿里去。"

"哦，我明白了，明白了……袁总请放心，我一定把您交代的事儿给办好……"

05

下班后，沈鱼水无精打采地回到自己租住的新居。打开防盗门，摁下电灯开关，只见客厅里收拾得一尘不染，饭桌上放着了一桌做好的菜，两副餐具、两只高脚杯放在餐桌两端，一瓶红酒已经打开。沈鱼水愣在门口正疑惑着，李嫣扎着围裙从厨房里走出来："鱼水，下班了？"

沈鱼水下意识地退了一步："你？你还敢来？"

"去洗洗手，咱们吃饭吧。"李嫣若无其事地抽出几张餐巾纸擦拭酒杯。

沈鱼水眼中冒火："滚你的蛋，李嫣，你还真是不要脸……赶紧的，把偷配的钥匙交出来！"

"有什么事儿吃完饭再说不行吗，人家这不是来给你赔不是了吗，昨天是我太心急了……"李嫣笑盈盈地看着沈鱼水。

沈鱼水侧过身指着门口："少废话，把钥匙交出来就给我滚！"

"你想骂就骂，想打就打，人家就是来给你出气的……"李嫣温顺地看着沈鱼水。

"给你脸你不要是不是？那行，今儿你就别走了！"沈鱼水走回门口，将防盗门关紧，反锁上。

"你……你要干吗？"李嫣放下酒杯，惊恐起来。

"放心，我不打你，也不会杀你……"

李嫣舒了口气："你不杀我就好，其他的事随你便……我忙活了一天，把你的脏衣服都洗了，被套也洗了，还有床单床罩，鱼水，我天生是伺候男人的，脾气还特好……"

沈鱼水不搭理她，拿出手机拨打电话："喂！是110吗？我是飞霞路欧城小区50栋316室，有个小偷入室行窃，被我锁在房子里了。"

"你……你还真报警啊……那……那我走了，下次再来。"李嫣边说边向门口跑去。

沈鱼水一步跨到门边："想走，没那么容易！"

李嫣伸手去推沈鱼水："我告你沈鱼水，你那电脑里的东西我全都看了，你不仅勾引我，还勾引肖真真，《非爱不可》上的女嘉宾你……你全都上过……你……你和王小迅里应外合，罪证全都传我云盘上去了。"

沈鱼水一把拨开李嫣道："你还真是个贼啊……盗窃商业秘密，罪加一等！"

"商业秘密？啊呸！你躲开，让我走，让我走嘛！"李嫣推不动沈鱼水，干脆哭了起来。

沈鱼水不再管她，站在门口不动。李嫣突然跪了下来，抱着沈鱼水的腿边哭边说："沈哥，你让我走吧，我、我再也不来了行吗？回头我把从你电脑里拷的资料都删了，要不我现在就删，你去开电脑……我求你不要报警了……"

沈鱼水冷笑："现在已经晚了，警察马上就到……"

这时楼下传来警笛声，李嫣站了起来，发疯般地向沈鱼水撞过去。沈鱼水抵挡着李嫣，李嫣又哭又叫："我……我跟你拼了！你这个臭流氓，浑蛋，杀人犯，啊啊啊……"

李嫣、沈鱼水被带到派出所。警察分别对两人做了讯问，又给两人做了笔录，并让李嫣交出沈鱼水新居的钥匙。

"我得留着……洗的衣服晾在阳台上还没有收呢……"李嫣满不在乎地说。

警察道："那不是你家，私闯民宅那是犯罪，你知不知道？"

李嫣回道："是不是我家，但我把人家的房子弄脏了，总得收拾干净吧，这是最起码的公德。"

"我看她是疯了，老李你别跟她啰唆。"另一警察说着，又对李嫣大吼一声，"你交不交！"

李嫣吓了一跳，"我交我交……干吗这么高声大嗓子的呀，真是的！"说着，掏出沈鱼水新居的门钥匙，放到桌上。

警察又道："你过来，把从沈鱼水电脑里拷的文件给删了。"

"那……那是罪证，他和王小迅里应外合……"李嫣仍不死心。

警察呵斥："要说罪证可是你的罪证，放你那儿就叫赃物，放他那儿是人家的私人财产，整个儿一法盲！"

李嫣道："什么财产呀，又不是钱……"

警察再次大吼一声："你删不删！"

"我删我删，吓死人了！"李嫣拍着胸口，走到电脑旁，在警察的监督下，从自己的云盘账号删除了从沈鱼水电脑里拷贝的文件。

另一间房子里，在警察的指点下，沈鱼水在笔录上摁了手印，警察将李嫣交出的钥匙递给沈鱼水："沈鱼水你可以走了，谢谢你的配合。"

沈鱼水站起来："要说谢还得谢你们呀，人民警察真正是救人民于水火，我沈鱼水就是人民中普通的一员……"

警察摆摆手："好了好了，以后您做人也检点一点，别让这样的女人给缠上。"

沈鱼水忙说："是是是，您说的极是。"

李嫣看到沈鱼水往外走，问旁边的警察："那我呢？"

警察道："你就在这儿待一阵儿吧，按照《治安管理处罚法》，我们得拘留你三天，以观后效……"

06

晚饭后，王小迅在半坡村酒吧约马丰见面，等马丰来到酒吧，王小迅已经点好了一壶普洱茶，两人相对坐定。

马丰单刀直入："你和鱼水联系了吗？"

王小迅不搭腔，给马丰倒了一杯茶说："马丰，现在这不是最重要的事情了。我有事要告诉你……"王小迅把深都卫视有可能更换《非爱不可》主持人的情况告诉了马丰。

听王小迅说完，马丰眉头一挑道："换人就换人，我还不想干了呢！这大半年忙的，整个一人不人鬼不鬼，我都快不认识自己了，明天我就把请辞报告交上去，一式两份……"

王小迅："你看你看，赵总让我不要告诉你，说会影响你的情绪，他说的真没错。"

马丰拿起茶壶，给自己和王小迅的茶杯里分别续上茶说："小迅你放心，就算我有情绪，那也会把最后几期节目录好，这个职业素养我还是有的，送人送到底嘛……"

王小迅两眼紧盯着马丰说："你就是这么送我的？你不干了，那我还干什么？"

马丰忙说："小迅你可不能不干，这可是两码事儿……你又没有绯闻，犯不着……"

王小迅沉着脸说："要绯闻还不简单？今儿我们就制造一个，也不必现造，把咱们坐怀不乱的实验传播一下就得了……我告你马丰，咱俩同进同退，这是定了的，别说这《非爱不可》离不开你，就是我……我也离不开你！"王小迅突然抓住马丰的手。

马丰一惊，看着王小迅，两人对视着。过了片刻，王小迅意识到什么，放开马丰的手，随后又把赵怀远建议马丰和于静复婚的话转述了一遍。

马丰道："小迅啊，其他的事都好商量，这件事恐怕不行，我和于静的情况你又不是不知道。"

"我知道是不可能，但假如……我说的只是假如，假如你和于静能复婚，所有的事的确马上就能摆平。"

马丰吐了一口气，侧过脸盯着天花板，沉默不语。

王小迅接着说："所有的绯闻都会烟消云散，黄主任也不会有可乘之机了，你们卫视更不用说，没有理由也没有必要考虑换人。"

"真是圆满，皆大欢喜啊！"马丰冷笑着鼓起掌来，"小迅，这就是你们想的办法？"

王小迅仍旧低着头："我知道你有困难……"

马丰皱着眉，沉吟了好一会儿说："我就不相信，没有人会因此受委屈？"

"有，委屈你了……"王小迅的声音很低。

"那你呢？"

"我……我也委屈。"

马丰盯着王小迅："是吧，那你的委屈又是什么？"

"我……我长这么大，从来没有强人所难过。"

"呵呵……我告你小迅，还有第三个人会想上吊的。"见王小迅疑惑地看着自己，马丰直接回答，"林伟棠！咱俩的委屈先抛开不说，就算是为林伟棠，这缺德的事儿我打死也不能干！"

07

　　光灿大厦九楼的中型会议室里，聚集了大约有二十个美女，分坐桌子两侧，叽喳不已，搔首弄姿，有的在补妆，有的在抹润唇膏。每个人的前面都放着一只白瓷茶杯，桌上还有一些果盘，里面放着水果、瓜子之类，像是在开茶话会。黄肃之坐在桌子的一端的主持位上，他对面顶头的椅子空着。助理小杨正忙着给美女们倒水。

　　黄肃之摆手，高声道："肃静肃静，各位佳丽，你们可是黄肃之精挑细选出来的，肩上的担子重呀！给马丰相亲不是儿戏，是光灿传媒的领导交给我的任务，大家要严肃对待……"

　　"知道啦，黄主任。"众美女齐声回答。

　　黄肃之接着说："我先要说一下这件事的意义，这马丰平时为全国人民当红娘做月老，自己的终身大事没有时间解决，因此社会上议论纷纷，有人觉得有机可乘，唯恐天下不乱……这些传言极大地损害了《非爱不可》在观众心目中的形象，也损害了深都卫视以及我们公司的形象，你们知道吗？问题的关键就在于马丰是单身，没有结婚，苍蝇还要叮无缝的蛋呢！"

　　一位美女纠正道："黄主任，是苍蝇不叮无缝的蛋。"

　　"我就是这个意思。总而言之，我们得把这缝给补上，让苍蝇无处下口。马丰来了以后，希望各位表现得积极一些，黄肃之拜托了！"说着黄肃之站起身，向众美女抱拳。

　　"咱们这么多人，他马丰只有一个人……"一美女说道。

　　黄肃之说："马丰可不是一般的人，他是名人、名流……他的情况我想在座的都已经很了解了，就不用我多说了……"

　　又一美女对黄肃之说："黄主任，我看您也蛮可爱的。"

　　众美女一起笑了起来。

　　黄肃之道："不要胡说，我和你们不是一辈人，有代沟。今天是马丰的专场，只有他一个男嘉宾，我和小杨都不算数，你们别把我们当男人！"

"黄主任您就算了，我们放您老一马，小杨怎么就不算男人呀？"一美女拍拍身边的座位，"来，小杨，到姐身边坐会儿。"

众人又是一阵大笑。

"严肃！严肃！"黄肃之高声叫道。

"主任，这又不是开追悼会，是相亲会，要那么严肃干吗？再说马丰人还没到呢。"

会议室里一片欢乐，黄肃之屡禁不止。会议室前的走廊上，马丰匆匆而来，小杨慌忙迎上去："马哥，你终于来了，就等你了。"

马丰走进会议室，黄肃之带头起立鼓掌，众美女也随之起立鼓掌。马丰吃了一惊，愣在会议室门口："黄主任，这是干吗？"

黄肃之指了指对面专门空出的座位，热情地招呼："马丰，你坐，你坐。"

马丰在黄肃之对面的椅子上坐下，四下看了一圈说："难不成光灿传媒集体换血，成母系社会了？这么多年轻靓丽的女同胞，我怎么都没见过呀？"

一美女举手叫道："马哥，我是《深都早报》的记者，咱们也算是一个系统的，你可得优先考虑……"

"哦，媒体的，但我怎么还是看不出这是啥阵势？这是八卦阵呀还是一字长蛇阵？要不就是鸳鸯阵？"马丰调侃着，但还是没明白这是什么会，不免有些忐忑。

黄肃之笑容可掬地说："好了，好了，马丰，这是你的专场相亲会。"

马丰惊了："什么，相亲？相什么亲？黄主任，您在开玩笑吧？"

"谁和你开玩笑？这不你在《非爱不可》上为全国人民当红娘，咱们合作方也得关心关心你的个人生活不是。"

"于是就弄出这么个相亲会？咱们还是别玩了。"马丰站起身准备离开。

黄肃之急了："你你、你给我坐下！这是光灿传媒上层交给我的任务，是、是组织决定，希望你配合。"

马丰哭笑不得。

黄肃之道："刚才你迟到，我的讲话你没听见，给你相亲的事意义重大，关系到你们深都卫视以及我们公司的形象……现在社会上对你有不少风言风语，不是凭你马丰个人的能力就能解决的，得依靠组织，依靠集体。你知道问题的关键在哪里吗？就在于你是单身，没有结婚，也没有正式的女朋友，苍蝇还要叮无缝的蛋呢！"

马丰指着自己的鼻子，笑道："敢情我一只蛋呀。"

黄肃之道："这可是我们袁总说的，你……你就是一只蛋，是光灿传媒这只金鸡下的一只金蛋！"

马丰大笑："那公鸡是不是就是深都卫视？"

众美女大笑起来。

黄肃之接着说："在座的佳丽都是高素质的女性，是我黄肃之特地为你张罗的，为这事儿我专门跑了有关部门，那儿有我的老同学，文艺口和宣传教育口都归他管，在座的也都是看了上面的面子……"

马丰乐了："黄主任，那我就更不敢高攀了，马丰何德何能，个人生活上的一点小事岂敢惊动上面？"

黄肃之道："惊都已经惊了，你也不要想太多。再说了，你也是咱深都乃至全国范围的名人……马丰你只管自由选择，然后抓紧时间结婚，希望从今往后能够专心致志地做好节目，不要再有什么绯闻……"

马丰脸色一变："黄主任，您不觉得这会儿咱们正经历着一场有史以来的最大的绯闻？不，是丑闻。"

"你……你什么意思？"

"你想啊，光灿传媒出面，召集社会各界优质女性，为马丰拉皮条选妃子，这不是丑闻是什么？小报标题我都帮你想好了。"

黄肃之愣了一下："啊？不可能吧？"

马丰、黄肃之说话的时候，几乎所有的美女都拿着手机在拍照片。

黄肃之对众美女吼道："不许拍照，不准发微信、微博！"

"黄主任，我就不奉陪了，各位美女，拜拜！"马丰转身出门，美女们纷纷起身追过去。

"马哥，你不能走！"

"马丰，你还没选我一下哪！"

"马哥，我就想嫁给你……"

08

这天晚上，王小迅再次来到于静家。聊着聊着，于静听到马超在说梦话，赶紧去了卧室，过了一会儿，走出卧室，带上门，回到客厅坐到王小迅身边。

"这梦里还喊林叔叔呢，真没治了，我和林伟棠的事真不能再拖了，得赶紧断，否则怎么对得起人家。"于静有些不安地说。

王小迅顾左右而言他："于静，你说咱俩这要不两个月不见，要不一天见两回……"

于静突然反应过来，问小迅找她什么事儿。

"哦，这不你从我那儿走了以后，我一直在想……于静，我觉得现在倒是你和马丰复婚的机会。"

于静不答话，静静地看着王小迅，眼泪突然流下来。王小迅从纸巾盒里抽出纸巾递于静。于静接过纸巾，边擤鼻涕边说："小迅，还是你最心疼我，我……我没白交你这好妹妹……"

"这些没用的话你也别说了，不让你和马丰复婚，我也洗不清自己啊，连你都疑神疑鬼的。"

于静又哭道："小迅，你就别挖苦我了，我知道我这人自私，还小心眼，你虽然比我小一岁，但一向让着我，就像我姐……"

"停停停，先别说这些，要想把这事儿办成了，你必须答应我两件事。"

"你说你说，别说是两件事，二十件我也照办。"

"这第一件事就是，虽然和马丰复婚，但现在的格局不变。"

于静一愣："啊？你……你什么意思？"

"我的意思是结婚证照领，但彼此的生活不变，你仍然带超超过，马丰仍然住他妈那儿。"

"那、那我干吗和他复婚啊？"

"这只是暂时过渡，如果你不答应，我也没法说服马丰，他现在肯定转不过弯来，我们得拿出一个他目前能接受的方案。"

于静一时想不明白。

王小迅继续："第二件事就是老林，就算马丰同意这个方案，林伟棠那儿他肯定也过不去，马丰从不做对不起朋友的事，何况林伟棠是他亲自帮你挑选的。"

于静急了："那怎么办呀？"

王小迅故意卖关子说："这事我就帮不了你了。你必须自己去说服林伟棠，还得请林伟棠去说服马丰。"

于静抓耳挠腮道："这……这……你让我怎么面对人家老林啊？现在我已经对人家歉疚了，你再让我……"

下部
我只爱你

❤ 23 人生就是
不断地道别

01

　　林记茶餐厅的店铺门头已经装修完毕，门边堆放着几只装乳胶漆的空桶，还有一些锯断的扣板等下脚料。马丰开着车过来，在路边停好车，走进店里。店堂的装修还没完工，地面上可以看到星星点点滴落的乳胶漆。大堂一角堆着一堆装修用剩下的木板、墙纸、电线等装修材料。林伟棠正弯着腰，收拾着地上的杂物。见马丰到来，林伟棠赶忙打招呼。

　　两人来到一家餐馆，聊了一会儿，林伟棠把话题转到马丰身上，也劝马丰和于静复婚。马丰腾地站起身，示意林伟堂休要再提，两人闲扯了一会子，林伟棠还是把话题绕了回来。

　　"这于静跟我在一起，说的唯一话题，就是你马哥呀，她……她可真是个一往情深的女人……"

　　马丰呵呵一笑到："嗨！她就是矫情。以后你俩真在一块儿了，她就不会说我了，张口闭口都是你老林，哈哈哈……"马丰打着哈哈，试图转移话题，继续道，"你比于静可是大了不少，这女人又比男人长寿，说个不吉利的话，你百年之后，这于静唯一的话题就只有你了。"

　　"我懂我懂，可现在不行啊，现在还得顺势而为。再说了，于静本来就是你老婆，你们是原配，你鼓励我来深都，还大义让妻，我已经感激不尽了……"

"我说老林啊，你们怎么这么封建呀？什么原配，什么大义让妻，我可再提醒你一次，我和于静已经离婚了，法律上已经没有任何关系了！"

"我懂我懂，可她毕竟是你的原配吧？于静这人可不是一般的传统……"

马丰打断林伟棠："老林，你要是再提这茬儿，我可真的走了，不是说好了不提的吗？"

"是是是，我没提复婚的事，我是把我和于静的情况说给你听。"

马丰不好再说什么。

林伟棠像是自言自语："现在这么处着，能每天见面，说说话，我已经很开心了……"

"那就先处着啊，老林啊，心急吃不了热豆腐……"

"马哥，这些我懂，可这最后一关不好过啊。女人毕竟是女人，有些时候她们也弄不明白自己想要什么。"

"那倒是，于静对你肯定是有感觉的，只是她不承认而已。"

林伟棠道："所以呀，得给她一点考验，这老话不是说吗，不见棺材不掉泪，我们总这么耗着也不是个办法，应该有点变化才行。"

"你是说？"马丰不解。

"马哥，这次可是你让我说的……那我就说了，如果你们复婚了，目前的生活格局不变，你过你的，于静过于静的，只是名义上的夫妻……"

马丰叹了口气："你怎么跟王小迅说的一样啊？你们一帮人是不是串通好了的……"

"马哥，我还没说完……既然如此，咱们何乐不为呢？你就和于静复婚，看她是不是真能离得了我，如果能，那只能说明我林伟棠没这个福分，如果不能，你们再离就是了，就算是你再帮我一次忙，林伟棠求求你了！"说着，林伟棠向马丰抱拳施礼。

马丰无奈道："老林啊，你可想好了，如果我和于静复了婚，我跟她又真的好上了，那你岂不就鸡飞蛋打赔了夫人又折兵了？"

"那我愿栽啊，老话不是说吗，富贵险中求。"

马丰直摇头："老林呀老林，你还真是个商人。"

"马哥，你同意了？"

马丰站了起来："我不同意，同意我就不是马丰了。"

02

晚上，马丰回家和母亲一起吃晚饭，马母不停地往马丰碗里夹菜。马丰还没吃几口，碗里已经堆满了。马丰有些奇怪，问母亲今儿是怎么了，马母不接马丰的话茬，自顾自问道："于静在你们那节目上也有不少日子了吧？"

"妈，您问这干吗？"

马母道："这也不是个事呀，她总得和人牵手不是。"

"是啊，怎么了？"

"那可不成，于静要是和人牵手，那人不就成超超的后爸了？咱们超超不就成别人家的孙子了。"

"妈，这台上牵手又不是结婚。再说了，就算是结婚那也是于静自己的事儿。"

马母放下筷子，道："胡说八道！怎么就是她自己的事了？超超可是马家的独苗……要不这样丰丰，干脆你和于静复婚算了，这于静比以前也懂事多了，我觉得……"

"妈，是不是于静来过？她跟你又叨咕了些什么？"

"这你不用管，反正人于静愿意……与其让超超认别的男人当后爹，还、还不如你当他后爹算了！"

"我可是他亲爹！妈，您是不是糊涂了？"

"我清醒着呢，管他亲爹后爹，反正不能让别人当……你和于静毕竟知根知底，孩子放在这儿呢，天生的一家子……"

"妈，您别说了，晚上我还有点事。"马丰不愿跟母亲纠缠，三下两下把碗里的饭扒拉进嘴里，从纸盒里抽出几张抽纸擦了擦嘴，站起身向门口走去。

开车出了小区，一路疾驶来到郊区一处空旷的道路上，音乐声从车载收音机里传出，马丰反复调台，终于选定了一个频道。他调匀呼吸，努力让自己沉浸在音乐中，心情渐渐平复。

这时手机响了，是沈鱼水打来的。马丰接听电话道："是鱼水啊，你终于给我打电话了？"

电话那头传来沈鱼水的声音："什么话！咱们谁跟谁呀，一时的误会岂能破坏你我久经考验的友谊？"

"那是那是，鱼水，你的确是误会了，那天晚上……"

"甭解释，过去的就让它过去吧，哥们儿打电话是向你祝贺……"

"祝贺？祝贺什么？"马丰疑惑地问。

"这不你要和于静破镜重圆复婚了嘛，大喜呀……"

马丰眉头皱起来："你……你听谁说的？"

"这你就甭管了，本来，这样的喜讯得由你亲口告诉我，谁让咱们失去联系了呢？你和于静一复婚，我和小迅再和好，咱兄弟之间的关系那就彻底理顺了……"

马丰打断沈鱼水的絮叨："是王小迅对你说的？"

"嗨！人到现在还不理我呢，我对她算是前嫌尽释了，可她对我的误会越来越深。哥们儿，有机会的话，你还得在小迅面前替我说话呀……"

马丰追问沈鱼水："那是不是于静说的？"

沈鱼水顾左右而言他："咱先不说这个，你就说吧，你们这复婚我该送点啥呢？吃的穿的用的，你随便点，除了住的，甭跟我客气……"

马丰不再搭理，把手机扔到副驾座位上，任沈鱼水一人说个没完。手机里传出沈鱼水的询问声："喂喂，喂喂……哥们儿你在听吗？"

03

第二天上午，马丰正忙着，办公室小胡打来电话，说赵怀远请他去一下。马丰把手上的事向海涛交代了一下，起身去见赵怀远。走到赵怀远办公室门口，看到黄肃之正从里面出来，手上拿着一份报纸，脸色十分难看。

马丰主动上前打招呼："主任，赵总找你谈工作了？"

黄肃之用手指戳戳报纸："你……你，都是为了你！"

"我怎么了？"马丰伸手想拿报纸，黄肃之护住，不给马丰。

"销毁，要销毁，不能看！"黄肃之拍着报纸急匆匆地走了，马丰摇了摇头，走进赵怀远办公室，赵怀远把一份《深都早报》递给马丰。只见娱乐版头条的大标题为"光灿传媒召集社会各界佳丽美女为马丰'选妃'"。

赵怀远表情复杂地看着马丰："马丰，对不起呀，又让你出名了。"

马丰笑了笑："没事没事，这债多不愁虱多不痒，习惯了。"

"唉！"赵怀远长叹一声，"也是我们公司的人水平有限，袁董事长已经给我打了电话，让我当面向你致歉。这本来嘛，我们的意思是想帮你物色一两个合适的人选，在你的感情问题上做一点贡献，没想到黄主任这么大张旗鼓，动作的确是有点大了，董事长和我都批评了他……"

"没事没事，赵总，真没事，我又不损失什么。"

赵怀远："你们卫视范总那儿，我也会向他亲自解释的，错不在你……"

"不用了吧，赵总……"

赵怀远摇摇头说："那可不行，这事一出，已经不完全是你个人的名誉问题了，你可是《非爱不可》的主持人，别说是捅了这么大个篓子，还没出这事的时候，深都卫视就已经在考虑换人了，我一直压着没说，是怕影响大家的情绪……"

马丰道："我们单位要换人，那……那也没辙。"

"所以呀，现在的麻烦不小，真有点雪上加霜的意思……"

正说着，赵怀远的电话响了，他做了个稍等的手势，接起电话："哎呀范总，我正准备给你打电话呢……看了看了，这都是我们的工作失误，好心办糟了事儿……嗯嗯……这事可怪不得马丰，是我们公司的人自作主张，老范，我得跟你解释……什么？你们换将的决心已定？已经有人选了……没错没错，咱两家的目标是共同的，但马丰一走，《非爱不可》的势头可难不保了，损失难以预估……这样吧老范，你再给我点时间，一周怎么样……"

放下电话，赵怀远半天没动。马丰耸了耸肩，做了个无可奈何的动作。

赵怀远起身找茶叶给马丰沏茶。

马丰说："赵总，要不还是我去向范总求个情吧？"

赵怀远道："不用了，事已至此……马丰，咱们还是聊点别的，听王小迅说，你的前妻于静已经离开节目了？"

"离开节目？"马丰疑惑地看着赵怀远。

"是啊，于静不是《非爱不可》的女嘉宾吗？王小迅告诉我，从下期起她就不来录节目了，你不知道？"

"我不知道啊。"

赵怀远将沏好的茶递给马丰，微笑道："这就是你的不对了，虽然是前妻，毕竟在一起生活过，这老话不是说一日夫妻百日恩吗，况且你们还有一个孩子，一个女人拉扯一个孩子不容易啊……听说这于静来当女嘉宾，就是冲你来的，你俩到底有什么不可调和的矛盾？"

马丰道："赵总，这说来话长……"

赵怀远点点头："嗯嗯……我估计多半是婆媳关系没处好，这也真是个麻烦事，你说你一个大男人夹在中间。不过这也不是什么解决不了的问题，可以分开住嘛，以前你们可能是没那条件，可现在不同了呀，你再买一套房嘛，老年人的确需要照顾，这房子你们可以买一块儿，最好是门对门……"

马丰听出赵怀远的话外音，问赵怀远是不是也在劝他和于静复婚。赵怀远连连摆手，"没有的事，这不过是我个人建议，纯粹个人想法，复不复婚毕竟是你的私生活，哪容别人说三道四？当然了，如果你本人有这个想法，那就得趁早，也可以顺便解决一下目前《非爱不可》的危机，一举两得，要是拖个一年半载，这《非爱不可》就没得救了……"

马丰迟疑了一下，问："这早得多早？"

赵怀远步步紧逼："当然越早越好，现在情况你都已经知道了，你们范总给我的时间是一周……"

"那最晚呢？"

"一周之内……《非爱不可》的确离不开你，换将，那不就意味着判了《非爱不可》的死刑？最多是缓期执行，这你我心里都很清楚……"

马丰举起手："赵总，您别说了，不管怎么样，我会给你一个答复的。"

赵怀远如释重负，眼神里充满期待。

04

出了赵怀远办公室，马丰走向《非爱不可》办公区，一路念叨着"罢了，罢了"，来到王小迅面前，大声说："王总，我决定了。"

王小迅抬起头问："决定什么？"

"复婚，和于静复婚！"马丰依旧大声。

众编导们都抬起头，朝马丰这边看过来。

王小迅紧张地看看四周说："嗨，你能不能小声点，这是你私人的事。"

马丰扯着嗓子说："我哪有什么私人的事，我私人的事就是咱们节目的事，就是光灿传媒和深都卫视的事！我马丰是谁啊？名人，大名人，离了我，地球八成就不转了！"

王小迅想止住马丰："你发什么癫呀！"

小权拿起那张《深都早报》递过来："马哥受刺激了，这《深都早报》也忒不讲规矩了。"

马丰对众编导说："没他们什么事儿，我复婚是我乐意，谁管得着啊！各位都听好了，一周之内我就和前妻去领结婚证。今天星期几？"

"星期四。"卓乐抢答道。

马丰："那就下周一吧，咱也不耽误工作，你们就琢磨琢磨吧，该送礼的送礼，该出份子的出份子，咱可要大办特办，弄得全国皆知，无人不晓……这于静以后可就是你们真正的嫂夫人了！"马丰指了指王小迅，"包括王总，你也得喊嫂子。"

05

周一上午，林伟棠开着他的商务车，载着马丰、于静和马超来到婚姻登记处。林伟棠在路边停好车，马丰将马超交到他手里。

"老林，超超就交给你了，我们去去就来。"

林伟棠抱起马超，瞥了一眼于静，嗓子眼有些发干："你们去，你们去……祝贺啊！"

马丰耸耸肩："嗨，这有啥好祝贺的……"

于静抢白道："怎么不要祝贺啊，老林谢谢你！"

马丰、于静下车，走向登记处。马超坐在林伟棠腿上，手里拿着一个玩具飞机边玩边问："林叔叔，我老爸和老妈去干吗？"

林伟棠不无酸楚地回答："结婚。"

"他们不是已经结过婚了吗？"

林伟棠道："哦！是复婚，就是再结一次。"

"林叔叔，你不是也要和我妈妈结婚吗？"

"要结的，要结的，我和你妈妈也要结婚的。"

"那我妈妈要结几次婚啊？"马超掰着手指数，"一、二、三，我妈妈一共要结三次婚！"

林伟棠夸道："对对对，小超人真聪明。"

马超道："林叔叔，我长大了也要结三次婚。"

林伟棠笑起来，摸摸马超的脑袋说："好好好，有志气。"

走进婚姻登记处，马丰戴上墨镜。于静走过去要挽马丰的胳膊，马丰赶紧躲开："别这样于静，注意影响。"

于静"切"了一声："什么影响呀，咱们这可是明媒正娶，光明正大。"

"是是是，现在不是关注我的人多吗，都瞧着呢！"

于静叹了口气："这大喜的日子，弄得鬼鬼祟祟的……"

马丰停下来："于静，你牢骚怎么这么多啊，是不是不想和我复婚？"

"谁不想复婚了，那是你……你从来不知道心疼我……"

说话间，两人来到登记柜台前，马丰将墨镜摘下。负责登记的小伙子认出了马丰，"啊，你是马丰！"

马丰竖起一根手指，示意接待员小声点。小伙子连连点头。

"我懂我懂……马哥，我可是你的铁杆粉丝，忒崇拜你了，你……你也来结婚？我看了上周的报纸……"小伙子边说边去找报纸，在一沓《深都早报》里终于翻到了那张登有马丰"选妃"报道的报纸，递给马丰，"马哥，你动作够快的呀，这就选了一个？"

于静不耐烦："你啰唆什么呀……"

小伙子看了眼于静："啊，你……你是《非爱不可》上的女嘉宾，就是那个谁也不留灯只管灭灯的。怎么的，看上咱马哥了？"

"是他看上了我，你赶紧的吧……"

马丰赶紧对小伙子说道："哥们儿，咱能不能别一惊一乍的？我实话告诉你，这位是我前妻，孩子他妈，这不在台上站这么久没人牵吗，我这心一软，心想就跟她复了算了。"

于静瞪大眼睛："软你个头，马丰，你要是实在不想和我复这婚，现在还可以撤……"

马丰忙说："别别，我这不是在解决问题吗？"

小伙子一挺胸脯道："马哥，啥都别说了，我懂，你的那些事儿我也再不问了，处在您的位置上可真不容易，我懂，真的懂你……您把墨镜再戴上，我这就给你们办了。"

周围几个工作人员发现这边有些异样，纷纷转过头来，小伙子对几个同事说："一哥们儿，很久没见，突然带一女的来结婚，吓我一跳，聊两句。"

06

何珺、黄争光一伙人正在一处户外草坪上录制《爱你再商量》。主持人是何珺、黄争光，他们的两侧站着九对男女嘉宾。

何珺胸前别着耳麦说："这里是深都卫视大型生活服务类栏目，欢迎您继续收看《非爱不可》特别节目《爱你再商量》……"

黄争光接着说："我们的口号是：一次没爱成，可以再商量，机会总是属于那些勇于追求幸福的人！"

"经过刚才'心有灵犀'的环节，十八位男女嘉宾已经成功配成九对，下面……"何珺正说着，一位站在摄像身后的男嘉宾拿着15号号牌走向何珺、黄争光："主持人，还有我呢！"

何珺看看他说："不是跟你说了吗，有一位女嘉宾临时有事没来，原来的十对改九对了，你就等下一期吧。"

15号男嘉宾不乐意了："那可不行，这来都来了，我又不是深都的，再说了，咱请个假容易吗？"

"那你说怎么办？"何珺反问。

"换个男嘉宾挪到下一期，反正我得录！"

何珺道："现在的配对是根据刚才的游戏决定的，人女孩儿不选你，你怨谁呀？别无理取闹！"15号男嘉宾不依不饶："我怎么就没理了呢？不是说好有十个女嘉宾的吗？"

"好了，好了，"黄争光对何珺说，"我看这样，上个女编导，和他配一把得了。"何珺不同意："不行，这不符合规则。"

黄争光招呼长脸女编导："王玲玲，你过来，凑个数。"

长脸女编导王玲玲张大嘴巴，"我？我已经结过婚了，小孩都多大的了……"

何珺赶紧制止："要上也得找个靓丽点儿了，节目可不能对付，老成这样，拍出来这期谁还看啊！"

王玲玲一脸委屈："人家少女时代也是小鸟依人呢。"

何珺命令："王玲玲你赶紧去公司，找个合适的带过来，得能上镜的。"

王玲玲离开，男女嘉宾们及《爱你再商量》栏目组的人散布在草坪上，有的在吃东西，有的在聊天。

不多久，罗书的车开了过来，停下后，罗书、王玲玲和卓乐从车上下来。王玲玲领着卓乐向这边奔过来。

黄争光看了看卓乐："怎么是你，你来干什么？"

卓乐脸一扬："我漂亮呀，我美啊，你管得着吗？我呸！"

黄争光转身对何珺说："何、何总，不能让卓乐上，这不符合规则。"

何珺白了黄争光一眼："不是你说找个女编导吗？怎么着，舍不得了？"

黄争光转身扯了扯15号男嘉宾的衣袖："今儿就九对，你还是挪下一期，我保管帮你找个美女，天仙下凡……"

15号男嘉宾看见卓乐，眉开眼笑地说："这位美女就是天仙下凡，我、我不嫌弃……"

黄争光："不行，她……她是我女朋友！"

卓乐急了："谁是你女朋友啊！你暗恋我那是你的事儿，我可没招惹你！"

"行了行了！这儿我说了算。"何珺对众人道，"大伙儿注意啦，各就各位……"

男女嘉宾及节目组的人纷纷站起来。游戏开始，安排的是双人三足跑，十对男女嘉宾，每对两人各有一条腿绑在一起，目标是前方的一只张开双臂的大玩具熊。其他各对男女嘉宾都是手拉着手，只有15号男嘉宾揽着卓乐的腰。黄争光跑过去，冲着15号男嘉宾吼道："拉手就已经便宜你小子了，怎么还搂上了？放下放下！"

卓乐绷着脸道："你管得着吗，我高兴让他搂！"

黄争光狠狠地瞪着15号男嘉宾，后者将手放下了。"他不搂我，我搂他，切！"卓乐一把搂住15号男嘉宾的腰。黄争光无奈地说："脸皮真厚，国家怎么没拿你的脸皮去研究防弹衣呢！"说着，站到起跑线的一侧，嘴上叼着哨子，举着小旗，对十对男女嘉宾喊道："大家注意啦，听我的口令，待会儿哨音一响，你们立马就奋勇向前，奔向爱的温暖怀抱！"

黄争光吹哨、挥旗，十对男女嘉宾嬉闹着向前跑去。跑到中途，卓乐和15号男嘉宾摔倒了，15号男嘉宾爬起来，扶起卓乐继续向前。

黄争光使劲地吹着哨子跑过去："放开放开，我宣布，你们这对淘汰出局，一边儿待着去！"

"黄争光，你搅和什么，谁规定的淘汰规则？游戏的目的是为了增进双方的了解，加强默契……瞎胡闹！"何珺招呼栏目组人员和嘉宾，"重来重来，这条重拍！"

九对男女嘉宾都停下来，开始往回走，唯有卓乐和15号男嘉宾相互搀扶着坚持跑向玩具熊，两人跌坐在玩具熊的怀抱里。

节目录制完毕，节目组的人一起忙着收拾场地。卓乐拉着15号男嘉宾，两人互留电话和微信，黄争光一声不响地走过去，拉住15号男嘉宾，挥起拳头打在对方脸上。毫无防备的15号捂着脸叫了起来。

卓乐冲过来拦在两人中间，大叫着："打人啦，黄争光打人啦！"

何珺一看不好，赶紧叫罗书。罗书奔过去，抱住黄争光，黄争光拼命挣扎，无奈罗书力大。

罗书将黄争光抱离地面举了起来。黄争光仍在叫喊："你放下，把我放下，看我不揍残了这小子！"罗书举着黄争光在头顶上转了两圈。黄争光直叫："哎哟哎哟，我晕，我晕……"

何珺走过来，呵斥道："黄争光，你竟然敢砸我的场子！太不像话了，罗书，再给我转两圈！"

"知道了，何姐。"罗书举着黄争光又转了两圈。黄争光忙道："晕，晕，我、不敢了……"

15号男嘉宾坐在地上捶胸顿足地大哭大闹。

"把人打成这样，"卓乐对罗书叫道，"罗书，再转他两圈！"

何珺道："别再转了，再转脑仁儿都得散了，罗书，你把黄争光扛车上去。"

"知道了，何姐。"罗书扛着黄争光走向停在远处的汽车。

07

晚上，于静家的门铃响了，打开门，是林伟棠。于静莞尔一笑："我就知道是你。"

林伟棠说："这么晚了，不好意思……"

于静把林伟棠让进屋里，林伟棠局促不安地说："我打了你一天的电话，你都关机了，我是担心超超，超超睡了吗。"

"睡了。"

"这小家伙也真够辛苦的，每天要去练柔道，还有英语班、书法班……下午我带他去看《少年派》，这么好看的电影，超超竟然在电影院里睡着了。"

于静叹口气："老林呀，辛苦的是你！老林，我是故意不接你电话的。"于静态度诚恳地对林伟棠说。

林伟棠搓着手，不知说什么好。

于静说："老林，是这样的，我这不已经和马丰复婚了吗……"

"我知道，我知道……"

"你听我把话说完，否则我也没脸再说了……我跟他虽然已经复婚了，但并不影响你我之间做朋友……"

"我知道……哦对不起，我又打断你了。"

"没事儿。我本来也认为是这样的，不会有什么影响。可这结婚证一领，我就觉得再和你来往怎么就有点儿不对劲儿了呢？虽说现在我跟马丰的生活和复婚前也没多大区别，可毕竟我是在婚姻里的人了，可、可是跟一个异性每天接触——虽然咱们也只是聊聊天，怎、怎么就觉得心里不踏实了呢？就像是做了多大亏心事儿似的。"

"我理解，理解。说明你是一个传统的女人，正派的女人，难得呀，我……我没有看错人……"

"所以啊，我思来想去，觉得咱们还是别再来往了。"

林伟棠面无表情地"哦"了一声。

"老林啊，我欠你的太多了，这辈子恐怕是还不上了，如果真有下辈子，我一定会报答你的……"说着说着，于静啜泣起来。

林伟棠也慌了："不用不用，是我欠你的，上辈子欠你的。"

"老林你可真是一个好人，下辈子我当你的、你的……"

林伟棠眼睛一亮："当我的夫人？"

"就算不当你的夫人，我也要当你的一条狗，一条忠犬，我说的可是真心话。"

"那……

那我也当一条忠犬，咱们都托生在马丰家，也好做个伴。"

于静破涕为笑："胡说什么呀，有他什么事儿！"

林伟棠继续唠叨着："于静，我也得向超超道个别。"

两人走进卧室，马超躺在床上睡得正香，憨态可爱。林伟棠俯下身去，在马超的脸蛋上亲了亲，站起来，眼睛湿润了。

♥ 24 你们两个，一个伪恶，一个伪善

01

经不住曹碧云软磨硬泡，刘子清把自己私藏的家底儿都交给她保管，没几天，曹碧云便消失得无影无踪。刘子清去了趟曹碧云所在的县城，打听来打听去，根本就没这么个人，原来曹碧云用的根本就是化名。刘子清心里堵得慌，拖着一身疲惫回到深都，在节目录制现场，也完全不在状态，总是出错。他是越想越窝火，终于支撑不住，突发心梗，倒在了台上。好在周围有人，海涛、罗书、王小迅等七手八脚地把他送去医院，才得以及时救治。

此时，刘子清躺在特护病房里，鼻子上插着管子，睡着了，已经康复了的刘妻坐在床边抹眼泪。这时门开了，马丰、王小迅及编导海涛一起来探望刘子清，床头柜上摆满了他们带来的营养品、花束。马丰俯下身正冲刘子清喊话，刘妻仍坐在床边，王小迅、刘威等围绕在侧。

马丰大声说："刘姥姥，你听我说，我知道你能听见，听见了就行，千万不要回答我。这不公司的领导让我们来看望你啦，让你放心养病，别操心！你现在住的是干部病房，条件在咱们深都市是最好的，光灿传媒还帮你预存了五万块钱住院费，用完了还有！刘师母的病也好啦！你儿子也在旁边，他们都很好！大家都盼着你早点儿好起来，早点儿康复！咱们的节目离不开你……"

突然，刘子清睁开了眼睛，嘴里发出嘟囔声。

刘妻道："啊，老刘醒啦，要说话……"

马丰忙说："刘姥姥，你不要激动，你想说什么我们都明白，不急这一时半会儿……"

刘子清断断续续地支吾着："曹……曹……坏……坏女，她……她……"

刘子清抓着刘妻的手突然握紧，眼角滚下一滴老泪。刘妻啜泣，帮刘子清擦眼泪，完了自己抹泪。

刘子清继续嗫嚅着："曹……曹……"

刘妻不好意思起来，对马丰等说："唉，你说这老头子，一醒就说脏话……"

海涛笑道："刘姥姥，现在已经不流行这么说啦，安心养病要紧！"

马丰制止海涛说："别乱说，他这是在说曹碧云呢！"

王小迅等人哭笑不得。王小迅帮刘子清掖了掖被子，轻声对刘子清说："刘老师，我们走啦，您好好养病，我们会再来看望您的！"

刘子清病倒后，一直是马丰独撑场面。虽说马丰能够应对，但节目原来的格局变了，一些观众有些不适应，马丰的压力也增大了。而恰在此时，黄争光也进了医院，原因是喝酒喝得胃出血。原来黄争光对卓乐开始有了情意，偏偏卓乐对他的热情已经淡去，并且被一个房地产公司的老板看上，并对卓乐展开了攻势。黄争光看在眼里，急在心里，便借酒浇愁，一个人几乎喝了一瓶白酒，幸好被罗书发现，及时送到了医院。王小迅、马丰听闻，紧张得不轻，再次匆匆赶到医院。何珺也听到了消息，也开车来到医院，在医院外的路边停车，一个老大爷站在旁边，何珺撅下车窗。

"大爷，我的倒车雷达坏了，麻烦你帮我看一下，等碰上后面的石头，你就喊停，谢谢您了大爷。"

大爷点头应允，挥手示意："倒，倒，放心，还没碰到呢，倒……倒……碰上了，停！"

大爷话音未落，只听"嘭"的一声，车尾已经碰到石墩上。

何珺下车，气恼地说："我不是让你喊停的嘛！"

大爷无辜地眨了眨眼："你不是说等碰上了再让我喊的嘛！"

何珺扔下大爷，扭着屁股进了医院大门。

探视完黄争光，马丰、王小迅、何珺三人从前厅向医院大门走去。何珺边走便抱怨："你们又搞什么阴谋？是不是你们让罗书陪黄争光喝酒的，喝成这样，我下期的节目怎么录啊！"

王小迅说："何姐你怎么这样想啊？再说了，罗书可是你的人，我们怎么叫得动他！"

何珺瞪眼："怎么是我的人啦……我不管，黄争光录不成节目你们要负责！"

马丰打圆场说："何总你放心，胃出血又不是什么绝症，酒喝到一定份儿上都会这样，缓两天就好了，不会耽误……"

突然，何珺跑到路边蹲下，干呕起来。

马丰关切地问何珺这是怎么啦，何珺连连摆手，"没事儿，没事儿……"何珺说着，撑着站起来说，"我是被你们恶心到了！"

王小迅翻了个白眼："至于吗？反应也忒强烈了吧？要不你也挂个号看看？"

何珺又一阵干呕："别……别跟我在这儿假惺惺的……"

马丰拉了拉王小迅，悄声道："咱们先走吧，去看看刘教授，也让何总吐得痛快点儿。"

马丰、王小迅离开了。何珺靠在门诊大厅的长椅上休息，罗书拎着一堆慰问品跑进门诊部大楼，何珺叫住他。

"有你这样儿的吗，把黄争光灌成这样！你就不能不让他喝吗？"

看见何珺，罗书赶忙停下来，道："争光追不到卓乐，情绪不好，我拦他不住……"

"明知道他情绪不好，还让他喝！你就不能多喝点儿吗？你要是把那两箱酒都喝了，他不就没事儿啦！"

罗书挠了挠头，说："那……那躺在医院里的可就是我了……"

"你身体好，酒量大，再说了，你就是喝吐血了也不会耽误事儿！"

"何姐，你关心他比关心我……"

"怎么啦，吃醋啦……"话音未落，一阵恶心袭来，何珺连忙跑到墙边蹲下干呕。罗书吓了一跳，赶紧上前扶住何珺。何珺摆手，说没事儿。罗书问要不要挂个号看看，何珺瞪了他一眼，说："看你个头啊！我是被你们这种不晓事儿的人恶心到了！"

02

马丰、王小迅来到医院的大院子里，远远地看见刘子清、刘妻正在草坪上，刘子清正一顿一顿地向前迈进。

马丰笑道："那不是刘姥姥吗？我说的吧，他就是一奇葩，医学奇葩，竟然能走了！"

两人走上前去，终于看清了，只见刘子清一条腿的脚脖子上拴了一根绳子，绳头抓在刘妻的手上。刘妻拽一下绳子，刘子清就向前挪一小步，然后另一条腿迈出一步。刘妻再拽一下绳子，刘子清再向前挪一小步，如此反复。草坪的尽头放着轮椅，是为目标。

马丰、王小迅忍住笑，上前聊了几句。刘子清神智似乎已经清醒，见到二人，不禁有些羞愧。为了少刺激刘子清，马丰、王小迅匆匆告辞，双双向医院大门走去。马丰窃笑说："这下可好，刘姥姥终于回到了老妻的怀抱，再也离不开她了。"

王小迅说："你不是说他是医学奇葩，还能上节目吗？"

回到单位，罗书始终不安地伸头看隔壁《爱你再商量》办公区，何珺的座位是空着的。罗书只好坐回座位，发了一会儿呆，突发奇想，打开网页，在百度搜索栏上输入"女人有呕吐现象"几个字，并瞪大了眼睛阅读着网页。王小迅在位子上叫罗书过去一下，他没听见，全神贯注地盯着电脑屏幕。王小迅起身，来到罗书位子旁，递给他一沓材料，"罗书，这几个新报名的男嘉宾，交给你负责。"

罗书吓得不轻，赶忙关掉了显示器电源。王小迅狐疑地看了罗书一眼，说："看什么呢？这可是上班时间，不准看那些乱七八糟的东西。"

罗书面红耳赤。

何珺正在自己家里，刚从卫生间出来，手上拿着早早孕试纸，一脸沮丧。这时手机响起，电话里是罗书的声音。

"何姐，我还是不放心你，你看你今天在医院的反应，很不对劲儿！你是不是……"

何珺厉声道："是不是什么？你懂什么！"

"我，我怎么不懂，我都百度过了，你那分明是……什么来着，哦，是妊娠反应……"

何珺大声道："罗书你不要乱说啊，尤其在同事们面前。"

"啊！何姐，你，你真的怀孕了？"

"去去去，你才怀孕了呢！"何珺说完，气鼓鼓地挂断电话。

03

于静从卧室中走出，带上卧室的门，来到客厅的沙发上。王小迅正坐在沙发里看一本书，见于静出来，笑道："咱俩这每天见一面，准时准点……"

话还没说完，于静便回道："怎么的，你烦了？"

"我有什么好烦的？反正闲着也是闲着，我说于静，要是你是个男人就好了……"

"切，没男人你就不能过啦？没男人咱们女人过得更好，要不小迅，你搬我这儿来算了，咱俩一块儿过，以后让超超给咱们养老送终……"

王小迅笑道："于静你别忘了，你现在可是有夫之妇，想给你老公再找个小三呀，美死他了呢！"

"我看是美死你了吧。唉！这婚还不如不结呢。小迅你看啊，不结这婚，这每天还有人跟我说说话，可结了，男人的好处没捞着，连个说话的人都没了。"

"我不是人啊，我不是在陪你吗？"

"嗨，我不是说你，我是说老林……"

"好啊于静，我说你每天都让我过来吃晚饭呢，敢情我是老林的替代品！"

于静反击道："我还不是沈鱼水的替代品？你说你这独守空房的，我好歹还有一个超超……"

"你少来！搞得咱俩悲催成这样，没人爱没人怜的，只能找姐们儿互舔一把伤口似的！"

"本来就是嘛！这以前吧，老林每天接送超超，我们每天都得见面，这还不算，超超睡了以后，我俩还要通会儿电话……"

"就是我们现在约会的时间？"

于静说："就算是吧。这不，我不是不让老林跟我联系了吗？他这人也忒老实了，还、还真就不给我打了。"

"人这叫诚信，叫信誉，怎么着，你想搞点儿婚外情？你这不是埋汰人老林吗？"

"去你的，我想说的是，老林给我打电话那会儿，我也没觉着什么，也就是说说超超的事儿，让我注意身体什么的，我都嫌烦，你说一香港人，说话连舌头都捋不直……唉，现在他不打了，我怎么还不习惯了呢？也不知道老林现在怎么样了，他那个店是不是已经开业了……"

"你这就叫犯贱，典型的犯贱……我就不说你了。"

"你说说我吧，还是说说我吧，求你了，小迅。"

"真要我说？"

"你说你说。"

王小迅道："那行，这不明摆着的吗，你早已爱上林伟棠了！"

于静一惊，矢口否认道："不可能，我爱的是马丰。"

"哼，马丰不过是你的一个梦，一个已经破碎了的梦。于静，你就别自欺欺人了。什么除了马丰，"王小迅说着，模仿于静的声音，"这世上就没有男人能让我看上眼的，什么老林再好也比不上超超他爸。马丰能有这能耐，能摧毁你对所有男人的感觉？我还就不信了呢！我告你于静，你不过是不服气罢了，瞧你给个儿灌的那些迷魂汤，你也该醒醒了。"

于静犹豫了，沉吟起来。

王小迅继续道："而且，你爱上林伟棠也不是这会儿的事儿，你早就爱上了，只是不愿意承认，你应该直面自己的内心，跟老林结合才对……"

于静拿着纸巾盒，取纸巾擦拭眼泪，"那我成什么人了？这么短时间……"

"嫌丢人你早干吗去了？还'我和老林这辈子都是没可能的'，"王小迅学着于静的口吻说，"你也甭担心，这都什么时代了，分分合合，结婚离婚，你又不是没结过，又不是没离过。"

"你、你还拿我开心！早知如此，你和马丰干吗不劝我呀……"

王小迅道："我敢吗？马丰他敢吗？你不是怀疑我们吗？"

"小迅，你别说了，都怪我……"

王小迅安慰道："你也不要自责了，能明白过来就好，事不宜迟，马上把马丰叫过来……"

于静瞪大眼睛："叫……叫他干吗呀？"

"难不成叫林伟棠？叫马丰过来是商量离婚的事儿，只有你和马丰离了婚，才轮到考虑和老林的事，毕竟他现在是你老公。"

04

马丰再次来到林记茶餐厅，只见店里仍然堆放着一些装修的建材，和上次相比，工程并无进展。整个茶餐厅里没有一个装修工人，也看不见林伟棠。马丰挨个推开包间的门，一间间地查看。

包间大致已经装潢完毕，一张宽大的圆桌上没有铺桌布，桌上泡着一壶工夫茶，旁边零乱地放着几把椅子。只见林伟棠一个人坐在大圆桌前，正自斟自酌，两眼茫然地看着前面。见马丰推门进来，林伟棠赶忙站起来打招呼。

马丰问："这是怎么啦，大白天的也不见工人，这店还跟我上次来的时候一个模样，进度不行呀……"

"马哥，不瞒你说，我我、我想退了。"

"退了？不想干了？哦，我明白了，是因为于静。"

"马哥，我，我对不起你……"

马丰一摆手："这叫什么话，应该是我对不起才是呀，不是你说给于静一个考验的吗？"

"是是是，马哥，不是我没有耐心，是、是于静已经和我道过别了，我……我们约了下辈子……"林伟棠说着，扯过一把椅子。

马丰坐下，跷起二郎腿道："上茶！"

"哦哦，上茶，上茶，我这就换一泡……"

马丰一边看着林伟棠忙活，一边道："没错儿老林，这骆驼终于被最后一根稻草给压趴下了！"

"趴，趴下了？什么趴下了？"

"压趴下了呀。这最后一根稻草可是于静自己加上去的，谁让她不让你和她联系的？这下可好，她自个儿受不了了。老林你是没看见，昨天晚上于静整个儿哭成了一个泪人儿，哭着喊着地让我来求你……"

林伟棠："唉！都是我不好，让她伤心了，早知道我就和她联系了……这一阵我也很难过，也……也哭过……我应该和于静联系的。"

马丰拍了拍林伟棠的肩膀："老林呀老林，你是真迂腐呢，还是讨了便宜卖乖？要是你和她联系了，还能有今天吗？还能有明天吗？还能有这从今往后的几十年吗！"

林伟棠丈二和尚摸不着头脑，瞪大眼睛看着马丰，茶水都溢出了杯子。

"好啦好啦，我就不折磨你了，"马丰呵呵一笑，学着他的口音说，"恭喜啦，祝贺啦，林先生大喜啦！"说着，马丰站起来，不由分说地上去抱住林伟棠，使劲地在对方的后背上拍着："哥们儿，真有你的，富贵险中求，这回你这一赌算是赌对啦！"

林伟棠将马丰送出门，一直送到马丰的车前。上车前，林伟棠紧紧地握住马丰的手不放，嘴里说着："马哥，真是太感谢你了，您积了大德，高风亮节，大义让妻。你不要反驳我，这以前，你和于静是离了婚的，是谈不上，这回你们已经复婚了，不是大义让妻又是什么？我……我没有用词不当。"

马丰呵呵一笑："你这店还开不开？"

林伟棠点头如捣蒜："开开开，下午我就让工程队过来！咱还得挣钱养活于静和超超娘儿俩不是！"

马丰乐了："你和于静还约下辈子吗？"

林伟棠摆手："不约了不约了，不不不，还是要约，要约，但这辈子也不放过她。"

"这就对了嘛，重要的是这辈子。"

"马哥，其实我和于静已经约好了，下辈子的我们做两条狗，两条忠犬，一起托生到你家……"

"哈哈哈，这是你的主意吧？于静才不乐意托生到我家呢，下辈子她会是一条河豚鱼，我先吃了她，她再毒死我，我和她那叫不是冤家不聚头……"

两人再次紧紧地互相拥抱完毕，马丰上车，发动汽车而去。

05

林伟棠换了一辆崭新的奔驰商务车，于静坐在副驾上，马丰、王小迅坐在后排。四人的着装都很正式。

林伟棠乐呵呵地说："马哥，我这车还不错吧？"

马丰道："不错不错，比前面那辆强多了，上次我和于静复婚，你开着那破车送我们去登记，成心的吧你？"

"不敢不敢，我那不是腾不出手来换车嘛……"

马丰调侃："坐你那破车结婚，于静没少抱怨，也的确晦气，还是开这新车好，新人新车新生活，大吉大利，你俩指定能白头偕老！"

林伟棠说："这款车虽然不是超豪华型的，但性价比高，也实惠，七座，坐的人多，我考虑将来三个家庭出游，再加上超超，都够坐了。"

于静疑惑道："三个家庭，哪来的三个家庭？"

林伟棠说："咱们不是一个家庭吗，马哥要是再结婚是第二个家庭，王总再结婚可不就是三个家庭了……"

于静一摆手："什么呀都是，马丰要是再结婚那也是跟小迅结，加上咱们，只有两个家庭！"

林伟棠一拍方向盘，喇叭响了一下，他说："对对对，我怎么就没反应过来呢？那……那真是太好了！"

"我说你俩就别拿我们开心了，我就是要结婚，"王小迅撇嘴道，说着指了指马丰，"也不会和他结，凭什么呀！"

于静道："凭什么？这不你已经和沈鱼水分手了，马丰和我这也离了，你俩这孤男寡女的……"

王小迅掐了下于静："说什么呢！噢你挑剩的玩腻的就给我啊，凭什么呀？"

马丰不乐意了："喂喂喂，不带这么糟践人的。"

林伟棠笑说："今天就缺超超了，于静，我们应该带他来的。"

于静道："这……这事还是别让孩子掺和进来。我这又结婚又离婚的，丢死人了，对超超会有什么影响啊！"

王小迅说："不是又结婚又离婚，是又结婚又离婚又结婚，哈哈哈。"

说笑间，几人已来到婚姻登记处。当初为马丰、于静办复婚的小伙子起身相迎："马哥您来啦，你还认识我吗？"

"认识，认识，上次不就你帮我们办的手续嘛！"

"马哥真是好眼力，我们处长交代了，您打电话来约过，今天的事儿得单独办理，免得引起围观，我因为上次接待过你，所以坚决要求……"

"哦，谢谢谢谢，这熟人好办事儿。"

"马哥，今儿您办什么呀？"

"先办离婚，再办结婚。"

小伙子眼珠子转了几圈，"噢，马哥真有你的！上次您结婚到现在还不到一个月，这……这就又换了？我不问，我不问……"说着，小伙子指了于静和王小迅，"先和她办离，再和她办结……"

"哥们儿，你搞错了，我只和她离婚，不结婚。"

"你不是说先离再结吗？"

马丰忙说："是先离再结，离婚我有份儿，结婚没我什么事儿。"

小伙子有点蒙："马哥，我没弄懂。"

马丰分别指了指于静和林伟棠："我和她先离婚，然后她再和这位先生办结婚……"

小伙子指王小迅："那……那这位美女呢？"

"这位是她的好朋友，闺密，过来是给她撑场子的。"

"哦哦哦，我明白了明白了，你让我再理一遍。"小伙子指着马丰和于静说，"你和她离婚，然后，"他又指于静和林伟棠，"她和他结婚，"然后指向王小迅，"没她什么事儿……"

马丰、于静、林伟棠分别坐在桌前填表，王小迅在于静旁边指点着。

于静对王小迅小声道："你还没结婚，我这都三婚了，怎么你好像比我还熟悉似的。"

王小迅打了一下于静肩膀："旁观者清嘛，我是怕你填错了。"

于静说："切，你就是怕我填错了，跟马丰离不了是不是啊！"

婚姻登记处的小伙子凑近马丰，指着林伟棠说："马哥，是不是你老婆刚复婚就出轨了？那小子把你老婆给撬了？你要是不想离就吱一声，哥们儿帮你搞定，让他们结不成！"

马丰扑哧笑道："你老婆才出轨呢！再说了，你老婆要是给人撬了，你不跟她离？"

小伙子指了下于静和林伟棠："啊马哥，她果然被他给撬了？"

马丰道："去去去，我们这是'三相情愿'！"

于静也听见了小伙子的话，把手中的笔往桌上重重一放，瞪了一眼小伙子："说什么呢！有你这样儿的吗？你到底是办事儿的还是坏事儿的？我们离婚结婚合理合法，光明正大！"

小伙子不屑地说："我也没见过你这样的，一个月不到，结了又离，离了又结，都几次啦？我们这儿是庄严的婚姻登记机关，不是路边的饭店，你想来就来想走就走！"

于静把笔一撂："怎么着，你这儿是法院呀！"

小伙子回道："虽然不是法院，但就是离婚，那也得经过专职调解员的调解，调解不成那就不能离，离了那才能结，我告诉你，想欺负咱马哥，没门儿，我这就去找调解员……"

马丰急忙拉住小伙子解释："好啦好啦，兄弟，你的心意我领了，可这离婚我马丰那是求之不得望眼欲穿，离完了于静和林先生再结，那也是我的荣幸！这调解就真的不必了，离婚协议书我们早就写好带来了。"

小伙子不解地看着马丰："马哥你真的不是一般人，尊夫人也不是一般人……"说着，挑起了大拇指。

06

从婚姻登记处出来，仍然是林伟棠驾车，于静坐副驾，马丰、王小迅坐在后排。林伟棠满面春风，要大家出主意，去哪里庆祝一番。马丰建议去象湖镇泡温泉，在路上随便吃点儿，主题是泡温泉。"以前一个哥们儿请过我，身子泡在热汤里，漫山遍野的都是积雪，再举头一望，满天的星斗，真正是美得不要不要的！当时我就想，和一老爷们泡着有劲吗？真是白瞎了这一番景致……"

于静问："那你想着和谁一块儿泡，就不白瞎了景致？"

马丰瞄了一眼王小迅："我……我想着咱们四个一块儿泡，那就对得起这良辰美景了。"

于静："你就瞎掰吧，咱四个那会儿有影子吗？你想的准是和小迅一块儿泡！马丰啊马丰，你这线放得可够长的！"

王小迅打了下于静："你就别扯淡了，那会儿你跟马丰还没有离婚，他想的准是和你一块儿泡！"

于静道："我跟他？哼！我们俩泡来泡去只能把面泡烂了……嗨嗨嗨，

当着我老公的面，你收敛点儿行吗！"

林伟棠："没事没事，我爱听，爱听……马哥，你还没说去象湖镇怎么走呢。"

四人来到温泉，泡在同一个小池子里，热气袅绕，除了池边零星的几盏路灯，四野里一片漆黑，头顶星河灿烂，周围树影婆娑。两只木制托盘浮在水面上，上面各放着两只高脚杯，杯中盛着红酒。

马丰浸在水里说："怎么样呀？只可惜不是冬天，没有雪。"

林伟棠感叹道："太美了，已经太美了，人间仙境也不过如此！当然如果有雪就更好了，香港……"

于静制止住林伟棠，让他和马丰去另找一池子，她要和小迅说会儿话。马丰嘟囔道："有什么话不能当着咱们面说呀？"

马丰、林伟棠站起来，林伟棠端起一只托盘，两人爬上池子，于静和王小迅继续待在池子里。见二人离开，于静对王小迅道："小迅呀，刚才在路上我那是开玩笑，不过你和马丰的事儿我还是要跟你掰扯掰扯，你说现在我和老林已经结婚了……"

王小迅看着夜空，悠悠道："你结你的婚，关我什么事儿啊？"

"我和老林结婚，那还不是你和马丰一手促成的？再说了，我那也是为你腾地儿，姐们儿的这番心意都看不出来？"

王小迅故作懵懂："你到底想说什么呀？"

于静笑道："你就装吧！我这么跟你说吧，我跟马丰离婚那的确是必须的，但和老林结婚，我干吗这么急呀？这些些年都过来了，那还不是为了向你表明心迹，我于静再也不可能回头了！"

王小迅笑了："敢情你们结婚是为了我呀？"

于静道："可不是嘛，至少我是为了你，还为了马丰，你们不要不知好歹！你俩在一块儿也这么多年了，你认识马丰还比我早。而且，当年你俩男才女貌，要不是沈鱼水要不是我……"

议至沈鱼水，王小迅不禁皱起眉头，让于静打住。

于静不依不饶："反正我已经把自个儿当成一块石头搬开了，剩下的障碍你心里清楚，还不准人提！那沈鱼水不是已经和你分了吗？"

王小迅："还是不行。"

"不就是沈鱼水是马丰的哥们儿吗？那是马丰的事儿，不是你的事儿！"

此时，马丰、林伟棠泡在另外一小池里，两人举杯碰了一下。林伟棠继续感慨夜色太美："真是太美了，冬天下雪的时候我们再来。"

马丰看了看王小迅处，说："老林，你说她俩聊什么呢？"

"大概是聊你和小迅的事吧？我觉得你们挺合适。"

"你……你也看出来了？不行不行，我和小迅的男朋友是哥们儿。"

"马哥，那我问你，我和你是不是哥们儿？"

"当然是了……"

"既然我们也是哥们儿，那我就不应该追求于静了，更不应该和她结婚，因为她是你的女朋友，不对，是你的前妻。"

"这……这是两回事儿……"

"马哥你是说你没有把我当成哥们儿？"

"怎么会呢？咱们绝对是哥们儿，铁……铁哥们儿！"

"那就是我和于静结婚，马哥你很生气，觉得受到了伤害，准备和我断交……"

"嗨，我和你说不清！我和你是哥们儿，那是在我和于静分了以后，我和沈鱼水，一开始我们就是哥们儿！"

"不对吧？我们是哥们儿的时候，你和于静不是还复婚了？"

"老林呀老林，我算是服了你！你咋比咱这北方佬还轴呢！"

"不管是香港人还是北方佬，道理都是一样的。"

这时，一身比基尼的于静端着酒杯走了过来，对马丰说："你过去吧！"

马丰故作不懂："去哪儿呀？"

"去小迅那儿呀，刚才那池里。赶紧去，把握住机会。"

"我不去，你把她叫过来，咱们大家泡一块儿多好……"

于静道："我说马丰，我可不是为了成全你们，今儿是我和老林的新婚之夜，你在这儿当电灯泡有意思吗？赶紧的，知趣点儿！"

马丰只好起身，装出一副不情愿的样子说："嗨，这把人赶来赶去的！"一边说着，一边满怀欣喜地爬出汤池。

于静说："你要是不想和小迅一起泡也成，自个儿再找一池子，也让小迅自个儿泡着。老林咱不管他们，咱们一块儿泡，顺便说说体己话！"

于静下到池里，和林伟棠并排，两人互相搂着肩膀，拿着酒杯碰杯，饮完之后相视而笑。

马丰一人泡在一小池子里，边饮酒边仰望星空。

王小迅一人泡在另一个池子里，边饮酒边仰望着星空……

07

这天下班后，马丰、王小迅、海涛三人一起吃了饭，从餐馆出来，海涛向二人道别离开。马丰要送王小迅回去，王小迅推辞。

马丰道："那又何必呢，是不是因为我跟于静离了婚，你要避嫌？"

"我避什么嫌啊，咱俩有嫌要避吗？"

"是啊，这弄得越来越生分了。等会儿，我去开车。"

王小迅站在当地，一会儿马丰的车开来，王小迅坐到副驾位置，马丰轻踩油门，车子驶上大街。

马丰对王小迅说："小迅，你跟鱼水能不能别老这么僵着了，弄得我也跟着别扭。"

王小迅道："有你什么事啊，你别扭算哪门子事儿啊。"

"不是，有些事说开了也就算了。上次咱们睡一张床上做实验那事儿，我已经找鱼水说开了，他也信了。"

"什么叫他也信了，好像我跟你真有什么见不得人的事儿似的。"

"我不那意思，你说当初我们仨经常在一块儿吃饭，喝酒，玩儿，那不挺好、挺轻松的吗。你看现在……我……我就觉得不大得劲儿。"

"你自找的。他要代你约会女嘉宾，你不拦着也就算了，还替他打掩护。这下倒好，他没了心理压力，猫偷腥的本能就暴露出来了。"

马丰歉疚地说："唉！这事我也有责任。可是小迅，李嫣那女人你是知道的，那是什么话都能说得出口、什么事都能干得出的主儿，鱼水算是倒霉，偏偏就给她缠上了。但有一点是可以肯定的，鱼水跟那李嫣肯定没什么……"

"苍蝇不叮无缝的蛋，李嫣怎么不去纠缠别人，偏偏纠缠他呢？"

"那不是鱼水看上去不够坏，李嫣以为他好欺负吗？"

"他不够坏，就你够好？你们两个都不是好东西，一个伪恶，一个伪善。一个看上去风光无限，招蜂引蝶，其实灿烂的背后也就一片孤单；另一个装模作样假正经，其实就是个花心大萝卜，根本靠不住。"

马丰则继续开解："沈鱼水和李嫣的事都说开了，你就别再这么绷着了。"

王小迅扭过头，盯着马丰道："你这话是真心的？"

马丰模棱两可地点了点头。王小迅沉默了好一会子说，"那好吧，就算李嫣的事没了，那肖真真呢？等他把心彻底从肖真真那里收回来，我就跟他举行婚礼，嫁谁不是嫁，怎么活不是一辈子。"王小迅说着，声音不禁有些哽咽。

马丰皮笑肉不笑地说："瞧你说的，哪用得着这么悲壮……你放心，我再找鱼水好好谈谈。"

"谈什么呀？这是谈的事儿吗？你还是管好你自个吧！别在我面前摆出一副圣人君子的模样，看着就恶心。"

"嗨，马丰这辈子，可以做俗人、庸人，甚至做恶人，但肯定做不了圣人，剩下的剩还差不多。我找鱼水谈，也就是说说肖真真的事，要是鱼水那小子还没放下肖真真，哥们儿就出马，把肖真真给撬过来，够意思吧？"

"你爱撬谁撬谁。你的事我管不着，我的事也不用你管……我说马丰，你这人什么时候能踏实点、靠谱点啊！"

"我又怎么不靠谱了？"

"不说别的，就你跟于静这事，折腾来折腾去，最后怎么样……烦不烦呀！"

马丰辩解道："我跟于静怎么回事你可是一清二楚的，那是我想折腾的吗？再说了，就算我有错，这两人恋爱，不就像两军对垒吗，谁还没有那么点军心动摇的时候。要我说，鱼水跟肖真真的事，你也别太放在心上……"

"谁放在心上了？是你放在心上好吧，绕来绕去地说个没完了。以后我的事你也少管，你走你的过街天桥，我过我的地下通道！"

"你看你看，我的事你该管还是得管，你要是不管，我不就更不靠谱了吗？"

"我不管，懒得管……"说完，王小迅扭头看向窗外，不再搭理马丰。

25

别把人家的心门打开
又玩笑着离开

01

卓乐突然向王小迅递交了一份报告，要求转岗到单位的《影视人生》栏目组。原来，《影视人生》栏目组的主任郭开来跟她眉来眼去了几回，小姑娘不禁产生了去意。

黄争光还惦记着卓乐，打电话向她质问，明明知道他住院，为什么不去医院看望他，难道就不心疼？卓乐扑哧笑了，"我凭什么心疼你呀！告诉你姓黄的，听说你喝酒吐了血，我闷在家里偷着乐了一整天。"

伤了心伤了身的黄争光，决定离开光灿传媒。马丰、王小迅合计，卓乐走可以，就让她去《影视人生》栏目组，但黄争光不能走。

这天，卓乐收拾东西准备搬到《影视人生》栏目组去，门卫送来一件快递，正准备打开，手机响了，是黄争光打来的，说快递里是卓乐以前交往的房地产老板的材料。卓乐没好气地问：

"你什么意思啊？他跟我有什么关系……"

"有什么关系我不知道，这是一个曾经的同事应尽的义务，完了。"说完，黄争光坐回座位上。

卓乐"切"了一声，将牛皮信封放进纸盒内，抱着纸盒离开了办公区。一到僻静处，卓乐便匆匆打开牛皮信封，从里面取出一沓材料，最上面就是老蒋结婚证的影印件，另一张纸上打印着老蒋一家三口的合影照片。卓乐将材料塞回牛皮纸信封里，眼里不禁蓄满泪水，暗自咕哝道："早知今日，何必当初，别把人家的心门打开，又玩笑着离开。"

02

何珺给神龙见首不见尾的冯大吉打电话，告诉了他自己怀孕的事儿，结果反遭一顿奚落，把何珺气得整个人裹在被子里失声痛哭。别无选择，何珺只好来到医院。她靠在候诊大厅的长椅上，一只手托着头，另一只手上拿着一张单子。罗书急匆匆地走进大厅，看到罗书，何珺赶紧低下头，但罗书还是发现了她。

"何姐！你又来看争光啊？"

"我不看他，自己来看病。"

"哦，你来看病怎么不叫上我啊，我昨儿个就怀疑你……"

何珺瞪了一眼罗书："干吗这么大声儿？去去去，你去看黄争光吧。"

"我不去看他了，我陪何姐看病。"罗书蹭到何珺身边。

何珺不耐烦地说："我不要你陪，我已经看过了，等化验结果出来就走……"

"那……那我帮你去拿化验结果。"

"不需要，你走吧，走吧！"

这时，窗口的护士在叫号，何珺欲起身，罗书一把夺过何珺手中的单子，奔向化验室。罗书手拿化验单，端详着。窗口后的化验员是个四十多岁的男人，罗书问他，"妊娠阳性是什么病啊？"

化验员回答："没病，你老婆怀孕了。"

"我老婆？我还没结婚呢……"

化验员："这不是你老婆？那就是女朋友了，反正她怀孕了。以后注意点，办事儿前要采取措施，经常堕胎对女孩子没好处，这都不懂？"

罗书"哦"了一声，拿着化验单匆匆走向何珺坐着的地方，离得很远就大声喊了起来："何姐你没病，是怀孕了！"

休息区的人都朝何珺这边看来，何珺羞得满脸通红，起身匆匆向门诊大厅门外走去。罗书追了上去。

"何姐！何姐！你怎么走啦？你怀孕了，没病。"罗书追上何珺，继续追问，"何姐，谁、谁的孩子啊？"

何珺柳眉倒竖："这事儿轮到你问吗？你以为你谁啊！"

"我，我是关心何姐……"

"那行，我告诉你，是你的孩子……"

"啊？不可能吧，我和何姐又没……"

何珺笑起来："哈哈哈，怂了吧？你们男人都一个德行。跟你开个玩笑，瞧把你给吓得！放心，何姐不会讹你的，这事儿跟任何男人都没关系，我就是一圣母玛利亚，无染怀胎、童贞受孕，行不行啊！"

"何姐，这是神话，不太、不太可能……不过何姐，你能不能不做手术？"

何珺一愣："不做？那孩子生下来你当孩子爸啊？"

"可以呀，我跟何姐一起养……"

"我看你是真有病，这又不是你的种！"

罗书道："只要是何姐的孩子就是我罗书的孩子！"

"唉！那姓冯的浑蛋要是有你一半的心就好了。"何珺说着，不禁再次流泪，从包里取出纸巾擤鼻涕。

罗书说："何姐，我是说真话。你要是愿意跟我结婚，咱们就一起养。要是嫌弃我不跟我结婚，我还是孩子的爸爸，还是两个人一起养。要是你不想搭理我，我就一个人养，反正你不要去做手术……"

何珺揶揄道："那可不行，就凭你？养条狗都给养跑了！"

03

《非爱不可》办公区内，趁休息时间，马丰来到王小迅的座位，递给她一张电影票。王小迅一愣，不明所以。

马丰小声道:"深影集团的哥们儿送的电影票,他们那儿正在上映一部新片……"

王小迅也小声地说:"我跟你去看?你有没有搞错?"

马丰继续小声道:"这鱼水不还在外地吗?只好我陪你去看了。"

王小迅小声地说:"我不去,你送给别人吧!"

"我哪有人送啊,除了你……你别多想,我就想放松放松,你也需要放松放松……"

"打住,要么你拿回去,要么两张都给我,我让于静陪我去看。"

"得得,都给你。"

马丰又掏出一张电影票,递给王小迅。王小迅接过,白了马丰一眼。马丰快步离开王小迅的办公桌,径直下楼,来到地下车库,刚上车,手机铃响了,显示是于静的短信:今晚八点半,保利影剧院门口,不见不散。马丰一边自言自语,一边拨通于静的电话。

"于静,你不会是想约我看电影吧?"

"是啊,不可以吗?"

"当然不可以,你这可是名副其实的搞婚外暧昧,就是老林答应,我也不能答应。"

"说什么呢!谁要跟你搞暧昧了!人家还不是怕你孤单吗。不过你放心,我现在和老林、超超,我们一家三口过得滋润着呢,我对你绝对没有任何企图!"

马丰道:"那就更不能和我一起看电影了,你这叫暧昧未遂。"

于静笑道:"臭美吧你,实话跟你说吧,是小迅让我陪她看电影,说什么朋友给了两张票,扔了怪可惜的。可是我晚上得值班,去不了,把这个机会让给你,怎么样,我这个前妻,当得还算称职吧?"

"称职,绝对称职,只是小迅没告诉你吧,那两张电影票就是我送给她的。"

"啊?是这样啊。是不是你想请人家看电影,给人拒了?"

"没、没有的事。"

于静说："总之今天晚上你代我去，怎么样？算我请你帮个忙。"

"别胡闹了，我是不会去的，人还有鱼水呢！"

于静说："沈鱼水不靠谱，他俩不可能走到一起的。马丰，机会难得，你自己可要把握住了……"

"行了行了，越说越离谱了，没事我挂了。周末我去你们家看儿子，顺带拉老林喝点小酒。"马丰挂掉电话，沉吟了一会儿，发动车子。

当晚，在影院门口，王小迅东张西望，就是不见于静的身影。马丰躲在角落里，远远地看着王小迅和影剧院前的广场，不禁自言自语："到底现不现身？总不能让人一个人看电影吧？"

马丰正要走出角落，忽然看见于静急匆匆跑到王小迅身边，两人有说有笑地交谈起来。马丰赶紧缩回角落，看着王小迅、于静进入电影院，才怏怏然离开。

电影放映前，王小迅、于静坐在座位上聊着。

于静说："你也真是，马丰不就约你看场电影吗，有什么大不了的，你也给自己一次机会嘛！"

王小迅不冷不热地说："什么机会不机会的，咱可是名花有主的。"

"切！别跟我提沈鱼水，我早就看穿了，你跟那人没戏，不信咱走着瞧。"

"你什么意思？你自己跟马丰玩儿完了，难不成还要搭上我？"

于静"切"了一声道："少跟我装糊涂，我跟你不一样，马丰心里装的是你……"

王小迅打了一下于静的胳膊："你怎么跟个皮条客似的，你可是马丰的前妻，别胡扯八诌地扯上我……"

于静正色道："王小迅，别不识好歹啊。别人不知道我还不知道啊，少跟我装。还有那姓马的，也真够猥琐，我让他来陪你，他还假模假式的，你们俩就都这么一直端着，有意思吗？"

王小迅无话可说。

于静继续道："要说以前你们俩中间还有我碍着，我这不给你们腾仓挪地儿了吗？不仅如此，我还两头给你们牵线搭桥，我也太够意思了。可你们俩怎么着也得配合我吧？你瞧你们俩，一个个傲得跟大爷似的……"

王小迅道："行了行了，越说越来劲了。我看你新婚生活过得很幸福呀，原来的黄脸婆，现在变得有红似白的，小日子很滋润嘛！"

于静笑，附耳到王小迅耳边说："小迅你还别说，这老林大概是憋的时间久了，又是个过来人……"

04

罗书横抱着何珺从医院大楼正门走出，走到台阶上，他停住。何珺则在他有力的双臂里一边挣扎一边说："你让我下来，让我下来，我自己能走。"

罗书看了看台阶，抱着何珺边走边道："何姐，你应该住院的。"

"住什么住呀，在哪儿还不是一样养，医院人多眼杂。"

"不会有人看见的，争光已经出院了，刘教授也已经摔傻了……"

何珺拍打着罗书的前胸："你放我下来，目标太大了……"

"何姐，我们已经到了。"罗书抱着何珺到了他的车前，打开车门，将何珺放在后座上。后座上已备了靠垫、被子等物，罗书将何珺安置好，帮她盖好被子，关上车门后来到驾驶座一侧，开门上车。

汽车驶上大街，开着开着，罗书呜呜地哭开了。

何珺莫名其妙地问："你哭什么哭呀，可别可怜我。"

"我……我不是可怜你，我是可怜那孩子……"

"有什么好可怜的？又不是你的孩子。"

罗书呜呜呜地哭着说："他……他怎么说也是一条命，不是我的孩子，但他是你的孩子呀！"

"嗨，你这一哭，弄得我也难过了。"何珺也忍不住呜呜地哭起来。

罗书从仪表台上的抽纸里抽了两张纸擦眼泪，一边跟何珺说："何姐，后面有抽纸，就在你脑袋后面。"

何珺找到脑后的抽纸盒，抽出纸巾擦眼泪，说道："你跟他们说你要当爸爸了，这下可好，我看这话你怎么圆！"

罗书道："我就照实说，打掉了，生小孩是两个人的事儿……"

何珺擦着眼泪说："不行，不能这么说！人会怀疑的。"

"那我应该怎么说啊？何姐，你就是应该生下来的……"

一路聊着，回到何珺家。把何珺放到床上，罗书又打开所有厨房橱柜的门，里面什么都没有，角落上放着一只油桶，里面有小半桶油，罗书打开闻了闻，不禁皱眉。再打开橱柜下一个精致的米桶，里面空空的。打开冰箱，里面堆的全是化妆品，除了一些冷饮，也没有吃的。他关上橱柜门和冰箱门，走出厨房，将卧室的门推开一条缝，向里面看了看，何珺正在床上酣睡，他带上卧室门，换鞋出门。

回来的时候，罗书手提肩扛带回来一大堆东西——油米菜肉锅碗瓢盆。罗书将这些东西搬进厨房，随即出来，推开卧室的门看了看，见何珺仍在酣睡，带上卧室门，又去了厨房。

过不多久，罗书扎着围裙端着一盘菜从厨房里出来，将菜放在饭桌上，然后轻手蹑脚地走到卧室前，推门向里看去。何珺仍在睡觉，他带上卧室门，经过客厅欲走回厨房。放在客厅茶几上何珺的手机突然响了，他迅速拿起手机，掐了电话。罗书将电话放回，想要去厨房，还没到门口，何珺的手机又响，罗书扑过去，小声地接听。

电话是朱凤群打来的，她劈头就问："你咋回事儿啊，掐我电话干吗？人这不是关心你吗，去没去医院啊，到底怀没怀上？"

罗书没敢吱声。

朱凤群继续追问："你倒是说呀，怀没怀上啊！说话呀！"

罗书只好嗫嚅着回答："怀、怀上了，又做掉了……"

"你、你是谁？我拨错号了？"

"没、没有……"

"你是冯大吉？声音不像呀。"

"不是，我是罗书。"

"哦……我知道我知道，咱们见过的，何珺呢？"

"她在睡觉，身体不好……"

"你刚才说什么来着，怀上又做掉了？到底是怎么回事儿？"

罗书支吾着说不清楚。

朱凤群道："我是朱凤群，何珺最好的姐们儿，她怀孕的事儿我知道，你但说无妨，是不是你陪她去打胎了？你倒是说啊！"

罗书支吾着挂掉朱凤群的电话，来到客厅里。

饭桌上已放了好几个菜，罗书扎着围裙出来，端着一只砂锅，砂锅里炖着的一只整鸡将锅盖顶了起来，他放下砂锅，又跑到卧室门口向里察看，何珺仍在酣睡。罗书边解围裙边走到沙发前坐下，想了想又走到后阳台上，搬出一只纸箱，从里面拿出一些已经干瘪或腐烂的水果，坐在沙发上，用水果刀削着果皮，剔除腐烂部分，将水果放进嘴里咀嚼着，果皮和果核在罗书面前堆了很大一堆。

05

此时，罗书正驾着车，车速不快。他仔细地打量着窗外，在一条酒吧街上，罗书的车速更慢了，后面的汽车狂按喇叭，罗书置若罔闻，边开车边吃一个巨无霸汉堡，不时拿过饮料杯叼着吸管吸两口饮料。突然，一辆白色的高级轿车从边上超了过去，开车的人状似冯大吉。罗书差点被呛住，放下饮料杯，加速追了上去。

罗书将轿车别停到路边，将自己的车横过来停下，开车门下车，轿车司机伸出脑袋，气得骂娘，罗书见对方并非冯大吉，便没搭理，转身回到车上。

何珺正坐在副驾上，转身看后座，后座上放着一只塑料袋，里面装着面包等食物以及矿泉水，还有一条未拆包装的毛毯。

何珺嘱咐道："有吃的，还有水，困了你就在车上眯一会儿，我给你买了条毯子，冷了就裹上。"

罗书笑道："何姐，你对我真是太好了。"

何珺从挎包里拿出一台望远镜，递给罗书说："这望远镜给你，发现重点目标瞅仔细点儿，可别再搞错了。"

罗书举起望远镜，对着何珺调试着焦距。罗书眼里瞅着何珺硕大的脸，何珺正对着望远镜说话："乱世佳人是重点，是冯大吉的老巢，你也不用进去到处乱找，地儿太大了，他也不会在大堂里，就在门口守着，丫的只要进去就得出来……"

罗书点头。

何珺继续说："确定是冯大吉以后，也别拦他，就在后面跟着，看他去什么地方，然后给我打电话。"

"何姐你放心……"

"你别拿这玩意儿对着我，得看着外面，有这工夫人都给跑了！"

"就看一会儿，难得何姐这么近，脸这么大，连脸上的痘痘都、都那么好看……"

"你想死啊……我不跟你废话了，先走了。"

何珺的脸从望远镜里消失了。开关车门的声音。望远镜的镜头移向车的前窗，停在前面的何珺的轿跑车灯亮起，何珺上了车，轿跑驶了出去。罗书放下望远镜，发动汽车，尾随前面何珺的轿跑。这时他的手机响了，是何珺打来的："你干吗跟着我？你的任务是找冯大吉！"

罗书道："我护送何姐一程，顺道也看着路上呢，不会漏掉的。"

何珺嘟囔："不务正业！"

夜深了，乱世佳人夜总会门前，罗书的车停在路边，坐在驾驶座上，举着望远镜紧盯着夜总会大门，一动不动，状似木雕。

不知过了多久，罗书在驾驶座位上睡着了，脑袋耷拉下来，望远镜仍挂在脖子上。他喃喃地说着梦话："何姐……何姐……"他做了一个梦，梦见金色的海滩上长着一棵百年老树，前方则是碧海蓝天，他和何珺坐在树下，何珺依偎在他的肩头，突然，大可蹿了出来，张开大嘴向何珺扑过去，何珺尖叫。

罗书一下子惊醒过来，发现一个男的正搂着一个女孩儿走出夜总会大门，男的状似冯大吉。罗书赶紧举起望远镜细看，确定是冯大吉无疑，他发动汽车。这时冯大吉和女孩儿上了一辆出租，罗书驱车跟了上去。

06

第二天，何珺便让罗书载着自己，兴冲冲地来到某五星酒店1209房间。按响门铃。等了好一会儿，里面没有动静。何珺把耳朵贴到门上听，没听到里面的声音。何珺敲门，仍然没有回应。

何珺在门外大声道："冯大吉，我知道你在里面，要不是码准了我也不来了，你就一辈子不出来吧，咱们看谁耗得过谁……我知道还有一女的，那是你的私生活，我找你是说另外的事儿，你可别自作多情误会了……"

门内传来冯大吉的声音："那你就在外面说。"

何珺道："那可不行，我要说的是正经事儿，光明正大，隔着门算怎么回事儿呀！你尽管慢慢地穿衣服，打扮得体面点儿，我不着急，有的是时间。"

冯大吉打开门，何珺并不进屋，而是站在进门处说："我也不进去了，免得你难为情，当然了，你这种人也不会难为情的……"

冯大吉要说什么，被何珺制止："我开个玩笑啦，今儿来找你，我是要告诉你，我要订婚了……"

冯大吉惊诧地问："啊，订婚？跟谁订？"

"当然不是和你啦……你干吗躲着我呀，还换手机了，家都不敢回，实在没这个必要，我是想邀请你参加我的订婚仪式，你说这种事儿可不得当面说吗？"

冯大吉连连点头："是是是，是得当面说……"

何珺笑道："大吉，你可一定要去呀，人这一辈子订婚不说一次吧，最多也只有两次。"

"是是是，我一定去……这可是好事儿啊，大喜事儿啊！谁不去都没关系，我冯大吉可是一定要去，怎么着也得见见我的下一任呀！"

"那就说定了，回头我跟你联系。"

回到罗书的车上，何珺让罗书开向老山会所。罗书不明所以，只管一路开去。

罗书问："何姐，你……你去老山会所干吗呀？"

"我准备再搞一个订婚仪式。"

"啊？是……是和冯大吉？"

"他？省省吧，我再怎么贱也不会在一块砖头上碰死！那就贱得没边了。"

"那……那你要和谁订婚？"

"这你就别问了，反正要订婚。罗书，你是不是吃醋啦？心里特难受？"

"是……是很难受……"

"瞧你那点儿出息！还非我不娶、前世往生呢！这才多大的考验？别说我是订婚，这年头就是结婚了，婚姻不幸再离婚的也多了去了！我要是结婚又离了，再找你，你就不在了？就跟什么小妖精结婚去了？你说的话那还不就等于放屁吗？我告你罗书，我给你指定的位置就是备胎，我何珺永远的备胎！"

罗书号啕大哭起来。

"哭什么哭啊，号什么号啊！委屈你了不成？"

"不……不是……"

"上次我和姓冯的订婚不是没订成吗？这次也不定就能订成，你要对自己有信心！势在必得！有什么好哭的！"

"不……不是，我那是高兴，这……这是喜悦的眼泪……何姐终于承认我……我是你永远的备胎啦！"

07

下班时，沈鱼水约马丰小酌，马丰答应了。马丰刚将车子开上马路，就被路边等出租车的王小迅拦了下来，拉开车门上了车："打不到车，捎我一程。"

马丰说："鱼水在夜南国等我吃饭，正好我们一起……"

王小迅说不去，欲下车，马丰忙说："别走呀，这不正好说说你们的事儿吗，你俩不能总这么僵着？"

"马丰，咱俩可说好了的，你的事儿我不管，我的事儿你也别管。"

"好吧。要不我先送你回家，完了我再去，反正时间还早……"

"免了免了，我还是自己打车。"王小迅说着，下了车，又回头对马丰说，"赶紧的呀，人等着呢，这狼可是不能离开狈的，可别给耽误了。"

马丰无奈，只好弃王小迅而去，很快来到夜南国。桌子上摆的是白酒，若干菜肴，沈鱼水正虚席以待。等马丰坐下，沈鱼水连声道："你也忒不够意思了，这多大的事儿呀，也不知会哥们儿一声！我还得听外人说，也忒不给我面子了！"

马丰问："到底是什么事儿呀？"

"还装！你结婚呀，也不请我喝杯喜酒，我沈鱼水做人也忒失败了！耻辱啊！"

马丰笑道："你说这事儿呀。我谁都没请，不过是过渡一下，这不又离了……"

沈鱼水道："谁都没请没关系，但不能不请我沈鱼水不是？咱俩是什么关系，你也不想想！少说废话，罚酒罚酒！自罚三杯！这第一杯酒我敬你，是祝你和于静新婚大吉、旧情复燃、百年好合、白头偕老！"

马丰拍了拍桌子道："你搞什么名堂啊，我们这不是又离了嘛。"

"离归离，该说的话我总得说吧？喝了喝了！"

马丰摇头，和沈鱼水碰杯喝酒。沈鱼水又将两只酒杯满上，端起杯子，道："我还得再敬你一杯！"

"你还有完没完啊！"

"哥们儿，这一单是一单的事儿，第二杯酒才是今儿的重点，鱼水祝你又离婚了，重获自由之身！生命诚可贵，爱情价更高；若为自由故，二者皆可抛！喝了喝了！"

马丰不得已，和沈鱼水碰杯喝酒。

两人很快都有了酒意。

马丰说："这该罚的也罚了，该敬的也敬了，该我说道说道你跟小迅的事儿了吧？"

沈鱼水一愣："我跟小迅？那，那有什么好说的。"

马丰道："刚才下班，小迅还要搭我车的呢，一听说我和你要见面，二话不说就下车了。我说老沈，你们的关系，到底是怎么回事儿呀？"

沈鱼水沉吟片刻："……我是看出来了，小迅是王八吃秤砣，铁了心要跟我掰了。掰就掰，谁怕谁啊！现在的沈鱼水，已经不是十年前的那个土鳖青年了，只要大爷愿意，五步之内，必有芳草！"

"你丫的，我看你是喝多了。前几天我还劝小迅来着，让她不要跟你闹别扭，你们俩可一直是马丰眼里的楷模啊，模范情侣！"

沈鱼水说："这出了窑的瓷器，别人见了都是一码儿齐地漂亮，赏心悦目，可只有烧窑匠自己知道缺不缺火候，烧出来的玩意儿是成品还是次品。"

马丰疑惑："你什么意思？难道你是说，你跟小迅的恋情是个次品？"

"我，我可没这么说。不过你要是这么认为，我也没办法。"

"那李嫣呢，李嫣跟你的关系……"

沈鱼水一挥手："赝品，假的假的，根本没影的事儿。"

马丰道："我信……那鱼水，我再问你个问题。"

"随便问，咱哥们儿绝对知无不言，言无不尽。"

马丰问："要是王小迅、肖真真二选一的话，你选谁？"

沈鱼水一愣："肖真真？哪个肖真真？"

马丰说："你别跟我装蒜，那么用心地制作情人节贺卡，你当我傻子啊！"

"那个……这个……"

马丰追问："说，你选谁？"

"兄弟，你怎么突然问起这个……"

"少废话，选谁？"

"那……当然是选小……肖真真，我选肖真真……啊哈哈哈，开个玩笑开个玩笑，我怎么可能选肖真真呢！"

两人碰杯，又喝了一个酒。

马丰道："原来是这样呀，我还以为……老沈，我也就不劝你了，知道劝也没用，我只想问你一句，小迅怎么办？"

"她呀，咱总不能让她在一棵树上吊死不是……"

马丰眼前一亮："你的意思是要放弃王小迅？"

"放弃又怎的？她这样的女人太呆板了，没什么生活情趣，属于食之无味弃之可惜……"

"那行，既然你决定放弃王小迅，那我可就开始追了！"

"你追啊，追啊，你不是一直在追吗？"

马丰正色道："我可真的追了！"

沈鱼水低下头，摆了摆手说："追啊追啊……我说哥们儿，我知道你心里一直有个情结，当年可真不是我追的小迅，是她非得跟了咱，你说那会儿她二十不到，出落得跟棵小青菜似的，那水灵，换了你你也把持不住啊！"

"你还好意思提当年！别以为你干的那些勾当没人知道，要不咱掰扯掰扯？"

"掰扯就掰扯，谁怕谁呀，道理不辩不明……"

马丰说："这以前吧，我一直以为你是真心待小迅，那些个烂事儿不提也罢，今天既然你选择了肖真真，我可就不客气了！"

"我那就是一说，这话你可别告诉小迅。"

"凭什么不告诉她，我这就打电话给她。"

马丰抓起手机，被沈鱼水摁住："你到底想干什么？"

"干什么？收复失地呀，你要是不搞那些个阴谋诡计，小迅能选择你吗？"

沈鱼水讪笑道："你的意思是咱哥们儿现在又处在同一条起跑线上了，再竞争一把？"

"竞不竞争那是你的事儿，反正我是再也没有什么可顾忌的了！"

沈鱼水松开马丰："那……那行啊，咱就再试试，这回我保证不做任何手脚，纯靠男性魅力。我告你马丰，你输定了，我要让你心服口服！"

"你不去追肖真真了？不追也不行，我也得向小迅挑明！她不是因为有人追才具有价值的，搁在那儿不添一分不减一毫就、就光彩照人！"

"嗬，你还真是口吐莲花！看来你真挺有把握的，你俩是不是已经……"

"放你的屁！"

08

何珺宣布要订婚的日期到了。老山会所外，天空湛蓝，轻风白云，天气好不惬意。草地上，摆了两排长条桌，台面上的鲜花，却都换成了白色的，巨大的充气门上没有悬挂横幅，两端分别挂着两卷卷起的条幅，并没有打开。罗书依然扛着摄像机，忙前忙后地拍摄着。冯大吉也混在来宾中，抽着雪茄，和吴总等人交谈着。所有的来宾都散布在草坪上，三五成群地聚谈着，不时地看看台上。

何珺上台，身着黑旗袍、黑手套，胸前别一朵白花，走到话筒前。众来宾停止了交谈走动，一起朝台上看去。

何珺鞠躬："感谢各位尊敬的来宾，感谢你们百忙之中前来参加我何珺的 party！差不多四个月前，也是在这里，你们见证了我和冯大吉先生不成功的订婚仪式，俗话说，在哪里跌倒了就在哪里爬起来，我相信今天的活动一定会圆满成功！"

来宾鼓掌，喝彩声不断。

何珺继续："需要说明的是，今天来参加 party 的来宾和上次的完全相同，一个不多也一个不少，连冯大吉先生家的保姆张妈我都请来了，大家给点儿掌声，欢迎老人家！"

张妈一身新衣，自台后转到前面，边走边嗫嚅着："何小姐，这……这场面……"

何珺说："您别怕，和大家打个招呼。"

张妈哈了下腰："各位领导、老板好！"

何珺说："好了好了，张妈您先下去。我想说的是，今天同样请你们给我做个见证……大吉，你上来。"

冯大吉惊讶："我？我上来干吗，又不是我的订婚仪式，新郎呢？"

何珺说："大吉你搞错了，今儿不是我结婚，是我订婚，哪儿来的新郎？你上来，让你上来你就上来……"

冯大吉只好上台。何珺招手，旁边的司仪递过一只盒子，何珺从里面取了一朵白花，要给冯大吉别上。

冯大吉躲开："你……你这是要干吗？搞什么名堂？"

何珺一边往大吉胸前别上白花，一边说："大吉，以后我再也不会麻烦你了，今儿是最后一次，你配合点儿。"

何珺给冯大吉戴上白花，然后一挥手，司仪听令，将充气门上两卷条幅中的一卷哗啦降了下来，上面白纸黑字写着"恩断义绝从始起——何珺小姐辞退浑蛋冯大吉分手仪式"。与此同时，会场上音乐响起，竟是追悼会上常用的哀乐，众人惊骇。

台下，赵怀远看不下去了，欲上前制止，突然一只手抓住了他的胳膊，是朱凤群："老赵，看看再说。"

赵怀远犹豫不决。

朱凤群诡笑了下："听我的，准没错儿。"

冯大吉面色诧异，欲走，何珺抓住他胳膊，叫道："罗书，罗书！"

罗书正笑得合不拢嘴，听见何珺呼唤，赶紧蹿上台去。

何珺说："罗书，别让他溜了！"

罗书应着："好嘞，何姐！"一手抓住冯大吉，一手举着摄像机，对准何珺、冯大吉。

何珺哭着对台下道："对不起，我又流泪了，上一次在这里我流的是羞耻的眼泪，这一次我很高兴，真的，这是、这是幸福的泪水。在此我郑重宣布，我和这浑蛋的七年，不，八年的所谓感情终于结束了，请各位做个见证，是我、是我甩的他！"

众人一阵默然。

何珺继续："如果你们听见了、看见了，就请给小何一点儿掌声！"

朱凤群带头鼓掌，终于掌声雷动。马丰鼓掌，发出"嗷嗷"的叫声。

冯大吉怒不可遏，对罗书吼叫："你放手，放手！"

罗书紧紧抓着冯大吉，并不放手。

"仪式还没完呢，"何珺说着，走到冯大吉面前，抬手给了对方一耳光，道，"这一下是为天堂里我的孩子打的！"

冯大吉愣住。朱凤群又带头鼓掌，掌声又起。

何珺又打了冯大吉一耳光："这一下是为我自己，为我失去的八年青春！"

朱凤群又带头鼓掌，接着掌声雷动，其中不乏起哄的意思。赵怀远愕然地看着朱凤群，朱凤群对着赵怀远做了个鬼脸，继续鼓掌。

何珺瞪着冯大吉："现在你可以滚了，从我的世界里彻底消失！"

罗书松开手，冯大吉欲走，被何珺叫住："慢着，我差点都给忘了——张妈！"

罗书赶紧再次抓住冯大吉。张妈从台后转出，推着一张轮椅。

何珺对冯大吉说："坐上这个走。"

冯大吉怒不可遏："干、干吗要坐这个？我腿又没毛病……"

何珺说："上次你就是坐轮椅来的，然后溜了，这次，你得坐着它离开！"

"我不坐。"冯大吉欲挣脱罗书，无奈罗书力大无比，他根本挣脱不了。

何珺说："不坐是因为腿没毛病不是？打断一条狗腿那还不容易，罗书……"

罗书明白了何珺的意思，对冯大吉说："你信不信，我一脚就能踹断你两条狗腿。"

冯大吉慌忙举手："别别别，我坐，我坐，我坐还不行吗？"

冯大吉坐上轮椅。

何珺的眼泪下来了："滚，现在给我滚！滚！"

张妈推着冯大吉向后台而去。

草坪上的来宾议论纷纷。

马丰合不拢嘴地鼓掌，王小迅白了他一眼："有那么好笑吗，瞧把你给乐的，嗓子都叫直了。"

马丰坏笑道："何珺今天真是太帅了，哎，我说小迅，我怎么觉得何姐今天特漂亮，特可爱！"

王小迅"切"了一声："你就那种见到别人伤心落泪自己能偷着乐一整天的主儿，什么人呀！"

"小迅，我看你也该举办一场分手仪式，我替你主持，罗书负责维持秩序。"

王小迅踢了马丰一脚："说什么呢你！"

大家正准备散伙，这时何珺挥手示意，哀乐停止，换上了欢快的圆舞曲。

何珺说："各位尊敬的来宾，请大家留步，刚才只是上半场，何珺让你们受惊了，今天的party还有下半场，好戏还在后面呢！现在咱们休息半小时，我也得去准备一下，咱们一会儿见！"

何珺下台。几个服务人员走上前来，将白花撤去换上各色鲜花，重新布置现场。来宾们又三五成群地聊起来，有的则就着舞曲在草坪上跳起了舞。

罗书提着摄像机，向草坪边缘的几条流浪狗走去。

❤ 26 你的生活逻辑就是放弃

01

在王玲玲和等几个女编导的协助下，何珺快速更衣、化妆。朱凤群闯进来，一脸兴奋地说："漂亮漂亮，干得漂亮，太解气了……我说你干吗瞒着我，太不够意思啦！"

何珺笑道："这不是想给你一惊喜吗？"

"切，说得好听！你压根儿没把我当自己人……快说，下面你又准备折腾啥？"朱凤群问。

"姐，马上就开始了，还有十几分钟……"

"你不说我也能猜到，下面是订婚，是不是呀？死丫头，你倒是说啊！我也好给你把个关……对方是谁？是不是那个罗书？"

"姐，你就别跟这儿瞎掺和了，赶紧去外面找赵总吧，机会难得……"

朱凤群面露娇羞："我……我找他干吗？我关心的是你！"

何珺道："这不我走在你前面了吗？姐姐也得抓紧呀。"

"呵，这就傲起来了？还让不让人活呀……"

外边，罗书举着摄像机在拍草坪外围的几条流浪狗，突然，铁丝网外的一条流浪狗箭一样地向罗书冲了过来，铁丝网将它挡住，只见流浪狗将铁丝网被扒拉得哗啦直响，同时发出急切的哀鸣声。

"大可！大可！"罗书认出那是大可，扔下摄像机，向铁丝网奔去，也被挡住，于是发力将连接铁丝网的木桩拔起来，大可从铁丝网下钻进来扑向他，一时间人狗相拥，在地上滚成一团。

"大可大可，小乖乖，宝贝……"罗书激动得泪流满面，大可伸出长舌唰唰地舔去主人的眼泪。它浑身脏兮兮的，已瘦得脱形，毛色也变了，身上秃了几块。

罗书热泪盈眶。突然手机响了，罗书置若罔闻，仍和大可嬉戏。手机响了又响。

何珺已换上了婚纱状的裙装，罗书眼角含泪，抱着大可进来。

何珺怒道："你去哪儿了吗，电话也不接……怎么还抱着条野狗，赶紧给我扔出去，臭死了！"

罗书说："何姐，这不是野狗……我……我找着大可了。"

"我管它是不是野狗，赶紧扔出去，赶紧的！"

"我……我……我再也不会和大可分开了……大可，这是何姐。"

罗书放下大可，指了指何珺，大可扑向何珺，伸出舌头唰啦啦地舔过去。何珺"哎呀"一声尖叫，赶紧躲开，"要死啊！把我的衣服都弄脏了，熏死人了，快滚！滚！"她躲闪着，并抬起腿来给了大可一脚，后者一声哀鸣，呃儿呃儿地叫着，跑回罗书身边。

罗书大吼："你干什么！"

何珺惊道："你……你冲我吼，为了这条狗？我……我不能活了！呜呜呜……"

朱凤群走过来，搂着何珺，以手抚背安稳对方："算了算了，多大的事儿呀，今儿可是你大喜的日子，咱还有后半场，那么些人在外面候着呢……"

罗书疑惑："什么大喜日子？"

罗书抱着大可，朱凤群挽着何珺坐在沙发上。罗书、何珺均是满眼含泪。

何珺指了指大可："今儿有我没它，有它没我，你就选一个吧！"

罗书嗫嚅："我……我……我不知道何姐要和我订婚……"

"少废话，赶紧选一个！"

"何姐，你会喜欢大可的，他现在脏是因为……"

"你不选是不是？"

朱凤群对何珺道："你何必和一条狗较劲呢？太不值得了，既然你愿意接受罗书，对方的一切……"

何珺跺脚："我不管，到底是我重要还是它……一条狗重要！我……我难道还不如一条狗！"

罗书嘟囔着："两个都重要……"

何珺站了起来，逼近罗书："好啊，罗书，你……你就和你的大可一块儿过吧！你也给我滚！滚！滚！"

这时，大可突然对着何珺吠叫起来，罗书赶紧将其抱了出去。

何珺对门外叫道："男人没一个好东西！你就跟那个瘸子一样，滚！滚！滚！永远不要再回来！"

草坪上一派歌舞升平，很多人都在跳舞。赵怀远落单，一个人端着酒杯四处张望着。这时朱凤群走到台上，对着麦克清清嗓子说："诸位来宾，不好意思，让大家久等了，何珺小姐感到身体有点儿不适，她让我转告大家，下半场就取消了，但咱们的 party 还照常进行，敬请大家继续！"

来宾们议论纷纷。朱凤群走下台，向赵怀远走过去，主动邀请对方跳舞。在朱凤群、赵怀远的带动下，大家又跳了起来。

马丰邀请王小迅跳舞，王小迅拒绝说："你又不是不知道，我不会跳舞。"

马丰说没关系，王小迅没辙，只好屈从，任由马丰带着跳了起来，不时踩到马丰的脚，马丰忍着疼痛，强颜欢笑地安慰她。

草坪上的人已渐渐走散，最后只剩下赵怀远、朱凤群以及马丰和王小迅。突然一阵风将充气门上另一个卷起的条幅吹了下来，上面红纸白字写着"百年好合从始起——恭贺罗书先生、何珺小姐订婚 PARTY"。

赵怀远诧异地看着横幅，他和朱凤群的舞姿、马丰和王小迅的舞姿也就此僵住。

02

晚上，马丰回到家，母亲正坐在沙发上看电视，不理会他。马丰问母亲怎么没做饭，马母回说："不想吃东西，你要吃就去下馆子！"

"妈，您这是怎么啦？谁惹着您啦？"

马母噌地站起："你胆子也太大了，结婚都不告诉我一声，还是和那个于静，你们想算计我啊！"

"哦，是这事儿呀，我这不是已经和于静又离了吗？"

马母道："离了也不告诉我，还让超超不要说，你心里还有我这个妈吗？以前你再结婚那是二婚，现在要是再结就是三婚了，于静她到底想干吗呀？把你弄成个三婚，自己倒好，刚一离就把自个给嫁出去了！"

马丰安慰母亲："您息怒，息怒，坐下听我慢慢说。"

"我不听，还有这于静跟别人结了婚，超超将来跟谁姓啊！"

"那还不是姓马，马超可是他户口本上的名字，一辈子都改不了，妈您就放心吧！"

"那也不行！我们马家的孩子怎么能让别人养？说出去不怕人笑话啊！"

"妈——咱总不能让于静一辈子不嫁人……"

"她耐不住寂寞守不了活寡想嫁人也行呀，但她得把超超给我留下！当年你爸走得早，我带着你还不就这么过来了吗！有什么扛不住的！"

马丰苦笑："这是哪儿跟哪儿呀……"

"不行，我得去找于静，把超超要回来！"

马母要出门，被马丰拉住："妈，超超判给于静是根据法律，她是他妈！这会儿人结了婚，有正常的家庭，我还单着，超超就更不可能给我了……"

马母急道："那你也结婚啊！有什么了不起的，不就是找个人一块儿过吗？等你结了婚咱们就去法院，把超超要回来！就是为了超超你也得赶紧结，不能让我孙子一辈子跟着后妈！"

"妈，您气糊涂了吧？于静可是超超的亲妈！"

"我不管，反正你得答应我赶紧结婚，结了咱们就去要超超！"

"行行行，我答应您，明儿我就给你领个人回来。"

03

马母非要见王小迅，马丰只好开车去请。王小迅坐在副驾驶座上，很不解，马丰解释："嗨，这不我和于静结婚她不知道吗，结了又离，于静又和人老林结了，我妈听说就过不去了，昨天连饭都没让我吃。"

"那要见我干吗呀？"

马丰说："你不是于静的闺密吗？又是超超的干妈，去帮我解释解释，老年人气出毛病可不是好玩的事儿。"

王小迅"哦"了一声，马丰接着说："小迅，这沈鱼水我算是看透了……"

"你什么意思？你俩不是刚喝的酒吗？"

"就是这顿酒，让我对这哥们儿彻底失望，以前我还劝你俩恢复邦交，现在绝对不会了！"

"沈鱼水到底怎么了？"

"没怎么，以前他干的那些事儿还不够吗？背着你去约节目上的女嘉宾，又是李嫣又是肖真真，那折腾的！喝酒的时候，我让他在你和肖真真之间二选一，你猜人家选的谁？"

王小迅无语。

"熊人居然选了肖真真，尽管他说那是玩笑话，但我算是看清他的狼子野心了。否则他也不会说……"

王小迅问："不会说什么？"

"算了算了，还是不说了，背后嚼人舌头根子，显得我多缺德似的。"

"哎呀你干的缺德事还少吗，不差这一回……你说不说，你不说我跳车了！"

"我说我说，不过你不要生气。鱼水说，他不能让你在他那一棵树上吊死，这不明摆着……"

"哈哈哈，我还成了他的绊脚石了，怎么看都不顺眼是不是？"

"这，这他倒没说。小迅，这以前吧，我帮他扛着，是因为怕你伤心，可这哥们儿的胃口哪是一般人能理解的……咱们不说这个，小迅，我的意思是咱俩以后一个锅里吃饭算了，多添一双筷子的事儿……"

王小迅表情复杂："你……你这算是向我求爱吗？"

"算是吧，小迅，你知道在吃饭这件事上，我一直颇对你胃口。"

"不知道，关吃饭什么事儿啊！"

"饮食男女，人之大欲，能吃到一个锅里，臭味相投，才是幸福生活的基础，口舌之欲可是通向心灵的神曲呀！"

"你就不能说几句我能听懂的话吗？"

马丰道："那好。这以前吧，我是碍着沈鱼水，现在想通了，这人根本就不值得你去爱！"

王小迅再次沉默。

"小迅，怎么说呀？"

"什么怎么说？"

"我的建议呀。"

"你什么建议？"

"咱俩一块儿。"

"你以为呢？"

"我以为你会同意。"

"我不同意。"

"为什么呀？我可是认真的。"

"晚了，要是十年前我会考虑的，这都什么时候了？都沧海桑田了。"

马丰着急道："难道说时光真的不会倒流？"

"不会，你知道不会。"

"那行吧，这算我对你的第一次正式表白，我不会放弃的。"

"马丰，你知道吗，你一直在放弃，你的生活逻辑就是放弃。"

"就算是吧，但以后不会了。"

说话间，两人来到马丰家，马母在门口迎接，给他们递拖鞋。

马母很开心："哎呀，是小迅啊，太好了太好了！我……我怎么就没想到呢！"

王小迅递上一大袋水果："阿姨，来得急，也没给您买什么东西……"

马母接过水果说："不用不用，人来了就行！你说这小迅跟于静是从小的同学，怎么就不一样呢，又大方又懂事……"

马丰欲制止母亲，马母白了他一眼说："我就不能说两句啦！小迅啊，你和那个沈鱼水……"

马丰急忙插话："他们处过朋友，现在不处了。"

马母说："哦哦哦，赶紧坐、赶紧坐。"

马丰、王小迅坐下，马母忙着泡茶、拿点心，"小迅，你比马丰小三岁吧？还是你沉得住气，一直都没有结婚，你瞧那于静，都结三次了，也不矜持点儿……"

马丰说："妈，于静结婚有两次都是跟你儿子结的！"

"你结了两次又怎么样，你是个男人。"说着马母转向王小迅，"咱们不说这个，晦气，你们准备什么时候去登记呀？"

王小迅惊讶："啊？"

马丰赶紧向王小迅挤眼睛。

王小迅会意，忙道："哦……找时间吧。"

马母笑呵呵地说："这事儿可不能拖，得赶紧去登记，登记以后就上法院，把超超要回来！你不是超超的干妈吗？登记以后可就是亲妈了……"

马丰说："妈，小迅要当超超妈也只能是后妈！"

马母抹眼泪："我不管，反正得把我孙子从火炕里救出来！"

王小迅笑了："阿姨，您就放心吧，于静嫁的那个人其实对超超挺好的。"王小迅狠狠瞪了马丰两眼，这时手机响了，她拿起电话走到阳台上。

沈鱼水正在新居里，举着电话在客厅里走来走去。"小迅是我呀，鱼水……你千万别挂我电话，我只说两句……我和那花痴真的没什么，这不从拘留所出来后她再也没找过我……"

王小迅冷冷地问："那肖真真呢？"

"肖真真？是马丰对你讲了什么吧？嗨，我那也就一句气话，故意讲给他听的。这……这小子怎么能这样呢？居然要撬铁哥们儿的老婆，简直是道德沦丧！小迅，这样一个人的话，你怎么能信？"

"不信他的话信你的话？我可以告诉你，他的话我信，从大学到现在，到我们一起办《非爱不可》，我一直信……"

"小迅，咱们还是一块儿好好过日子吧，别再折腾了……"

王小迅说："跟你折腾我犯不着……"

"咱们可是结了婚的，领了证的，是合法的夫妻。你看我们分居也有段日子了，这该享受的自由也都享过了，你也该……"

王小迅道："我正想跟你说这事儿，哪天你有空，我们去一趟民政局吧，把离婚的事给办了……"

"什么？你，你要离婚？"

"对你来说，我已经严重多余，就不再打扰你了。"

"我……我不去……你……你是不是有下家了？"

"这就不用你操心了，我还有事儿，看你哪天有空……"

"你你、你在哪儿啊，我们得谈谈！"

王小迅回答："我在马丰家，不方便跟你多说，也没那个必要，你就准备协议吧。"

听筒里传来沈鱼水着急的声音："你在他家，你怎么会去他家啊！"

04

马丰送王小迅回家，一路上，王小迅显得一副心事重重的样子。马丰腾出右手，拍了拍小迅放在腿上的手背，王小迅迅速把手抽走。

送了王小迅，马丰又来到沈鱼水住处，一进门，沈鱼水就扑过来，一把将他抓住，"你小子总算来了！"

马丰道："干吗呀，这深更半夜的，有啥事儿不能明天说呀？"

"不能，你已经陷得太深了，把小迅带家去见你妈，老人家要是误会了怎么办！"

"有什么怎么办的？我是要和小迅结婚的！"

"不行！"

马丰看了看沈鱼水，道："这不是你能阻止的，哥们儿，已经晚了！"

"不晚！"

马丰说："我希望以后我们还是朋友，哥们儿……"

"打住打住！"

"什么打住？"

"咱们的游戏打住！"

"什么游戏呀？"

"竞争上岗……我、我那是逗你玩儿的，想试你一把，没想到你还当真了，我、我不能见死不救不是？"

马丰笑道："沈鱼水，你到底什么意思？"

沈鱼水胸有成竹地说："我……我和王小迅已经结婚了，都……都大半年了！"

"嗬，你们还生过孩子呢！在你老家养着呢是不是？没关系，你们的孩子就是我的孩子，我会好好待他的，放心吧哥们儿。"

"你不信是不是？我把结婚证拿给你看！"说着，沈鱼水蹿进里屋，再出来的时候手上拿着结婚证，递给马丰，"一人一本，这是我的那本……哥们儿，真是对不住，没跟你说实话，谁想到你能当真呀！"

马丰接过结婚证，乐道："呵呵，又来这一套，我告你沈鱼水，已经不灵了！这结婚证多少钱买的？是批发的还是零售的？要不要我去网上给你弄一打来？"

"这……这是真的！上面有钢印……"

"你就别再蒙我了，以前你略施小计，耽误了我和小迅十年时光，这回又弄这假结婚证，你还有完没完啊！要玩儿也玩点儿新鲜的，没创意！"马丰说着，抬起手，把结婚证撕成两半。

沈鱼水急忙阻拦："哎哎哎，别撕别撕！真是真的，是真的！"

沈鱼水去抢结婚证，马丰举起双手，坚持将结婚证撕成几片，然后扔在地上说："你想把我永远当傻瓜是不是？我告你沈鱼水，你也忒过分了，而且绝对无耻！我就不奉陪了！"

马丰起身，踩着被撕碎的结婚证扬长而去。

沈鱼水蹲在地上，一边收拾碎片一边哭着："是真的！真的是真的呀！我发誓！我的结婚证呀！"

夜深人静，沈鱼水在灯下粘贴被撕坏的结婚证，神情投入而认真，不时地传来一声抽泣。他拿来一个镜框，将贴好的结婚证镶嵌在里面，去客厅里找了一面墙，挂在最显眼的地方，坐在沙发上，凝视着墙上的结婚证。

05

王小迅单位楼下，沈鱼水的车停在距大厦门口一定距离内，通过前窗看见王小迅站在路边。马丰的车从广电城大院驶出，在王小迅身边停下，她上车，车驶了出去。沈鱼水驾车尾随而去。

马丰来到王小迅住处，简单吃了点东西，在客厅茶几上摊开一些材料。门锁响动，沈鱼水开门，拉着一个行李箱走了进来。

王小迅诧异地问沈鱼水："你这是干什么？"

"干什么，搬来跟你一块儿住呀。"沈鱼水又转脸问马丰，"你来干什么？"

马丰说："我怎么就不能来，这又不是你家。"

沈鱼水道："好好好，这虽然不是我的房子，但这是小迅住的地儿，也应该是我住的地儿，我们才是两口子。"

王小迅白眼道："谁跟你两口子。你要住这儿是吧，那行，我马上搬走！"

沈鱼水阻拦："别介小迅……你告诉马丰，咱们是不是结过婚的！"

王小迅回说："谁和你结过婚呀！"

马丰道："我说沈鱼水，你就别再闹腾了，咱们好歹也不能是李嫣那档次的！"

沈鱼水道："王小迅，把你的结婚证拿给马丰看，我的那本昨天被他撕掉了，他愣说是假的，你告诉他我给他看的到底是真的假的。"

王小迅不假思索地说："假的！"

沈鱼水急赤白眼地说："你你……那你昨天干吗给我打电话约我去离婚啊！"

"谁给你打电话了？是你给我打的好不好？"

"不管怎么说，反正用不着去离婚了，就没离婚这回事儿了！我告诉你，还有你，我告诉你们，你们要是结婚那就是重婚，是犯法的！"

"谁又说我要结婚啦？你赶紧走，再不走我就报警了！"

"你不结了？"听到这里，沈鱼水转身对马丰道，"哈哈哈，马丰，你小子也没戏！我还得提醒你们，不结婚在一起同居也是非法的！是不受婚姻法保护的……"

"说什么呢你，你走不走？"王小迅凤眼圆睁。

"凭什么是我走，要走也是他走"，沈鱼水踢了一下马丰，"嘿，我说你这还赖上了是不？！"

06

沈鱼水公司内，助理小徐敲门进入，告诉他有个自称叫何珺的美女非要见他。说话间，何珺已闯进沈鱼水办公室，沈鱼水眼前一亮，喜笑颜开地迎上去，握住何珺的手："这不是《爱你再商量》的美女主持，何珺何小姐吗？受宠若惊，受宠若惊啊！"

何珺也笑嘻嘻地，任凭沈鱼水握着她的手，道："沈总，咱们是不打不相识啊！"

沈鱼水疑惑："何小姐，咱们以前认识？"

两人四目对接，忽然觉得不对劲儿，这才松开手。何珺主动坐到沙发上，沈鱼水亲自倒茶，然后坐到何珺旁边的沙发上。

何珺递上名片，说："虽然名片是副制片，你们家王小迅是制片人，但

《爱你再商量》归我一人管。"

沈鱼水道："那是那是，她哪有那本事，跟何小姐没法比。我还记得早些年看你主持的那个什么《快乐抢答》，我是每期必看啊，那时的何小姐在台上多可爱呀，充满活力，又年轻又漂亮……"

"那是过去时了，花无百日红，现在已经成黄脸婆，观众都不待见。"

"哪里哪里，何小姐现在更有成熟美、知性美了，肯定还有大量观众挺你的！沈某就是其中一个嘛，要不我怎么一看见你就想起你的节目了呢！"

何珺笑道："你还挺会讨女人欢心，怪不得王小迅……"

"咱不说她，不说她……刚才一进门，何小姐说咱们不打不相识，这是怎么回事儿？"

何珺转了转眼珠子，说："哦！我就随口一说。我这不有事儿来找沈总商量吗，想请您帮忙出本书，以后还得常打交道……"

"嗨！说什么请啊，显得生分。你的事就是沈某的事，更何况是出书，那是沈某的长项，小菜一碟！"

何珺道："谢谢沈总！我吧，就是想写一本自传体的爱情手记，把我这些年恋爱的经历，伤心的、痛苦的、开心的……"

不觉间，两人已经聊了好久，窗外的光线已不知不觉变暗。

何珺笑着拍手道："那就这么说定了，我回去就动手写稿……哎呀，天都黑了，真是不好意思，我该走了！"

沈鱼水盛情邀请何珺留下吃晚饭："哎，何小姐，这会儿正好也到晚饭的点儿了，我请你吃饭，就算咱们开始合作的壮行酒，可千万别跟我客气啊！"

"那行，我也还有好多想法想跟沈总交流交流呢。"

说话间，二人来到某高档西餐厅。餐厅里光线黯淡。沈鱼水、何珺对坐，一瓶红酒已经喝了大半，何珺神情萎靡。

沈鱼水道："那种不靠谱的富二代，哪懂得珍惜感情啊。只有靠自己打拼出来的人才知道人生的艰辛，才更懂得疼人，比如沈某人。"

何珺啜泣。

沈鱼水安慰道："好了好了，何小姐为这种人流泪不值，这样的人简直就是……我不说了。何小姐呀，这就叫作阴差阳错，造化弄人……不过我实在想不通，你们单位那个叫什么来着，就是那个你想跟他订婚，他却选择了一条母狗的男人，简直就是瞎了眼嘛。何小姐这么优秀的女人，那是多少男人梦寐以求求之不得的呢！"

何珺道："好与不好，也不是那么容易说得清的。"

"何小姐，你不用那么伤心。这世上为情所伤的也不止你一个，实话告诉你吧，我也刚和王小迅分手，她跟了别的男人。"沈鱼水带着可怜兮兮的哭腔继续道，"咱们可都是天涯沦落人呀，同病相怜，你的痛苦我绝对理解，我要是不理解就真的没人能理解了……"

"啊，小迅跟谁好上了？是不是马丰？我看他们俩最近走得蛮近的……"

"咱不提她，不提她，一提我就撕心裂肺。"

"唉，感情的事，别人也插不上手，我也只能表示同情了。"

"我们不应该互相同情，我们应该互相鼓励，互相扶持，互舔伤口……可以抱头痛哭……"

何珺打岔："沈总，下面咱们怎么办？"

"问得好！痛已经痛过了，下面咱们要化悲痛为力量，化神奇为腐朽……这事儿我考虑过了，感情上的失败只能通过事业上的成功才能弥补，只有将全部的精力投入到事业中，才能遗忘生活带来的苦痛。唉，不说了，叹气浪费时间，哭泣浪费力气……"

"沈总，你说的对，我想出书也就是想要换一副心情。"

沈鱼水摆手："别叫我沈总，现在咱们可是病友，以后你就叫我鱼水，咱俩联手，行走江湖，只要我们共同努力，那就是鸳鸯刀，是双剑合璧，是是，是屠龙刀和倚天剑，绝配！此剑一出谁与争锋？从现在开始，你只管写，我来帮你出，策划经营全包了，别说是红遍中国，就是做本世界级的畅销书那也是小事一桩……"

何珺开玩笑："一不小心再弄个诺贝尔文学奖？"

沈鱼水大嘴一咧："那也行，咱就调整方向，直奔瑞典皇家文学院去！"

♥ **27** 爱情就像拉橡皮筋，受伤的总是不愿放手的那个

01

黄争光和同事海涛飞往成都拍片，安顿下来，正待稍事休息，门铃声响起。黄争光走去开门，门外站着服务员。

"对不起先生，请问你们可以换个房间吗？"

"换房间？为什么呀？"

"有个客人让我们来和你们商量的，她非要住 520……"

"凭什么呀？不换不换！总有个先来后到吧。"

"你们不换？客人已经开了我们酒店的总统套房，说你们可以搬过去……"

黄争光一愣："总统套房？"

服务员说："对，不用你们加钱的，总统套房的房费客人说挂在她账上。"

黄争光、海涛还从没住过总统套房，自然没有不答应的道理，二话不说，换房间。跟着服务员来到总统套房，二人在房子里四处游荡、检查每个房间和设施。

黄争光道："奢侈啊，总统卧室、夫人卧室、办公室、会客室、会议室、康乐室、健身间、餐厅，这得有多少房间呀！"

那边海涛在喊："还有露台，光卫生间就六七个，哦，还不止……这该是秘书房、警卫房吧？"

黄争光乐呵呵地说："这可不是升舱，是私人请客，你说这哥们干吗这么破费？想当年，武松到了孟州大牢，那什么金眼彪施恩给他吃好喝好招待，杀威棒都免了，就是有求于他，想让他去打蒋门神。咱俩何德何能？我看其中一定有诈，莫非是个圈套？"

　　海涛也愣了："那怎么办？逃走？不至于吧。既来之则安之……"

　　黄争光还是好奇，决定去前台看看。海涛赶紧跟了出来："我跟你去吧，这房子太大，我害怕。"

　　黄争光白了他一眼："你害怕我就不害怕了，瞧你那点儿出息！你把仪器检查一下，我去去就来。"

　　黄争光来到楼下，面朝前台，坐在大堂的沙发上，打量着过往的客人。

　　小邱从转门进来，穿过大堂走向电梯间。前台服务人员站起身，招呼黄争光："黄先生，就是这位小姐。"

　　黄争光一愣，看着小邱。服务人员对小邱说："小姐，答应和您换房间的客人要找您！"

　　小邱站住，黄争光迎了上去："真没想到，还是一位美女。"

　　小邱礼貌地说："我姓邱，叫我小邱就行，怎么样，房间还满意吧？"

　　黄争光点头如捣蒜："满意，满意，太满意了！谢谢啊……我和同事这辈子都没住过总统套房。"

　　"我也没有住过……对不起，我应该向你们解释清楚的，以前我和我男朋友来成都是住 520 房间的，那儿有我太多的回忆……这次不巧，520 你们已经住进去了……"

　　黄争光忙道："所以你就开了总统套房跟我们换房间？这也太破费了，随便开间房换一下不就得了。"

　　"那我怎么好意思？"

　　"有什么不好意思的，不就是换房间吗？……你现在就把总统套房给退了，我们还回那个标间！"

　　小邱连连摆手："不了不了，我也不想再折腾，没那个必要了。对不起，我还有事儿，得回房间了。"说完，丢下黄争光进了电梯，电梯门合上的一瞬间向他摆了摆手。黄争光愣在原地。

02

沈鱼水约了何珺来自家谈书的事情，两人正吃着泡面，何珺吃了几口就把泡面放下，抱怨难吃。

沈鱼水说："我说去外面饭店吃吧，你偏要给我省，我说你这人哪，就是太朴实，太懂事了。"

何珺撇嘴一笑："你夸人可真不带眨眼的哈。其实饭店我也不想吃，这几天没胃口，什么都吃不下。"

"这怎么行？不吃饭哪来的力气？没力气怎么写得出上乘的作品，实现咱们的宏伟蓝图？"沈鱼水说着，已吃完自己的那碗泡面，顺手拿过何珺的泡面又扒拉起来，何珺略显吃惊地看着，沈鱼水边吃边说，"这两天，咱们把内容提纲讨论得也差不多了，接下来，你得一边写作，一边保养好身体，这写作可是体力活……"

何珺道："我一向注意保养，各种水果、维生素，什么都有。"

"爱吃水果的女人，一准儿终生美丽，容颜不老，但是你看看，你这又得写作，工作上还有一摊子要你管，光吃水果是不够的。我都想好了，以后每天我得给你加餐，咱们下馆子，多吃点好的。"

何珺自然听得出沈鱼水的话外之音："沈总，照你这么弄下去，我这本书即使能卖点儿，你还是得贴不老少哇……"

"别跟我提钱，俗！咱们这是在干事业，在向文学的巅峰冲刺，咱不能患得患失。再说了，鱼水是干什么的，咱能做亏本的买卖？"

"你，你什么意思？"

"别误会别误会，咱们现在可是战友，是同盟，必须得相互信任，完全放下心理的隔阂，你说是不是？……我就不往深里说了，你只管照我说的去做，其他的事儿不用你烦。去，你现在就去里屋休息一会儿。"

何珺瞪眼："什么？你要干吗？"

"睡午觉呀，我有睡午觉的习惯，下午还有一些细节得接着谈……"

"沈总，咱们工作归工作……"

"嗨，不就是睡午觉嘛，是素的，不是荤的……"

"什么荤的素的……那你睡，我去超市买点水果去……"

下午，两人又谈了选题的事，快结束已近晚饭时间，沈鱼水要饭店送了几个菜过来，坚持请何珺就餐，两人边吃边聊，聊工作，也聊自己的事儿，不觉间，一瓶红酒喝了大半。

沈鱼水真切地说："何珺啊，你的爱情故事太感人了，我听了都揪心的疼啊，唉，你说这人世间，能碰到一个真心疼你的人，多不容易啊，实在太不容易了。"

何珺冷语道："现在我算看透了，爱情是个什么破玩意儿呀，一杯酒罢了，任你多么小心翼翼捧给心爱的人，也防不住人家打翻它、泼了它呀。我以后恐怕都不会那么傻乎乎地爱上谁了……"

"你可不能悲观，旧的不去新的不来，这是我从能量守恒定律琢磨出来出来的道理，你就瞧好吧！"

"爱情的酒杯里，一旦兑了水，就是新的来了，也没那么纯粹了。"

"嗨！爱情本来就是酸甜苦辣咸五味杂陈的一碗酱汤，要什么纯粹啊，该乐的乐，该享受的享受，你说是不是啊？来来来，喝酒。"

带着酒意，沈鱼水把何珺诓到自己的住处。何珺两腮桃红，沈鱼水直勾勾看着对方。

何珺喃喃自语："这人一忙起来还真有用，就不去想以前的事儿了，也觉得充实了，就是不能静下来，一静下来，脑子里尽是那些腌臜事儿……"

沈鱼水有些动情："我也一样呀，这脑子里净是前女友，是她婀娜的身姿，性感的嘴唇……"

何珺道："这小迅到底跟谁好上了？在咱们深都，我看比你强的男人也没几个了呀。"

"知我者，何珺也！"沈鱼水说着，拍了下何珺的肩膀，"唉！爱情就像拉橡皮筋，受伤的总是不愿放手的那个。抓住现在最重要，现在，咱们不是在一起了吗！”

何珺一惊："咱们在一起？你喝多了吧？"

"我喝多了？没，没有的事。"

"我看你还是休息吧，我也回去了，咱们改天再聊。"

"别走别走，何珺，你在客厅坐一会儿，我去冲个澡，清醒清醒，完了咱们还得继续谈工作，就是通宵达旦我也没问题。"

何珺坐在客厅里，隐隐听到卫生间传来哗哗的水声，有些不安。不多会儿，沈鱼水裹着浴巾出来，裸露着肩膀，光着小腿，何珺吓得站了起来："沈鱼水，你，你要干什么？"

"没，没什么，我刚才……"沈鱼水说着，走向何珺。

何珺连连后退："你，你别过来。"

沈鱼水指着何珺身后的阳台说："我，我……"

沈鱼水被脚下的地垫绊了一脚，一个趔趄，差点儿摔倒，幸好双手抓住了何珺的膀子才没有摔倒，可是浴巾却松脱下来，掉到了地上。

何珺惊声尖叫："姓沈的，你个色狼，流氓！"她扑打着，甩手给了沈鱼水一巴掌，并挣脱了沈鱼水的双手，夺路冲向门边。沈鱼水惊慌失措，忙不迭地从地上捡起浴巾，裹住身体，朝开门冲了出去的何珺喊道："你听我说，千万别误会，我是要去阳台，换洗的衣服还没来得及收呢！"

03

黄争光、海涛出去办事，半路聊起换房间的小邱，海涛说，这女生不会也想卓乐一样要寻短见吧。黄争光一激灵，觉得海涛说的不无道理，赶紧回了宾馆，冲到520房间门口，以充电器落在房间为由，骗开了房门。

房间里烟雾弥漫，桌上的烟灰缸里插满烟头，一只红酒瓶倒在桌子上，显然已经喝光了。

黄争光装模作样地找了一番充电器。"找不到，见了鬼了！不过也没事儿……你烟瘾可真大呀，能不能给我一支？"

小邱无所谓地瞟了一眼黄争光，没吱声。黄争光只好继续撒谎："我的同事不抽烟，闻不了一丁点烟味儿，总统套房虽大还是抽不成，我这憋的！抽根烟再走……"

黄争光和小邱各自坐在茶几边，抽着烟。

黄争光说："不瞒你说，我最怕出差了，以前我都是和我女朋友一块儿出差，她是我同事，再忙再累那也是度假不是，自从我俩分手后，这出差对我来说就是受苦受难，唉！"

小邱又看了一眼黄争光，道："是她离开你的吗？"

"可不是嘛，突然就变脸了，连招呼都不打一个，变得比陌生人还要陌生，而且再也变不回来了。这种事儿没经过的人是不能理解的，刺激大了！"

"我能理解。"

黄争光说："亲切无比的面容一瞬间就变成了一具骷髅，搁谁谁也受不了啊，唉！"

小邱摇摇晃晃地起身，拿过半瓶未喝掉的红酒，倒进两只杯子里，递了一杯给黄争光。

黄争光继续唠叨："痛苦，真是太痛苦了！怎么也想不通……后来我就不想活了，去宾馆里开了一个房间，买了刀片，在微博上给她留了言，还买了一只塑料桶，怕把人宾馆弄脏啊……"

小邱嗤笑："你……你割了吗？"

"我要是割了，还能坐在这儿跟你说话吗？"

小邱起身，去枕边拿来一只信封，将十几个刀片倒在茶几上，说："是不是这种刀片？"

黄争光赶忙抢过刀片，安顿小邱。良久，小邱终于平复下来，两人坐在茶几边上，相对而泣，擦眼泪的纸巾丢了一地。黄争光又取了一张纸巾，帮对方抹去泪水，小邱迎合着。

黄争光说："唉！咱们也是太折腾了，以为这就是爱情，这哪儿是爱呀，整个儿就是犯贱！是受虐！变态！"

"也是人选得不对。"

"是啊是啊,我现在只想找个懂得珍惜的女孩儿,好好地对待她,她也心疼我,细水长流,往后的日子还长着呢。"

小邱抹了把眼泪,点头称是。

黄争光说:"我也就不瞒你了,拿充电器只是一个借口,我就是想和你聊天来着……"

"你为什么要和我聊天呀?"

"这不不放心你吗,我是过来人,这方面有经验,一看见你就觉得要出事儿。"

黄争光、小邱两人聊了整整一夜,第二天,黄争光上楼,拖上海涛和行李箱,又回到了 520 号房间。海涛抱怨说:"这总统套房才住了一天,就从天堂又被打回地狱了。"

黄争光笑道:"你就一住地狱的命……哎,对了,总统套房的钱得咱俩分担,不能让人小邱出。"

海涛大叫:"什么?你搞没搞错!可是她请我们住的,小邱你说是不是?"

小邱笑道:"是是是,不要你们出,我要那些钱也没用。"

黄争光道:"以前是没用了,现在你不是想活了吗?要活到一百岁,有钱得存着养老!"

海涛嘟囔着:"反正我没钱……一万多的房费。"

黄争光说:"你只要掏一半,五六千就行。"

海涛争辩:"那也是我个把月的工资!"

黄争光说:"你不打算掏是不是?那你就全付了,一万五!"

"什么?凭什么啊!"

"昨天我和小邱一直聊到天亮,这总统套房我基本没住,是你一人住的……"

"你你你,你倒是快活……"

黄争光笑:"看把你给急得!逗你玩儿呢,总统套房的房费不要你出,连一半都不要，一分钱都不要，我黄争光全包了。"

小邱忙说："那可不行，这事儿因我而起，而且房费我也经付了。"

黄争光说："付了就再拿回来，刷我的卡再付一次！"

小邱痴痴地看着黄争光说："争光，咱俩还分那么清干吗？你的钱还不是我的钱？我的钱也是你的钱呀。"

海涛感觉浑身起了鸡皮疙瘩："嗝嗝嗝，瞧你俩这肉麻的，这八字还没一撇呢，就开始伙着过了！"

黄争光贼笑道："怎么没一撇啊？我告你海涛，已经有两撇了！"

04

楼梯口的安全门半掩着，何珺、马丰正站在楼道口。何珺面带泪痕，满脸委屈。王小迅拿着一份材料，从办公区走出来，正要推楼梯口的安全门，听见马丰、何珺说话的声音，不由站住了。

只听马丰说："何姐，我想你可能是误会了，沈鱼水不是那样的人，我跟他十几年的哥们了，我最了解他……"

又听何珺道："还好意思说你是他哥们儿，你没见他那样儿，恶狼一样地抓住我，还赤身裸体的，我差一点就、就，呜……"

"嘘……你小点声，隔墙有耳，这要是传到小迅耳朵里……"

"切，还小迅呢，姓沈的早称她为前女友了，这事你不跟小迅说，我也得告诉她，我这就跟她说去……"何珺说着，拉开安全门，看见王小迅正站在那里，不由怔了一下，马上瞥了一眼王小迅，道，"什么眼神啊你，看上那么个玩意儿，早散早好。"

楼道口，马丰王小迅大眼瞪小眼。

"你刚才都听到了？"

"大概明白怎么回事了。"

"你说这何珺，就是个闲不住的主儿。当着那么多人的面羞辱冯大吉，罗书那小子又宁愿选择一条母狗，偏偏没接她的招，这不一空虚，又找老沈商量着要写一本什么言情小说。你说她这不是没事找事，自个儿往人枪口上撞吗？"

王小迅问："何珺真的中枪了？"

"应该没……也难怪，这李嫣是老虎的屁股摸不得，肖真真又无影无踪，你嘛，就不提了……恰巧何珺补上去了，怎么说人也是轻熟女哇，要脸蛋有脸蛋，要身段有身段，要风情懂风情的，正赶上了老沈处在空窗期，你说这……"

王小迅不耐烦道："行了行了，什么事儿一到你嘴里就一套套的，不关我事儿了，说这些干吗。"

"对对对，随他去，以后咱们不用管他了……"

"别咱咱的，我跟你没什么关系……"王小迅说完，蹬蹬蹬顺着楼梯上楼去了。

05

沈鱼水从冰箱里拿出两罐加多宝，扔给马丰一罐，马丰接住。沈鱼水打开饮料，喝了一口，开口道："何珺绝对是敏感过度，严重误会了……"

马丰接话："误会？你都把自个儿给脱光了，还说人家误会，这可真是树不要皮必死无疑、人不要脸天下无敌啊，佩服，佩服！"

"我……我发誓……"

马丰说："老沈啊老沈，你还是不是个男人？是个爷们儿就承认了，敢做敢当嘛！再说了，人何珺都说了，书不出了，也不会跟你较真，你怕什么！"

"哥们儿，小迅那儿你可得替我好好解释解释。我这回是真冤枉啊，别人不信我你还不了解我吗，我是真冤，真的太冤了。"

马丰道："我帮你解释？解释什么呀？让我去劝小迅对你回心转意？鱼水啊鱼水，你脑袋让门挤了吧！一会儿李嫣一会儿肖真真，我给你背的黑锅还少吗？你还好意思跟我叫冤？要解释也行，你先去跟何珺解释，你把何珺解释通了再说。我就不掺和你这些破事了。"

马丰开门要离去，又转身对沈鱼水扔了一句话："差点儿忘了，我来就是为了告诉你，打今儿起，小迅的事你就别管了，没什么事儿你不要烦她，有事儿也不准烦她，来找我。"

马丰离开，沈鱼水冲到门边喊："姓马的，你别做梦想屁吃，小迅是我的。"

06

一早上班，何珺进入一楼大堂，清洁工陈阿姨正在拖地，何珺主动问好，让陈阿姨累了就歇歇，别那么卖力气。

陈阿姨客气地点头："不累不累，我不累，你们拍电视那才叫辛苦！"

正说着，罗书从后面紧赶慢赶地奔过来："何姐，早、早上好！"

何珺翻白眼："别跟我叫何姐！"

罗书忙改口："何总，早上好！"

"也别跟我叫何总，谁认识你啊！"

罗书不知所措："何姐，不，何总，你就不要再生我的气了……"

"谁高兴生你的气啊，你谁呀？滚一边儿去！"

陈阿姨插话道："何导演，是不是这小子得罪您了？得罪了您跟我说，看我不拿拖把揍扁他！"陈阿姨拿起拖把作打罗书状，罗书躲到何珺身后："何总，她……她要打我。"

何珺乐了："打死拉倒！"说着，一甩头进了办公区，罗书跟了上去。其他编导尚未上班，何珺气呼呼地走到自己的办公桌前。

罗书哀求："何总，你别总不理我呀，都这么长时间了，我……我都道过歉了……"

何珺说："道过歉了又怎样？你就守着你那条母狗过日子去，咱们谁也不认识谁！"

"何总，你不是说我是你永远的备胎吗？"

何珺怼道："我告你罗书，我给过你机会，你自己是扶不起来的阿斗，上不得台面！只配……只配和畜生一起过！"

"那何姐，我还是不是你的备胎呀？"

"那就随你便了，备成个死胎也不关我的事！"

"太好了何姐！我还是你的备胎！谢谢何姐，谢谢何总！"

罗书兴颠颠地往《非爱不可》办公区走过去。

何珺窃笑，嘟囔了一句："变态！"

这时，王小迅等前来上班的编导们陆续走进办公区。何珺坐在会议桌前，王小迅推门进来："何姐，有什么事电话里不能说呀？"

何珺客气地说："不方便，王总，我得亲自向你汇报。"

"是吧，你不说我都忘记了……"

何珺道："王总，你别讽刺我了好不好？……贾师傅那儿出事了。"

王小迅一愣："什么，贾师傅出事了？他……他能出什么事儿？"

何珺道："说是私自动用了公司设备，给一家企业拍宣传片，收了人家二十万。"

"你听谁说的？"

"黄主任。黄主任说后果很严重，正赶上现在公司大整顿，贾师傅撞枪口上了，有可能要被辞退！"

王小迅紧张起来，急忙问："赵总知道了吗？"

何珺道："我都知道了，他能不知道？"

王小迅拉住何珺的手："何姐，这贾师傅也是你的入行师父，在这件事上你可不能落井下石呀……"

何珺委屈又愤慨："你这叫什么话！要是落井下石，我还找你干吗？我这不是来找你商量怎么办吗？就你是师父的徒弟，我就不是了？我告你王小迅，怎么说，我……我也算是你的师姐！"

"那行，师姐，咱们先去赵总那儿弄清楚情况，回头再商量。"

二人说着，一起来到赵怀远办公室。赵怀远站在办公桌后，面对王小迅、何珺，不满地说："谁说的要辞退老贾？"

何珺忙道："黄主任说的。"

赵怀远怒道:"又是他!你们不要听信传言,事情还没有到这个地步,总得调查清楚不是?有必要弄得满城风雨吗……这事儿你俩知道就行了。"

王小迅忙说:"我们知道了,赵总。"

赵怀远接着说:"这老贾也是我的入行师父,出了这种事,谁都痛心!但问题该处理还是要处理,不能因为私人关系就网开一面……"

王小迅接话:"那赵总,咱们总得帮帮贾师傅吧?"

何珺也连说:"是啊是啊,我们总得做点什么,不能眼睁睁地看着师父落难啊!"

赵怀远道:"嗯嗯,这不用你说……小迅啊,还有小何,今天你们能为老贾的事一起来找我,我很高兴,这人与人之间的相处就得这样,得团结一心,事情才能办成……我看这样,你们先去看看老贾,也代我问个好,人在困难的时候最需要的是关心和安慰,也怨我这些年来忙于事务,对师父关心不够。"

王小迅、何珺走出赵怀远办公室,关上房门。赵怀远回到办公桌后坐下,拿起桌上的电话拨打:"你在哪里?……在外面开会?行了行了,别说那么多了,回公司马上来我办公室一趟!"

07

王小迅、何珺来到贾师傅家,贾师傅正在给患有严重类风湿的老伴煎药,见二人到来,赶紧让进客厅。客厅很窄小。贾师傅端着滗出的中药,经过客厅送进卧室。王小迅、何珺亦从厨房里出来,在厅里的旧沙发上坐下。卧室里传来贾师母的呻吟声和贾师傅的安抚声。过了一会儿,贾师傅从卧室中走了出来。

"王总、何总,我知道你们干什么来了,是师父我不争气,给你们丢脸了!"

何珺忙道:"师父,您快别这么说!"

王小迅也忙说:"师父,您别叫什么总呀,多别扭啊,这儿又没有外人……师父，到底是怎么回事儿？”

贾师傅沮丧着脸：“唉！归根到底还是我没本事，这儿子好不容易才找了个对象，女方家里一定要买新房才同意结婚，你说咱又不做生意，又没个级别，老实了一辈子，你们师母又是个老病号，可不就是无底洞么！我哪来买房子的钱啊！……这不上个月有人介绍了一家企业，说是要拍宣传片，我也是鬼迷了心窍，琢磨着能挣个二三十万贴补他，儿子就能买上房结婚了！我是用了公司的机器，但也没耽误公司的事儿呀，但怎么说那也是犯规违纪的事，不合适！师父晚节不保，糊涂啊，丢人啊！”

何珺说：“师父您有困难怎么不找咱们呀？你带的徒弟那么多，赵怀远人现在是咱们公司的副总，我和小迅也不弱……能不罩着你吗？二十万也没有多少啊！”

王小迅说：“事情既然已经出了，师父你也别急，钱的事儿您不用担心，我和何珺去想办法，也怨我们平时对师父关心不够，不了解您的困难。”

贾师傅流泪：“谢谢，谢谢，我已经给你们丢人了，还要向你们伸手……”

王小迅说：“师父，谁没个短缺的时候？咱们又不是外人……”

何珺也道：“师父，这也是赵总的意思，是他让我们来看您的！”

此时，黄肃之正夹着一只文件袋走进赵怀远办公室，进门后径直走到赵怀远办公桌前，把文件袋放到桌上说：“我整理的贾志强的材料。”

赵怀远道：“什么材料？谁让你去整的？”

“嗨，小事一桩，费不了我多少工夫，里面有贾志强写的事情经过，还有举报人的匿名信、拍的照片，老赵你看看，还需要什么回头我再去收集……”

赵怀远无奈道：“老黄呀，你这到底是要干什么？你可是节目中心的负责人，你说你不把精力花在办好节目上，弄这整人的事儿……你这是干吗呢？还有，谁告诉你公司要辞退老贾的？事情还没有调查清楚，你就到处散布，唯恐天下不乱啊！”

黄肃之一愣：“我这不是去调查了吗？证据都在这儿……”

赵怀远："胡闹！谁赋予你这个权力的？这是你该管的事儿吗！"

黄肃之："这不公司正在搞整顿吗？贾志强在风头上犯事，正好抓个典型，俗话说枪打出头鸟，我……我这也是为了咱们公司，为……为你分忧……"

"为我分忧？你和我沟通过吗……老黄呀老黄，我说你怎么就不长记性呢？多的不说，就围绕这《非爱不可》一个栏目，你就给我闯了多少祸？哪一次不是你自作主张！"

黄肃之："也没有多少吧？那……那服装事件我不是还立功了吗？"

"那给马丰办相亲会呢？弄得我们如此被动！我还没有追究你责任呢！"

黄肃之："帮马丰相亲可是董事长的指示……"

"别总拿董事长说事儿，董事长让你全力配合我的工作，你做到了吗！配合我是不敢指望了，只要你不拆我的台就谢天谢地了……"赵怀远边说边向黄肃之拱手，继续道，"老黄呀，你好歹也算是公司的老人，跟了董事长这么多年，什么事该做什么事不能做，什么话该说什么话不能说，总得有点谱吧？维护公司的利益、从大局出发，难道你就不懂吗？难不成这还要我教你？"

黄肃之："那……那贾志强就不处理了？"

"谁说不处理了？当然要处理，但这事儿轮不到你做！"

"那行吧，算我好心办坏事儿。"说完，黄肃之拿起办公桌上的文件袋准备离开。

赵怀远："你拿这个干什么？"

黄肃之："材料呀。"

"拿走干什么？想去集团告状？"

黄肃之："不不，不是……"

赵怀远："那你把它留下，这儿没你的事了。"

黄肃之气呼呼地回到办公室，坐在办公桌后的转椅上，仰着脑袋，手里拿着一张报纸对着自己扇着。这时有人敲门，是办事员小杨。

黄肃之吩咐小杨："那贾志强的材料你别再收集了，到此为止。"

"主任，我又有新的证据……"

黄肃之："我让你别收集了就别收集了，你没听见啊！"

"是是，主任，出……出什么事了？"

黄肃之："唉，咱们这是好心办坏事，我是出于对公司的责任！可他赵怀远不让……"

"我说的吧，主任，那贾志强是什么人呀，他可是赵总的入行师父，也是王小迅、何珺的入行师父，说句不中听的话，咱们光灿传媒都是他姓贾的开的……"

黄肃之坐了起来："什么？他是赵怀远的入行师父？我怎么不知道？"

"主任，不是我说您，您还是光灿传媒的元老呢，连这个都没摸清，除了您这谁不知道呀……"

黄肃之："你怎么不早说……不过这样也好，小杨，贾志强的材料你继续收集，越详细越好，我倒要看看……"

"您不是刚让我别收了吗？"

黄肃之："收，继续收！只要有蛛丝马迹就追下去。既然如此，我还真想看看他赵怀远怎么处理，弄不好的话他自己都得翻船！"

"有……有这么严重？"

黄肃之："这你就不懂了，'夫风，生于地，起于青萍之末'……跟你说这些干吗，从现在起，不仅要收集贾志强的材料，赵总的材料也得一起收！"

08

罗书开着车，黄争光坐在副驾上，大可在后排座位上。罗书嘟囔着："这都几点了，不会有飞机了，你就不能等明天再去吗？"

黄争光说："你就开车吧，我都查过了，十一点有一班飞成都的，下了飞机我打车去乐水，半夜就能到，明天中午我就能回深都了。"

罗书："这么赶，那你去干吗呀？"

黄争光："见一面，当面问个清楚，总不能什么都没说这人就这么消失了吧？就是死我也得死个明白！"

罗书："那……那你总不好半夜三更的去敲人家的门吧？"

黄争光："谁说我要去敲门了？我打算在丹丹家的楼道里睡一觉，明天一大早就能见到她了，帐篷我都带上了。"

"住楼道还住上瘾了……"

黄争光："我就上瘾了怎么啦？你烦不烦啊，赶紧开车，别耽误了我的航班！"

罗书提速，汽车快速行驶。

黄争光一路飞机、打车，终于半夜赶到小邱的住处，轻手轻脚地上楼，查看着门牌号。他打开手机，将门牌号和存在手机里的地址对照着，准确无误。黄争光展开帐篷，小心翼翼地在楼道里搭好，钻进帐篷里，里面映出的手机亮光跟着熄灭了。

第二天早上，小邱家的门开了，邱爸提着菜篮子走出来，看见帐篷吃了一惊。他退回去把门又关上了。过了一会儿，那扇门再次被打开，邱爸和邱妈同时出来，一人手上拿着一根拖把棍，一人手上拿着一根擀面杖。黄争光被惊醒，钻出帐篷问："请问这是邱丹丹家吗？"

邱妈问："你是谁，怎么睡在这里？"

邱爸："我知道你是谁了……"

黄争光忙道："我……我是黄争光，你们是邱丹丹的父母吧？请问邱丹丹在家吗？"

邱爸说："她在家，但是不能见你，小伙子呀，我有话对你说，你跟我下楼去……"

黄争光说："我只是想见她一面。"

邱爸："不行，丹丹在睡觉。"

"我可以等她。"

"这就不必了。"

邱爸回头和邱妈小声嘀咕了几句，邱妈退回房子里，关上了门。

邱爸指着帐篷："你把这玩意儿收拾起来，跟我去下楼说话。"

黄争光无奈，收拾了帐篷，跟随邱爸走下楼梯。

下了楼，黄争光和邱爸各自坐在一张板凳上。一保安事不关己，背对他们坐在窗口，看着零星进出小区大门的人，不时地打着哈欠。

邱爸说："小伙子呀，你的情况我们专门去了解过，不说你也知道，你有很多感情上的经历，我们家丹丹是一个老实孩子，我们觉得你们不合适……"

黄争光说："叔叔，我的情况从来没有对丹丹隐瞒，她都是知道的，这次，我和丹丹绝对是认真的……"

邱爸说："再说了，你们这一东一西的，隔得也太远，各人都有自己的工作、事业……"

黄争光说："我可以辞职来四川，来乐水……"

"你在老家就没个父母老人？你辞职了谁养他们？咱们乐水地方又小，工作也不好找……自己还要人养，谈得上孝敬父母吗？"

正说着，邱妈来了，交给邱爸一个信封，邱爸接过信封，递给黄争光："这是五千块钱，就算我们对你上次帮助丹丹的一点谢意，一点心意，你要是嫌钱少，我和她妈再凑……"

黄争光笑了起来。

邱爸说："你也是个有知识有文化的人，还是做电视的，道理应该懂得比我们多，请你下次不要再来找丹丹了。"

黄争光将信封塞还给邱爸，哈哈哈大笑了起来。

邱爸不解："你……你笑什么？"

黄争光说："我……我总算知道了，她不理我不是因为不爱我，是因为父母不同意，丹丹还是爱我的！"

邱妈说："啧啧啧，这都说的是什么呀，肉麻死了！"

保安回头道："嗨，现在的年轻人电视看多了，他还是个做电视的……什么爱不爱啊，人老人不同意，就这么个独养闺女，你就是说死了也没得用……"

黄争光站了起来,"叔叔,阿姨,打搅了!"他冲邱爸邱妈说完,拿上包,一路笑着离去。

28 爱情就是一味毒药，沾上就别想利落

01

沈鱼水驾车来到利民农庄，庄利民正在柜台后面算账，见沈鱼水到来，欢喜相迎。这时，肖翠翠从后面的房子走出来，神情状态比以前年轻了许多。沈鱼水见状，上前一步，紧紧抓住肖翠翠的手说："姐！我……我可找到你们了……我怎么就没想到呢，我还以为那天以后，你回老家去了……"

沈鱼水、庄利民坐在桌上吃饭，桌上放满了菜肴，肖翠翠又端了一盘菜过来。沈鱼水忙道："姐，你也来吃，你不来，咱俩这吃得没滋没味儿的。"

肖翠翠道："就来就来，还有最后两个菜，你们俩兄弟先喝着。"肖翠翠说着，走回厨房。

沈鱼水对庄利民道："庄大哥，真有你的呀，我还以为这事儿就没有下文了呢……"

庄利民道："嗨，你不知道，这事儿多亏了真真，她这人你是知道的，什么事儿除非不说，既然说了那就得做到底，尤其是她姐姐的事儿。"

沈鱼水满心欢喜，急忙问："真真现在怎么样了？"

庄利民脸色略变："还不是那样，成天满世界地跑。当然了，那也是因为工作，就是干这行的嘛，再说她姐姐的事儿她也放心了，那还不一门心思地忙事业呀！"

沈鱼水："那……那她现在有人了吗？"

庄利民："这我就不知道了。"

沈鱼水："肯定是有人了，有男朋友了，否则你说她干吗不理我呢？"

"沈总，我们听真真说，你……你应该是有婚姻的人。"

沈鱼水说："有等于没有，不不不，庄大哥，我不是这个意思，我是说我马上就要离婚了。"

庄利民停止言语，招呼沈鱼水喝酒。肖翠翠过来，坐上桌和沈鱼水、庄利民一起吃饭。庄利民和肖翠翠同时举杯。

庄利民说："沈哥，我和翠翠无论如何得敬你一杯！"

沈鱼水："敬我干吗啊？我得敬你们才是。"

庄利民："这一码归一码，我和翠翠能在一起，多亏了你和真真。"

沈鱼水："我、我可没做什么……"

庄利民："真真都对她姐说了，她说你有一半的功劳，那就有一半的功劳！"

肖翠翠："是这话，我们得谢谢沈总……"

沈鱼水："姐、庄大哥，你们真的要谢我，不在乎这一杯酒，我、我有一个不情之请。"

庄利民："嗨，有什么事儿你尽管说。"

沈鱼水："你们能不能告诉我真真在哪儿？"

庄利民说："不是我们不告诉你，是真不知道，你说她这一天换一个地方的，每次都是真真和我们联系……"

"那……那能不能把她现在的电话告诉我？"

庄利民和肖翠翠对看了一眼说："不是我们不想告诉你，沈总，不瞒你说，真真特地交代了，不让给你电话……"

沈鱼水神色黯然。

庄利民眼珠一转说："这不，我和翠翠要办喜事儿了，真真能不回来吗？"

沈鱼水再次惊喜起来，忙道："是呵，我怎么就没想到呢？庄大哥、姐，快说快说，你俩什么时候办喜事儿？我得送、送你们一份大礼！"

02

黄争光蔫头耷脑地走进办公区，还没来得及坐下，何珺便冲上来责问他："黄争光，这都什么时候了？才来上班！打你电话也不接，还有没有组织性纪律性啊？"

黄争光没好气地回道："你管得着吗？"

"我怎么管不着啊！我是《爱你再商量》的制片人，是你领导！大家忙得这四脚朝天的，你倒好，一边凉快去了，就是有事儿你也得事先向我请假！"

黄争光突然发作："我还就不干了呢！受你的窝囊气！你爱找谁干找谁干去！也不照照镜子，都是什么玩意儿！"说着，黄争光起身甩手而去。

何珺被呛得许久才回过神来，便问罗书："黄争光是怎么了？这干起活来跟没魂儿似的，净出错，脾气倒是见长，逮谁咬谁，整个就是一条疯狗！"

罗书道："你问这个呀，他失恋了。"

"失恋了？和卓乐那丫头的事儿不是早翻篇儿了吗？"

"这次不是卓乐，是小邱，争光和海涛去四川外拍的时候认识的……"

编导们纷纷转过脸来。

何珺对众编导喝道："你们干吗？对人的私生活这么感兴趣啊？……罗书，别跟这儿传同事的八卦，回头再跟我说，你也是的，这么大的事儿都不向我汇报！"

罗书忙道："不是、不是你不搭理我吗？"

"那你也得及时向我汇报，这是工作需要！"

03

赵怀远和贾师傅在沙发上相对而坐，正喝茶，贾师傅的手上拿着一只大文件袋。这时，王小迅、何珺敲门进来，赵怀远招呼二人一起坐下喝茶。

赵怀远对贾师傅说："这都是你带出来的徒弟，还有什么困难可以直接找小迅、何珺她们。借用公司设备的事只要钱还上了，我看没什么大不了的，您也不要太担心……"

王小迅说："赵总，我俩就是为这事儿来的……"

"师父带过的徒弟我们都找齐了，除了个别狗眼看人低的，都贡献了。"何珺说着，从包里拿出一只大文件袋说，"赵总，这是二十万，是我们对师父的一点心意……不肯出血的那几个，赵总你可不能放过呀！我这儿有名单……"

赵怀远笑了："你这是干吗，贡不贡献都是自愿的，整那名单性质就变了。还有，这钱你们给我干吗？师父不在这儿吗，给他呀。"

何珺将文件袋递给贾师傅："师父，这是二十万。"

贾师傅连连摆手："不不不，不能要不能要……"

王小迅道："师父，您就拿着吧，这钱不烫手，是大家凑的。"

"不要不要，我已经有了，赵总刚给我的。"贾师傅说着，提了提手上的文件袋。

何珺说："啊？赵总已经给了？那……那你把这钱还给赵总……"

赵怀远一摆手："什么话！就你们是师父的徒弟我就不是了？我不仅是，而且还是你们的大师兄！"

何珺道："那，大师兄，咱们凑的钱给您吧。"

赵怀远说："更不对头！你们的钱是凑给师父的，不是给我的！"

何珺又把文件袋递给贾师傅："那师父，还是您拿着吧。"

贾师傅苦笑："我不能拿，你们帮我补了那窟窿也就算了，难不成我还要赚钱？那成什么人了！"

王小迅说："您没赚钱呀，赵总给的二十万上交给公司，咱们的这二十万还买房的首付，您还是一分钱没赚呀。"

贾师傅急得直拍大腿，赵怀远哈哈笑道："师父一点也不糊涂，你骗他不过的……这样吧，老贾，多出的二十万就给师母治病，算是徒弟们给她的，专款专用，不是给你的！你只是代领一下，来来来，您在这儿签个字！"

众人朗声笑起来。

从赵怀远办公室出来，何珺对王小迅说："咱们大栏目得开个会。"

王小迅不明所以："师姐，你又有什么事儿？"

何珺道："这黄争光也忒不像话了，竟然在办公室里冲我吼！还骂人！逮谁咬谁……"

"那行，我去找他聊聊。"

何珺道："不是聊的事儿，这没出息的东西失恋了，闹情绪，他的问题不解决，下期《爱你再商量》整个儿没法录了。"

"是和那个四川妹？"

"是啊，这你也知道？"

"知道，他们不是在热恋吗？"

"管他热恋还是失恋，反正得开会，赶紧想办法……这谈恋爱真不是什么好事儿，人都快成疯狗了！爱情就是一味毒药，沾上就别想利落。"

04

关于黄争光萎靡不振的事儿，节目组开会研讨，马丰分析，这事儿的关键不在小邱，而是因为邱爸、邱妈不同意。人家调查过了，争光在光灿传媒也算是个名人，和卓乐那动静闹的！你死我活、死去活来，所以才反对的。

王小迅说："净说些没用的，现在是讨论怎么解决。"

马丰道："怎么解决？除非邱爸、邱妈能改变对这厮的看法！"

罗书说："要不然我去一趟四川，劝劝小邱的父母？"

何珺白了他一眼："就你那样的？舌头都比别人短半截，快别丢人现眼了！"

罗书瞅了一眼马丰："那……那马哥去，他会说话……"

马丰说："凭什么啊！我又不是黄争光他爸，没这么个没出息的儿子……"

王小迅道："胡扯什么呢，还当人家爹了，想想怎么解决是正经。"

马丰说："我不是说了吗，关键是要让人爹妈转变印象……哎，有了，咱们可以拍一段录像呀，把这厮平时工作、生活的情况记录下来，再配上那悱恻缠绵催人泪下的音乐——这可是咱们的专业呀！然后寄给邱爸、邱妈……"

王小迅摆手："你就别跟这儿添乱了……"

何珺眼睛一眨："我看可以，不是随便拍段录像，是精心制作一部专题片，黄争光主持节目的画面是现成的，到时候剪一下，再加上他日常生活的记录，小地方的人哪儿见过这阵势呀！咱们一定得把黄争光拍成个角儿……"

王小迅想了想，点头赞许："有道理。但关键不是把他拍成一个角儿或者大腕，那样会把邱爸、邱妈吓住的，而是要展现黄争光积极进取的一面，解答他们的疑惑，要拍得可爱、朴实、动人……"

何珺笑道："还是王总有见识，我看就这么定了，谁来掌镜啊？"

何珺转头看着罗书。

罗书说："我……我来……但要是争光不同意怎么办呀？他不配合……"

何珺说："你脑子转不过来啊？咱们就不能偷拍呀？弄几个摄像头装在他房间里……"

罗书说："何姐，这，这是违法的……"

何珺瞪了他一眼说："咱们又不是要坏他的事儿，又不是拍他的艳照，又不拿出去卖！咱们这可是行善积德，有什么不堪入目的内容到时候剪掉不就得了？就这么办了，有什么问题我负责！"

王小迅拍手赞成，吩咐说既然决定去做，这件事就得做好，做到完美，必须达到预期效果，我看还是得写个台本，大伙儿看看，主要从哪些方面来反映？"

马丰说："我觉得有这么几个主要方面，黄争光对小邱的感情、工作上的进取、身体素质、孝敬老人，还有就是黄争光对小邱以外众生的关爱——这条主要反映的是人品，当然最最重要的是澄清黄争光以前的那些破事儿，特别是和卓乐的关系。"

何珺对胖女编导和长脸女编导说："你们都听见了吗？回头按马哥说的整理出一个台本。"

胖女编导皱眉："马哥，请你再说一遍，我们没注意……"

何珺白了一眼："一点职业素养都没有，还不赶紧把采访本拿出来！"

05

接受任务后，罗书偷偷在黄争光的房间里安装了摄像头，其中一个摄像头装在花瓶里的一朵塑料花里。罗书将花瓶放在书架上，从侧面对准书桌，回到自己的房间里，打开电脑看视频画面，又跑回黄争光房间调整摄像头角度，来来回回地折腾了几次。最后，他坐到电脑旁，戴上耳机试听。

黄争光进入自己的房间，颓然倒在床上，半天不动。罗书等了半天，见黄争光仍不动，遂起身来到黄争光房间。

"你怎么又躺下了？昨天不是说得好好的，要振作，你怎么又、又蔫了？"

黄争光说："你别搭理我，哥们儿心力交瘁……"

"你要振作……起来，起来！"

黄争光被罗书半拉半拽地坐到桌子前，打开电脑，翻看着。

罗书说："又出什么事情了？是不是想小邱啊？"

"废话，我能不想吗？在她的QQ上留言、写信、给她发短信，她都不回，为什么呀？……又不是没吃过这种苦，不懂，她……她为什么也要让我吃这种苦！"

"那你就再给她写呀。"

黄争光说："我是要给她写，每天都写，不回我，我就存电脑里，也不告诉她，等写满一年后再全部发过去，让她看看我这一年是怎么过的，受的是什么罪！如果丹丹再不搭理我，我就再写，写两年、三年、写一辈子……"

罗书击掌："太好了，太好了，你说得太好了！那你现在就写啊，反正没有别的事儿……把你想对丹丹说的话都写下来，写一个晚上，熬通宵也行……我就不打搅你了，回屋睡觉了！"

罗书丢下黄争光，兴颠颠地出去。黄争光疑惑地看着对方离开，愣了一会神，返身打开电脑上的文件夹写了起来。

第二天，罗书把偷拍到的战利品拿给何珺看，何珺看毕，问罗书下边要拍什么，罗书回答说拍争光帮大可洗澡。

何珺不解："干吗要拍这个呀？"

"台本上说，这是反映黄争光对动物的爱，一个热爱小动物的人不可能对人不好。"

"你是在说你自己吧？"

罗书连忙摆手，何珺问大可在哪里，罗书说："我把它拴在外面了，何姐不是不喜欢狗吗？"

"你的意思是说我不喜欢动物，就、就对人不好？"

罗书连忙摆手："不是不是，我不是这个意思……"

何珺道："哼，我就知道，你是变着花样地骂我！去，你把大可牵进来。"

罗书一喜："何姐，你准备接受大可？"

"你就别做梦了，我是这部专题片的总导演，要见见演员，下面你不是拍大可吗？我得跟它说说戏。"

"好嘞，我去叫大可！"

罗书将大可牵进来，大可摇着尾巴，吐着舌头。罗书吩咐大可："别乱动，见见总导演。"

大可驯服地卧在地上，何珺走过去蹲下，摸了摸大可的脑袋："还行，不像上次那么讨厌了，还挺可爱的……"

大可突然站起来，亲热地扑向何珺，伸出舌头在何珺的身上唰唰地舔着。何珺急忙躲闪，"哎哟哎哟，要死啊，肉麻死了，臭死人了！"

罗书赶紧控制住大可，急切地问："何姐，你……你没事儿吧？"

何珺闻了一下自己的胳膊，回道："没事儿，没事儿……臭死了，咦，这味儿也忒大了，罗书，怎么办啊！不行，我要回家洗澡！"

何珺起身向外走去，走了几步又停下来说："不行，这味儿太大了，会把我的车弄脏的……我就在你这儿洗，冲一下……把这狗给我牵出去！"

何珺洗好澡，用一条浴巾擦着头发边从浴室里出来。大可被拴在一棵树上，罗书正在逗它玩。

何珺说："罗书，你那洗发水的牌子我怎么没见过？味儿也怪怪的，是在哪儿买的？"

罗书一惊："啊？何姐，那……那是给大可洗澡用的，我平时都是用肥皂……"

"什么？你……你怎么不早说啊！我不能活了！恶心死了，恶心死啦！不行不行，我还是得回家洗澡！"

何珺转身回屋找自己的包。罗书对着门内喊："何姐，那……那也是洗毛发用的，比，比人用的还贵呢……"

何珺拎着包出来，瞪了一眼罗书："胡说八道，你把我当狗啊……这倒霉催的，我……我用了小半瓶，都快见底儿了，什么事儿啊。"

何珺一边唠叨着，一边扭着屁股离开了罗书的住处。

06

黄争光坐在电脑前给小邱写信，神经质地向后看了几次，最后，他的目光盯着书架上的花瓶。正在隔壁监视的罗书突然关上电脑，拉灭灯，一骨碌爬上床，钻进被子里。门外响起了敲门声。

黄争光叫道："快开门！你不开我就砸了！"他拼命擂门，似乎拿了一个什么东西过来，对门猛砸起来。

罗书下床开门，黄争光提着一张塑料凳子冲了进来。

"壮骡，你……你竟敢监视我！我说这两天你这么殷勤呢，这么关心我呢！"

"我……我……我没有监视你。"

"这是什么！"黄争光将那枝塑料花和摄像头扔在桌上。

偷拍败露，罗书只好来到黄争光房间，卸下另外几个摄像头。黄争光站在一旁，目光追随着罗书的动作，乐呵呵地说："嗨，费这个劲。这是好事啊，你们怎么不跟我说呀？我肯定会配合的……要是……要是能让她爸妈同意，我死都愿意……兄弟，谢谢你啊！谢谢何、何姐！也谢谢王总、马哥，你们费心了！"

罗书将卸下的摄像头递给黄争光看："就这几个，没有了。"

"嗨，直接拍不就得了，这玩意儿拍出来，影像质量肯定差。这都是谁出的馊主意呀，我黄争光是这么小气的人吗？"

罗书："那好，有你这话就好办了。争光，我们就按台本一场一场拍了，你可是答应要配合的。"

黄争光："我配合我配合，快把台本拿来我看看。"

这时，何珺穿着雨衣，戴着护袖、塑胶手套，头上戴着棒球帽，捂着口罩、纱巾，一应俱全，将自己裹得严严实实。她正从一只大包里往外拿洗发精、沐浴液等。大可围着何珺使劲嗅着。罗书想要制止大可，被何珺叫住。

"让它闻，今天没事儿！"何珺说着，将洗发、沐浴用品放了一桌子。

罗书拿起来逐个看着，不解地问道："何姐，怎么都是人用的呀？"

何珺说："以后，你就让大可用人用的东西，狗用的东西多恶心啊！"

"那可不行，大可用的那些可都是专门的配方，有除臭、防治寄生虫的功能。"

"你还真是个偏心眼儿，我用大可的东西你说没关系，大可用我平时用的倒委屈它了？"

"不不，何姐，我不是这个意思。"

"那你是什么意思？我告你罗书，今后，大可就用这些，都是我用的牌子，你不同意也得同意！"

罗书道："我……我同意，我同意……"

"敢不同意。大可洗澡的东西我供应它一辈子，哼！"

这时，黄争光进来，客气地招呼道："何姐。"

何珺笑道："嘿，太阳打西边出了，你可是第一次叫我何姐！罗书，还愣着干什么？快拿机器拍呀！"

罗书懵懂："拍什么？"

"笨死了，拍他尊重领导、尊重前辈呀！"

罗书掌镜，只见淋浴头下，黄争光按着大可，在给它洗澡。大可挣扎着，抖着毛，黄争光手忙脚乱，沾了一身的泡沫。

罗书一边拍摄一边指导："要笑，要笑，瞧你那张脸，怎么跟受刑一样呀。"

黄争光咧嘴笑着。

罗书指挥着说："再给大可洗一遍，拉粑粑的地方要反复洗。"

黄争光猛地抬头，愤怒地看着罗书，准备发作，想了想忍住了，叹了口气继续给大可洗澡。何珺远远地躲在一边。

刚洗完澡的大可躺在客厅地上铺着的一条垫子上，黄争光在用电吹风给它吹毛。罗书在边上拍摄。大可扑向黄争光，伸出舌头舔过来，黄争光躲避。

何珺阻止说："别躲别躲，让大可舔，这样才能显出你的爱心。"

黄争光说："我还跟它接吻呢！"

何珺笑道："对啊对啊，跟大可亲一下，这样，对动物的爱就能表现得更加充分了。"

"我不，台本里没有。"

何珺说："我让你亲你就亲，我是导演，有权改动台本。"

罗书也说："亲啊，没听何姐说吗？"

黄争光抬起手在自己脸上轻轻扇了一下说："叫你胡说，这不是自己挖坑让自己跳吗。"

拍完大可的戏，几人又来到公园。黄争光赤着上身，趴在草地上做俯卧撑。罗书在一旁拍摄，何珺手上拿着台本站在一边，大可在不远处溜达。黄争光龇牙咧嘴地又做了一个俯卧撑，双手一软，趴在地上，大口喘着粗气。

罗书提出要求："再做五个，这连二十个都不到呢！"

黄争光龇牙咧嘴："心脏要、要蹦出来了，再做要、要出人命了……"

罗书说："我平时一做就是两百个以上。"

"谁……谁能和你比呀……"

黄争光弯下腰，蹲着马步，试图提起地上的石锁，"我拿都拿不动，还怎么玩呀。"

罗书说："就是提起来费点劲儿，耍起来就好了。"

黄争光深深地吐了口气，憋足了劲，将石锁提离了地面。

罗书："好好，往上扔。"

黄争光用力，扔出石锁，石锁落到地上歪了一下，黄争光试图躲开，但还是压在脚上了，"哎哟哎哟，我的脚！"

罗书上前提开石锁，查看了一下黄争光的脚说："没事没事……石锁根本就没扔起来，再来一次。"

"怎么没事儿啦！肯定骨折了，我……我不玩儿了！"说完，黄争光一瘸一拐地转身就走。

何珺瞪眼："你干吗去？"

黄争光回头说："我去医院，拍个 X 光片！"

何珺对罗书说："你还愣着干什么？赶紧跟着拍呀！"

罗书问："这有什么好拍的？"

"拍他轻伤不下火线呀，笨蛋！"

07

黄争光一瘸一拐地来上班，何珺、罗书跟在后面，罗书扛着摄像机，一路跟拍。

王玲玲问："黄争光，你的脚怎么啦？真的假的呀？"

何珺说："因公负伤，让他去医院他不肯去，说是不能擅离值守。"

黄争光回头瞪了何珺一眼，走到自己的办公桌前，打开电脑做工作状。罗书盯着拍摄，过了一会儿放下摄像机。

黄争光问："何总，现在我可以去医院了吗？"

何珺说："瞧你这矫情的，罗书不是说你没受伤吗？"

黄争光说："那也得拍个片子呀，他……他又不能透视……"

何珺说："我说不能去就不能去，咱还得拍下一场呢。罗书，你去开车。"

罗书开车，何珺坐副驾位，黄争光坐在后排直皱眉头："何总，干吗还要拍上坟呀"？

何珺说："这不反映你孝顺吗？难不成你不是父母生父母养的？"

黄争光说："我爸我妈都活得好好的……"

"那就给你爷爷、奶奶，或者外公、外婆上个坟！"

"他们也都在，活得好好的，身体比我还结实呢。"

"再往上呢？你好好想想。"

黄争光说："啊，我太爷爷太奶奶死了，小时候我跟家里人一起去扫过墓！"

"这不就结了！去你太爷爷太奶奶的坟上！"

说话间，车子经过一处公墓，能看见墓园里层层叠叠的墓碑。何珺眼珠一转，让罗书把车停到路边说："去黄争光老家太远了，也不定能找得到墓地，这不是现成的吗？咱找一个姓黄的坟头拍了不就完了？"

黄争光忙道："那可不行，我爷爷说过，摸不到坟头乱磕头是要倒八辈子的血霉的！"

何珺说："这话你倒是记得，都什么时代了？下车下车！"

"我不去。"

"不去也得去！我是总导演……再说了，这是拍戏，又不是真上坟，你可别忘了咱们为什么要拍这戏！"

黄争光无奈，只好在一姓黄的墓碑前烧纸，罗书在一边拍摄。

何珺下指令："现在开始磕头。"

黄争光哭着脸："能不能不磕头？鞠几个躬……"

"不行，鞠躬是现在人的做法，只有磕头才能反映你这人比较传统，才能反映出你的孝心，老辈人才会被打动！"黄争光只好趴下，快速地磕了几下头，赶紧站了起来。

何珺阻止："慢、慢，你得边磕头边说点什么。"

"我都磕过了……"

"磕过了再磕，嘴里再说点儿，比如想念太爷爷、太奶奶。"

"我……我说不出来。"

"说不出来你就哭，边磕头边哭，这你总会吧？"

黄争光只好重新跪下，边磕头边试着哭，开始的时候很不自然，后来居然越哭越真，趴在地下声泪俱下地哭开了，直哭了个昏天黑地，把何珺、罗书都感染得跟着抹起眼泪。

08

光灿大厦某会议室内，马丰、王小迅、何珺、罗书、黄争光、胖女编导、长脸女编导等一干人看完了黄争光专题片的样片，不禁喜形于色。大家开着玩笑，从会议室出来，走向电梯。王小迅叫住何珺，何珺放慢脚步等王小迅，与众人拉开了距离。

王小迅对何珺说："告诉你一个好消息，贾师傅的处理决定下来了，在公司内部通报批评，饭碗总算保住了！"

何珺拍手："啊，太好了，赵总还真是讲义气！"

王小迅说："而且也没有丧失原则，是吧？"

何珺开心地笑起来，两个女人手拉着手又蹦又跳。在电梯间等电梯的马丰等回过头来，向王小迅、何珺看去，马丰不禁意味深长地摇头自语："人生无常，世事难料呀！"

第二天一早，大家正在埋头工作，陈阿姨走了进来。她没穿工作服，换了一身新衣服。编导们纷纷抬头，不无奇怪地看着。陈阿姨走到何珺的办公桌前站住，对着何珺深深鞠了一躬。

何珺赶紧站起："陈阿姨，您这是干吗？"

陈阿姨说："何导演，我向您辞行，你是一个好人，好人有好报！"

何珺问："您这是要去哪儿呀？"

"我老伴儿被砖厂的车轧了，还好命没丢，我得回去伺候他，恐怕一时半会儿回不来了……"

何珺面露惊讶："哦，这治病缺钱吗？"

"不缺不缺，我就是来向你辞个行，在这大楼里我也干了两年多了，就你一个人每次见我都问我好，谢谢你！"陈阿姨再次向何珺鞠躬，被后者拉住。

"阿姨快别这样，这都是应该的。"何珺说着，匆匆写了一个电话号码，塞给陈阿姨说，"这是我的电话，有什么困难你就给我打电话，千万别客气……你这走得也太突然了。"何珺说着，眼圈红了。

编导们都在看隔壁陈阿姨向何珺辞行。

马丰走到王小迅办公桌前："有点感动吧？"

王小迅说："陈阿姨说得没错，何姐是个好人……"

"那是，这人都有闪光的时候。"

"就是太要强了。"

"所以说，干任何事儿都得悠着点，否则是要付出代价的。"

王小迅问："马丰，你什么意思呀？"

"没什么意思啊，你可别对号入座，在我的心目中，你永远是温柔贤淑小鸟依人刚柔并济……"

"好啊马丰，你敢挤对我！"

"岂敢岂敢，呵呵……不开玩笑，王总，我有正事儿找你。"

马丰坐下，将一只信封递给王小迅，后者抽出里面的信展开阅读。

王小迅："邀请你去参加研讨会？"

"是啊，关键是地点，在成都，还有内容，相亲类节目创新研讨。"

王小迅说："这可是你们电视台的事儿……"

"没错，但咱们可以借这个机会，以节目组的名义过去……这不黄争光的专题片还没给小邱的父母寄吗？咱们干脆给他送过去，把争光的问题彻底解决了……"

"你是说？"

"你、我、何珺、罗书，再把黄争光押上，直奔小邱父母家，我还就不信了，咱们这一帮专业人士还搞不定这点小事儿！"

王小迅说："主意是不错，但黄主任那儿能通过吗？"

“这你放心，你们主任已经同意了。”

“什么？你对黄主任说了争光的事？”

“我能这么愣吗？我说这是一个难得的机会，黄主任也就随喜了。”

❤ **29** 好人和好人并不一定就能在一起

01

一辆商务车行驶在四川境内的高速公路上，司机是罗书，马丰坐副驾，后排坐着王小迅、何珺。黄争光坐最后一排，他有些忐忑不安。

"各位，能不能不去啊？咱们改天……"

何珺说："瞧你那样儿，还是个爷们儿吗！"

"要不你们先去，我……我还没有准备好……"

何珺继续抢白他："我和王总那才是没准备呢，你说你一个老爷们，难不成还要描眉上粉？"

"我……我状态不好，这刚下飞机总得去宾馆定定神吧？"

马丰乐了："争光，我送你一句话，伸头一刀缩头一刀，反正你是躲不过去的，没准儿此劫一过你就功德圆满了，凡事都得往好处想。"

黄争光说："也没通知他们家，太冒昧了吧？"

马丰说："我说争光，你就别再找借口了，看你的命吧。"

说话间，商务车已经停到小邱家楼下，一干人下了车。罗书钻进车内，将黄争光拉到门边。黄争光扒着门，死活不肯下车。何珺使劲掰黄争光的手指头，黄争光嚷嚷着："我不去……"

马丰问："难不成要小邱下来请你？"

何珺终于掰开黄争光的手，罗书将其扛起，黄争光挣扎着："你让我下来，让我下来！"

何珺说："对，就这么扛着送未来的丈母娘家去，扔小邱床上，看他的脸往哪儿搁！"

黄争光嚷嚷着："让我下来，下来！我去还不行吗？"

王小迅说："好了好了，别闹了，罗书，放他下来吧。"

一行人上楼，敲门。小邱家的门开了，邱爸站在门内。马丰站在最前面，后面跟着其他人，黄争光被罗书押着。邱爸不解，满脸疑惑。

马丰主动打招呼："邱叔叔您好，我是马丰，这几位是我同事……"

邱爸认出了马丰："马丰？哦哦哦，是……是那个《非爱不可》主持人……丹丹、张华，马丰来了，来咱们家了。"

一干人被让进屋，小邱和邱妈也已经从里屋出来了。邱爸指着黄争光说："他……他怎么也来了？"

马丰赔笑："争光是我的同事，怎么，叔叔、阿姨不欢迎我们？"

邱爸支吾。

何珺推了一把黄争光："还不快请安！"

黄争光被罗书推到前面，羞涩地打招呼："叔叔、阿姨好！丹丹好！"

小邱已经热泪盈眶。

马丰说："叔叔、阿姨，怎么不请我们坐呀？"

邱爸赶忙回应："坐坐坐……张华，去泡茶！"

邱妈拉着丹丹进了厨房。

各人坐下，丹丹站在邱妈身后，邱妈紧攥着女儿的手。

马丰说："叔叔、阿姨，咱们这次来府上可是为了工作，由《非爱不可》的制片人王小迅王总亲自带队，《爱你再商量》的制片人何珺何总现场指导，想在你们家做台节目。"

邱爸更加疑惑："做节目？"

"是啊，做一台《非爱不可》的小型迷你专场，还是由我担任主持人，罗书负责摄像，这女嘉宾嘛，只有一个，就是你们家的邱丹丹……"

"这，这……"

"叔叔您听我说完，这男嘉宾嘛也只有一个，就是我的同事黄争光……"

邱爸摆手："他不行，我们不同意，马主持您是不知道……"

马丰道："这同意不同意现在下结论还为时过早，叔叔，就是在正式的《非爱不可》上，有牵手成功的，也有失败的不是？得节目进行下来才知道……今天的观众也只有两个，就是叔叔和阿姨！您二位只管坐舒服坐踏实了，只管瞧个痛快！你和阿姨要是没有意见，那咱们可就开始搭台唱戏了。"

"这这……张华，你说句话啊！"

邱妈道："咱们家不都是你做主的吗？"

"那……那行吧，反正我们家丹丹是不能跟他牵手的。"

马丰说："作为女嘉宾的家长，你们有权提供参考意见，我想丹丹在做出最后的选择以前，也会和你们商量的……何总，下面该你了。"

02

在何珺的指挥下，罗书、黄争光开始在客厅里布置，搬桌子、调试灯光、连接影碟机与电视的线路，等等。王小迅和邱妈说着什么，马丰则和邱爸唠嗑。

马丰指着黄争光说："我这同事也有他的优点，您看今天他是男嘉宾，还是跟着忙活，技术全面，咱们的栏目少了他还真不行……"

邱爸支支吾吾。

现场布置完毕。邱爸、邱妈被安排坐在沙发上，小邱站在前面左侧。她的前面放了一张凳子，凳子上放着一盏台灯。马丰站小邱对面，黄争光则站在马丰身后客厅的角上，罗书扛着摄像机。

马丰对着摄像机发表开场白："欢迎收看深都卫视大型生活服务类节目，这里是红蚂蚁保健汤《非爱不可》四川乐水小型迷你专场的现场，我是主持人马丰，大家晚上好！"

众笑。

马丰："首先我要代表栏目组感谢邱叔叔和张阿姨，感谢他们提供了这块宝地充当咱们的舞台，这舞台太重要了，有了它才能上演生活的甜酸苦辣爱恨情仇，我们的生活才能如歌如泣。下面欢迎今天的女主角，咱们唯一的女嘉宾邱丹丹同学。"

大家鼓掌。

马丰："请丹丹亮灯！"

小邱不知所措，何珺抢上前去，帮她打开了台灯。

"下面有请今天的男嘉宾，也是咱们唯一的男嘉宾黄争光同学。"马丰回头，对黄争光说，"过来呀，今儿能不能牵手，就看你的表现了！"

黄争光上前两步，站在马丰边上。

马丰问话："我说男嘉宾，选择心动女生的环节咱就省略了，你没的选，就一个女嘉宾，我只问你，邱丹丹是不是你的心动女生？"

黄争光重重地点头。

"爱要大声说出口，是不是？"

"是，爱！"黄争光鼓足勇气，大声说。

"你是不是专门为她而来的？"

"是。"

"大声点儿，我听不见！"

黄争光再次大声道："是！"

众笑，连小邱也忍俊不禁。

马丰继续："下面，请看男嘉宾的VCR，但这里的规则有一点点改变，咱们不是一段一段地放，而是整个地放完，实际上我们要看的并不是男嘉宾的资料短片，而是一部完整的电影，小黄就是里面的男主角，并且没有女主角。既然是看电影，那大家就都得坐到观众席上去看，我建议把这屋里的灯都灭了，咱们就当叔叔、阿姨的家是电影院！"

何珺关上客厅里的灯。

小邱亦准备灭了前面的台灯，马丰赶紧制止："你那灯可不能灭，电影看完咱们的节目还要继续！"

所有的人都围绕邱爸、邱妈而坐，看黄争光的专题片。影片的音乐缠绵悱恻。随着放映的继续，传出啜泣声，小邱泪流满面，邱妈掏出一块手帕递给女儿。王小迅、何珺也在抹泪。

　　这时，电视画面上出现了卓乐，是卓乐和郭开来手拉手面对镜头。

　　卓乐说："我和黄争光没缘分，他是一个好人，我也是好人，但好人和好人并不一定就能在一起，我们都太折腾了……"画面上，卓乐说到这里用手指着郭开来，"碰见他以后我才知道那根本就不是爱，那是小孩过家家，整个儿不靠谱！这人总得长大成熟起来，知道什么是自己生命中最重要的……希望黄争光也能找到属于他的那份真爱，卓乐祝福你了！"

　　到此为止，专题片已经放完，客厅里的灯重新亮起，各人都回到自己原来的位置。

　　马丰说："这电影太感人了，整个儿一现代版的牛郎织女，而且织女根本就没出现，隔得太遥远啦没法拍……"

　　邱妈有点坐不住了，督促女儿说："丹丹，你选啊，选啊！"

　　邱爸的语气也改变了："这以前吧，我们对小黄的情况也了解不够……"

　　马丰道："叔叔、阿姨别着急，咱们还得按节目的程序走不是？如果邱丹丹坚持继续亮灯，那选择权就在黄争光了。所以我得先问丹丹，你还亮灯吗？"

　　小邱看爸妈。

　　邱妈忙说："亮灯亮灯，我们亮灯！"

　　邱爸说："我也没意见。"

　　马丰道："叔叔、阿姨，你们对小黄还有没有什么问题想问？这毕竟是女儿的终身大事，还是慎重一点比较好。"

　　邱妈摆手："我没有问题要问。"

　　邱爸："我也没有。"

　　马丰问："真的没有问题？再想想，还是问一个吧。"

　　邱爸摆手："我还是没有。"

　　邱妈说："那行，我就问一个吧，这小黄又当导演又是主持人，是不是拿两份工资？每个月能挣多少啊？"

马丰笑："这个问题我可以代小黄回答。他现在每个月的基本收入大概有八千吧，主持一期节目补贴是一千五，一个月主持四期那就是六千，加上奖金，每个月少说也有一万大几。当然以后成了著名主持人，就不止这个数了，拍广告加上代言，一年挣个几百万也是可能的。"

邱妈瞪大了眼睛："啊，能挣这么多？"

邱爸说："男人挣得太多也不好……"

邱妈说："你这叫什么话……我们没有问题了，丹丹你快选呀！"

邱爸手抚膝盖："还不知道人家愿不愿意呢。"

马丰道："叔叔说得对，现在丹丹坚持亮灯，最后的选择权就在男嘉宾了，也就是小黄。"

邱妈看着黄争光："小黄呀，阿姨在这里给你赔不是了！都怨她爸，听风就是雨，找人去了解你的情况，他能了解到什么啊！这不回来就把丹丹的手机给没收了，还不让她出门！"

邱爸解释："我……我这还不是为了丹丹好吗？"

邱妈责怪道："好你个鬼啊！耽误了女儿命里的姻缘你负责啊！"

这时，黄争光忍不住想上前一步，准备去牵小邱的手，被马丰喝住："回来回来，谁让你就这么过去了？"

黄争光退回来。马丰对邱爸、邱妈说："叔叔、阿姨，你们作为女嘉宾的家长已经表示了意见，可我们作为男嘉宾的同事、朋友也得把个关不是？这来乐水以前，我心里就一直在打鼓，邱丹丹到底是个啥样的女孩儿呀，把咱争光迷得茶饭不思魂不附体的，我倒要看看！这看下来的结果……"

邱妈有点儿慌："你倒是说说，是不是咱们丹丹配不上小黄？"

"这……"

邱爸一拍大腿："我就说吧，这天底下哪有这么便宜的事！人家同事瞧不上咱闺女。"

邱妈急了："那可不成，这相亲是年轻人自己的事，要由他们自己决定，别说是同事、朋友，就是父母也得靠边站！"

马丰接过邱妈的话头："可不是怎的，就是父母也得靠边站。我看下来的结论……觉得邱丹丹的确是个好姑娘！咱争光不是傻帽儿，这小子有眼光。"

邱妈激动了："啊？太、太好了！"

邱爸说："这么说，你们也没有意见？"

马丰道："叔叔，阿姨，这只是我个人的观点，咱们还没问王总、何总呢，她们可是领导。"

王小迅发言："马丰你就别闹了，赶紧让人牵吧！"

何珺对黄争光笑道："还愣着干什么，上去牵呀！"

黄争光上前，和小邱互相牵手。两人相拥，喜极而泣。

何珺对黄争光说："好了，好了，这还有二老呢，赶紧跪下磕头！"

黄争光不辨东西，向着何珺跪倒，何珺忙叫："哎呀，错了错了，我又不是她妈！"

黄争光赶紧站起来，对着邱爸、邱妈再次跪下磕头，"叔叔、阿姨，谢，谢谢，谢谢你们……"说话间，已是泪流满面。

何珺嗔怪黄争光："这不识相的，头都磕了，还叫叔叔阿姨。不算不算，重新磕，叫爸妈。"

03

当晚，小邱爸请大伙儿吃火锅，邱家三口、马丰等人，两对两对落座。火锅热气袅袅，气氛甚是热烈。

马丰举起杯子："今天可是四对儿人，正好一桌，很、很圆满，咱们得一醉方休！"

邱妈说："我和他爸是一对，小黄和丹丹是一对儿，另外两对是谁跟谁啊？"

王小迅忙道："别听他胡说。"

马丰拧头道："我怎么胡说了？我是《非爱不可》的主持人，小迅是《非爱不可》的制片人，咱们可不是工作上的搭档……一对儿吗？"

邱妈说："哦，是一对儿是一对儿，那何总和罗书呢？"

何珺说："我跟他可不是一对儿，就是工作上我们也不是平级……"

邱妈说："也是也是，我瞅着年龄也不对头……"

何珺委屈："阿姨，我……我有这么老吗？"

邱妈说："不老不老，是这小伙子太年轻了。"

众人笑。服务员斟酒至罗书处，罗书挡住杯子说："我不能喝酒，等会儿还要开车。"

"回成都你让何姐开得了，壮骡，今儿谁不喝都没关系，你一定得喝！"黄争光接话，说着转向邱爸、邱妈道，"爸，妈，我那专题片就是罗书拍的，他的功劳大不大？"

邱爸连连点头。

"小黄，那你可是要和罗书多喝几杯，这小伙子一看就是个老实人，还那么壮实，小黄你和他比就是单薄了点儿。"邱妈说着，又对罗书道，"罗书，有对象了吗？"

罗书看何珺。

何珺说："你看我干吗？阿姨问你话，有你就说有，没有就说没有。"

邱妈说："也是哦，咱们不能什么事都问领导，找对象上更不能，得自己拿主意！"

罗书嗫嚅着："我……我……"

邱妈说："没有是不是？那阿姨给你介绍一个好不好？"

罗书又看何珺。

何珺："别看我！"

邱妈说："我有个外甥女儿，丹丹的表姐，长得可漂亮了，比丹丹还要漂亮。丹丹，赶紧给你表姐打电话，让她现在就过来……这做电视节目的小伙子就是不孬，咱乐水的小妹也拿得出手！"

何珺小声嘟囔："呵，还配上瘾了。"

邱妈问："何总你说什么？"

"没什么，没说什么。叔叔、阿姨，我以茶代酒敬你们一杯！"

吃喝了一会儿，一长相颇似何珺的女孩挎着包推门进来。邱妈叫道："敏敏！"女孩儿则叫："姨妈！姨夫。"

服务员拿来一张椅子，女孩儿说："我要跟马哥坐，这在电视上见多少回了，没曾想能见到真人！"

邱妈说："人家和王领导是一对儿，你掺和什么？坐在罗书和何总中间，就他们不是一对儿。"

服务员招呼何珺、罗书往边上移一点。何珺、罗书不得已，往边上挪了挪，服务员将椅子放进空出的地方，女孩儿坐下。

邱妈说："哎呀，何总，我这外甥女儿长得简直和你一模一样，你看，你们看……再过十年，敏敏你就有何总的气质了，现在还太嫩。老邱，你说我以前怎么就没看出来呢？"

邱爸说："以前你又不认识何总！"

罗书点头："是，是像。"

隔着敏敏，何珺瞪了一眼罗书。"吃你的饭，啰唆什么！"何珺说着起身道，"你们慢慢吃，我先去开车了。"

邱爸说："何总，这还早着呢。"

何珺说："反正我也不喝酒，车子还要加油，我还得找个地方洗车，这一路开过来脏死了。"

罗书起身："那何姐，我跟你一起去……"

邱妈拉住罗书："你可别走呀，这敏敏刚来，你俩可得多喝几杯。"

04

停车场，何珺刚要上车，罗书追了过来，抓住何珺的胳膊，被她甩开。

"你别碰我！"

罗书说："何姐，你不要生气啊，又不是我让那个敏敏来的……"

"她不是挺不错的？又那么年轻，就是有点土，和你倒是挺配的，你不就是个土鳖吗！"

"何姐，我心里只有……只有你，你是知道的。"

"我哪儿知道呀！你不是有大可吗？有那条母狗，我算什么啊！"

"何姐，咱们能不能不要闹了？你看人家争光……今天你是不是很感动呀？咱们也要像他们那样，真的、真的别折腾了。"

"谁跟你折腾了？我给过你机会，是你扶不起来，上不了台面！"

"何姐，那不重要，仪式不重要……"

"那什么重要啊！你少废话，滚一边儿去……"

罗书突然上前，抱住何珺。

"何姐，何姐……"罗书的声音有些哽咽。

"哎哟，你要把我勒死啊！放开，快放手！"

"我不放，就不放。"

渐渐的，何珺软了下来，也伸手抱住罗书，轻轻叹息了一声："唉，冤家！"

饭后，一行人回宾馆，后座上，罗书、何珺相拥，依偎在一起。司机则变成了饭店里的伙计，帮忙开车回宾馆。

何珺说："罗书，我比你大……"

罗书道："我就喜欢比我大的。"

何珺道："唉……当初，你为什么选择了大可不选择我呢？"

罗书说："事先你没有跟我说，太突然了，要是你跟我说了，我会先安排好大可的。"

"那你说，到底是我重要，还是大可重要？"

"何姐更重要，何姐要陪我度过一生，大可是我陪它度过一生，它陪不了我一辈子，狗的寿命最多只有二十年。"

"唉，但愿大可能多活几年……那次，我都给你准备了订婚戒指……"

"何姐，我不需要这些。"

"会不会说话呀……算了算了，我知道你的意思，就不跟你计较了，那戒指也被我扔了。"

"你干吗扔了呀？"

"咱们不说这些。罗书，无论如何今天这日子不同以往，我得给你留个记号才行。"

"怎、怎么留呀？"

何珺突然抓住罗书的手臂，咬了下去，罗书一声惨叫。

何珺抬头："你不让我给你留记号？"

罗书咧着嘴："我……我让何姐留。"

何珺再次低头咬下去，罗书龇牙咧嘴，但坚持没有喊出声。

何珺说："好了，从今往后，你身上就有我的记号了，生是我的人，死是我的鬼……疼不疼啊？"

"不疼，一点都不疼！"

05

第二天，何珺、黄争光等先回了深都，马丰、王小迅继续留在成都参加会议。到了晚上，马丰把王小迅拉到酒吧，各点了自己喜欢的饮料。

酒吧里人不多，一吉他手在台上轻弹慢唱着，马丰、王小迅相对而坐，桌上烛光摇曳。王小迅眼神温柔而羞涩，不知道说什么好，张了张口，又把话咽了回去。

马丰打破沉默，说："小迅呀，这次咱们出来成了两对儿，现在就只剩我们一对儿了……"

王小迅不说话，目不转睛地看着马丰。

马丰继续道："这争光和小邱真够不容易的，罗书和何姐就更不容易了，我觉得还有更更更不容易的……"

王小迅仍然没吱声。

马丰继续："这四川莫非是一块神奇的土地？在深都解决不了的前世姻缘，到了这儿全都迎刃而解了？咱们可不能浪费这良辰美景……"

王小迅看着马丰。

"你怎么不说话呀，看得我心里发毛……"

王小迅说："我能说什么？"

"不过，你不说话也没关系，我可以从你的眼睛里读出你的心声，你是不是想说：马丰，我发现自己越来越离不开你了？只是老沈这头……"

"马丰，你……"

"好好，你别激动，我只是说在工作上你越来越离不开我了，行不行？或者说工作上我越来越离不开你了。"

王小迅叹息了一声。

两人侧耳听了一会台上吉他手的演唱。马丰指了指吉他手说："想当年，有一支曲子我练了两个多月，想为你单独演奏来着，可惜还没来得及弹，你就和鱼水……"

两人回忆起大学时代。八年前，在深都大学校外的一个小饭馆里，沈鱼水央求王小迅叫来了在深都另外一所高校上学的闺密于静，还有另外一对情侣，六人一块儿吃饭、喝酒。于静对马丰一见钟情，然而马丰对她并没什么感觉，只是碍于情面，没有表现出冷漠。当晚，王小迅因为第二天一早要考试提前退场，沈鱼水和另外一个男生便把喝醉了的马丰和于静扔到一家小旅馆的同一个房间。第二天一早，王小迅闻听，疯了一般跑到旅馆，见于静已经醒来，正坐在床头以泪洗面，而马丰还在酣睡。王小迅以为二人已经有了身体接触，心下凉透，跟着追过来的沈鱼水回了学校。

回忆到此，马丰默然无语，良久，他忽然离开座位，走到台上吉他手旁边，小声对后者说了几句。吉他手将吉他和座位让给马丰。马丰操琴坐下。

"八年前，我曾经苦练一支曲子，为了能弹给一个女孩儿听，就在我练得差不多的时候，她却走开了。所以我就发誓，再也不弹这曲子了，除非昔日重来。但现在我改变了主意，要把这支心中的曲子献给这位美丽的同事。"马丰对着麦克风说到这里，指了指王小迅说，"叶佩斯的 *Romance*，《爱的罗曼史》。"

酒吧内响起几声寥落的掌声。马丰俯身拨动琴弦，吉他声扬起。王小迅专注地听着，不禁泪光闪闪。

听着听着，王小迅倒满了一杯酒，拿在手上，站起身走到台前。她站在很近的地方看马丰弹琴，马丰亦抬起头来，两人的视线相接，不忍离开。

从酒吧出来，马丰、王小迅手拉着手。

王小迅说："马丰，今天你弹得太好了。"

"还行吧，七八年没摸琴了，但感情绝对真挚，我终于弹了，你也终于听到了，我也就没有遗憾啦。"

"唉……你说你和于静，那才是第一次见面，怎么就、就那样呀。"

"小迅，你到底想知道什么？我可得和你掰扯掰扯……"

王小迅站下，目光逼视马丰，眼睛里充满哀怨："我不想听！"

"好好好……那、那就算我年少轻狂吧，我那也是因为赌气……"

"赌气？"

"是啊，你不是已经和老沈好上了吗？"

"谁说的？他献殷勤是他的事儿，我可一直没答应，看见你和于静在一起了，我才答应沈鱼水的！是你和于静在先……"

"好了好了，咱们不说这些了，所有的一切都是误会，阴差阳错，造化弄人，重要的是现在……咱们现在这算不算牵手了呀？"

王小迅说："不算！"

"不算？那我牵着谁的小手呢？"

王小迅仰起脸来："我要正式的。"

"正式的？什……什么才是正式的……"

话音未落，王小迅已经凑上去，用一个热吻堵住马丰的嘴，马丰刚要回应，王小迅的嘴唇已经离开了。

06

马丰、王小迅二人继续在成都的夜晚漫步，他抱着她的肩膀，她搂着他的腰。马丰说："这真神奇啊，在深都你死活不从，可到了这儿……"

王小迅说："你错了，不管是在成都还是在深都，在这世界上的任何一个地方我都会从你的——哎呀，难听死了，我都会答应你的！"

马丰笑："你不考虑沈鱼水的感受了？"

"他已经向我提出、提出正式分手了，回去我就同意……咱们能不能别再提他呀，反正我已经想通了，从今往后不会再有人挡在我们中间了！"

马丰开心坏了："那我能不能再亲亲你？"

王小迅说："不行，刚才那一吻只是我的决定，你不要太贪心了。"

马丰道："好好，反正这么些年我都熬过来了……"

两人相拥而行。王小迅打了一个哈欠，马丰建议回宾馆歇着，王小迅不舍："不要，我怕一觉睡醒了，发现原来这是一个梦。"

"那这样，我扶着你，你可以边走边睡，醒了我还在你身边。"

"那好吧。"

两人换了一个姿势，他扶着她的后背，她抓着他的一只手，闭上了眼睛。

王小迅喃喃自语："告诉你一个我的秘密吧，马丰，你可不要失望！"

"不失望，对你我从来就没失望过。"

王小迅说："你撕的那本结婚证是真的。"

马丰一惊。

王小迅继续道："我和沈鱼水的确是领了证，去年国庆节领的，你还记得我和沈鱼水请你吃饭吗……"

马丰道："你……你还当真按你的人生规划执行了？"

"是啊，我让你失望了吧？"

"怎么会，这事要是真的，那……那我太高兴了！你说呀，我都结婚结两回了，超超都五岁了，你要是一次婚都没结过，我这心里该多歉疚呀？结过婚好啊，太好了！我好歹也能平衡一点！"

"切，有你这样儿的吗？我可是一个传统的女人，这下完蛋了，不能从一而终了！"

"哈哈哈……这姓沈的哥们儿也太逗了，一辈子净编瞎话了，说了唯一的一次真话，我竟然没有相信，哈哈哈……"

不觉间，天色依稀发亮，两人还在沿着马路漫步。

王小迅说："马丰，我有一个想法。这不沈鱼水已经向我提出离婚了吗，但我不想马上答应他。"

"为、为什么呀？"

"跟他一离婚，我还有你，但沈鱼水就落单了，我想先把他的问题解决，然后再跟你……马丰，你应该不会误会吧，我这么做不是留恋沈鱼水……"

"你就是留恋沈鱼水那也是正常的，别说是你，连我这会儿都有点于心不忍了，你们在一起毕竟也这么多年了。"

王小迅说："咱们也不会等太久，他很快就会有下家的……"

"就是再等个十年八年我也无所谓，小迅，知道你的真心，这就是我要的全部，再也没有遗憾了！"

"瞧你说的，有那么悲壮吗……唉，这何姐已经不行了，人和罗书好上了……"

马丰道："沈鱼水对何姐本来就没想法，那是何姐防卫过当，这我得说句公道话……"

"那还有谁呢？肖真真？"

"我看也没戏，沈鱼水这头倒是热得很，可肖真真不搭理他呀……"

07

一回到深都，马丰便约沈鱼水在某餐馆见面。两人已经吃喝了一会子，马丰解释，真没什么事儿找他，就是关心关心。

沈鱼水道："你得了吧，你能有这好心？"

"鱼水，你真的没什么情况？和小迅也分开这么些日子了……"

"你巴不得我有情况是不是？我沈鱼水是什么人啊，况且我和小迅已经领了证，虽然你不相信……"

"领证有什么了不起？结婚也可以离呀……还是说说你的下一步吧……这何珺吧，已经和咱们栏目组的一个编导好上了……"

"我本来对这女的就没意思。"

马丰说："我知道，除了何珺，难不成你就再没下家？没目标了？"

"我哪儿有心思想别的呀！除了爱妻王小迅那熟悉的身影，其余女性我一见就头皮发麻。别说是和美眉交往，就是本职工作也受到影响，你说这写书出书的总不能都是男人吧？客户里也总有个把女人吧？但我和她们一接触就紧张。我沈鱼水算是彻底废了。真的，除了王小迅，这世上的所有女人我都好怕怕……"

马丰说："那如果肖真真现在出现在你面前呢？"

沈鱼水看了一眼马丰，有些紧张："那……那也不行，人没准已经结婚了……再说了，你不就是因为肖真真才误会我的吗？"

"二选一肯定选肖真真，那可是你亲口说的！"

"嗨，我就那么一说，你还当真了……反正这肖真真是我和小迅之间的一个障碍，是病根儿，我……我就更怕见了。"

马丰："听说你已经同意和小迅分手了？"

"你听谁说的？肯定是小迅……哥们儿，我告诉你一个秘密，我那可是以退为进……"

辞别沈鱼水，马丰来到王小迅住处，只见房子里一片凌乱，王小迅正在收拾家具。马丰问什么事又让她不高兴了，王小迅拉住马丰的手说："没有，自打去了一趟四川我再也不会不高兴了，除非是你让我不高兴！"

马丰问："那你干吗要挪家具？"

"马丰，我真的要搬家了，已经在你家附近租了一套房，明天搬家公司就来……"

"啊，这么急？"

"能不急吗？我都等了八年了……这房子沈鱼水有钥匙，我和他的时代已经结束了……"

"换把锁不就得了。"

"那可不行，我不能在这个地方和你开始。"

"这不沈鱼水的事儿还没解决吗？"

"那……那我也得准备好不是。"王小迅说着，从包里找出一把钥匙，递给马丰说，"这是我新家的钥匙，你留一把，但记着，现在不能用。"

马丰乐了，接过钥匙说："王总还真是计划人生！"

"不是计划人生，是有计划好不好？赶紧的，帮我打包呀！"

马丰、王小迅互相配合，将物件装入纸箱中。两人边干活边说话。

王小迅说："你可别信他，厌女症？打死我也不相信，就是全世界的男人都得了这毛病，他沈鱼水也不会得！"

❤ 30 我现在整个儿就是爱无能，谁也看不上

01

何珺家里，窗户打开着，何珺正拿着空气清洁剂四处狂喷，手上还抓了一块抹布，不时地擦擦这擦擦那。罗书坐在沙发上，面对着电视机。

"何姐，我今天做的菜好不好吃？"

何珺坐到沙发上，手里仍然拿着抹布，"手艺是不错，就是这油烟太大了，以后我们还是吃水果，要不就去外边吃。"何珺说着，欲站起继续擦家具。

"何姐，小邱后天就来深都了，临时也租不到合适的房子，她能不能先在你这儿住一段？"

"什么，让小邱住我这儿？你搞没搞错，她和黄争光是一对儿，是奔他来的。"

"我知道，但争光说了，他们还没有结婚，不能住在一起，至少表面上不能，就算小邱住我们那儿，她也要有自己的房间。何姐，我们那儿一共只有两个房间，要是小邱占一间，我……我只能和争光一起住了，我不习惯。"

"你不习惯我就习惯了？我告你罗书，我从来不和女人一起住。"

"何姐，你这儿房间多……"

"那也不行……嗨，罗书，你这人脑子是怎么长的？怎么一点弯都不会

转啊，你搬过来住不就行了？"

罗书一拍大腿，喜笑颜开道："对呀，我怎么就没想到呢？太好了太好了！"

何珺疑惑地看着罗书："你是不是早就想好了，在这儿给我下套呢？"

"下套？没有没有。"

"是不是你早就想来我这儿住了，没脸说，设了这么局让我钻？"

"没有没有，何姐，我没有想来你这儿住。"

"啊，你不想来我这儿住？那你想去哪儿住呀！不住赶紧滚，有多远给我滚多远，谁稀罕呀……"

"不是不是，我当然想来这儿住，不不不，我不想来这儿住……不不不……"

何珺笑了："好了好了，瞧你那熊样儿，不就是和姐一块儿住吗！不过来我这儿住可以，我得和你约法三章。这第一，大可不准带过来。"

"这……"

"你不同意那就拉倒！"

"我……我……我同意。"

"第二，咱们各睡各的房间，你别想糊涂心思。"

"何姐，咱们不是已经好了吗？"

"是好了，但你没听黄争光说吗，那也不能怎么的，至少结婚以前不行……人家都知道避嫌，留一手，你怎么就这么笨呢！"

"何姐，我懂了。"

"你懂什么呀，我看你是不懂。这第三点，一切都得听我的，这家里的规矩不能变，比如说晚餐以水果、蔬菜为主，东西用完要放回原处，每次上完厕所要冲干净，饭前便后都得洗手……"

"我知道了……"

何珺继续絮叨着："还有还有，这袜子、内衣每天要换，进门得换上居家的衣服，门要反锁，窗要常开，牙刷千万不能拿错了……"

"何姐，你干脆给我列个单子，我背诵下来……"

"光背没有用，得按照我说的去做，坚决执行！记住没？"

02

罗书将几只箱子以及行李放进汽车后备厢，黄争光牵着大可，在一边看着。罗书关上后备厢，在大可前面蹲下，搂住大可。

黄争光催促道："好了好了，又不是生死离别……"

罗书瞪了他一眼："我告诉你黄争光，再不能把大可弄丢了，你……你和小邱要好好照顾它……"

"知道啦，你放心，我就是把自个儿弄丢了也不能把大可弄丢。"

"那也不行，你要是把自己弄丢了，大可不是没人管了吗？"

"嗨，不还有丹丹吗？壮骡，你要是实在不放心，上次拍我的时候不是还有几个摄像头吗？回头我给装上，你在何姐那儿就可以全程监控了。"

"这倒是个好办法，那咱们马上就装。"

"嗨，还真装啊，你还让不让我跟小邱过日子了？赶紧走吧，人何姐还等着呢。"

罗书抚摸着大可说："那你至少得在客厅装一个呀……大可，爸爸先去何阿姨那儿了，过一阵何阿姨就会改变主意的，到时候爸爸再来接你。"

辞别大可，来到何珺住处，何珺将罗书领到一扇门前，将房间门推开："你住这屋。"

罗书也不答话，扛着行李进去了，之后"砰"的一声将房间门关上。何珺愣了愣。

罗书在屋里开始拆行李，找出电脑，连接网线上网。外面响起敲门声，何珺在门外问道："罗书，你干吗哪？这一进门就把自己关在屋里……"

罗书喊道："马上就好，马上就好。"

电脑上终于出现了罗书原先住处客厅的画面，黄争光向镜头摆手，然后将画面让给了大可。罗书走过去打开房间的门，何珺走进来，见这阵势，说道："好啊，你这刚进门就忙这个，真是身在曹营心在汉，这大可一分钟不见都不行啊？"

"何姐，我就是看一眼，不放心。"

"看你说得可怜的，搞得我跟后妈似的……"

正说着，何珺的手机响了，她边接电话边走了出去。罗书赶紧扑到电脑上，戴上耳机和大可说话。

何珺手机里是王小迅的声音："何姐，今天星期天，你干吗呢？"

"没干吗，我能干吗呀……"

王小迅说："那我去你那儿坐会儿？"

"啊？不了不了，我正搬家呢……"

王小迅说："这么巧，今儿我也搬家，这不刚搬完，你说咱俩是不是有心灵感应啊？"

"那是，那是……"

王小迅说："何姐，其实这搬没搬家对咱们来说都一样，以前吧我们也没互相走动过，反正都是头一遭，你把地址发过来，我去你那儿认个门……"

"不了不了，你……你是领导，要去也是我去你那儿……"

王小迅道："何姐，你客气啥呀，领什么导呀……"

"王总，有什么事儿你先说，这认门的事放以后……"

王小迅说："那好吧……要不咱们约个中间地点，我请何姐喝茶，这事儿电话里也说不清楚。"

何珺挂了电话，走到罗书房间门前，推门，门又被罗书反锁上了，何珺敲门："你搞什么名堂，和大可视频有必要关门吗？"

罗书没回应。何珺说："你别开门了，我马上要出去一趟……记住，今天你的任务是大扫除，我回来以前你要把自己的房间打扫干净。"

03

何珺如约来到茶社，和王小迅对面坐下。

王小迅笑道："何姐，这可不是帮沈鱼水，是帮我，只有李嫣这事儿解决了，她才不会去纠缠沈鱼水，只有她不去纠缠沈鱼水了，沈鱼水才能有机会找下家，只有沈鱼水的下家找着了，我才能……"

何珺道："这是马丰的主意吧？不过无所谓，我就是纳闷，沈鱼水那样的，怎么会有女孩儿……哦，不不，他毕竟是你的前男友，我是说，这沈鱼水各方面的条件都不差，怎么会……"

"何姐，你尽管说，咱们都是自己人。"

何珺说："我是说，这沈鱼水和冯大吉都不是好东西，但怎么的，沈鱼水也比冯大吉好了不知道多少倍……"

"何姐，你也不要过谦了。"

"唉，谁让咱们当年年幼无知，遇人不淑，现在改正还来得及……咱们不说这个了，小迅，你尽管把这李嫣就交给我，你的事就是我的事，义不容辞！"

"何姐，我的意思是转移一下她的注意力，不能老让她鬼魅似的缠着沈鱼水，不过你也不能太过分呀。"

"你放心好了小迅，这我还不知道吗？以后有什么难伺候的角色、难弄的主儿你通通放我栏目里来！看我不把他们给办踏实了。这恶人还得恶人磨，我还就不信了。"

王小迅说："何姐，你可不是什么恶人，你是一个大好人。"

"你才知道呀？哈哈哈。"

"哈哈哈……何姐，要是在你的栏目里能给李嫣找一个，那也能成全一桩好事。"

此时，马丰也来到了沈鱼水的临时住处，按门铃，同时用一只手按住了猫眼。过了一会儿，门突然被打开了，沈鱼水拎着一把塑料扫帚冲了出来，看见是马丰，吃了一惊。

"你别那么紧张呀，警报解除了。"

沈鱼水问："警报？什么警报？"

"李嫣呀。"

沈鱼水把马丰让进屋里，马丰告诉他："这李嫣不会再来骚扰你了，至少短时间内不会来了。我们准备安排她上《爱你再商量》当女嘉宾，不骚扰沈鱼水是前提条件。"

沈鱼水抓住马丰的手："谢谢谢谢，太感谢你和小迅了！"

马丰说："谢就不用谢了，你的个人问题到底什么时候解决啊？现在李嫣也不会干扰你了……"

沈鱼水说："我说马丰，你到底是什么意思？我跟你说过多少遍了，我和小迅是领了证的，我是有家室的人。"

"别跟我来这套，就算你和小迅结过婚，她也会同意和你离婚的，这头你是别指望了……小迅就等你找个好点儿的，她才会放心。"

"这……这是小迅的意思？"

"这是我个人的意思。你赖着她还不是因为没有找到下家吗？那就赶紧找呀！"

沈鱼水举手戳着马丰："狼子野心，狼子野心，我找着下家了，你就消灭了唯一的竞争对手是不是？我告诉你马丰，甭说我和小迅是夫妻，不合适再找人，就算我有这个资格，那李嫣一闹也没有情绪了。"

"李嫣的问题不是已经解决了吗？"

"那一时半会儿我也缓不过来，总得休养一段……"

"那你得休养多久？"

"不好说，一年半载……三年五年都有可能。"

马丰瞪眼："你！"

"我怎么啦？这找爱人又不是闹着玩儿的，首先得有爱的能力，有了爱的能力还不行，还得有爱的对象。我现在整个儿就是爱无能，除了王小迅谁也看不上，就算小迅不讲夫妻情分非得跟我离，那我也得自我修复疗伤……"

"那以前，你怎么会喜欢肖真真的？"

"嘿，这人就是这样的，有了爱那就更有爱，没有了那就全没有了。这以前吧，因为我有小迅，底气足，看见好姑娘好女孩儿就会动心想给予爱，可一旦小迅要和我分手，我整个人就像被抽空了，再好的女孩在我眼里也一钱不值……"

04

《爱你再商量》录制现场，何珺、黄争光正在主持节目，他们的身边站着十对男女嘉宾，其中一对是李嫣和陈建。陈建穿着摄影背心，手上拿着照相机，不时举起相机拍照。

何珺说："这里是深都卫视大型生活服务类栏目，欢迎您继续收看《非爱不可》的特别节目《爱你再商量》！"

黄争光："我们的口号是，一次没爱成，可以再商量，机会永远属于那些勇于追求自己幸福的人！"

何珺："经过刚才'心有灵犀'的环节，二十位男女嘉宾已经成功地配成十对……"

陈建对李嫣似乎情有独钟，不时跟她套近乎，而李嫣并不吃他那一套。拍摄完，一行人回到市区，李嫣所坐的中巴在路边停下，她第一个下车，向后面看了一眼，快速走向广场。车上的其他人陆续下车，陈建最后一个下了车，一边张望一边跑向广场。

人群中，陈建终于发现了李嫣，急忙追过去。

李嫣左躲右藏，钻进一家商场。陈建藏在门边，以一盆巨大的盆景为掩护。李嫣边回头看着边从门里面走出来，被蹿出的陈建一把抓住。

李嫣叫道："哎呀，你干吗！放手！快放手！"

陈建说："我放手，你可别再跑了……"

"你放手啊，把我都抓疼了！"

陈建放手，李嫣快速地向前走去，陈建紧跟而上，和李嫣并排。

"你干吗要跟着我啊？烦死了！"李嫣不耐烦道。

"我……我也不知道……这以前吧，都是女的追我，我这辈子都没有追过女的，你说奇不奇怪？"

"这有什么奇怪的？以前都是我追男人，男人从来都没有追过我！"

"不会吧？你这么有个性，这么漂亮……"

陈建的脚步慢下来。李嫣趁其不备钻进了一家商场的转门。陈建跑过去，被转门挡住，眼睁睁着李嫣进入商场不见了。

此时，沈鱼水和两客户正坐在露天咖啡座上说着话，拿着汤匙在咖啡杯里不停地搅拌着，这时李嫣看见了他，快速地奔了过来，沈鱼水吓一跳，连说："你你……你别过来！"李嫣竖起食指，放在嘴上，示意沈鱼水噤声，然后来到沈鱼水的藤椅旁边蹲下。

沈鱼水紧张得不行："你，你要干吗？"

李嫣小声道："我躲一个人，就一会儿……你们继续谈，继续谈……"

沈鱼水大声道："你还有完没完啊，想搅黄老子的生意！"

陈建出现，一路张望寻觅着。李嫣小声说："就是他。"

沈鱼水突然站起身对着陈建大喊："嗨！那哥们儿，你找的人在这儿呢！"

05

此时，马丰、王小迅、方菲和孙导聚集在宾馆房间，方菲举杯，同时示意孙导，二人站起来面对着马丰和王小迅。

方菲对孙导说："咱们得好好敬一下马哥、王总，如果不是当初他们给了我一个舞台，我也不会有今天呀！"

孙导："是是，得好好敬一下二位。"

马丰说："方菲可是《非爱不可》上最出彩的女嘉宾，没有之一，为咱们的节目走向辉煌立了大功，要说敬，这杯酒我们得敬她。还有你孙导，祝你俩莺歌燕舞、比翼双飞、驰骋影坛！只可惜孙导不是咱们节目上的男嘉宾呀！哈哈哈。"

王小迅说："女嘉宾找到了自己的真爱，不管是不是在《非爱不可》上牵手的，我们都一样高兴。"

四人干杯完毕，方菲接着说："对方菲来说最重要的是通过这节目找到了我的事业，马哥、王总，你们说呀，要不是《非爱不可》我能被导演发现吗？不被导演发现在这圈儿里我能这么顺吗？不过，你们知道我现在最想念谁？"

马丰问是谁，方菲念叨说：""也不知道肖真真怎么样了，真的想她啊。"

马丰一激灵："谁？"

"肖真真呀，以前，在《非爱不可》上当女嘉宾的时候，就她对我最好，所有的人都妒忌我、挤兑我，只有真真帮我说话……"

王小迅忙问："肖真真现在怎么样了？"

"能怎么样呀，不就是在节目上随便找了个老男人牵了手，下来就拜拜了……"

王小迅问："她、她为什么要这样？"

"不就是做给那个沈鱼水看的吗，一个做书的老板，真真喜欢他，谁曾想那烂人已经结婚了，说是替他的一个哥们来勾兑的，真真立马就崩溃了。真真是多单纯的一个女孩儿呀，哪受得了这刺激……再说了，她是真心喜欢那男人的……"

马丰一阵惊喜："你确信肖真真也喜欢那……那男的？"

辞别方菲和孙导演，马丰驾车送王小迅回家。马丰拍了下方向盘说："我怎么就没有想到呢？失察失察！"

王小迅说："我也没想到，还真有人会喜欢上沈鱼水。"

"小迅啊，现在可不是吃醋的时候。"

"谁吃醋啦？我就是吃醋也不会吃沈鱼水的醋。"

"那是那是……小迅，这可是件好事儿呀，你说这以前我们只知道鱼水喜欢肖真真，还以为那是他一头热……还是那老话儿说的好，一个巴掌拍不响，得来全不费工夫……"

"什么乱七八糟的。"

马丰说："我是说这不是现成的姻缘吗？肖真真多好的女孩儿呀，咱们既然要给鱼水找出路，那也得是一条光明大道呀，否则勉强凑合一个，那以后咱们也会心里不安的。"

王小迅"切"了一声。马丰继续道："两人相互喜欢，关键在于鱼水跟你结过婚，这对鸳鸯才天各一方了……"

　　王小迅说："那倒是我的不是了？"

　　"嗨，我不是这个意思，你小迅是多好的人呀，为对方考虑，要等他有了下家才同意离婚，可人要等离婚了才能大展手脚，这不是一个悖论吗？难怪沈鱼水把离婚协议书发你信箱里了呢……"

　　"你什么意思？让我同意和沈鱼水离婚？"

　　"是啊，这不明摆着吗？"

　　王小迅说："这可不行……我们不能光听方菲的一面之词，就算肖真真果真喜欢鱼水，那也是以前的事儿了，经过这么多的事情她还能原谅鱼水吗？这些都得考虑。唯一的办法是找到肖真真，弄清楚情况，然后再做决定。"

　　"也是啊，还是王总想得周到……那咱们就赶紧行动，兵分两路，双管齐下，我找鱼水再探虚实，你联系肖真真……大功在此一举！"

<h2 style="text-align:center">06</h2>

　　朱凤群要去美国出差，问赵怀远要不要给苹果带点儿礼物，赵怀远忙说，苹果有姑姑、姑父照顾，不用麻烦。

　　朱凤群说："你是大忙人，要带点儿什么就告诉我，我这儿方便，给你办就是了。"

　　"那你看着办吧，主要是替我看看这丫头……上次我去纽约，也找苹果谈了，可这丫头从小叛逆惯了，说不通，况且她也长大了，这大姑娘的心思我一个粗人也摸不透呀……"

　　朱凤群说："你是说让我和苹果聊聊？"

　　"嗯，就这个意思，你说吧，你们早晚是要、要面对面的。"

　　"这事儿有点难，不过我可以试试，老赵，你可别抱希望啊，你说我一个外人，而且苹果她针对的是我呀……"

赵怀远尴尬地说："委屈你了……不管能不能谈下来，总得有个第一次。"

朱凤群看了看赵怀远的黑眼圈，说："老赵，你一宿没睡好，就是为了这事？也真难为你了。"

"朱总，不要客气……"

"你才客气呢！这从进门到现在，一口一个朱总的，难不成我要管你叫赵总？"

"哈哈哈，朱总，不不不，小朱，这的确是我的不是，太、太官方了。"

07

马丰再次去找沈鱼水，人却不在，打电话才知道他去了外地。马丰问沈鱼水什么时候回深都，沈鱼水说，这很难说，兴许明天就回，兴许要一个礼拜，并问马丰什么事儿。

马丰说："这样吧，你回来就给我打电话，这事儿对你很重要。"

沈鱼水故意卖关子："是小迅回心转意又要跟我了？如今对我来说，除了这事儿就再也没有更重要的事情了。"

马丰不耐烦，丢下一句"见面再说吧"，又拨通王小迅的电话，告诉她去过沈鱼水那儿了，人不在，王小迅督促马丰就明天再去找他。

马丰说："明天他也不在，我跟他通了电话，说是出差了。"

王小迅着急："那就等他回来嘛。"

"小迅，我觉得沈鱼水在躲咱们……"

"下午，他倒是给我打了一个电话。"

"什么，他给你打电话了？都说了些什么？"

"问我收到离婚协议没有，催我和他离婚。"

马丰说："什么？不对不对，我跟他通电话的时候，鱼水还说，你回心转意对他来说是最重要的事情了……"

王小迅惊讶，马丰分析这事儿不对，有点复杂，要求马上跟王小迅见面。来到王小迅住处，在屋里来回走动着。

王小迅说："沈鱼水说他想通了，不想拖累我，一个人过也挺好……我问他是不是找到下家了，他说绝对没有，就想一个人过，还说以后等老得不能动了，就随便找一个楼顶爬上去，然后把自个儿给扔下去。"

"嘀，够悲壮的呀，这哥们儿肯定有猫腻。我觉着吧，无非是两种情况。一是以退为进，打感情牌，这一阵你没跟他提离婚的事儿，他反倒来劲儿了，非要跟你离不可，你一可怜他就不离了……"

王小迅撇了撇嘴："怎么会呢……"

马丰说："毕竟你俩在一块儿也这么长时间了，没有爱情也有亲情，所以说鱼水这张牌打得不算傻，是有情感基础的。"

"你想多了……那第二种情况呢？"

马丰说："第二种就是他真想离，结合这哥们儿最近几天种种反常的迹象，没准儿是找到下家了。"

"那他为什么要装可怜？"

"习惯。当然了，也有真情流露的成分……但不管是哪种情况，咱们都得尽快找到肖真真，否则就太晚了。如果是第二种情况，沈鱼水找的下家又不是肖真真，那可怎么办呀？"

王小迅无语。

马丰继续道："他这会儿是饥不择食寒不择衣，连个癞蛤蟆都能看成天仙，到时候过得不好咱们不是看着难受吗！"

08

其实沈鱼水根本没出差。就躲在自己办公室里，正在 QQ 上跟什么人聊天。马丰破门而入时，沈鱼水吓了一跳，赶紧关掉电脑屏幕。

"好啊姓沈的，你不是说出差了吗？"马丰叫道。

沈鱼水笑道："哎呀，你进来怎么也不敲个门？大摇大摆就冲进来了，怎么没人拦你呀，这大楼的管理……"

马丰道："我又不是李嫣，你紧张什么？"

"我有什么紧张的？这不昨天夜里紧赶慢赶赶回来的……哥们儿，你到底有什么事非得找我面议？我刚想给你打电话……"

马丰道："你老实交代，是不是有下家了？忙着谈恋爱？有什么好编的啊，这不是好事儿吗！"

沈鱼水连连摆手："没谈没谈，真没谈，我找谁谈呀！你后面一句说的可是不对，如果我谈了，绝对不是什么好事儿。"

"怎么就不是好事儿了？"

沈鱼水说："这还用说？那你不渔翁得利了？再说了，我可是在等小迅回心转意……"

"你真的没谈恋爱？"

"没谈。"

"真的没找着下家？"

"没有。"

"连目标都没有？"

沈鱼水站了起来："嗨，你什么意思呀，我有小迅……"

"那行，我给你指条道儿，绝对光明大道。"

"什么光明大道呀，我沈鱼水那是一条道走到黑……"

"这条道就是肖真真！"

沈鱼水眼珠一转："你就别提她了，这都是哪年的皇历了？没准儿人已经结婚了呢。"

马丰道："没结。"

"就算她没结婚，人也看不上咱呀，你又不是不知道……"

"沈鱼水，前两天我见到了方菲，她告诉我，肖真真是一直喜欢你的，不，是爱你的！"

沈鱼水摇头："不可能……再说了，就算她喜欢咱，咱还有小迅呢，我和小迅可是结了婚的。"

"你真的不考虑一下肖真真？"

"不考虑，咱哪有那闲工夫呀，这家里的事儿还没有整消停呢。"

"沈鱼水呀沈鱼水，你就装吧！"

辞别沈鱼水，马丰把王小迅约到餐馆一起吃饭，马丰无奈地说："这沈鱼水太狡猾了，半点破绽不露，不过我提醒他了肖真真喜欢他，这哥们儿如果聪明是会考虑的……你那头情况如何？肖真真有线索了吗？"

王小迅回答："我去了《时尚驴友》，他们也没有肖真真的电话，倒是给了我肖真真的住址，找过去人也不在，门上塞了一堆广告单、收水电燃气费的通知，估计很长时间没回来过了。"

"哦……这供稿单位和家里都找过了，就没有别的方式能联系上她吗？"

王小迅说："我在肖真真的 QQ 上给她留言了，都留几天了，也不见她上线。"

❤ **31** 别自以为是，并不是所有的人都买你的账

01

朱凤群到了美国，抽出半天时间，来到赵苹果的姑姑家。苹果的姑姑做了一顿丰盛的中餐，姑父坐在桌边看报。门锁响动，赵苹果开门进来。

"姑姑、威廉姆，我回来了。"她招呼着，看见桌上的菜肴，放下书包奔过去，不等回答，已将手伸进菜盘里，抓起菜肴塞进嘴里，"这么多菜啊，大餐哎！姑姑，今天是什么好日子……哎呀，太棒了！这豆豉排骨做得不要太正宗！"

赵苹果姑姑呵斥道："别没规矩，今天家里有客人……"正说着，朱凤群扎着围裙，端着一只热气腾腾的砂锅从厨房里出来。

赵苹果有些诧异："怎……怎么会是你？"

朱凤群笑道："苹果你好，我来纽约总部出差，来看看你。"

赵苹果姑姑说："这一桌菜都是你朱阿姨特地为你做的，调料都是从中国带来的……"

赵苹果说："她知道我喜欢吃什么啊？亚洲超市里什么调料买不到呀！"

赵苹果姑姑说："好了好了，凤群，你也别忙了，咱们开饭。"

赵苹果说："我不吃了，我、我要减肥！"

赵苹果姑姑道："嘿，你这丫头，刚才还像个饿死鬼……那行，你不吃

我们吃，看不把你给馋死！"

赵苹果姑父放下报纸："苹果不用餐好呀，便宜威廉姆了，我沾你的便宜……"

赵苹果更正道："什么呀，是沾苹果的光！"

吃过饭，朱凤群和赵苹果坐在阳台上的椅子上，朱凤群拿着一只高脚杯，里面是红酒。赵苹果拿着一瓶可乐，眨巴眨巴眼睛，看了看朱凤群说："谢谢你做的菜，中国人最会这一套了，搞关系老外不行。"

朱凤群微笑："呵呵，苹果呀，我是想和你搞好关系，我这次来，是想告诉你一件事，关于你和你爸爸之间的事。"

"我和老赵的事还用你说？我能不知道？"

朱凤群说："但这件事你不知道……"

"你是不是要说，我不是我妈生的，其实是你生的？"

朱凤群笑道："苹果，你电视剧看多了……当然了，我这辈子是不打算要孩子了，这是题外话。我要说的是你爸爸读的那些书……"

赵苹果感到奇怪，朱凤群便将赵怀远书架上的那些事一一告诉了苹果。听着听着，苹果流泪了，抽咽着说："你就别转弯抹角的了，我知道你说这些的意思，我爸老了，把我养大也不容易，吃了不少苦，现在想把失去的时光补回去我也理解……"

朱凤群道："苹果到底长大了，知道心疼爸爸了……"

赵苹果说："你不要高兴太早了，我的话还没有说完。上次老赵来的时候我就对他说过，你们玩玩儿可以，我不反对……再说了，我反对又有什么用？我人又不在深都，你俩到底干什么我怎么能知道？眼不见为净，你们别再拿这事儿来烦我了！"

朱凤群笑："苹果，我和你爸爸都不是随便的人……"

"这我就管不着了，难不成你非要当我妈不可？我……我只有一个妈，我妈已经死了！呜呜呜……"

02

这天晚上,王小迅洗完澡,边吹头发边打开笔记本电脑看资料。突然QQ显示肖真真上线了,王小迅连忙打开对话窗,输入文字,想了想又全删了。她拿起手机,调出马丰的电话拨过去:"上来了,上来了,你赶紧过来!"

马丰有些紧张:"谁上来了? 小偷?"

"什么呀,是肖真真,她上线了。"

"是吧,她怎么回复你的留言的?"

"没回复我的留言……"

"哦,不至于这么不懂事吧?"

"你啰唆什么呀,赶紧过来!"

"我? 我过去干吗?"

王小迅着急道:"跟她聊呀,我怕我一个人搞不定。"

马丰说:"小迅,你现在的依赖性越来越强了,离了我还真不行……"

"切,这是私事儿,工作上我才不依赖你呢!"

"嘿嘿,工作上你就更离不开我了。"

"你还有完没完啊,再不过来肖真真就下线了!"

马丰说:"我正在下楼,这不人已经在车上了……小迅,我喜欢你这样,工作上言听计从,生活上百依百顺,咱真是好搭档呀,鸳鸯刀……"

王小迅"切"了一声,让马丰好好开车。很快,马丰来到王小迅住处,王小迅和肖真真QQ聊天,马丰坐在旁边指点着。王小迅输入文字:"肖真真,你怎么不回复我? 明明在线上……"

马丰忙道:"不对不对,不能这么说,你就说,《非爱不可》需要做一些以前嘉宾的回访,希望能够面谈。"

王小迅删除了刚才的文字,按马丰说的重新输入,发了过去。完了两人盯着电脑,半天不见对方反应。

王小迅看了眼马丰,有些担心地说:"你说她到底在不在线呀,没准儿电脑开着忙别的去了。"

"去喝口水或者上趟厕所也是可能的，你耐心一点……"

突然，肖真真回复了："我最近比较忙，回访的事实在抱歉，谢谢《非爱不可》节目组。"

马丰道："这叫什么话？有什么好谢的呀！"

王小迅输入文字："那可不行，你可是我们的重点回访对象……"

马丰又阻止："不对不对，不能这么说，你就说，不做回访也没关系，大家见个面聊聊，上次我和马哥碰见了方菲，大家都说起了你。"

王小迅又删去刚才的文字，重新输入，发送。

肖真真回复："那就等我有时间，我叫上方菲，一起去节目组拜访。"

马丰无奈："嘿，还跟咱们摽上了，难不成她不知道你是《非爱不可》的制片人？也不记得我马丰了？"

王小迅说："你就别自以为是了，并不是所有的人都买你的账。"

03

此时，利民农庄的夜晚格外安静。

房间内，沈鱼水和肖真真都在上网，一人一台笔记本电脑。沈鱼水在玩游戏，传出阵阵电玩声，玩到兴处，他叫道："真真，这游戏太好玩了，你也过来玩一会儿，我教你……"

肖真真无动于衷，仍埋头于自己的电脑。沈鱼水抬头看了看，丢下游戏，走过去问："你在跟谁聊天呀？……啊，你在和王小迅聊天！"

肖真真看了一眼沈鱼水："我……我真想见见她。"

"嗨，你们又不是没见过。"

肖真真说："我……我想问问她，什么时候才肯把那份离婚协议签了。"

"真真你可不能意气用事呀，现在的情况是，王小迅在明处，咱们在暗处，要是一暴露那可就功亏一篑了。"

肖真真不高兴地说："我们在一起是正大光明的事，没什么见不得人的！"

"那是那是，但真真你听我说。"沈鱼水在肖真真身边坐下，拉起对方的手说，"我和王小迅肯定是要离的，而且，这离婚也不是我提出来的，也不完全是因为你，我和王小迅的感情早破裂了……但这会儿你一出现，对方肯定得误会不是？女人要是嫉妒起来那……那就不好说了，她要是赖上我不肯离了呢？所以说，咱们不能有任何把柄抓在王小迅手上，就这么悄没声儿地和她把婚离了，然后咱们再悄没声儿地把婚给结了……"

肖真真蹙眉："那要等到什么时候？沈鱼水，你是不是又在骗我啊？"

沈鱼水一拍胸脯："天地良心！真真，以前我的确是骗了你，为此我已经付出了惨痛的代价，吃尽了苦头，那话是怎么说来着？自作孽不可活！现在我哪儿敢再骗你呀！"

"哼，说的比唱的还好听！"

"我是实话实说，因为沈鱼水不能没有你啊，真真，你这样单纯的女孩儿，眼里是揉不得半点沙子的，忽悠不得，这个利害关系我还是懂的……"

"好了好了，别再表忠心了，我还要给人回话呢。"

沈鱼水继续道："我得表，一定得表……自从再次找到你，沈鱼水就在心里发誓，以后要是对真真说半句假话，我就不是人。不仅不能说假话，也不能不说实话，所以我才把我和王小迅的来龙去脉都告诉了你，把我的老底儿都告诉了你……真真，你在听吗？"

肖真真已经倾神于电脑，正在回复王小迅的询问。

电脑屏幕上显示出王小迅发来的文字："真真，你现在在哪里？"

肖真真输入回复："我在利民农……"

还没输完，沈鱼水就大惊失色地跳起来制止，情急之下却按了回车键，"我在利民农"几个字还是发了出去。

沈鱼水大惊："哎呀，坏了坏了！"慌乱之下，他直接拔掉了电脑的电源，屏幕上一片漆黑。"你……你怎么……唉，算了算了。真真，你怎么就这么单纯呢？我不骗你，可你这样的，碰见谁谁都想骗你呀！"

肖真真显得很无辜："王小迅问我在哪儿，我又没同意和她见面。"

"好了，好了……以后千万别再和王小迅聊 QQ 了，谁都别聊了，等咱们结婚以后再说。我陪你打游戏，这打游戏比聊天有意思多了……"

王小迅这边，QQ对话窗口，王小迅连续发出三条信息："利民农在哪里呀？""这名字好奇怪。真真，你是不是没说全？""真真，你下线了吗？等会儿还上来吗？"

马丰咂摸着："利民农……有意思，我怎么没听说这么个地方？这年头，真是什么怪名字都有，肯定是个新地名。"

"我看是她没说全……你说怎么办？"

"怎么办？等肖真真再上线呗，但我有一种感觉，她不会再露面了。"

"为什么呀？肖真真应该不是这样的人，耍咱们有意思吗？"

04

马丰驾车，载着王小迅一路飞奔。

"我怎么就这么笨呢！你还记得以前咱们节目上有个男嘉宾，叫庄利民，是个地主……就是这小子有个农庄，肖真真看上他了，一直留灯到最后，可又说只愿意和对方做个朋友……"马丰便开车便提醒王小迅。

王小迅恍然大悟："啊我想起来了，是有这么回事儿，当时我就觉得很奇怪……"

"这'利民农'的意思可不就是利民农庄吗？我已经上网查过了，还真有这么个地方，肖真真肯定在那儿……"

王小迅问："那她为什么说利民农，不说利民农庄呢？"

"肖真真不是突然下线了吗？肯定没说完……我琢磨着，没准肖真真和庄利民已经好上了，那可就麻烦了，鱼水那就彻底没戏了。"

"这肖真真不会这么多情吧？"

马丰道："也不能这么说，总得有个先来后到吧？庄利民毕竟在前，沈鱼水在后，人在沈鱼水那儿没出路，转向庄利民也是正常的……"

"那……那可怎么办啊？"

说话间，二人已来到郊区利民农庄大门前。马丰停下车，二人下车。只见农庄大门上贴着大红的囍字以及"百年佳偶今朝合，一世良缘此世成"的对联，字迹很新。

王小迅看到这些，不禁眉头紧蹙："咱们还是别进去了，人喜事儿都办过了，我们还能说什么，不是自讨没趣吗？"

"来都来了，总得一探究竟吧。"

"哪儿有那么多的究竟？"

"走吧，走吧，咱也看看人家的喜事是怎么办的，以后也有个参考。"

利民农庄饭店内，办喜事期间悬挂的彩带还留在房梁上，墙上也贴了喜字。店里没有其他客人，一身红绿新衣的肖翠翠正在拾掇。

马丰、王小迅走进饭店，肖翠翠赶忙打招呼："二位要吃饭？你……你是马丰，电视上的马丰？"

马丰应着："是是，你……你是？"

"我叫肖翠翠，这农庄是我老公经营的……"

马丰不无惊喜："啊？你你……你是新娘子？"

"是啊，我和他结婚已经个把月了……"

"啊，太好了太好了！你老公就是庄利民吧？"

"是啊是啊，他上过你们节目……"

马丰一拍手："太好了太好了！"

"你们是找我老公吧？他到市里进货去了……"

马丰忙道："不找不找，我们不找他，就随便看看……"

王小迅上前："大姐，向您打听个人，肖真真您认识吗？"

"能不认识吗，我妹子，亲妹子……"

肖翠翠把马丰、王小迅让进庄园，自个儿去忙了。马丰、王小迅沿着小径向前走去，两旁果木葱茏，一派田园风光。

马丰眉开眼笑："这地儿不错呀，小迅你快看，这树上结的不是庄利民带到节目上去的人参果吗？我去摘两个……"

两人边嚼人参果边走向一个池塘。池塘边坐着一对钓鱼的男女，互相依偎着，背对马丰、王小迅。

王小迅小声道："那男的不是沈鱼水吗？"

马丰："对对对，没错，是他，他……他怎么会在这儿呀？"

王小迅道："那女的谁啊？"

"莫非是肖真真？"

两人蹑手蹑脚来到坐着的两个人身后，马丰咳嗽了一声，沈鱼水、肖真真回头，不免大惊失色，慌忙站起来。

马丰指着沈鱼水："好啊，你个沈鱼水！"

"你……你……你们……"沈鱼水本能地后退，一个不慎滑入池塘里。

"救命啊！真真快救我！我……我不会游泳！"沈鱼水拼命地挣扎，拍打着水面，离岸边却越发的远了。

肖真真急得直跺脚："我……我也不会游泳……"

沈鱼水喊叫："马……马丰救我，小迅救我。"

马丰道："喊什么喊啊，这鱼塘又不会有多深，你站直了。"

沈鱼水站直了，果然水只淹到他的脖子，他慢慢地向岸边走过来。马丰顺手操起地上的一根大树枝，伸过去，沈鱼水试图抓住，没想到马丰用树枝拍打水面，不让他过来："今儿你不说清楚，就甭想上来！说，你们到底是什么关系！"

沈鱼水喊道："上……上去再说……"

"不行，我和小迅这为你急的，真正是费尽心机绞尽脑汁，你倒好，早和肖真真暗度陈仓了，说，快说！"

沈鱼水一身狼狈："这……这你们不都看见了吗？"

"不行，我要让你亲口说，亲口承认！"

沈鱼水道："我和真真是、是相爱了……行了吧，让我上去……"

"你快让他上来啊！他……他不会游泳！"肖真真扑向马丰，用拳头击打他，"快救他上来呀，快救他呀……"

马丰笑道："别打别打，肖真真，我拉沈鱼水上来就是。"

马丰停止阻拦沈鱼水，将树枝递给他。沈鱼水抓住，向岸上走来，快上岸的时候，猛地一拉树枝，马丰一个不备，跌入水中。沈鱼水爬上岸，用树枝将马丰推向池塘里面："哈哈哈，叫你跟我玩儿。"

"沈鱼水，你，快拉我上去。"

"今儿你不给我说清楚了，就甭想上来！"

马丰道："我……我说什么呀？"

"说你和小迅是不是成了？这么急吼吼地帮我张罗……"

王小迅接话道："就是成了又怎么样？"

沈鱼水道："你们是什么时候成的？怎么成的？"

"快让他上来呀，冻生病了怎么办？"王小迅也着急了。

沈鱼水坏笑："不行，不说清楚就不能上来。"

王小迅扑过去，用拳头打沈鱼水："你让他上来啊，让他上来啊！"

05

晚上，利民农庄整个饭店大堂里只有一桌，马丰、王小迅、沈鱼水、肖真真、庄利民、肖翠翠三对人围坐在一张大圆桌前，桌上菜盘叠摞，服务员还在不断上菜。

庄利民起身，端起酒杯道："来来来，马哥，王总，鱼水哥，还有真真，我敬你们，你们可都是庄利民的贵人，没有你们我和翠翠也不能有今天。"

马丰举起酒杯："同喜同喜……庄大哥，不是我说你，这办喜事儿也不通知一声，好歹你也是《非爱不可》的男嘉宾呀，咱也算是自家人不是！"

庄利民道："这不鱼水哥不让吗……"

马丰道："又不是他结婚，管得倒挺宽。"

庄利民笑："马哥，这鱼水哥可是我未来的连襟呀，得罪不起！"

马丰对沈鱼水道："沈鱼水，你也忒不够意思了，我和小迅着急上火的，为你的事儿差点儿把命都跑没了，你倒好，悄没声儿地就把事情给办了。"

沈鱼水道："嗨，我这不是怕把事情弄复杂嘛，你说呀，要是我因为真真的原因提出跟小迅离婚，没准儿她一吃醋就不愿意了……"

王小迅道："切，我吃你的醋？别自我感觉太好了！"

沈鱼水笑着说："不是吃我的醋，是吃真真的醋！"

王小迅说："那就更不会了。"

沈鱼水道："你瞧不起真真？"

王小迅瞪了一眼沈鱼水："你……马丰，他欺负我！"

庄利民站起身："哈哈哈……现在大家都找到、找到了自己的幸福，还是老话说得好呀，是你的东西跑不了，不是你的留不住！来来来，喝酒喝酒！"

众人举杯同饮。

沈鱼水说："马丰，我还没有问你呢，你和小迅是什么时候勾搭上的？有几年了？"

王小迅辩解道："沈鱼水，你这嘴里就说不出什么人话来，我和马丰清清白白，你的问题不解决我们是不会有什么的。"

沈鱼水道："精神出轨那就更可怕了……"

王小迅跺脚说："你还有完没完呀？马丰，你看他……"

马丰摆手："你让他说，在真真面前充分暴露一下也好。"

沈鱼水瞅了眼肖真真："瞧你说的，对真真我可是什么事儿都没有隐瞒，她比沈鱼水更了解沈鱼水，是不是啊，真真？"

肖真真笑道："你和王总什么时候签字呀？"

沈鱼水问："签字？签什么字？"

肖真真："你……"

这时，王小迅找到自己的包，从里面拿出离婚协议书，递给沈鱼水："签这个字，我已经带来了。"

沈鱼水忙道："哦，对对对，我刚想问……真真，这离婚协议可是我起草发她信箱的，是我主动提出……"

王小迅说："我每天都带在身上，就等这一天了。"

肖真真看了看离婚协议书，道："不对呀鱼水，你怎么就给王总百分之二十的财产？应该是一半才对。"

沈鱼水装傻道："嗨，她不需要那么多钱……"

"啊？我倒没注意，百分之二十？"王小迅拿过协议看了看，"这得改，沈鱼水的钱我一分也不要。"

肖真真忙道："那可不行……"

王小迅说："我肯定不能要……"

肖真真："不行，这不符合法律……"

王小迅说："我真不能要，那是他的钱……"

沈鱼水说："哎呀你们别争啦，再争下去我眼泪都要下来了。天哪，这都是什么样的女人呀！人离婚分家争遗产，头都得打破，她们倒好……我沈鱼水上辈子积了什么德，碰见的净是这样儿的，喜欢的都不是我的钱，而是我这个人！感动，我实在是太感动了……"

马丰笑道："你就别废话了，赶紧签字，别让这些小事儿耽误了。"

沈鱼水故意摆谱子："也是啊，小迅跟我离婚后得嫁给马丰，他如今也不弱，挣得不比我少……"

马丰说："你到底签不签啊！"

王小迅白了一眼沈鱼水："我也没你说得那么高尚，我看真真说的对，这财产分割，还真的应该一半对一半……"

沈鱼水一把抢过离婚协议："我签我签，这就签，翠翠姐，你赶紧给我拿支笔来，赶紧地。"

06

从美国回来后，朱凤群第一时间见了赵怀远，两人在茶社里一张桌子前面对面坐着，桌上仅有一壶茶和两只茶杯。

朱凤群面含无奈："老赵呀，小朱没能完成你交代的任务。"

"苹果对你不礼貌了？"

"没有没有……"

"那你说呀，原话是怎么说的？"

"她……她说我们玩玩儿可以……"

赵怀远面露愠色："岂有此理……你……你是怎么回答的？"

"我说，'我和你爸都不是随便的人'。"

"对对对，说得太对了，太好了！然、然后呢？"

"然后苹果就说她只有一个妈，她妈妈去世了。"

"哦……小朱呀，这事儿还得慢慢来，一次不行咱们就来两次，两次不行就三次，还有机会，还有机会。"

两人沉默了会儿，赵怀远继续道："最近我也是比较忙，公司里的事儿多，《非爱不可》的收视率眼瞅着下滑，肩上的担子重……"

朱凤群关切地说："那你可得注意身体。"

赵怀远："这不是我要说的重点，工作嘛，就是老的问题解决了，又面临新的问题、新的挑战，我也习惯了。我要说的是，《非爱不可》准备开辟海外专场，上回我去美国见苹果，就是为了这件事……现在美国那边筹备得差不多了，我打算亲自领队去……"

朱凤群面露喜色："你的意思是再去见苹果，说、说咱们的事儿？"

赵怀远点了点头："我就是这个意思。"

"老赵呀，我这刚回来，你又去，别给孩子太大的压力哦。"

"是是是，压力是有的，但每次都不能太大，一次给一点，这就叫水滴石穿、绳锯木断！"

朱凤群动情地说："真是难为你了，对孩子那么细心，对我也……也那么细心……"

♥ 32 要玩感情，须得以结婚为前提

01

《非爱不可》节目收视效果下滑严重，赵怀远召集会议，强调说，海外专场是寻求突破的一次尝试，如果美国专场能够获得成功的话，接下来咱们还可以搞英国专场、法国专场、德国专场……

会议结束，王小迅、何珺坐电梯，两人抱着电脑或材料。

王小迅对何珺道："何姐，会上你怎么一句话也不说呀？"

何珺道："有你说不就行了。我就一陪衬……开玩笑啦，这会上有赵总给你撑着呢，要是没赵总，我何珺还不第一个跳出来给你挡子弹啊，看谁敢欺负你。"

"唉，其实现在也不是谁欺负谁的事儿了，《非爱不可》的确麻烦挺大的，我们去美国期间，这家里的事儿就全靠你了。"

何珺笑："王总你放心，我正要对你说呢，晚上我请你吃饭……"

"请我吃饭？干吗？"

何珺说："好好聊聊啊，你交代一下工作，传授一下经验，这《非爱不可》的工作我还没有全面主持过呢。"

"也没什么好交代的……你肯定有事儿求我。"

"没事儿就不能吃饭啦？就算是有事儿也是好事儿！"

王小迅道："那你快说，我等不及啦。"

"不行，得到时候说……成人之美你明白吧？"

"成人之美？成谁的美？"

何珺说："反正你不会反对对吧？王总一向与人为善！"

"切，别给我戴高帽子了……"

晚上，何珺安排王小迅、朱凤群一起吃饭，三人面前倒着红酒。何珺对朱凤群道："姐，小迅不是外人，你就当她是我，有什么话直接跟她说！"

朱凤群道："真是不好意思……"

王小迅道："朱总，咱们不是第一次见面了，只是没坐下来聊过，但我也久闻朱总的大名了，你们在《非爱不可》上投过不少广告，我还没有当面谢过您呢。何姐说得对，大家都不是外人，能帮的忙小迅一定效劳……"

朱凤群不好意思起来："这这……嗨，何珺，还是你帮我说吧……"

何珺笑道："瞧你那点儿出息，还大中华销售总监呢，一方诸侯，要是什么都让我帮你说，那你还请小迅干吗呀？亲口告诉她才显得咱们有诚意不是……"

朱凤群忙道："那是那是，王总，事情是这样的……何珺，还是你帮姐说吧，我求你了。"

"嗨，多大的事呀，不就是赵苹果吗！"何珺转脸对王小迅说，"你是不知道，我这姐姐平时可是个女强人，在公司里说一不二，上上下下对她都服服帖帖的，不亚于你……"

王小迅忙道："我可不行我可不行……"

何珺继续："谁承想今天怎么这么怂啊！对对对，我想起来了，她准是把你当情敌了。"

朱凤群瞪了一眼何珺："胡说八道什么呀！"

何珺笑道："不是你让我说的吗？姐，我忘了告诉你，人小迅有主儿了，就是《非爱不可》的主持人马丰！那会儿没跟马丰的时候，人也有男朋友，自打一开始就不是你的情敌，是赵苹果非要让小迅当她妈，不关小迅的事……"

朱凤群说："我知道我知道……"

何珺说："你到底还让不让我帮你说呀？"

朱凤群忙道："啊？你说你说……"

何珺面向王小迅："小迅，不好意思，把你个人的私事儿给八卦了，但不从头说起说透了，我这姐姐不放心。"

朱凤群说："你又开始胡说了，我看这样吧，这个忙也不要你帮了，还是我自己说，男婚女嫁又不是什么见不得人的事儿！"

何珺笑了："还是的呀，姐，你早该这样儿，赶紧说……"

于是，朱凤群把情况说了一遍，王小迅连连点头："这个忙我一定帮，朱总你放心，不仅是帮你，也是帮赵总不是？实际上也是帮苹果。这孩子我琢磨着，其实也不是那么反对的，就是嘴上一时不肯服输。好在她还信任我，和我算是能说上话。唉！我也很久没看见她了，怪想的。"

02

赵怀远带队，马丰、王小迅、罗书一干人等来到美国，几天忙下来，美国相亲专场的拍摄工作还算顺利。拍摄间隙，王小迅挽着马丰的胳膊，走在纽约街头压马路。

马丰说："赵总让你去探望苹果，干吗非得拉上我？"

王小迅道："我有我的道理，不仅拉上了你，还允许你对我亲热一点！"

"你的意思是肉麻一点儿？这个我会，绝对擅长。"说罢，马丰搂住王小迅，不由分说地在街头亲吻起来。

来到赵苹果姑姑家，马丰、王小迅和赵苹果几人在桌前吃饭。马丰、王小迅紧挨着坐在一起，桌上的菜肴很是丰盛。

赵苹果姑父说："每一次中国来朋友，我们就吃得格外、格外好。"

赵苹果姑姑道："瞧你说的，好像平时我虐待了你们似的！"

威廉姆说："我是说，我们都沾了苹果的便宜，不不不，是沾光、沾光。"

赵苹果说："老赵说他有急事，我才不信呢，是不是朱凤群又来了？"

王小迅说："没有没有，朱阿姨又不是咱们光灿传媒的。"

赵苹果说："那她就还在纽约没走？"

王小迅说："怎么可能，我保证，赵总的确是临时有事儿，要和商会的人一块儿吃饭。"

吃完饭，王小迅创造机会，把赵苹果拉到阳台上坐下。从阳台可以俯瞰纽约市的万家灯火。马丰端着一杯红酒从厅里出来说："我能参与吗？"

王小迅："你过来坐呀，又不是外人。"

马丰在王小迅身边坐下。王小迅介绍："苹果，马丰现在是我男朋友。"

赵苹果撇了撇嘴："我早看出来了，老赵跟你没戏。"

王小迅说："苹果，我一向很尊重你父亲……"

赵苹果道："我知道，就是你不和马丰怎么样，他也没戏，老人家了，命该他后半生鳏寡孤独，谁会看上那一半拉老头儿！"

王小迅笑道："苹果，你这么说让你爸爸听见，他可是要伤心的，我觉得他一点都不老，而且也不是没人喜欢他，上次那个朱阿姨不是来看过你吗？"

"我就知道，你们是来当说客的！就像我多不懂事似的，你说我一小姑娘管得了那么多吗？什么事儿都来问我！我自己的事儿还管不过来呢，还没人管呢！谁让我妈死得早啊！"赵苹果说着说着便哭了。

王小迅忙安慰苹果："别哭别哭，苹果，我知道你心里不好受，有个坎儿始终过不去，我和马丰就是来帮你的呀，我可是你小迅姐呀！看你难受我比你还要不好受……"

"小迅姐！"赵苹果扑进王小迅的怀里哭开了，王小迅也陪着流泪。

马丰也故意装出伤感的样子，赵苹果停止了哭泣，瞪着马丰："你干吗呢？"

马丰说："给你俩伴奏呀，苹果，这谁没点儿伤心事呀……"

"你能有什么伤心事？"

"你是不知道，我也是有小孩的人。"

赵苹果不语。

马丰继续："我结过婚，又离了，有个儿子，不过没你大，但我和你小迅姐谈恋爱，也没征求他的意见。"

赵苹果："那又怎样？"

"就算是征求儿子的意见，他不同意，我也要和小迅谈，根本不理他！"

赵苹果说："你怎么能这样呀，有你这么当爸的吗？"

"你是不知道苹果，这里面有一个区别，我儿子是男孩……"

赵苹果说："切，这还用你说。"

马丰道："这男孩儿和女孩儿不一样啊，你没听人说过女儿是爸爸的小棉袄吗？还有人说，女儿上辈子是爸爸的情人，这天底下的亲情没有能大得过父女的！"

赵苹果又要哭了。

马丰继续道："我要是有个女儿，也得征求她的意见，她要是不同意，我和你小迅姐也只好说拜拜……"

王小迅对赵苹果道："所以说你爸很在乎你的感受，一次一次地找你商量，那是因为他爱你，父女情深啊！"

马丰对王小迅说："幸亏马超是个儿子，要是女儿的话，我也只好忍痛割爱，跟你挥泪永诀了，唉，赵总真是可怜！"

赵苹果道："我又没有不同意老赵和朱凤群，我不是说了吗，他们可以玩玩儿！"

马丰道："苹果，这就是你的不是了，我儿子要是对我说这话，你猜我会怎么着？"

"怎么着？"

"我一个大耳刮子就上去了。有这么说话的吗？"马丰假装对儿子说话，"我和你小迅阿姨那可是爱情，没大没小不学好的东西！"

赵苹果道："你那是儿子……"

马丰说："如果是我女儿的话，她对我说这话，你猜我会怎么着？"

"怎么着？"

"我会扇自己两大耳刮子。真是羞愧呀，女儿都这么说了，我这张老脸还往哪儿搁呀，又不能打她。"

赵苹果不禁笑起来："老赵也忒死心眼儿了，我说那话的意思不就是让他和朱凤群好吗？唉，真是老人家了，连话都听不明白，让人操心！"

03

此时的深都风清日朗，郊区听风小筑包间内，一干人绕黄肃之而坐，一服务员小姐在为他们沏工夫茶。黄肃之坐在首席的位子上，俨然一副老大的做派，说道："赵总临行前交代过我，说是咱们光灿传媒已经到了生死存亡的紧要关头，不能坐视不管，我得贡献出自己的智慧能力以及经验。当然了，老赵难免夸大其词，不就是一个栏目出了问题嘛，那咱们就具体问题具体解决，《非爱不可》不行了，那咱们就改版，总不能等死到临头再考虑出路吧？"

一中层附和道："黄主任说得太对了，这也是深都卫视范总的意思，袁总也基本上同意了，现在在黄主任手上可是握着两把尚方宝剑……"

黄肃之打断他："糊涂了吧？尚方宝剑从来都只能有一把，你这人……不说这些题外话了，咱们还是谈工作……何珺，我让你搞的策划案出来了吗？"

何珺递上一份材料："出来了，其实也没什么好策划的，就是把《非爱不可》和《爱你再商量》两个栏目的创意加以集中，再加上我最初的一些构想……"

黄肃之："那你说说看。"

何珺瞅了一圈众人，说："黄主任，我有一个条件，这个策划，公司和电视台那边要是通过的话，我可不当制片人，制片人还是得王小迅干……"

一中层插话道："何珺，你这是什么意思？想撂挑子啊！现在连黄主任都出山了……"

黄肃之摆手制止："稍安勿躁……何珺啊，这制片人也不是谁想当就能当的，组织人事上的安排咱们总得任贤选能吧？现在还不到这一步。你还是先谈策划案……"

何珺说："黄主任，王小迅是最合适的人选，她比我强多了……"

黄肃之说："你的建议，公司会考虑的，这也不是我个人所能决定的……"

何珺道："这策划也没什么特别的，但肯定能提升收视率，基本创意就在这名字里了，'嫁入豪门'。同样是一档相亲节目，但男嘉宾的定位是一些成功人士，说穿了就是有钱人，为他们提供服务，相应的，女嘉宾就不能太寒碜了，得是一些货真价实的美女、美人儿，国色天香，至少也得是大家闺秀，小家碧玉，能拿得出手带得出去的……"

一中层说："我觉得这策划的价值导向有问题，创意本身也就那样，其他卫视也能想到，但人家为什么没做呀？还不是怕触及底线……李嫣那件事不就是个教训吗？"

另一位中层说："这名字一看就通不过，嫁入豪门？那没钱的人怎么办呀，就不娶媳妇了？就得打一辈子光棍？何珺，搞这策划是范总亲自交代给你的任务，你怎么这么不上心啊……"

黄肃之插话道："你们俩不要打击年轻人的积极性嘛！我倒觉得何珺的策划有其合理的成分，刚才老丁问得好，没钱人怎么办？就不娶媳妇了？同样的话我们也可以用在有钱人身上。有钱人怎么办？因为有钱就不娶媳妇了？就得打一辈子光棍？问题的关键不在这里，而是在什么样的节目好看，能吸引观众。咱们做电视节目的，为大家服务的内容说到底不是相亲，而是提供赏心悦目的节目，有钱人相亲，没钱的人在下面看着，那好啊！总不能是没钱的人相亲，有钱人连看都不看，没钱的人自己也不看，那我们还怎么办？"

胖女编导鼓掌："黄总您说得太好了，太有道理了……"

黄肃之傲然道："当然了，何珺的策划还是要做一些修正，首先，这个名字就不妥，'嫁入豪门'的确有点太直白，不够含蓄……"

04

纽约某楼宇前空地上，鞭炮炸响，一队穿中国民族服装的小伙子在舞狮子。建筑的入口处挂着横幅，写着"庆贺《非爱不可》美国纽约专场成功"的字样。人群中华人居多，几个摄制组的人忙着拍摄录像。

会场外，一辆出租车停下，王小迅、赵苹果下车。赵苹果向赵怀远跑去，一边跑一边喊："老爸，老赵！"

赵怀远回头："哎呀，苹果，你怎么来啦？"

父女相拥，赵怀远捧着女儿的脸，看了又看，无限疼惜。

赵苹果噘起小嘴："你不去看我，还不准我来瞧瞧你呀！"

赵怀远说："我这不是准备等事忙完了再去吗。"

"老赵，正好当着大家的面，我正式警告你，你和朱凤群不能随便玩玩儿！"

赵怀远一愣，几乎要发怒，"什么？你，你说什么？"

赵苹果说："我是说，你们不能随便玩儿，要玩感情，须得以结婚为前提。"

赵怀远一下子放松下来，装作愠怒地说："说什么呢，瞎胡闹。"

"我说什么你没听见？还是没听懂？要不要我再说一遍？"

赵怀远微微一笑："不用了，不用了。"

05

深都机场航站楼内，一帮刚下飞机的乘客沿着航站楼的走廊前行，马丰、黄争光快步向前跑去，赶超众人，跑着跑着黄争光突然停下："马哥，咱们还没拿行李呢！"

马丰说："不拿了不拿了，还有一个多小时就要录制节目了，到了单位，起码得先看一下嘉宾的 VCR 吧……"

"嗨，又不是直播，晚点没关系。"

马丰道："那不行，不能让人等咱们……"

两人跑向出口。

此时，光灿大厦演播室后台，何珺、胖女编导、长脸女编导、贾师傅在一起，显得不无焦急。

何珺道："1号男嘉宾的飞机还没起飞？"

胖女编导："刚回了我短信，马上起飞。"

"那就好，阿弥陀佛！王玲玲，你让2号男嘉宾先准备，他先上，把1号排最后，其他人顺序不变……"何珺又转脸对贾师傅说，"师父，麻烦你亲自去机场一趟，准备接人……算了算了，我跟你一起去……"

长脸女编导忙道："何总你不能走，这边一摊子怎么办呀？"

何珺说："马丰马上就到，人已经在路上了，有什么情况你们去问他！"

何珺领着贾师傅向外跑去，正好碰上迎面跑来的马丰、黄争光。

马丰问："何姐，你和贾师傅这是去哪儿呀？"

何珺道："我们去机场接人，还有一个男嘉宾没到，你来得正好，这边的事就交给你了，我的妈呀，我已经快撑不住了。"

何珺领着贾师傅继续向前奔去。

马丰道："哎，何姐，到底是个什么情况啊，你还没说呢！"

何珺回头喊："来不及了！"

黄争光说："何姐何姐！我和马哥的行李还在机场呢，你顺便……"

何珺和贾师傅已经走远了。

马丰、黄争光看着匆匆离开的何珺和贾师傅，转身进了演播室。

胖女编导递上名单和资料说："这期统共就安排了四个男嘉宾，还有一个飞机误点，能不让人急吗？要是赶不上就只有三个男嘉宾了，节目还怎么录。"

马丰道："啊？怎么只安排了四个男嘉宾？"

长脸女编导说："何姐说最近报名的男嘉宾太少了，得匀着用，实在不行的话就申请多插广告，还说马哥的口才好，现挂是你的强项……"

马丰边看材料便说："何总高看我了，这广告也不是说插就能随便插的，插多了这节目就跟注水肉似的，再说也没那么多广告商赶着来投啊！"

黄争光道："唉，想当初咱一期有七八个男嘉宾候着，多富余呀，每次用也只用五六个，但心里踏实啊！现在怎么连备用的都没有了？我这去了美国一趟，这都怎么啦？"

马丰道："好了好了，你就别贫了，争光，你赶紧去找小泰安和小延安……"

"小泰安？小延安？"

马丰道："就是金钟物业那俩小保安，上次我领他俩报了名，都还没上，这名单上也没有，大概是被何总雪藏了……如果找不到，那只有你上了。"

黄争光："我上？不会吧？"

马丰说："不是让你当男嘉宾，是让你和我一块儿主持，咱俩来几段相声，我还就不信了。"

"那就绰绰有余了，就是相亲节目得变脱口秀了……"

马丰道："现在不是废话的时候，赶紧去找人吧！"

06

何珺、贾师傅各自手捧鲜花，在机场航站楼出口迎接张华，等了良久，一打扮时髦、油头粉面的小伙子走出来，左顾右盼。何珺认定他就是男嘉宾，拉着贾师傅跑上去，问明身份，拉着他就往外冲。车就停在外边，下着大雨。三人从航站楼内跑出，急急忙忙地上了车。

在车上，何珺嘱咐小伙子赶紧把衣服给换了，把自个儿拾掇整齐，到了现场就直接上台，没时间化妆了……

车外大雨如注。

光灿大厦演播室内，应马丰撺掇也登上了相亲舞台的小延安，本来是光灿大厦的小保安，架不住马丰忽悠，此时正头扎红布巾，一身陕北汉子打扮，在音乐声中表演腰鼓，观众报以热烈的掌声。音乐停，小延安满脸是汗地站在马丰身边。

马丰调侃："兄弟，你这秦腔也唱了，腰鼓也打了，还有什么绝活儿，一块儿都给亮出来，我特许你多展示展示。"

小延安傻笑："没了没了，不能再演了，再演女嘉宾的灯就要灭光了。"

马丰疑惑："怎么会啊！"

小延安道："马哥，你微博上不是总结了三条吗，男嘉宾只要是奇装异服的，表演才艺的，还有一条是什么来着？反正三条里只要占一条就悬了，我可不想死得那么早。"

马丰笑："我也只是那么一说，你可别当真，上次来了一在欧洲学音乐的，人又是弹钢琴又是现场作词谱曲，还不是照样儿牵手成了吗？兄弟你放宽了心，拿出自己最拿手的绝活儿来，艺多不压身嘛……"

小延安说："反正我不演了。"

"那就是你不会了，就会敲个小鼓、唱几句秦腔……"

小延安说："才不是呢，我还会唱信天游！"

"啊，这你都会？不可能不可能，唱那玩意儿要求太高，难度太大了！"

小延安说："才不是呢，在咱们那儿人人都会唱。"

"那就来一段，大家鼓掌！"马丰递了一张纸巾给小延安，"你先擦擦汗，不用着急。这《兰花花》你会吗？我喜欢听。"

"有什么不会的！"小延安开口就唱起了《兰花花》：

> 青线线那个蓝线线蓝格盈盈的彩
> 生下一个兰花花实实的爱死人
> 五谷里那个田苗子数上高粱高
> 一十三省的女儿呀就数兰花花好
> ……

无伴奏情况下，小延安声音高亢嘹亮，使人动容。唱毕，全场掌声雷动。

马丰鼓着掌："太好了太好了，真正的原生态啊！4号男嘉宾，你不去参加飙歌选秀来这儿相亲，那是走错了地方，什么时候我介绍你去报名……"

小延安说："这有什么呀，在我们那儿人人都能唱，像我这水平的海了去了！"

"是山好水好，水土养人……"

小延安道："马哥你又错了。我们那儿是黄土高坡，穷得很，小时候我们上学，每天要走十几里的山路，天不亮起来，天黑才能到家，走夜路怕黑，就一路唱歌壮胆子，嗓子是打小练出来的！"

马丰道："哦，童子功呀！"

小延安说："小时候我也唱不好，肚子吃不饱，中气不足，今天上台以前，我特地去老王面馆吃了两碗大肉面，要是吃三碗我还能唱得更好呢！"

马丰笑道："我得说说这老王面馆的故事，就在咱们光灿大厦对面……"

光灿大厦楼下，贾师傅的车从雨夜中驶来，"嘎"的一声刹车声，何珺、小伙子下车，冒雨冲进大楼。

何珺边跑边打手机说："我们已经到了，马上上来，可以通知马丰了。"

07

大会议室内，赵怀远正在主持会议，参加会议的人员和上次一样，只是多了一个马丰。

赵怀远道："赴美的情况刚才小迅也介绍了，咱们录了大约三期节目，可以给《非爱不可》留出一点喘息的时间。下面大家就议一议，这《非爱不可》有没有必要改版？如果要改的话，又是个什么方向？"

一中层道："我觉得《非爱不可》的改版势在必行，收视率持续下降，社会传媒对节目的关注度下降，经过一些小的调整对收视下滑的倾向仍然无济于事，更不用说广告这一块儿了，下一季度的广告商家能撤的都撤了，除非是彻底改版，否则就是死路一条，实在不行的话只有另起炉灶了。"

黄肃之道："这嘉宾的质量现在也无法保证了，上一期听说连给咱们看大门的小保安都拉上台了。牵手的成功率更是可怜，已经连着好几期没人牵手了，这上一期好歹牵手了一对，还是男嘉宾的一束沾满雨水的鲜花感动了女嘉宾，这鲜花哪儿来的呢？是何珺冒雨去机场接人的时候送的，接到人后就直接拉到台上来了……"

赵怀远招手示意黄肃之停止："老黄，你扯远了。我听说何珺搞了一个全新的策划案？"

黄肃之道："是有这么回事，这策划是在卫视的范总授意、袁总的同意下，我们节目中心大力配合、何珺负责具体落实的，也是为了咱们光灿传媒的前途，为您老赵分忧呀……"

赵怀远道："那你说说看。"

"我觉得大家还是先看一下咱们的策划。"黄肃之招手，一工作人员将策划案分发到各与会者面前。

赵怀远扫了两眼策划案，将其放下："我听说你们原来定的名字叫'嫁入豪门'？"

黄肃之说："没错，这名字格调不高，容易引起误解，在我的建议下改成了现在的'男才女貌'。"

赵怀远道："那实质还不是一样的吗？男的要有财，女的要有貌。"

黄肃之说："赵总，这个'才'可不是财富的'财'，是人才的'才'，咱们的栏目的确不能仅仅为有钱人服务，那是一个价值导向问题。人才，那面儿就宽了，教授、学者、工程师、医生、演员，甚至国家公务员，可不都是人才吗？当然了，商人、有钱人也包括在内，也是人才。这女貌嘛也不一定就得是章子怡、林志玲那样的明星样美女，小家碧玉、小鸟依人的，长得有特色的也就是貌了。再说了，男才女貌也不是我们凭空的杜撰，是中国人传统的择偶标准，几千年叫下来是有它的群众基础的，咱们中国人可不就讲究个门当户对、两情相悦嘛！"

赵怀远道："嗯，挺有道理，可你这个方案说到底针对的还是成功人士，有些势利呀。"

黄肃之说："我的意思是把有钱人，不，把成功人士变成猴子、狗熊，让不成功的人在下面看把戏……"

赵怀远道："什么？"

黄肃之说："老赵啊，这《非爱不可》如今已经到了崩溃边缘，它的前途关系到咱们整个卫视，你让我不要不作为，要贡献自己的智慧和经验，那我可就不客气地说一句，您可不能再护短了。为了光灿传媒的再度辉煌，即使新方案有诸多缺陷，冒点风险也是值得的！向来富贵险中求，其实这不计个人得失，敢于冒险、创新的精神，我们还是从你赵总身上学来的，想当初《非爱不可》上马，你力排众议，雷厉风行，至今我还记忆犹新啊！"

赵怀远沉吟片刻，点头道："嗯，你的意见和批评我会认真考虑……老黄这样吧，还是请栏目组的同志谈谈他们的想法，咱们需要集思广益。"

大家的目光看向马丰、王小迅、何珺。

08

何珺坐在自家的沙发上，茶几上的玻璃盆里放着洗好的水果，她用勺子在挖一只猕猴桃吃，看了看关着的厨房门，扬声道："罗书，你折腾什么呢，赶紧出来吃饭！"

没有回答，厨房里响起抽油烟机开动的声音，何珺丢下猕猴桃，跑向厨房。厨房里，罗书正在做蛋炒饭。

何珺："你干吗呢，谁让你开火做饭的？弄得到处都是油烟。"

罗书不理睬，"咔嚓咔嚓"地炒着饭。

何珺怒视罗书说："你快给我停下，停下，听见没有！"

罗书道："我吃个蛋炒饭都不行啊？在美国天天吃汉堡、吃黄油，回中国吃个蛋炒饭都不行啊？"

"你干吗这么大声？"

"我，我没大声，是抽油烟机的声音太大了！"

罗书坐在沙发上吃一大盆蛋炒饭。厨房里，何珺戴着塑胶手套，一手拿块抹布一手拿着清洁剂，到处喷着，便喷便皱眉头，"难闻死了，你吃一顿饭我得忙活半天！"何珺走过来闻了闻罗书身上，直皱眉，"一股油烟味儿，赶紧的，把这身皮给我脱了，扔洗衣机里去。"

罗书置若罔闻，继续大口扒饭。

"我跟你说话，你听见没有。"

罗书道："我不换。"

"好啊你罗书，出一趟国胆子练肥了不成？"何珺跑进卧室，复又冲出，手上拿着香水瓶，举着向罗书连续喷。

罗书用手护着饭盆，背过身喊："你干吗？臭死了，还让不让人吃饭啊！"

何珺继续喷："我让你吃，让你吃，给你加点儿香料，哈哈哈。"

何珺闹腾了一会子，终于安静下来，坐在一边看罗书将最后一口饭扒进嘴里咂巴着，不由咽了咽口水："行啊罗书，你做饭就一个人吃啊！真没良心，我做饭都是做两个人的，带着你……"

罗书白了一眼："你做的什么饭呀？"

"这不是吗？我哪次没有准备你的？你……你竟然……欺负我！"何珺指了指玻璃盆里的水果说，端起水果盆，走到垃圾桶前，将水果全都倒了进去，嘟囔道，"不吃拉倒，我还不高兴伺候呢！"

何珺回来坐下，罗书拿起空了的饭盆和玻璃盆走进厨房，却不言语。

何珺打开电视机，气哼哼地调着频道，突然厨房里又响起抽油烟机的声音，何珺跳了起来，奔向厨房，看见罗书又在做蛋炒饭。

"你干吗！我才收拾干净，你成心气我是吧！停下，赶紧给我停下。"

罗书说："你不是说我做饭不带你吗？我给你做蛋炒饭。"

"不稀罕，快给我停下。"何珺走过去试图关煤气灶，被罗书挡开了。

"你，你居然打我？"

罗书道："谁要打你了？你在这儿我施展不开。"

"这是我家，我家，说好的，你要听我的，规矩得按我的来。"

"这也是我家，我也有权利，有权做蛋炒饭，给你吃。我想什么时候做就什么时候做，想做几次就做几次，想放几个鸡蛋就放几个鸡蛋……"说着，罗书打了好几只鸡蛋。

"好啊你罗书，我看你是不想混了。从美国回来整个儿变了一个人，你是不是泡上洋妞啦！说，你给我说啊！男人没一个好东西，这话一点儿也没错，我的命怎么那么苦啊……"何珺哭着跑出厨房，罗书置若罔闻，继续炒饭。

客厅里，何珺坐在沙发上啜泣，一面用纸巾擦着眼泪。罗书从厨房里出来，端着一大盘蛋炒饭，放在何珺面前："你吃吧……"

"我不吃我不吃。"

罗书说："蛋炒饭冷了就不好吃了……"

"我不吃我不吃，这么一大盆，你喂猪呢你！"

罗书撅着嘴巴："你真不吃？"

何珺气得跺脚："不吃不吃！"

"你不吃那我吃了。"说着，罗书大口扒拉起来，很快一盘蛋炒饭就下去了一多半。"猪，你就是一头猪！"何珺气咻咻地起身离去，扭着屁股进了自己的卧室。

09

此时，在王小迅住处，她已将做好的几个炒菜端上饭桌，还开了一瓶红酒。

马丰举杯："来来来，为你洗尘接风。"

王小迅："得了吧，这菜可是我做的。"

两人碰杯、喝酒。

马丰道："小迅，今儿可是个值得庆祝的日子呀。"

"有什么好庆祝的？"

马丰说："第一，虽然我是提前归来，但也得庆祝我的爱人平安归来。这二嘛，我预感到我就要光荣退休了，这一年忙活，折了五年阳寿，我真该好好休养了。"

王小迅道："你是说《非爱不可》的下马已成定局？"

"嗯，我从卫视那边已经打听清楚了，黄肃之、何珺搞的新策划，确实是几个领导的想法。《非爱不可》下马，《男才女貌》上马，咱们的节目也算是功德圆满了。"

王小迅说："何珺不是表态了吗，就算是新节目上马，她也不干制片人，咱们栏目组的原班人马不动……"

"那是她义气，八成算不了数的。再说了，《男才女貌》的定位已超出了我个人的底线……"

"如果你不干，我肯定也不干了……"

"别介小迅，咱俩公私得分开，我不干那是我的事儿，再说你的人生是有规划的，为我耽误划不来……"

王小迅说："啧啧啧，瞧你这生分的，分得可真清啊！我告你马丰，我的人生计划早被你打乱了，我要重新制订规划。我已经想好了，接下来咱们就买房、结婚，然后我给你生个女儿，超超也好有个妹妹做伴儿……别以为就你一人清高，不能接受《男才女貌》，我比你还要纯粹，还要单纯。"

"那是那是，小迅呀，你这人生计划可够宏伟的……"

"你别挖苦我，相夫教子怎么了，做你背后的小女人怎么了？活到今天我才明白，一个人的价值实现并不是全部，更何况所谓的价值实现也不非得是成功和富有，而且也要看是什么样的成功和富有。能为自己所爱的人奉献牺牲，那才是最大的幸福。告诉你哈，今后我就是独孤求败，以退为进，只要有你在，谁也拦不住。"

马丰鼓掌："说得好，感人。但是小迅，你可不能从一个极端走向另一个极端……"

王小迅说："地球是圆的，只管往后退，照样回到原点。"

吃完饭，马丰打开手机，递到王小迅面前，手机里传出小延安在唱《兰花花》的声音：

> 正月里那个说媒二月里灯
> 三月里交大钱四月里迎
> 三班子那个吹来两班子打
> 撇下我的情哥哥抬进了周家
> 兰花花我下轿来东望西照

......

王小迅说："唱得太好了，这谁呀？"

马丰道："光灿大厦的小保安，没想到吧？上一期上了咱们的节目做男嘉宾，本来也就是凑数的，可人一开口就把我惊到了。"

"你还别说，咱这《非爱不可》上真是什么样的人才都有。"

马丰说："那是，什么样的人才都有，什么样的人生都有，什么样的活法都有。小迅呀，我觉得我们的生活还是太局限了，不说养尊处优，至少也是衣食不愁，待在自己的小圈子里，很少认真地去关注别人是怎么活的。如果《非爱不可》真的关门打烊，咱们正好能歇下来四处走走……就拿这唱信天游的小保安来说吧，小时候家里那叫穷，那真叫砸锅卖铁！现在深都这样的大城市里讨生活，他这一条道是怎么走过来的？心路历程和咱们肯定不一样。"

王小迅说："马丰，我懂你的意思，你知道我喜欢你什么吗？就喜欢你这份天真，还有自省……你说的那个小保安，我们要是能帮他做点什么就好了，那么有才华……"

10

何珺待在自己的卧室里，正吃零食，罗书敲门，不等何珺答应就推门进来了，何珺急忙藏起零食，冲罗书道："你干吗？是不是要向我道歉？"

罗书将一封信放在何珺面前说："这是我的房租，你数数，我们两清了。"

"罗书，你……你这是干吗？"

"我要走了，搬回去住。"罗书满脸萎靡地说完，转身就走。

何珺跳起来，挡着门："壮骡，你找死啊你，我……我到底什么地方得罪你了？今天你不把话说清楚就别想走。"

"我们不是一路人。"

"我们怎么就不是一路人了？你……你……你给我说清楚。"

“你这人野心太大。马哥、王总哪儿对不住你了？趁我们去美国，你……你搞阴谋诡计，背后捅刀子……”

何珺怒目圆睁：“你说什么！”

罗书噘着嘴：“要想人不知，除非己莫为，你不就是想当制片人吗？以前是《爱你好商量》，现在是这个《男才女貌》，不就是嫉妒王小迅吗？”

何珺气得发抖：“好啊罗书，我说你从美国回来就变了一个人，我还以为你真是要吃蛋炒饭呢！我……我真是太天真了。”

“天真的是我，我以为你是一个好人，只是表面上霸道，没想到你……”

“罗书，你对《男才女貌》的事又了解多少？你知道什么啊！告诉你，今天我可以让你走，但你不要后悔，从这门出去你就甭想再回来。”

罗书几乎要哭了出来，道：“不回来就不回来，我……我……”

何珺打开门：“那你走，现在就给我滚蛋。”

罗书出了何珺卧室，拿起客厅地上已经准备好的行李，打开门出去了。何珺跟出来：“滚滚滚！赶紧给我滚！你这个浑蛋、王八蛋，呜呜呜……”

罗书肩扛手提着行李，站在楼道里，听何珺的哭声。突然，“哐”的一声，何珺的门重重地关上了，门里传出砸东西、哭号和谩骂声。罗书不放心地移至门口，听了一会儿，直到里面的声音渐渐平息，才泪流满面地下楼去了。

半夜，罗书回到黄争光的住处。黄争光、小邱、卓乐、郭开来四人正在玩扑克，卧在地上的大可突然起身，对着门吠叫起来。

黄争光呵斥大可：“叫什么叫，叫得我一张好牌没摸到。”

卓乐说：“你倒不说自己手臭，关大可什么事儿？”

小邱说：“争光，放大可出去吧，它待在这儿也无聊……”

黄争光道：“那可不行，再弄丢了，壮骡还不得杀了我？”

卓乐说：“你去美国这么长时间，大可不是好好的吗……”

正说着，门锁响动，却没打开，大可扑到门上扒拉着，同时狂吠。

黄争光走去打开门，罗书进来，大可扑上去，两人抱作一团。罗书抱住大可：“大可大可，宝贝、宝贝……”

黄争光道：“好啦好啦，看你俩肉麻的，跟夫妻重逢似的。大可平安无事，身体健康，壮骡你可以放心地回去了，我们还要打牌呢。"

罗书说："我这才搬过去几天，怎么连门锁都换了？"

黄争光道："现在不是住了女士吗？你一外人还拿着钥匙，多不合适啊，这屋的房租现在可是我和小邱付的……"

罗书不答，带着大可出门去了，再进门的时候提着行李，往客厅的长沙发上一扔。

黄争光惊讶地问："罗书，你这是干吗？"

"我搬回来了。"

"怎么回事？跟何姐吵架了？我告你罗书，这屋里现在已经没你的地儿了，我们收留大可还是看你面子……"

罗书说："我就住客厅，睡沙发……你们玩儿你们的，我不介意……"

黄争光道："嘿，你不介意我介意啊，我告你啊，你这是私闯民宅。"

罗书不理，在沙发上展开铺盖，倒头睡下。大可亦跳上沙发，卧在罗书身上，罗书眼望天花板，一面下意识地抚摸着大可，再不问其他。

33 女人柔情似水，才能家和万事兴

01

何珺在家里哭够了，拎着小包来到停车场，驾着红色轿跑疾驶而去。她边开车边流眼泪，不时地抽出纸巾擦眼睛。此时，朱凤群住处，朱凤群和赵怀远正相对而坐，两人在喝着红酒，举杯相碰。

朱凤群开心地说："我就说嘛，苹果这孩子还是心疼她爸的……"

"凤群呀，你也是好样儿的，幸亏你有耐心……"

正说着，门铃响起，门外传来何珺的哭腔："姐，你怎么不接电话呀，是我……"

朱凤群小声对赵怀远道："是何珺。"

赵怀远略显紧张："那……那怎么办？"

朱凤群笑："有什么怎么办的？咱们又没做见不得人的事儿。"

赵怀远连连点头。朱凤群起身开门。何珺进门，一把抱住朱凤群："姐姐，呜呜呜……"

朱凤群抱着何珺，轻轻拍着她："你……你怎么啦？"

"姐你怎么不接我电话呀？我……我被罗书给甩了……"何珺突然看见赵怀远，不禁止住委屈，"哎呀赵总，您在这儿呀！"

赵怀远起身："哦，我……我正准备告辞……"

何珺说："别介赵总，我还有事准备找您呢！"

"啊，我已经坐老半天了，该谈的合作都已经谈了，你们聊你们聊……"

何珺说："我说姐姐怎么不接电话呢，原来是在跟赵总谈合作……"

赵怀远说："谈好了谈好了……我先走一步。"

"赵总，我真有事儿找你，这来得早不如赶得巧……"

说着，三人坐下，何珺继续说："赵总，还是会上说的，如果《男才女貌》能上马，我不干制片人，制片人还得王小迅干。"

赵怀远道："公司会任贤选能……"

何珺说："赵总，你一定得答应我，否则我真是没脸见人了，跳进黄河也洗不清了。"

"呵呵，有这么严重？何珺，这可不像是你的一贯风格……"

何珺说："有什么不像的？我何珺是最讲义气的，王小迅把我当姐们儿，我可不能辜负了人家，出这策划的时候我就对黄主任有言在先，不干制片人，不信你可以问我姐……"

朱凤群插话说："是是是，我证明，何珺本来是不想弄这策划的，还是我煽惑的……"

赵怀远道："嗨，这栏目改版是好事儿啊，《男才女貌》虽说创意一般，但这个点抓得不错，应该是有收视率的，怎么你们都唯恐避之不及呀？我来看朱总以前，王小迅也给我打电话，说她不干制片人，不仅王小迅不想干，马丰也不想干，你们是不是约好的呀，想集体罢工？"

何珺说："赵总，王小迅肯定是误会了……"

赵怀远道："有什么好误会的，不就是这个策划不够高雅吗？有低俗、功利的倾向，也仅仅是倾向，但事在人为嘛！要说眼里揉不得沙子，那还有比得过我老赵的吗？"

何珺说："赵总，我是说王小迅会误会我个人，还以为我弄那策划是想取代她呢……"

赵怀远道："你们的目光总是盯在个人的恩恩怨怨上，这就是工作为什么做不好的根本原因。什么都不做，公司上上下下这些人去喝西北风？我说同志，得有全局观念，得从大处着眼……"

朱凤群劝道："好了好了，老赵，这又不是办公室，一谈起工作来你就上纲上线……"

赵怀远不依不饶："反正我告诉你何珺，这《男才女貌》的制片人王小迅是首选，如果她不干你就得干，容不得你们挑三拣四……"赵怀远对朱凤群挤了挤眼，继续说，"朱总，我不就是来谈工作、谈合作的吗？我不打搅你们了，这事情也谈完了，我该告辞了。"

赵怀远一走，何珺又流泪："姐，你说我怎么就这么命苦啊？你这和赵总刚开了绿灯，我这头怎么就又黄了呢？是不是咱们姐妹就不能全好……"

朱凤群道："你这叫什么话？我告你何珺，我这头虽说开了绿灯，车还没过来，你那虽然是黄灯，好歹车已经通过了，你哭的什么穷啊！"

何珺跺脚："姐，都什么时候了，你还说笑。"

"什么时候？你俩这打打闹闹的我看着眼馋不行啊？多大的事儿呀？不就是个误会吗？罗书又不知道你不想干制片人，你告诉他不就完了吗？"

"说得轻巧，你是没见他对我发火，说我和他不是一路人，说我是小人，背后捅刀子……"

"这人总得有个脾气不是？尤其是老实人，要么不发火，发起火那是不得了。也是平时人被你欺负惯了，苦大仇深，就是狗急了也有个跳墙的时候。"

"姐你怎么这么说呀，今天可是他错了。"

"甭管是谁的错，你赶紧去向罗书道个歉……"

何珺瞪大眼睛："我向他道歉？你，你有没有搞错。"

"这不是谁对谁错的事儿，是给你自己一个机会，两人相处不能太不平衡，你也让他感觉好一下……"

何珺说："我不去，多没面子啊！再说了，我要是这一跌软，今后他还不骑到我头上来拉屎拉尿呀！"

朱凤群劝解："罗书不是那样的人。不是我说你，你吃亏就吃在这要强上，捡了芝麻丢了西瓜。还记得那次你准备和罗书订婚吗？不就是为了一条狗吗？容不下，不就耽误了两个月，差点儿就误了一生？今天再为这点误会耽误个一年半载，你多大啦？十八岁啊？"

何珺无言以对。

朱凤群继续数落她："咱们做女人的，在男人面前软一点只有好处，没坏处，没听人常说一句老话，女人柔情似水，才能家和万事兴，女人让着男人点儿，给他们一点面子，就是再神气再威风，那也是你的男人呀！这是对咱们自己好。"

02

黄争光住处，小邱、卓乐、郭开来几人已经离开了牌桌，站在沙发前，围着罗书七嘴八舌地絮叨着。罗书坐在沙发上，怀里抱着大可。

罗书后悔不迭："我……我真的误会何姐了？"

黄争光道："嗨，这事儿除了你地球人都知道，何珺不当制片人那是有言在先的，不信你问老郭，他们栏目的人也知道。"

郭开来说："是是是，我和卓乐都听说了，这次不能怪何珺，是黄主任逼着她拿方案的……"

罗书放下大可，起身就往外走，被黄争光拦住，"你干吗去？"

"我去找何姐道歉，她……她都被我气哭了，可伤心呢……"

黄争光道："慢着慢着，有你这样的吗？你缺心眼啊你？"

罗书停下，疑惑地看着黄争光。

黄争光说："告诉你壮骡，就是你错了，这会儿也不能急着去主动认错，你这一认错，往后的日子就没法过了，永世不得翻身，在何珺面前永远抬不起头来。再说你那是不知道，不知者不为过嘛！"

罗书说："那……那怎么办？"

黄争光说："怎么办？让何珺来找你嘛，男女之道就这样，甭管你有理没理，谁先服软谁就完蛋，一开始就得立规矩……"

小邱白了一眼黄争光："你倒是挺有经验的。"

黄争光脖子一拧："你是不知道，我这兄弟没谈过恋爱，开天辟地头一遭，我不教他那不给人欺负死啊？"说着，又转向罗书说："你就给我在这儿待着，哪儿都别去，保管何珺会来找你！"

罗书说："那她要是不来呢？"

"她要不来我跟你姓，又不是什么大事儿，不就是个误会吗！"

"那何姐什么时候才会来呀？"

"五天之内，最多也就这样了。壮骡，你得这样想，你痛苦的时候对方也痛苦，就看谁摽得过谁！是个男人你就得挺住！"黄争光将罗书按回沙发上，"你就住这厅里，我不要你的房租，有我一口就有你一口，当然了，我吃肉你喝汤，大可啃骨头……"

卓乐道："好了，好了，别贫了，还打不打牌啊？"

众人回到牌桌。

黄争光回头对罗书道："对了壮骡，如果何珺来找你，你也不能服软，让你搬回去坚决不答应，得让她跪下来求你……你给我记住了，至少得让她求你三次，哥们儿，这可是关系到你一生的幸福。"

小邱说："黄争光，该你出牌了，你还越说越来劲了，一肚子坏水。"

突然，大可从罗书身上跳起来，对着门吠叫。有人敲门。

黄争光惊喜："啊，难道这就找上门来了，也太着急了吧？"

门外果然传来何珺的声音："黄争光，是我，何珺。"

小邱欲去开门，黄争光小声制止，让大家等一下。黄争光跑到罗书身边，罗书已经惊喜过望地站了起来。黄争光说："我说的话你可记住了？让她求你，先别答应。"

罗书点头，黄争光示意小邱开门。何珺进门，大可扑上去，何珺吓得直躲，罗书道："没事，它不咬人……"

黄争光用目光制止罗书："嗨，这就来了，我还说需要五天呢……"

何珺问："什么五天？"

黄争光说："没什么没什么，何姐，屋里请。"

何珺尴尬地笑了笑："你们都在呀？"

小邱、卓乐、郭开来跟何珺打招呼。这时何珺也看出大可并无敌意，而是在向她献媚，尝试着逗弄大可，后者哼哼唧唧，竟然躺下来打滚。何珺蹲下，抚摸大可："你们看，它还认识我呢！"

黄争光道："能不认识吗？你可是它妈……何姐，里面请啊！"

何珺说："不了不了，你们玩儿你们的……罗书，咱们回去吧。"

罗书看了看黄争光，后者用眼神制止他。

罗书故作僵持状："我不走……"

何珺道："这儿又不是你家，有什么事儿咱们回家说。"

黄争光再次用眼神制止罗书。

罗书继续道："不走，就是不走……"

何珺瞪了一眼，罗书一哆嗦。

"什么？你还真是蹬鼻子上脸，给脸不要脸了……唉，不走拉倒，大可，咱们走，你跟妈妈回家。"

何珺站起身来，牵着狗绳向外走去，大可竟然摇头摆尾地跟随着。

"大可，大可，你你……你竟然背叛我！"罗书急了，冲向门口。

黄争光拉住他："再忍一下……"

罗书甩开黄争光，冲出门去："大可，大可，等等我！"

何珺回头："大可跟我走了，你就留人那儿看门吧！"

罗书道歉："何姐，何姐，我错了，是黄争光不让我走的……"

"切，瞧你那点出息，还不快去把你的行李给我拿回来。"

03

为了感谢小延安对节目的支持，马丰约小延安来到光灿大厦对过的老王面馆，两人各吃了一碗大肉面。马丰问起小延安家里的情况，才知道小延安居然有十六个弟弟妹妹？马丰不禁惊呼。

"啊！你爸妈这么能生？你们那儿没有计划生育？"

小延安道："我爸我妈早死了，这些弟弟妹妹都不是亲的……我十岁那年，我爸我妈就得病死了，是我爸，我现在的爸爸邓校长把我养大的。我们那儿的人死得早，像我这样情况的小孩有不少，邓校长前后收养了十七个，我是老大，下面还有十六个小的。我们都管邓校长叫爸爸，管邓校长的婆姨叫妈妈……"

马丰问："邓校长自己没孩子？"

小延安说："有，大哥在县城里上班，大姐就在我们邓家堡小学教书，除了大哥大姐还有我爸，家里能挣钱的就只有我了。"

"你们四个人挣钱，养活一大家子？"

小延安道："可不是嘛，邓家堡的乡亲们也帮衬着点儿。我爸说了，等弟弟妹妹们都长大了，都能出去打工挣钱就好了，他说我们的日子会越来越好的。"

马丰有些感动："是啊是啊，但咱们还是得想点办法……"

小延安皱眉："能想什么办法呀，在家能吃饱就不错了，我也是来深都以后才吃饱的，不瞒你马哥说，吃饱以后我还长个子了，整整长了五厘米，要不是我想着把工资寄回家，再多吃点儿，还能长得更多呢！"

马丰问："你一个月给自己留多少钱？"

小延安说："我给自己留点儿生活费，每月寄回家的有两千……马哥，今天你又请我吃了一碗大肉面，我力气足，要不要再给你唱段信天游？"

马丰摆手："不用了不用了，你留着力气别乱用，马哥不定有什么事儿要找你帮忙呢。"

听了小延安的情况，马丰心绪难平，晚上到了王小迅住处，马丰跟王小迅聊起想帮一帮小延安家里的想法。

"小迅，咱这房子也订好了，至于家具什么的，咱们能不能省下一点，捐给小延安老家？"

"就这事儿呀，我说你回来后这么烦躁不安的呢！"

"你同意了？"

"我不同意。"

"什么，不同意？小迅，对我们来说节约一点算不了什么，并不会影响我们的生活，可对小延安家乡的孩子来说，可能就是一笔巨资，可以帮助他们解决一些实际困难。人连饭都吃不饱……"

王小迅斩钉截铁："不行，我说不行就不行。"

"小迅，你平时可不是这样的呀……这女人怎么一结婚就……这不还没结婚吗？"

王小迅道："马丰，你什么意思？是不是不想结这婚了？"

"我，我……"

王小迅："哼，我谅你也不敢，你给我坐好了，我有话问你！"

马丰搬了把椅子在桌前坐下。

王小迅问："我问你，你准备捐多少？"

"十万。"

王小迅翻了个白眼："就这么点儿，够干吗的？买几本书、送几件衣服也就差不多了。一所学校里有多少孩子，你算过没有？平均到每个人的头上还不够塞牙缝的。"

"那至少也能解决眼前的困难。"

王小迅道："那以后呢？"

"以后就再说呗。"

王小迅道："我看你也只能当个主持人。我告你马丰，这种事儿仅仅靠个人力量是绝对玩儿不转的，必须得有策划，得让咱们周围的人参与进来，尽可能地发动社会力量。咱们要不就别做这事儿，要做就得做大，做出动静来。"

马丰一拍椅子："是哦，我怎么就没有想到呢！"

王小迅说："因为你不是制片人呀，只知道盯着自家的一亩三分地……这种事儿还得我来。"

马丰笑了："是是是，我马丰目光短浅、胸无全局，得向王总学习。"

05

很快，赵怀远、朱凤群、何珺等一干人，都加入了马丰和王小迅的爱心团队。赵怀远要求王小迅以光灿传媒的名义操作爱心行动，并叮嘱她，不准小打小闹，捐助一所小学不算什么，要捐助至少也得捐助一个县的小学！赵怀远还亲自出面，帮王小迅联系了好几家国字号企业，卫视那边正好需要一部这个题材的专题片，准备做一期专题节目。

有了赵怀远支持，行动更加名正言顺了，一切进行得也很顺利，小延安家乡之行的队伍，很快出发了。

这天一早，一辆中巴车行驶在前往机场的高速路上，车上坐着马丰、王小迅、罗书、黄争光、朱凤群、小延安一众人。赵怀远站在车厢前部，他换了装扮，穿着摄影背心，举着摄像机对大家拍摄着。

王小迅笑着说："赵总，您歇会儿，让罗书、争光他们干活儿就行了。"

赵怀远道："不行……这当了这么些年的头儿，进出都是轿车，说实话这中巴我还从来没坐过，哈哈哈。"

黄争光道："赵总，那公交车你也没坐过喽？"

赵怀远说："没坐过，至少十年没坐了。岂止是公交，这地铁、双层客车、出租车，还有摩的，我通通没坐过，城市的发展太快了，赵怀远孤陋寡闻呀！"

黄争光笑："那今天赵总是与民同乐了？"

"少拍马屁，我就是一个市民。"赵怀远放下摄像机，继续道，"咱们今天可是有言在先，我只是一名普通的摄像，领队是王总王小迅，老赵只是她手下的一个兵。"

王小迅连连摆手："赵总，这怎么行……"

赵怀远道："怎么不行啊？别忘了，我以前可是电视台的老人，老牌电视工作者，是从摄像、记者一路摸爬滚打干上来的！当年我的摄像水平可不在小罗、小黄他们之下，不信这次咱们就比比看。"

黄争光说："我可不敢和赵总比。"

赵怀远道："不是不敢，是你比不过，哈哈哈……对了，我还要宣布一条，从现在开始，一直到这次活动结束，你们不许叫我赵总，一律叫老赵，摄像老赵。"

马丰道："赵总，我觉得吧……"

赵怀远指着马丰："嗨嗨嗨，刚刚我说什么来着？不许叫赵总，老赵，我是摄像老赵。"

马丰道："赵总，这大家都叫习惯了……"

"那也不行！我看这样，不给你们一点颜色看看，你们也不知道厉害……谁叫错了就罚款，叫错一次罚款五十。"

黄争光鼓掌："好啊好啊，赵总的这个主意好……"

赵怀远一乐："小黄，你叫我什么？"

"我……我……"

赵怀远伸手："别废话，掏钱。"

黄争光道："我……我只有一百的。"

"你拿来，我找给你。"

黄争光只好掏钱，赵怀远翻出口袋，找给他一张五十的，并举着罚款说："就得重罚，否则这毛病改不过来。哈哈哈，同志们，你们还有什么话要对老赵说呀？"

朱凤群说："老赵，别闹腾了，节约一点体力吧。"

马丰咧嘴："我看只有朱总一个人不会叫错，咱们都有出错的概率和可能，还是少说话为佳。"

赵怀远道："马丰，你说小朱不会叫错我什么？"

马丰道："不会叫你赵总啊，您可别想忽悠我……"

"叫错了，拿钱拿钱，哈哈哈。"

06

不日，一行人来到陕北，有小延安做向导，他们很快登上去邓家堡的公交车。车上除了王小迅、马丰一行，只有不多的几个乘客。王小迅、马丰一干人有的啃着干粮，有的在喝水。

赵怀远啃了口干粮，对小延安说："小邓，给咱们介绍一下你的家乡。"

小延安说："这车要开两小时才能到邓家堡，完了我们要走路，要走三小时才能到……"

赵怀远说："我让你介绍家乡，不是让你说行程。"

小延安指着窗外说："赵总，我的家乡你这不是看见了吗？"

赵怀远道："你叫我什么？罚款罚款！"

小延安苦着脸："是……是你让我说话的……"

"少废话，掏钱掏钱！"

小延安龇牙咧嘴地掏钱交给赵怀远，伤心地说："唉，这一路被你罚了五百五，我……我没剩多少钱了……"

赵怀远笑着："罚完为止，罚完你就进园子！"

黄争光道："赵总，你也忒狠了点儿吧？"

"你叫我什么？"

"叫你多话，为人抱不平！"黄争光抽了自己一耳光，掏钱给赵怀远道，"我说老赵，您老罚咱们也没什么，罚人小邓，他一个月的收入才多少呀！存了几个钱还要带给邓校长呢，人那么多弟弟、妹妹，结果都被你罚光了，我实在看不下去了……"

赵怀远道："那我不管，规矩面前人人平等，谁让他叫我赵总的？"

朱凤群说："老赵，你也是的，总得有个区别对待吧，这所有的人都让你给得罪光了！"

"我财迷行不行呀？"赵怀远呵呵一笑，从口袋里掏出钱来数，"嗯，收获不小啊，一共三千二，我的目标是四千。"

马丰道："朱总，这老赵永远罚不成你，这可不公平，你应该不能叫他老赵，叫老赵就罚……"

朱凤群说："那我叫他什么？"

马丰笑道："叫怀远呀……"

赵怀远说："马丰，你不要在这儿抖机灵，你倒是提醒了我，从现在开始，你们也不能叫朱总，一律叫朱姐，叫朱总就罚。"

马丰说："老赵，你还真罚上瘾了，不行不行……我们叫朱总朱姐，那你是不是也叫她姐呀？"

赵怀远说："我叫什么姐呀，你们比她年纪小，我年纪大……"

马丰起哄："那你叫朱姐什么呀？"

赵怀远说："我叫她小朱……"

黄争光道："不行不行，这也忒土了！"

赵怀远说："那你们说，我怎么叫才不土？要不我直呼其名？"

马丰说："更不对了，太正式，一点儿都不亲切！"

"那……那我应该怎么叫？"

马丰说："这都想不到？应该叫朱姐……"

马丰、王小迅、黄争光异口同声喊了起来："群！"

众人大笑不已。

朱凤群害羞地笑："老赵，你就别引火烧身了，这几人凑一块儿，你哪能斗得过他们。"

赵怀远说："我可不怕，我就是一普通摄像，头上又没乌纱帽，能把我怎么样。"

马丰对王小迅说："小迅，你可是咱们的领队，有人竟然公开不服领导，你可不能坐视不管，该罚的还得罚！"

说笑间，一行人已经下了汽车，客车扬尘远去，一行人站在路边，身上都背着包，赵怀远、罗书、黄争光同时还扛着机器设备，王小迅、朱凤群各拉着一只箱子。

马丰让小延安负责带路，并让王小迅把箱子交给他，王小迅也没客气。

罗书凑到朱凤群旁边说："朱姐，你把箱子给我吧……"

马丰阻止："不行不行，朱姐的箱子怎么能轮到你拿呢。"

大家都看赵怀远。

罗书看向赵怀远："赵……不，老赵还要拿摄像机呢。"

马丰说："他是摄像，他不拿摄像机谁拿？不就再拎只箱子吗？没问题的，是不是啊老赵？"

"是是是，我来我来。"赵怀远走向朱凤群，欲从她手里接过箱子。

朱凤群忙说自己拿得动，马丰说："朱姐，要服从命令，这儿小迅是领导，我是她的发言人！"

朱凤群只好将箱子交给赵怀远。

马丰说："咱们上路吧！整整十三公里的山路，望山跑死马哦……"

众人向前走去，赵怀远蹒跚而行，不一会儿就气喘吁吁了，他停了下来。

马丰回头说："唉，到底是平时缺乏锻炼，关键时刻就掉链子了，拖大家的后腿，这样吧，罗书你帮老赵拿摄像机，他只拿朱姐的箱子就行了。"

罗书道："这还不是一样的？我本来要帮朱姐拿箱子……"

马丰说："这可不一样。摄像机是公共财产，同事之间互相帮个小忙，你帮老赵拿也是可以的。朱姐的箱子就不一样了，私人物品，不是随便什么人可以帮忙拿的，拎箱子这活儿非老赵莫属！"

朱凤群欲抢过箱子，被赵怀远阻止："小朱，这阵势你还看不出来吗？今天我要是不帮你拎箱子，他们准得把我吃了。唉，真是马善被人骑、人善被人欺呀！"

07

浩瀚无边的黄土高原上，脚下已无路，一行人在黄土中走着，黄尘扬起。朱凤群穿着高跟鞋，走一会儿就停下来倒鞋子里的土。王小迅和朱凤群走并排，赵怀远落在队伍最后面。

王小迅回头叫："老赵，过来过来。"

赵怀远跑到王小迅跟前。

王小迅说："没看见朱姐的鞋里有土吗？帮帮忙！"

赵怀远疑惑："怎、怎么帮？"

"帮她把鞋里的土倒掉呀，然后再帮朱姐穿上。"

赵怀远连连应诺，蹲下身去，欲脱下朱凤群的鞋倒土。

朱凤群连忙躲开："哎，不用不用，我自己来……"

王小迅劝阻："朱姐，你让老赵来，这有人伺候着多受用呀，他也愿意，是不是啊老赵？"

"是是是，我愿意，我愿意。"赵怀远脱下朱凤群的鞋，倒土，然后再帮朱凤群穿上。

三人又往前走。王小迅说："老赵，跟紧点儿，朱姐随时要倒土的。"

赵怀远抹着额头的汗水说，"好好好，没问题，没问题。"

朱凤群突然"哎哟"一声，身子一歪停下了。走在前面的马丰等跑了过来，见赵怀远蹲着身子在检查朱凤群的脚，最后拿着一截鞋跟站起身来。

马丰笑："哈哈哈，还有什么可说的呢？老赵，背着朱姐吧！"

赵怀远面露难色："我，我……"

马丰道："我什么我？朱姐的箱子给黄争光，你不背朱姐难不成要我们家小迅背呀？"

赵怀远说："我怕背不动，还是罗书来吧。"

马丰说："那可不成，箱子咱们勉强帮你拿了，这人可不能乱背，没听说猪八戒背媳妇过河，吃力又讨好吗？"

赵怀远指着马丰："你说我是猪八戒？"

"我的重点是说媳妇儿……"

赵怀远道："而且你也说错了，是吃力不讨好。"

马丰说："你就别磨叽了，赶紧的，咱们还要赶路呢！"

赵怀远嗫嚅着："那……那我试试吧。"

他蹲下身，在众人的掌声中背起朱凤群。

一干人又向前走，赵怀远踉踉跄跄，不禁大汗淋漓。王小迅实在看不下去，打开自己的箱子，取了一双平底鞋给朱凤群。朱凤群欲穿上，被王小迅制止住说："朱姐，让老赵来。老赵，赶紧给朱姐穿鞋！"

赵怀远喜不自禁地帮朱凤群穿鞋。

王小迅说："老赵，这鞋带可要系结实了，不能太松，也不能太紧，太松了走不了路，太紧了血流不畅，委屈了朱姐的脚。朱姐，你要是觉得不合适就让他重系！"

朱凤群很不好意思地说："合适，合适。"

马丰道："这就叫鞋子合不合脚，只有自己知道，老赵，这可是朱姐给你的最高评价！"

众人大笑。

08

傍晚时分，众人终于抵达邓家堡，被安顿在小学校内。小学校的校长，正是小延安的父亲。

校长办公室显得极其简陋，办公用品、家具都显得破旧，没有一样是新的。邓校长迎进深都卫视一干人，小延安一一做着介绍。最后轮到赵怀远，小延安说："爸，这是赵……老赵，光灿传媒公司的老总，他的官最大！"

邓校长和赵怀远握手，并问小延安："你刚才叫领导什么？"

小延安："老赵啊。"

邓校长举手欲打："没大没小的东西，这老赵也是你叫的？出去几年连规矩都不懂了！你个小兔崽子。"

小延安委屈地说："我……我就是按规矩来的……"

邓校长说："还犟嘴！从小我就教育你要尊重长辈、尊敬领导，要不看诸位领导的面子，我非揍扁你小子不可！"

赵怀远阻拦："老哥，这可不能怪小邓，来的路上我定了规矩，不能喊我官衔，只能叫老赵……"

大家坐定，门口、窗边都有一些孩子在向里张望，叽叽喳喳。

赵怀远对邓校长说："老哥，这么晚了学校还没放学？"

"放了放了，早放了。"邓校长指着外面的孩子说，"这些是我自家的孩子……三凹、四凹，还不赶紧去烧水，给客人泡茶！"

三凹、四凹答应着，带领其他孩子一哄而散。

赵怀远说："老哥，这捐赠的款项由县里拨给咱们学校，你可得盯紧点儿，有什么问题可以和我们王总王小迅联系。"

王小迅站起，拿了一张名片递给邓校长说："邓校长，这是我的名片，上面有我电话，有任何需要，您随时联系。"

邓校长接过名片："感谢感谢！太感谢了，这真是雪里送炭呀！"

赵怀远掏出一个信封递给邓校长："这是我个人的一点心意，给老哥和嫂子的……"

邓校长连连摆手："哪能呀，这不能要，你们帮了学校的忙就是帮了我邓某的忙！"

赵怀远说："老哥，你就别客气了，你的孩子多，还不是一般的多，张张嘴都要吃饭呀……"

两人推让了一番，邓校长收下了信封。赵怀远又拿出一只封信，递给邓校长："这是小邓孝敬您的，他让我帮着保管一下，一共是四千……"

邓校长说："这么多？他哪能有这么多钱呀？"

小延安说："爸，不能收，这是罚……"

赵怀远瞪了一眼小延安，示意他住口，转脸对校长说："邓校长，你别听他说，难得回来一次，小邓能不多带点钱回家吗？他怕自己毛手毛脚，路上给弄丢了，就让我代保管，不信你再让他拿钱出来试看……"

邓校长道："是啊，嘴上没毛，办事不牢，这小子什么都好，就是喜欢丢三落四，这个月你就还没寄钱呢！"

赵怀远说："小邓带给家里的八百块放我这儿，路上我用这钱做了点小生意，八百就变四千啦！"

王小迅道："是是是，是做了点儿小生意、小买卖……"

黄争光说："老赵可精明了，连本带利可不就翻到了四千！"

这时，三凹、四凹提着热水瓶、端着一摞粗瓷大碗进来，邓校长、小延安忙着泡茶，其他的孩子仍在门外张望。

小延安对赵怀远说："老赵，我去找弟弟、妹妹们了。"

赵怀远："去吧去吧，赶紧去，这儿没你的事儿了。"

小延安欲出门，赵怀远又将他叫住，起身打开旅行包，从里面拿出一包糖果递给小延安。其他人也纷纷开箱开包，拿出一包包的零食，递给小延安，他都快拿不住了。

王小迅说："这不是给你吃的，是给你弟弟、妹妹的。"

邓校长对小延安道："让他们省着吃，别打架！"

小延安道："好嘞！三凹、四凹，跟哥走，吃糖喽！"

小延安领着三凹、四凹出去了，门外的孩子一拥而上，"哥、哥"地叫个不停。喧闹声远去。

不一会儿，外面传来孩子们高亢的歌声，唱的是信天游《那是一个谁》，有时合唱，有时独唱，由远及近：

> 对畔畔的那个圪梁梁上那是一个那谁
> 那就是咱那个有名的那二呀那二妹妹
> 你在你的那个圪梁梁上哥在一个那沟
> 你瞧见哥的那个妹子你就招一招哟手
> ……

一干人都听呆了。

王小迅喃喃自语："都唱得太好听了！"

马丰说："比小邓唱的还要原生态呀，不比不知道，这一比就知道小邓的唱法还是经过了改造。这儿的孩子是不是人人都能唱一嗓子呀？"

邓校长回说："都能唱两句，山里的娃没什么好玩的，大人唱他们就跟着学，学着学着就会了。"

09

晚饭是在邓校长家吃的。一帮人围着桌子，桌上放着窝头，粗瓷大碗里盛着玉米面粥，几只大碗里盛着黑乎乎的不知是什么做的菜肴。大家边唠嗑，边埋头吃饭，一片喝稀饭、咀嚼的声音。邓校长最先放下筷子，看着大家将桌上的食物一扫而光。

饭后，一行人来到镇上的招待所，放下行李，由服务员领着进入一间浴室。澡房内有一个小池子，里面是浑浊不清的洗澡水。原来，由于这里水源匮乏，洗澡池里的水，都是一周换一次，平时就用明矾澄清，接连使用。大家一听这个情况，都直咧嘴，没人愿意洗澡了。

一行人只好回房间。赵怀远说："这事儿很严重，咱们是男同志，几天不洗澡也无所谓，但不能委屈了王小迅和小朱啊，人家千里迢迢地跟咱们到这儿来，作为女性可真是勇气可嘉，咱们怎么的都得让人家洗上澡吧？这是最起码的！"

黄争光说："她们不洗咱有什么办法？连壮骡这么不讲究的人都不愿意洗……"

赵怀远说："不洗那是因为水，这是问题的关键！小邓，你们这儿最近的水源在哪里？"

小延安说："说了你也不知道，离这儿最少也有五公里。"

赵怀远惊讶："这么远？……那也没问题，我有个主意，咱们想办法弄点干净的水回来。"

小延安发愁："这会儿老乡都睡觉了，山里人睡得早……"

赵怀远说："当然不能打搅他们，我的意思是小邓领路，我们几个去背水，顺便再看一看星星。"

马丰表示赞成。黄争光说："老赵你就别忽悠咱们了，你去背水那是为了朱姐，马哥去是为了王总，咱为谁啊？要不壮骡你跟他们一起去，背点水回来让我洗。"

说干就干，赵怀远一行五六个人，每人背了一只水桶，扎着裤脚，穿过走廊。赵怀远和小延安的手上各拿了一支电筒。经过一扇门前他们停下，赵怀远示意黄争光敲门。

黄争光敲门："王总、朱姐，我是黄争光，向你们传达会议通知！"

门内传来王小迅的声音："什么通知？"

黄争光说："刚才赵总召集咱爷们儿开了一个紧急会议，会议通知如下：一，从即刻起老赵官复原职，当回了领导，不再是摄像老赵了；二，我们马上去背水，回头让你们洗澡！等着啊，可别睡死了！"

一行人出了小旅馆，向镇子外走去。

黄土高原的夜晚，群星满天，万籁俱寂，偶有虫鸣声声。五个人背着水桶、打着手电走在高原上，天高地阔，人影渺小。

马丰笑道："赵总，你真是个诗人啊，这半夜三更的发动我们背水给女人洗澡，简直太有诗意了！"

"哈哈哈，见笑，见笑。"

说笑间，一行人深一脚浅一脚地来到溪涧边，放下水桶喘息。小河里倒映着星星，清晰无比，令人神往。

黄争光撩着水说："这水好清呀。小邓，这水能不能喝？"

小延安："能喝能喝，咋不能喝啊，咱们村喝的用的就是这条河的水。"

小延安带头捧起水喝，其他人随之，都开始捧水喝。喝完，罗书开始放进木桶装水。

黄争光说："我想跳进去游把泳，顺便洗个澡。"

罗书说："你洗了，等把水背回去还不是一身汗呀？"

黄争光道："那总比不洗强吧？再说了，这洗澡水背回去也没咱的份儿！"

"那倒也是。"

黄争光带头脱衣服。

赵怀远阻止："小黄你疯了，人小邓刚才还说，周围村民喝的用的都是这条河的水，你怎么可以……"

小延安忙道："没事没事，赵总，这水是既管洗菜烧饭，也管洗尿布、刷马桶，没事儿的。"

罗书道："啊，这么一条小河沟，什么用水都靠它？"

小延安说："可不是嘛，全靠它了，不过大伙儿尽管洗，这是条活水，洗过之后很快就变干净了。"

小延安已脱光了衣服，跳下河里。黄争光、罗书瞪看着赵怀远，不吱声。

赵怀远说："要洗你们洗吧，反正我不洗。"

黄争光、罗书、马丰都脱光了衣服，跳进河里洗澡，赵怀远坐在岸边。

马丰站在河里招呼说："赵总，你也下来洗一下，这一洗才知道不洗太不得劲儿了！"

"我不洗。"

"下来吧，不能这一官复原职就脱离群众呀！我们不嫌弃你那大肚子，这男人之间也需要赤诚相见不是！"

"算你小子会说！"赵怀远站起身，亦脱了衣服走进河里。

一帮人洗完上岸，开始穿衣服。

马丰说："咱们只穿裤子，别穿上衣了，这背水可是一体力活儿，会出汗的。"

赵怀远道："这个建议好，等到了招待所门口，我们再穿上。"

黄争光说："要是王总、朱姐都来洗一把，就没这么麻烦啦！"

10

五人赤着上身背着水桶负重而行，不禁步履艰难。马丰和赵怀远吭哧吭哧地边走边聊起《非爱不可》的事儿。

马丰说："这《非爱不可》改版成《男才女貌》，我是真心不想干主持人了，不干绝对不是闹情绪，是对这创意没热情呀，没热情那肯定就干不好。我们干不好没关系，有人能干得好，何珺完全可以胜任制片人，主持人让黄争光干，他俩搭档主持《爱你再商量》也不是一天两天了。再说了，你也得培养年轻人，给他们平台施展不是？这也是您赵总一贯的主张。这一路上，您对小黄肯定也有自己的观察，为人就不说了，这机智幽默和反应能力肯定不输于我……"

赵怀远边喘息边说："你……你说的我们是……是什么意思？"

马丰道："哦，我们就是说我和王小迅呀。"

"你……你代表她？"

"赵总，你也看出来了，我俩现在不是好上了吗？就跟您和朱姐一样……"

赵怀远说："别扯我们，就……就说你们吧，你们都不想干了？"

"我们商量过了……其实也不是不想干了，这么说不准确，我们只是不想干《男才女貌》，电视这口饭，还是要吃的，再说了，小迅还是你手下的兵。"

赵怀远说："我……我不能说话了，你……你说。"

马丰继续说："那行。赵总您会问，那你们下来以后干什么？有什么打算？我和小迅也想好了。主持《非爱不可》之前，我不是一直主持一档读书栏目吗，我现在还想把那档栏目拾掇起来，小迅干制片人，我干主持人，对以前的栏目进行彻底改造！名字也得改，我们也想好了，就叫《超级阅读》，不仅仅是读书，咱们还读音乐、读电影、读网络、读天地人生，读星空宇宙！这世间的万物没有一样是不可以读的，没有一样是不能囊括在读这个字儿里的，当然了，那还得看怎么读以及如何读……"

赵怀远连连点头。

马丰说："赵总，你不舒服？是不是岔气了？"

"不……不是，我在听。"

"哦，那就好。可是赵总，我现在也遇到了个问题，我们台里未必能通过这套方案，再说了，我还得带着小迅不是，所以想跟您商量，看看能不能以光灿传媒的名义做这档节目……再说了，光灿传媒同时抓几个重点栏目，那也是多重保险，《非爱不可》就是一个教训，一旦有了危机，也能东方不亮西方亮，辉煌时互相呼应，衰落时彼此担待。"

赵怀远道："正好，你们范总也找我聊过，问能不能再搞点别的节目，你这个方案挺好，我考虑考虑……"

马丰说："那太好了，赵总，我都想好了，这第一期的阅读，咱就读生活，以这次的高原行纪录片为切入点……"

说话间，终于到了镇口，王小迅、朱凤群正躲在一棵树后，前面的路上传来赵怀远一行人说话的声音。

几条黑影走过去，王小迅、朱凤群轻手蹑脚地跟上去，伸手去抓最后一条黑影。此黑影乃是赵怀远，他一个激灵，转身问是谁，王小迅、朱凤群已经看见对方光着身子没穿上衣，二人同时发出尖叫。

赵怀远吓得一个趔趄，水桶落地，里面的水全都泼了出来，所有人的都围了上来。

黄争光急问："怎么回事？怎么回事？"

朱凤群亮起手上的电筒，光柱乱晃，她和王小迅都捂着脸。

马丰喊道："嗨，是小迅、朱姐呀，吓死我们了！"

朱凤群捂着脸："你……你们快穿上衣服，太不文明了。"

♥ 34 你就是我主持这节目最大的收获

01

高原送爱心行动圆满结束，一路虽然辛苦，各自却也十分舒坦，大有收获。一回到深都，赵怀远便召开会议，参会的有卫视频道的领导范士林和几个中层干部，还有《非爱不可》节目组成员，马、王、何、黄等俱在。

赵怀远说："《非爱不可》从下周起彻底改版，改版后的节目就叫《男才女貌》，何珺担任制片人，黄争光担任主持人……"

何珺慌忙举手发言："赵总，我说过的，我不干制片人……"

赵怀远用签字笔敲了敲桌子："你不干也得干！同志，这制片人不是官位，是责任，不容你们推来让去的。你牵头制作的样片大家都看了，很好嘛，范总他们也很认可。再说了，组织上用人的原则讲的不是资历，而是合不合适，你何珺很合适做这档节目。至于王小迅和马丰，也不是就此赋闲了，而是另有重任，他们要干的事儿你何珺也是干不了的。"

何珺说："我愿意给王小迅当副手……"

赵怀远瞪眼道："多余。实际上，这《男才女貌》不是《非爱不可》的改版，而是《爱你再商量》的改版，这《爱你再商量》不就是你担纲制片人，和黄争光一起主持的吗？格局和班子都不变。原来的《非爱不可》下马，原有的人马开辟一个新的栏目《超级阅读》，由王小迅担任制片人、马丰担任主持人……王小迅、马丰，下面你们谁来谈一谈《超级阅读》的创意构想。"

很快散会，何珺夹着文件气冲冲地走在众人前面，王小迅从后面赶过来喊她："何总，何总，何姐，这一挑大梁，眼界就高了不是，怎么不理人了？"

何珺停下说："有你这样的吗？我还把你当姐妹呢，这么大的事儿你居然瞒着我！"

"什么大事儿呀？"

何珺说："还装，这不你和马丰有去处了也不知会一声，我在这儿为你们急的！"

王小迅笑道："你是说《超级阅读》呀？我这不是想给你一个惊喜吗？"

何珺说："有什么可惊喜的？"

"双赢呀，这么一来，《非爱不可》和《爱你再商量》两拨人马都原封不动，都有活儿干了，如果八字还没一撇就告诉你，你肯定又得谦让！"

"切！你也忒高估我了……"

两个女人并排顺着走廊走去，身后传来欢声笑语。

02

《非爱不可》录播最后一期节目，马丰已经站在台上，三十个女嘉宾已经就位。马丰开场道："这男嘉宾上场以前，我要向大家宣布一件事儿，从下周开始，《非爱不可》将彻底改版，从里到外、从头到脚都会有很大的变化，出现在大家面前的将是一档更加好看的崭新节目。《非爱不可》也不再叫《非爱不可》了，有了一个更符合咱们国情的名字，'男才女貌'！"

观众交头接耳，议论纷纷。

马丰接着说："在爱情生活中，不少人都会为一个问题烦恼，就是喜新厌旧，咱们的节目也一样，老了旧了就没人爱看了，不叫人待见了，那怎么办呀？这可不是送一束花或者去外面吃餐饭这样的小浪漫能解决的，咱得去整容呀，不是小整，那是大整，隆胸、削骨那还是小的，咱得把腿骨打断再接上一截，这样一来就长个儿了，苗条挺拔，判若两人！我马丰好比这节目的大门牙，自然也得退休了，咱得换上两颗漂亮的烤瓷牙——现在有请《男才女貌》的新任主持，咱们的烤瓷牙黄争光上场！"

黄争光来到台上，跟马丰站到一起。

马丰说："大家注意到没有，我身边的这位，除了是咱《非爱不可》的现场导演，也是《爱你再商量》的主持人，这最后一期《非爱不可》，就由我和黄争光一起主持。争光，把你那口漂亮的白牙亮出来给大伙儿看看！"

黄争光开口道："各位晚上好。马哥刚才谦虚了，他可不是被新节目抛弃的，而是另有重用，我想举个有关时尚的例子来说明一下。一款衣服，如果你第一个穿那叫前卫；大家都开始穿了，那叫流行；等到满大街都是了你还在穿，这就过时了。等到所有的人都不穿了，你又穿回来，就土得掉渣没救了。但是到最后，咱地球人都不穿了，你还穿，那是什么？那就叫个性！"

马丰接话："争光是在说咱这《非爱不可》，当初相亲节目刚兴起，咱们也办了，那叫前卫，后来各大卫视的相亲节目火了起来，就流行了。节目多了，大家的节目都一个样，看着都差不多，就显得过时了，咱们不等土得掉渣就改版，不失为明智之举。"

黄争光说："马哥说的没错，但我要说的重点不在这里，而是在于马哥转岗后要主持的节目。那是一档读书节目。这年头谁还读书呀，主持这样的节目就属于地球人都不穿了他还穿！所以说马哥那叫个性。顺便说一句，马哥将要主持的节目叫《超级阅读》，各位亲们，哪里有个性哪里就有奇迹，马哥的节目一定好看，请大家务必锁定马哥呵！"

掌声、喝彩声。

马丰道："看见了吧？还是烤瓷牙厉害，我举了个整容的例子来说明一台节目的社会反响，烤瓷牙四两拨千斤，举了个衣服的例子，就说明了两台节目的调整变动！我的例子太血腥啦，又是削骨又是断腿，把自个儿都要吓趴下了，惭愧，惭愧！"

马丰家里，王小迅正蹲在地上给马超穿一件外套，马丰、于静、林伟棠在门边换鞋准备出门，大人们要带马超去打 CS。马母说："这舞枪弄棒的，子弹又不长眼……"

于静笑道："妈，咱们玩的是游戏，不是真枪……"

马母道："你别叫我妈，现在你是林家的儿媳妇，我有自己的儿媳妇……"

于静笑："妈，你不是超超的奶奶吗？我是超超的妈，我不叫您妈超超也不答应啊！"

林伟棠道："是是是，不仅您永远是超超的奶奶、于静的妈，也是我妈，我也得叫您妈，妈妈好！"

马母不好意思起来："林先生是个斯文人，这回于静选得不错。"

马丰说："您的意思是当年选您儿子就选错了？"

马母说："那不是她的错，是你的错！"

马丰道："嘿，你们瞧我妈这反应，真是有其母必有其子……"

马超拉着马丰的衣服，催他出发，马丰连连答应："好好好……现在咱们超超是最幸福的人了，有两个爸、两个妈！"

一行人从楼里出来，沈鱼水的车停在路边。沈鱼水按喇叭，肖真真从车窗里探出头，向众人招手。林伟棠招呼大家上他的车。

林伟棠驾车，于静坐副驾，其余人坐后面。

林伟棠说："当初我怎么说的来着，说这车七座，三个家庭加上超超正好七个人！"

于静说："可不是嘛，不过现在的三个家庭，和你当初说的三个家庭的格局不一样。"

林伟棠道："当初怎么说的来着，我都忘了。"

马丰说："这我记得，当时我还老大不高兴呢。你说你跟于静是两口子，我跟别的女人结婚，小迅也嫁别的男人，正好三个家庭，不包括鱼水和真真……"

王小迅说:"现在好了,大家伙儿就当马丰要娶的那个女人,跟小迅本来已经嫁了的那个男人,人家两人好上了,也凑成了一个家庭……"

众人哈哈大笑,沈鱼水、肖真真甜蜜地互视。

马丰说:"反正老林有预见性,否则他干吗要买七座的车呢?"

沈鱼水说:"别瞎掰了,难不成老林当时就算到了我和真真?那会儿我和小迅还没离呢!"

马丰回道:"这就叫人算不如天算,老林买这车是天意行了吧?咱们七个人,一个不多一个不少!"

说笑间,一行人来到CS场地,服务人员领众人换好装备,进入场地。马丰、王小迅一组,胳膊上缠着写有"蜀国"的袖章;于静、林伟棠一组,胳膊上缠着写有"魏国"的袖章;沈鱼水、肖真真一组,胳膊上缠着写有"吴国"的袖章。众人皆穿迷彩服,抱着仿真步枪。

王小迅给马超戴上写有"蜀国"的袖章,交代说:"超超,从现在起你就是咱们蜀国的五虎上将马超,名副其实,待会儿把他们全部消灭掉!"

马超说:"那必须滴,全干掉!"

沈鱼水插话:"幸亏你不是刘禅,否则那蜀国可就惨了。"

马超问:"干爹,刘禅是谁呀?"

"刘阿斗呀。"

林伟棠说:"那小迅是谁呢?甘夫人?糜夫人?还是孙尚香?"

马丰道:"小迅当然是孙尚香了,唉!我这刘皇叔悲催啊,这甘夫人、糜夫人是同一个人于静,到头来还被你曹孟德给抢走了!"

沈鱼水笑着说:"不对不对,小迅可是我的前妻,我现在是孙权,她怎么成了我妹妹了呢?这不乱套了吗?"

"我看你就别当皇帝了,当个大都督不挺好的吗?人周瑜虽然英年早逝,被诸葛亮活活气死,那也是抱得美人归了嘛。"马丰指了指肖真真说,"小乔可是当年江东第一大美女,你不吃亏!"

沈鱼水乐道:"那行吧,我就屈尊当一把大都督,不过我得活一百岁,咱还要跟小乔浪迹江湖，白头偕老呢！"

04

　　林伟棠牵着于静的手进入丛林。沈鱼水拉着肖真真正准备走向另一边，被马丰叫住："二位稍等。根据游戏规则，三方中的任何两方都可以联手消灭第三方，咱们蜀国、吴国得联合抗曹呀！"

　　沈鱼水说："对对对，我怎么就没想到呢！"

　　四个大人带着马超蹲在掩体里，对外瞄准着。

　　沈鱼水叫住马丰："马丰，你说点儿什么，咱们得鼓鼓士气。"

　　马丰说："这还用鼓？他姓林的抢走了我前妻，我要报这夺妻之恨！"

　　王小迅白了一眼："你真的假的呀？"

　　马丰笑道："假的假的，这不鱼水要咱鼓舞士气吗？"

　　沈鱼水对马丰道："和我有夺妻之恨的那是你，要不咱俩先火并？"

　　"别别别，世上没有永远的敌人。咱两家现在是孙刘联盟，你知道那曹孟德为何要讨伐东吴吗？还不就是看上你们家小乔了吗？"

　　沈鱼水一横："他敢，他曹操想夺吾妻，那也得问问它同不同意。"沈鱼水拍了拍手里的武器道，"不过姓曹的那个心思是有的，欲夺比真夺了还要可怕，他真个儿就是一淫贼，先灭了他再说！"

　　王小迅说："好了好了，这CS是现代战争，不是你们那老古董的三国！"

　　马丰等五人迂回包抄，同时出现在林伟棠、于静周围，一阵乱枪扫射，林伟棠、于静"阵亡"。

　　于静苦笑道："超超，你连亲妈都杀呀，没良心的！"

　　马超开心地喊："我是五虎将，我是五虎将，我们胜利喽！"

　　沈鱼水说："谁让你们忙着谈情说爱，也不观察周围的敌情，这可是你死我活的战场！"

　　马丰说："根据规则，先阵亡的一组有权复活，可以加入剩余两组中的任何一组，老林、于静，你们现在是要加入我们蜀国，还是加入吴国？"

于静说："我要和儿子在一起，不然的话他真的不认我这个娘了！"

"那我就去吴国当兵吧，否则双方的力量太悬殊了。"林伟棠对沈鱼水敬了个军礼说，"大都督，上等兵曹操前来报到！"

马超笑："哈哈哈，林老爸，我都是五虎将了，你怎么才一个兵啊！混得太惨了。"

林伟棠笑道："对对对，我就是一个兵，一个专门保卫你和你妈的兵！"

马超说："才不是呢，现在我们不是一边的！"

沈鱼水说："曹操不准里通卖国，我大都督现在命你为先锋，见了敌人就和他们同归于尽！"

林伟棠疑惑："于静？"

沈鱼水说："是于尽，不是于静，南方人真没办法，那好吧，见了于静你就同她于尽！"

众笑，分两队散开。丛林里的壕沟里蹲着马丰、王小迅、于静、马超。

马丰说："现在我们虽然人数占优，但除了我都是妇女儿童，所以，咱们得智取。"

王小迅说："怎么智取？"

"咱们分成两队，你和于静一队，我带马超。"

于静说："那可不行，我要和儿子在一起。"

马超说："我不嘛，我要和老爸在一起，我是男人！"

于静戳了下马超的脑门："没良心的东西！这翅膀还没长硬呢……"

很快，王小迅、于静分别中弹，退出赛场，两人干脆躺在一块草地上晒太阳，身上满是彩弹的油彩。远处断断续续地转来马丰等两队人马的喊叫声和枪声。

两人回忆起十年前的那个旅馆之夜……

十年前的那个夜晚，沈鱼水将酩酊大醉的马丰、于静扔在小旅馆的房间里离开后，于静还算清醒，挣扎着坐起来，将自己挪到和马丰一头再次躺下。她抱着马丰，马丰无动于衷，显然是睡着了。于静摇晃马丰，轻声喊他，马丰没有反应。于静下床，去了卫生间，再出来时手上拿着一条湿毛巾，她托起马丰的脑袋给对方擦脸，又解开对方的衣领，擦脖子。马丰终于睁开了失神的眼睛。

于静问："你好点儿没？是不是很难受呀？"

马丰迷迷糊糊地应着，于静要给他倒水，突然马丰抓住了她的手，嘴里念叨着："小迅，你……你别走……别走，你……你听我说，我……我爱的是……"说完，马丰垂下脑袋，又睡着了。

于静愣在那里。她坐在床头，抽着烟，边抽边哭泣。她掐灭了烟蒂，再次躺下，从背后抱着熟睡的马丰，又哭了。情绪渐渐平复后，于静仍然抱着马丰，姿势一动不动。

王小迅听于静说起这些，不禁笑道："就这事儿啊，我还以为是什么天大的秘密呢！"

于静白了一眼王小迅："我知道你误会了，当时我想向你解释来着，你不是要赶着去考试吗？我……我就将错就错了……唉，我也是喝了迷魂汤，见了马丰就喜欢得不行，你是不知道，我当时有多伤心，哭了整整一个晚上……"

"好啦好啦，这不都过去了吗……哎，于静，那天晚上你们真的没……"

"怎么会呀，我就是喜欢马丰也是有自尊的，况且我一大闺女，能那么不自爱吗，我哭是因为他喜欢的是你，人哪还有那兴致……"

"好啦好啦，现在大家不都挺好的吗？"

"在你可能是小事儿，可压在我心里折磨了我整整十年，对不住人的感觉可真不好受，况且我对不住的是我最好的闺密啊！"

于静说到这里，眼泪又滚下来。

王小迅抱住于静，拍打着对方的后背说："好啦好啦，闺密抢男友这事儿电影都不爱拍嘛，再说了，你嫁给马丰不也没过几天好日子吗？这苦也吃了罪也受了，怎么着，我还得再审判你一次啊？"

于静说："说的是，强扭的瓜不甜，我算是知道了……"

王小迅道："我觉得吧，这十来年的折腾，大家的牺牲，目的只有一个，让你遇见老林，我再次认识马丰。这些都是天注定的，自责没有任何意义，凡事得看结局……"

两人渐渐说开了，脸上又恢复了灿烂的笑容。

05

利民农庄的夜晚，月朗星稀，虫鸣啾啾。葡萄架下，放着一张小桌子，周围放了四把椅子，肖真真在泡工夫茶，肖翠翠端来一小筐洗净的水果，几条黄瓜掺杂其间。对面架了一台电视机，正在播放《超级阅读》。

肖真真对着房子喊："鱼水，快来快来，开始了！"

沈鱼水的声音："广告还有一会儿呢！"

肖真真回道："马丰已经出来了！"

沈鱼水提着一瓶红酒及开瓶器走过来。

只见电视画面上，马丰正在侃侃而谈："这《超级阅读》，咱们不仅读书，还读报、读网络、读音乐艺术建筑人生，读天文地理宇宙万物，我们的所知所想所见所闻没有一样是不可以读的，没有一样是不能包括在读这个伟大的汉字里的！不仅外部世界，我们的里面，心情、情绪、人心、心理、意识和潜意识也都是可以读的！当然了，那还得看我们选择读些什么以及如何读……"

沈鱼水不屑地说："说了半天等于什么都没说，相亲节目上要耍贫嘴也罢了，这可是有文化上档次的节目！"

肖真真说："我就喜欢听马丰说个没完，没这说的功夫，这种节目还怎么看呀？寓教于乐你懂不懂？"

"切，马丰他能教我？就算他有点儿嘴皮子上的功夫，那也是跟我后面练出来的，当年我们在学校……"

这时，肖翠翠喊庄利民："利民！利民！"

庄利民的声音回道："来了，来了！"

一阵响动，庄利民抱着一个大西瓜、手持一把西瓜刀走过来，边走边说："现摘的，又在井水里泡了俩小时，看马哥的新节目得配上咱这黄瓤黑籽的大西瓜！来来来……"

06

何珺住处，何珺和罗书一边啃着水果，一边看电视。

电视画面上仍是马丰："……咱这第一期《超级阅读》要读的不是一本书，而是一个家庭，一位来自黄土高原的父亲和他的十九个儿女。看到这里，电视机前的观众朋友可能一愣，这父亲怎么这么能生？没错，是十九个儿女，但只有两个亲生的，其他十七个，都是收养的。这时有的观众就明白了，马丰你说的不是上周深都卫视播出的纪录片《高原上的父亲》的主人公吗？没错，您说对了。上周，我们深都卫视播出这档纪录片以后，引起了强烈反响，许多观众朋友打电话到电视台，要求捐款捐物，有的还找上门来。在这里，马丰要对那些支持贫困地区教育、关心贫困地区孩子的爱心人士说一声谢谢，谢谢你们。"

马丰站起来鞠躬，台下观众鼓掌。

马丰继续："今天我们《超级阅读》栏目组特地请来了邓校长和他收养的十九个儿女，一个不多，一个不少。下面就让我们以热烈的掌声，欢迎邓家堡小学的邓校长和他的孩子们上场……"

画面上，邓校长一身西装，小延安牵着十几个穿着新衣服的孩子上场。

马丰奇怪地说："不对呀，怎么少了两个？"

小延安说："马主持，大哥和大姐都不能来，大哥在县城上班来不了，大姐还要在学校带学生。"

马丰说："哦，邓校长本来是有一儿一女的，也算是个完美家庭，日子过得不会那么艰辛，可您偏偏自讨苦吃，收养了那么多孩子，您是图个啥？"

邓校长说："啥也不图，每个娃儿，都要有爹有娘，俺就是要让他们有爹养、有娘疼。"

马丰道："邓校长说得太好了，比起那些没爹没娘的孩子，这群孩子真是太幸运、太幸福了。孩子们，你们觉得自己幸福吗？"

众孩子："幸福！"

小延安说:"马主持,自打你们上次去过我们村之后,弟弟妹妹们就更快乐了,天天盼望着你们再去呢……"

罗书半躺在沙发上看电视,何珺端着一盘切好的西瓜过来,将西瓜放在茶几上。她拿起一片西瓜吃起来,大可过来,看着她,何珺拿起一片西瓜给大可,只见大可三口两口地吞了下去。

何珺说:"罗书,大可吃西瓜哎!你怎么没说过?"

罗书看电视入了神,没回答。何珺又给了大可一片西瓜,又没了。罗书仍在看电视,何珺看了他一眼,端起装西瓜的盘子,将西瓜通通倒进了大可的食盆,大可喊哩咔嚓地嚼起来。罗书下意识地去摸茶几上的西瓜,没摸着,张嘴问:"西瓜呢?"

何珺说:"大可吃了。"

"嘿,你怎么给狗吃不给人吃呀?"

"狗知道好歹,人只知道看电视!"

罗书赔笑:"亲爱的,你再帮我切点来呗。"

"要吃你自己动手,冰箱里有的是……"

罗书起身,走向厨房,回头对大可嘟囔:"行啊你个小娘们,现在混得地位比我高了,赶明儿看我不把你给扔了!"

何珺一瞪眼:"你敢!"

07

此时,朱凤群挎着赵怀远的胳膊,在商城里闲逛。

朱凤群瞟了赵怀远一眼,甜蜜地说:"老赵,我这么挎着你,你是不是不自在啊?"

赵怀远忙道:"没有,没有。"

"我看你是不自在,整个人都是僵的!是不是很久没人这么挎着你了?"

赵怀远道:"不是不是,我这人不大逛商场,要不我去外面等你?"

朱凤群说:"那可不行……这儿也没什么好买的,反正你也陪我逛过了,咱们回吧。"

赵怀远、朱凤群路经电视专柜，整整一面墙上展示着各种型号的电视，不少在播放《超级阅读》，很多顾客停下来观看。赵怀远亦停下，看电视。

电视画面上，马丰正在采访四凹。

"四凹，你长大了想干什么？"

四凹："我想当个泥瓦匠。"

马丰："为什么要当泥瓦匠？"

四凹："我要给爸爸妈妈盖一幢楼，让他们住。现在我们村里好多人都盖了新房子，只有爸爸妈妈，还住着原来的土房子，太破了。"

马丰："一看四凹就是个孝顺孩子，你知道自己是怎么被爸爸收养的吗？"

四凹："记得，我那年都五岁了，被人贩子拐走的，后来我跑了出来，到处流浪，捡垃圾吃。那年冬天，我在镇子上又饿又冷，都快要死了……醒来的时候，爸爸正把我的脚焐在怀里，他还让妈妈把他自己的棉裤改小了给我穿，那年冬天，爸爸连个棉裤都没有……"

四凹掉泪。台下的几个观众也在抹眼泪。

邓校长："没用的熊孩子，都告诉你了，男子汉大丈夫，有泪不轻弹……"

朱凤群也偷偷抹了下眼角："老赵，看来我们还是粗心了，都没注意到邓校长家的房子是村里最破的，回头我再给他们寄些钱，让他们盖幢新房子。"

赵怀远说："嗯，也算我一份儿，盖大点儿的，让孩子们也住得宽敞些。"

朱凤群道："这节目效果不错，播出以前你没看过？"

"看是看过，这不看看观众的反应嘛，你看，喜欢看的人还真不少……"赵怀远说着，做起了现场采访，问一位正在看电视的顾客，"同志，你觉得这节目怎么样啊？"

顾客一："感人，现在这样的好人少了……"

赵怀远道："会多起来的，会越来越多的。"

只听旁边有一位顾客正在说："瞧马丰那张嘴，到哪个节目，哪个节目准火！"

赵怀远插嘴道："这小子，要是继续主持相亲节目就更好了……"

另一位顾客听了，接着赵怀远的话说："你这个同志，觉悟可是低了点。那相亲节目，无非就为两个人做好事，这节目可是为全社会做好事……"

朱凤群轻扯了一下赵怀远说："群众的眼睛里可容不得沙子，我劝你快逃吧。"

08

此时，马丰家里，马母一个人正在家里看电视。画面上，三凹和四凹正在对唱陕北民歌《三十里铺》，声音嘹亮，有声有色。

三凹：提起个家来家有名，家住在绥德三十里铺村。
四凹：四妹子交了一个三哥哥，他是我的知心人。
三凹：三哥哥今年一十九，四妹子今年一十六。
四凹：人人说咱二人天配就，你把妹妹闪在半路口。
……

两人唱完，观众掌声雷动。

马母边看边点头，她凑近屏幕，揉着眼睛，似乎有些看不清楚。这时门铃响了，于静、林伟棠领着马超进门，于静的手上提着礼品，马超扑向马母。

于静说："妈，这是给您买的鹿茸，老林托人从香港捎的，假不了的，对治疗风湿有帮助……"

马母乐呵呵地说："嗨，我那也是老毛病了，何必花那个闲钱，你们常带超超来看看我就算是尽孝了！"

林伟棠道："妈，马丰是个大忙人，陪您的时间少，我和于静以后会经常来看您……"

马超扑向电视："爸爸！爸爸！"

马母乐滋滋地说："一个儿子在电视里陪我，一个来家里陪我，好啊好啊！"

马母、于静、林伟棠走向电视。林伟棠拿出一个眼镜盒，从里面拿出一副老花镜递给马母："妈，这是我给您配的老花镜，不知道合不合适……"

"哎哟，你这细心的，真是比亲儿子还强！"马母说着，戴上了眼镜，"哎呀，这下子看我儿子可清楚多了！就像在跟前一样……"

电视画面上，四凹唱起《山丹丹开花红艳艳》：

> 一道道的那个山来哟一道道水，
> 咱们中央红军到陕北。
> 一杆杆的那个红旗哟一杆杆枪，
> 咱们的队伍实力壮。
> ……

马母念叨着："咱们的队伍也壮大了，壮大了。"

09

时间指向深夜，马丰、王小迅收拾好东西，来到街边的大排档相对而坐，桌上放着啤酒瓶。小吃摊前架着的电视上正在播放着广告。马丰、王小迅的目光从电视上收回来，回过身，拿起杯子。

马丰举起杯子："节目还不错，来来来，咱们祝贺一下！"

王小迅说："咱们不仅要祝贺'超级阅读'的顺利开播，也得祝贺《非爱不可》的圆满结束，咱们全身而退还得感谢何姐呀……"

"是是是，你看过去这年把咱们忙活的……小迅，你知道吗，我主持这《非爱不可》最大的收获是什么？"

"是什么？"

"就是促成了一对天造地设命该如此绝对般配人鬼情未了的姻缘！"

　　王小迅笑："什么乱七八糟的，咱们促成的可不少……"

　　马丰痴痴地看着王小迅："我说的是我和你。你就是我主持这节目最大的收获，其他的什么成名啦，爆红啦，获奖啦，通通都是浮云！"

　　"好啦好啦，肉麻兮兮的，喝你的酒吧！"

　　马丰举起杯子："喝酒喝酒，为逝去的《非爱不可》，为今后的《超级阅读》，更为咱们的未来！"

图书在版编目（CIP）数据

恋爱大师 / 李樯著. -- 上海：上海文化出版社，
2020.7
ISBN 978-7-5535-1956-2

Ⅰ.①恋… Ⅱ.①李… Ⅲ.①长篇小说 - 中国 - 当代
Ⅳ.①I247.5

中国版本图书馆CIP数据核字(2020)第063036号

出 版 人：姜逸青
策划编辑：赵光敏
责任编辑：顾杏娣
装帧设计：介太书衣　叶 珺
排版制作：华 婵

书　　名：恋爱大师
作　　者：李 樯
出　　版：上海世纪出版集团 上海文化出版社
地　　址：上海市绍兴路7号 200020
发　　行：上海文艺出版社发行中心
　　　　　上海市绍兴路50号 200020 www.ewen.co
印　　刷：苏州市越洋印刷有限公司
开　　本：889×1194 1/32
印　　张：18.625
印　　次：2020年7月第一版 2020年7月第一次印刷
书　　号：ISBN 978-7-5535-1956-2/I.764
定　　价：68.00元

告 读 者：如发现本书有质量问题请与印刷厂质量科联系 T：0512-68180628